時代的眼·現實之花

《笠》詩刊1～120期景印本(十四)

第115～120期

臺灣學生書局印行

詩双月刊

笠

LI POETRY MAGAZINE

1983年 6月號

115

這個家

李張瑞

即是傳下數代的磚的顏色
噎着入秋的斜陽
在院子的柚樹下追憶已死了
這個家的傳統疊積著
枝椏綠色的疲倦。不久
從內也要粘上新的門聯，但
深入睡眠無言的重荷………
血都不用文學凝結

——在柚樹下埋藏著什麼……
長衫的姑娘，就連
明朗的額也暗淡下來
（那種事：不知道嘛）
馬上說祖先不懂的語言
氣在塗上口紅的嘴唇

・原載「臺灣新文學」第一卷第二號（一九三六年）陳千武譯

李張瑞（筆名利野倉），臺灣新化人，畢業於日本農業大學。風車詩社同人。日據時期從事水利工作。一九五一年死於意外事件。

笠詩双月刊

特別企畫專輯・戰後現代詩史的重點考察

論評・隨筆

海外詩

(1983年 / 6月號) **115期**

藍星 創世紀 笠
三角討論會

主辦：笠詩社、自立副刊

時間　一九八三年五月一日下午二時～六時

地點　臺北四季餐廳

出席　羅門　向明　張健（藍星）　張默　辛鬱　管管　張漢良　張堃（創世紀）　林亨泰　白萩
李魁賢　李敏勇　郭成義　陳明台（笠詩社）　李紅　喬林　羅青　向陽（特別出席）

主席　白萩

記錄　陳明台

（座談會場景）

白　萩：今天，要我來主持這個討論會，實在是不够格的。在座有些朋友，年齡比我大。本人十分惶恐。但是，由於這次計劃是我們笠詩社提出，李敏勇希望我來主持，我只好來當司會者，負責會議的進行及串連的工作。首先，如何進行會議的程序問題，討論的方式，我有一點意見：今天要討論的主題有兩點，其一是現代派以後詩壇的演進，其二是主要社團運動的影響，就詩社、詩刊及其立場來看；實際上是一個問題的兩面。為了方便，我們希望就這兩個主題分開來討論。至於討論方式，我有一個建議，開始由每一詩社推派一人作引言工作，而不超過十分鐘，同時希望作引言時，不要談及自己的詩社，而以儘量客觀的立場談論其他的詩社，如此，則一個詩社可以談到其他兩個詩社，而也會被談到兩次。引言結束以後才進入第二輪迴，對於涉及本身詩社的論點，由各社提出討論、辯正，而旁聽席，可以作為聽證會的證人席，覺得不太客觀之處，可以提出質疑，時間以五分鐘為限，同時在語氣方面盼望儘量保持平靜，態度方面保持客觀。兩個主題各以一個半小時的時間，也就是全部以三個小時的時間來進行。

現在我們就進入正題，在討論第一個主題－現代派以後詩壇的演進－以前，無可置疑地，現代派影響了以後的藍星、創世紀、笠甚鉅，所以對其來龍去脈須作一番交代，擬請現代派的主將林亨泰先生，由於他對現代派十分清楚，利用十分鐘的時間，來作一發端的報告。

林亨泰：將詩社定位在詩史上是一件非常困難的事情。雖然我們不難將詩社創立的時間清楚地列舉，但這並不能代表推動詩運的時間，也無法承認是詩社建立風格的時間，比如說，創世紀詩社創立於民國四十三年十月，但是創世紀詩刊從十一期，將版面從三十二開改為十八開，在內容上也大大的改變，才確立了後來的風格、特色，這是大家都共通一致的看法，也就是從四十八年四月開始，創世紀才逐漸形成它的風格及特色。藍星詩社則是四十三年六月，由覃子豪創辦，經過余先中、羅門，以及更年輕的一代加以發展，中間均有很大的差異。笠詩社的創立要遲到五十三年六月，但是他的主要人物均屬於詩壇的舊人，不同於一般詩刊多由新人來創辦，它的淵源且可以追溯到光復以前。所以以時間來定位詩刊是十分困難的事。今天討論的主題之一是現代派以後詩壇的演進，將重點移在現代派以後倒是一個好辦法。現代派的影響十分深遠，如創世紀詩社本身在開始只持有觀望的態度，但看從十一期以後它的變化，就可以見到其所受之影響。如笠詩社也有相同的狀況，它也沒有辦法完全擺脫現代派的基本路線及影響。藍星詩社，在現代派剛成立時是居於反對立場，以後，則逐漸蛻變，而造成與其他詩社沒有顯著不同的地方。所以，現代派是現代詩社發動的現代派，後來就變成藍星、創世紀、笠共同支持的現代詩運動，應該說除了現代派運動之外，還有現代詩運動，現代派的影響至今仍未消失，仍然在持續，這是我的看法。即使鄉土文學運動，仔細地考察也超不出現代派的範圍。以上，或許是仍須互相討論，我先提出我的意見。

白　萩：謝謝林先生，我想我們雖隸屬於不同社團，但是就好像在大房間的角落，對自己的角落雖然熟悉，對整個大房間也是十分清楚的。所以，我們不要只看自己的小角落，而必須從大房間的角度來看看。第一個主題現代派以後現代詩壇的演進，可以從語言、手法、題材、立場各方面來考察對方詩社所扮演的角色。依詩社出現的先後，我們先以十分鐘時間，請藍星詩社推派一位代表來作引言。

羅門：臺灣現代詩壇三十年來的發展，我認爲有共同之基點，涉及海島環境、心態活動、美感經驗，還有現代流行之方法、內涵等等，由此而產生共同之形態。所以，特殊風格愈來愈少，由此一角度來看，詩社也不過是許多風貌不同的人在一道共同地寫不統一的詩觀與風格的寫詩的團體，若以此一角度來看，整個詩壇也可以說是一個詩社，因爲並沒有眞正十分淸楚的界限。而這些年來現代詩的發展已由三十年代表象的平面的敍述性的創作風貌發展爲心象背景的表現，又由抽象與現實結合而產生具象的表現，如繪畫的新寫實的表現，如笠不斷以生活性、現實性爲發展方向即是一個例子。這種傾向也是現代詩今日的共同的方向。同時笠在生活內涵上，鄉土感情上可能也顯示了比較好的同一性以及特色。

張默：首先，我想對剛才林先生的意見表示點意見，大體上他的看法，我都能同意。今天，不管是藍星、創世紀、笠，現代派的影響仍然存在。在此，我想擧出一段歷史，紀弦在民國五十六年取消現代詩，這是不對的。他之取消現代詩是受了辛鬱與洛夫之影響。洛夫曾在星座寫了一篇文章「冠蓋滿京華，斯人獨憔悴」批判紀弦，但，紀弦不應由於晩輩的批判而取消現代詩。其次，羅門提示了許多問題。當然，目前臺灣現代詩的面貌顯得沒有太大不同。像民國五十年以前，我們編過六十年代詩選，當時各家風貌就十分獨特，各有各的風格十分明顯，今天要編一本像那樣的詩選恐怕就不太容易。大約是由於彼此詩讀多了，詩刊報紙詩登多了，而貌就接近了。下面，我想就個人觀點來看看藍星與笠兩個詩社。事實上，笠、創世紀、藍星並不能代表整個詩壇，只是發刊創立時間較早一點。藍星刊物種類多是一個特色，有公論報、詩頁、詩選、詩刊各型態，經過覃子豪、羅門等多位編輯執編。其次，藍星同人喜歡論戰，如余光中、張健等與言曦之論戰，黃用、羅門與紀弦之論戰，覃子豪與紀弦之論戰，余光中與洛夫的「天狼星論」之論戰，羅門與笠之「麥堅利堡」詩之論戰等等，由於爭論，無可否認地提高了藍星同人的知名度。另外，特別值得一提的是藍星同人吳望堯在民國六十二年從越南回國，設立現代詩獎，共六十三、六十四兩屆，有相當的意義。至於藍星詩人的風格各有不同，李弦等編的中國新詩析賞第二冊是以藍星爲對象，對各位詩人介紹評析十分淸楚，可以參考。笠從五十三年六月創刊以來，大部份我都有，早期的笠下影，每期介紹詩人，一至八期是林亨泰執筆的，大體上能掌握詩人之風貌，第八期之後由柳文哲執筆，其觀點頗有問題。作品合評，至少在當時是一創擧，雖然是由日本詩刊學過來的東西，並不是問題。最近幾期的特輯對笠同人本身加以探討，如「太平洋戰爭經驗特集」等文，也令人矚目。對歷史性文獻的刊載，也有貢獻，如葉笛翻譯的「超現實主義宣言」，翻譯有問題，但刊載有意義。「未來派宣言」也是具有歷史意義的文獻。一一二期，陳明台策畫的日本「荒地」特集，對於外國詩的介紹極有系統，相當不錯。笠的詩風，强調現實性、鄉土性沒有什麼不好，但是希望能容納各種風格，不要有排他性。其次要有接受批評的雅量，如蕭蕭評笠同人，就曾引起笠同仁多人的反擊，使其怯而止步。這似乎也是詩壇整個的問題，如顏元叔一評詩人作品就會引發反駁的現象，詩壇應有接受批評的泱泱大風度。

白　萩：下面我們請李魁賢兄來發表意見，從笠詩社的角度作一引言。

李魁賢：在進入本題之前，我想先提出兩點，㈠提及詩社，當然不可能涵蓋全部成員，只能提及大部份同仁比較顯著的特點，㈡提及某一詩社有某一特點，並非意指其他的詩社沒有該項特點，否則會陷於兩刀論法的弊端。首先談藍星，藍星當初之結合、發展主要是由於對抗現代詩所致，在詩史上已是不可諱言之事實，現代詩當初堅持傾向於現實主義，後來組派以後，雖然比較强調引進西洋的新思潮，如象徵主義、超現實主義，但由於組派沒多久，詩的運動就停頓了，所以發展上我以爲並沒有相當成功。但有意識地推展詩運動，有很大的貢献。藍星的成立發展與領導人覃子豪先生的個性與詩觀有很大的關係。因爲他採取的是比較穩健的、中和的思想，所以他强調的抒情性，對現代詩一直要推動的偏向於主知的方向起了相當大的中和作用，紀弦之取消現代詩，回復到自由詩的園地，我想多少是受到藍星的中和。雖然後來領導藍星的一些人物觀念上並不見得一致，最少在抒情這一點我想是一直堅持的。到現在爲止，抒情性仍十分明顯，雖然有部份强調引用超現實來表達，但基本上，以整體特徵來看的話，大概是比較偏向於新浪漫主義的方向，主要是强調抒情，尙不致過分濫情，而相當地有節制。當然中間也有一部份濫情之現象，或許說濫意象比較適當。由於堅持抒情性，所以在整個精神發展方向，還是在民族性上有相當的堅持，至今，除了各個同仁創作及詩觀上有分歧之外，藍星整個方向並沒有大的改變，這是我個人的看法。創世紀，大家都曉得它剛成立時十分强調民族性，後來在改版以後，方向也發生了改變。假定藍星是走向民族性，則創世紀應該是走向國際性的方向，這當然只是大前提，並非全體同人均如此。同時引入現代派同仁使創世紀整個風格走向主知方向，等於是承繼了現代派現代詩運動的整個精神，使創世紀往前衛的方向，擺開大步在邁進，當初對超現實語法因而感到十分有魅力，爭著往此方向去實驗。超現實主義能否經由融會理解產生中國的超現實主義仍然值得作一反省。但是，它比較重大而能給我們營養者應是在反面思考上，假如不能明確地抓住反面思考的要點，則我們所學到的會成爲浮面的，創世紀本身至少在語言上的實驗，對推動中國現代詩有相當的功勞，我想，此點應給予肯定。即使它在精神上不一定抓得很準，但在語言的反面思考上它作了很多實驗。還有，假定以創世紀活動的情況來看，它所追求的實際上是在社會生產變化中的異化的現象，但是，並沒有進一步走到轉化的階段，當然，在情況上本身也有很多限制，尤其是創世紀同仁，不管在生活方式或在生產能力都一直跟現代工商社會並不很契合，却會走向異化的現象的有魅力的追求方法，這是令我感到有趣的一點。可能是偏向於內在思考上的原因而造成這樣的追求，而這樣的追求結果往往會造成詩人本身和作品的異化現象，這也許就是創世紀部份同仁的作品會受到人家挑戰的原因。

白　萩：剛才三個詩社均分別作了報告。從臺灣現代詩三十年的歷史發展來看，藍星、創世紀、笠的確有權來談論問題，因爲這三十年，若拋開三個詩社不談，則現代詩也沒有什麼好談的，我們在這一點上不必太謙虛。年青一代的雜誌仍繼續發展，對過去三十年並沒有決定性的作用，而三大詩社則有，三大詩社均是演戲的人，演戲的人來談戲，是臺上的人的看法，而非臺下批評家的看法。接下去，我們想請聽證席的特別來賓，對上述三社所提出的不妥當的地方，或不一樣的看法，提出意見。

羅　青：過去三十年的詩史中，藍星、創世紀、笠三個詩社力量最大。過去也開過不少座談會，有過不少回顧文章，對於三個詩社所扮演的角色，擔負的功能已有一個了解。今天來此，我已沒有興趣對詩壇的恩恩怨怨、功功過過加以重複。是否我們應該換個方向。談詩本身則須有詳細資料，各社均有書刊出版，應該統計比較一下，談某個詩社如何，大家都同在臺上演戲，經常會由於道聽途說的印象而造成固定的成見，若有詳細資料統計作實在的根據，則可以作下結論的憑據、支持，比較好些。還有，是否可以從美學的詩或詩的思想觀點，亦即藝術範圍來談談到底是如何的發展？比如說，臺灣三十年來，社會已有明顯的變遷，是否三大詩社在詩的主張方面有與之配合的觀點，是否三十年如一日堅持了？有否改變了？不能總是拿出舊的觀點、打老的招牌。依據我粗淺的觀察，世界上任何詩社的主張、觀點都有其特殊的時代背景，時代過了以後即煙消雲散。而存在三十年還繼續活動的詩社實是不可思議，時代變遷，往往換上新人，要不然就是詩社本身不斷地在變形，領導者、新的接棒者的想法均應會有改變。如果是這樣的話，我們是不是可以關門檢討一下這三十年來，我們的主張與創作有無距離，有沒有變化，如何變化？依何狀況而來。還有，以後如有此種座談會的話，應訂題目，如從社會學的觀點，專門討論詩人之職業與創作之關係。剛才李先生提到創世紀同仁本身是軍人，有規律化的職業，而與創作狀況有違反，是不是詩人的創作就一定反映其職業，其所受訓練或環境呢？還是故意造成反叛來追求呢？我們從此可以看看過去三十年來的思想。從思想史的觀點來考察，詩人的腦裡有無思想或有什麼的思想，或只是依照直覺對現實加以反應？詩多少反映時代，這三十年代的詩，是不是具體反映了臺灣地區的特殊環境，作一比較高層次的探討，若是沒有的話，有什麼原因使其沒有辦法，或沒有能力，或見不及此而作一反省，像從類似這樣的社會發展，或走入文化角度來看，是否對過去三十年詩史發展會提供助益。角度越多當然越好。此外，通常我們有一固定的觀念，即民國四十年代以後的詩是對五四的反動，但我們若仔細地讀一下五四以來的詩，可以發現反動的情況並沒有我們所想像那麼激烈，可能是那時代的詩人對新詩傳統的知識就很欠缺，都是印象式的，沒有紮實的資料，也可能由於書籍的關係，也可能有故意掩飾之處，知道很多而不提出，因而我們不能很攏統的說以後的詩一定比五四以來的詩好到那裡，或思想、技巧進步到那裡去，這些是須有具體的證據，而須重新思考的問題，而且，政治對詩壇也有很大的影響，一直我們對這個問題沒有付與考慮，在座的各位都是從民國四十幾年以來不斷地寫詩，談詩令人尊敬的，但回到六十幾年，鄉土文學論戰本身，整個運動，當時我們沒有看得清楚，但現在我們可以看出來當時參加主要人物都不是寫詩的，而且都不是一直喜歡詩的，只是忽然利用詩來傳達其他的訊息，以後又放棄了，破壞詩壇，打擊詩人而一走了之，這種現象，三十年來不斷地寫詩，辦詩刊的各位詩人應加以重新檢討，免得使詩壇脆弱得不堪一擊，詩人本身茫然若失。

季　紅：中國現代詩的運動，應該把它當作文化思想的過程來看。我個人把歷史看成過程，而不看成時間，我覺得把歷史看成時間會發生錯誤，亦即會加入情感，假如看成過程，則我們也在過程中，可能會正確一點，可以找出其原因、發展，及進行中造成之影響。同時，對時間的看法，時間本來是沒有意識的，而文化思想則是有意識的，譬如說，今日如此看，明日可能會修正，再過一陣日子又會有變動，人就是會反省，會貫注現在、展望未來，但是時間若獨立起來看則就會脫離了關聯性，若以過程來看任何事都會有關係。所以，以時間來分割往往造成觀念的分割。從這樣的觀點來看，剛才各詩社同人提及我們均受到現代主義之影響，當然是顯示了一種過程中必然的現象，無可避免的。我們均處於過程中，而參加的詩人也多還在，當然影響仍在。至於羅青先生提及的從另外的角度來考察，如從社會學、個人生活、政治諸方面來看，也是很對的，因爲從橫的面來看必會涉及這些，今後，橫的面發生變動也會造成縱的面的變動，我們都須作不同思考。我個人則以爲對這些變遷的過程，不必作過分强調，也不必否認，這是自然的現象，否認不了的，生活在空間、時間中，自然會有影響，會接受影響，同時詩刊有各自的主張，立場也無所謂，詩人有各自的看法，亦無問題。只是詩人不必斤斤計較於這些。詩壇的各種狀況無寧說是自然的，詩人不去反省，不去造成自己寫作的方向、造成自己的思想才是錯誤。所以，每個社團要思考，每位詩人要思考、要去觀察。

張　健：我想提出三點意見，㈠那個詩社有那個特色，恐怕並非取決於在詩刊上翻譯過或介紹過什麼，主要還是取決於詩社重要詩人不約而同有沒有某種表現。所以，張默兄提到的超現實主義亦復如此，可能笠詩刊或其他刊物也大量介紹過，但是次要的問題，以此一觀點來看，則這些年來，恐怕再找不到如商禽、洛夫兩位可以代表中國的超現實主義或接近西方超現實主義的詩人。㈡論戰問題，我跟張默兄的意見也大相逕庭，第一，藍星詩社參加論戰，不論次數多少，沒有一次主動的，都是在不得已的情況下，接受挑戰。其次，張兄的統計不一定客觀，這須要把所有資料投入電腦才能算出那個詩社最多，第三，論戰可以增加知名度，我覺得很懷疑，如剛剛張兄提到我是三十年來第一次被提及，當然，我不否認極少數人有此種狀況。以我個人而言，我就沒有興趣，我有很多參加論戰的機會，但參加了必會大大影響我創作的量。同時我在編藍星復刊號時，社論是我寫的，雖然沒有徵求大家的同意，但我强調我們絕不參加無謂的論戰，大家都很贊同，後來也眞做到了，維持這一傳統。㈢剛剛李魁賢兄對藍星作了一番考察，由於我在藍星很久，作品多看過，相信比李兄看得多，藍星偏重抒情風格是局外人的看法，不能隨便否定，但是，大家都知道，藍星與別的詩社最大不同，就是它從來沒有詩社的主張，創世紀有，笠詩社有，現代詩派有，藍星從來沒有。那麼個人發表意見，有時會跟他原來的主張差得很遠，連紀弦甚至否定自己的主張，並不足爲奇。所以，抒情風格是別人說的。至於濫情、濫意象，如果有的話是一兩個人，而這種情況，任何詩社都會有，藍星的信條該是和而不同，始終保持沒有共同信條的情況，事實上現在其他詩社也差不多如此。又說藍星民族風格，藍星也沒有出現過這樣的字眼，創世紀倒是有。

向　明：藍星詩社的論戰，並不是完全為詩社本身，如覃先生當時論戰是為了整個詩壇，對外，對門外漢。

羅　青：我想補充一下，從社會學的觀點來考察的問題。剛才李先生提到創世紀的國際化，國際化並不是太好的字眼，事實上，如果這一問題將時空湊合，放在四十～五十年代，則我們對國際化之傾向應相當同情與了解，因我們那時的社會是相當封閉的社會，書籍、傳播與外界接觸不够，此種環境使大家希望向外發展，在當時可以說是無法避免的心情。而且，不管國際化也好，六十年代笠的鄉土化也好，我認為都是半斤八兩，十分浪漫的。過去的鄉土風格完全是一廂情願的浪漫法。五四時代郭沫若寫大輪船黑煙係黑色的牡丹，現在鄉土作家寫公路說到鄉村來的公路是都市派來的刺探。我想均是十分浪漫的。也就是沒有辦法對鄉土也好，國際化也好眞正有一個距離的顯示。還有，創世紀所謂超現實主義，我想，吸取一種思潮或主義，不一定要了解透澈，有時是誤解，根本是藉另一種招牌而做另一回事，眞正超現實主義是一次大戰後從繪畫來，達達主義來的，早期的代表人均是共產黨講無產階級，欲打破學院派，使所有一般人可以用剪貼來畫畫，用剪貼的意象寫詩，而創世紀同人都是非常愛國、反共的，實在是風馬牛不相及，所以，從社會的觀點，或歷史的觀點來看就不相同。

白　萩：剛才大家的討論似乎已把兩個主題混在一起談了。羅青先生提及一個詩社可以成立十年實在不得了，確實是如此，我們看外國詩社或藝術運動成立兩三年，達成任務之後就解散了，但三個詩社存在如此久，如創世紀十期以前有民族詩型，以後也沒有作為詩社的主張，笠詩社、藍星也是如此，但都有原始的看法，經過變動、修正。今天能相互在這兒共同確認對方的存在而坦誠的交換意見，我們且換一個角度，談談每個詩社自己的看法，所謂「心事不說誰人知」，也就是說，三社雖都受現代派之影響，但到底把現代精神推昇到什麼樣的程度，我們又把它改進的，倒不妨作為沒有說出的「心事」來發表意見。請藍星開頭吧！藍星經過主知抒情論戰而調整了脚步，是慢慢調整的，這個過程，由編輯人的各位是否可以提出說明？創世紀經由民族詩型到現代派諸君子的參與轉變過程，笠詩社也從開始的十二個人到現在有很大的變化，我想，先請林亨泰先生講講，再請各位發表高見。

林亨泰：我是第一位發言的，只談及第一個主題，現在，我就對第二個主題作一些補充，剛才，我提到現代詩社發起的現代派運動，後來變成藍星、創世紀、笠共同主持的現代詩運動的局面，其間顯然地可以看出有一種辯證的發展，在民國四十五年現代詩社發動的現代派運動，主要提出主知性，乃是針對抒情性的反駁，是對立也是發展，而採取反對者當時是藍星詩社，站在抒情的立場，這種對立是很好的。後來又有提倡民族詩型的創世紀，在四十八年之後較之現代派更現代派，他是屬於發展的角色，詩壇從抒情，而加入現代派之主知，創世紀則將其發展到最高潮，五十三年笠詩社的出現，又是一種辯證的情況，由於創世紀主知的抽象化，以其提出的社會性，用「社會的」再拉回來，這種正反合的辯證是證明詩壇一直在發展，有很大的變化，此後又有鄉土論戰，鄉土是一種題材，而非文學方法，似乎爭題材顯得十分不值得，事實上，這一論戰基本上是笠詩刊帶起的路線，跟由現代詩社發展到創世紀一樣，這種曲折實有正｜反｜正面的戲劇性的發展，我們的詩壇還是生動的、靈活的，並非停滯的。經過這二十多年可以發現詩風，在現代派前後有十分大的變化，在詩史上可以將此現代詩運動與民國初年的新詩運動相提併論，是非常重要的，我們要認清楚。辦詩刊大家都很認眞，並不是湊湊熱鬧而已，任何詩社都自掏腰包來努力，總有了一點結果，我們並非倚老賣老，成績是十分輝煌的。生物的世代是三十年一代，文學則是十年一代，仔細看，我們可以發現大改變，有幾個轉彎點，所以我們的發展是正常的，合乎國際標準的。在品質管制上來說我很樂觀。同時，今天我們主要是試探詩史軌跡，這個論題，一般以爲要有資料，當然十分重要，但更重要的是當事者的現身說法，現代史的研究，資料不限於死的文獻，而有活生生的人存在時，應作爲線索。現代的年輕人只從書本上去找，恐怕不能正確客觀。如紀弦是一個「寶」的存在，文化財須受到重視。所以，國內的研究方式還停滯于印象的階段，限制範圍太少。缺乏實證的方法與精神，這是今天附帶引發的感想。對于事物的意義的發現，如文學運動，詩社均具有重要的意義，而其發現則賴於批評家的眼光去挖掘。研究者的任務即在此。

白　萩：接下來想請藍星來談談，當初，依我的理解，藍星初期覃子豪主持的，在格律詩與自由詩方面的主張是與紀弦站在一線而對抗余光中、夏菁，等現代派成立之後又有了變化，余光中去了愛荷華後更形成變化，由於藍星編得很雜，軌跡不太明顯，今天，仍繼續存在，我想必有其共識，其本身的變化過程，是否可以作一說明。

張　健：我想，覃先生在藍星當然是元老，最初的領袖，但實際上，大家仔細看藍星的發展，雖然他有若干學生，如向明兄，領導上他也很重要，但是他的影響是很有限的，他與紀弦是老友，各設一詩社，是有一些對抗心態，但此種心態對藍星發展影響十分有限。藍星應該可以分爲三個階段。第一階段是浪漫主義，建立於余光中，是老式的浪漫主義，他受的影響是十九世紀的浪漫詩人拜倫、濟慈、雪萊，他用中國方式，學他們學到了家。第二階段，大概四十五、六年進入新浪漫主義，也就是浪漫主義注入現代精神，至少在手法，在思考處理題材上是如此，至四十九、五十年年間延續著。而後才進入溫和的現代主義，比現代詩社、創世紀激進的現代主義有所不同，我個人以爲這二十年中都沒有變化，只有局部的，如余光中到美國受到美國詩人影響，慢慢覺得詩與歌不必要分得那麼清楚，注重大衆化的旋律，明朗的語言，用中國術語來講，賦比興不專用比興，而常用賦的手法等等，這些變化都不重要。所以，事實上這二十年來藍星就是溫和的現代主義。但像羅門兄是比較急進的，是例外，同時，客觀地說還有一兩位沒有達到溫和的現代主義，其餘都達到了。還有一點，超現實主義，我想問題討論主要在手法技術上，至於說其份子很多是共產黨，那並不重要，因他們的作品，一點共產黨思想都沒有，而且現在共產黨最討厭超現實主義，因爲罵他，他們也搞不清楚，所以超現實或現代流派之類，還是討論其技術手法。比較文學除了少數眞正有傳承者，多只能討論其異不能討論其同。

白　萩：我請問一下，目前藍星詩人的共識如何？

張　健：沒有共識，藍星就是和而不同，除了無形中有一種溫和的現代主義之外，沒有共識。

羅　門：現代，生命擺在其中，整個感官、心態活動都不可能是一樣的，所以，把現代作一比較，只有在作品本身，如繪畫有繪畫的語言，考察語言透過「現代」所產生者，才可發現其位置。藍星雖沒有主張，但還是有主張的，亦即自由創作的觀念，亦即透過此一主張才顯示了不同之風貌。

白　萩：我想，藍星到今天已有相當長的歷史，應該有共識。譬如說從語言方面而言，以什麼樣的語言來寫，工具論？以什麼樣的方法來寫？在題材的處理方面如何？站在什麼樣的立場等問題是否可做一說明。

林亨泰：詩社沒有共識是中國社會之特色，一般在外國，詩社的集結就是有共同想法而後組社，而我們則往往不是如此；大家只憑詩人的私情而集結，雖然是如此，共同在一起又會產生共識。

向　明：好像一般對藍星有一批評，即藍星中個人之成就大於詩社之成就，這一句話應該可以說明藍星沒有共識。

李敏勇：我以爲，藍星剛剛羅門先生說沒有共同主張、共識，但我們站在旁觀的立場，我們可以認爲藍星有一整體的感覺，對創世紀也是，當然裡面會有不同。問題是有沒有，有的話是共通的程度問題，或者部份有、或有的情況。

羅　門：藍星是個人發展的，如何會有共通性呢？

張　健：前面兩個問題不容易有回答。往往語言或方法反而是不同詩社的某些人顯得接近。楊牧就是有趣的例子，他的詩集很多是藍星出的，作品也很多發表在藍星，但他自己却發表過文章說從來不是藍星的，以意識形態而言與創世紀接近，余光中很生氣，令人覺得有趣。但客觀來看，楊牧的詩倒是標準的藍星，他自己却不承認。第三個問題，題材實在是每人不同，藍星確是有些抒情詩人，不容否認，如敻虹、蓉子、夏菁也有不少，余光中也有許多抒情詩，就我、向明、羅門則抒情詩即使有也不是重要，因而，藍星的題材是相當寬的，各位想出的題材，藍星都有人寫過，很少人寫的如科學詩，吳望堯就寫過。最後一個問題，則藍星詩人的立場是比較接近新月派的，但後半已超出其範圍。做爲一個詩人的角色而言，藍星的人，羅門兄除外，三分之一的向明兄，三分之一的我之外都以爲詩就是一種藝術。余光中有一時期以詩爲表示愛國情操的工具是特別的例子。

白　萩：接下來我們請創世紀發表一下，他們目前的立場，處理方式、想法等等。

辛　鬱：創世紀跟藍星一樣，基本上也有和而不同的狀況。先談發展的軌跡。創世紀在前幾期，嚴格說並不能作爲民族詩型的引證。如瘂弦的詩是短短的、浪漫的，就大的情況，人的情感而言也許合民族詩型，但就我的理解，民族詩型應與國家民族前途相關，瘂弦後來也寫了點，如鹽呀，可以見出一些以民族情感爲根源的，但大部份作品則在方法上均很西化，如語言、語法即十分西化。同時創世紀早期有局部寫實的傾向，如洛夫的「煙卤」，表現的方法上却仍十分浪漫。到後期，則如李兄所言的國際化，但更確切地說應該是歐美化，我們應以寬容的態度（羅青兄的意見很贊同）來接納當初的發展，因爲是有其必要，那一階段，我把它稱之爲形式的試驗階段，在形式上去打破限制，找自己的路，幾乎創世紀每一個人都如此。而有兩種情況，其一即在語言方面發展，受到季紅的意象主義理論的影響，最近他的意象主義愈來愈成熟，但在當時是受到美國意象主義之影響，其一則是超現實主義，據我之了解，當時商禽、洛夫在外語上仍不算太好，他們的超現實主義理論的理解是十分淺薄的，還是從大陸上已有過的翻譯的作品而吸收營養，眞正的理解未必够得上，同時，由於當時的狀況，無法對文學流派作一比較深入之探討研究，因而，他們發展的並非西方的眞正的超現實主義，而是事物的超現實性，嚴格說來在唐詩中豐富得很，如李商隱的詩中。一般人以爲它是創世紀的洋化、西化，事實上，這種事物的超現實性是從那些資料中得到啓示，而非完全抄襲或模倣。商禽與洛夫兩人爲例，他們在方法上完全不同，商禽在語言上很嚴謹，而洛夫在語言上相當有成就，但作品中往往出現對自己的模倣、抄襲，顯然他在這方面的努力，程度沒有商禽够。因此，在那時期，要在創世紀語言上找出共通點是很難的。取材上倒是有，不外乎是詩人個人的生活所關連者，將這些聯結起來，而後通過個人內心過程，而把這些自己觀察到的人跟事物的關係加以表現。這是有其限制的，即在其生活領域之內，還沒有很大的超越性。僅有瘂弦的作品是例外，他超越個人的生活生命的範圍內對事物的看法，他對事物現象的探索與駕御的能力，在當時比創世紀任何人都高，這一階段是第二階段，瘂弦就不再寫了，事實他現在仍寫，但不發表。而後才發展到目前的階段。說藍星是溫和的現代主義，則創世紀也並非是激進的現代主義，以我個人爲例可見。我以爲創世紀發展到目前，同人間的共同體認基本上不在語言、方法，還是在於題材，如洛夫、碧果、管管、張默，大都從個人的出發點去聯繫時空當中的每一片段，再透過自己內心把這一情形表現，在這裡面自然就聯繫了現象層面。如處理不好，則只呈示現象，創世紀同人多自覺地在追求更深入現象裡面，而將其關係加以表現。這一方面，仍是在實驗階段，不能明確地說出完成了多少，以上是我的淺見。季紅嚴格說來屬於創世紀，他是否有別的看法。

白　萩：關於第四點，對詩人的立場，你的意見如何？

辛　鬱：依我個人而言，寫詩乃是透過事物之看法，而將生命中美好的個人經驗加以體會，投射於文字，而在此一過程中完全是自我的，不聯繫於社會。但在投射到文字以後成爲作品，自然就會產生與社會，與其他聯繫的問題。我自己寫了很多社會的，現實的創作，但我從不考慮其與社會有多少運繫，與其他有多少聯繫。

張　默：剛才辛鬱所談的，大抵上我都同意。但是，創世紀創刊情況，我想說明一下。當時是民國四十三年，我二十三歲，洛夫二十五，瘂弦二十二，都是少尉中尉，覃子豪已有名氣，紀弦更不用說。創刊是我個人創刊的。有一天晚上我在高雄看到創世紀三字，而決定以其爲詩刋名字，投稿沒有被採用，就辦了起來，而當時是以現代詩爲藍本，創刊辭由我執筆初稿，其中提出三點主張。當時辦詩刋就是完全憑一股傻勁，能維持多少時候也不知道。後來又陸續加入許多同人，形成了「英雄造時勢」的局面。創世紀常被稱爲具有國際化傾向，大約與同人商禽、洛夫、瘂弦、管管、季紅等的詩有關，事實上他們每人風格都不同，都是「例外」的存在。還有創世紀詩人有獨特的生活的背景與體驗，如洛夫的石室的死亡就是在金門砲戰時寫的。其次，創世紀實際上也沒有什麼特別的主張，個人走個人的路線。現在我們抱著出一期算一期的心情，我以爲重要的是辦好它，讓人覺得臺灣有好詩刊，出的期數多少還在其次。有時看到日本韓國刊物令人慚愧。基於此種心情，我發憤在辦創世紀。

管　管：我當初是加入藍星詩社，後來爲什麼參加創世紀詩社呢？那是因爲，創世紀詩社都是阿兵哥，跟我相同，而藍星則是教授，家世良好，生活的感覺無法配合。還有創世紀不守章法，可以胡來，尤其重要的是我喜歡創世紀的意象的大膽、潑辣、奇怪。有一個必須提出的問題是，我以爲創世紀也沒有一致的主張，要研究只有一個一個去研究詩人。我反對戰爭，當過二年兵，但基本上我是軍人，必須時時面對死亡，因而在許多方面，創世紀都可以引起共鳴。同時，對超現實主義的偏好，也許只是由於西方的一位超現實主義者的譯詩令我喜愛，覺得不錯，而無關於超現實主義的理論。但創世紀還是有特色的，如洛夫的詩，不太按牌理出牌的地方，令人感到對味道。他不是穿西裝的，是不守規矩的，卻令人欣賞。這種特色也含有都市文明的接觸，却是從鄉下出來的。就我自己而言，我是贊成寫完後要讓人看得懂。這些年，我漸主張表現語言上能淺白而不浪費文字，笠詩社在這一點上給我感覺是相同的，因而在這一方面我是贊同其主張。手法方面，我主張儘量從東方、西方，不限於超現實主義，採擷新手法。題材處理上，我有頹廢的、虛無的、存在主義的、老莊的，任何題材都可以納入，大約與我一生中最重要時間是做爲軍人而渡過有關。還有，創世紀同人大多數是離鄉背井的軍人，尤其離家時多是十七、八歲，多帶有強烈的對於母親的依戀，我當然是例外，但却對故鄉及母親有更不同的感覺。最近我寫過很素的母親的詩，提及母親縫的衣服及信，其中涉及故鄉的感覺。家鄉，故鄉對我已是遙遠的存在，在反面而寫故鄉是很大的壓力。可以算是對題材處理的一個例子。

羅　門：在詩人各有各人的風格一點來看，則藍星的題材選擇的自由，包含了各種各樣的不同的範圍，可以說是對詩壇相當有貢獻，因它爲開放了所有的題材與方法。至於笠，笠在介入現實提供了十分好的範例，如提倡現實性，即物表現，要求語言的生活化，有其必然之意義與價值。因現代文明中，生活與現實更形重要，能將意象世界投射於現實，才能見出文學的價值。

白　萩：以下，擬請李敏勇介紹笠的共同想法，從語言、題材、手法、歷程各方面加以說明。

李敏勇：在我未報告之前，我想再提供一些問題作以後報告者的參考，今天我們的討論似乎均承認現代派對後來之影響，在後來的藍星、創世紀、笠均有所繼承，從剛才二大詩社提出的討論可以感覺到他們有很不同的特徵。如管管提到藍星的出身的背景，特別是在座的年輕世代，在出發時，三社的前一世代詩人均已完成呈現其風格，且多多少少受到影響，也許又有不同之看法。例如，我覺得藍星與笠有一個共同的特色，即都主張詩的純粹性、藝術性。但在對社會性的介入却有不同。笠與創世紀、藍星，在這一方面似有程度上之不同，就藍星與創世紀來看，笠似乎對社會性的介入比較明顯，但就我們而言，好像也是在對藝術性、純粹性的追求範圍之內，所以，在鄉土文學論戰之後，笠的主張仍未脫出藝術以外之主張。其次，藍星與創世紀有不同者，由於出身背景之不同，除了羅門，他是一個異數—但藍星對抒情性的追求，有其特徵，且已包含了許多非藍星詩社的活躍的詩人，也許在笠、創世紀詩社內，也許是不屬於任何詩社者，對年靑世代因而有顯明之部份影響。但其缺點則有趨向保守之現象，剛才管管提及教養性之不同，以及破滅感，似也可見出二者之差別。

至於笠的特色，在第一點應是世代的交替的明顯存在，在詩壇上，像笠那樣有明顯的三個世代出現者，大概沒有。其次在語言方面，我們以爲語言是存在的場所，反對、排斥過分之修辭，所以語言的漂亮與否成爲次要，在方法上因而我們儘量允許鼓勵以各種方法來操作工具，但從外面看來，也許會認爲我們的語言與方法上集中在某一限度上。題材方面，則給人偏重於生活，社會性的感覺，而缺乏內面性世界的探索的傾向，但事實也非如此，一方面，我們有感於創世紀、藍星已完成某些實踐，一方面我們也有比較偏向外向觀點的情況。而且個人也有不同。在詩人立場方面，年輕同仁接受了兩代笠前輩詩人的教育，大抵上十分强調爲什麼而寫，以藝術性的制約爲前提而加以實行追求。在最後，我還想提出一個問題，即除了三個詩社之外，是不是這三十年來還有應該提出討論的詩社，還有發展中的詩社是否有受到三大詩社影響者。我印象中很深刻的是日本詩人田村隆一曾經問過當時日本詩壇三老金子光晴、村野四郎、西脇順三郎：「詩壇有沒有私生子？」亦即未被提到注意到的詩社或詩人，我想這個問題也可以請各位在座的詩人提供意見。

向　陽：我覺得這次會議十分有意義。不管任何時代，詩有三個背景一定存在，即社會、文化背景、詩人出身與思想意識。因而我們必須考慮到時空、橫縱的關係，才能淸晰地把握詩社與詩運動之發展。以創世紀而言，他們是軍人出身，以笠而言，大半是本土出生的詩人，藍星則大半是學院出身，以三個不同背景來考量三大社，則可以更明顯看出他們的分歧點。還有，詩社組合有其重點，會產生不同詩風。也須加以考察。事實上，對我而言，三個詩社都給了我奶水，都對我有很大的影響。因此依我來看，三大詩社因而在這三十年來中國詩史上，從時、空與人三方面都均分了它們的貢獻。所以，縱使有很多爭論，或有持比較重視傳統，有持比較國際化，有持比較重視社會性之看法，我們還是可以考量到三大社剛好代表了三十年來在文化、社會方面之演變，則我們可以更加諒解的態度來看它們。同時，偏重於一觀點，並不一定要否定另一觀點，若能以此立場來看，則今日的討論十分有價値。以我個人的陽光小集而言，我們一直强調多元化，我們也希望將三大詩社在社會文化不同之表現加以總合，走出不背離文化背景，符合八十年代年輕詩人可以走的方向。

郭成義：我想提出問題，今天的討論，應是對目前詩壇作一定位，而追究未來的發展，不知道各位對目前年輕詩人的看法如何？我以爲他們的成敗與我們過去的表現有很大的關係，我們似乎可透過此點來看出目前年輕詩人的成敗，並藉而看出我個人的成敗，我以爲這點十分重要，他們吸收了我們的營養，我們也有相當的責任。是否請誰可以對此發表意見。

喬　林：我對今天的討論會有些感想，其一今天來討論的人應該不是代表他本身的詩社，而是對情況比較了解，要站在一個拓寬的位置來看，才會客觀。另外，今天的討論會要對過去歷史整理出一個軌跡，所以對以前沒有什麼應該諒解的。

張　堃：由於來得晚，我還是對各問題提出書面報告。

羅　青：剛才張健先生提到超現實與西洋的超現實主義的問題，我想，再強調在根本上臺灣超現實與西洋的超現實是兩回事。至於未來的發展，最近寫了一篇討論藍星、笠、創世紀之背景差異的論文。但以新一輩詩人而言，在民國五十六年到五十八年，九年國民教育的實施十分重要，是轉捩點，使新世代詩人基本經驗都差不多。其一他們都面臨了考學校的問題，其二大學、兵役、出國等等問題，造成他們成長背景相差不多，其次在經驗方面，高速公路之完成有很大影響，縮短南北距離，造成地理與時間觀念的錯亂，農村與都市之差異由於電視傳播也縮小了，鄉土文學運動即含有懷古之情，將來臺灣之發展朝向工業化、商業化、鄉土觀念須靠商業化來傳播，所以新世代詩人接受了流行觀念乃是無可挽回者，有其固定之模式，造成了他們缺乏明顯之差異。現在臺灣已步入商業工業化之共同生活，差距越來越少，生活背景漸統一，自然無可避免會造成同一化的傾向，這是一種危機，以後的詩人再難以靠感覺、感受來寫詩了，紀弦在四十年代提倡知性可以說是過早之結果，現在臺灣才有現代化之條件。因而為何會產生創世紀的異國情調呢？因為當時不存在，只有從小說或經驗中尋求，所以，創世紀很多是情調的模擬，而為什麼會在金門砲戰中寫那些詩呢？詩人有社會責任的話必會不滿意，只不過是把現實材料收集而加以模擬而已。現代的新的詩人有其不同的美學、訓練、方法學，也只有在現代的條件之下才能產生。

林亨泰：剛才李敏勇提到有沒有私生子，我們剛剛只談到笠為止。私生子，就笠而言如龍族、林煥彰、喬林，如詩脈、岩上均曾是笠同仁，可以說那些都是笠的私生子。至於其他如何，則待查證。

張　默：笠的同仁中，如陳明台就傾向於創世紀。以前創世紀同仁馮青則有些傾向笠。

李敏勇：對年輕一代而言確多少有此種情況，我常常可以區分五等分，來說明年輕世代所受三大詩社之影響。還有往往有我們不曾發覺的詩人或詩刊，成為私生子的存在。

林亨泰：剛才羅青談到現代派過早，我想到詩人扮演的角色，詩人應走在時代之前面，日本有「先取」一詞，詩人並不是模倣而追隨，必須是敏感而才有其價值。

向　明：有人曾說過現代派即是沒有派，在這大前提之下，現代派確是紀弦到臺灣來才創立，重新辦的。這點很重要。

林亨泰：紀弦雖說現代好像一個派別，但「派」是以後才產生，當時並不存在，因而我不喜歡現代派這個字，應說是現代詩運動，還有宗旨、信條，也非狹義而十分廣泛，只是當時須要有如此一個運動，把流行口號化的詩的風氣粉碎，這是最重要的問題和意義。詩畢竟是只要有一篇詩而發生觸媒作用就有其意義了。詩人與思想家在這一點上顯示了十分不同。如余光中的敲打樂、洛夫的時間之傷均受到觸媒作用，通過西方詩的按觸而才受到好處，才能形成。

白　萩：謝謝各位詩友，我想今天我們得到一個很大的收穫，即了解了對方的心事。我聽了之後，實際上覺得我們沒有什麼不同，各個詩社不同點就在出身而已，並非大的問題。今天的聚會使我們可以獲得相互之了解，今天這個時代，我們都要互相吸取營養，讀對方的作品，年青一代則更是混合而吸取營養。今天的座談會就在此告一段落。謝謝各位。

談現代派的影響

林亨泰

河川沿著河牀與兩岸地形，時而湍急奔騰，時而緩緩流逝，詩史的發展過程亦然。民國初年的「新詩運動」，一如瀑布驀然的傾瀉，而民國四十五年的「現代詩運動」也激起一陣不容忽視的浪潮。

民初的「新詩運動」，是從「文的形式」方面着手的一次「詩體的大解放」。它的主要目標，是爲了「把從前一切束縛自由的枷鎖鐐銬，一齊打破」（見胡適「嘗試集自序」）而發動的，不僅爲當時所需，而且對以後詩史發展而言，是一次絕對必要而且非常有效的運動。猶如民初推翻「專制政治」的政治改革那樣，都是向「體制」的大胆挑戰，並且給保守的中國帶來一次不小的震撼與突破。然而再加上平易的「白話」工具的運用，中國新詩得以迅速發展是可想而知的。

民國四十五年的「現代詩運動」，當然，一方面承繼了民初以來已歷有半世紀的實貴經驗與文學精神，但，不可忽略的一點是，在另一方面，也滙合了成長於臺灣本土——釀成於光復之前，形成於光復之後——的文學意識，而這些，從某種觀點上看來，的確是有異於前者的。桓夫曾經提出過「兩個球根」的說法，並指出跟大陸詩人們頗不相同的三種原因（見桓夫「臺灣現代詩的演變」），對此，我自已也有一些補充的意見。

首先，必須指出的一點是：這種差異——也就是說，大陸與臺灣之間文學上的不同意識，對於往後詩壇的分歧甚至對立具有絕對性的影響力。換句話說。「現代派」沈寂之後。繼起的「創世紀」詩刋與「笠」詩刋之間，所以常發生種種的齟齬與不快，究其根本原因乃是由這種差異性所造成的。所以誰能掌握到「創世紀」與「笠」之間的差異，誰也就够眞正地分析出大陸與臺灣之間的不同文學意識形態。

我認爲「現代派」運動的影響是非常深遠的，至今仍未斷絕。「創世紀」詩刋自第十一期（民國四十八年四月）以後的內容，突然變得比「現代派」更「現代派」。然而「笠」詩刋的創立（民國五十三年六月），也並沒有完全擺脫現代詩的基本路線，不過，和「創世紀」有了不同的作風，只是對「社會•本土」「意義•思想」等有了比較强烈的投入而已。所以「創世紀」與「笠」也可以說是「現代派」的二種不同的化身，他們一樣都是「現代詩運動」的健將。

其次，再說兩者的差異性。若就語言使用而言。「笠」詩社同仁之中有不少人是處於「二言語使用狀態」（Bilinguslism）。這對一些從事詩創作的人來說到底有那些影響呢？對此「現代語言學」是否能告訴我們些什麼，就不得而知了，但，對於這些能自由出入於兩種語言之間的詩人，至少可以發現出那種較不重視語言文字末節之傾向。再就意識轉化而言，將詩的想像世界安置在社會意識上，跟持滿而自足於自我意識裡的態度，是有所不同而各有特色的。對於「笠」詩刋的同仁而言，詩不僅是自我意識的延長，而且也是社會意識的轉化與提升。

詩社的面面觀

這是我應邀參加笠詩社主辦的「藍星、創世紀、笠三角討論會」準備發言的全部內容，在當天座談會上，大多提到，較偏重於詩社的存在與重要的觀感，以及概括與扼要的說明現代詩三十年來發展的那條共同的幹道．與附帶記述藍星詩社與同人的一些有關詩活動的真實資料。

羅門

在今天討論的問題中，我首先要說的，是從中國現代詩發展近二十多年來的整個過程中，找出它的幹線。這條幹線便是：由偏於表象的平面抒述性，發展爲繁富意象（心象）的疊景表現，再發展爲目前新的具象表現，也就是說現代詩先是以靈視探索來的耐看的心象世界，取代三十年代新詩較偏趨於平面抒述的表態世界，以期提高詩的內涵力與質素及其情思活動的深廣度，在這移轉的過程中，因含有抽象意味，便同現代抽象畫有相似的意圖，抽象畫家認爲自然的終點是藝術的起點，這種透過自然表象，向內進發所做的探視，也就是如同詩人傾向於心象世界之追求，這種追求，隨着現代人生存處境趨於繁複，加上現代思潮使自我意識的加强，導使詩人的心象活動特殊化與繁富，是可見的，同時加上現代詩人運用比、象徵與超現實等明喻與暗喻的表現手法，的確將現代詩引進了深入且富現代感的新顯的詩境，展示出這一代中國人內心中新的美感經驗世界，但由於心象活動的過於繁富與內向，難免疏離現實層面而產生過多的抽象意味與些微晦澀感。於是在目前，一種較易於辦認的且接近現實的「新具象表現」，便自然地形成爲與之對抗的力量。在對抗時，又可看見一些令人不能不加以注意的現象，就是當這一新具象性的表現中，若潛藏有透明可見的「心象世界」，它便能在明朗單純中，見其深厚；反之，它便在單薄煩瑣中，顯出膚淺，造成現代詩新的危機，那就是有不少的詩，尤其是敍事詩，向散文逃奔自由，使詩繼承中國古詩語言的精純、音樂性與韻味以及有詩質有意境等的優良傳統是更疏遠了。這情形，又有如現代抽象畫在目前趨於新寫實的傾向，有些畫家表現得很傑出與有內涵力，有些畫家表現得很平庸之味。

在現代詩發展的這一條共同的幹線上，我們似乎可預見它往下發展的航道，那就是逼近新的具象性表現之後，再度拉出一段抽象的心視距離，是必然的，像從高空（形而上性）向地面（現實性）俯衝下來的飛機，必須再度拉起，否則有優良「想像」之翅的飛機，便只好變成走在地上的車子了，這也就呈現出人類創作的思想與精神，是不斷的向前推進，形成了有距離的回歸之螺旋型的發展狀態。

接着來談詩社的問題，未談之前，我想先聲明我採取的角度與觀點：我不只是對詩社做一般性籠統與歸納的看法；而是更深入與全面性地探究詩社存在的實質價值問題，以期獲得較準確的認定。

所謂「詩社」，不外是由一些詩人，基於感情因素與寫詩的共同志趣（這志趣或許含有共同的詩觀或許沒有），所組合成一個寫詩的團體，並創辦詩刊，來推展詩的創作與活動。

若詩社都事實上沒有確實與徹底的堅持一己的詩觀，也就是說各詩社都有不少人寫別個詩社詩風的詩，像這樣，詩社只被看成是創作觀點並不完全，統一的一個寫詩團體，若把範圍擴大來看，則全國性的詩人組織甚至整個詩壇都可看成是一個無形的詩社。

我這樣說是基於中國現代詩壇三十多年來發展的實況以及針對詩創作的本質問題來看。

譬如紀弦創辦現代派，可能寫最具現代精神意識與現代感的詩人是在藍星或其他詩社；反而寫至為幽美抒情詩的詩人鄭愁予，却一直成為現代詩社重要的角色；又譬如早期的藍星詩社，因由子豪介紹一些法國象徵主義的詩與他自己也以象徵手法寫了不少象徵詩；有人就曾把藍星的詩風籠統說為「象徵」或「抒情」的詩風，其實藍星仝人的詩，也非完全是那樣，而且「象徵」與「抒情」，在當時幾乎是詩壇的「公產」，大家都知道，在現代派的方思，也曾寫相當道地的象徵詩，因此如果把「象徵」與「抒情」籠統歸化為藍星的詩風，尤其是從目前的情況來看，是否適宜，確值得考慮；若以「主張自由創作的觀點」來當做藍星的詩觀，似乎合理些，也不致於產生同事實有不太符合的現象。又如創世紀，最先因由現代詩社過來的羅馬將超現實詩帶進創世紀，後來創世紀雖也有一些詩人寫超現實主義的詩與寫強調超現實主義的文章，但也並非創世紀所有的詩人，都寫超現實的詩；再說超現實表現技巧，也只是大家在創作上無意與有意味使用的一種手法，也許在其他詩人的詩中，早就出現過，至少由西方國家尤其是法國翻譯過來的詩中，以及大陸時期與古代的詩中，都早就出現過。可見超現實表現技巧，也只是「公產」。若以超現實主義的詩觀（尤其是當現代藝術觀點多向性地交合與發展之際），來代表創世紀詩社的詩風，是否仍貼切，也值得考慮，就是創世紀詩社的仝人，是否完全同意，也是問題。再說笠詩社這些年來較強調生活性、現實性與即物表現的詩風，但在其他詩社中，如辛鬱、向明、曹陽乃至前輩詩人紀弦有些詩，都可說是老早就已偏向於這一廣義的詩觀的。像「笠」詩社白萩寫的「廣場」與我十多年前寫的「流浪人」，雖思想內涵有不同，但都可說是一樣的已在廣義上涉及了生活性、現實性與即物表現的創作範圍，像陽光小集詩社，也有不少年靑詩人，在作品中緣自「自發性」的寫了近似這類詩風的詩，過去在大陸三十年代也出現過這類詩。可見寫生活性、現實性與即物性的詩，也是詩人可自由去創作的「公產」，再說葡萄園與秋水詩社贊同明朗的詩風，以及近年來有些詩社的詩人強調「鄉土」的詩觀，雖對詩壇帶來某些反省的作用與某些回響，但誰也沒有想到（如果夏菁最近沒有在藍星十五期透露出來）「明朗」與「鄉土」的詩，夏菁說是他早在廿多年前就以詩與文章提到過。可見「明朗」與「鄉土」，也是創作的「公產」。當然，藍星當時未把夏菁的看法，做為詩觀，也許是基於詩的眞正好壞，並不完全取決於是否明朗與鄉土，不過秋水與葡萄園後來大力强調「明朗」，使詩易於被讀者接受，對抗一些過於晦澀的詩，仍是有其用意與功能的，至於鄉土詩，也只是詩人面對整個生存世界與創作領域其中的一部份（也許是較親切的一部份）除非把整個「廣漠的時空」也看成鄉土，否則會割損詩人遼濶的創作領域。況且我相信任何詩人，都或多或少的寫過懷鄉的詩，只要寫了，就或多或少已進入鄉土詩的範圍，可見鄉土詩也只是自然存在於整個創作世界中的一部份，並沒有過於强調的必要，如果過於强調，則會使人類創作的智慧在其他方面失去照顧，而難免是一種損失，如果把「鄉土詩」往狹義的方向去推展，則會造成更大的疑問，是否不寫鄉土詩就非詩或非好詩呢？

從以上依實際情形所做的分析與說明看來，對詩社的存在，我們可產生一個較客觀與確實的看法。這個看法可分從兩方面來談：

第一方面是詩社存在的實質價値問題：

(1)由於海島型的生存空間與生活環境，都過於擠壓在一起，詩人們的視聽世界與心象活動的狀態，也很自然的衝擊與交流在一起，而難免感染成相類同的樣相，加上現代人生活在「流行」與「外在摸擬」的意欲中，所容易產生的一窩蜂現象，同樣的使詩人也在創作的風貌上混雜不清，很難把詩人硬性歸入那一個詩社中，而在目前，詩社又越來越多，詩人持有一已獨特的風貌的却又越來越少，各詩社的刋物，也難完全堅持自己特殊的詩風，各詩社的詩人，也幾乎可彼此相對調，像這樣，詩社的存在，從實質的價値上來看是相當微弱的。

(2)一個詩社若沒有特殊的主張與有所强調，則詩社勢必缺乏特色；但一旦有了主張與强調性的特色，則必同時產生有「約束性」的負面現象，使詩與藝術在原本上賦給創作者自由與多向性地探索與發展的遼濶世界受了限制；對一個本不該受任何單向性約束的自由任放與獨來獨往的詩人，也有了某種約束，由此，可看出詩社的存在對於一個具有獨創性的眞正的詩人的存在，是沒有多大意義的，難怪有一次座談會上，青年詩人張雪映不同意以詩社的風貌來籠統談一個詩人的風貌，應由每個詩人特殊的創作生命與作品的本身去談。我認為他的看法是較為明智與合理的。尤其是在廿世紀當整個現代藝術思潮已通過各種流派的實驗過程，共同提示了一個最可靠的觀點，提醒創作者已擁有充份的自由去運用各種可能與方法來開發人類「心•腦」活動於時空中（包括現實與超越現實）所有卓越與豐實的視聽世界。同時這個世界必然直接或間接地導引人類的內心從各種方向進入多采多姿以及美好滿足與理想的存在境界，而確實認定詩與藝術的永恒的功能，除迫近現實，納入現實，更可使之超越繼續擴展成為人類內心與精神活動的一個更為深廣且富足的美感世界，以解決人類內心與精神生活的貧乏與暗淡。的確一個心胸遼濶與有高度才情的詩人，他絕不同意一個創作者在創作時被詩社限定在單向性的約束中。因爲那樣，等於是把詩的「遠東百貨公司」，只看成限賣一種貨的攤位櫃枱。如果他有能力經營整個百貨公司更多甚至所有攤位的能力，却只准他經營其中的一樣，那的確是不太適合的。因此我們可認定詩與藝術這一屬於人類內心與精神世界廣濶與永恒的創作基業，應是盡可能地從各種情境各種方向去呈現其確實的卓越性與完美性的。任何偏狹的看法，都可能使詩與藝術無限地展望的世界，呈現出某些視碍，而對詩人自由遼濶的創作心境，難免產生某些約束性與妨害。詩社與個別詩人存在的實質價值，便也往往是在這種狀況下有了分歧。

(3)

由於詩社提出的詩觀或所强調的，除了詩社的全人不一定完全遵守外，往往那些論點與看法，若不是在過去早已出現過，便是各詩社都覺得那已不是誰的專用商標，而是大家都可自由動用的「公產」；或者也沒有什麼特別值得去强調的地方；或者也只是一些翻新的老調。本來由紀弦廿多年前提出來頗引起詩壇特別注視的「現代派」是比較有特色的。暫且不去談紀弦當時提出的主張，是否完妥，是否對當時的創作環境特別適應（因爲那時現代文明生活的迫視力仍很弱）；是否也有不少詩人提出意見……單從他提倡現代派的「現代」兩字確是深具不凡的意義的。這兩字的意義，已日漸隨中國詩人在急變的現代文明生活處境中有所體認而加深：一是現代兩字使詩人不斷去探索與創造這代人新的美感經驗世界；一是現代兩字抓住「新創性」與「前衛性」，不斷給詩人持有「創作者」有效的身份證，但不知基於何種緣故當現代詩正在很自然地進入「現代」成長與發展的傾向，紀弦後來忽然提出取銷現代詩，使現代詩社乃到整個詩壇的詩風，像吹起一陣龍捲風，眞是三六〇度都有「風」，風向確呈出有點交錯狀。至於藍星所主張的「自由創作觀」，雖較有利於每一個詩人在創作上自由的欲求，也較接近勞倫斯「爲我而藝術」的現代創作觀（請注意勞倫斯筆下的「我」，是澈底地穿越整體性生命的感受所產生的絕對誠摯與眞實的「心」，這個「心」是能通向衆多的心的），但由於並沒有在這一主張上，有系統且充份與深一層地提出具理論性與觀念性的論文，別人也會說藍星的主張，放在一般常識與普通的認知層次上，也只是大家可運用的「公產」，依這種種情形看來，詩社存在的實質價值，與特殊的形象，若採取嚴格的觀點，也的確是頗爲淡薄與不太顯明的。

縱然從嚴格的判視中，我們發現詩社的存在，仍缺乏實質的意義與理想的效能，但並非說完全沒有意義，我相信任何一個詩社，都能從過去所努力的歷程與作爲中，列舉出一份成果的清單來，只是當外人執筆時，或由於偏見與不詳而遺漏與失全。

現在我就以今天討論的範圍，來談藍星、創世紀與笠這三個詩社，給於我的較重要的觀感；至於這三個詩社過去所留下的歷史痕跡——也就是眞實的史料，我也只能談藍星的部份，因其他詩社我不太清楚，還是由各詩社去談，比較妥當），就是談藍星，我也只能依事實做扼要與重點的記述。

㈠首先來談藍星詩社給我的觀感：

在中國現代詩發展三十年來，藍星詩社已被公認是一個歷史最悠久、規模最大與對詩壇有貢獻的詩社之一。於民國四十三年三月，應邀籌備組社的詩人有覃子豪、余光中、鍾鼎文、夏菁、蓉子、鄧禹平、司徒衛等。目前尚有社員余光中、夏菁、蓉子、周夢蝶、敻虹、吳望堯、方莘、張健、吳宏一、向明、王憲陽、商略、阮囊與我本人等。最近又曾有幾位傑出的年輕詩人羅智成、苦苓、方明、天洛與趙衛民先後參與藍星的編務工作。

藍星詩社三十年來，除强調詩的本質與藝術的表現技巧，可說是一直堅持「自由創作」的主張，這項主張，應也是一種具有思想性與理論觀念的主張。

從最先的「藍星」宜蘭版創刊號，到四十七年改版的「藍星詩頁」、到五十年「藍星季刊」的創刊、到五十三年「藍星年刊」的發行、到六十三年「藍星季刊」的復刊，其所發表的發刊詞與仝人三十年來所發表的詩文，尤其是子豪最早期對詩壇頗有貢獻的兩本論文集（「詩的解剖」與「現代詩論」）以及光中、張健、黃用與我寫了不少有關現代詩的論文，都可證明藍星詩社所堅持「自由創作」的詩風是更具包容性且無形中影響着詩壇順乎自然從各方面發展，而創作出各種不同風格的詩作，顯出其存在的價值與意義來。

誠然，藍星詩社所提倡的「自由創作」觀念，推演到詩與藝術創作無限遼濶的境域與最高的欲求，是更合理化了。這我後來在好幾篇論文（如「詩人與藝術家創造人類存在的第三自然」、「心靈訪問記」、「我的詩觀」），就曾特別的指認過——詩人與藝術家在創作時，總是站在最前衛的位置，將「時空（古、今、中、外）」推入「永恒」的一瞬間，然後將絕對的「我」放進去，嗣主宰着一切以新的美感秩序與形態出發。這也就是說，詩人與藝術家在創作時，最了解且需要與尊重「自由」，他知道用什麼「方法」更能將自己與一切全然自由的解放到創作裡去。因而他也勢必尊重別人可自由採取其他的「方法」。的確，只限用一種方法，等於是用「鳥籠」來養鳥；用自由的更多的「方法」，等於是用「天空」來給鳥飛，可飛出更廣濶、自由、且多彩多姿的世界來。因此，所有偉大的詩人與藝術家，都永遠是自由遼濶而不受限於任何一種狹窄的「方法」的……。這些話，或許能爲藍星所主張的「自由創作」的觀點，更深一層且具體地說出其中積極的意義及其對詩壇無形與深遠的影響力。難怪常在文章中看到有人說：「藍星」個人的成就，較詩社的成就與貢獻大。這話確令人深思，沒有個人，那裡來的詩社，可見藍星詩社所採取的「自由創作觀念」，是有洞見與明智的，它不但使藍星仝人獲得充份自由的發展，而呈現個人獨特的風格與引起詩壇重視的不同的成就；並且對於詩壇，也分出個人特殊的創作意識、觀念、形態與成就予以有形的貢獻，乃至無形的影響，同時我們更可背定的說，藍星的這項主張，對詩與藝術，尤其是對現代詩與現代藝術强調「方法」與「題材」在運用上的全然自由與開放，便更是一項在詩創作上可永遠持信的主張。它使詩人可不受約束地從事各種形態的創作：

(1)詩人既可以寫「國破山河在」、「朱門酒肉臭」等涉及現實與人間煙火的詩；也可以寫「獨釣寒江雪」、「山色有無中」乃至「人閒桂花落」、「白鳥悠悠下」等超越現實的具有意境與永恒感的詩；甚至可表現純粹與抽象美的詩。

(2)詩人既可以寫一已故鄉的鄉土；也可以寫第一自然(田園)更廣濶的鄉土；也可以寫第二自然(都市)的「鄉土」(人有一天到太空，則造在地球上的「都市」，便也是另一塊使ARMSTRONG站在月球上懷念的故鄉之土)；甚至可寫前一秒鐘剛剛過去不復返的時空的「鄉土」—就如陳子昂筆下的「前不見古人，後不見來者」的「鄉土」等各種層面的鄉土。

(3)詩人既可寫精美、單純、明朗的好詩；也可寫帶有某些晦澀感而繁複與幽美的好詩。

(4)詩人既可寫以「白描」手法表現的詩；也可寫以「超現實」、「抽象」、「象徵」與「投射」等手法表現的詩。只要在表現上能達到傑出與完美的效果，都應該是好的。

(5)詩人既可以寫偏向於現實社會群體生命活動世界的詩；有時也可以寫偏向於個人特殊情境的詩，只要寫得好，都將被重視。

由此可見藍星詩社提倡的自由創作觀，對維護中國現代詩向各種方向自由發展，呈現各種風貌與成就，是有貢獻的。

至於藍星詩社對詩壇的主要貢獻，應是在：

1.它以包容性的詩風，無形中影響着詩壇從各方面順乎自然發展，而使社內社外的詩人可自由創作出各種風格的詩。

2.由覃子豪在公論報主編了一百期的藍星週刊與多期的藍星季刊，由夏菁、覃子豪、余光中、羅門、蓉子、王憲陽、向明等編了六十多期的藍星詩頁，由羅門、蓉子主編兩期的藍星年刊，由張健、曠中玉、向明、夐虹、方莘、羅智成、王憲陽與我等輪流接編(已出版了十多期)的藍星季刊……確爲三十年來的現代詩壇提供了不少的創作園地。

3.藍星詩社出版了將近六十種詩集，以及不少詩論集，對推展現代詩是事實上有深遠的影響力與貢獻的。

在此附帶補充說明的兩點：

(1)藍星仝人在創作上獲得「最」字的評語，也不少。但由於那是主觀的感評，不像上面說的「最」字，都是根據可靠的實況。

(2)若採取坦誠與當仁不讓的態度，則在事實上可這樣說：藍星在子豪生前，仝人付出心血最多的，應是子豪；在子豪去世的廿年來，出力較多的，雖說是我，但比起子豪，實在做得太少了。其實像光中在子豪生前，編藍星地平線詩欄，編藍星叢書，也辦活動；像夏菁無論在國內國外始終對藍星關心；蓉子、夢蝶、張健、向明、方莘、吳宏一、商略、王憲陽等也都一樣愛護藍星。向明曾洽請成文出版社幫助藍星季刊復刊，憲陽最近更是出錢也出力……這種種都證實藍星仝人對藍星，雖在這些年來表現得並不够積極，但各人總算盡了一些心力，藍星刊物以及仝人們個人的創作生命，仍然保持源遠流長的佳況，誠然是可喜的。

㈡接着談其他詩社給我較重要的觀感；

(1)現代詩社創辦了現代派，强調現代詩的創作精神的「現代」兩字，不管別人的看法如何，甚至也不必去追問紀弦後來為何取消現代詩，我只覺得我們應重認現代詩社由紀弦喊出現代詩的「現代」兩字，確是有深遠的意義的。因為透過對詩創作生命的眞實體認，「現代」兩字的根本義涵，在我看來，它不只是要我們去注視現代文明的景觀，而是，要我們以銳敏與焦望的心靈去守望與等待下一秒鐘的誕生，因為下一秒鐘將有一些新的事物與生命被創造出來，進入新的美感世界，而堅持住作為一個詩創作者的身份。像國際現代抽象藝術大師杜庫寧在同一張畫布上，不斷將一些新的發現，畫上去，這便是證實「現代」是使詩人與藝術家的創作生命繼續向前發展與創新的强大力量，可見「現代」給詩人的感覺，不但能刺激傳統文化成長，而且在事實上使現代詩不斷順着三十年代、四十年代、五十、六十、七十等年代有所進展與創新。

(2)創世紀詩社在現代詩的表現技巧上，較偏重於超現實主義，這雖不是唯一的創作法門，也難免在作品中呈現過某些晦澀感，但我認為，超現實表現手法，在詩的創作上，仍是一種相當卓越的技巧，它產生的緣發性、直覺性與原創性，對提高作品的藝術性與內涵世界活動的勢能，是有助益的，在這一創作動向上，創世紀詩社確有所表現。即使我們不同意「只有採取超現實表現，才能把詩寫好」的主張，但我們也不能不同意以超現實表現手法能寫出具卓越性與特異性的好詩，當然最後仍有賴詩人的才情與功力。

(3)笠詩社提倡詩的現實性與即物表現，要求語言的生活化，也有其必然性的意義與價值。因為現代人已日漸進入具緊迫感的現代文明的生存層面，「生活」與「現實」是多麼重要的東西，且有其不可抗拒的力量。至於許多形而上的想像力，都難於在「人」與「現實」之間，留出較大的空間距離，正像都市一有空地，便急着要去蓋「房子（現實世界）」，現代人的內心世界，確有這種傾向，急着要抓住可靠的「現實」，目前繪畫方面，有朝向新寫實的表現，都的確是或多或少同現代詩人强調現實性的創作心態，有某些潛在的共通性。但這非說所有的詩人與藝術家都只能走這條路，因為有才能的創作者，往往可同時走這條路與這條路以外的路，這也就是說能以多向性的觀點來自由創作。但無論如何，笠詩社目前所强調的，是有其一己創作思想的基準與創見的。至於如何以生活的語言與即物的表現方法，方能使筆下所觸及的「現實」確實的在本質上變成詩，甚至變成高品質的詩，同時又使讀者能被詩中的「現實」所懾服與震撼，最後仍有賴詩人的創作才華。

(4)葡萄園詩社提出詩的明朗化，對當時詩壇偏向於繁複與晦澀的詩風，是有省察與調度的作用的，至於明朗在詩中形成「含有詩思詩質的單純」與「缺乏詩思詩質的單薄」等兩種優劣不同的結果，那是屬於各個詩人創作的才情問題。無論如何葡萄園詩社提出詩的明朗化，為詩人與廣大讀者打開順暢的交流道是有顯然的幫助的。

(5)秋水詩社，大致上除贊同詩的明朗化外，尙着重民族傳統文化的創作路線，在這方面確做過了不少努力，也刊登不少偏於表現自然山水的詩，調度着這一代中國人在都市與自然、東方與西方文化雙重衝擊中所形成不太平衡的心態，是有作用的。至於作品所形成的水準如何，那又是屬於各個詩人創作才能的高低問題。

(6)陽光小集詩社是近幾年來由不少傑出年靑詩人組成的具有新構想與活力且引起詩壇特別注視的一個詩社，圖使現代詩以多元媒體與生活化地向廣大讀者推展其影響力，是充滿朝氣與獲得某些回響的。同時，給詩壇帶來一股熱潮，是可喜的；尤其是接受前行代詩人的優點，企求向前突破與拓展的雄心，更爲現代詩未來的創作前途帶來信望。

此外，如「山水」、「風燈」、「掌門」、「漢廣」、「脚印」、「掌握」，以及最近才成立的「綠地」、「詩人坊」、「詩友」與「心臟詩刋」等這許多仍存在的詩社，都可說是建立中國現代詩壇的一股在不斷成長中的力量。

最後不能不提的，是仍在出刋的大地詩社，它雖然近似是一種「隱士」式的存在，但却具有一個是其他詩社所沒有的特色，那就是詩社的仝人，幾乎全是詩人兼學人教授，詩刋除發表詩創作外，更偏重於從學術性的方向，客觀而冷靜地提供詩的創作觀念與理論，以及批評體系，這正是中國現代詩在長遠發展途徑中的一股不可少的重要的力量，也許過去由於期刋辦的不够積極，一年只辦一期，質感有，而量感不够，致不能完全發揮其理想的潛能與威力，有待他們今後來努力與達成。

傳遞現代詩的香火

張默

1.

現代詩是一條長河，自「現代派」以降，近卅年詩的發展，今天在座諸君，每一個人都曾貢獻過不少的智慧與心力。

毋庸諱言，現代詩一度確曾掉進「晦澀」的深淵，時間大概是民國五十年前後，彼時各種流派在詩壇相互激盪，加之存在主義特別盛行，促使當時詩壇過於强調「知性」之表現，詩人們都力求塑造繁富的意象，擷取切斷聯想的語言，那時候，誰也不願被套上「浪漫抒情」的大帽子。其次，當時社會的言論尺度也不如現在，詩人都具有批判現實的性格，因之某些素材表現於詩中，不得不以曖昧的語法出之。現在我們檢討當年的晦澀詩風，不應把不良的影響，完全歸罪於某一、二詩人，某些詩社或某一主義。何況那時候的詩人，的確寫了不少好詩，舉個例子，「六十年代詩選」收入廿六家的詩，即各具風貌，不是同前的詩選所能做得到的。

民國六十年以後迄今，詩風比較傾向明朗化，大家都能調整自己創作的方向，儘量選用平白的語言入詩，以後又歷經鄉土文學論戰，使詩加速社會化。但是目前的詩看似口語化了，平白化了，然而也帶來一些新的危機，諸如大家的面貌愈來愈接近，有些詩的語言淡如白開水，缺乏詩的情趣，結構鬆散，經不起讀者「抵抗性」的閱讀。為改革時弊，特條列五點，供大家參考—

- 力求避免散文化、概念化。
- 語言應作適度的開展與約制。
- 意象的經營是不可缺少的。
- 整體結構的完成。
- 建立自己獨特的聲音。

2.

目前全國出版的詩刊約十七、八種，今天以「藍星、創世紀、笠」三刊來談，我想主要是吸取不同意見，作為爾後編輯與詩運發展之參考。並非這三個詩刊就能代表整個詩壇，當「笠」詩社策劃要舉辦這樣性質的座談會，我即透露了上述拙見。

我也希望「笠」，繼續擧辦這樣的座談會，每次邀約不同詩社的詩人來共同討論。

下面以一個作者的身分，表示我對三刊的看法：

●先談「藍星」，整體來說，藍星同仁的「抒情風格」是比較明顯的。……藍星的刊物形式繁多，諸如公論報的「藍星周刊」（報紙型），宜蘭版（卅二開），詩頁（袖珍四十開），「藍星詩選」（廿二開），「藍星季刊、年刊」（廿開），現在的「藍星」（廿四開）……「創世紀」卅六期曾爲「藍星」編目，即不知從何處着手。藍星最突出的幾期是：藍星詩選一、二輯，一九六四、一九七○（年刊），復刊第十期等。

其次，藍星同仁勇於參加論戰，這也是他們的性格之一，早期，余光中、吳宏一、張健與言曦的論爭，黃用、羅門與紀弦對「現代主義」之論爭，覃子豪與紀弦爲「新詩六原則」之論爭。余光中與洛夫爲「天狼星」詩作之論爭，羅門與笠同仁爲「麥堅利堡」一詩之論爭……等等，這些論爭的結果，恕難評述，讀者自有公論。論戰對提升藍星詩社的知名度，大有裨益。

其三，藍星同仁吳望堯，於民國六十三、六十四年創設第一、二屆「中國現代詩獎」，影響至爲深遠。

其四，藍星詩人的風格也是多采多姿，林明德、李弦等人編的「中國新詩賞析」第二冊，介紹覃子豪、余光中、夏菁、周夢蝶、羅門、蓉子、楊牧、向明、敻紅、方莘、方旗等十一家的作品，評語頗多中肯，請讀者參閱該書。

●「笠」，自五十三年創刊迄今，幾乎每期我都拜讀過，早期他們創設了幾個專欄，諸如「笠下影」，「作品合評」……等，有相當良好的影響；近期，以專輯方式，討論同仁作品，頗有特色。另擧辦探討太平洋戰爭經驗等等的專題座談，也頗值得回味。

其次，對歷史性的重要文獻，「笠」七、八期分別刊出「超現實主義宣言」全文（葉笛譯），約三萬字，「未來派宣言」等等。對外國詩的譯介也不遺餘力，特別是介紹德國與日本的現代詩，第一一二期陳明台策劃的「荒地」集團研究，區分荒地作品選，詩人論，關係資料拾綴及史的考察。是近年來詩刊中一個最重要最完備的特輯。

其三，笠的樸實詩風，以及强調現實性，鄉土性，爲詩壇開了另一扇窗戶，也是值得珍視的。

●關於「創世紀」，因爲我是實際編輯人之一，我祇把第五十九期「廿八周年特大號」的社論要點摘出來，供大家參閱。

①刊載優異詩作，不斷培育新秀。
②選譯世界名詩，擴大閱讀領域。
③整理新詩遺產，傳承新詩香火。
④建立純正批評，維護優良傳統。

近年來，「創世紀」每出一期，力求精編細選，與衆不同，希望提升詩刊境界，如此而已。

個人特別希望聽聽今天在座貴賓發自內心的對三刊提出的率眞的批評。

總之，現代詩是一條活水，我深切盼望全國詩人要以更壯濶的胸懷，更五湖四海的豪情，大家坦誠相見，共同携手，來傳遞這把生生不息的現代詩的香火。

現代詩史與藍星詩社

向明

怎樣看詩史

這一問題我們應該跳出作者的立場去看，因爲我們都是從這一段歷史中出來的人，由於距離不夠遠，自己看自己總難看得淸。我祇能說這卅多年來，我們都是在作一個長時間的實驗，一個多采多姿，百花競放，百鳥爭鳴的實驗過程，這個過程現在仍沒有結束，還會繼續下去。事實上現代主義是一個世界性的潮流，即使當年沒有紀弦先生登高一呼成立現代派，由於傳播的迅速發達，稍後我們的詩仍是會被這個潮流所衝擊，祇不過時間可能稍晚一點而已。至於眞正的局外人看現代詩，我們想到去年七月一本名叫BYTE的電腦雜誌。登過的一篇名叫「計算機•小說•詩」的文章，這篇文章提到一位以計算機寫詩的Louis Milic 教授，這位先生設計了一個程式去讓電腦隨機更改一個語句的結構，而產生出了一些毫無意義的句子。而這句子被他聯想到這就是詩的句子。爲什麼會是這樣的呢？他苦思了很久得到的結論是「因爲人們已往習慣於詩的無意義」。他同時拿了四十年代英美詩壇最引人注目的詩人狄倫•湯瑪斯的兩句詩和計算機寫出的詩相比較，發現湯瑪斯的計算機寫出來的詩同樣的沒有意義。於是他作了這樣一個結論，他說：「我們雖然學得一些關於詩的道理，但我們對詩人的敬仰並未稍減。相反的，我們會更加敬佩詩人，因爲程式設計師和電腦辛苦了半天作的詩，詩人們很輕易的就做出來了。」這段文章對現代詩是夠挖苦和諷刺的。一個高級知識份子對詩的認識尚且如此，其他的人更可想像。如果詩以他這種理論和看法寫下去，世界眞將會「詩亡」的可能。中國的現代詩現在在一般人的眼中是如何，我想不會好到那裡去，眞值得我們警惕。

關於藍星詩社

藍星的結合可說完成是基於各同仁的自由意志，始終沒有過任何主張或主義的約束。我們的社長羅門兄常常掛在口邊的一句話，「大家有詩就登，有消息就發表，誰願意編就編。」一切都是自由發展。同時藍星可以說是一個非常不夠狂熱的詩社，同仁間很少相互推擧，甚至說幾句好聽的話的紀錄都很少。說句不怕外面人笑話的話，藍星同仁一年都難得聚在一起開一次會，好幾次詩刊搖搖欲墜，倒並非經濟不繼，或稿源困難，而是編的人意興闌珊或根本興趣缺缺。像這樣一個絕對懶散的詩社，對青年詩人言可說毫無吸引力，因爲作爲同仁之後就得完全忍受自我修爲的寂寞，不容易有人拉你一把。但是作爲一個同仁的我們大家欣賞的也就是這種和而不同，追求自我的傳統精神。我們似乎都有一種共同的默契，穩建的塑造自己，使每個人發出的光輝，焦聚成詩社總體的光輝。

中國新詩的現代主義運動

季紅

今天藍星、創世紀、笠三個詩社的詩人和別的一些詩人聚集一堂討論詩和詩運，是很有意義的事。熱心發起此次會議的笠詩社和共同主辦並提供篇幅刊載討論內容的自立副刊，更令人敬佩。特別是承辦單位指出會議的目的是「為詩壇的相互了解，開拓詩學領域」，以及以兩個主題分別從縱橫兩軸去考察和掌握，更見智慧。我個人是現代詩社的一員，也是創世紀詩社的一員，然而傅敏為了尊重我「以個人立場發言」的意願把我列在特別邀請的來賓中，我更是感謝。

我現在就開始我的報告。基本上我認為歷史是過程，人類的文化思想歷史更可以說是一種辯證過程。如果祇從定時定點去看，不錯，我們看到不同的事件；就在我們的眼前不同的事件有的開始、有的進行、有的完成。但是從文化思想的整體發展來看，一切事件都是在整體中流動——時現時隱。它現，是緣於「因」；它隱，是成為另一個「因」。果呢？你得定下來論斷，但是時間並不定下來，時間祇向前、向前、向前……。時間是個連續，切斷時間的祇是我們的觀念。時間一旦被觀念所切斷，歷史的縱的關連——因因而生的生命性質也將在我們的觀念中被切斷，而且我們在何處切斷、如何切斷，歷史事件也就在我們的觀念中被如何區分、被如何認定。

時間是純中性的、無意識的，但是文化思想並非是無意識的。人類的思想非注視現在，也同時反省過去、展望未來。整體文化思想就像一個大生命，它一邊吸收、一邊運作（代謝和調整）、一邊成長，這整個過程是一種連續的辯證過程。

人的思想也不僅祇作貫時的反省與展望，也作併時的（橫面的）考察與觀照。整體文化思想亦復如是，不僅詩、書、畫可以相互鑑照和影響，宗教、哲學、科學和藝術間也相互關連和作用，甚至是東方的、西方的、本土的、外來的也彼此作着接觸和調適。

如此去看中國新詩的現代主義運動，它就不再是一個孤立的事件，我們很容易發現它在貫時這個縱軸上與以往和現地的關連，也發現它在併時這個橫軸上與東西方的關連。它是對其所承接的「新詩」中一些重大問題如詩質、形式、技巧等的辯證過程。這些問題在今天看來大體上已不存在，至少已不再是討論的主題。之後，詩語言的晦澀一度成為論辯的主題，現在似乎也已成為過去。繼之而來的是回歸傳統、是與生活結合、是鄉土情懷、是民族大愛等等。

我們也許可以這樣說，中國新詩的現代主義運動，是使白話的「新詩」成為詩、成為真正「新詩」的詩。在「愛國、反共」的大纛下以個人自由興發的詩思去寫作，把新詩從大陸時期左傾的、普羅的舊調中提昇起來；以「知性」把新詩從淺薄的濫情中提昇起來；以自由韻律、自由形式把新詩從「小脚放大脚」和「豆腐乾子體」的框架中釋放出來；並介紹和試驗新的表現技巧和方法，但却不執着於一家一言的主張和方法，而期望一個真正的詩的大花園的出現。這一過程是因因而生、而進行、而發展，但就整體詩生命的成長來說，是吸收、是代謝、是調整。它是承接，同時也是傳遞。

承接與傳遞，正是生命過程的性質，也是歷史過程的性質。我們也許可以想像得出詩歷史的開始，但却無法想像它何時完成（如果眞有一天是它的完成，這寂然靜止的一天會是什麼樣子？）我們今日詩壇上的一切努力（如上文所擧出的回歸傳統、與生活結合、鄉土情懷、民族大愛等等）也正是對前段過程的一種辯證。這些努力有發自詩社詩刊的，有發自其他文化思想活動的；有形之於言論文字的，有默化於詩作表現中的；有着重於美學思想的，有着重於語言技巧的。可以說每一位自省的詩人都在探詢「什麼是現代中國人的詩？」以及「如何寫現代中國人的詩？」我相信這的確是值得詩人們思考的問題，値得詩人們以作品去探索試驗的事。事實上這也概括了今日詩壇上全部的努力。

但是，對於這一個問題却沒有一句簡單的話可以回答它，恐怕也沒有立即的回答。每一位詩人有他自己的認定和他自己的方法技巧，甚至有他抓得着的題材和用得慣的語言。就認識來說，如何去體認「現代」？如何去體認「現代中國人」精神領域中各個深幽的角落及其埋藏着的內涵？就方法技巧來說，有否絕對而普遍適用的方法和技巧？我們看不出有，然而毫不灰心。詩人的基本信念是：詩是探索生命、而生命的內涵和人類精神的內涵是無窮深廣、無窮豐盛的，去到它每一個幽處的路也不同。正因爲這樣，詩才迷人；也正因爲這樣，詩人需要冷靜、謙遜與自省，今天以爲掘到了一顆寶石而喜不自勝，明天可能證明那祇是一塊稀奇古怪的石頭而已。

另一方面，也正因爲詩的境界與風貌有種種不同，詩的大花園才豐盛而美麗。祇要每朵都朝向天空、朝向光，便是表現對生命的憧憬，便是對那個莊嚴的問題作了回答，至少是試着去回答它，這樣，不論其聲調有多微弱，都値得我們聆聽與尊重。

今天的詩社可以說是自由自在的結合。自由自在是詩社的特色，也是詩人和詩的特色。藍星、創世紀、笠三個詩刊雖各具風格，但無碍詩社內各同仁特殊的自我風格。不同詩社的詩人作品也經常交流，各詩刊並大量刊載新人的作品和試驗性的作品，顯示詩社和詩刊兼容並包、獎拔新人的大胸襟，這也是詩刊共同的特色。

笠詩社對本土文學的關注，應是鄉土情懷的一種發抒。鄉土情懷是由於生命尋根念祖的本性，它可以表現爲對故鄉故土的特殊情感，可以表現爲對邦國民族的大愛，甚至可以表現爲對神祇的敬畏或對自然的嚮往；因爲信仰神的人說我們都是從神那裡來的，而熱愛自然的人說我們是大地之子。以上無論哪一種層境都是美好的，其抒發所以不同，無寧是由於個人體驗和體認上的不同。此外，笠詩社對語言運作也廣泛探索，如前所說，任何有意義的探索都令我們尊敬。

今天這個討論會的意義，不僅在進一步溝通意義和友誼，它更重要的意義是讓我們思考它所提出的兩個主題：「大家怎樣看詩史？大家怎樣看詩社詩刊？」每個人的看法儘管不同，但是詩史不外是詩的思考與表現的辯證過程。詩社、詩刊。以及每一位詩人都是在某個階段的過程中，或好或壞、或多或少，任誰都一邊承接、一邊傳遞；而且，今者如何觀昔，猶來者之如何觀今。

對立的幸福

——一部臺灣現代詩史，其實就是一部對立進行曲……

郭成義

我忽然發覺，臺灣現代詩壇，似乎越來越變得理智了。

歷經過三十多年來崎嶇坎坷的道路，臺灣現代詩一直是背負著悲哀的性格而活下去，一方面由於「妾身不明」的表達方式遭到讀者的漠視，一方面又因為具有「多重面貌」而引發詩人之間的惡性對抗，以致於呈現了一幅不太平的景象。

近年來，詩人間的論爭雖然仍不免存在，但持平之論的呼聲已有大為提高之勢，最普遍可以感覺到的現象，至少有以下兩點：一是「大植物園主義」的思想復現熱絡；二是詩人論爭逐漸受到非關係人的白眼。

從這兩點看來，現代詩人的心胸顯然較以往開濶得多，異論爭執的情緒也會慢慢受到壓抑。

看來，這就是一種理智吧。

然而，當我深深的感覺下去，却又發覺，這並不眞的是理智，而只是一種意志上的疏懶，以及一種意氣上的墮落罷了。

造成這種假理智現象的原因，是詩人長久處於精神緊張的詩壇動亂中，已達到更年期的疲倦狀態；同時，六十年代後出發的新世代詩人，以持有較純潔的立場投入，調節並削減了很多精神上的堅持或武裝。

因此，這種理智，其實是詩人從戒備狀態的精神鋼索上所摔落下來的消極反應，並非眞基於詩學上的覺醒而產生的。

在這種假理智的現象下，曾出現了一些似是而非的思想，其中最重是的是，大家都在盡量避免沾上所謂「門戶之見」的罪名，並且在論爭態度上，降低了表現的情緒。普遍希望破除「門戶之見」的思想逐漸發生力量，無疑意味著「大植物園主義」的重新抬頭，然而，却也象徵了五十年代知性結合的短期詩壇破產；其實，在那個年代的後期，詩壇的突破能力與追究能力，曾保有最旺盛的潛能，對追尋「怎麼寫」的詩學課題，有著激情的索討意識，到六十年代發生「鄉土文學論戰」前後，才把這種激情暫時冷卻，轉移到「寫什麼」的軟性問題上。

在五十年代之前，論爭最為明顯而廣的，當屬「現代詩」與「藍星」這兩個詩社之基於主知或主情的論辯；五十年代中期以後，則移轉於「創世紀」與「笠」這兩個詩社的對陣，先有基於詩學方法之「怎麼寫」的藝術態度的歧見，後而逐漸形成對現實環境之分別的「寫什麼」的異論，以迄近期所引發的「語言問題」的紛爭。

這些爭論，彼此所持的觀點，現今仍然存在著，且其接合的可能性，依然相當渺茫，但不可諱言的是，彼此之間的消長，已有了清晰而可視的一面。

由此看來，因爲意見觀點之不同所導致的論爭，絕非起因於要消滅某人某派或某事的動機，也不是在於爭取彼此觀點的接合，應該是被視爲一個詩學運動在整個詩史過程上所當然演出的動作，沒有這些動作，就缺乏了詩史演進的基地，也失去了詩學追究的能力，這種爭論就學術上而言，即是善意而必需的倘若涉嫌人身攻擊，也僅屬措詞運用範圍內的問題，與所爭論的主旨意義無直接影響關係，何況所謂「人身攻擊」一語，所據以判定的定義並不明確，反而成爲被人濫用於還擊的藉口。

由爭論所產生的「門戶之見」的意識，多半說來是觀念，主張與方法上的異同分野，不過這種分野並非沒有存在的必要，就「藍星」、「創世紀」與「笠」的各自門戶而言，都有其合理的解釋衛護，而且顯然是目前詩壇各種不同風格的主流。嚴格說來，缺乏門戶之見的詩人，通常也是因爲缺乏積極而自足的詩學責任，認爲詩可以像植物一般自由栽種和生長，並且以「百花齊放」的景色爲最終的美，然而植物園內的植物，却並非不經過刻意的選擇和修剪吧？即如植物也不免會遭受到造型、色彩與觀感上的不同鑑賞和批評。

實際上，「藍星」、「創紀世」、「笠」與其他詩社在它們已被概念地分別出來的門戶裡，本身也生長或栽種著不同的花朵，詩社成員儘管在整體主張上付予默契，然而所表現出來的作品，並未盡相同，這已具備著植物園的形態了。

因此，所謂破除門戶之見與呼叫著大植物園主義的思想，其實只是一種苦悶下的幻覺反應而已，這種苦悶來自於對作品表現能力的徬徨無依，和長久精神緊張的不耐煩，以致於發生疏懶和墮落的情緒，這種情緒表面上以「無所爲」的浪漫底流慢慢浮現，正是顯現了追求無所爲的太平景象之泡影。

我的想法是，與其排拒門戶之見與異論爭戰，在目前的情況看來是毫無根據且毫無意義的；重要的是如何確定門戶之見與異論爭戰的存在意義，讓是非好壞從其中自然彰顯而獲得應有的消長，這是不能畏懼的。

有建設性的企圖，就絕不避免破壞性的痛苦。臺灣現代詩歷經「現代詩」以降，「藍星」、「創世紀」與「笠」的重大洗禮，其間雖爭論不休，格格對立，但沒有任何一方會成爲受害者，相反的，整個現代詩壇在隨後的日子看來，反成爲一個堅固的受利者的形象，越來越從作品中顯出明朗的效果。

任何一種急於要求破除門戶之見與消解論爭的想法，只是要將一切的異質觀點勉强接合，以便早日縱容於太平景象的懷抱裡，可是，却忘了異質觀點是無可接合的，那麼不講求弄清是非好壞的關節，豈不就是一種縱容嗎？

把懶散視爲浪漫，把冷漠視爲理智，如果這就是詩壇的幸福，那將是多麼殘酷的事，對「藍星」也好，對「創世紀」也好，甚至對「笠」，我們該尊重它們至少有能力於對立的執着吧！

文人•騷人•詩人

王　里

荒唐的革命——性靈的悸動並不是有精密整齊的格律的，而如要以格律和音樂性來當做詩藝的語言，不僅要「削趾適履」而且要犧牲頗大的眞摯性，而且詩藝將是遠遜於音樂的表現力，成爲音樂藝術的附庸都不如。目的（內容）被工具（文學）支配，是奇怪的。

這樁發現如今看起來很普通而當然的眞理，或甚是常識，却花了人類三千年始被發現。歐美摒棄了格律的所謂「自由詩體」的這風尙與思潮自然地被正在賣力地吸收西方文化的日本的激進詩人接受，而且不久我國的一些前衛詩人也接受了而開始嘗試。少數保守傳統的詩人譏罵它，但更多的人們只以懷疑或者好奇的眼光旁觀着，因爲泰西的來勢太猛了。自由詩的發展本來就沒有多大的阻力。

民國四十年代中期，戰爭的傷痛給忘了，經濟復甦了，而社會趨於安定以後，人們的文化意識必然地會抬頭。紀弦先生開始以最激進又最仇恨的態度提倡詩藝之革命。於是，本來溫和地正在「維新」中的我國詩藝發生了一場莫須有的革命之大風暴。本來大大地提倡，或者發起改革和發展是應該的，但不必激起痛恨的革命，況且那主旨又是「橫的移植」這種荒唐怪誕的崇洋媚外心態的革命！直到五十年代，一些學人文士痛恨着兩千年來那專制王朝所遺留了下來的頗多陋習，而大唱起「全盤西化」；於是中國以往的一切該趕盡殺絕的狂瀾洶湧起來了。

這些心理我們不但能够了解，甚至同情；然而，他們既然不認識東方又不明瞭西方，也不知道何謂歷史文化以及其興衰演化的原理，只是盲目地趕流行。即是：一犬虛吠，萬犬隨之。眞理屬於全體人類，例如在東方或西方，在印度或阿拉伯，一加一都是等於二；哪裡有更好的見解，誰都可以搶來動用它，而不必移植，也不必什麼化的；何況，歷史不同，國情不同，命運不同，那些移植進口來的東西，許多玩意可能是多餘的，又不少是無益的，有些甚至是有害的。例如要不要「移化」那排外性而唯我是眞的西方宗教進來，而引起永無止境的戰爭和流血？正確地研究了解而引進西方的學理、風尙、文物、器具是沒有人會反對的。

紀弦引起了這草須有的革命，而繼承他來使得現代中國的詩藝陷入了僵局的最主要的人，就是那位才智極高但自我中心意識極其頑强而又完全地缺乏了省思改正品性的洛夫先生，專在批評人而不肯聽評而省思而改誤的大騷人。

T．S．艾略特說：一個人過了二十五歲而還想詩，他就得要有歷史意識。洛夫先生缺乏了歷史意識（非常識），因而在詩壇春秋中過了三十年，也未見他修正他那引起了現代詩之走往死胡同的謬誤。在他「詩人之鏡」的序言中說現代人的苦悶是：一、達爾文的進化論摧毀了人爲上帝的赤子的理念；二、弗洛伊德的精神心理學說把人類心靈中的獸性鬼性暴露了出來；三、工業文明和社會制度的高度發達使得人格尊嚴之喪失，一個人變成了一顆社會的螺絲釘云云（大意）。

乍看一下，你或許會感到你得到了偉大的啓示，但再想一下，你會發覺這說法的「荒唐度」！達爾文云云，我國文化並沒有上帝意識而是天人合一的理念，又弗洛伊德云云，我國老早就有性惡說；再來工業文明云云，我國正在努力趕上——這可不是「現代西方人（！）的苦悶」嗎？跟咱們中國人，跟第三世界、跟印地安人無關呀！那是基於物本覇道意理演進了下來的西方世紀末的苦痛，那必然地會導致共產、納粹、資本主義，進而訴諸極權、專制、全體主義的陷阱！就是這些誤解（有人說是西方思潮的亞流）幾乎斷送了我國詩藝的命脈！幸虧地，它已經走入了死胡同；然而，那些誤患了西方病的人們却還沒有否決自己以往的錯誤的勇氣，或是睿智！看那大師托爾斯泰，雖然太極端了，竟敢否認了自己以往的藝術！直到現在，他們恒在被攻訐以故弄玄虛、鬼話、打翻了鉛字版、夢囈、晦澀、在他們之間用於自慰，連文藝工作者也不知所云……，竟然未能醒悟！

幸虧地，風暴的塵埃落定了，渾沌的迷霧吹散了以後，許多有頭腦的人們一直在扶正「國詩」。與人類歷史的演進完全一樣，那些激進派的人們兇猛地幹了革命，然後變成了獨裁專制的統治者，但人智必然會醒覺而判斷，而志士們紛紛地站起來推翻「暴政」。如此地，文學史將記載，誰是獨裁者而誰是志士，來讀大家留芳萬世或者遺臭萬年！文章千秋事是矣！

三種取向——這邊臺灣脫離了日本帝國統治，而那邊大陸由於國家的大動亂，即是大陸赤化了而政府遷臺，大批大陸移民或者逃難來了，因而臺灣的文壇必然地發生了諸多的特殊的現象和局面。如今，一個世代三十年過去了，我們可以平心地鳥瞰那一場詩藝演化的社會背景與心理狀態。在此，我們只要剖析那三大主流，即是「創世紀」、「藍星」和「笠」。

一、「創世紀詩社」——其主將們是軍人，其靈魂人物乃是洛夫。這些是大陸赤化而被逼離開了親人和家鄉，又沒有產業或是學歷而前途渺茫的人們；於是詩藝是他們唯一發洩情感與自我表現的手段。隨着現代詩的起哄，他們熱烈地寫起來。當時，最能够很具體地表示他們的處境心態的即是他們的「筆名」，如：愁予、（張）默、瘂弦、辛鬱、沙牧、商禽、沈甸、大荒等等皆是極其悲觀絕望性的；他們的心理因素如下：一、他們的心根既然被從家鄉拔起來，而又沒能紮根在此地，因此他們的心態是游離自中國文化，甚至憎恨而拋棄了傳統的一切；二、如上述，他們沒有學歷資格而感到前途無望；三、他們未能接受正規教育，因而由於自卑感的補償作用，而有意無意地抓來一些「學術」來彌補。就在這時候，西方的有識人們發覺而擔憂起西方文化的沒落與危機而發出了一連憂患呼籲，而此地也有人感到對中國的一切沒有希望而只有全盤西化；這些「危言」極近似於這些無望青年的憂愁無望，因此他們以那薄弱的英文程度（余光中先生曾經譏笑過他們之不通於英文）和對西方文化的膚淺的嚮往，盲目地抓住西方那世紀末的悲鳴。如上這三合一的情結與心態再加上「當時凝於國家的政策和社會上言論的尺度，內心的苦悶不便明示，只好以暗喩和象徵手法來表達」（洛夫語），又加上，因爲這些阿兵哥沒受過正規的學校教育，又沒受過五四白話文運動的洗禮，其語言意識是文言文的。這些原因使得他們寫起：迂迴暗射的、個人主義的、逃避現實的、誤解的西方意理的「現代詩」，結果搞出了連知識份子或是文藝工作者都讀不懂的晦澀而故弄玄虛的玩意。梁景峰先生評說：他讀得懂德國的，而卻讀不懂我國的現代詩；筆者也是一樣，任何難懂的英、日文新詩都可以欣賞，但此地的玩意有許多讀不懂……。羅青先生也說：連高等知識份子也讀不懂……這種只有他們一小撮難兄難弟讀得懂的東西，試問後代會怎麼說？然而，他們又不肯努力進修，因而筆者敢擔保直到今天他們的外語文能力以及對西方哲理都還沒學通！虛擲三十年光陰矣！民國五十幾年，有一次王乃東君拿一首詩作向一位創世紀的主將請教；他看來看去評曰：不知所云！天呀！那是那位主將自己的大作呢！

再來，最絕的地方是這些大將們竟然用「古文」來作「現代詩」，如……乃……遂……則……，結果，搞出了「老夫子詩體」，就是帶着瓜皮帽，穿着長袍和希包鞋的老夫子開着太空梭一般的怪物。這一點，再後述。

如此地，他們引起喧喧囂囂的批評、攻訐和譏諷，致使這「詩的國度」的知識份子唾棄了詩！直到唐文標和關傑明和陳映眞三先生把他們判死了，他們便反諷嘎唐、關、陳不懂詩！憑什麼斷定？然而，平心地評判起來，唐、關、陳三先生的文學素養和學識程度和對古今中外文藝的了解，遠遠地超過，而且其理論的建構以及求證也遠超過他們那情緒的，陷於自我中心僵局的「蓋論」。當時他們沒有學歷或家產，而僅能憑籍文筆來建構自己的人生，所以余光中評斷他們患有「靈魂的富貴症」。不參與社會大衆和國家的命運，而只在爲藝術而藝術，玩弄文才的人，不是詩人而是騷人。

二、「藍星詩社」——與創世紀的主將們相反的就是此詩社的代表性主將有頗高的學歷，有的留學，又在最高學府執教；學位高、地位高，精通外文，生活安定，前途無量，但有與前者共同的一點，就是這些人們沒有生根在此時此地，他們的心根紮在新大陸或者古典傳統或者是書本學識，因而寫出來的東西古今中外的典故文辭一大堆；而且，他們對中國完全地失望了，因爲中國使他們羞恥，中國開他們的玩笑太大了（余光中詩），而不關懷社會大衆和國家，也就逃避進入自我的學問的城堡裡去揮筆玩墨，炫耀學識，玩弄情感，因而也被唐文標先生判死了。他們的學歷地位都很富貴，但不摯愛民衆、社會、國家的生命，所以洛夫先生評斷他們患有「靈魂的蒼白病」。不關心而不參與社會大衆的生活和國家的命運，而在爲名氣而藝術的士大夫，不是詩人而是文人吧！

三、「笠詩社」——此詩社的主將們本來都與「現代詩社」和「創世紀社」走在一起的，可是後來他們爲什麼要分立出來？也就是他們發覺前兩社沒有紮根在這鄉土（臺灣這小鄉土的延伸就是中國！）。藝術無國界，志同道合是知音；洛夫先生特別强調「笠」的人們皆是本省人（非馬除外）。筆者與他們有過長年的交情，笠的主將們都沒有地域觀念或者排外意識，都是以文會友的人們，但由於本省人在此海島共患了異族統治的浩劫，又是生於斯長於斯，深深地伸在此地，因此當然必然地他們會關懷此地的社會大衆。笠的人們的身世比前兩社也是較爲複雜的，也就是非清一色的：有的僅爲小學畢業的，有大學的，也有留學的，有公務員、技術員、經理、商人、教授等等，但共同的一點乃是他們的心根紮於此地。如此的結合才是正常的；否則，其詩解必然會如前兩社一般，趨於偏頗的死胡同。他們之間，許多人互相沒有交情，又有互不相識的，僅僅是詩藝連繫着彼此的心靈。他們又沒有主將或是領袖，見解的差異甚至衝突頗大；其實，在那麼多彩多色的結合中，任何人想要唱起什麼主義，只有遭到：「請你的便，但我自有想法」。

在語言方面，如上述，老一代用現代語文寫，而中生代和新生代並沒有服從又沒有學習老輩的語言，他們用的卻是平白的現代語（有少數例外，又有少數在試探用方言）；用現代語文寫現代詩乃是世界潮流，歷史的必然，而使用具有矇朧美幽玄感的文言文來掩飾詩質的貧乏，是幼稚的想法，而且一旦被譯成外文，那價值便大大地減低！

至於背離了五四先師們的建設而怪異地用古代文寫起現代詩的高手就是洛夫先生——紀弦先生用的是現代文；洛夫先生後來節節向眞理低頭而在出版「魔歌」的盛會上聲明說他改變了語言——他說「笠」的語言問題云云。「笠」沒有語言問題！至少「笠」的語言理念與胡適的幾乎舉國贊同的「八不主義」（當然嘛，這是歷史演進的必然，全世界都一直走向它！）不謀而合！語言有問題的就是洛夫自己！

所以，這是出自無知與武斷的偏見！「笠」的原始發起人們都精通於日語或英語，其程度不亞於英美日人士，又少數人精通於德語法語等，而他們所認識的英美日德法的現代詩都是用現代語文寫的。全世界，以古文寫作現代詩的這種鬼胎，可能只有此地才有！「笠」的元老們並不曾標榜過什麼，或者主張過什麼，只不過是自然而然又理所當然地用現代白話文或口頭語寫起現代詩；又並不是他們的國文較差；他們經過了兩次被改變語言的命運，就是從閩南語被迫改爲日語，再從日語改變爲國語，因而對於語言的適應能力是超世界水準的，又研讀過世界文學而有世界性眼光，而不是以薄弱的外語能力或者通過拙劣的翻譯去接觸世界思潮的，因而不會有崇洋媚外或買辦的高等華人意識，更不會有炫耀學問的無聊作風，又其中有不少人對國學或是洋學的造詣極高。前兩詩社的主將們都未見有專門的學術著作，連余光中教授也沒有！但「笠」有多人早有專門著作。讓心根漂游在風花雪月中的文人騷客不可能有貢獻。錦連常評訐那種怪物，叫做「創世紀文言現代怪詩」。是的，而今如果有用沙士比亞的英文，歌德的德文，旦丁的義文寫現代詩，一定會被笑死，或者送去精神病醫院吧。

「笠」的詩人們紮根此時此地的本土而現代文寫詩，

所以那詩作看來樸實無華但有血有肉而有呼吸；那是眞摯的關懷，現實的哲思。然而，需要留意的就是易陷於眼光狹小的缺點，就是往往會忽略了歷史意識與性靈生活，也就是思想性薄弱。從個人而社會，而民族而世界，詩藝應要包容直搗宇宙永恆的思感。脚踏實地省思，觀望街衢民衆，但必要仰首眺望那永恆宇宙的運行。

然而，這一點是可以樂觀的，只因爲他們紮根於生命大地，而會生長，會茁大。儘管還有些不知不覺的人抱着畫在空中的綺麗大花或者插在花瓶中的塑膠美花，輕視着這些小草花，但後者有生命。

綜觀詩壇——物以類聚，龍交龍，鼠交鼠，雖然有個人差別或是異數，但由於理念型態的相引互斥，或者由於地緣友誼，詩壇之大分成了這三大流向，乃是這時代使然的；這又是自然的現象。然而，這樣分成派系又有引起惡性循環的危險：其一就是「愈趨固執」：爲堅持自我和逃遁於群體，某些人們喪失了理性良知，而築起愚昧的城堡，不是躲避在其中自慰自戀，就是偶而開城門出來偷襲別人一下再縮進城內禁閉城門去繼續自慰；其次就是「同流合污」：前進們結束其力量大肆地主張又宣傳已見，而後進們爲要獲得舍進的賞識，而會放棄自我信去倣效權威，而終究變成其亞流奴才；第三就是「惡性淘汰」：編輯人必然會提拔附合於自已理念想法的作品又擯棄異已的，由而使那一條詩河愈流愈偏而變成一條歪河。

上面這些情形，大家都目睹過。一個意志不堅强的後進屢次地被退稿而氣餒而放棄，不然就「出賣靈魂」去盲目地倣效權威以爭得一席地。所謂惡幣驅逐良幣；其實，人類任何範疇的歷史悲劇很多是起自如此的歪流現象。

詩人是性靈的醫師。人人都有詩思詩感詩情，但會拿起詩筆的人，就是精神生活極豐富的人們。在現實的交誼上，筆者一感悟到這些人們都是最可愛又最可敬的人們。只是其中有少些人缺乏了省思理智而死不肯開放心胸，而養成了夜郎自大的「文人相輕」的陋習，狂妄地輕蔑別人的人格才智而自己却愈是深陷入偏執和自大的深淵，因而在詩壇上發生了多次莫須有的筆仗！最絕的就是，像演藝明星之爭排名一樣，在國際性的詩人大會上鬧出了笑話。爲自大狂成了國家的罪人，眞是古今中外觀止！

詩人也是人；詩人最初又最後的乃是做人的情操與叡智。至於「你是老幾？」，這是由時間和後世來判定。但筆者可以確定的，就是沒有紮根於生命大地的騷人文人將是老幾都不是；將被淘汰掉。君不見，整個唐朝必定出現幾萬幾十萬個「詩人」？其中僅有一小撮留芳在靑史上。

我們別忘記歷史的教訓吧。

三分臺灣詩天下

陳寧貴

在臺灣現代詩壇上，藍星、創世紀、笠創辦的時間最長，影響最爲深遠，他們對臺灣現代詩的風格互相抗衡，推波助瀾，形成三足鼎立的局面。

藍星以覃子豪、周夢蝶、余光中、羅門、向明爲主幹，曾經在詩壇顯赫一時，現在頗有後繼無力之感，成員似乎已化整爲零，像余光中，讀者大都不知他是藍星同仁，他單槍匹馬闖入廣大的群衆中左右逢源，他個人的成就和名聲已凌駕藍星之上。或許這是一般詩刊的命運，詩刊造就了一些新人，這些新人不斷地成長成「巨星」，詩刊立刻成了秋天後的扇子，爲避免詩刊的這種惡運，詩刊應該不斷地吸收新人，使之新陳代謝正常，這樣才能永遠青春，永遠生龍活虎地在詩壇扮演重要角色。

創世紀以洛夫、張默、瘂弦爲主幹，詩壇目爲三劍客。他們對臺灣現代詩的影響已經到了令人可怕的地步。由於創世紀善於做活動、編詩選，造成創世紀詩風的盛行，現今民國四十年次左右的青年詩人，莫不深受那種似是而非的超現實詩風之影響，當時年輕一代的詩人寫詩，競相仿效玩弄晦澀文字之慣技，至於內涵精神空泛無比。如今年輕一代的詩人，普遍的覺醒，對創世紀來說是件很尷尬的事，它不但面臨了出版的困難，更面臨了詩風的轉變，（藍星亦有這種尷尬的問題）。

笠詩社和其他兩大詩社，詩風殊異，趨向臺灣鄉土，文字明朗，內涵深邃。笠詩社的成長過程是穩健的，也是寂寞的，在創世紀詩風的籠罩下，笠詩社也渡過了不少尷尬的年歲，挨到現在終於揚眉吐氣了，觀之臺灣現代詩風，眞是笠天下，什麼「社會詩」、「政治詩」，莫不是笠詩社先前播下的種子。事實上臺灣詩風的轉變，年輕詩人的覺醒，應該感謝鄉土文學的論戰，這場論戰原是對準小說而發，却爲臺灣詩壇帶來無比的震撼，乃有現今的新局面，笠詩社的重要成員，自然又成了詩壇炙手可熱的人物，如果他們學習創世紀做做活動、編編詩選，笠詩社立刻就會居於詩壇的領導地位。

藍星與創世紀已經到了夕陽無限好，祇是近黃昏的時候，現在笠正如日中天，要好好把握時機，對民國五十年次的年輕詩人，予以新的啓示。否則時機一過，祇好和藍星、創世紀平分秋色了。

追索「語言的實現」層程

喬林

在這篇短文裡，我將試着用「語言的實現」做爲線索，來貫串分自現代派成立後卅年來的現代詩軌跡。語言不是詩的唯一意義，但新文學運動，却使「言語」成了現代詩詩學的首要問題，此種事象甚爲明確。新詩人由「自由詩」改以「現代詩」自處時，其主要的動機，仍在追索可以爲詩的「語言的實現」，卅年來現代詩的流變，依然是在緊切的擬問「語言」。迄至今日，仍有「語言」是「文字」，何者爲詩訊之傳遞介物之辯，即得證明。

語言之於詩，一如營造事物中的建材。一個結構物的實存，不僅需要建材這實物的推置，同時也需要，建材間各具用途、意義、強度的聯合。建材是唯一可見的實物，但仍有不具實體的「空間」「格局」必需併同加予衡量，不論在美學上或意義及精神上，它們均要加入建材計算。因此，建材的擇取與組合，關係着結構物的美學、意義與精神，不僅擔負着鑄造的功能，同時也發生牽制的作用。對於一首詩的構成，無論在其所表現的美學上，意義上及精神上，語言正以其事實的來表現着建材的功能，與其所受的牽制。此即，我們所當注意的，不僅是語言的內延意義，而尚有其外延的意義，以及在整個結構物內外場上，內延意義與外延意義二者交互影響發生的關係。

在此我們必需對結構物內外場的「外場」略作說明。外場是相當於背景而言。背景的存在，重要的，不是在擴大我們的視野，豐富內容的包涵量，而更重要的是在，把結構物的位置標定，把結構物的意義標出。如果利用這背景理論來攷察作品，我們當會發現，縱使結構完整，而猶有意義不顯，詩味淡薄的作品，其原因即在於背景的缺失。

一開始我們便說：語言不是詩的唯一意義。換句話說，語言的實現，並不等於詩的實現。但語言却是詩的最初問題，亦是詩的最後問題。最初的問題，是出現在什麼樣的語言的認知態度，將規劃出怎麼樣的詩的「理想模型」。最後的問題，發生在「理想模型」與語言之關係上的實踐與辨證。

先一個「理想模型」的幻滅，再到下一個「理想模型」的構成，是一種創化的過程，也是一種創化能力的表現，「語言」的被要求實現，基本上，決定了前後「理想模型」的存亡與更替。以這樣的觀念來看自現代詩派成立後的，現代詩的流變軌跡，或許較能得其精義，免除不必要的紛爭。

那麼自現代派成立後，至今卅年來的現代詩人是如何的追索「語言的實現」？

簡約的說，至創世紀十一期出版前的語言，仍是白話文學運動時的延續，只是到這個時候，白話文在詩的寫作運用上已臻成熟，已有餘力兼及如覃子豪所提倡的象徵派美學意識等的引進。但一個「理想模型」的幻滅，往往是在實踐至能掌握全局時，才發現其有違最初的意義，而所做的結局。創世紀在十一期引爆了，紀弦鼓吹流動多時，而未得伸張的「覺醒的語言」，結束了上一階段的追索任務，同時也清除了前一「理想模型」。

紀弦成立現代派，鼓吹大現代主義，幾乎與藍星詩社的成立奮發同時，不過由於現代派運動失之概念，並無明確固定的理想，仍致空有精神，而無實體，成積不能彰現。直到創世紀將該精神，賦予「覺醒的語言」成的「理想模型」，才算逐漸定影顯形。「覺醒的語言」賦予語言强勢與主動，仍對立於白話語言的軟弱與被動性。

然而由於覺醒後的語言努力過份澎漲，終致詩的生命必須依恃語言才能生存，而對詩的信仰也改成對文字的崇拜，要求「語言實現」的動機喪失，且也埋下了後來，詩是文字作出來的，還是語言傳達出來的，這一論爭與澄清的伏筆。六十二年「龍族評論專號」所掀起的聲浪，結束了這一階段「理想模型」的實踐。

隨後，精力充沛年青一代的笠同仁，引伸着該詩社前後代同仁的精神，爲詩壇提出「思攷的語言」及其「理想模型」。至今，這一「理想模型」尚在實踐中。

在此我們不妨再次作個快速的回顧，清楚可見一個線條分明的粗樣，自現代派成立以後的現代詩流變軌跡，是，有別於古詩的新語言的實現，在詩人的追索下的反映。自使用上的順當，再到新語言功能的發現，再到「語言」的歸位。就三大詩社而言，藍星詩社爲使用上的手藝，提供了熟練；創世紀詩社在實驗室裡，爲語言文字質性的功能作了很多瞭解；而笠詩社是第三棒的接力者。

花團錦簇中，風格各異

朵思

臺灣戰後三十年來，現代詩刊物如雨後出筍，雖全屬同仁刊物，但大小詩刊却不下十數種，但就歷史年代與成果來說，無庸諱言的，却不外祇有「創世紀」、「藍星」與「笠」三個刊物，它們所具的影響力與成就，也是詩壇人士有目所共睹的。

做為一個不曾加入過任何詩社（「亞洲現代詩集」二集所登，本人曾參加過「創世紀」之資料，可能為主編誤植，特此更正。），又與三個詩社同仁一直有些微接觸的我，以「局外人」的立場所見，可能將較為客觀，因此，我就遵李敏勇之囑，發表一點純屬我個人的淺見。

在價值層次上，三個刊物的份量其實是不相上下的，花團錦簇中，風格各異，但却每有不少出土的寶石展現其中。不過，「藍星」也許是受了覃子豪風格的影響，一直是較溫和的，他們可以說是默默耕耘的一羣。至於「創世紀」，自創刊以來，便日益壯大，它予人堅實的感覺，是語言形式的表達緊湊且深邃，另外，在意象的表現上與內歛的張力，和「藍星」人士有異曲同工之妙。

如果說，「藍星」與「創世紀」是受過西方影響，才回歸中國的，那麼，「笠」顯而易見的，所受的影響則是純東方的。先天上，「笠」的同仁大部份都精於日文，耳濡目染，大和民族溫柔的文學作品所煥發的精神內含，便隱約出現了；吸取別人的精髓，充實為自己的作品，「笠」的作品呈現於讀者面前的，是一種意象與語言的輕柔與清新，即或戰後純受國語教育伊始的一代，先天意識上沒受過半點異族潛在的默化功能，但其清新婉約依舊，所以，這種特色，大概可以說是「笠」的特色吧？此外，「笠」的後輩人才倍出，再加上按期出刊，使它成了三個詩刊之中唯一在中央圖書館的書櫃定期與讀者見面，這些都是值得「笠」同仁感到驕傲的。

滴落乳木的土地

林宗源

㈠

阿母倒在遙遠的古早
把乳水流成一潭的愛

年青的荒地
年老的我

把愛擊成一面的夢
阿母倒在阮的面前

㈡

夢不是彎曲的夢
夢是一條通往理想的路

阿母　我無法度用筆寫出妳的夢
阿母　我只有用心體會妳的愛

路是一條無止境的夢
路不是崎嶇的路

㈢

愛插紅花的阿母
梳滿頭的綠
每日張開霧樣的目
靜靜　看阮大漢

靜靜　看阮死亡
每日張開霧樣的目
梳滿頭的黑
愛插紅花的阿母啊！

即揞有阮食乳吐乳的痕跡

㈣

跂在太平洋唯一的巨人
越頭笑看富士山

阮有玉山的靈氣
阮有天良山的心智
阮有奇萊山的神秘
阮有大雪山的貞操

跂在太平洋唯一的巨人
越頭笑看富士山

物舉活在爸仔心內的咱
爲何徹在太平洋的邊仔
恁看太平洋有爸仔做夢的脚印
海也是咱慘去的所在

跂在太平洋的我
越頭笑看富士山

註：跂：站　越頭：回頭　物舉：但是
徹：躲　恁：您們

㈤

山是跂起來的土地
雲有你跳舞的夢
樹有你種植的愛
夢有阮慘找的路
愛有阮慘栽的種子
山是飛起的土地

註：跂：站　慘：要

㈥

山張開堅强的双手
擁抱純情的平原
兩人愛成一人
伊是阮慘活慘死的土地
面對擺在眼前父母的畫
想起處處公害的環境
爸仔請你不要罵我
阿母請你不要恨我
恁無路用的子兒
只能護恁畫出阮的愛
那是幾千年來
畫在阮心內的話

（詩集）雨季（上）

李魁賢

記事

用湯匙慢慢攪動
一滴一滴
把煉乳
帶着潔白的氣質
攪進沒有陽光的咖啡杯底
黑色是苦澀的根源嗎
誓約做爲
撕開包裝紙的白糖
漸漸溶化進去
唉，那是自己的形象

一九八三、四、四

最後與最初

我是不相信
最後春天的人
用心
把落葉掃成一堆
想從葉脈中去認識山河
總要挑出一枚
具有夢中疊景的紋路
可是落葉漸漸化成土
抬頭看到枯枝
戳破了天空的一角
陽光隨雨漏下來
我等待
春天的潮濕味
最初的春天
還沒到來

一九八三、四、十四

百貨公司

當我們依舊在爭論

最初的春天
還沒到來
夏天的乾草味
已經散發出下午的號外
焦灼的泳裝
在橱窗裡呆望着
街上依然淋濕的天空的倒影
百貨中
唯獨春天不能陳列
愛也是
愛不能包裝
也不適合攤開來挑選
我們向即興的店員詢問
關於愛的贈品
據說
還是缺貨
索然走出大門
春天的陽光
開始以繡球的拋物線
落下來

一九八三、四、十七

鄉愁

用舌頭
叩開咬緊的牙根
朦朧地說
打開內心的天空吧
把鄉愁的風景
開放

從而
感覺鹹味的焦灼
那是根源於
生命鹽份的反芻
由遠方投射的陽光
曬成苦澀的詩
由感觸到掌握的路程
就是山澗上
擺盪的鐵索橋吧
在中途尋思
前進還是回頭
前進還是回頭

一九八三、四、十八

愛的辯證

請走這邊
這邊在都市建設中
還是愛的廢墟

請走這邊
這邊在都市繁榮中
還是愛的貧民窟

請走這邊
不論廢墟或貧民窟
唯心眞的會是
靈魂與靈魂間的
最短距離

請走這邊
下雨天的陽光
最具辯證的癖性吧
無論如何
愛才是最後的辯證

一九八三、四、十九

原版

把湮滅的心血
初版、再版過的版型
以自己眞實的形象
在天空的白紙上
印行
這樣的盜版是
對自己僵固的心版
脫序的變體嗎
假定印行的正是
剛好單冊
只有兩人合在一起
才能閱讀對方
那麼
這個盜版
正是愛的原版

一九八三、四、二十

作業練習

對的答「對」
不對的答「不對」
都是對的
愛的是非題
有百分之八十以上確然率

方位向右一〇〇
方位向左一〇〇
這樣測量法上的修正
屬於愛的選擇題
選擇或不選擇
是1與0之間的邏輯

假設透過玻璃觀察

恰好戴眼鏡
那麼
光的折射
透鏡間的距離
對接吻品質的影響
這種愛的申論題
不是工程技術的演算
只有百分之二十以下或然率

無論如何
測驗的結果是
愛的作業只適合是非題

一九八三、四、廿一

看花

寧願做一個俗氣的人
不懂得什麼愛
只要喜歡
就要
就像登山的頑童
摘一枝梅花
沿路歌唱唏哩嘩啦
可是却想從紅百合
去看妳的臉
就像浪漫的春天一樣

一梗開了四朵孿生
朝向東南西北
東花　有水的溫柔
南花　有火的虛無
西花　有土的無奈
北花　有木的妥協
然而
看不到妳臉的時候
在朝向天空的四蕊中心
却映着陽光的
金的榮耀

一九八三、四、廿二

羅亞河畔的思念

莫渝

羅亞河（Loira）是法國（面積與四川省同大）第一大河，長一千公里，穿越法國中部偏北，流入大西洋，沿河有不少歷代君王的行宮（城堡）。

佇立河堤，有時以為置身嘉陵江畔，有時想成是浩渺的揚子江。浩浩渺渺的揚子江，一直是夢境的血脈。

就此這種疑幻疑真情況下，我記錄一些鄉愁，獻給日夜思念不已的妻子。

候鳥的哲學

流浪，不是心願
一再遷移居地
更非職業的招引

儘管如此
我們仍會回來
在春暖花開的時節
我們仍記得歸程
回來探望去歲的景物
不渝的我們，永遠對
去歲的情　依依

雪的哲學

雪，無私地落在大地上
人們悄悄閤上語言
在暖爐邊
用心靈加釀春天的醇酒
寄給遠方的友人

遙遠的異地
是否也如此飄落
無私的雪
讓人們從靜寂中
把遙遠的思念

攤在大地上
接受陽光
暖化成湧動生命的清溪

秋日情懷

離別之後
寂寞常有，孤單更是
微溫的夕陽下
初秋早寒
我的倦軀早已不勝酒力負荷
更惶言遙遠的鄉愁與思念

靜靜的林園

車喧離此甚遠
躺在栗果不時掉落的草坪上
望向異國天空
心緒擺盪不定
這裡不是自己家園
浪遊的猶里西斯
誤入迷途，暫時休憩
在林園裡
暫時褪盡奔波勞累
靜靜享受片刻寧穆
靜靜吐出思鄉的唏噓

朝東南的窗口

北緯四十七度半，西經一度
吾愛
我思念的標鵠
等著你可愛而珍貴的隨時撞擊
吾愛
最好我倆同時睜眼
互相對視　守望
無奈「時差」的鴻溝
宛似浩瀚銀河
暮靄一來襲
吾愛
那盞思念不已的小燈
就懸在朝東南的窗口
夜夜因你而亮
夜夜眷護你的夢境

凝窗的露水

清晨，拉開布幔
準備歡迎欣然的陽光

外宿整夜的露水
却早先一步映入眼簾
緊貼窗玻璃
彷彿被慢待的你
把濃重濃重的相思
化作楚楚可憐的露水
凝窗且沿窗緩緩流下
盯住暗自埋怨的我

花市

路過花市
吾愛
我買下一盆小花
讓自己快樂
讓遠方的你知道我快樂

路過花市
吾愛
想你該在我右邊
欣賞這些鮮豔的秋景
我們家鄉一樣有

路過異國花市
吾愛，我忍不住地
逗留又逗留
想在群花當中
找尋一張熟悉的面孔

站在城牆上

彌撒的鐘聲在古堡外敲響
異國遊子在城牆上蹀躞

執戟戍守的兵卒早已不見
群鳥不時停憩尖頂或斑剝壁壘
城外河水粼粼
波光輝映飛速的浮雲
河堤高速公路上呼嘯的車輛
未曾驚擾安然於寧穆的城堡

我站在城牆上
追思長烟落日下
古中國荒漠的堡砦

是否無損於歲月的毀圮？
我站在城牆上
遙想家鄉的親人好友
一股折騰的惦記
不由浮泛胸際

情願讓雨淋著

家鄉，該落著溫柔的雨吧！

走在異國沒有騎樓的街道，情願讓雨淋著。一把傘能撐住我多少憂愁？想到異國字典上 Taiwan (FORMOSE) 解釋為：西太平洋的島嶼和國家，首都臺北；不禁悽悽然。情願讓雨淋著。

走在異國寬敞的林蔭路，情願讓雨淋著。一把傘能代替我多少思念？隔著遙遠遙遠的鄉愁，即使夢裡，猶覺身是客；不禁悽悽然，情願讓雨淋著。

走在異國寧靜整齊的墓園，情願讓雨淋著。一把傘能網住我多少心情？野草正滋長蔓生於無法憑弔追思的墳頭；不禁悽悽然。情願讓雨淋著。

家鄉，該落著溫柔的雨吧！

在無垠的河口相望

終於走到河口了
憑倚霜冷的石欄
儘管遠隔蒼茫暮靄
吾愛，我依然認眞地
冀盼不可及的對岸
該亦有同樣守候的立姿

對岸，夜霧增濃
出航的漁船小舟微亮朦朧燈盞
這樣，夠我惴度
你才植的鬱金香
正頻頻交頸細語於寒風中

吾愛，我就靜靜守住河口
等潮退之際，輕吟這首
願你聽得到的小詩

最末一首了
下次，吾愛
我們將依偎木屋的竹椅
用你熟稔的鈎針
編結永恆
讓世界在兩人的相望中
輕輕淪陷

悲夜

李篤恭

這該是春季的黑夜
一直一直下着酸骨的寒雨；
兩邊沈默默的岩墻木門滲透着
半個世紀的吱咿嗚喲哦—アイウエオ
福、祿、壽、春、財字剝落了；

以粗灰色的混凝土上蓋了以往的沙礫
是此一世代的進步和享受；
黑夜和寒雨將再滯留多久？

在這密密的雨絲底檻柵的前頭
有一個亮體割破着黑暗在發光；
那可會是太陽？春天的？

祈念着走出巷口——那只是一粒街燈！
羞恥恥地垂頭在飲泣着；

聳立在右方遠遠的那紅毛城
延到故鄉彰化市之間連綴以
三百餘年的風暴與血淚——

這雙從那布包鞋以來不知第幾雙的
塑膠鞋又無力又忿懣地立正着，
無聲地呼喚着那永恒的觀音山和八卦山，
焦心地喊叫着那永恒的淡水河和大肚溪，
這疾苦的山河。

——接到老母垂危的夜晚

廸化街之傳說

管管

廸化街
跟遙遠地滿地地埋在黃沙里地露出頭地露出脚生了綠巷紅
巷地的刀的劍的錢幣的銅器地皮膚上地漢唐宋明地廸化城
破的舊的剝的舊的
是兄弟姐妹父子一家人嗎？
母親呢？
一双双三寸金蓮
自歲月香火薰烤老店中
走出來
步步金蓮
踩着
　廸化石板路
步步金蓮
躂躂
走過
去了
傳聞
她了

一鬼
豔麗的
女鬼
老師不信
弟子胡說
黃犬看見黑狗未見
梨巷猫看見女鬼豔
麗的金蓮按摩盲者之盲瞳中
金蓮
竹笛
聲聲
去
遠
聲聲
去
遠
金
蓮

遢齋七二年五月

暖流

趙天儀

從自己的經驗出發
扣緊時代的音響
從內心的感動引發
揚起心湖的激盪

在美麗的島上
上有蔚藍的天空
下有硬朗的大地
讓大海以白色的泡沫
傾吐不盡的相思

走過了故鄉的泥土
跨過了拓寬的道路

一草一木，一沙一石
都留下我深深的影子和足跡

把離別的神傷拭去
把無告的創傷拭去
在冰冷的寒流裏
用詩輸進一股心靈的暖流
來充實這鄉愁的土地

笠

岩上

不是怕風雨打落臉上的花粉
才戴笠
不是怕炎熱的太陽曬昏頭臚
才戴笠
只因戴上了笠
才能聽清風雨鞭打大地的
聲音
只因戴上了笠
才能看清太陽龜裂大地的
痕跡

從山巔到海角
我們戴笠
笠的半圓，永不美滿的
陰影
我們仍然有太多的風雨
用我們銅色的背去灼傷太陽
用我們鋼筋的脚去踩爛大地

遼濶的天地呀
我們夾在中間
笠
護呵着我們的生
覆蓋着我們的死
沒有抉擇
不懂圓不懂滾不懂混
只有陀螺般地旋轉而站立起來
流我們的血汗

天與地在遙遠的地平線吻合渾成
夜盡與黎明消長輪遞着
我們的希望
笠覆蓋下的陰影
斜射着清冽明亮的目光
當風雨交加
或者烈日更爲猖狂

往刑場與屠場的路上

明哲

囚車正要赴刑場
車上的死刑犯
臉色蒼白
思緒紊亂
恐懼已使他忘記流淚

在駛往屠場的貨車上
老牛默默地淌着眼淚
牠只是悲哀
沒有恐懼

人生

林央敏

攤開一本戲劇
讀到精采的情節而入神時
竟以爲自己就在戲裡
飾演一個看戲的觀衆
突然，有一聲奔馳中的車鳴
敲響我的後窗
然後飄進來
正好落在一〇五頁的第三行上面
化作一個進行式的動詞
「追趕」！下面寫著：
黎明、黃昏和黑夜

菲京詩稿

和權

一粒球

相思在掌中輕揉
揉成了渾圓的
一粒球
把它輕置於心底
空廠的草地上
而後運足勁力
　狠狠地踹過去
踹給彼岸
喚我名字
的長髮披肩者
流矢似的
它飛越了萬水千山
前去——
擊中目標
那球那球
妳是否已抱住？

一張照片

怔怔地
把臉上的皺紋
看成了
蜿蜒的江河

水聲冷冷
朝生命的盡頭
流淌而去
假如
有一條小舟
那就推下江河吧
讓小舟飄流
載走了
一捆一捆的
鄉思

旗

伸手入鏡
自那個人的
臉上
撕下了憂思
把它
懸掛在長桿上
迎風招展
嗖嗖作響而爲
一面
吾儕的
旌旗
中夜
清清楚楚地
聽到哪旗
啞聲的
悲嘶
喲是在喚醒
橫躺了許久
龍裔的
民族靈魂
那麼急切地……

寒山變奏曲（續）

龔顯榮

㈤

復次；成群瘋顛漢共參那麼一個有地風光
依然是花非花　霧非霧
依然仰首蒼穹張牙舞爪
抱長弓、撫書劍引落霞千姿
愁煞黃河之水天上來
（悠悠哉，聚頭作相，這個如何？）

㈥

或謂；應無所住而生其心適足傲笑天下
揚一抹光帶穿透萬世千秋諸相非相
正不知爾輩用力磨瓦甎云云

山仍是那座山　那座你公案一番的山
無從融入爾等一切苦厄之應度非度
（你道這師憎，費却多少鹽醬）

(七)

然則；若有人持笑矜風月以嚮寒巖老漢
嗟殘命傳無盡燈尋覓雲路處
尋覓明鏡中自我無從廻避的影像
終究還是有一份親切的情感
一份歸鄉路遙親情在即的盼望
（欲知雲路處　雲路在虛空）

(八)

是故；不可說不可說如是我聞
山花雖常痴笑綠水悠悠而老僧趺坐如斯
如斯幾番生死猶云我百不憂
回首花落何處依舊是水連天碧
唉！枉煞老漢寒山覓寒山茫然一場愁
（寒山壓心鏡　此處是家林）

一九八三年三月

兩個鏡頭

桓夫

海底奇觀

棲息在幽深的
海底
很多美麗的菇
形成了神祕的叢林

蛤蚌的潛艇
游過叢林
去探險
沈澱千萬年的
鬱悶

那是人類的愛
染不到的地方
呈現着
永遠不變的奇觀

事件

驟雨
掃過了之後
冷清的
地面的積水映着
好多被鋸斷的
年輪的
靜

年輪的花紋
會慢慢地
吸收 好多的
積水
在殘破的歷史書上
又靜靜地
復活

日本旅情

周伯陽

奈良大佛

建立於奈良王朝
聖武帝的時代
已經閱過一千二百年的星霜
它是日本的國寶—奈良大佛
像高一四・九九一公尺

東大寺呀！世界最大的木造建築
您的高度四七・三四公尺
以佛祖的光芒
普照宇宙來濟救衆生
聖武帝得到良弁、婆羅門、
行基等名僧同心協力所完成

是國內外協力合建
超越宗教及民族
爲世界最大的金銅佛

當時聘請中原的佛師前來建立
完成了大佛與一對門神仁王將軍
而大佛與門神一直留在
東大寺裡保佑衆生
正圓形的「猿澤池」在寺前
不斷地湧出鄉愁來
許多水鹿叫着奈良的黃昏
正擧頭看着絢爛的晚霞

2、17於奈良

京都金閣寺

位在京都府西北角
建於日本平安時代
是木建的三層樓閣
原名叫鹿苑寺
遠望它的牆與瓦都是金色
連窗戶也是金黃色
四面粼粼波光

那湖上的金閣
與水中倒影相銜接
發出一股耀眼的閃閃金光
方丈庭園裏的茶花
正在怒放着

更有艘以古松樹盤結的
「陸船之松」那手藝巧奪天工

神殿裏設有巨鐘
不時有人撞響着
也有人跪地祈禱　也有人求籤
還有一口名叫「獨鈷水」的古井
這井裏的水很清冽
來此的遊客
人人都勺了一些解渴的

廟會與進香

棕色果

廟會

玉皇上帝天公生
廟的廣場
列滿牲禮
殺雞宰豬
有錢無錢
就是舉債
也要向離地三尺的神明
燒香討個平安

庄內
長輩的老大人
晚輩的細漢囝仔
趕緊搬來高凳長椅
攏總到歌仔戲棚下
聽咿咿哦哦的哭調仔
將厭嫌的電視冰凍在厝內
神愛鬧熱人嘛愛鬧熱

進香

巴士載來
一車一車的香客
人聲鼎沸
太子宮內世居的
三太子坐立不安
廟產管理員
以麥克風
大聲嚷嚷，多謝、多謝
熙來攘往的人群
此起彼落的咳嗽
就讓三太子

甚覺空氣污染
尤其
鈔票當銀紙
一疊高過一疊
在火爐裡焚化
廟旁
遽傳一聲微弱地
老農的唏噓
哀嘆一斤蕃薯
賣不到幾塊錢

靈感的影子

月中泉

在夢裡馳騁
在藍天翺翔
在大海呼喚
徘徊脈脈含情的春天
垂頭踱着黃昏小徑
在樹下守株待兎的人是
誰哪

叩着門
一次又一次
門呀的一聲啓開了
裡面還有無數的門
幸會　幸會
久違了
面對着書本殿堂

竟然　迷失了方向
夢寐以求的形像
日夜憧憬的烏托邦
忽隱忽現的模特兒
駕着車子
追踪高速公路
憑弔古蹟遺物
彷徨汽笛遠颺的月台
掉頭一顧
原來是你
是一張調皮　淘氣的臉兒
在寂寞的燈光下

神的無力感

李勤岸

南鯤鯓有座廟
香火鼎盛
從前我常去燒香
祈求賜福給我的土地
賜勇氣給我的筆

這些年來
我說了一些
應該說
却不可以說的話語
又去參加那次
可以參加
却不該參加的活動
獄中這麼久

我終於頓悟：
有廟不一定有神
有神不一定庇佑你
有些事情太複雜
神也弄不清
神有神的極限
作家也有他的極限

天空的吳郭魚

渡　也

吳郭魚帶著子女
在水中抵抗人類的魚鈎

水底佈滿僞善的餌
冷眼的鈎
吳郭魚日夜思索
生存問題
既然生而爲水族
沒有眼淚

既然無法在故鄉生存
不能哭的吳郭魚只好帶著
千百個子女
像鳥一樣
飛行萬里
向沒有魚鈎的
天空深處

迷航記

莊金國

今晩的話題
還是離不開
色情與暴力嗎

趁早打斷吧
我們已經白白損失
一架載滿納稅錢的
飛機

由於天氣惡劣
只好就近迫降
把手擧得高高地
揮舞着；

如果這是一齣戲
好就好在
沒有人願意相信
劇中人的眞面目

一個都市的流浪漢

曾貴海

某個春日靜靜的夜晚
月光漂亮了室內
我與妻溫涼的軟體
連體後分開的刹那
正對臥室窗口的小公園
第一次看見
那個流浪漢
身旁擺了三個購物袋
飄搖的樹影掩住他的臉

那個流浪漢，此後
成了我日夜窺伺的對象
吃飯時我偷偷看他
上下班時我偷偷看他
吻抱子女時我偷偷看他
捻熄寢燈時我偷偷看他

他却不曾看誰一眼
也沒有講過半句話

據守著一張石椅
是他棄絕了這個城市
還是城市棄絕了他
不停地走過的族人
族人的語言
移居於城市的廟神
都與他相互的遺棄了嗎

盛夏接著春尾
風颱過
雨也下過
他該消失了吧
隨後到來的秋涼

冬日時大地呵出的冰冷的夢魘
他仍無聲地活著
正對我家的窗口

孩子說
爸爸，你看那個人
哦，那眞是個人嗎
工廠的廢棄物
街道旁建築物間的
漂流物

有時候，同他一樣
我也是一個流浪漢
他沒有家
我却有一個被城市孤立的
暫時的透明的家

詩人阿保里奈爾的色情小說

葉石濤

法國詩人阿保里奈爾（Guillaume Apollinaire）一八八〇年八月二十六日出生於義大利羅馬。一九一八年十一月九日三十八歲時患了西班牙感冒去世於法國巴黎。詩人的一生是多彩多姿的。他在詩、小說、評論、戲劇方面都有卓越的成就。不過我在這兒要介紹的是他的小說，特別是五本所謂色情小說（Roman erotic）；分別是「米路莉便宜的小穴」(Mirelyou letrou pas cher)，「一千一千枝鞭」（Les onzemille Verges），「年輕唐•芳的冒險」（Les explotis d'un jeune don Juan）以及「保吉亞家的羅馬」「巴比倫的完結」。不過阿保里奈爾眞正自己寫的可能只是「一萬一千枝鞭」和「年輕唐•芳的冒險。」以阿保里奈爾而言，他的色情只是單純又快活的感覺，猶如毫不需要害臊的，壓根兒不用抑制的偉大自然力量的開花罷了。

這五本色情小說中特別値得一提的是「年輕唐•芳的冒險」。這本小說以作者G•A的匿名一九〇七年刋行。此年是詩人阿保里奈爾一生中的轉捩點。他在此年四月離開了一向是他的桎梏的母親，獨自租屋過活。同時在五月遇見女詩人及畫家瑪麗•羅蘭桑成爲閨房密友。這兩個事情給他帶來旺盛的創作慾望。原來一九〇六年是他最灰色的歲月。他在銀行裏工作所獲得的薪水少得可憐，他幾乎陷入手頭拮据的狀態，因此也很少跟朋友來往。

因此，可以說這兩篇色情小說是爲了賣錢而在匆促之中寫成的。這在阿保里奈爾而言，並不是異例；爲了養活他自己和母親，所有阿保里奈爾的作品都是爲金錢而寫的。「年輕唐•芳的冒險」雖然是色情小說，但在描寫方面仍然可以看得出詩人特有的那犀利的觀察眼，纖細的情感。「年輕唐•芳的冒險」的主角寫「威利」。他從少年時代就對性行爲有濃厚的關心。凡是遇到漂亮的女僕非弄到手不可。由於他不計一切後果的追求，他如願以償，跟他喜歡的女僕都睡過了。他又跟他的兩個姐姐發生了關係。最後美麗、優雅、純潔一如天使的他底姑母也難逃他慾念的掌握了。

由現今的我們看來阿保里奈爾的這些色情小說正是「大逆無道」之極，頗不合我們民族的道德價値感。但由文學的立場來看，小說中的那種諷刺和「黑色」的幽默頗有値得欣賞之處。還好，這類小說在我國是無法刋行的，所以也免除了我們衛道之士的一些憂慮。不過以作家詩人而言，這類小說也有些啓示之處，不可一概排斥。

臺灣現代詩人論

——林宗源著・日文詩集「嚴冬・凍え死なぬ夢」

上田知惠

對於臺灣文學沒有什麼見識的一個日本學生，要寫一篇以「臺灣詩人論」爲題的文章，也許太荒謬，太不自量力了。雖然我以文學爲媒介在瞭解臺灣的各種層面，爲時不過是短暫的一年，但我仍想藉助我的心得，以林宗源爲現代詩人的代表者之一，就他的著作「嚴冬，凍え死なぬ夢」，試論我個人的看法。雖然對作者的心情，主張或詩的風格，不敢說有徹底的瞭解，但我相信由此確實拓展了我個人對臺灣文學的見聞。

讀了這本詩集所得到的整體感想，乃是詩已創造出遠超越了語言的一個更高世界。這裏有打動心靈的詩，滲入內心的詩，具有重壓感，且有時甚至令人感到一種悲愴感。此外，在不受形式拘束，自由而獨特的表現中，隨藏着執拗的申訴。每一首詩各內涵着不同心思，但讓我不得不認眞去思考「生存」問題的作品是「燕仔的話」「一葉葉枯黃」「曬谷場」「哭一聲無目屎的哭」「熱蘭遮城」「在包心菜內的一隻小蟲」「貝殼」「一個孩子咧哭」等幾首。

在「燕仔的話」裏，作者雖然對神提出怨言，但我們却能強烈地感到他認爲人不是無力的，而「生存」是萬人所享有的平等權利之一種魄力。

「一葉葉枯黃」一首，表現着寧靜的心和堅強的精神兩面。使樹葉枯萎的是什麼？那是世上的汚髒和醜惡吧。但却不能使心靈都枯乾掉。「曬谷場」是設想自己若是稻谷的一種感想。生存並非祇是呼吸，而是用自己的力量去保護生命，使其不斷地成長。

再者，表現着即使在失望中，在如何黑暗的世界裏，也要堅強地生存下去的意志的詩，有「哭一聲無目屎的哭」一首。「熱蘭遮城」即表現出在人們都想規避或輕蔑的黑暗陰鬱的世界裏，也有鼓起勇氣，盡心竭力求生存的人。誰能夠否定屬於她自己的生活方式？但另一方面，作者却焦急地盼望着能夠瞭解和救助她們的痛苦。

「在包心菜內的一隻小蟲」一首，讓我感到想要過着靜悄悄的生活，這個世界是否也不允許？一把菜刀奪走一切，這樣的事情，曾經一直滿不在乎地施行，那也許是過去的日本。

「貝殼」所表現的是沒有意志，沒有熱情，沒有思想和文化的人，也就沒有生存的價值。也許唯有死亡才是生存之道，眞是可悲的生活方式。像空殼的殘骸一般的人，裝出一副了不起的樣子在飛揚拔扈，這是現實的社會。

「一個孩子咧哭」，也具有自力求生的力量，即使有血緣關係的親生父親，也不能束縛他，雖然現在他在哭泣，然而他會很快睁開眼睛，站起來向前走去的。

這些詩中，能够感受到各種「生命」和支撑着「生命」的强健精神，這正是一股脈脈相傳流在他們血液裏的精神。

「釣月」和「妻的眉毛」兩首是我非常喜歡的詩。月光好像象徵着未來的希望，而要「用心」去釣那微弱的一線希望，眞是富有魅力。他把未來寄託於從手掌裏溢出的光。

「妻的眉毛」全無浪費一筆一墨，是一首簡潔的詩。但意象却深無止境地擴展並延續下去。作者銳利而巧妙的手法，表現得相當生動。

作者又把整個生命貫注於最後「剪一段童年的日子」的一首長詩中。作爲詩集的結尾，頗爲相稱的這一首詩，充滿着緊湊感和深切的感動。㈠三月一日，遭受轟炸的場面，被粉粹被寸斷的悲慘情景，緊迫逼人，接連不斷地展現在你的眼前。㈡打從心裏想喚回故鄉而逃回來的日子。㈢終於重新來臨的安寧，但三月一日所遭受的創傷，永遠無法痊癒，成爲傷痕，時時發痛。

我們是沒有經歷過戰爭的悲慘和殘酷的世代。但我們不能托辭規避歷史的事實，我們必須牢記於心，必須補償過去的錯誤，同時不能光强調受害者意識，而暗中把自己的罪過隱蔽過去。詩中充滿着作者憎惡戰爭，希求和平的心聲。

在詩的形式上，作者的確表現了他的獨創性。像「黑板」「十姊妹」「倘若世界以旅社的名字呈現」「小麻雀」「〇一一〇」等，便是不拘泥於以往的形式，富於理智又嶄新的詩。首次看到「黑板」這種詩時，我覺得究竟還有誰能够寫出這樣的詩，這該是屬於詩人天生的感性吧。此外，像「〇一一〇」一詩，其視點頗爲新鮮，顯現着作者不斷地想用自己的手，自己的腦筋去突破的熱情。

反覆地讀了好幾遍之後，覺得這本詩集具有一種以日本人的感覺怎麼也無法捕捉的風格。

日本人似乎比較喜歡將眞實的想法或主强，以委婉的，轉彎抹角的方法，優美地予以表現。同時，同樣的表現，也講求微妙的意味差別。這種微妙纖細的感覺，恐怕祇有在日本的風土和民族的環境中長大的人才能感受。但跟這種情形完全相異的風格，我們却可以在林宗源的作品裏發現。

扣人心弦的，那些令人深爲感動的作品，並非表面上的語句，而是隱藏於作者心靈深處的吶喊，從整個詩集溢出。它不是普通一般的製造品，而是紮根於臺灣的風土，打從心底熱愛着臺灣的詩人眞誠的心聲，因而會令人感到一種緊迫的Realism。

雖然這祇是從一本詩集所引發的想像，則我認爲這位作者，一定誠心地熱愛着臺灣，想引導人類走向和平。他痛恨世上的陰慘和醜惡，但另方面却伸出救助之手，並且强烈地申訴着「生存」——做爲人類一份子的生存。

他是一位能够把天賦感性的種籽，以銳敏的知性，使其盛開的詩人。從作品的純度，讀者會態受到一種壓倒性的隱藏於內心的熱烈意志和追求眞實的强烈力量。

雖然接觸臺灣文學爲時尚淺，但我認爲在本質上，文學上的價値非常高。戰前和戰中，由於日本曾經對臺灣所施加的暴行或濫用權力，不知有多少無辜的臺灣民衆受了欺負和痛苦，同時他們是如何地忍受了這種壓迫，我們日本人應該有確實瞭解的必要。然後才能對眞正作爲同樣生存於亞洲的鄰國文學，去研究和瞭解。

從這些作品，我獲得了很多啓示。不祇限於文學的範圍，而是更進一步觀察世界和人類，以及人生觀和價値觀方面，讓我思考了不少。

也許文學本來就是應該如此吧。我重新領悟了詩這種文學所內涵的眞實分量。作者對詩的深厚熱忱以及支撑着作品的精神，使我由衷地感到欽佩。

最後我認爲以上所述的，可以說是對臺灣文學完全陌生的個人淺見。但對我來說，能够遇到如此優異的詩，是非常具有意義和一次深遠的感動。

這樣，當然不算是已經瞭解了臺灣，但我却覺得多少改變了我自己的看法。

我以爲我已進一步接近了臺灣。（本文作者現就讀日本筑波大學人類學系三年級）（民國七二、四、一、陳金連譯）

詩的經驗

——談三本美國新詩集

非　馬

一位美國名詩人在最近一次訪問裡說，每次他讀到當代詩人的詩，總忍不住想：「是的，意思很好，可是爲什麼他不能把它做成一首詩呢？光是把它寫下來是不够的。」大部份的當代詩只是把它寫下來，而不是努力爲讀者塑造一種詩的經驗。這種照錄的誘惑來自想把來到我們面前的東西保存下來的基本衝動，不管它是一個多年與我們同在的故事，或是一個似乎帶着一些我們想抓住的特殊知識或經驗的稍縱即逝的瞬間。

幾本新近出版的美國詩集却顯示這種寫下來的衝動能採取各種不同的途徑。瑪吉•皮爾西（Marge Piercy）在她的詩集「石頭，紙，刀」（Stone, Paper, Knife, Knopf 出版社，定價十二•九五美元）裡處理許多政治上及文化上的題目，也寫日常生活的事物。但當詩人爲了心中的某個題目而寫作，詩很可能成爲意見的工具而非探索的方式。如果瑪吉•皮爾西是在競選，「石頭，紙，刀」裡的一些詩，也許是很好的精短演說，及能引起聽衆的强烈反應—歡呼聲或噓聲。但很少人會說她對她的主題—汚染、性別偏見、戰爭販子，無知男人及唯利是圖的大公司對無助的人們特別是婦孺的虐待等等——有深刻的思考。她似乎滿足于把表面的物象塞進詩裡去。不管她的攻訐有多眞實，讀者—不同于選民—要的是好作品，而不是過份的渲染或濫用的語言。雖然也許會有讀者因爲認同詩人的意見與態度而喜歡她的書，但如果一首詩缺乏優異的藝術，它將無法引起那些不認同的讀者的注意力，更不用說去說服他們。

約翰•海恩斯（John Haines）是個略帶冷酷氣質的自然詩人。他的「冰河來的消息」（News From the Glacier，衛斯理大學出版部，定價十五美元）在表面上看起來同皮爾西的詩似乎毫不相類。但皮爾西與海恩斯有一個共同點：親近讀者。他們都不曾在他們與詩中自己的聲音之間保持距離。他們都患了那種抒胸臆的毛病。要是讀者同意海恩斯對大自然的觀點，那麼他的這些詩也許不致過目即忘。但若讀者不同意他的觀點，那麼這些原野上的生生死死的象徵能被記住乃是因爲它們精確直接的觀察與描寫，而不是因爲它們的藝術效果使我們的心再度充滿感情與思想而引起共鳴。像皮爾西的書一樣，這本書的力量不在個別的詩，而在海恩斯的注意力與態度的累積效果。

這兩本詩集可用來作爲最近獲得美國書獎的蓋爾威•金內爾（Galway Kinnell）「詩選」（Selected Poems, Houghton Mifflin出版社，定價十二•五美元）的背景。金內爾除了在紙上有强烈的親切感外，更有强烈的觀察力並且知道如何在他自己與作品之間保持距離與平衡。他的詩同皮爾西與海恩斯的詩有兩個不同點：一爲語言，另一爲詩的意識。金內爾是一個善於使用語言的藝術家，不是一個只會記錄的作家。像皮爾西及海恩斯一樣，金內爾也寫大自然，家庭瑣事或社會事件，但在他的詩裡，這些不只是詩的主題，而是我們躲不開擋不住的悲歡的根源。他爲我們生命裡這些洶湧着生與死的無邊感覺的時辰找到了最合適、最有力、最富情感的字眼。

雖然皮爾西及海恩斯也許會給我們許多使我們深思的東西，金內爾却給了我們他自己最强烈的經驗裡的精華，而這是全然不同的樂趣。這是詩。

在國內，近年來的鄉土文學論戰終於使現代詩從迷幻的困境裡走出來。這本是極可喜的現象，但正如所有的改革運動一樣，有時免不了矯枉過正。不少詩人因此也多多少少患了直抒胸臆的毛病。所幸許多有自覺的詩人及詩評家都已淸楚看到了這種偏差。像笠詩社一再倡言的「現實經驗的藝術導向」及復刊的文季在發刊的話裡所發的「偉大的文學，必須是具有高度的藝術性及高度的現實性的作品。」便是例子。我們有充份的理由相信，假以時日，我們的詩人們必能寫出兼具高度現實與藝術的偉大作品來。

（部份取材自一九八三年四月二十四日芝加哥論壇報）

一九八三年五月一日于芝加哥

錦連譯

詩人的備忘錄(29)

在現代的社會，譬如「很理想」這種措詞，拿來用在知識份子的日常生活會話中，也毫不覺得奇怪。但在庶民之間，却尚未成熟。而在文學的世界，它幾乎毫無抗拒地被使用着。把這樣的問題，套用在一切的語詞去思考的話，我們應該能够對日常生活語和書寫語，假定現在的水準。（其嚴密的證實是屬於語言學者的領域）。這水準，以自從語言的發生以來的，平靜或急激累積之現在的水準來說，有些措詞是死語，有些是慣用語，又有些是屬於尚未成熟的。

使用書寫語言上的慣用語所構成的表現世界，具有某種安定性。猶如在現實生活裏，所交換使用的生活語是從安定的意識中自我表出，並會做某些什麼 Communicatiou 一樣，書寫語言上的慣用語的世界，是跟想像世界之安定性相對的。在這樣的世界裏，「意味」會恰似在現實上的生活語的世界一般流動，並且就算是有插入着實發性的昂揚之時，意識的自我表出也必須改變爲定常性，同時也是可以改變的。這樣的世界，我們或許可以稱它爲散文。

書寫語言上的尚未成熟的語言，經常伴隨着從意識的指示性和自我表出被激起的狀態。這種被激起的意識狀態的表現，雖然不安定，但却具有某種完結性。而由定常性的意識開始，從被激起的狀態經過衰退到恢復安定性的狀態之表現，我們則可以稱它爲詩。

這種區別跟散文用慣用語寫，詩使用尚未成熟的語言去寫是另一回事的。即使使用慣用語，在詩的場合、意識的表出是藉激起狀態來使用的。

於是這裏就產生一個疑問。即優異的古典作品，不管它是詩或散文，一切都是死語的世界，而爲什麼具有非常新鮮呢？

對這問題，從語言面的回答是容易的。把古典視爲死語世界的人，例如對現代主義者而言，古典頗爲無聊得令人發悶，而不値一讀，又對經常生活於說話語言之現在水準的大衆來說，時代久遠的古典是個莫名其妙，無法捉摸和瞭解的世界。然而藝術的價値，乃是自我表示的整合（Integration），因此不管古典是死語的世界與否，對具有一定理解力的讀者來說，是具有價値的。此外，古典詩的價値，能够以那時代的定常意識爲準則去假想激起狀態，而並非以現代的定常意識爲準則去假想當時的激起狀態的。譬如現代主義者之所以錯認有些古典詩爲幼稚的詩，或前一個時代的作品比自己的作品乏味，是以現在的狀態直接去衡量過去的激起狀態所使然的。

如果在現實的社會，把因交通的必要所交換的生活語的世界假定爲第一的現實，那末，散文藝術的世界就是第二的想像性的現實，詩的世界則是第三的想像性的根源。而寫詩乃是在這第一的現實上，被激起成爲第三的想像性的根源——即自己着迷了自己的狀態。爲什麼需要寫詩？那是隱藏於各個詩人和社會之中的。然而一般而言，認爲當人類在她的原始社會上感到某種矛盾之時，意識的自發性表出，始成爲可能的這種看法是可以成立的。首先，社會的矛盾產生意識的「硬塊」，而這「硬塊」一深入到意識的最底層，意識就會自發性地表出一種叫喊。當然這時我們所認爲是充足感或快感的，便是「硬塊」的反面。

「綠泉的金月」詩抄

周伯陽

臺灣光復後我們才開始學習中文，用中文寫作，因由於表現語言的轉變，必須重頭學習祖國的文字，因此被稱爲「跨越語言的一代。」。

民國六十三年二月爲了充實自己，進入省立新竹師範專科學校進修國校師資科畢業。民國六十六年四月，詩集「周伯陽詩集」出版。這一冊詩集的出版，係臺北師範學校同學張佳宗君（省煤調查課長）爲了畢業四十週年紀念特別惠賜寶貴的友情和莫大的幫忙而成的，這是初期的新詩作品，向張佳宗君深表謝忱。

民國四十年五月出版日文詩集「綠泉的金月」由月中泉譯自詩集「オアシスの金月」現在把該詩集裏介紹五首如下：

在籬笆開花的絲瓜

在颱風過境後的
一片殺風景郊外
糾纏在倒塌的籬笆
水珠晶瑩的絲瓜
美麗黃花綻開着
在褪色不安的籬笆
妳不在乎地纏着可愛籐蔓
做着結實幸福的夢好幾晚
好不容易才開着黃花了

根源已經給颱風
强勁力量拔起
妳茫然無知地
還纏在倒塌籬笆
絲瓜花啨
妳的生命就像風中的燈蠊
啊！
期待好久的青鳥終於幻滅了
今宵在籬笆下
昆蟲替妳哭泣呢！

一九四三年九月七日
月中泉譯自詩集「綠泉的金月」

季節的使者

從急急忙忙
疾馳的卡車砂塵中
賣冰水的鈴聲
將清脆悅耳旋律散播空間
汗流浹背的馬車
從鮮明風景中溶化消失時
放心的金魚就浮上缸裏水面

突然間響來金屬螺旋槳聲音
漫不經心地抬頭張望那邊
路旁電線上
聚集着罕見小鳥
凝視着
君燕唱着別離之歌
以渺小翅膀
邁向迢迢南方之旅程

啊　羽聲傳來的訊息是
可憐的季節使者
已是　秋天了。

一九四三年九月廿八日
月中泉譯自詩集「綠泉的金月」

遙寄皓月

夜氣逐漸冷却的彼方
咏嘆着時間刻劃透明寧靜
皎皎　自居
啊！以潔浮如水晶的使者
而照耀的光芒唷！
在無垠天空越來越清澈
今宵從漆黑大地的詛咒解放
月光
溶化在沉沉更深夜晚
創造着光明世紀
中秋的天使唷！
在異鄉枕頭打盹的人們
編織着懷念故鄉夢境吧
就這樣異鄉的螢火蟲
照亮了人們瑰麗夢鄉吧！
每當芒草搖曳時
想起來似地
昆蟲就吹起金屬口哨

一九四四年九月三十日
月中泉譯自詩集「綠泉的金月」

上弦月之丘

當松樹黑影
匍匐在山丘草坪的時候
樹梢的針葉
在白色透明月光下

悄然招呼着欲吹又止的夜風
思維迢迢
啊　綿遠的回憶啃！
山丘灌木的附近
構成遠方異鄉的蜃樓吧！

今宵身在異鄉的妳
在同樣夜空下
嗚咽那新月的芳芳
恬靜凝視着
懷念故鄉的夜空吧
在蟋蟀齊鳴的望鄉情調
螢火蟲在絢爛蝴蝶飛舞之後
獻上異鄉盛放的瑰麗花束吧！

沉迷於迢迢回憶的快樂刹那
一片烏雲徬徨着
掩着溫柔新月的臉兒
啊　就是這樣
我的甜蜜回憶
絕不致變成隕石流向銀河
在蜃樓的花壇
瑰麗芬芳的花綻開吧

一九四四年十二月
月中泉譯自詩集「綠泉的金月」

馬車轔轔

在鵝卵石道路留下轍迹
不知不覺
給火車的汽笛焦急
車站鐘臺高聳入空
招呼遙遠彼方馬車
咖啡色馬車
反彈着鵝卵石
反彈着

今天又沿着行道樹
直奔白色街道
馬蹄週期性響聲劃着空間
一天又一天
在皮鞭咆哮中
超越着季節障碍而行
反復着同樣風景的旅程
廻響着馬車夫高昂的聲音

汽油味
已經對馬的呼吸
絲毫不留下渣滓
風景在眼中
似如走馬燈而變幻
什麼時候了
對目的地的焦點
馬車散落着美麗花粉

一九四五年一月九日
月中泉譯自詩集「綠泉的金月」

我所瞭解的施明正

李魁賢

1.

在民國四十七年十二月出版的「現代詩」二十二期上，讀過紀弦寫的一首詩，題目是「贈明正」：

橘酒發音如不是啞的
而晚會中要是真的都變成了孩子
我是ə
你是更長的ê
而那些e倒了過來
ə世界無聲
連一個最起碼的破碎都沒有
把那瓶唯一的金門高梁擲出去吧
這就是è

那時候，正是紀弦倡導現代派運動的高潮，與「藍星」的筆戰方殷，氣勢正盛，儼然是詩壇霸主。紀弦贈詩明正，並加二百餘字的序，可見他的愼重其事。這一段序是這樣的：「施明正先生是本省研究文藝青年朋友中了不起的一位。中華民國四十七年七月三十日晚，飲明正所贈橘酒二瓶中之一瓶——正確地說，剩下四分之一的樣子；後來被羅行分作兩次喝光——想起二十六日詩聯晚會交換禮物時我所賜的金門高梁竟被他抽中，覺得寶劍贈英雄似的萬分高興，遂成此章，立寄淡水。明正是南部人，家在高雄，現正作客於淡水。明正和我相織，才數月耳，何以就能建立起如此深厚的友誼呢？此無他，他是我藝術上的同志，文學上的同志，彼此抱負相同，見解如一，當然是一見如故，物以類聚的了。願明正有一間畫室：願我的畫筆終有再提起的一天。」

這一首詩吸引我有兩個原因：第一、詩本身，紀弦向阿保里奈爾、韓波等學習了象徵主義的技巧，以發聲象徵了不同的情緒，這種新的聯結方式是紀弦一連串新技巧的嘗試，此詩顯得特別玲瓏。第二、序本身，使我對這位「

青年朋友」能够使當時現代派盟主以「同志」相稱，並感到「一見如故」，而發生興趣。從詩和序中，至少知道明正能詩、能酒、能畫，而被紀弦肯定爲「物以類聚」，至少也是能狂狷之輩。這首詩發表時有漏字，紀弦在五十六年印『檳榔樹乙集』時補正了，可是明正當時不幸出事，所以紀弦連帶也把題目改爲「橘酒與金門高梁」，當然引以爲同志的序文也就删除了。

2.

認識明正，已是民國七十年的事了，距拜讀紀弦詩「贈明正」整整二十三年了。感謝上蒼，大家還有足够堅韌的生命力活到相識的機會，人生有幾個二十三年呵！原先是在臺中偶然碰頭，接着在六月間臺灣文藝社舉辦的臺灣文學的方向座談會上相遇，當明正發言時提到他的遭遇，他在文學上的抱負時，突然撩起上衣，露出他受到傷害的、被病菌所肆虐的肉身時，第一次看到他狂狷的一面。

同年底，在一次餐會上，明正放棄了豐盛的美食，執著地以從小練武的勁道爲與會者一一素描畫像，鉛筆粗獷的線條眞是力透紙背，他不時以威士忌的瓶口對嘴啜飲，二小時下來，竟然只以洋酒爲餐點，不進飲食，一口氣完成十餘張素描，第一次領教到他能酒、能畫的眞情。旁觀他對被繪者凝視的專注，透露出他眼神中炯炯的異光，顯示做爲一位藝術家狂熱的精神力量的源泉，情不自禁爲他拍攝了一張神態超凡的畫像者的畫像。

然而，明正也是小說的能手，在臺灣文藝復出後，立即引人注意，並很快就以「渴死者」榮獲一九八○年吳濁流文學獎佳作獎，接着又以「喝尿者」勇奪一九八二年吳濁流文學獎的正獎。民國六十九年出版的『魔鬼的自畫像』詩、畫、小說集裡，表現了以肉慾爲祭壇，透過捨棄求取精神上的救贖，而以擁有別於形式宗教的實質宗教心，卻自稱魔鬼的極度狂狷。

今春因坐骨神經痛而求醫於明正，在他的診所兼畫室內，於候診中常有聊天的機會，聽他談全生命投入小說創作的狂熱，和每篇小說完成後有大約半年時間的驚惶無措，看他每次用手指着桌上的日本出版畢卡索全集，說有生之年繪畫作品要超過畢卡索的信心，然後眞的像是競賽般地每天繪完一幅畫，而開始躭心堆滿了一屋子的作品，到那裡找地方擺。他把對生命的執著，揮霍一般地用文字和色彩在稿紙和畫布上傾瀉而出，他常意猶未盡似地發揮聯作的變奏。

甚至，在他說話時，除了語言本身的雄辯性外，還會加上打句點似的點頭，以及強勁的手勢，補強他的說服力，他像傳教師一般，爲生命、爲愛、爲美、爲民族的傳承作證。

然而，明正整個生命的焦點是詩，他懷着敬畏的心寫詩，對詩的本質，他重視倫理性，對詩的方法，他强調技巧的非凡性。但他很少談他的技巧，他視技巧爲未來的可能性，隨着詩思的運作而出現。

明正常說他要競取三個諾貝爾獎，即文學獎、醫學獎、和平獎，這是他狂狷之極致而流露出生命最飽和的意志力。

3.

明正的詩法，是以意念爲核心，好像種晶一樣，然後在過飽和母液中，隨時沉積擴大成爲稜角峥嶸的晶體，而形成自然率眞的各種變貌，一如野柳或佳洛水海邊的奇岩風光。對整首詩而言，常會感覺不協和，因爲即使再細心的讀者，要循他的詩想軌跡探索時，也常會掉入陷阱中，因此，想搜尋明正詩中蘊藏的美學混合結晶，獵犬是無能爲力的，必須要以飛鷹的翱翔逡巡，才可能有所收獲，而我們通常又是缺乏翅膀的地上人物。

他常常會佈置一個象徵的迷障，好像天然林園，但在裡面又隱藏了一些假山假水。像「色彩的葬禮」，以「色彩」象徵自然，而以色彩的變貌和喪失，來暗喻人之違拗自然法則，甚至自相殘殺。他要指控的是人爲了口腹之慾和自利的私慾，刻意把一切可利用爲表達其權慾的物象，加以變形、挑剔、肆虐、蹂躪。明正利用色彩鮮明的物象經營其詩的架構，以顏色强化視覺感受，有把繪畫性融入詩意中的企圖。以「色」來象徵意義，正與紀弦在「贈明正」詩中，企圖以「音」喻意的發想，同樣有其繼承自象徵主義流派的脈絡。可是，明正加强抽象化的立意是很明顯的，雖然他的物象非常具體而明朗。

明正曾說他有做爲文體家的企圖，他的文體是嘗試以最少的體積去壓縮最多的容量，所以他經常把很多修飾語連接到單一的陳述項內，而呈現過度飽滿的現象。

做爲文體家的企圖，有時當然會連帶造成定型的傾向。在詩的形式上，從「面貌的鳴奏——協奏與變奏」起，已有每節四行（偶爾有五行，像「無題」）的講究。但儘管形式上的自我設限，但詩中探求的觸鬚，却往社會、人類、民族、歷史各層面探索。他的探索往往會擊出明銳的火花，可是也許爲了怕太眩目，常以遮目鏡加以阻擋，產生似眞似幻，似現實又似非現實的朦朧境界。這種風格到「一九八二年四行戀詩」成爲典型。

但近作裡，已有明顯的變化，尤以「候鳥」爲其代表，不但意象趨向單一化，語言趨向明淨、傳達的內含也趨向集中，是否明正就此返璞歸眞呢？只有從他繼續的創作中去求答案了。

明正的詩給人閃爍不定的感覺，但也因此蘊含一種魔力，就像他講話時手舞足蹈一般。這種魔力，我一直無法加以歸納，等到讀過馬奎斯的作品後，才恍然大悟，原來他和馬奎斯一樣，帶有魔幻現實主義的味道。易言之，他是基於現實的經驗，但透過外在器物的反射，或是內心想像的轉化後，產生一種幻覺，比現實更爲銳利而强烈，例如「一九八二年四行戀詩」之一的起頭：

> 您可見過三個太陽重叠
> 在黃昏的東方山巒
> 靜靜地吻移
> 頑强地咬住急行快車的玻璃窗

「三個太陽重叠」是透過玻璃窗顯現的，但除非返回到神話故事裡，或以心裡的幻覺來坦然接受，否則一般人是不會感受到那種實際情況的魅力，然而明正却抓住那魔幻的景觀加以呈現了。又如「無奈的恐悸」裡：

> 當她自作孽地跪在高樓打開的窗沿
> 我說：星光閃爍淒冷的森寒青色

一如剃刀架框着瘋狂的她
也閃割着寸步怕移的我之無奈

面對着「她」跪在高樓窗沿有墜落之虞時，那窗框之成爲「剃刀架」的幻景，是只有在焦急無奈又恐怕因處理不愼反而逼使她失足而不敢立即施以援手的「我」之眼中，才成爲眞切的實在。

這種帶有魔幻般强烈意象，融入現實經驗裡，不是靠想像所能獲致，而是心靈上產生自我疏離的壓抑所滋長的一股超靈的流露吧。

4.

施明正對詩的重視是超乎畫、小說之上，但和他的畫及小說一樣，他的詩也是執著於個人風格的建立，因此，在他的創作成績受到肯定後，要成爲定論，恐怕還要經過一段時間的澄清吧。因爲他的詩沒有甜味，也不是鹹味，而是帶有令人不快的苦澀。

然而，從帶有拜倫式浪漫氣質的美少年，磨煉成呈現魔性而富有性格的現時明正，却像海洋一樣可以包含萬物，他也有偏執，但不拒斥其他，他讓表面的水流平靜地流逝，而獨特的素質却沉潛在底淵。

其實，像這樣我所瞭解的施明正，也不過是表面的一層而已。

一九八三年清明

施明正詩抄

候鳥

是的，我們是九月的候鳥到達
西太平洋的孤島，我們喘息
我們欣羨島嶼的美麗風光
我們駕着和風，化成浪花，在綠島的藍空翻騰

我們長著讓人妒羨的翅膀
我們不必護照，我們隨時越騰人造的國境
我們沒有職業，沒有房屋
可是到處是糧，隨地是家

我們沒有牢獄，沒有密告，誣告
沒有死刑、勞役、剝削
我們自找自吃，頂多只在兒時剝削過双親的口糧
當然我們也沒有暗殺
因此我們也就沒有線民與警察
更沒有冒充特務的流氓
我們雖是人類羨慕的自由，可是佈著陷阱
把我們烤成一串串鳥仔疤的，竟是高呼自由與和平的人

無奈的恐悸

生命何必對我如斯！
一再把我推入各種無奈的恐悸
當她自作孽地跪在高樓打開的窗沿
我視：星光閃爍淒冷的森寒青色
一如剃刀架框着瘋狂的她
也閃割着寸步怕移的我之無奈
人生是如此無理取鬧的劇場的
綜合體嗎？不是吧！

可是又何必如此撕裂我這綴補纍纍的赤心
由巴望愛戀、親情、同胞和人類的愛的幻滅裡
又是什麼蹩足的過敏症在作祟
令妳如此反面（臺語：變貌），由鴿變鷹
是原始那野蠻的遺傳基因，存在夢裡
令妳囂張，如脫線的風箏在狂風中
啊！是迫害。這野性的歌吟在血間
流竄，渴望傷害自己，以戮殺她親愛的人……

初戀

像低聲細語的意識
緩慢游移的氣溫
逐漸昇起的晨霧
在夜裡幢幢巨木的山谷集攏
擴散，飄騰於淡青的少男
這雜於千萬山峯的腰際

似煙如霧，觸手即化，輕飄的
雲的族類，那滲心微涼，遠看淡青
更遠淡灰，以致於漸漸溶於天邊成爲烏有
的初戀，突兀地靠近我
圍困我，以其未觸似觸的感覺
折騰我以其隨手之觸，幻化無常之形
來。以其不知不覺的蚊刺
去。如蜥蜴遁形，無聲無跡
在來去之間，萬馬奔騰於兩心
那未拓的原始林
誰能在無路可循之境溝通
誰又能免於迷失

誰能說迷失的僅僅只是線路的問題
怎麼不說初戀之境，何其異於初戀之前
雖曉得初戀來去，有時如颱風過境
有時一如閃電，照亮幽黑的夜景
巧似悶雷轟心
誰也無法否定初戀的質樸、純眞

戀穴

蒼白的心啊！懸吊在半空
破碎的心喲！往下直墜入
波濤洶湧危機四伏，專以
戀愛命名使人迷醉徘徊兜圈
留連顚簸，這近似極樂狂喜
那攫住我心，綑住我身的
愛戀啊！以它多毛的手脚
纏住我啊！救命，救命，救命啊
我已墜入情海翻滾波濤澎湃

無法自衛，不能擺脫的地獄
這創造過多少詩篇名曲的
愛戀啊！竟是這麼險惡的
陷阱，這可愛、毛絨絨的
戀穴啊！您咬住無數條生命
吐出的命根不斷地被您支配

被您創造的，無數生命啊
無可奈何地總被你所掌握
擺佈人的，大約不全是性
這鈕與釦，陰陽的完整問題
而是人性中獸性可鄙的鬪纏

一九八二年四行悲歌

1.

來了，來啊！
一片烏雲，豈能只是一陣驟雨
來了，來過了，可是去了嗎？不
來的是冰河期的酷刑

君可見冰河來臨的速度
是的，它是緩慢不可見的
君可見現代人模擬冰河的能力已達幾成
啊！饒了我們吧！隔牆有耳，身旁有刀

來過了，而又肯定了的
是這一：你與我，都是這麼短的一生啊！
我們就如此地浪費了一生?!
我們就如此地昏然無知

啊！來過，而又快過去了的一生啊！
絕非吃喝玩樂，高倨閥位的
那種吃定誰，且自以爲可把別人玩弄
於不知不覺，那擁錢攬權以自負的倨傲

2.

是什麼鯁在心頭
是一望無垠的雪鄉
是荒涼的遼濶土壤，寂寂哀嘆
是市井熙攘匆匆，面無表情的人類

啊！是生活
是忘了看雲繪畫習字
聽風吹簫，敍情
觸水如戀人裸貼腰肢

是整排，整市的街樹
卑微地在颱風中，抖拜双手，
彎腰，鞠躬，亂點响頭
嘲笑腰身僵硬者被連根拔起的無奈

新人作品評析

- 本欄特別歡迎新人投稿（註明「作品評析」）。
- 給分標準優2分、可1分、劣0分。
- 積分須照評者人數。

作品 ＼ 給分 ＼ 評者	詹冰	李魁賢	鄭烱明	積分
遇（一塵）	1	1	0	2
別（扶疏）	1	0	1	2
夜飲菊花（邱振瑞）	2	2	1	5
曬衣的過程（歐靖）	1	1	2	4

曬衣的過程

歐　靖

——靈魂一具一具被染起來準備蒸發。

1. 這是通往天國的唯一道路

2. 昨夜剛脫下的靈魂
被妻一具一具的丟入一架旋轉的機器
受洗。然后，拿起扭了又扭，把我最
后的污垢都扭掉。

3. 一具一具被架起來，
這是最后的儀式，

4. 我感覺，一直在上升。

天國就在我頭上，不遠
的雲層裡。

※許語

李魁賢：假如靈魂眞的像污穢的衣服那樣被機器來擺佈，然後架起來受熱曬的酷刑，是非常令人沈痛的意象。可是蒸發的現實內容是水份，不是比喻靈魂的衣物，所以被上天救贖的不是靈魂。意象凌亂是其敗筆。如果靈魂不明喻衣服，而暗喻水份，或許會更接近詩性現實吧？

鄭烱明：把曬衣聯想是靈魂的蒸發，通往天國之路，有其巧妙，整首詩的意象也甚集中，是成功之處。不過，像這首短詩中還冠以一、二、三、四節，似大可不必，另「靈魂一具一具被架起來準備蒸發」，可做爲第一段的前二行，不必放在副題。整首詩雖是寫「曬衣的過程」，但題目如改爲「天國之路」，效果也許更佳，更吸引人。

夜飲菊花

邱振瑞

烘乾後的雛菊
萬分沮喪
連清瘦的笑
都得在滾燙水中
奮力綻開
而許些根的
抗議
朝杯口騰騰上昇

夜飲菊花
讓心情慢慢沈澱
讓疲憊交給忙碌的
族轉椅
待心神甫定
才感覺
世事
愈喝愈冷

※許語

李魁賢：由物象觀察，漸漸發生移情同感，顯示切入的自然，最後結尾強勁有力。「許些」應是「些許」之誤。

詹　冰：靜夜飲菊花茶的氣氛表現的不錯。「世事，愈喝愈冷」是自然的哲思，又是適當的結尾。

鄭烱明：詩的技巧不錯，利用菊花在熱水中形態的變化，間接表現飲著的落寞心情。

1　別

扶疏

一張小小的車票
薄如刀片
把時空細細的分割
最完整的切口
○時○分，勢將迫近
相同的入口
不同的出口

轉身，掛念的孢子
旋即飛揚

2

市街，迅疾地敍說
輪轉的距離

爆裂的引擎
在風雪的路程
零涕，熟悉的語勢
手勢，驚於等候
——怕見伊
窗口上墨濕的
雨痕

※評語

李魁賢：語言的機能軟弱無力，詩想不能凝聚。

鄭烱明：表現稍嫌抽象，未能確切掌握離別的氣氛。

遇

一塵

我們必是有緣的
不然怎麼在那個花團錦簇的年紀裏
就認識　而相知

我們必是有緣的
不然怎麼在這花已盛開過的年紀裏
再重逢　而凝視

年紀褪色了青春
却改變不了相見時依舊的熱情
現實褪色了夢境
却改變不了相見時依舊的歡喜

雖然男已婚，雖然女已嫁
雖然也許從此不再相遇見
心中却仍然有着一份堅信
我們必是有緣的

※評語

李魁賢：表達簡潔明白，可是這樣的表現似乎也太通俗化，沒有找到新義。

鄭烱明：第一節和第二節、第三節和第四節的對比，由於沒有新的意義，讓人感覺重複，語言也欠凝煉。

國際頻道

匈牙利詩人伊利耶斯訃聞

鳩拉•伊利耶斯（Gyula Illyés），於四月十五日去世，距生於一九〇二年十一月二日，享壽八十二歲。伊利耶斯出生時，匈牙利屬奧匈帝國的領土。年輕時的伊利耶斯參加工運，剛弱冠時，即被逼逃往巴黎，渡過五年的流亡生活。但在巴黎期間，因接觸西方文化的藝術的洗禮，使他眼界大開，一九二六年回國後，即爲重振匈牙利文學而獻身，成爲前衛藝術的領導人之一。二次大戰期間，匈牙利被德國軍佔領，伊利耶斯不得不爲逃避他所抵抗的德軍強權而東藏西躲。他是被公認爲富有民族精神和人道主義的傑出詩人。曾數度被提名競爭諾貝爾文學獎。

由於伊利耶斯在巴黎時結識法國詩人阿哈貢、艾呂雅、布魯東、高克多、馬候、徐拜維爾等人，對於他的詩在西方的出路有很大幫助，他的去世消息，法國世界報曾以頭版新聞刊佈。國內「詩人坊」第五期將出特輯，對其人其詩有詳細的介紹。（**李魁賢**）

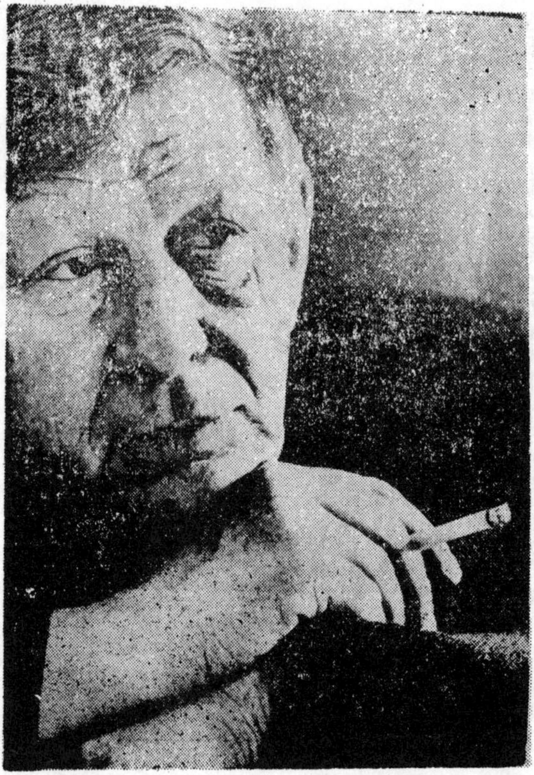

奧登詩選(三)

許達然譯

一九三七年與一九三八年奧登的兩件大事是到西班牙與中國。

一九三六年冬天，歐洲約一千多左傾份子到西班牙加入共和派對右翼的法朗哥之鬥爭。英國很多工人與知識份子都以實際行動幫助西班牙的共和派。奧登的幾位朋友，如詩人John Cornfold及女畫家Felicia Browne，甚至在西班牙陣亡。十二月他決定去西班牙：「我幷不相信詩須要甚至一定是政治的，但在像我們這樣緊要時期，我相信詩人必得知道重要的政治事件。……詩人寫他親自所經驗的，學術上的知識是不够的。……我或許是個蹩脚的兵，但假如我不去當兵，我怎能向他們說，為他們說？」於是在一九三七年一月十二日他抵達西班牙的巴薩隆納，使他驚奇的是教堂都關閉了。他最後到瓦倫齊亞（Valencia），本想加入醫療隊駕駛救護車，但醫療隊幷沒用他，他只好在廣播電台當英語廣播員，以不能去前線為憾。雖然沒去前線，但戰爭的殘酷已使他與那時也在西班牙的英國左傾作家如奧威爾，史班德失望。本計劃在西班牙四、五個月的他，覺得無事可幹，逗留不到兩個月，就在三月四日回到倫敦。

滿懷理想的西班牙之行雖到頭來只能算是另一次旅遊，他寫一首長詩「西班牙」做紀念，以下面四行做結：

星已死。動物也不看了。
我們只剩日子，而時間短，
歷史對被打敗者
可能說啊但不能幫助也不能寬恕。

奧登對他的西班牙之行不大願意回憶，晚年整理全集時，甚至把「西班牙」除去。

中國對日抗戰後，對遠東幾乎一無所知的奧登與好友伊休武（Christopher Isherwood）想寫一本有關亞洲的書，他們就計劃到中國。一九三八年一月十七日離開英國，而在二月十六日經埃及與「單調的印度洋」後抵達了香港，碰見在北京大學教完書回英國的詩人艾姆普生（William Empson）。在香港十三天後他們坐船去廣州。在廣州他們訪問市長，與省主席吃午飯，買了蚊帳及行軍床，還印了中文名片。三月八日他們坐火車抵達漢口，在英國領事館打地舖。在漢口他們見到了蔣委員長與夫人，奧登幷給蔣委員長與夫人照相。他們也經史沫特萊（Agnes Smedley）的介紹與八路軍的人會面。奧登在漢口時對中國菜印象很深，說中國菜看來像水彩畫，筷子如彩筆。他們在漢口僱了個中國僕人後就坐火車去鄭州。在火車上他們發現那位中國僕人向別人都說他們是醫生。奧登只好自嘲那樣比什麼都不是還好，但若當眞被看做醫生而叫去施行手術就糟了。在火車外他們看處處「永遠無名」勤勞的中國老百姓工作着。他們從鄭州到徐州，參觀戰壕，也親眼看到狗咬尸首。從徐州他們去西安，本想從西安去成都，却在四月十四日回到漢口。在漢口，他又看到日本飛機空襲貧民住區，更覺得「戰爭亂七八糟」。他寫一首詩紀念一位戰死的兵。（見譯詩「中國十四行」），在英國領事館念過，也在一個茶會上對一些中國知識份子朗誦過。這首詩的中譯曾刊在當時的「大公報」上，但詩第二行「被他的將軍與蝨遺棄」被改成「富人與窮人聯合戰鬥」。

從漢口他們到九江（奧登偶然碰見周恩來），經南昌、金華、溫州，到上海。在上海他們成了英國駐華大使

Sir Archibald Clark-Kerr 的客人。他們很驚奇上海幾乎什麼都有，甚至可看到最新的美國電影。有一次他們和四個日本商人吃午飯，他們不同意日本人空炸民房，日本商人竟答：「很有趣。」在上海兩個星期半，他們看了些工廠與貧民區，也愛去「澡堂」！六月十二日坐船離開上海，總共在中國約三個半月。

奧登對中國印象頗佳，覺得是他到過的國家中最好的，但住在中國却太危險了。他坦承對中國是「觀光客式的認識」「瞭解中國是不可能的」。

他們離開中國後，經日本，航渡太平洋後在加拿大的溫哥華上岸，然後坐火車經芝加哥到達紐約。奧登對紐約印象很好，說有一天他要住那裏。在紐約兩週後他們回英國。不久奧登一個人去比利時，在布魯塞爾以「航向戰爭」爲題寫他在中國的經驗。

奧登對中國抗戰時期崛起的幾位詩人有些影響。香港大學與香港中文大學聯合出版的「現代中國詩選（一九一七—一九四九）」下册，頁一七六九提及「四十年代的詩人頗受曾經訪問中國的英詩人奧登的影響，其中以穆旦，鄭敏和袁可嘉所受的影響較爲顯著。穆、鄭二人接受了奧登底沈思的一面，而袁可嘉則接受了他寫實的一面。」

一、布魯塞爾美術館

關於受苦他們從來沒錯誤，
大師們：他們很清楚
苦難的人間位置及如何發生
在別人吃或開窗或無聊散步時
如何在老者虔敬熱情等待
神奇的誕生時，總會有
小孩并不特別要苦難發生而蹓冰
在樹林邊緣的小池：
他們從沒忘記
連可怕的殉道都如此
在一角落，骯髒地
狗過狗生活，而刑拷者的馬
抓傷樹後的清白者。

比方卜魯固爾的「伊卡魯斯」①：如何一切都閒適
躲開災難；農夫可能
聽到潑濺，蒼涼的哭泣，
但苦難對他并非重要的失敗；
太陽仍照着隱入綠水的白腿；
而昂貴秀麗的船一定看見
怪事，一個小孩掉自天際，
鎭靜航向某地方。

一九三八年十二月

譯者注①即比利時名畫家卜魯固爾（Pieter Breughel, 1520?-1569）在死前二年完成的名作「伊卡魯斯之落」（The Fall of Icarus）。在希臘神話裏伊卡魯斯是藝匠狄德魯斯（Daedalus）的兒子，他帶着父親爲他做的双翼飛離克里克島，因飛得太高，太陽熱溶了接連双翼的臘而墜海溺死。畫左邊是陸地，農夫推馬拖犁，前面樹叢中有死尸，似喻指比利時諺語：「犁過尸體」及「匕首與錢都須勤勞的手。」畫右邊是海，海上大小船，大船前一双腿即將沈入水，天空飛着一個有双翼的小孩。

二、中國十四行（選譯二首）

（一）

從一個文化中心他被用過了：
被他的將軍與蝨遺棄。
在棉被下他變成冰消去。
他再也不被追逐了。

當這戰役被整理入畫：
在那頭顱生的知識幷不毀去：
他的笑話陳腐；正如這戰時，他沒趣，
他的名字已如他的表情永遠隱失。

從總部來的指示不是詩，
然而他如一個有意義的逗點
已加入中國的塵土

我們的兒女可能保持軒昂的姿勢，
在狗前，以及山以及水以及屋
不再覺得可恥，男人也是。

一九三八年四月

（二）

他們存在而受苦；能做的就如此：
繃帶掩着的還活，
他對世界的認識只限
金屬器治療處。

他們躺着隔離如世紀
（眞理在他們感覺裡是能忍受多少；
眞理可非我們的談話而是抑止的呻吟。）
我們如樹隔離：我們站在別地。

何時脚能康復？
我們甚至記不起已癒的微傷
却也喧鬧一時而且相信

現實永不受傷，
不能想像孤立：歡樂可共享，
以及憤怒以及愛的觀念。

一九三八年

三、暴君墓誌銘

某種完美是他所尋要，
而他發明的詩容易領略；
他對人的愚昧如反掌瞭解，
而他對軍隊及艦隊很有意思；
他一笑，可敬的參議員就爆笑，
而他一哭，孩子就死在街路。

一九三九年一月

RICHARD EXNER

艾斯納詩選(二)

杜國清譯

專業(Metier)

根據才能
與機會
我們步出
礦坑的籠子
破開語言。
我們有繩索、
網、鶴嘴鋤、
與長靴。

黑闇中
無人知道
自己踩到誰。
假與眞
對肉眼
是無法辨別的。
然而我們蓋滿墻上
以文字。
鼓掌
或沼氣。

誰能分別彼此。
起來
在顯明的消費之上。
玻璃紙中的產品
並不比別的
更爲有毒。

在出口的門邊
每一輪換
不能自制的洗手：
互相
或和自
洗淨的
手
一如貴婦馬克白。

最後 (At Last)

一如表演特技者
屢次高遶帳篷。
他們早已
不再觀看。
輕輕的擺盪
在大帳篷下
而下面
馬在繞圈子
以及圓環。
翻身與軌迹。
只有鳥類，
他自言自語，
能飛，
而我
不想還得更高。
就這麼決定了。
猛然
撞入給小丑的
掌聲中。
沒人聽見
脊椎骨的
輕裂聲。
他也沒聽見。

我・死亡 (I, Death)

我，死亡
已凝結

白你們的恐惧中—
被誤解，
被高估。

我一無所有。
嘎啦嘎啦响的玩具，大鐮刀，
小提琴 都是你們的
發明。

因爲你們不了解
肉體燃燒
或枯萎，一切
成長者莫不消滅，
突然地，逐漸地，
然而，莫不消滅，
你們爲了自己
獲得了我。

從這共同生活中
無所湧現，
我是無，
而你們不是
且未曾是
不朽的。

你們可以
賭在瞬間上，
且活得
比死
更快。
反之，你們捕捉
永恆，自唇間，
直到双唇腐朽。

你們將我
變成了藝術，
一個鏡子，
因生而困擾的，
你們所凝視、逃入的鏡子。
它將你們
扯碎。

我，死亡
並不存在。

你們因痛苦
或快樂而尖叫
是怎麼一回事
我並不知道。

我既沒發明
戰爭 也沒發明
戀愛 或
癌症，
而襲擊你們心臟
或腦部的，不是我。

對我，一隻
老鼠的死亡
有如德勒斯登的煉獄；
奧希維茲，廣島，
一如瑪麗亞，柯麗絲。
無，觸我。
我既無血肉，
亦無性別。

你們都死到何方？
我一無接受，
一無給與，
一無所取，
我即無。

你們一無所見，
一無所知。
你們創造肉身
它消滅如光。

神
對我一無所言。

註：

德勒斯登（Dresden）：德國 Saxony邦之首府，附近產陶瓷，二次大戰時慘遭轟炸。

奧希維茲（Auschwitz）：波蘭西南部城市，二次大戰時納粹集中營所在地。

瑪麗亞・柯麗絲（Maria Callas）：義大利歌劇聲樂家。

德意志（Gmy）

I

不，
我並不
在那兒
當那些事情發生時
那些　使我
從遠方
切斷
那個國家的
名字
沒有那國的語言
我滅亡
燒灼
母音的肌肉
使自骨上脫落
将它減成
三個字
寫成無母音的GMY
一如希伯來文。

II

是的，
可是我在那兒

在飛走之前，
呼吸着四十年代
帶灰的空氣，
致命的優越德國人的
風。

童年的景象
變幻成
龐然怪物。

聖誕節我們遊戲
戰爭。取代了蠟燭
大地燃亮。
除夕夜
下黑雨。

學校裏常有的
新詞彙：
地毯式轟炸，特別宣告，
驚人武器，人民收信機，
最後的勝利。

我們學習，而且我
仍記得。

III

不，
我並沒
忘記
你們那時甚至
都分散
且掘坑道
因炸彈與刑求。

我的痼疾是
恐懼的
目錄：
這兒，紅磷
在夜間降下
將城市燒成
黑墻，
那兒，燃燒的
國家的統治者
在大白天
將敵人化成
骷髏
和煙。

在這些日子裏
我熟悉聖經
且毫不回顧地
跑出砲火。

IV

是的，
你們的征服者的
專橫霸道
以及你們那野蠻人的
勤奮（「德國人的
美德是
一種光榮的惡」）
終於
一如在童話中，
使你們一分爲二。

與你們的左鄰
和右鄰相比之下
你們是
蒸蒸日上。

地理
是我們共同的
命運。
在同一身上
左手不再知道
右手是做什麼的。

而取代中心，
石化了的
分界線。
以及子彈。

V

不，
我並不
把自己除外。

我的護照
是個假面。

我發現
我裏面，如此缺少自由
與眞正的歡樂，我時常引述
眼睛在塔中的
詩人，而沿着河岸的楊柳
進人他眼中，島嶼奔流，
陽光微亮的海岸，
我是「沮喪到底，
與幸福無緣」，
而且只能夠暫時具有
承載海豚的
寧靜
感覺。
我，正如你們
分裂，
不再見
完整的。

VI

是的，
我經常
在別處，
而每次降落
都顫抖，

這兒，
在太平洋上，如鉛的
萊因河水與大陸一起
落入大海。這兒
早晨的熱鬧
襲人，那兒，衆人熱愛的大教堂
聳入白夜，請告訴我：我們身在何處
當在百花盛開的山邊你那可愛的
笑眼躍向我？
我是否飛走得
太快而我
現在是太遲了？

我是完整的、只當
在三萬六千呎上
那兒，煙，包括我自己
將來的煙，
達不到的地方。

VII

不，
甚至夢也不能
改變這個：
在早上
當波浪
揚起貝殼
扔向我
故鄉附近的
森林
並不比土星之環
更近。

跨過
冥河
人生尚未
教示我們。

而那三個
字，尖聲
叫出隨即
被噓住，
是沒有
翅膀的。

赫塞詩選（三）

蕭翔文譯

怪物

我偶爾會變成粗暴的男子
像咒罵上帝 在嘈雜的夜晚
和粗野的伙伴斟酒喝
散發辛辣的俏皮話的男人一般
我屢次變成虛弱的小孩子
像沒有犯罪但患了病衰弱到極點的小孩子一般
那微笑在露出外面以前潛藏其影子
但那夢卻充滿了天使。

奧倫華爾特的夜晚

塔的時鐘 通知深夜已來臨
忽然由夢裡醒了，那是爲了什麼呢

還似在夢中，我的心臟
在不可思議的悲哀裏鼓動著　那是爲了什麼呢
四周萬籟俱寂，連一點微風也沒有
在樹叢下也沒有醒著的鳥、動物
透過映照著柔和之光的窗子
蒼白的夜空在探頭。

此時　還忘不了夢境
從我悲哀的心胸裏　忽然聽見啜泣的聲音
原來正在睡眠時　古老的愛情的亡靈
蒼白著臉　一直沉默著　繞著走呢

夢

常看的是相同的夢
鮮紅地燃燒著的一棵卡斯塔尼因的樹木
夏花撩亂地盛開的一個庭苑
在其前面的寂靜的一幢古屋
坐在那安靜的院庭
母親搖著我
恐怕現在（我想早已）已沒有庭院、家屋、樹木
恐怕現在有一條牧場的道路經過其上面
鋤與馬鍬正在耕耘
故鄉、庭院、家屋、樹木
遺留下來給我的　祇有我的夢而已

每晚同樣的夢

一個夢，你遠遠地靜靜地佇立著
我的心臟　沉重地悸慄著
呀！媽媽　媽媽
不能到我的地方嗎？
然而　每天晚上　同樣的夢！
我的心沉重地啜泣—
呀！媽媽　爲什麼
不到我的地方呢？

船夫的禱告

亞得利亞海

時間一飛過去，已是深夜！
天空裏看不見月亮和星星
請庇護我們的旅途吧
聖母，尊貴的瑪利亞！

時間　已轉移　逼近了暗礁
請在深夜的暴風裏，引導我們的船
駛進家鄉的港口！

時間　早已飛過去　不知休憩
瑪利亞呀　憐憫我們
　主耶穌的母親，尊重的聖母呀！
請賜予永久的休憩吧！

孤獨之夜

我兄弟的你們呀
近　又遠的　可憐的人們呀
在星星照耀的領域找慰藉
爲了自己的煩惱夢想的你們呀
在青白色的星光照射的黑闇中
無言裏
合掌細長而有耐心的
二隻手的你們呀
可憐的　迷途的小羊的你們全體呀。
沒有幸運之星的船夫們呀，
我所不認識的人們呀，但和我有緣的人們呀，
請接收我這個問候吧！

巡廻手藝人的便宜客棧

錢已用光，酒壺已空了，
一個，二個接二連三地疲困了
囫圇個兒睡在木牀上
做長期旅途的休息。

一個人睡著了
但夢見好險地逃脫的看守人。
再一個人，彷彿躺在暖暖地
陽光照耀著的原野上，

且說，另一個年青傢伙，以看見亡靈似的眼神
祇凝視著燈火。
支撐頭，眼睛清醒吧
咬嚙著說不出的憂愁。

燈火已滅了，四週寂靜無聲。
祇玻璃窗還亮著。
不久男的悄悄地拿了枴杖與帽子
消失於黑暗裏。

山　靈

强烈的山靈，把白色的手
普徧地伸出於自己的山上。
從正面看他，很晃眼，

但我不怕，我不會惹禍。
在黑暗的山峽我感覺到他，
在高峻的山嶺摸到他的衣服。
屢次我從淺眼裏叫醒他，
在生死關頭魯莽地嘲笑他。
我心臟感覺痛苦的幾小時，
他悄悄地和我同行於冰山之道。
而把那冰涼的手，
親切地按在我的前額，直到我再清醒爲止。

格稜得爾的森林

好幾個山之夜早已蒼茫地擴張在我上面
然而看到像今天一般的星却是頭一次。
群山以巉岨的前額聳立著，
微暗的光，從萬年雪的一個山峯通到另一個山峯。
在其上面像不可思議的夢一般舖滿的
很近的天空！澄清而星星很光亮的。
强烈的星星的燈火，無言地、豊腴地、穩重地，
連結成淨福的圓舞形狀。
宏大的和平，支配星星的花環醒著眼睛，
然而以清涼的光輝，充滿著我的心魂。
因爲如此，在還向前趕路的我的生活中
雖然一半被遺忘了，但昨天的姿態，
依舊浮在我的心上。

雪橇之旅

暴風雪突然從前方抓住我，
疾馳中的我的雪橇嘎吱嘎吱響。
前方曚朧地聳峙著
被蒼白的雨包裹的少女峯
因得勝而昂然自得的冰涼的勇氣，
以不可名狀的喜悅抓住我的心，
恰如在自己的心胸中
揹著自豪與幸福的重擔子一般。
我盡量抓出
睡在我內部的不健全的
然而，高高地發出笑聲

向正下面，深深地
把「它」丟棄在雪的大地上。

最黑暗的時候

這簡直是不能了解的時間！
這個時候 把我們壓彎在死的深淵
勾消慰藉我們的一切的東西
把藏在內心深處的歌
和沾滿鮮血負傷的根一起硬拉出來
然而 現在此時的重量才是
教我們平靜，教我們最深的休憩
讓我們成熟，變成賢者，變成詩人。

星明亮的晚上

我的心呀 你不會禱告嗎
瞧吧 美極的星
已從雲漂浮的藍色夜空露臉
美麗而明亮地輝耀者
那光輝
就是昔日讓你深深歡喜的光呀
而且 你曾經以戀歌當美麗的花冠
裝飾過那光呢
我充分知道
你在星的夜空前勉强彎著腰——
哦 我的心呀 你那樣沉默
是你的歌已全部唱完了的緣故嗎？

夜行沿途

下了山走夜路
走過灰色的牧場盡頭
走過眼睛看不見的森林柔輭的影子
走到舊街的打開著的門
我悄悄地走過長長的街道
但從任何一個暗淡玻璃窗
也漏不出招人的燈火
夜深人靜 四周全是黑暗
再走遠遠的原野上的道路
回頭看後面
當擡頭看到
以奇特的建洪建立的

陰暗的山形墻睡迷糊的行列時
我才發現掛在高塔裏的一個燈火

然而 有一個人在上面的飾框傍邊睡醒著
那個人 用粗繩吊著搖幌幌的燈
向前彎著身 窺伺遠方
彷彿傾聽著幾乎聽不見的我的脚聲

在暴風裏的麥穗

呀 暴風暗暗地猛烈吼叫
我們懦怯 被吹亂了
在可怕的强大風力前低頭彎身
整夜不睡一直發抖

我們的生命 如果明天還在
呀 黎明的天空 不知會如何美麗
溫暖的微風與羊群的鈴響
不知如何把淨福的波浪灑在我們身上！

每當傍晚時都在橋上

每當傍晚，我一定站在橋上
俯視暗淡的河 盯盯地看
河水翻滾 流動 飛濺
充滿著憧憬前進
究竟要流到何處？是否故鄉？

流逝的長久歲月裏 我也走過
不停地 抱著憧憬的希望
隨著流水或雲、風漂泊
爲了找尋一個家鄉 一個休憩

這種情況以後也會繼續著
但不久我也要純白色細夏布被搬運
流浪呀 再見 水流的飛沫也！
我要靜靜地被搬走—到何處？是否故鄉？

時常

一隻鳥高聲叫
或是一陣風吹過樹枝
或是一隻狗在遠方的農家吠時
我時常沉默了一會兒傾聽
秋天的靈魂 要歸還呀
鳥 或吹拂著的風等等
原來是和我相似的兄弟
是，要歸還迢遠的太古時代呀。

那時　我的靈魂變成一棵樹木
變成一隻動物　又變成一朶雲。
然而靈魂變了貌，變成對我本身來說「珍貴」的東西
回來
向我說——「怎麼樣回答才好呢」。

高原的黃昏

——獻給我的母親——

是淨福的一天，阿爾卑斯的晚霞鮮紅地像在燃燒……
現在我渴望讓您看這個明亮而宏大的景色。
並且想在深沉的喜悅裏默默地和您並肩而立。
呀！爲什麼您不要現在也活著呢？

夜晚的黑暗　被雲繞著前額
從谿谷莊嚴地上升過來，
而徐緩地隱沒斷崖與牧場以及雪峯。
媽媽呀，我眺望著的這個壯麗風景
因爲沒有您在身旁，所以覺得很乏味。

如今周圍是一片的黑暗與靜寂
我的心也變得暗澹與憂愁
那時　在我的身旁響起微弱的像脚聲一般的聲音——
「是我呀！是我呀！已認不出我嗎？
明亮的白晝　他獨個兒去享樂吧。

但是　看不見星的夜晚來臨
你的心暗鬱地煩悶地
找尋我　那時　我一定在傍邊！」

向目的地

我經常毫無目的地走
未曾想到要休息
我的路　彷彿沒有盡頭

終而　我發現　我祇在一個地方繞圈而走
於是我厭倦了旅遊
那一天是我人生的轉捩點

躊躇着　但我現在也向目的地走
因爲我知道　死站在我的一切路上面
向我伸手。

在煩惱裏

每當强烈的春天的山風颳起時
雪崩倒塌
引起死的轟聲與恐佈
這是上帝的意旨嗎？

像異邦人一般
在未曾用親切的言語交談過的
人們所住的國度流浪
也是上帝的意旨嗎？

他是否識別
幾乎要崩潰於深沉的煩惱裏的我？
—呀，上帝已死矣！
我是否還要活嗎？

春天

微微的年青的雲奔馳在天空的藍色裏
小孩在歌唱 花兒在草中笑。
我的眼睛盼望
在我疲倦的目光所注視到的任何一個地方
忘却書本所讀的一切。

在書本讀過的一切鬱悶的事
祇是像冬天的惡夢一般，現已融化了。
我的眼睛已爽朗地被醫治而凝視。
沸騰著的新的自然的姿態。

然而在我心中寫下來的
過去日子裏的美麗的一切東西
一點兒也沒有消失，從春天儲蓄到春天
絲毫也不怕被任何風所吹散。

風景

昔日的小孩時代一般
森林相連著，湖泊或農舍也是
遠處的風景都充滿著和平
在上帝的手掌下休憩著

我能一個鐘頭
一直沉默著凝視它
昔日的衝動已睡著了
昔日的恐怖也睡眠著

但我知道 現在因使魔術不能動的
不久也會醒了覺
然而，我就要在綠色的鄉村裏
當做陌生的旅人匆匆走過不可。

日本的傳統詩

短歌（二）

蕭翔文

一、百人一首

「百人一首」是一百個短歌歌人各人所作的一首短歌的總滙。這一百個歌人活在自一千三百年前的奈良時代至七百年前經鎌倉時代之間。編者是「百人一首」中第九十七首的作者藤原定家。

他受兒子爲家的岳父宇都宮賴經的依賴，選出要貼在賴經的「嵯峨中院山莊」的槅扇的百首，而親手寫在方形厚紙箋，所以單數双數的號碼左右成一對（如第一首歌和第二首歌左右分開寫而成一對），考慮其微妙的照應。又從全體看起來，被選出來的不一定於各歌人最好的作品，而是企圖依百首來構成某種世界。

百人歌人中有二十一位女性（如紫式部、清少納言、和泉式部等），其比例，以當時來講，不能不說是相當高的；有三位是天皇（天智天皇、持統天皇、光孝天皇）可證短歌自古就和日本皇室有淵源。所有的歌幾乎都詠懷男女之間的感情的所謂「戀歌」或「情歌」。

我從百首中選出我較喜歡的十二首，藉現代詩的詩型爲媒體來詮釋其歌意。這十二首歌的作者中，安倍仲麿是十七歲時當留唐學生到唐土（中國大陸），唐玄宗時在朝廷做過官，和李白、王維等詩人也有交遊。過了五十歲時，有了歸國的機會，但所乘的船海上遇難，漂流到安南，又回到唐土，結果沒有回日本，死在唐土；紫式部是長篇小說「源氏物語」的作者。

春すぎて夏來にけらし白妙の
衣ほすてふ天の香具山

持統天皇

這裏大和、藤原之地
季節也在轉移
春天不知何時已過去了
夏天彷彿已來臨
新的夏天，
新的夏天
已降臨到芬芳且神聖的香久山

昔日　神覲了衣服的傳說的山
呀！那滲入於眼睛似的純白衣服
不知由神的手　或人的手
今年仍覲在香具山上
在嫩葉中發著光輝。

田子の浦にうち出でてみれば白妙（しろたへ）の
富士の高嶺（たかね）に雪は降りつつ

山邊赤人

到了田子海濱
海擴展了
海岸線沿著海灣緩慢地伸長
擡頭一看
在空中鮮明地浮出
白白的、清涼的富士峯

從這裏望見的話
非常　端麗且穩重的姿態，
但在山頂附近，
現在　這個瞬間也
飄散著夢幻一般
一片又一片的新雪吧。

天（あま）の原ふりさけみれば春日（かすが）なる
三笠の山に出（い）でし月かも

安倍仲磨

終而想到「故鄉」二個字
長久住在這個唐土
以爲再也沒有機會回國
所以把少年時的記憶
藏在心的一角

如今歸國的夢快實現了
到了這裏明州的海邊
望鄉之情　決堤而氾濫

擡頭看天空
在東方，海上升了一輪月亮
就是遙遠的過去，遙遠的故鄉
在春日野的三笠山上升的月亮
皎皎地照耀著我

花の色はうつりにけりないたづらに
我身世にふるながめせしまに

忽然發現
那樣郁馥地誇耀地盛開著的櫻花
已褪了色

我究竟在眺望什麼呢
被關在久久不停的雨裏
呆呆地　心不在焉地
我究竟在眺望什麼呢
像他人一般眺望：
滑過好幾個戀愛

被這個世界的雨打在身上
逐漸上了年紀的自己的姿態而沈思時

花也
我也
徒然地褪了色

君がため春の野に出(い)でて若菜摘む
わが衣手(ころもで)に雪は降りつつ

光孝天皇

在春早的原野
芹菜、薺菜、筆頭菜、繁縷等嫩蔬菜
亮著柔軟的胎毛
已萌芽了。

我站在原野上
摘清潔的嫩蔬菜
爲了讓你健康的牙齒咬碎
誠心誠意地摘嫩蔬菜

微雪飄下來
頻頻地落在衣袖

但爲了你
我把歡喜凝聚在手指尖
不停地摘春野的嫩蔬菜

あしひきの山鳥の尾のしだり尾の
ながながし夜をひとりかも寝む

柿本人麿

像在深山裏　停在樹枝上
自己睡的山鳥的
長長地垂下來的尾巴一般

黑暗　沉重
無盡頭地長長的秋夜

我一個人
在這種晚上
恰如寂寞的山鳥一般
悶悶地橫臥著過去嗎
在沒有妳的溫暖的冷冰冰的睡牀
睡也不睡
也不飛走
我要一個人孤孤單單地過慢長的秋夜嗎

心あてに折らばやらむ初霜の
おきまどはせる白菊の花

走到早上的庭院
在亂開的白菊中的一羣
下了一片的初霜

白與白混合在一起
到何處是花？
從何處是霜？

摘折菊花的話
冷冰冰的霜花在手中消融
要摘折就不加思索地
去摘折吧

霜消融的話
冷冰冰濡沾著的菊花留在手裏……

冬天已近了

山川(やまかは)に風のかけたるしがらみは
流れもあへぬ紅葉(もみぢ)なりけり

春道列樹

沿著河川，走山路
河水澄清得很透徹
繞過岩石 響著聲音流動
忽然看見
架在河中的
華美的紅色堰水柵

那不是吹散的紅葉嗎？
想流走，但流不動
被攔住在岩石之間的
薄薄的紅葉的重疊
不是嗎？

作那堰水柵的是 風
讓落葉在水面旋舞的 秋風。

風をいたみ岩うつ浪(なみ)のおの水のみ
碎(くだ)けてものを思ふころかな

源重之

在強風吹動下
翻卷的海浪 重重地衝擊岩石
海浪濺上水沫碎散
但岩石卻不碎 穩固地峙立在原地

好像我和那個人一般
我是海浪
自己碎散了
就又慕慕岩石的海浪
那個人是岩石
屢次濺上飛沫
也絲毫不動的冷徹的岩石

碎散了 又碎散了
如此 每天反覆因不能兌現的愛煩惱著

めぐりあひて見しやそれとも分かぬまに
雲がくれにし夜半(よは)の月影

紫式部

和青梅竹馬的親睦朋友
隔了好多年才遇見
興高采烈地很想講更多更多的
小孩時代的回憶以及如山般積下來的話

但，能確認其面貌的工夫也沒有
他匆匆忙忙地回去
像要和很快地穩在雲裏的十日晚上的月亮競爭似地……
把我留在黑暗裏
離開的
是月亮？
或那個人？

こぬ人をまつほの浦の夕なぎに
燒くや藻鹽の身もこがれつつ

權中納言定家

等候著 不來的你
焦急地等候著

淡路島的松帆海濱
傍晚海上風平浪靜時
島上的少女就來到海濱
凝視著遠方的海面上
堆積藻草 點上火
每隔了一段時間就撥了一次海水
燻著燃燒的火煙
像向情人的狼煙一般
向沒有風的天空上升

呀！沾濕著燃燒
扭歪著 糾結著 煩悶著灼燒
我就是那藻草
一面被情火燒灼著身
一面焦急地等候著

わが袖は潮干に見えぬ沖の石の
人こそ知らね乾くまもなし

二條讃岐

據說某一個海的海上
有一個岩石
潛在海浪下面暗中沾濡著

潮水退了，沙灘露出來
但那個岩石一點兒也不露出其姿態
被搖幌的藻草圍繞著
一直蹲在海底

我的袖子也是同樣
隱藏在像沒有什麼事一般的上衣下面
不斷地沾濕著

被爲了那個人流的
鹹的、苦的眼淚沾濕著

二、教書生活之歌

我是個高中教師，教書生活是我生活的核心，最近半年來我作許多描寫教書生活的短歌，現在列舉其中的十七首，並且說明其歌意。

黒板に學生勵ますことば書き
教師の一日始まりにけり

【歌意】在黒板上寫鼓勵學生的「話」（勵志性嘉言），教師一天的生活就這樣揭幕了。

雪積る玉山ふり仰ぎ頑張ると
誓ふ娘の髮冬日に光る

【歌意】擡頭瞻仰積著白雪的玉山，發誓要加油的女生的頭髮，在冬陽照耀下發著亮。

教師我校內暴力の圏外に
心満ちたる一日を過す

【歌意】擔任教師的我，站在校內暴力的圈外，過著心滿意足的愉快的一天。

あれ狂ふ校内暴力よそにして
口にさとす幸を愛しむ

【歌意】遠離風暴似的校內暴力，愛惜用嘴訓諭的幸福。

ふと翳るその一瞬に教室の
緊張ほどけ自と顧みる

【歌意】忽然暗下來那一刹那，教室的緊張氣氛鬆懈了，出神地聽講的學生，又找回自己的存在。

樹の緑白シャツに映え生けるごと
光と風にたはむれ揺るる

【歌意】樹的綠色映在白襯衫，像活著一般搖幌著和光、風玩耍。

白シャツに樹の緑映ゆ細胞まで
緑に染まん夏の來にけり

【歌意】樹葉的綠色映在白襯衫，連細胞也會被染成綠色的夏天終於來臨了。

白シャツに映る椰子の葉こぼるるを
恐れ惜しみて歩みをとどむ

【歌意】一面擔心一面惋惜映在白襯衫的椰子葉的影子會溢出來，所以佇立下來不走。

階上の廊下まで伸びし椰存の葉の
おほらかに揺れ涼風送りこむ

【歌意】伸長到樓上向走廊探頭出來的椰子的葉子，大方地搖動著吹送涼風來。

なはとびの畫し弧の中鮮やかに
雪ふり積る玉山の見ゆ

【歌意】跳繩所畫的半圓弧中鮮明地看見積著白雪的玉山。

納得ゆし講義終へしかば掛圖手に
素振り續けて廊下をわたる

【歌意】上完了令人滿意的課，所以双手拿著掛圖，把掛圖當做竹刀，一面做劍道揮劍的動作，一面愉快地走過走廊。

【歌意】嗡嗡地從割草機流出來的，夏草綠色的
香味，混合著陽光黃色的香味飄過來。

光（かげ）揺ぐ青葉の中の階段を
一氣に駈けて教壇に立つ

【歌意】一口氣跑過被搖幌著陽光的綠葉圍繞的
樓梯，站在教壇上。

我が心穏やかなる朝サインの字
一劃一劃丁寧に書く

【歌意】我的心平穩的早晨，簽到的字也一劃一
劃寫得很整齊。

試験中を黒一色の女學生ら
しじまの中に闘志犇めし

【歌意】考試中一律黑色的女學生們（女生冬天
的制服是黑色的），在靜寂中却散發出
各人無言的鬥志。

物言はず夕日に對えば黒き影
長長伸びて祈るが如し

【歌意】上完了課，一個人走到操場，默默面對
夕陽，反省今天一天的生活時，黑黑的
影子，長長地伸長在綠色的草坪上，好
像在禱告一般。

むせ返る苦葉の匂ひ鼻をつき
ふと講義とめて深く息を吸ふ

【歌意】因爲嫩葉强烈的香味噎在鼻腔，所以忽
然停止講課，做了一番深呼吸。

ぶんぶんと草刈機より流れくる
草の匂ひの陽に蒸せ返る

中華民國行政院局版台誌1267號
中華郵政台字2007號登記第一類新聞紙

笠 詩双月刊 LI POETRY MAGAZINE 115

中華民國53年6月15日創刊
中華民國72年6月15日出版

發行人：黃騰輝
社　長：陳秀喜

笠詩刊社
臺北市錦州街175巷20號2樓

編輯部：
臺北市北投區懷德街75巷4號3F
電　話：(02) 832—5238

經理部：
臺中市三民路三段307巷16號
電　話：(042) 217358

資料室：
【北部】臺北市浦城街24巷1號3F
【中部】彰化市延平里建寶莊51～12號
【南部】高雄縣鳳山市武慶二路70號

國內售價：每期60元
訂閱全年6期300元，半年3期150元
國外售價：每本定價（包括航空郵資）美金3.5元
歡迎利用郵政劃撥21976號陳武雄帳戶訂閱

承　印：華松印刷廠　中市TEL (042) 263799

詩双月刊

笠

LI POETRY MAGAZINE

1983年 8月號 116

現代詩	●	臺北武昌街二段37號6樓•電話：3718149 一年四期200元•郵撥110795雕龍出版社
藍星	●	臺北泰順街8號4樓•電話：3911685 一年四期240元
創世紀	●	臺北寧波西街86號3樓•電話：3516011 一年四期250元•郵撥104254張德中帳戶
葡萄園	●	臺北縣板橋市金華街75巷6之2號。電話：9675911 一年四期160元•郵撥100833文曉村帳戶
笠	●	臺北錦洲街175巷20號2樓•電話5510083 一年六期300元•郵撥21976陳武雄帳戶
秋水	●	臺北郵政14—57信箱 一年四期150•郵撥100466涂靜怡帳戶
大海洋	●	左營崇實新村121號 一年四期240元•黎明文化公司總經銷
陽光小集	●	臺北南京東路5段228巷10弄13號7樓•電話：7604349 一年四期320•郵撥113489温德生帳戶
風燈	●	雲林北港第54信箱 一年六期60元•郵撥39994楊顯榮帳戶
脚印	●	高雄前鎮區武德街17號 一年四期150元•郵撥45846謝碧修帳戶
掌握	●	嘉義大林鎮中山路237號 一年四期150元•郵撥315298許正宗帳戶
漢廣	●	臺北士林區中社路2段35巷3號3樓•電話：8412571 一年六期250•郵撥552497洪國隆帳戶
詩人坊	●	臺北復興南路1段30巷2號 一年四期320元•郵撥108250李月容帳戶
詩友	●	北港鎮文仁路158巷18號•電話：(053) 835383 一年四期40元•郵撥225355楊顯榮帳戶
心臟	●	高雄苓雅區中正一路195巷7弄4號之1 一年四期200元•郵撥446612歐秋月帳戶
詩畫藝術家	●	臺北信義路4段179號5樓之1 一年四期180元•郵撥155798夏婉雲帳戶
臺灣詩季刊	●	臺北復興北路433號11樓•每册80元 一年四期250元•郵撥14980林白出版社
布穀鳥	●	臺北嘉興街151之5號4樓•電話：7055068 一年四期100元•郵撥5574林煥彰帳戶
詩人季刊	●	景美興隆路3段229巷6弄6號5樓 本年十月復刊•敬請注意

卷頭詩

航行

林永修

逐波漂流的無限的夢
靠在拷緊麻繩的桅杆影子，迎著藍色海風
舵着守著船的航路
煙流向南方
遙遠的藍色水脈
開在魚鮮棲棲生世界的季節花
白鷗從天空
向白色甲板投下白球
夢見明日的港口
年輕水手的指尖落在吉他弦上
抽著煙斗我在甲板上散步

・原載「臺南新報」文藝欄，一九三六年三月。陳千武譯・

林永修（筆名林修二、南山修）一九一一年生，臺南麻豆人，畢業於日本慶應大學文科。一九四〇年畢業返臺，一九四四年因病去世。一九八〇年出版林修二遺集「蒼い星」。

(1983年 / 8月號) **116期**

笠詩双月刊

雨季（續）

李魁賢

妥協與自由

假如
我答應
跟妳生一個兒子
才能完成誓約
其實
那才是
眞正妥協

假如
我們能從原點
在最不自由的空間
找到愛的營養
同時
也就找到自由
爲了表示自由的身份
我拼命給妳寫詩
一首又一首
不斷地——寫
讓妳知道
我才是
不妥協的人

一九八三、四、廿三

街道樹

我站在街角
背景很好
背景是庭院
有矮牆
所以我是一棵樹
很自然
站在街角

我伸出枝椏
把書本當做牆
我讀着
牆上剝落的世界
牆外有車聲

狗吠聲
叫麵的聲音
不知道有沒有人
走過去

我站在街角
一棵樹
在等待鳥聲
鳥會和春天妥協嗎
我專心等待
樹葉是我的稿紙
向春天亮着
一首又一首的
詩

春天出現時
我向着春天走過去
會走路的樹
撞開圍牆
急急地
沿路甩落的樹葉
不妥協地
在地上打滾

一九八三、四、廿五

陽光

妳喜歡的雨季過去了
早晨，我坐在窗口下
讀着越過重洋的
馬札兒人的現代詩篇
和煦的陽光灑下來

他們也探求
時間、死亡、和愛——
妳一定會大吃一驚
這是比社會現實
更現實的內在現實吧

然而，即使盧卡齊
妳喜愛的哲人
當他看到遲來的陽光
照在雪封的歐羅巴
也一樣會在窗口讀一段詩吧

經過了最豐沛雨水的愛
陽光會令人感到
心慌的灼痛嗎
就像憂鬱的多惱河畔
一串串的葡萄……

一九八三、四、廿六

訊息

魚在砧上解剖時
剩下鱗片
在閃光
好像向遠方打信號似的
傳遞
愛的訊息

一九八三、四、廿七

我一定要告訴妳

我一定要告訴妳
啤酒從妳的嘴裡
溜到我嘴裡的感覺
眞美妙
摻雜着氷冷和溫暖
即使有一些
會不愼溜到床單上
妳把斜向天空的紙糊拉門
闔上，把陽光
關在外面
因爲免受監視
感到安全。
把時代周刊放在一旁
我們看金瓶梅的影片吧
不要，還是讀詩吧
這樣有些頹廢的浪漫
我們抓住了輕飄飄的自由
但那監視的電子眼還在
不是裝在屋子裡
好像是在身體內的某部份
和風濕症一樣。
啤酒從妳的嘴裡
溜到我嘴裡的感覺
是序曲
也是間奏
試想把自由放大，除非
打開天窗。忽然
報社的爆炸聲
我聽到心裡有人受傷的
呻吟聲，我感到
整個天空都在監視
我的愛
我一定要告訴妳
眞的
摻雜着溫暖和氷冷

一九八三、四、廿八

晚歸的鴿子

妳說要走了
就和雨季一樣

我抬頭
看到一隻晚歸的鴿子
掠過被大厦群
包圍的天空
那灰色的羽毛
在暗夜裡
竟然像是錦上的花朶

雨季眞的過去了嗎
雨季終究會過去嗎

一九八三、四、廿九

季節

在四月末的時候
妳就說
六月到啦
其實 六月是乾燥的季節
也許會只剩下水仙花
辛苦地
開在涸池邊

不甘心雨季就這樣過去
我叫嚷着：
「還我的雨季來！」
於是天也陰了
風也起了
就是沒有雨滴

一九八三、四、卅

巫永福詩抄

淡水河

獨坐淡水河堤看着骯髒的河岸
汚濁的流水和一大片的沙洲
深深感覺着甚大的無奈而搖頭

吸着迎風而來的嘔心臭味
不禁掩鼻起來，也略覺欲嘔吐
因而向天閉眼並沉思良久

昔時往來的船隻促使艋舺，大稻埕繁榮
也使鄰近地區大事開發而風光一時
日據時爲免河床淤積曾置浚渫船挖泥

從前臺北州管理這一條河
清麗宜人的河水悠悠，碧波映日
而小舟艇穿梭於淡水街、臺北市之間

日人曾計劃把淡水築成萬噸級的大港口
並將於臺北橋附近闢建五千噸級的小港埠
而使淡水河負起淡水、臺北間的運輸重任

而今臺北市、縣政府、省及中央政府都在管
却造成無人專責管理的三不管地帶
河床升高、沙洲突起、舟運停止像成髒河

光復後不久曾抱小女每晨到河邊散步
看到老小於鮮麗的風光中垂竿釣魚
而小女即指着水清見底的河邊小魚手舞搖脚

淡水河曾生產了淡水魚、泥鰍和蜆蝲
而今由於公德和管理的缺失，並受現代文明的侵害
往時的綺麗清新的風光已面目全非了

年前曾看到受現代文明污染的提摒斯河
由於英國政府的果斷終使該河回復舊觀
使一度面臨生態物滅絕的邊淵復穌過來.

想到這裡不禁站立起來而徬徨
我們中國人民會比英國人無能或不關心自然嗎?
於是遙望着美麗的觀音山晚霞而發呆.

遊內湖

碧樹掌雲霧
和風千里蓋市鎮
山透浮麗日
內湖景色無窮盡

開窓抱山眺
內湖烟霞如仙境
漳拓福人地
碧山巖頂一身清

聖登仁義界
信男善女皆歡喜
王道乾坤在
無憂無愁寫壁詩

五岳有洞天
恩澤衆生由來久
福緣三果證
自然與我展春秋

臨翠文筆笑
煩事怡然自清好
門對樓台月
名畫風光分外多

龍滾動天山
四海沸沸雲中影
鐘聲點湖水
日夜殷殷半天驚

鳳鳴清虛夢
星雨杳杳破禪機
鼓響轟九霄
靈顯噹噹古巖時

內心總無私
神靈浩蕩遍天下
湖山日月照
今古天地共光華

給影子

許達然

不要臉，你不是我的兒子，却輕佻如哈巴狗纏我，假腥腥比眞的還大，但你怎樣恫嚇，我可不依，怎樣裝哀憐，我都抱不起，（我連自己都抱不動了），而我怎樣跑都逃不開你，走時看你不是東西，站時想你不是東西，坐着駡你不是東西，踢你，你都忍聲吞氣，痛的又是我自己——痛只因要光明，偏偏你愛光明裏暗黑，什麼物理？一陰晦或風雨，你就隱避，然而在時間的掌握中，總是站不起來的你能躲到那裏呢？

攝氏30度

胡品清

北風似剪的日子裏
無法設想夏天如此熾熱
太陽像火的日子裏
無法設想冬天曾是那麼氷冷
就像
年華很綠的日子裏
無法設想雪花爬入髮根
就像
髮根如雪的日子裏
無法設想年華曾是那麼靑靑

憂國

明哲

猛醒

偉大，偉大，眞偉大！
大家都說它偉大
我也跟著喊偉大

喊偉大，使我揚眉吐氣
喊偉大，使我心滿意足
喊偉大，使我所向無敵

無論如何
偉大的總是偉大
我不需要知道爲什麼
我只需要喊偉大

你說什麼？
我在拍馬屁？

我沒有啊
自我陶醉？
我沒有嘛
往自己臉上貼金？
這怎麼會呢

男盜女娼？
盜印假冒、空頭支票，列爲世界第一？
國內綠燈戶，國外集體賣春？
震憾！一大震憾！
我的天哪，我怎麼從來都沒有想到這些？

禮儀與道德
如今却只剩一個外殼
但我所要的
是眞果，不是外殼
我好像一直都在做夢似的
催眠曲聽得太多了？
對了，一定是這樣！

引爆自己

——獻給三島由紀夫

戰後的日本
自由氾濫的地方
喪失國魂
迷失了自己
但依然勤奮的國民
彷徨幾年之後
終於成爲經濟動物

人慾橫流
拜金主義瀰漫全國
囂張的狂熱份子
竟敢否定國旗與國歌
脫軌的現實
和極左的陰影
使他憂心忡忡

他站在富士山上
遙望波浪洶湧的北海
世界和平的美夢
顯然已成爲泡影
如今唯有警告國人
尋回國魂
盡力保衛祖國

眼看着國人
依然沉緬於
元祿時代的太平夢
三島的熱血
忍不住又要沸騰
他下定決心
今生最後一篇傑作
要用鮮血來寫成
以喚醒國人的迷夢
激起同胞的愛國心

文學天才三島
原來是憂國之士
爲了祖國寧可犧牲一切
引爆自己，盼起連鎖反應
壯烈切腹，猶如青天霹靂
震撼全國，驚動全球
他化爲一道耀眼的光
從天上永遠照亮
他所熱愛的祖國

這不是無詩的時代

有人慨嘆
這是無詩的時代

無異否定詩人的存在
眞是令人啼笑皆非

目中無人
萬事如意的人上人
所欣賞的只是
歌頌人間天堂的詩

被壓得快要窒息
萬事不如意的人下人
却有訴不盡的心事
寫不完的詩

詩是時代的心聲
不管你喜歡或不喜歡
有各式各樣的人存在
就有各式各樣的詩

魔鬼門徒

莊金國

其實一開始
就以眞面目出現
想像豐富的人却爲伊描繪
種種臉譜

爲了活下去
想像豐富的難兄難弟們
埋頭故紙堆
找出所有典籍引證
存在的意義

要求的終於來了
伊手裡把玩着刀子
緩緩步下階
各遞一把刀
然後宣稱一對一決鬪

爲了活下去
一對對難兄難弟
用原始野蠻的方式
比賽忠貞不二

路燈

德有

站著，伊們站著
被迫保持距離的站著
如同被人遺棄的孤兒
一個個默默地站在路旁
却仍然不甘願地以細細的線
連繫彼此，互通訊息
這群直耿耿的傢伙
不向任何狂風低頭
不向任何暴雨屈膝
默默地，伊們挺直腰桿
站著　站著　站著
雖然被人冷落
却不忘關懷
生長的這塊土地；
當無邊的黑籠罩下來
伊們一個個散放出
愛的光芒
總算照明自己的心
也照亮別人盲瞎的眼

夜

蔡榮勇

早晨的日頭
煮成春天

女人就開始
整裝，長出翠綠的
葉片
化粧，開出芳香的
花朵

男人就開始
安裝翅膀
吃一口一口好吃的
花蜜

「一隻菜蟲如是說」（續）

楊傑美

㈠我臥在綠色的菜葉中
張開口
滋滋地吃食着
大地上生長的
自然的糧食
悠閒且安逸自得

但是你來了
從遙遠的地平線的彼端
向着我們生存的樂園中央
一寸一寸逼近

你的兩眼冒着金光
牙齒咬得咯咯作響
手中握緊一把閃亮的利刃
「幹你娘！
如果被我發現，
不把你碎屍萬段才怪！」

自從那一天開始
我就一直生活於
你們仇恨和殘殺的陰影中
踡伏在菜心深處
膽戰心驚
連大氣也不敢喘一聲

㈡自從你出現的那天開始
我便知道
我將生存於你的魔掌之中

現在我靜靜地跪着
在你那巨大的魔掌心
要殺要捏要刮隨你的便
我已經無話可說

因爲
自從你出現的那天開始
我就已經明白
我將死於你的魔掌之中

吳重慶詩抄

A.「詩」的系列

1. 我的詩

我的詩
是一種理念
悟的層面
在較高的知識領域

孤單
而俯視一切

2. 寫　詩

每天，我思念
如何以
零碎的文字
尋求一個完整的
意境之美

何等的深遠啊
不求文字的表面

但是，時時
我頭痛，在下筆的時刻

3. 讀一首好詩

接到你寄來的詩
讀了又讀
深深體會
這是一顆新星
可是
我不懂，我思念
如何
在夜空裏
將它高掛

不讓掉下

這樣，我可以
一擡頭，就感觸到

B.生活的詩

1.半夜裏醒來

半夜裏醒過來
摸著妻的下體
摸著妻的乳房
這種感覺：
原始的森林裏
無拘無束的面對著

沒有現實的煩惱
熟睡的妻
低低的呻吟
又吃吃的笑
她
趕緊把我抱緊

2.牽手

當我倆並肩著走
手牽著手
路在遙遠的前端
必然交會

愈走愈遠
我倆並未交會

一回頭
交會
却在遙遠的過去啊

C.外二首

1.和尚入定

呼吸著的臉孔上
縐紋明暗確實
一如朱銘的深刻。

飛蚊在頭頂盤繞
和尙靜坐
入定，渾然不覺……

當一陣痛楚通過
膝和腿抽動。
被壓扁的蚊蟲
一再地抖動高揚的刺……
在和尙的手上。
和尙怔怔地看
靜坐，閉不上眼……

2. 籠中鳥

突然振翅
從主人手邊擦過
高飛，只爲
從外界瞧瞧外界

主人拉起彈弓
一彈打在身上

門敞開著
籠內籠外
一片空

主人的歡笑聲呢？

詩三首

葉怡成

馬戲團的青年男女

健碩的肌肉，優美的身段
臃腫社會最後美麗的一群
超人的訓練，爲人所不能爲
他們天天臨淵，時時走索
仍是健碩優美
仍青春又仍歡笑

三層危桿，不高
三丈鋼索，不長
從這頭透視那頭
棚頂穹窿鼓冬日烈風
從左吹，從右刮
鮮艷的帳幕如波浪
招展的旗幟似飄揚
他們是（走索）
空間（飛人）
的舞者（疊羅漢）
嘿喲！恐懼！暈眩！危險的一招

博了個滿堂歡笑
是最激烈的青春
是最瘋狂的歡笑
　歡笑若不瘋狂
他們的青春必不激烈

婚喪喜慶的老樂手

我熟練地用我的手指擠出——
神聖或孤獨的哀樂；
幸福或呆呆的歡笑。
當然啦，我沒瘋，
我腦子裏就只有一回事——
工作與生活。

早晨東街出殯；
黃昏西巷喜慶。

簡單的時空和運氣，
可把人生切割成生、成離、成死、成別。
我親愛的小喇叭呀——
也可婚、可喪、可喜、可慶。

老樂手不死（幹這行的非老即雌）
啊！只漸凋零。

隊伍

忽然，街角出現一支隊伍，
一車一車又一車
它們的名字叫花車，
西樂的進行曲很沒勁，
鑼鼓陣的錄音帶還算熱鬧，
五子哭斷心腸，
老查某主唱，
較年輕的天使和音羞噠噠，
電子琴魔音傳腦却欲哭還笑，
這是一支正規軍，
要全市全街全巷全弄你我他都知道——
一個簡單的事實。

徒步的走來，
女人們謹愼地斟酌自己的音量，
男人們低聲談一些男人的事，
眞正悲傷的淚早流乾，
送葬人踏著重重的步伐，
重重的棺木沈又沈，
不鬧翻臺北市，
便不得昇西天。

骨頭上的蒼蠅

邱一新

火車站前
一條乾瘦的巷子
有許多流動攤販各自謀生
直至一名警察無所事事地巡來
才一轟而散，避嫌……

這名警察駐足於
一枝乾瘦骨頭的位置
驚起一群蒼蠅
在空中流動，閃躲……

警察走了
蒼蠅又在骨頭上各就各位

突然我又看到
一隻不知誰養的狗
投閒置散地路經骨頭
驚起一群蒼蠅
嗅一嗅，無力地搖搖尾巴
走了

牧陽子詩抄

會曉唱國歌的九官鳥

九官鳥在籠內
主人敎伊唱國歌
國歌不是伊的語言

九官鳥眞靈巧
僅僅聽錄音帶
就唱出一首好聽的國歌

早時唱，主人給伊一粒米
闇時唱，主人給伊一粒米
會曉唱國歌的九官鳥
是尙得人疼愛的鳥隻

靈巧的九官鳥尙幸福
祇要唱一句 就有一項物件
不曉唱國歌的九官鳥尙孤單
在樹林唱自己的歌 無人聽

田岸

土造的田岸
是原始的界址
張家種瓜，李家種豆
大家攏生活得眞好

每一次落雨后
雨水流過田岸脚
攏偷偷帶一把土到海邊

大水來時，田岸崩了
就開始有凶殺、有戰爭
强者覇佔爲田主
弱者委屈爲奴隸

田主無世世的覇業
奴隸無代代的衰微
田主、奴隸
奴隸、田主
就是歷史的演遷

祈禱

鴻鴻

好虔誠喲
一排排高高矮矮的房子
緊緊擠在一起默默祈禱
嚴肅而沉重如無視眼前
一長列煞車同時咬住了
廢氣管亦無聞於龐雜的
吟唱啊脚步層層的交響

上帝
在遠遠的
天上
孤魂
在溫柔寧靜的
懷裏
默默祈禱

電線桿怎不走開呢
落雨的時候
祈禱 讓植物祈禱
動物死亡
人性與意志擠在一起
高高矮矮的一排
阿門

詩二首

吳明興

安全地帶

這可不是鬧著玩的
戰爭的記錄
突然浮現在我的眼前
由一個最黑的「死」字
所產生出來的恐懼
慢慢的崩裂開來

我突然想到
這個城的人可能都睡了
有摟著女人的男人
有被女人擁著的小孩
有小孩的美夢
以及老人的殘夢

這可不是鬧著玩的
他們居然在我的面前
轟轟然的開火了
並且互相呼喊著
以最中國的口號
踏過中國人的屍體
親切的呼喊著

我深恐他們過於放肆的
用屍體的撞擊聲
驚醒在睡夢中的人
是以我緊緊的把記錄
用力死死的夾住
並鎖入保險櫃中

這可不是鬧著玩的

如果被睡夢中的人
知道有了戰爭
以及最黑暗的死法
並且發現死的都是
最善良的中國人

那麼天亮以後
這些也是善良的人還玩得起來嗎
爲了讓無辜的好人
繼續痛快的大玩一場
我只好嚴密的守著保險櫃
以免走漏戰爭的風聲

車禍

一輛以速度取勝的黑頭仔車
在紅燈下輕輕的打一個噴嚏
一場卑賤的生命之戲
便在斑馬線上
無聲無息的落幕了

（冤枉啊！大人。）

失業者的告白

初安民

我已經失業很久了
從沒有人眷顧
從沒有人垂愛
因爲他們
不喜歡和沒有
職業的人在一起

人人都說沒有
職業是一件
很恥辱的事情
而我
三百六十行中
行行都是敗陣者

每一次的面談
有人靠人事
有人靠背景
有人靠拍馬屁
有人靠……
而我
一無所有
除了一顆
瘦弱而疲憊的心
註定就要失業

失業也有一種好處
誰的臉色也不要看

希望

黃和平

失眠

滿載着思想的馬
在暗黑的原野
無目標地蹀躞
無方向地馳騁
馬上的孤貧兒
寄託着無限的希望

投稿

金色的靈感，
單色的稿紙，
有色的筆墨，
組合了——
智識、經驗、見解等等，
完成了——
文章、圖像等等藝術稿，
投出了——
綠色的希望。

陽光的聲音

杜榮琛

守候在歲月的門檻
那群人
各持一面明鏡
想捕捉血紅的太陽
審判

黃昏時的落日
跛著脚說：
我能給的都給了
難道還覺得不够溫暖？
把我的影子也捉去審判吧！

說罷
溺死在血海中
於是
降臨了　降臨了
夜

寒夜心事

吳俊賢

流星是仙子憂傷的晶瑩淚珠
灑落在夜空的手帕上
把草地都滴濕了
我傾聽遙遠的廻盪哭聲
想著無關鄉愁的心事
不眠撩撥冰冷的吉他如撩撥披肩秀髮

流星是仙子快樂的明亮音符
滑翔在夜空的樂章上
把寒梅都吵醒了
我傾聽遙遠的廻盪歌聲
想著無關愛情的心事
不語擁抱冰冷的吉他如擁抱婀娜身段

鄉愁是偶爾來襲的小感冒
愛情是已痊癒的燙傷
起伏流星心事
熾豔却幽寂閃過如默片鬧劇放映

小詩三首

江明樹

醉酒

不知天地幾斤重
衆物顚倒
這個世界需要拼正嗎

電話

洩漏
天機的許可
你我他
天涯若比鄰

無風的日子

水面的漣漪
蜻蜓輕點
柳樹的倩影
只有委曲漣漪了

歲月二首

邱振瑞

廟裡

此刻
有人負手走過
寧謐的通衢
窺覗
廟裏的歲月
和吨姿的猫
低首　打個呵欠
半掩的門
笑然
竄起一陣
鳥聲

冬至

啊。喝碗黃蓮
我們不敢吐字
「苦！」
冬至
咽喉的鄉音
冷得發愁
歸去
呼之欲出

家書飛報
牆頭的新娘花已嫁
溝渠的蟲聲一夜
轉急
只剩母親
躲在冬日裏微笑
整理
厚重心事

昔時，母親總會把一生
辛酸
搓成湯圓
安放在貧病中的鍋中
煮沸
讓我們弟兄溶爲一體
即使，漂泊外地
也能團圓

海地詩選

Poésie vivante D'Haïti

莫渝譯

拉洛（1890—）

黑人或白人

定義

最後的祈禱

最後的祈禱・變調

戴隆德斯（1907—）

我看見寂靜

斗帆（1910—）

在我小小的國度裏

鐸汕維（1911—）

歌頌大地

貝納（1915—）

歌

絞刑架

聖路易（1923—）
我愛黑人

夏　桑（1924—）
凍結
清晨
貿易風

戴波斯特（1926—）
巴黎夜鶯

傅而普（1928—）
夏日

波　基（1931—）
母親

費洛特（1925—）
詩人傳奇

費洛特（1932—）
太陽的鼓聲

戴　諾（1933—）
我的女支柱

胡姬頁（1934—）
燈旁的夜晚

華　丹（1939—）
多色的和平港

波　岱（1940—）
跳房子遊戲
語言

冉彼爾（1940—）
我們詩人……

基喬治（1941—）
給陌生愛情的情詩

聖　冉（1945—）
海地，我向你致敬
我寫信給你

卓里戈（1947—1976）
小故事

譯者前言

在法國中西部這座靜靜的小城，譯畢魯易抒情散文「比利提斯之歌」後，對文學的熱愛再度感到猶豫躕躇。事實上，面對孤寂漫長的文學之旅，我不時停頓脚步，懷疑是否該繼續走。歇了一季之後，想想，還是從市立圖書館借來這冊曾經有意動筆翻譯的詩選，聆聽另一地方的文學心跳。

先介紹此書編者與內容。

書　　名：海地現代詩選（Poésie vivante d'Haïti）

編　　者：Silvio Federico Baridon，羅馬大學法國文學教授，米蘭現代語言研究所主任Raymond Philoctete，海地王子港的法國文學教授。（本譯詩選「詩人傳奇」一詩作者）。

出 版 社：巴黎Les lettres nouvelles Maurice Nadeau。

出版年代：1978年

內容簡介：全書係一九四五—一九七七年，海地六十一位詩人（不限居住海地本土）一五四首詩篇，全書二八〇頁，詩選前有二十八頁的「海地現代詩介紹」，由S. F. Baridon執筆。

我個人從該書挑出二十位（包括三位女詩人）二十八首詩，做小小的譯介，也許不全是海地的代表詩人與代表詩作。但聽聽曾經陌生的另一角落的聲音，對我個人，對我們詩壇，都不會是件多餘的吧！只是個人能力受限，無法做到更完美的地步，但願有人原諒我的膚淺；對更多的海地詩人，我也持著一份歉意。

「笠」詩刊接納此小小譯詩選，始終感激於心。

莫　渝　一九八三年五月廿二日

於法國Angers 城濱河小屋

拉洛 (Léon Laleau, 1890—)

列翁•拉洛，一八九〇年八月三日出生於王子港。外交官生涯，當過大使，好幾任的部長。地歐洲長期居留過，特別是在巴黎，曾爲「文學費加洛」(Figaro Littéraire)、「法國水星」(Mercure de France)、「巴黎晚報」(Paris—Soir)撰稿。在海地，他是「海地日報」與「新聞報」的主任，並爲「晨報」的合夥人。著有長篇小說，小說，論述、劇本。詩的產量甚豐：「細語」(Lavoix basse,1919)、「心靈之箭」(La flèche au coeur,1926)、「裙圍，給德漢姆的十三首詩」(Le rayon des jupes,ou treize poèmes pour Triston Derême, 1928)、「黑族音樂」(Musique nègre, 1931)、「短波」(Ondes courtes, 1933) 等。

黑人或白人 (Noir Ou Blanc)

白人說我是黑族詩人
而黑人說我是白種詩人。
白人沒有呼叫的這麼說。但黑人
充滿傲慢的尖聲大吼凌辱我
彷彿我正直的詩篇
白人比黑人更能領會
然而，黑人應較白人更懂得我。

定義 (Définition)

不，詩人不是見證者
嚮導，更卑微的
我寧願當他只是裝飾品：
花束或鑽石

最後的祈禱 (Dernière Prière)

主啊，一旦時辰，黃昏時辰來臨
那時，永恆的生命展現我面前
請接納我的感激，
最後希望的沈重眼神，細語吟哦
我年輕時爲她——我的太陽而寫的
詩篇。但是，我闔目之際，
她還認得嗎？

最後的祈禱・變調 (Dernière Prière • Variante)

主啊，當時辰，黃昏時辰敲響
那時，永恆的生命展現我面前
請接納我非凡的感激
充滿最後希望的眼神，細語吟哦
我年輕時為她而寫的詩篇。

戴隆德斯 (Célie Diaguoi Deslandes,1907—)

女詩人戴隆德斯，一九〇七年九月十一日出生於郭納依芙(Gonaïves)。一生擔任公務人員；居住王子港。著有：「心靈之歌」(Chants du coeur,1963)、「愛情尺度」(Arpent d' amour,1967)、「金睫毛的暮景」(Crépuscule aux eils d'or,1969)。其詩作融合著鄉愁、細語、畫面閃爍，而產生動人的清新。

我看見寂靜 (J'ai vu le silence)

寂靜出現我面前
這是節日的黃昏
……………
有些微的淡紫塵埃
在鬢角間
我恐懼的大十字架
因其出現而鞭笞內心
我厭倦的靜止花朵
緩緩昏厥
而寂靜以蠻橫的
狂怒的
帶灰色的腔調
對我說
往往它那含有隱情的話
遮蓋我的睫毛
有時，帶著
眼睛冒火
有時，擺出
受害者的蒼臉
長期搖幌中
寂靜離開我的視野
在小溪裡
留給我們
些微的芬芳

斗帆
(Marcel Dauphin, 1910—)

馬色・斗帆，一九一〇年七月二十三日出生於王子港。活躍於新聞界與教育界。出國，到過紐約、加拿大，在加拿大擔任教授。目前住在王子港。

著有詩集：「熱帶抒情曲」(Contilènes Tropicales,1940)、「國旗的信仰」(Le Culte du Dropeau, 1943)、「被壓迫者的小夜曲」(Sérênede des Oppri, 1946)、「奴隸之歌」(Le chant de l' Esclave,1950)、「時間的回響」(Reflets des Heuvre,1962)、「海地，我的國家」(Haiti mon pays,1963)、「火花」(Flammèches, 1975)

他很喜歡法國詩人魏崙或葛紀葉的小詩，他描繪月光或歌頌被壓迫者，他的詩很樸實單純。

在我小小的國度裡
(Dans mon petit poys)

在我小小的國度裡
我的國家海地
人們喜歡歌謠
那是慶祝和風
親吻花朵的歌謠

人們喜歡歌謠
歌謠中美女的明眸
回映著星星

在我小小的國度裡
我的國家海地
和風吹拂著
人們喜歡歌謠

因而人們喜歡愛情
因爲聲音
陶醉心靈
不使眼睛厭惡

在和風親吻下
內心都被迷住了
黃昏，美女
穿越小徑時
人們不知他們眼前
出現的是
燈光浮掠花上
抑是星光

鐸汕維 (Roger Dorsainville,1911－)

羅傑・鐸汕維，一九一一年三月十三日出生於王子港。從事軍旅生涯，一九三七年中斷；一九四六年，擔任 Dumarsais Estimé總統特別辦公室主任。旋派駐紐約領事，勞工與衞生部長，駐委內瑞拉大使。目前居住象牙海岸。

著有：詩集「歌頌大地」(Pour cèlébrer la Terre, 1955)、「偉蹟」(Le Grand Devoir, 1962，發表於馬德里)、劇本「欄栅」(Barrieres, 1946，在王子港演過)、小說：「金拜」(Kimby, 1974，巴黎)、「王土非洲」(L' Afrique des Rois, 1975，巴黎)。

身爲詩人，鐸汕維在詩篇表現對覺醒大地的頌揚與兄弟般的親愛。

歌頌大地 (Pour Célébrer la Terre節錄)

歌頌大地
光明的出路
歌頌光明的出路
每間陋屋
每個人
在光明的世界裡
歌頌每一條
光明的途徑
在光明裡
遍佈人類腳印
與光明盡端的飲水槽
與光明的贈禮
從人類到人類
從屋子到屋子
從世界到世界

歌頌大地
在黑夜之外
憂柔的孤單煙縷
在光明裏
憂柔的孤單腳步
在途徑上
憂柔的孤單呼聲
在呼聲的寂寞中
從孤單的樹木
到光明的坑洞
隨後是成千的煙縷
成千的腳步
成千的呼聲
在光明裏
成千的腳步

成千的呼聲
在途徑上
…………
同步　同步　同步

在許諾的大道上
比小徑更爲
壯觀
在許諾的大道上
沒有憂愁
我的雙手做出的成果
爲了我的生命
也爲了你的生命
我們的手做出的成果
不蔑視
市場上
劣貨的手法
而是豐足的回報
在早晨的生命裏
工廠與作坊
與花園的喜悅
溫和面龐的店舖
屋子周圍的花朵
約瑟夫的煙縷
靜靜的
在我們和平的早晨裏

在我脚步的盡端
二十條道路的交滙處
在星狀的心靈
一座平靜的村落

學校與耕犁
從人類到人類
從屋子到屋子
從村落到世界

在我脚步之夢的盡端
沒有束縛的孩童
無籃筐
無掃帚
輕微的輕微的
在那裏奔馳著
彷彿大地的血液
生命的溫情

貝納 (Regnor C. Bernard, 1915—)

何果•C•貝納，一九一五年十月十八日出生於傑黑米。先後任教於鄉下學校、傑黑米的天主教學校與首都王子港。擔任過海地教師協會主席，隨後爲剛果的教授，目前任教於魁北克（加拿大）。他合辦過海地報紙「民族」(La Nation) 與專欄報導「投射」。

著有三册詩集：「記憶留存」(Le souvenir demeure, 1940)、「Péche d' Etoiles, 1943」、「黑人!!!」(Nègre !!!, 1945)。

歌 (Chant)

你很了解爲何我不該歌唱：
我的歌不說我的傷心
和我的痛苦。
沈默，沈默。
但聚集著所有的熔岩
囚禁著所有的苦惱
所有的憤怒
所有的仇恨，
以便某日，一顆赤紅的太陽驚嚇黑夜。
這時，喜笑凝在你唇際，
你將臉色蒼白的聽到這支歌，
我的粗獷的嶄新的歌，
你也聽不到第二次。

絞刑架 (Gibet)

你會發現我在路的轉彎處站著。
直立得如同與夜晚並進的威脅。
而記憶會使你的雙腿發軟。
我脚勁有力，
兩臂結實，
這就是因此我能
有耐性的等待
儘管血紅的線條刻劃在我烏黑皮膚上。
而你呢？
當心：
小路上會有絞刑架，
我像我的手指早已扣上枷鎖，
人們只在那兒釘牢屍體……

卡洛斯・聖路易
(Carlos Saint-Louis, 1923—)

卡洛斯・聖路易，一九二三年元月四日出生於小葛亞福。當過教授之後，擔任觀光部主任督察。一九四六—五〇年，Dumarsais d' Estimè 政府期間，他是海地日報的總編輯。

著有：「火焰」(Flammes, 1947)、「怨恨的波濤」(Flots de haine, 1949)、「歸曲」(Chant du retour, 1954)、「文明的價值」(Valeurs de civilisation, 1965)「海地詩壇概況」(Panorama de la poèsie haïtenne, 1950，與莫里斯・呂班 Maurice Lubin 合編)。

我愛黑人
(J'aime le négre)

我愛黑人
因爲所有是黑皮膚的
都是我自身的一部份
不論黑人做牛做馬
是奴隸
我愛黑人

他的痛苦就是我的痛苦
因爲黑人的血液
在我體內流著
因爲整個我的生命
是黑人的
所以黑人是我的肌膚
所以黑人是我的肉體
所以黑人是我的愛情
所以黑人是我的心願
所以整個我的驕傲
都是身爲黑人
所以我著迷於身爲黑人
永生不變的黑人

夏桑

(Raymond Chassagne,1924)

雷蒙・夏桑，一九二四年二月十三日出生於傑黑米。擔任海地軍官到一九五七年。停留美國過，定居加拿大，獲魁北克和法國文學博士。

著有詩集「口令」(Mots de passe, 1974)，出版於蒙特婁，並錄成唱片。對海地不渝的鄉愁，經常呈現在他的詩歌與夢境。除詩外，夏桑尚有小說發表。

凍結

(Gel)

那邊，貝殼舒展，許諾
釋放了話語的裸鬼
而夢境出現微微濕地
而如果我讓字詞越出，它們就變得如此脆弱
它們會在
下個指示牌消失

清晨

(Petit Matin)

灰白色的早晨
冬日天空的龐大額頭
傾壓城市
黎明只是一頁灰紙
所有字詞難以辨認
都得改寫

貿易風

(Alizé)

我因老成而抖顫
在脆弱拐杖上
强調我的歪理

我們白費心機地延長天氣的諾言
天氣矇騙我們

而人類始終期望編織奇怪的毛衣
在嚴寒國度內

我說過我說過這只不過是空話
在夢境的貿易風裏

愛情在窪地更遠處點亮一座燈塔
較我們的信號燈更高

詩人否認貴族詩句的
哀傷眞理

舞蹈者的手只是機運與正義
結合的線條

最後，詩篇同我們的兄弟——痛苦和理智
爬行與並排走

命運只是人群的形式
與死亡消失

因爲人類不斷地再生與更新
夢境的貿易風

戴波斯特
(René Dépestre, 1926—)

赫內·戴波斯特，一九二六年八月二十九日出生於賈克梅。一九四五—四六年，以日報「蜂群」(La Ruche) 參予推翻列斯村 (Lescot) 政府後，他是海地共產黨的創始人之一。停留過巴黎，布拉格，義大利、智利、阿根廷。一九五九年後，住在古巴。他在世界各地與夥伴辦過各種雜誌，如在法國、義大利、瑞典、俄國、古巴、加拿大、美國、墨西哥、秘魯、巴西、智利、越南等地。

一九四五年後，戴波斯特致力於海地詩壇的復興。詩集「火花」(Etincelles, 1945)、「血詩集」(Gerbe de Sang, 1946) 出版於海地，爲殖民地的土著與黑族的文學觀念開闢方向。「黑礦石」(Minerai noir, 1957)、「一隻海獸的日記」(Journal d'un animal marin, 1964)、「給一位西方基督徒的彩虹」(Un Arc-en ciel pour un Occident chrétien, 1966) 等出版於巴黎。在這些詩作中，政治性的投入佔相當重要的地位，但仍伴隨著溫情與自由的需求。戴波斯特也寫論文、報導、小說。（在這册選譯的「海地現代詩選」中，戴波斯特篇幅最多，二十頁，十三首長短詩）。

巴黎夜鶯

(Le rossignol de Paris)

—給保羅・艾呂亞

巴黎夜鶯死了
我們愛他如同兄弟般
或者如同人們愛健康
生命　美麗　旅行
或者如同人們愛正義
音樂　寧靜　麵包。
他的光芒解放了河流
他的歌曲解放了愛情
他的愛情再創造火花
他的火花讓我們更好。
打從他逝世後，雪
在葉上啼喚抑鬱十次
以及新情人的話語。
他是雪的主宰
他支配海中的鹽。
他的智慧眷護
我們城裡笨拙的荒唐
他的喜悅就同他的痛楚一樣
打開輝煌之路與門，
他歌頌各國的情侶
活的死的或不和的情侶
歌頌狄歐蒂瑪、安納貝・李
歌頌朱麗葉、瑪麗安娜
歌頌小王后喀洛瑪娜②
歌頌我的最後痛苦之愛
歌頌献給愛情、眞理
自由　希望　美麗
一個永恆的童年。

註：①保羅・艾呂亞（Pau nlEluard, 1895—1952）法國現代詩人。

②狄歐蒂瑪（Diotima）、朱麗葉（Juliette）、瑪麗安娜（Marianna）小王后喀洛瑪娜（La petite reine Karomana），均是詩人們偶像，狂戀中的女主角。安娜貝・李（Annabel Lee）是美國詩人艾德嘉・坡的詩中角色。

傅而普

(Antony Phelps, 1928—)

安東尼•傅而普，一九二八年八月二十五日出生於王子港。他與達維笛吉、勒喀拿、莫里梭、責洛特，於一九六〇年籌組文學團體「桑巴社」(Samba)。他也是雜誌「種子」(Semences)與「酋長廣播電台」(Radio-Cacigue)的共同創辦人之一，一九六一—六四年，他在該電台主持詩與戲劇的廣播節目。目前居住蒙特婁(加拿大)，擔任電視記者，並親自主持詩唱片的出版社。

著有詩集：「夏日」(Ete, 1960)、「影響」(Presence, 1961)、「寂靜的光輝」(Eclats de Silence, 1962)，以上出版於海地。在蒙特婁，出版的有：「紅衣主教問題」(Points cardinaux, 1967)、「黃昏的蜘蛛」(Les Araignees du soir, 1967)。也在巴黎出版詩集。此外，尚有劇本、小說、兒童故事的撰述與發表。他許多的作品被譯成英文、德文、西班牙文、俄文、烏克蘭文等。

夏日

(片斷Eté, Fragment)

為了我們的孩子
能在安定的歲月
玩跳房子遊戲
而我們的砲彈
不嚇呆他們的笑聲
為了我們的歌
升得比熱氣高
讓太陽
留給我們
露水的珍珠
為了群星

夾帶火點的重量
落向我們
讓白日對我們證實
黎明的許諾
放在你那
白如浮雲
黃似赭石
紅像血液的手上
放你多彩的手
在我的黑手上
比窮困
還來得黑
而我們交錯的手指熱氣
將升高
人類心靈的愛之歌
而我的手
全世界所有人的手
我的手將繞地球一周
以便擴大世界最深處的
祕密缺口
而春天的血跡
將用愛的泉水
沖洗
而在人類純淨夏日的
暖房裡
綻開新曙光的
花朵。

鮑納・波基（Bonnard Posy, 1931）

鮑納・波基，一九三一年元月二十八日出生於賈克梅，畢業於開依法律學校。目前是克賈梅中學校長。一九四八年與友人波罕（Lélio Brun）合著出版詩集「花束」（Bouquet）。一九六二年出版「寂靜之歌」（Les Chants du Silence），「母親」一詩即選自此集。一九六六年出版小說「直到路盡端」（Jusbu' au bout du chemin）。

母親（Mere）

母親
你還在門口
觀望！
過來，
不再有該等候的孩子了
黃昏早已
把珍珠
掛上天空。

我追憶過去的歲月：
你的眼神冷酷
你的嘴巴不遜
但微笑
常留唇際，
無可抗拒的，
令人安心的。

你是陽光
在痛苦的歲月裡
你是憂愁
在歡樂的時光中。

什麼樣的奇蹟
才能調和
你深情的心靈
和生命的節奏？

而你的頭髮灰白
皮膚起皺
因爲你的心
違反常理地
跳得比我們要快。
操心隨著年紀
平息了；
但是
瞳孔深處仍留著
責備的眼神。

母親，孩子都長大了，
外面不再有誰
好等候的，
但，有一天
你會聽到
——我們如此期望——
娃娃的脚步
爬上小石子堆上，
那是我們獻給你的。

費洛特

(Raymond Philoctete, 1925)

雷蒙・費洛特，一九二五年六月五日出生於傑黑米。文學批評家、詩人、筆戰論者，年輕一代作家的導師。他參與多項雜誌與報紙。專欄：「滴管」與「迷你專欄」於一九七五年成卷出版，深受大衆歡迎。一九四五年出版一冊青春詩集「黃昏之聲」（Voix dans le soir）

他是王子港的文學教授。「海地現代詩選」（Poèsie vivante D'lHaïti）二位編者之一。

詩人傳奇

(La légende p'un Ioeète)

詩人都前往天堂
因爲普遍而言，他們
覺得他們的地獄在人間
—冉・夏隆（Jean Chalon）

一位大詩人在某年去世，
他十分古怪，人們在其房間
看到全景：他用蘇打油
塗抹四肢
他也十分窮困，赤裸得像條蟲。
當他要出售詩篇
來購買柚子汁時
人們無限止延期的打發他

這位大詩人在某年去世
當時我們的祖先拿卡賓槍
人們不知道戴高樂和咯咯林
路易阿哈貢、約翰二十三和保羅六世

一不留神，詩人敲敲
地獄之門，脚步聲
出現怪模怪樣的某個人，
發出山羊味而尾巴帶火，這是魔鬼。

—說你到此地幹嘛
—好好先生，我白走幾小時路
想找上帝之愛
請在您的住處接納我

魔鬼翻開厚厚的鐵册
—你的職業？—詩人—詩人！很好！
你是從地獄來的吧？
你已經受夠了地獄，升天去吧。

（迷你專欄）

費洛特
(René Philoctete, 1932—)

費洛特，一九三二年十一月十六日出生於傑黑米。他是王子港的海地與法國文學教授。一九六〇年，出版第一部詩集「人類的季節」(Saison des Hommes)，顯示出長期接觸法國詩人韓波、阿波里奈爾、艾呂亞與阿哈貢的結果。隨後有「馬喀」(Margha, 1961)、「太陽的鼓聲」(Les Tambours du Soleil, 1962)、「許諾」(Promesse, 1963)、「前進的列島」(Ces ils qui marchent, 1969)等。這些詩作均流露對故土的虔誠熱愛。同時，他亦撰述劇本，包括：「枯萎的玫瑰」(Rose Morte, 1962)、「布克曼」(Boukman, 1963)、「蝸牛」(Les Escargots, 1965)。一九七五年，發表一齣歷史劇「瓦司岱先生」(M. De Vastey)，在王子港與紐約演出。

太陽的鼓聲
(Les tambours du soleil片斷)

馬夏特①十字路口，血流著
血流著
一株大玫瑰樹從馬夏特的血中出現
來自四方的孩童摘擷大玫瑰樹的玫瑰
四方的孩童齊唱血的玫瑰
　流星尾隨
　緩緩流著的河水
　日出日落
　　摘下我們摘下我們
　　去製成甜糖
那是康莊大道上血的憂愁
群島前來飲喝
甜瓜、李樹、蜀葵花
都說你們瞧瞧你們瞧瞧
哈芬河②看到了血
流著玫瑰的血
　玫瑰的血
　玫瑰唱著
　　和風帶來我們
　　金色月亮的聲音
　　褪下衣襟的鑽石美人魚
　　帶來我們愛的歡笑歌聲
馬夏特老祖母的咖啡舊磨坊說
還是黃昏五點鐘
這是十分憂愁的流血
某天，大地喝下
我們歸還的血

那不是一人
比一人還多

那是三十位農人
在大路上走著

他們充滿著
閃亮的希望
他們無視
不怕同夥的宵禁

他們不怕同夥
自由在馬鞭草間歌唱
停止前進……海軍喊道
他們在槍林彈雨中倒下

他們折回大平原
腳踩著露水
他們立在標語牌說著
他們的手擺出想擁抱的姿勢

他們比一百人還多
他們的勇氣擴大了增多了
……

註：①馬夏特（Marcheterre）海地南邊，一九二九年反美的軍事革命曾在此流過血。
②哈芬河（Ravine）海地南邊河名，流經開依城郊。

戴諾
（Auguste Thénor, 1933—）

奧古斯特・戴諾，一九三三年五月二十日出生於王子港。他是文化團體「桑巴」與「海地文學」雜誌創辦人之一。著有詩集：「萌芽的種子」(Grain germè, 1960)、「逆風之語」(Paroles du vent contraire, 1961)、「我的傳奇」(Ma Légende, 1970)，有更多作品未出版。其詩作充滿虔誠與希望。

我的女支柱（12月18日）
(18 Décembre Ma Partisane)

妳沒聽到我的心
為慶祝妳而急遽跳動
有妳在的那段日子
在我身邊長留

若能擷下花朵
我願贈妳成千花束
沒有妳我的手即缺乏魄力
妳就沒有我精美的禮品

我倆間豎著一堵牆
絲毫不妨碍我們的信念
儘管人們永是美滿
我的歌聲總會飄向妳

然而，今晚我很愉快
妳是我寶中之鑰
妳是我鏡中之眸
妳是我還知曉的血液

爲了妳的勇氣與幸福
我將時時刻刻愛妳
爲了妳姊妹間的和諧
我將成爲一員戰士

胡姬頁
(Mona Guerin-Rouzier, 1934)

女詩人胡姬頁，一九三四年十月九日出生於王子港。小學教師，住在王子港，參與多項文化工作：報紙、電台與電視台。著有劇本：「貴婦的小鳥」(L′ oiseau de ces dames, 1966)、「五個小寶貝」(Les cinq chéris, 1969)、「章魚」(1970)、「二十六號房間」(1973) 等。唯一的詩集是一九五八年以少女之名 Mona Rouzier 出版的充滿柔情的「舊調」(Sur les vieux thmèes)

燈旁的夜晚
(Soiré près de la lampe)

一旦你擱下報紙，
視線瞄向端詳你的我，
你就懂得我多情而忠實的內心
跟陽光同樣停在對方身上。
於是，你要我以其實不重要的
幾個新事件編寫無意識的故事，
一面聆聽你，一面我發出親切的微笑
那是隱藏深情，一向你熟悉的。

華丹
(Dieudonné Fardin, 1939—)

狄爾多涅•華丹，本名 Louis-Marie Benoit Pierre，一九三九年十一月十八日出生於海地北部的聖路易。他是位新聞記者、演講人、海地文學的教授，他相當積極的參與國內知識界。創辦社會文化週刊的「小小星期六晚刊」與「海地西北部革新」（Régénérotion du Nord-Ouest d′ Haiti）。

華丹著作甚豐：已逝年華的憂鬱」（Melomcolie des heures vécus, 1958）、「地位降低的豎琴」（Lrye déclassée, 1962）「列蒂里亞」（Letilia, 1962）、「露珠項鍊」（Colliers a Rosée, 1964）、「多彩的安平港」（Portde - Paix Multicolore, 1966）、「我的肌膚之詩」（Mon Poéme de Chair, 1972）、「大管風琴」（Les Grondes Orgues, 1973），並與人合編「海地西北部作家詩人選集」（1961）等書。

他是人類的愛情與痛苦的歌手。

多色的和平港
(Port- De- Paix Multicolore片斷)

有些事物我不該說的
而我講我叫我喊我感覺

野薔薇自橡實中長出
而花朶全都潮濕

我孤零心靈的每一聲響
都受新顯的藍色回憶而蘇醒

而人類的承諾
每日上升而不睡息
美麗却固執如太陽如死亡

但夜晚憂愁夜晚陰鬱
在太陽的國度老是午夜
而我很怕爲黎明之子命名

波　岱
(Claude Peters, 1940)

克洛德・波岱，一九四〇年三月十四日出生於王子港。在王子港，他出版「在宇宙田野裡」(Dans les sillons Cosmiyues, 1960)。在馬德里，他研讀醫學，並出版詩集「地平線的回響，和平對話錄」(Rèsonance d'Horizon, Dialogue è lapaix, 1962)，目前，居住比利時。

跳房子遊戲
(Marelle)

爲了
你
我將僞裝
微笑。
多彩季節的
一顆水滴。
那些
字詞
都輕快。
光線
全納入
心靈裡。

爲了
你
我將轉變生活方式。
就像在天眞的鏡子裡。
黃金世紀
讓你
不露出靦腆。

你
會在我的詩句內消失
連同使我抖顫的
整個美態。
以一個音符的誘引
提升我
使痛苦爆成微笑的四角。

爲了
你
我將搶劫
時間。
你爲
生命地獄的
枉然唏噓

引我憤慨。
多多
少少
愛情會忘掉你
幻想的
冗長嗚咽。
喔
是的
你
我厭倦品賞新奇的
夢幻中的
女使者！

語言

(Langage)

朝向
現實
一篇七音節的散文
飛翔！
飛翔！
詩人之夢。
把你詩篇的激流
傾瀉向
我們酣睡中微笑的青天。
飛翔！
飛翔！
讓
你的詩句
照亮
在陽光下
抖動的秋日小路
成七音符。

冉波爾
(Julio Jean-Pierre, 1940—)

尤利歐・冉彼爾，一九四〇年十一月六日出生於聖馬克。海地文學與法國文學教授，目前居住加拿大。

著有詩集：「飢渴之路」(La route de la soif, 1967)。劇本：「歐構」(Ogou)、「太平間不是這麼冷」(La morgue n'etait pas si froide)。

我們詩人
(Nous les Poétes……)

我們詩人不會關起門來
總有一聲抽泣撞到門坎
總有苦難要收容
一滴淚切斷痛苦的樣子

我們詩人不曾關起門來
總有一個夢進入
把燈光關暗的幻想
來自遠方可以滿足的夢想

我們詩人不曾關起門來
鳥群蜜蜂
帶給我們全世界的訊息
寫在牠們飛翔的麥桿上
和牠們羽翼的外衣上

我們詩人不曾關起門來
在心靈的小徑永遠的等候
降臨我們的愛情

基•喬治
(Guy D. Georges, 1941—)

基•D•喬治，一九四一年元月六日出生於卡伊。目前住在加拿大。曾參加反習俗主義。著有：「太陽城」(La Cité du Soleil, 1964)、「無限的深度」(L'Immense prfondeur, 1965)、「給陌生愛情的情詩」(1967)。

給陌生愛情的情詩
(Poème d'amour pour un amour inconnu)

在我內心
有這滴血
堅持流著
只為重回
唇際的吻

沒有歌
在我的生命周圍
全然罕見到你
缺乏你……短少你
啊我特殊的陌生人
今天怎麼回事呢
花朵全遭踐踩
而嘴唇緊閉著

讓一首歌
口口相傳
這是值得
試試的運氣

你的眼神支持
詩的直線運動
在你方向裡我的每一步
都是使國家朝向光明的一步

海地
這名字廻盪著我
如此一記鐃鈸

海地
安地列斯群島的熱帶眼神
我知道你的心靈受傷了
你的夢幻破碎了
我該自天空取十七尺布
爲你重製一襲純眞襯裙

爲求達到我的歌的境界
應該披上砂土與陽光
七荒老人
飲盡我的力量
和青春時代的朝氣
爲了某一天
標明你沈默的額頭
我品嚐沙漠的不朽
品嚐人類的極限

在我清新歌曲中
你的眼神加注了
眞實節奏
今日，留下
我的和平諾言
卡緊著心靈
我將在東西之間
完成正視
人類未來的不朽織錦
與光明

聖　冉
(Serge Saint-Jean, 1945—)

協吉・聖冉，一九四五年九月三日出生於王子港。在海地研究政治經濟學，到巴黎研究心理學。政府官員，文學教授。爲日報「小說家」(Le Nouvelliste) 與「海地廣播電台」撰稿。著有：「從黑暗到光明」(Du sombre au clair, 1964)、「長眠於此」(Ci-gît, 1966)、「討厭的桑巴舞」(Samba maudit, 1966)，芭蕾舞悲劇)、「金果大地」(L aterre aux fruits d'or, 1970)，三場抒情劇)、「黑島手記」(Cahier de l'île noire)。

聖冉的詩富感情，鼓舞人類的毅力、憤怒、童年的回憶、焦慮、憂鬱、希望。

海地・我向你致敬
(Je te salue Haïti)

海地，風景下如此美麗的火島，我向你致敬
有柔軟棕櫚的胳臂之島如此美麗，形成你的媚力
吉他之島，在夜晚陶醉中第一眼讓人愛笑之島。

你的樹木在我肌膚內流瀉著

雄壯與古老的曳影
在我眼中，你的小溪廻映著
蔚藍
而我的夢境綴飾著隱蔽的綠蔭。

喔橘黃色與香氣四溢的大自然
千百次，我在黎明喝著你芬芳的濃咖啡
千百次，我目睹你的手指揮向
太陽
而千百次，我聆聽著你的瀑布的
毫邁史詩。

你的果園是我四季的庇護所
是我寫無押韻無形式詩歌的伊甸園
是你，使我的心靈變成為他人
敲打的鼓。

我寫信給你
(Je t'écris)

我寫信給你，寫在溫柔的青翠的
香蕉抒情葉片上
而這不是春天

我寫信給你
柏油在心中
而灰燼在眼裏

我寫信提到她
雖然這是陽光的石碑
複雜的鏡子

萬一你讀到這葉片
我為你而寫的
為大家而寫的

你將懂得發現
為安排統治，愛情只需要
愛情和愛情還是愛情。

卓里戈 (Marie-Auge Jolicoeur, 1947—1976)

女詩人瑪莉—安琪・卓里戈，一九四七年七月二十日出生於賈克梅，一九七六年七月一日死於法國里耳（Lille）。她先是王子港的小學教師，在法國準備哲學論文，同時研究音樂。

她留下三冊詩集：「吉他詩篇」(Guitare de vers, 1967)、「希望的小提琴」(Violon d' espoir, 1970)、「記憶的鳥群」(Oiseaux de Mèmoire, 1972)。

她的詩揉合著憂鬱、簡樸與純潔，並富音樂性。

小故事 (Petit conte)

你知否
站著睡覺時
人們如何
編織小故事
你知道
在風中
辨識
翅膀拍動的時間嗎？

你知否
站著睡覺時
人們如何
編織小故事
用和風的
尾巴
逮住一朶雲
唱出你內心的
疊句

你知道你手中
握住
一滴月光
或慧星的
一根髮絲嗎？

你知道聆聽
勿忘草呢喃嗎？
不要忘了我
你知道觀看
小精靈在陽光下舞蹈嗎？
這沒關係
只是站著睡覺的
小故事

美國當代詩選

紀爾平的詩

非馬譯

簡介：

勞拉・紀爾平（Laura Gilpin）一九五〇年生于威斯康辛，在印地安那長大。哥倫比亞藝術學校藝術碩士。現居紐約。

這些詩譯自她的處女詩集「宇宙的魔法」（The hocus-Pocus of the universe，双日出版社出版，定價四・九五元）。該詩集於一九七六年從一千六百位未出版過詩集的詩人所提出的詩稿中脫顯而出，贏得了美國詩人學會（The Academy of American Poets）主辦的該年度的惠特曼獎（Walt Whitman Award）。

主選者史達佛（William Stafford）對該書有如下的評語：「『宇宙的魔法』裏的控制、步調、累積效果以及不時冲起的驚奇使它成爲一本很吸引人的可贊賞的書，同一位有膽識倚賴恰到好處的詩行的作者結伴而行，一頁又一頁，我很喜歡這感覺…」

另一位詩評者班尼廸特（Michael Benedikt）說：「我發現勞拉・紀爾平的處女詩集裏的詩很美。著墨不多，這些詩却透明而機智，充滿了弦外之音。詩人優美的文體同踏實的題材相得益彰。面對直接的主題如童年、家庭、父親以及其後的愛情，這些詩爲奇異的象徵光環所籠罩，並且因一種魔幻的感覺而顯得多彩多姿……」

攷試

草是綠的。你知道爲什麼嗎？
天是藍的。你知道爲什麼嗎？
你能不能告訴我生命是什麼？

你說你不知道？
你說你祇有一個模糊的概念？
你是什麼意思它不重要？

你難道對探索生命的科學途徑不感興趣？
你不想去證明你抽象的
　假設，去爲你合理的結論找證據？

科學家們解釋說草是綠的
　因爲有一種叫葉綠素的東西。
他們說天是藍的因爲反光。

你有沒有認眞想過反光？
當你看鏡子你知道你看到什麼嗎？
靠近一點。

看進每隻眼如顯微鏡的孔徑。
你能不能把它放到焦點上？
你能不能指出你看到的？
它在移動嗎？
你能不能看到它在生長？
它是否分裂？
它是空的嗎？
它把周圍的東西都吸進去？
它是否移向某物？
它是否移離某物？
它是否接近邊緣？
它停了沒有？
你知道爲什麼嗎？
它在看你嗎？
你知道它看到什麼嗎？
你能不能指出它看到的東西？
你能不能要它描述它所看到的？
你能不能要它解釋它的答案？
你能不能要它解釋別的答案？
你能不能要它解釋爲什麼草是綠的！
你能不能了解它的答案？
你們用同樣的語言嗎。

緊握不放

在我們被介紹以後我們握手
我們握了好久好久的手。

你的手比我的大可是我們
學習彌補。我的手有緊張
及猛搖的傾向但你的手
堅定而安撫。
終于我們有了個完美的相握。

時間過去而我們繼續握手。
我們都覺得那很自然而且
很美我們兩個人都安舒。
我們都不記得
我們的手在相遇前做過什麼。

我的手開始做白日夢，對未來，
對永恒的相握以及
安全的感覺。

突然你的手變得冷冰冰
軟綿綿。我的手不懂
到底發生了什麼事，拼命
想救活你。發現沒反應
我的手知道你的手死了。

別的手擠在四周想安慰我
但我拒絕鬆放。我學習
呵護你的手使它溫暖。我
學習支持你的手使它不致
溜走。終于我學會了
彌補一切。

放風箏的好午后

他們頂着帽子在樹下
睡着了。天還很冷他們的
呼吸在他們的嘴邊像一朶朶
白花盛開又被他們一一吸了回去。他們
不像從前那麼年輕了。

風箏躺在他們身邊的草上不安靜地
朝風扯着像一隻老
狗在夢中追逐野兎。

如果他們此刻醒來，天還亮得可以
再放最後一次風箏再作最後一次
自由自在的衝刺。

如果他們睡到天黑了才醒來，他們也許
還是會把風箏送上去，讓它跟隨
他們回家像一顆遠星。

暗示與餘緒

I

他給我熱巧克力當早餐
把葡萄乾放進我的麥片裡。
我是他的小公主
但他從未做過任何許諾。

II

我們在沙灘上吃西瓜
然後我離開去學校。
他每月都送額外的錢給我
仍期望行動勝過言辭。

III

我相信在多年不通音信之後
他以爲我已忘了他，
他不知道我仍然
在我的茶裡加蜜糖。

雪

每片雪花
都那麼單獨
那麼特殊
但在淸晨
山坡成了
遍野的白

祖父的菜園

每年春天我的祖父
取出他的鏟子及圓鍬
還有一包包種子
到院子裡去
種他的菜園。

整個夏天他照顧
那嬌嫩的枝梗
看着它們有如一個剛做父親的人
看他孩子的呼吸
爲它們淸理土壤
注意每一片新葉每一朶新苞。

要不了多久
便是割蘆筍
採草莓把食品架
堆滿靑豆辣椒
及大黃的時候。

胡瓜及白菜
該切了
擺進地下室的
鹽缸裡而所有的
青蕃茄排放在
廚房的窗沿上。

但今年東西沒長得
像往年那麼好
甚至在晚飯以後
祖父還在他的菜園裡工作
坐在脆弱的蕃茄苗間
捏弄着泥土
他的手蒼白而多皺
如萵苣般虛弱。

春季大掃除

整個早上
我把骷髏
從壁橱裡拉出來
那些使我夜裡睡不着覺的
老骨頭
那些我在夢中見到的
老面孔。

但在壁橱裡
只有舊信件
不合身的舊衣服
一盒盒的紀念品
喜愛地方的風景明信片
角落裡的灰塵騷攪
如一顆祕密的心
躍躍欲動。

古老戰爭的殘餘
我像個寡婦坐着
翻來找去
最後一次碰
那些骷髏。

春天
是放走它們的時候了
讓壁橱洶湧着
新鮮空氣。

而如果過去
眞的非與我們
同在不可
那麼讓它
隱形如天使。
但首先我必須
埋掉這些老骨頭。

無數

無數是你不了解的東西
例如星星的數目。
你說有無數的星星
　祇因爲你沒去數它們。
　（寧可說無數也不承認無知。）
但星星可數
　穀與沙可數
　草葉可數
　雪片可數
　海裡的水滴可數
　宇宙的分子可數
　原子及電子可數
　光子可數……
只有你不知道的才是無數。

雨裡的狗

雨下着，一隻狗躺
在陰溝裡而陰溝淹滿了
水因爲地下水道阻塞了。
如果狗活着牠定會被淹死
但此刻，水祇嘩嘩冲刷着
牠的皮毛。

既不是第一首戰詩也不是最後

如果它是一座紀念碑
　它獨自站立
　在鎭上廣場的中央
　此刻空無一人。
人們在別處
　工作，逛街，上學。
不再有人聚集這裡——
　木椅七零八散。
沒有人知道這座紀念碑
　已在這裡多久。
沒有碑文紀事。
祇是一座士兵的石像在哭泣
　把鋼盔拿在手裡。
沒有人知道這士兵是誰。
沒有人記得爲什麼造這
　紀念碑。
他也許不是什麼英雄
　不是個特殊人物
　既不是第一個士兵
　也不是最後。

蘋果

你給我你的心
像一隻擦亮的蘋果
由於年輕
我一口咬下了它

讓我的牙齒
切破它的皮
深入它的肉
而汁液
順着我的手指
流下。

但此刻我不敢確定
我喫的是什麼果實
或從哪一棵樹

或爲什麼突然
我們兩個
都已不再年輕。

春天

每天一大早
我的老姑媽，穿着
浴袍及拖鞋，
到院子裡去
看花。

緩緩地，每一步
都小心翼翼，她先走向
籬邊的一排杜鵑花
在每一朶前面
都停留很久，

然後她走向
幾乎凋零了的山茶
把枯花撥開，然後
走向山茱萸，在那裡
她扯掉幾縷
西班牙苔，然後
她走向紫藤
俯下身來嗅它們，
然後走向梨樹，

然後走向百合花床，
走向八仙花，走向
木蘭花，那裡花瓣
紛紛掉落
在她的手心上。

然後她停下來
回頭看它們
且微微頷首。最後她轉身
開始走回屋子。

當她靜靜坐在
靠窗的搖椅上，
她浴袍的下擺
還沾着晨露。

夜歌

當她
突然醒來
在空房裡
哭着喊媽媽，媽媽
月亮，遠遠地
看到了
走過她的床頭
待在那裡
直到她
睡着

死後之生

（給白涅，一九四五—一九七一）

我們之中有人年紀輕輕便死去
因爲我們想知道一切。

一

你活得太快。
如果你等一下，
如果你慢下來
一點點
我也許會趕上你。

我却總在你正要
離開的當兒抵達。
我們在一起的一點時間
都化在說再見上面。

可是這夏天我們沒算好時間。
我到的時候
你已走了。

我找你
在機場的面孔堆中
但你不在那裡。
我回到我們從前
見面的地方
但你不在那裡。

我聽說
當人死時
他看到他的一生
在他眼前閃過。

是眞的嗎？
你看到我了嗎？
我在那裡嗎？

二

我們從未有過的孩子
在我裡面死去。
他們的臉是
黑暗水面的月亮。
他們越漂越近
幾乎可以伸手摸到。

他們漂浮的眼張開
牛奶般白且盲。
他們夢想着醒來。
我夢想着抱熟醒的他們
在我的懷裡。

我聽到他們的心跳
像海貝裡的迴響
在我深處。有一陣子
我幾乎能感到他們的
膝肘輕撞着我
他們小小的身體在轉動。

現在他們在我裏面
越沉越深
握纏絞的生命線
在他們手，繫向
空無。

黑暗水面上
甚至沒有殘骸漂浮。
甚至沒有月亮。

三

你知道你的生活是自殺
但它阻不了你。
你知道得太多。

你知道最後一步最難
沒有東西在你脚下。
你知道休息會輕易來到
你知道下墜沒使爬升白費。
你知道得太多。

你知道太多種語言。
你知道沒有話
可說出該說的。

你知道你的骸骨散落岩
　便已說得够多。
你知道你的過去會永遠
　纏附你。
你知道如何撒手。
你知道得太多。
可是你想知道一切。

四

我知道的東西：
　活着的如何繼續活
　而死去的如何同他們一起活

所以在森林裏
　連死樹都要投一個陰影
　而葉子一片接一片墜落
　而枝椏在風中斷折
　而樹皮慢慢剝脫
　而樹身暴裂
　而雨從裂縫裏滲入
　而樹幹倒落地上
　而青苔覆蓋它
　而在春天兎子找到它
　而在裏面築窩
　而生幼仔
　而他們的幼仔將安全地
　在死樹裏過活
所以在大自然裏或在愛裏
　沒有東西被浪費。

非馬選譯

卡洛琳・浮傑的詩（續）

島 THE ISLAND

給CLARIBEL ALEGRíA

1

在 Deya 當霧
自岩間升起就在
她的手邊她能
把它撕成片片如麵包。
她拿着飲料用一隻手的
動作描述這個：
她將如何處置這麼多
籃麵包。

Mi Prieta,阿斯曲利亞人叫她，
我的小黑炭。聶魯達
用 negrita 這個字，是
眞的：她的眼睛，她的頭髮，
都暴亂，漆黑如
過去十四年裡的
有些早晨。
她穿了件白棉衣。
上面綴了小小的
鏡子——當我在她身上
找我自己，我一遍又一遍
看到同樣的臉。

我有斯拉夫女工的
肥大眼瞼
混血的淡髮。
雖然 José Martí 說過
我們在野獸心中
度過我們的一生，我從未聽過
它的搏動。每當我看到
一隻動物，我從未伸手
取刀。正如
美國人所說的那只是隻熊
在垃圾堆裡
找東西吃。

但我們並沒有不同。
當我們看着某一個人，我們看到的
是另一個人。當我們聽
我們聽到一些發生在
過去的事。當我對她講話
我知道二十年後
我會說些什麼。

2

去年夏天她又回到
薩爾瓦多。已經有十年了
自從 Izalco 的灰燼
在廣場上被焚，
十年了沒有咖啡樹，
自從她的眼睛掠過
耕地如飛散的
黑鳥。

很簡單。她到
那裡去擁抱她的母親。
當她走過她的村落
看到她打開它的窗戶。
很簡單。她來尋找
對一個屍體無踪的
詩人的記憶。
它改變了嗎？是有不同。
在薩爾瓦多沒有東西會改變。

3

Deya?牙齒的聚合，
世界的骨骼，比 Corsica
還綠。英文裡
你找不到這個字。我無法
幫你忙。我在這裡很安全。我有
我想要的一切。
在清晨我觀看 Teix
的峯尖刺入雲層

給我的國家我還來詩而不是
麵包，這樣我切不到東西。
我什麼都沒給，所以你知道
我什麼都沒有，以我的語法。

Deya 有七種不同的風
拔。天空把它們拿
給它，幫她穿上。
我是 Xaloc，一陣遠從
我的國家吹來的
西南風，但沒有誰幫我
穿上或脫下。

卡洛琳，妳知不知道一個聲音
要多久才能傳到另一個？

一九七六—一九七八

伊莉娜的回憶
THE MEMORY OF ELENA

我們化了我們的早晨
在花市裡數
掛在繩上等
待一個鐘頭的靜默的
鈴的黑舌。
我們找了一張桌子要Paella，
冷湯與酒，那裡一束安祥的
光在我們之後好幾年顫動。

才不過在三年前在 Buenos Aires，
他的手最後一次
溜進她的衣裳，有眞珠
冰着她的喉頭還有像這些
鈴，在夜裡鳴響——

當她講話，一隻馬空洞的
篤篤，骨頭
碰在一起的聲音。
Paella來了，墊着米飯
及Camarones，手指及甲殼，
那些被割下嘴唇的
嘴唇，
腿凹的淡藍。

這不是Paella，這是
那些留在 Buenos Aires 的人
變成的東西。這是石堆上
鎗鳴的回響，
她的手搗着嘴，
她的丈夫倒在她身上。

這些是我們今早
買的花，天竺牡丹拋
在他的墳上而被割掉
舌頭的鈴
等待這靜默。

一九七七

歸來
給 Josephine CRUM

我回到美國之後，約瑟芬：
冷飲及紙傘，乾淨的
厠所及洛杉磯的棕櫚移動
如瘦削的女人，我比以前
更害怕，甚至對汽車旅館都如此
有好幾個月每次爆胎
都以爲完了，每部接近屋子的汽車

都眈眈虎視而我甚至對不可能忘掉的
都要竭盡全力去記憶。妳化好幾個鐘頭
拆散我的故事，坐在
沙發上，腿盤在身下

五十年在妳臉上。妳現在
明白了，妳說，什麼樣的金錢
攙在裡頭還有農人們用刀
互搠而妳知道妳不該
信任任何人所以妳找了幾個妳
要信任的人。妳知道大刀
同威士忌的結合，一溜嘴
便造成上百的死亡。
妳看到拘禁男人同女人的土坑
好幾天沒有食物
沒有水。妳曾聽到同他們的釋放
攸關的鷄尾酒會上的談話。
妳終於了解為什麼
善心的男士女士讀讀酷刑的
報告那麼興盎然。
那些諸如水泵
及合作農場的東西重要性很小
而且要好幾年。
不是 Che Guevara，這鬪爭。
Camillo Torres 死了。Victor Jara
同其他的人一起被捉走了，而José
Martí 成了一條從邁阿密到古巴的
飛機跑道。去美國人身上試
妳冗長、沉悶的
貪污故事，但最好給他們
他們所要的：Lil Milagro Ramirez，
如何在多年禁錮之後不知道
這是哪一年，如何她需要別人
攙扶走路以及被迫大庭廣衆便溺。
告訴他們關於刀片，通電的電線，
乾冰及水泥，灰鼠還有最重要的
誰姦辱了她，多少次以及什麼時候
告訴他們關於報復：José 躺在
平臺卡車上，在你面前揮舞
他的殘肢，他的手被逮捕他的人
砍掉拋在棉田上，迷失，靜止，
抓住被搾乾的土地上的最後幾團。
告訴他們最後時辰裡的 José
以及其後，好幾個月以後，一個勞工領袖
如何被切成塊埋掉。
告訴他們他的朋友如何找到
那些士兵要他們把他挖出來
並向屍首求恕，當它在地上被組合
成人。至於那些汽車，當然
它們在監視妳，而對這妳無需
受寵若驚。我們都受監視。我們
都被組合。

約瑟芬，我告訴妳
我還沒休息過自從我開車
經過那些街道一把槍在我腿上，
自從所有說法都
失敗了而我生命的殘餘
繼續前進。我發狂，例如，
在安道菜場，對着許多頭
生菜、木瓜與糖、菠蘿
及咖啡，特別是咖啡。
而當我同美國男人談話
多少有點心不在焉：
他們片刻不離的蘇格蘭威士忌
及優雅的白手，好幾個鐘頭的生意，陽物
勃起當他們看到汽車旅館及同他們的
妻子彷彿的相似。我無法
繼續下去。我記起在那個國家的
美國隨員：他的幾缸
魚，他拍答响的筆，他對報告的
熱狂。他的妻子寫
他的報告。她像每天從大使館園場
接他時一樣多話，說她疲于
掩飾事實，厭透了他的喝酒以及
他最近沒成功的升遷。她是那種女人
飛她自己的飛機，關掉引擎
在她喝了四杯馬丁尼之後滑下 Campo
的曠地上並且對那些男男
女女宣稱她來幫助他們。

她在那個國度裡可以隨意飛行
帶着她醺醉的仁慈，而戴白手套的
水兵被派去保護
她的丈夫。那是艱巨的工作，在那些
疑懼日增而外國佬同其他的人
一樣死掉的小國家裡。
我無法，約瑟芬，同他們談話。
而這樣，妳說，妳聽到了一點
關於飢饉：一個小孩像一堆晚飯殘渣
鑽滿蛆蟲，許多小孩串在
一起，有如他們於紙剪的
串在一條細鏈上。而那些
拯救了醫生，律師同詩人
的人夜裡躺在他們的床上
帶着導老鼠入女人，捏碎
男人的睪丸如鷄蛋的報告。
他們双手捧着他們自己的部位
用床單並且慢慢地
移動自己，幻想着手銬把
赤裸的人的手腕
牢牢釘在牆上，他們被綁
暴露於那些一觸即化爲烏有的
手。我們都被他們
化爲烏有，不再像個像樣的
人。我們不再有女人的心，
氣力，以及生活。

妳的問題不是妳的生活，像在
美國，不是妳的手，如同妳告訴
我的，被綑去做什麼。而是
妳被生在一個貪婪而
恩寵的島嶼，那裡妳有這
與衆不同的自覺。妳沒有
權利感到無助。比妳好
的人也感到無助過。
妳不是回到妳的國家，
而是回到妳從未離開過的生活。

一九八〇

信息
MESSAGE

你的聲音洒在牆上
到早晨摸起來便乾了。
你的女人們在 Champas 中間走動
籃裡帶着活鷄，手榴彈同水菓。
今天晚上你開始
爲最無望的革命打仗。
Pedro，你在每個人的
基督的聖體阿門的頌歌裡放上一個聖餅。
Margarita，妳溜出屋子
帶着塑膠炸彈包在報紙裡，
妳最親愛的朋友的文件
她的頭髮長到囚室的地板上。
Leonel，你爲你的幾根槍裝子彈
籌思着一個泵水及
合作農場。
你將打打

殺殺，你將死去。我將活下去
活着哭到聲音嘶啞
如空洞的地殼，那裡用我們的
手及我們選擇的生活
我們將深深挖進我們的死亡。
我已做了我所能做的。
挽手，與我挽臂
在來世裡，
那裡我們不認識彼此
或我們自己，那裡我們將是各式各樣的
黑暗在一文不值的理想當中，
在一文不值的
男人當中，帶着變成僅僅是微光的
信念
在時間的呼吸裡我們在彼此之間
開始，我們活在離上帝
最遠的時辰。

一九八〇—一九八一

法國超現實派詩人

德思諾思作

童話

胡品清譯

從前有許多次
一個男子愛一個女子
有許多次
一個女子愛一個男子
有許多次
一個男子單戀一個女子
一個女子單戀一個男子

有一次
也許只有一次
他們互愛，一個男子和一個女子

戰後日本現代詩選

陳明台譯

二十億光年的孤獨

谷川俊太郎

人類在小小的球上
睡眠 醒覺 勞動
常常渴望火星人的友情

火星人在小小的球上
做些什麼呢 我不知道
（或許是 睡眠 醒覺 勞動吧）
但是 常常渴望地球人的友情
這眞是令人感到無奈的事

萬有引力乃是
互相拉扯 孤獨的力

宇宙傾斜著
所以 大家相互需求

宇宙漸漸在膨脹
所以 大家會不幸福

我不禁爲了
三十億光年的孤獨
感到遺憾

靜物

吉岡實

夜晚　更加深地圍囿
在魚裡
暫時放置了
骨們
脫出有星辰的海
在盤子上
偷偷地解體
燈
轉注在其他盤子上
在那兒　承受生的飢餓
盤子的凹陷
起初　叫來影子
而後是卵

吉野弘

給初生兒

你出生下來不久的時候
如同禿鷹　那些人來了　開啓着　閉鎖著
黑色的皮靴的蓋子
生命保險的勸誘人

耳朵眞是靈光啊　我露出驚訝的表情
香味傳遍了喲　他身就笑著回答
連臉的形狀都沒有確定　柔嫩的　你的身體的什麼地方
我把小小的死　分給了你嗎
可不是　芬香的體臭在飄蕩著嗎

一色眞理

倒立的人

倒立的人是　什麼都不曾持有的人
即使口袋裡　也不能放入任何東西
倒立的人　由於不斷在擴大的痛苦的緣故
閉著眼睛
曾經顚倒地看見的世界
令他感到會嘔吐一般地厭惡
倒立的人疲憊了　他動搖了
覺得自己在傾倒著
終於　他倒下了　他已不是在做著倒立的人
不做倒立的衆人中的一個

有馬敲

變化

漲價根本不予考慮
年內漲價不予考慮
目前不可能漲價
極力遏止漲價
截至現在漲價不擬通過
立刻漲價不予承認
即使漲價　現在不是時機
儘量要避免漲價
有人主張不能不漲價
但是　是否漲價　仍然在檢討中
也許避免不了要漲價
但是　漲價爲期尚早
漲價的時機要加以考慮
漲價仍然未予同意
立刻漲價不擬實施
漲價係消極的措施
年內漲價却情非得已
近期中漲價亦屬情非得已
漲價乃是不得已
斷然實施漲價

艾斯納詩選（三）

杜國清譯 RICHARD EXNER

衆神所愛者 (WHOM THE GODS LOVE)

給 Francis Golffing

將免於
手脚上的
疱，
眼前
微闇的
朦朧搖閃，
肌肉的
突然抉出，
大馬路上的
窒息
以及使人但願
已在火中的疲憊。
將得不到
旅途過半後
靠在肩上的
微睡，
離別時
一再減少的

脈動，
今天早晨
使死神眩眼的
瞬間，
在你說話之前
刺入你視域的
黃玫瑰。

資產負債表
(BALANCE SHEET)

甚至在詞彙上
與自然競爭
所抱持的那種幻覺。

所有花朵、橡樹的心，
與根所具有的那種象徵
都是慾望糾纏的
冗詞。

我們並不，像樹那樣
猛然衝入河流，
以迸出的
新芽，
像那些樹，
死去、被鉋平，
搖盪我們如小孩，
且搖入我們的墳墓。
我們並不是
甚至在上帝眼中
也不是，
被插在瓶上的
盛開的紫丁香。

我們是血肉，
因血肉而瘋狂
被血肉所排拒。

我們隱現、生長、
起縐、顯斑——而且，
除非火救助我們
我們腐朽
然而——
令人驚愕——
也是精神：
熱氣
凝成幻象——
後來以文字素描，
以顏料、以雕石——
而有時，我們是精神
如躍動的火花，
透過愛，
當仍然活着時。

平衡（EGUILIBRIUM）

猛然
大多關於夢魘的
半輩人生，
那時刻來到
當
喝了一半
我們放下
仍隱約閃亮着酒的
玻璃杯，
縮回
我們的手——饑餓地
探尋頸脖，
且將剛打開的窗子
又再關上。
飲食與戒食，
把花放入瓶中
或踩在脚下，
凝視鏡子
或把它覆蓋起來，
走到某人那兒
或等待，轉背，
直到他走過：
都一樣的高興。
我們想要
活着，幾乎
屏息地，以未曾有過的
激烈，且同時
死去。
恐怖的
時刻
到達絕頂。
一步
而衡器上的指針
永遠移動
且保持沈默。

十六歲（AT SIXTEEN）

給 Antonia

當她
（一天有好幾次）
在鏡中注視自己：
實質上樣樣

十分可愛。
她對自己點頭。

十六歲時日子
開始過得更快。
快樂與不快樂已更
截然分開。
然而，將來如何
仍是
難以觀測的：

海鷗翱翔的海邊
似乎是無垠的。
無數的道路，
大多沒有路標，
但都新鮮，
够寬
而且非常明亮。

移居異國，以及八十六歲
(EMIGRATED, AND AT EIGHTY-SIX)

I

我攀登
不斷地
然而視界
與呼吸
越來越短促。

我難得
離開那兒。
我滿足於知道
還有別的城市
和海洋。
我得滿足。

其間
寂寞變成
難以形容。

有些日子
我說話
只因禮貌。

II

這到底有什麼用，
我問自己。
大家都說：
多活潑
差不多盛開。

就像一個老婦人
無法接近
眞理。

讚美詩作者在哪兒說過：
在主面前
一千年
有如昨日。

在僅僅十分之一之後，
我找不到安心立命的地方
在我凡人的命運中。

Ⅲ

你將原諒我，
我那許多假的開始。
人生漫長，含有
許多深不可測的事情，
隨着一些偶然的到來
與崩潰。

我健忘。
如此一再重覆。
時常關聯，
變得模糊——
比如說，
關於兩個大陸的。
故鄉：歲月
與距離的總數。
五千英里。
在倒霉的日子，
德國是更遠了
遠於彼方。

我在那邊對着遊客
微笑。
到那兒旅行的人
時常帶我一起去
（反正，沒有超重）
表示善意。

我大多在夜間旅行。
我買票，
在睡夢中。

ⅢI

淚流過
且乾過，
愛
（雲間的藍天）
經驗過

時時。
通常，友情。
請不要小看這些：
花朵，
許多印刷品，
巧克力糖，
八十歲生日時
州長的電報——
這些都算的。

使人迷惑的歡樂以及
對光亮的人生快照的一瞥
我得否認自己。
我不知道爲什麼。

可是孩子們，
不是我自己的，
對我微笑。
我很感激。

輕輕放下的盤子
以及避免了的責備
都是撫愛。
你聽見
我並不是在抱怨。

然而，我的人生
一再出鞘
露出刃來，
而痛苦將我的夜晚
削成絲帶。

然而，你看到
我仍活着。

IV

我擁有我的生命
在我背後，
而他們害怕
且爲之喝醉的風暴
也一樣。

他，因此
不會向我伏擊。
他，不致於暗伺
我這種年紀的人。

他將向我走來
說些德國話，
從肩上把我提起，
或者就在我身邊
當有一天早晨

在剪枝時
我從玫瑰叢中猛然擡頭。
今年玫瑰花盛開
那麼艷麗地
那麼青春地。

在南方
(IN THE SOUTH, ALGARVE)

給 Günter Seefeldt

此刻
波浪把我們
冲向岸邊。
在洞穴裏
水的
文字
消滅。
異國的天空。
時刻
構成以全然的溫暖
與燈籠
浮動在那兒
在船上。
我們坐着
計數它們
且像捕獲物
被誘陷在
他們的網中。
睡眠
短而乾燥。
五點時，燈籠
蒼白在
求平線上。
在灰色
綠色，然後紅色的
白燦的潮水中，
日子淹溺了
船隻、陸地、
以及睡眠者。

凌霄樹（JACARANDA）

風
今天萌出眼睛。

幾個禮拜前，我們以為
凌霄樹今年會略去
往常的華麗。

然後，它費了
兩三個大好日子
長出枝葉，
開出整個圓頂的
穹蒼。

現在無法將它
隱住。繽紛地
你走到哪兒
天空都有聲地
落在你腳邊。

離　別（DEPARTURE）

給　Bettina

幾百人帶着行李，
而火車
將臉攫去，
從月台上。

最後的擁抱
與再會的
諾言——
哦，是的，它纏附
如芒刺。

告別之後
總是最快的
火車。
割離得越快
傷痕治癒得
越乾淨。

幾個鐘頭之後
只有你臉上的
光留在我掌上。

相信我，
多年來
我歷經離別
却永遠沒學到
教訓。

海邊 (BY THE SEA)

正如
蒼鷺 最近
在最初的曙光中
轉頭
向着浪
它正開始烱耀
如此全然無聲地
但願有一天
我記下文字
讓它們滑流
破碎
如波浪
衡向牠那不動的
一瞥。
那將是
寂然有聲的
詩句的呼吸。

或許 (MAYBE)

萬無一失的確實性
將出現
在他們以斧子
砍毀
插梢與鎖
把你逮去之前
且剝去
你的皮
因爲甚至你那微不足道的
歌未曾淹沒
所有被剝奪者的
尖叫聲
或甚至癌症
的蠻行，
或許
你可能
看得更清楚
而淚水
矇住你。

朝曲 (AUBADE)

她走近
慢慢地；
在她的皮膚上
陽光今天映照着
自海上
自她肩上
自額上；
她將陽光傾入
我的臉。

我們躺
半個夜
在那光中
直到它褪去
自物體上
自我們唇上。

黑闇侵襲
她的眼睛，
但望破曉
我此刻將
屏息
直到第一隻鳥
突擊逃逸的夜，
將它粉碎，
而在闇中，我將
蒐集破片
自你的眼瞼。

你可認爲
我們會活到那時？

故國 (HOMEIAND)

I

任何建議
他的骨灰撒
在海上的人，
對這問題
不配發言。

II

楊柳
枝條垂向水面

而紅屋頂
存在於好幾個
國家。

而護照都沒記載
眼淚流別何處。

III

氣根，因此。
人們相信
那是比什麼都不是
好些。

然而，一陣風
就足以將它們毀了。

在暖氣中
人們以爲
它們在開花。

它們的果實
在觸及之外。

IIII

那正是爲何
墳墓與地窖令我驚訝，
那整個荒謬的平靜
來自石頭與灰泥：
一個拉修茲公墓
之後又一個。

如此，
人們希望
最後會有安息
一個永久的棲處
給飄泊者。

IV

故國：
我們的靈魂
（雕刻在
石上的
鳥）
奔赴的旅路。

譯註：拉修茲公墓（Père-Lachaise）：巴黎最大最聞名的公墓。

亞美利加
(AMERICA)

當(……)卡爾，羅斯曼(……)進入紐約港，他看見自由女神的塑像：他已經望見良久，在突然轉烈的日光中。她手臂上的劍向上豎立，有如才新建立的，而自由的空氣在他身邊吹着。

「這麼高！」他自言自語地說：

法蘭茲．卡夫卡

I

你們
(與沒有這個的
國家和羣島比起來)
斷然境況更好；
你們有了選擧。

你們
大聲地、顯然地
(他的聲音有時似乎
像是人民的)，
叫喚他。

百分之二十七
叫喚
那個重整軍備者。

百分之四十九
沒有叫喚
任何人。他們
並不贊同
那個較小的惡者，
或許他們
有了別的事情，
那個星期二。

II

語言
一如眞理
燃燒。

不要玩它。
然而，在重整軍備者中
人們感到
有所庇護。

他們使
漂白骸骨的
風遠離我們。

尖叫聲慮過
他們的立約者
有如和諧音。
他們的颯颯聲
將我們捲入。

III

十一月裏
山崩
正如義大利拿不勒斯港
南方：
眞正的犧牲者
與寓言中那些
幾乎難以
辨別。

那兒，大地
裂開，
而這兒
道德的大多數
憤慨地爆發。爆發。
憤慨地。此時，他們
武裝起來了。以交叉的
手。上帝
說英文。

IIII

神的和平
他交給你們。
這是
準備末日的
時候。

因此，我們把自己
武裝起來，你們以及所有
承擔得起武裝的人。
任何不能
負擔武器的人
將可獲得武器做爲禮物。

我們代表
西方，那兒每個
人民保衛自己的城砦
抵禦敵人。
以自動的
武器。祀奉在
我們的憲法裏。

任何不了解的人，
由於太窮或
太聰明，或

太乖僻，或者
由於他的靈魂
萎靡，將發現自己
在重整軍備者
及其道德大多數的
槍口準星上。

任何調馴
心跳，且學會
閉上一眼（具有
透視力的一眼）的人，必然
擊中靶心。

來吧，麕集的
羣衆。
這兒燃亮對世界各地的歡迎。
自由女神上岸且
拿起武器。

IV

我們選擇
神，一如選擇我們的
醫生和
領袖。他見我們
於三位一體之中。
在照片上有時
難以區別
投降的民族
與哀求的民族。
而領袖那時
開槍或祝福，
不論哪種情形他都贖罪：
贖罪者。 救世主。
薩爾瓦多。

V

你認識那國土？

我愛它，
且害怕
紐約港的
女神，
有如新建立的，
給予我們的是什麼。

她藏有許多
在她背後。
她的下一着
是什麼？

她聳立
巍巍然。

她是否仍然聽
見麕集的羣衆
來自四方的
國土？這兒不是曾經
歡迎世界各地嗎？

她是否曾在
强風中轉過頭？
她是否知道誰
在她背後
交易她的理想？

這麼高。
而她脚下
並無堅固的土地。
這麼高——
我覺得
她的冷漠
令人
戰慄。

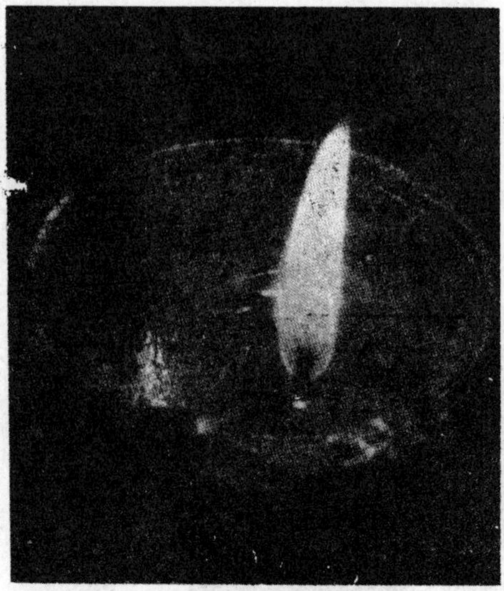

中華民國行政院局版台誌1267號
中華郵政台字2007號登記第一類新聞紙

笠 詩双月刊 LI POETRY MAGAZINE 116

中華民國53年6月15日創刊
中華民國72年8月15日出版

發行人：黃騰輝
社　長：陳秀喜

笠詩刊社
臺北市錦州街175巷20號2樓

編輯部：
臺北市北投區懷德街75巷4號3F
電　話：(02) 832—5238

經理部：
臺中市三民路三段307巷16號
電　話：(042) 217358

資料室：
【北部】臺北市浦城街24巷1號3F
【中部】彰化市延平里建寶莊51～12號
【南部】高雄縣鳳山市武慶二路70號

國內售價：每期60元
訂閱全年6期300元，半年3期150元
國外售價：每本定價（包括航空郵資）美金3.5元
歡迎利用郵政劃撥21976號陳武雄帳戶訂閱

承　印：華松印刷廠　中市TEL (042) 263799

詩双月刊

笠

LI POETRY MAGAZINE

1983年 10月號

117

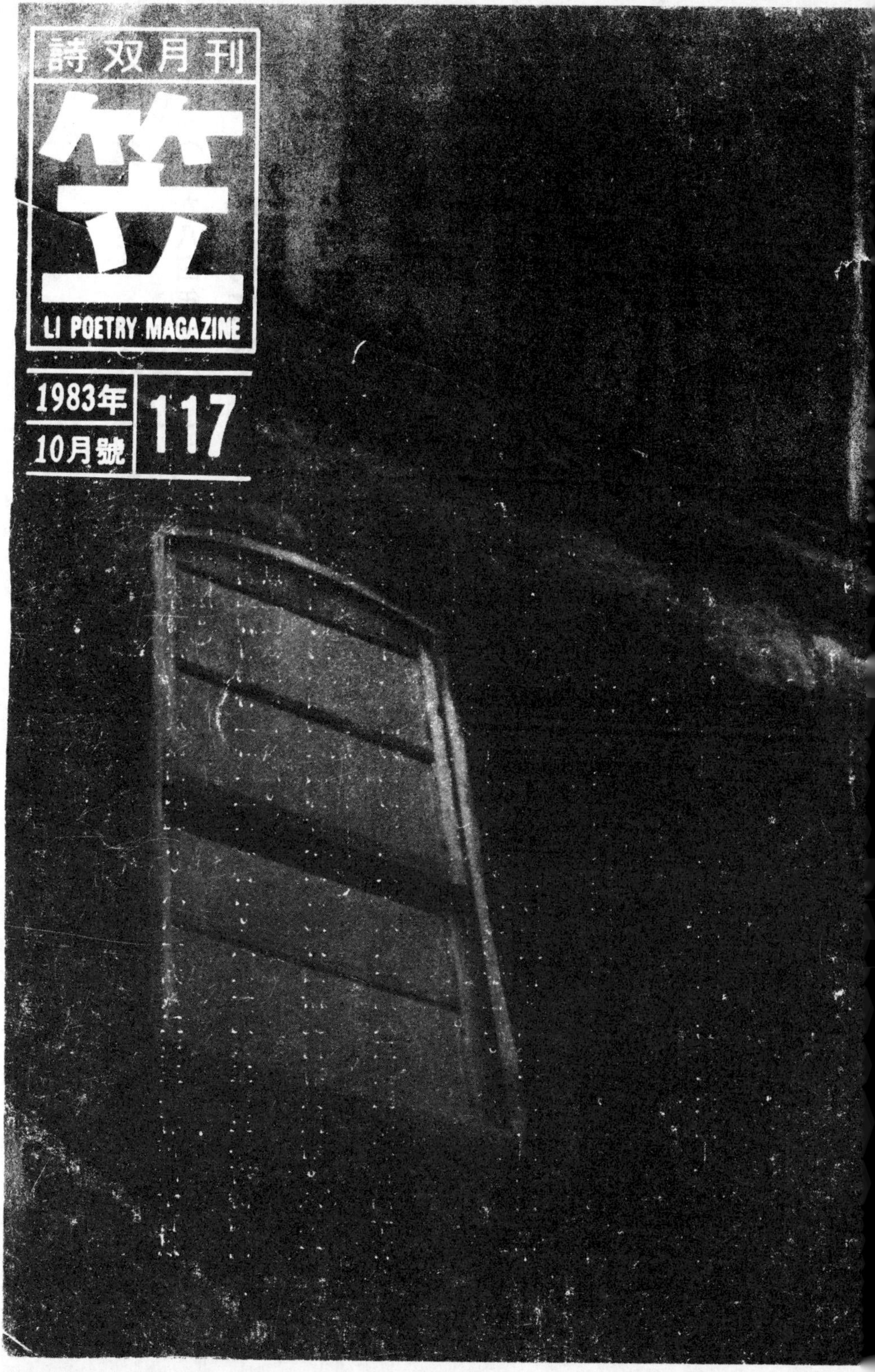

第三屆笠詩獎

（一九八四年）

1. 詩創作獎： 頒予詩創作有獨特風格及傑出成就者。（須一九八二至三年有作品十首以上之詩集出版。）

2. 詩論評獎： 頒予詩論或批評有獨特見解及重要影響者。（須一九八二至三年有詩論或批評五篇以上發表或專書出版。）

3. 詩翻譯獎： 頒予譯介外國詩為本國語文或譯介本國詩為外國語文而有貢献者。（須一九八二至三年有專輯發表或專書出版。）

4. 新人獎： 頒予表現突出而有發展潛力的詩壇新人。（須一九八二至三年有作品十首以上發表或詩集出版。）

- 即日起至一九八四年二月底接受詩刊社或詩人二人之推薦。自行申請不受理。
- 被推薦詩人不限笠同仁，惟已在其他單位因相同作品而獲獎者，請勿再予推薦。
- 由桓夫、白萩擔任評審委員會共同召集人，組成評審委員會執行評審工作。並於一九八四年六月十五日出版之笠詩刊公佈獲獎人選。
- 頒獎典禮於一九八四年笠年會同時舉行。獲獎人由本社頒予象徵笠精神之獎牌獎座，另贈其他本國藝術家惠贈之藝術作品。
- 有關得獎資料本社編印專集，以資紀念並為傳誦。
- 推薦人請塡寄左列表件，掛號於受理期間內，郵寄「臺中市三民路三段三〇七巷一六號—笠詩獎評審委員會。」

▲卷頭言▼

低淺的雅興

郭成義

詩並非僅依靠文學修養而寫作即可滿足。

詩的創作固然有賴文學修養的調整，但詩人面對創作行爲時，應該放棄「詩是文學」這種未先飲酒即行陶醉的念頭，因爲這個念頭通常使人忘了文學的第一要務，即對於思想內容的擬置。

三十多年來臺灣教育或思想的導向，多由於政策性的限制與偏向發展，致使不少詩人也陷於思想缺氧的窘境，有些人幾乎是根據著一點點「作文」的興味就寫下了他的詩，因爲缺乏思想實質的撐持，而落入作文格式的模擬趣味上，因此，文字過當的斟酌與修辭的認識，完全佔據了詩人及其詩的一切，終於喪失了內容的現實條件，而以行文逸趣爲滿足。

昔張玉田斥夢窗詩謂「如七寶樓臺眩人耳目，拆碎下來不成片段」，正是這類作品的寫照，而更叫人難堪的是，這樣的詩及詩人不少，持有這樣態度的詩評家也多，而坊間常見的許多報紙及刊物，依然毫無自覺地一股勁提倡。

因此，我們經常看到「我躺在五月的懷裡，吸吮蜜汁似的愛」這樣的詩句，也曾多次看到所謂「不着一字盡得風流」或「意境空靈超越禪境」之類的詩評文字；這些東西如出現在學校校刊裡，倒還不失其眞情，如果一再出自名詩人和詩評家的手筆，且堂而皇之的登在大報和大刊物上，這就眞叫人感到難堪了。

詩人而見不出獨特的思想，基本上是患了對事物觀察不足的毛病；就創作方法而言，詩人對詩的盡忠，並不在於寫成一首詩而受到辨識爲已足，重要的是如何把思想給予完整擴張至定出力量爲止，而這個力量只有在成爲一首詩時，才達到最爲堅强和飽和狀態，那麼詩的本質才有顯現其載重刻度的機會，當詩在此刻度的邊緣擺盪之際，能爆發無窮的意義，而拉緊人與詩之間密切的精神往返，這是只靠文學修養以及「耍嘴皮子」式的作文興味所無法領悟和達成的境界。

寫「作文詩」的詩人最講求寫詩的典雅，而爲他們寫評的人則好談境界論，這都是由於思想內容的乏善可陳而造成的。寫詩的眞境界，不在乎形式的表達，而在乎實質內容之有無，錯失了這種深沉的體驗，而緊抱着「我是文學家」的美夢，這實在是一種低淺的雅興，宜乎魂兮歸來！

笠一一七期目錄

封面攝影「窗」／李敏勇

卷頭言

詩作品

黎巴嫩抗命歌

林宗源

㈠

以色列用右手畫伊的地圖
美國用左手寫著伊的紅利
一個演白面的雷根
一個演黑面的比金
講伊爲了中東的和平
講怹爲了黎巴嫩的統一
出兵佔領是爲了世界的和平

用獨立宣言彫刻的自由女神
冷眼看著進口的石油
閉眼看著出口的武器
雙眼勾結計算紅利
用阿拉伯的鮮血化粧的女神啊！

面皮厚厚白白跂在紐約的港口
即搭是民主的聖地
有聯合國的廟堂
爲何埃及可以趕走蘇聯
爲何阿拉伯必須流血反抗
趕也趕不走的美國利益

飼仔肥肥的民主盟主
難道美國也是蘇聯麼？
不是
一聲命令乖乖走路的蘇聯
流血拼命趕不走的以色列
面皮厚厚白白死在港口的女神

㈡

一通電報拍到白宮
一粒粒美國的炸彈
拆著黎巴嫩的厝
拆著黎巴嫩人的骨頭
講怹慄替黎巴嫩趕走巴游
講伊慄替黎巴嫩趕走敍利亞
講歹人那無刣好人歹活
只要黎巴嫩成立傀儡國
只要阿拉伯不再反抗
只要阿拉伯不造原子彈
以色列會退兵
美國會保護怹

一個扮白面
一個扮黑面
派出一隻哈比
爬到中東 汪汪
半軟半硬底一肚鬼計
爬轉去美國的哈比
笑接和平獎章

而巴游無可奈何地離開
守約撤退的阿拉法特被教皇接見
而雷根提出中東和平草案
緊張的比金腹內又生出一肚的奸計
而阿拉伯諸國又編織美夢的時

魔鬼的比金
希特勒一樣的比金
殺人紅眼的比金
要求賈梅耶訂立以•黎和約
在不能滿足食慾的時
比金吐出滿腹的臭酸水

黎巴嫩不能和平
黎巴嫩必須聽比金的命令
賈梅耶必須死亡
黎巴嫩必須內亂
黎巴嫩不能和平

濁濁的水者好摸魚
比金殺死賈梅耶
用他的血阻止雷根和平草案
濁濁的水者好偷摸魚

(三)

製造事件藉口佔領的比金
違約進入西貝特
講偲慘維持西貝特的和平
暗中勾結長槍黨
實行滅種的心願

比金希望擴張以色列的王國
比金希望征服阿拉伯諸國
比金希望報復希特勒的仇恨
征服德國正是比金最大的心願

比金的殘酷勝過希特勒
比金的狡猾勝過希特勒
在比金的眼中雷根只是他戲中的小丑
以美國利益的代言者指導美國的奸雄

可是比金啊!比金
你不幸生在民主的時代
雖然你假藉民主實行軍國主義
雖然你能玩弄雷根一時
可是比金啊!比金

雷根絕不是你心目中的小丑
他的血流著創造歷史的英雄夢

他希望重建美國的威風
他希望傲視歷代的總統
雷根的血具有演員的性格

注意！比金希特勒
你沒有資力統治中東
你沒有時間完成心願
你那無見好收脚的慧根
你將是猶太民族的罪人
比金希特勒！注意！

(四)

月在列哭
倖出黑雲的手搢面
倖落黑汁汁的脚踏著西貝特
割人喉親象割雞喉
剖老人囝親象切菜
姦殺護士比在路中相姦的狗
更加殘酷的人狗啊！
弱小的黎巴嫩人民
四分五裂的巴勒斯坦民族
只因爲穆罕默德不是耶穌
就應該大屠殺的衆生
請聽
夏隆說：
出兵黎巴嫩是爲了美國的利益
無地穴可微
微在地下室也被堆土機活埋
無路可走
走在路中也被槍殺的弱小民族
無天可看
只因爲比金希特勒不准恁獨立

夏隆的部隊圍住西貝特
光一目偷看滅種的血
染紅黎巴嫩滿足伊强者的威嚴
閉一目預備一口謊言
講是長槍黨爲了賈梅耶的死復仇
講是黎巴嫩民兵爲了國家的統一

起來巴勒斯坦
起來黎巴嫩
起來所有的阿拉伯民族
團結一定會埋葬以色列
弱小而落後的第三世界啊！
要瞭解世界正被强國分割
伊製造紛亂在流血中食紅
世界還有次强國
恁必須把資金流入次强國
恁必須善用石油武器
恁必須學習科技
也唯有心智的建築者會强大
美國的僞善
美國的差別民主

美國的差別人權已經破相了
大國絕不同意恁獨立强盛
而聯合國也只是大國的聯合國

比金　不要得意
比金　還有下集
化整爲零的巴游
將使以色列付出血的代價

鮮血染的紅土地
不是美國的土地
不是蘇聯的土地
不是以色列的土地
是恁要愛要恨要活要死的土地

月列哭
哭恁昧團結者會給人屠殺
太陽列笑
笑恁爲了可憐的權勢互相殘殺
應該覺悟的弱小民族啊！
要有信心　信心
要有行動　行動
語言已經死去
月被黑雲呑食的黑夜
整個空間沒有一絲的光
倘若生命不曾被光滋潤
何必搬運强者食剩的愛
憨慘死的螞蟻
夭壽仔的人心

司農欣

笨港戀

天的那一邊；
笨港溪潺潺不停地
彎彎曲曲向西流，
浪花濺濕數不盡的歲月；
溪水滔滔浮載著青春，
冲散了童年的夢，
激發了少年的心。

脈搏忽忽跳動四十六個寒暑，
煞住飄泊的萍根；
瞧瞧鏡裡的浪子面目，
他可還是依偎在大老的樹幹，
不瞬地巴望社會的金字塔？

低低禿禿的砂崙山，
香火嫋嫋的媽祖廟；
仍然披著褪色的童夢，
屹立於日復一日的晨昏，
但願鄉井能够讓我
隨時汲到昔日的面影。

※笨港溪即北港溪

黃石公園遊記

非馬

觀瀑

深山中
多的是幽洞玄天
可以獨坐
可以冥想
我却仰頭站在這裡
滿懷喜悅
看萬馬奔騰的水壁
滔滔湧現
禪機

夢之圖案

太陽一下山
潛伏林中的野獸
便推擠着湧向林邊
把閃閃發現的眼睛
嵌入
枝與葉間的空隙

美麗的
夢之圖案
蠢蠢欲
破空而去

霧

摘掉眼鏡
赤裸
看
世界

趙天儀作品

愛國獎券

沒有想到這也是一種行業
讓媽媽老來沒有失業
照顧著一個小小的店面
也照顧著一家大小的生活

在拓寬的馬路上
偶爾停下來的計程車
偶爾靠在路邊的摩托車
都是來買獎券者的交通工具

祝君中獎的字様
是獎券的包裝紙袋
鴻圖大展的錦旗
是中了大獎者的銘謝中獎

從早忙到晩的媽媽
忙得沒有清閒的時間
一邊忙著這個孩子那個孫女
一邊又照顧著這小小的店面

不倒翁

聽說北投舊街
有一間不倒翁商店
聽說臺灣府城
也有出產不倒翁政客

不倒翁，左右搖擺推不倒
前後推來推去也推不倒
有原則就會倒
沒有原則才不會倒

不倒翁，古錐又鐵嘴
見人講人話
遇鬼講鬼話
人話黑白講，鬼話又連篇

爲了冒牌民主鬪士
不倒翁大模大樣
好一個唐吉訶德也比不上
不倒翁在安平大戰風車

不倒翁，眞紳士
單身漢未娶某
千人美展也展過
不知葫蘆裏賣什麼膏藥

巫永福

溫泉浴後

浴後溪畔看魚遊
樹落片葉知是秋
黃昏鳴蟬乘風習
白雲流水總無愁

裸臥溪岩心悠悠
午眠醒來坐禪修
浴客紛來雖不識
皆樂挑燈無所求

楓葉片片落水流
繪紋遠去看良久
涼風興頭數亂石
仰首西山晚霞留

偶而溪上隻鳥啾
也有蝴蝶翻無憂
谷頂層層樹上樹
溫泉客都讚不休

周伯陽

馬關　春帆樓

——日本旅情

那座木造的日式旅社
竟是出賣臺灣、澎湖的交易所
象徵滿清的腐敗和日本野心
註定五十一年心酸慘痛的歲月

丘逢甲和劉永福志士
率領義軍與日軍浴血拚戰

聽丘逢甲的悲嘆：
宰相有權能割地
啊！孤臣無力可回天

誰錯了？
是愛新覺羅的顢頇無能吧！

按：春帆樓旅社係馬關條約的會場

陳明台作品

杯子

注入
一股莫名其妙的火
水位
逐漸逐漸在上昇
透明的玻璃上
映現
男人咬牙切齒的樣子
漲紅的臉
水位終於超出限度
憤怒的氣泡
洒滿桌面
男人還是遏不住
握緊了拳頭
狠狠一擊

空了的
杯子
碎裂
遍地晶瑩的
星的砂粒

夜

扭開
燈　厭厭地垂首
細弱的暈黃
散放在六疊小小的房間

角隅的水龍頭
依然滴著　匆忙的
早晨的殘餘

沙發上
散亂的衣物和領帶
在幽黑中喘著氣
坐落倦怠的軀體的男人

一日的終了
嫋嫋上昇的煙圈裡
夜　悄悄地降臨

生爲女人

谷 君

沒人教我反抗
沒人教我不平
我的外表那樣柔順
我的思緒那樣平穩
但我知
那柔順是反抗的前奏
那平穩是不平之前的梳理

單位主管說：
我們是需要一個考古學家，但是……
女生，不太方便？
我遂憶起田野考古實習時
男士豪情的喝酒聊天
遺洗陶片，清骨頭於夜晚工作的女生

單位主管又說：
我們是有一個正缺，雖然妳先來，但是……
請讓給某某先生吧！他有妻小

我遂憶起鄉下
身形傴佝的寡母
成群嬉遊的弟妹
他要拿學位了
有什麼用呢
我還只能在家帶孩子、煮飯
大家說我是ＰＨＴ
PUSH HUSBAND THROUGH
哈哈！
我何時了呢？

他那樣狂熱地工作
不知要擔心還是慶幸
他的健康不如從前
但依舊是我心目中有出息的男人
可是
什麼高能物理？
我懂得他懂得的麼？
恐不如他身邊那唯一且漂亮的女助理

有什麼好不平
有什麼好反抗
在家裡做舒服的太太、幸福的妻子
外面的風雨
讓男人去抵擋
塵世的紛擾
讓男人去承當

文化的母親告訴我：
安心做個第二性吧！

我依然不敢反抗
我依然不敢不平
些微不甘
少許憤懣
知識、工作的權利被剝奪
只爲柔順被視爲天性？
只爲作某某博士訃聞中的未亡人？

我願去流浪

沙穗

按摩

——三百六十行之五

是你跟著蕭聲　還是
蕭聲跟著你？
按摩的人呀

街燈已經夠暗淡了
爲何你還戴著墨鏡？

爲何你總是走在初秋的夜裡？
且喜歡起風的時候
你從何處來　要往何處去？
我問你

你說
其實那不是蕭聲
而是你被風拉長的一串眼淚
戴着墨鏡
只是一種掩飾

淚有時候很燙
初秋的夜裡總有些許的涼意
起風的時候
至少會有幾片落葉陪著你
你從風中來　當然
也往風中去

按摩的人呀
你專治腰酸背痛　四肢無力
而你的腰和背呢？
難道你忘了自己？

72、9、3

初安民作品

雨天

是天公在流淚嚒
爲什麼傷心這麼久
這無止境的陰雨
總是壓得令人
喘不過氣來

行走在雨中
沒有傘
沒有依靠
也無從躲雨
只有孤單底踽踽獨行
全身濕漉漉
莫非就是這麼歹命的人
天公總會有高興的時候吧！
總會有不哭的日子

雨必定會停止
天空也會有
放晴的日子
我們也可喘一口氣
也可以喘一口氣

和農夫做朋友吧

和農夫做朋友吧
只有他們
最知道土地的故事
當每個小孩被迫
去學電腦的時候

和農夫做朋友吧
只有他們
最靠近土地
當一棟又一棟大樓
愈蓋愈高的時候

鶴瘦作品

明天的詩集

佩帶一卷暗藏明天的詩集
多刺裝甲的松果垂掛枝頭
堅持一向不被錯愛的深色

而我走過昨天青春的大街
沒有驚動這塊沉寂的土地
卻也悄悄地記住
松果的固執
悄悄地寫下一卷
深色的詩集

父　親

那一天，船長走了
在他的港口卸下了一家人
孤單地，向那冥茫的海上出發

唉！海天廣遠
在高高的燈塔上，我眺望勢必的盡端
碧水和藍天間
船的水跡仍在傷愴的眼眸浮泛
而熟悉親切的桅桿呢？

禁不住地我自語：
船長走了

預　言

一棟屋子的沈默
自有沈默的理由
如同你所預言
我所偏執

即使長春藤爬滿了四壁
佔盡了風光，仍舊
一棟屋子的構骨最屬重要

不必問我爲何沈默
我自有沈默的理由

詩　人

他用斧頭，以及
整個下午，終於
使一棵後院的巨樹傾倒
現在，他已開始利用鋸子
獲得他要的木材

（小孩子在旁邊看著，不作聲
而心裡想：或許該幫忙他）

太陽下山後，冷冷地
卻還有鋸木的聲響

（小孩子的心，依依不願回家
寧可站在戶外受凍
聽著那苦心的商籟）

潘思音作品

家

家，一個相隔半個地球的地方
家，一個裝滿我十五年來的回憶的地方
家，一個最安全的避風港
家，在這兒我一定可以找到爸媽 Nina 及
我所摯愛的人
離開了你才知道不能沒有你
因你永遠在那兒，等著我的歸來
空間與時間上的隔離並不能停止
我對你的思念！
是的，我並沒有離開過你，一刻也沒有
你一直是在我身旁的
等我！等我眞正的奔向你的懷抱吧！

成長

成長是矛盾的化身——
我還想和媽咪「抱抱、親親」
但我也想去 Disco 舞會
我喜歡和爸爸去打 Golf
但我也想和朋友去逛西門町
成長是須付出代價的——
你得到些也失去些
得到些 Crazy 的 Party fun
却也失去些和父母相處的時間
得到些寶貴的經驗
却也得忍受異鄉的痛苦
成長是讓爸媽既擔心又欣慰的
成長讓我既害怕却又期待著它的來臨
啊！成長，你到底是什麼？

月牙兒與圓月（註）

康國維

月牙兒，月牙兒，
　彎彎的月牙兒，
　　兩頭勾勾——
　　上頭勾底下勾，
却勾不進我心裡頭。

我倒有個念頭；
　願化成「超人」（Superman），
　　能飛呀飛的飛上
　那深藍的天空
　　取下你這個双頭勾。
　讓我畫上一輪亮晶晶
　圓又圓呀的大月亮，
　好讓她普照全天下，
　　趕走角落落的黑壓壓。
這樣才合我的心頭。

一九八三年九月二十二日於紐約

註：五月十日夜晚，快要三歲的小兒子從車上看到了一彎新月。他說：「新月不好。我要飛、飛，飛上去把它拿掉，畫上一個大大圓圓的月亮。」我將他的意思擴展寫成這首童詩。

利玉芳

讓果園長草吧

過去
我們一直認爲
果樹底下
不應該長出雜草的風景
應該把它鏟得乾乾淨淨
果樹才會有好的生態
　　　好的收穫
也只有這種果園
才會博得大家的讚賞

如果
讓裸露的坡地長出綠
而不去拔除它
那麼土壤的肌膚就可以減少損傷
如果
讓百喜草在原來空空的心上
滋長
那麼在草根產生有機之後
果樹可以獲得額外的
營養

德有詩抄

風中稻

愈成熟
怎麼愈
學會
向別人彎腰
低頭

只一陣風
就使他們
擺出低姿勢
甚至，伏地

再也看不見
靑翠年華時
那股傲然之氣

橋

伏地或弓背
將身體攤成
路，一條
去連接兩岸
讓岸邊人
絕處逢生
讓猖狂車
輾軋蹂躪
搖尾狗
踏。
心裡，千萬個不願
爲什麼默默依然
一句話也不講
半句話也不哼
不講、不哼
心事誰人知

鍾順文詩抄

淚

我的淚
是用眼槽和眼珠榨出來的
檸檬汁
滴入社會的容器
加些紅茶和方糖
加些發酵的溫情
加些現實的色素
攪一攪吧
從那透明的容器
我看到沉在底下的淚水
是九條躍躍欲騰的
白龍

四度接觸

——給睦敦

我們在牛肉和蝦仁的炒飯裏

體味共同存在的價値

你說
他們怎麼會湊在一起
我卻覺得
都是血肉之軀
相逢一起，又有何妨

你說
要一艘香蕉船，載你歸去
我卻認爲
大冷天，冰淇淋會把我們擱淺
所以我只好向服務生要了
一抹豔陽天，伴你回家

路是冷的
我們的心卻很暖
在屏東的公路車內也很暖
送走了你
我好想用解開的那粒鈕釦
扣住你的未來

註：香蕉船與豔陽天乃冰淇淋聖代。

杜榮琛詩稿

夜的獨白

張牙舞爪
啃住巷道的尾巴
直撲向城市的胸脯

磨利了齒
下一餐該歇脚在
風化區的潰爛胃腸中？

摟住喧嘩的柳腰
吻得街車
醉步　吶喊

踢倦了双足
唉！也倦了窺探
原來到處都是披上我影子的
風景

據說

翻掌
掌心焚著一朶菩提
菩提在入定時
竊笑

轟然
在體內綻開千萬朶
芳香百里
醉人

或許
有千萬隻佛手
恐後爭先
攀摘

可能
在你我會心一笑
款款傾談時
盛開

詩三題

和權

尺

忙碌間
大妹悄聲說
你的青春
越量越短了

我想，妳又胡說
這鐵尺
已是越量越準

剪刀

少了一把剪刀
那塊布料
有什麼用

現在
銹
沒有來侵蝕

螺絲釘

還緊緊旋在那裏
快將生活
平舖起來
拿出心中至愛的
利剪
好好地，裁一件
最美最舒適的

衣裳

八三年稿於菲律賓

衣架

着了華裳
風一掠，便
幌蕩起來了

就怕街上的人
儘是抖擻的
衣架
沒有手足
沒有面容

而我呢
面對着鏡
忽兒一驚

四肢百骸，五臟六腑
怎會不見了？

林　泉

賣水圓的菲婦

路傍，顆顆白色
水圓於沸鼎裏熱油中
滾轉着
正如朶朶白花
在翻滾中
開發出你的生涯

兩條棕色枯瘦的脚
支持着你街邊的世界

路客食着水圓
而拌料中
自你的貧窮中
體會出酸辣的滋味

而圍在軀體的白圍巾
你的手掌
如何將那拂拭在上面的生活
弄的越來越黑的呢？……

一九八三、二、十六

月中泉

火車站

再會吧
吞吞吐吐的火車站
時間表　車票　等待
排成一條長龍啦啦隊
翹首張望兩條
遙遠熾熱心腸
魚貫的脚印
隱約將車站和故鄉聯在一起
一支香烟接踵一支
上行　下行　人約黃昏後
聚精會神做着拔河比賽
年關與春節

夾着一支歸心似箭在弦
幻影跟現實交錯着
平交道
等待着雄鷄一叫天下白
似乎要等待一個世紀
突破兩條並肩的路
滿載着黑壓壓人群
終於汽笛長鳴了
電話裡
攫走的却是一陣
依依　離愁

新人作品評析

• 本欄特別歡迎新人投稿。
• 優2分，可1分，劣0分。
• 總分參照評者人數。

作品・作者 ＼ 評者 給分	詹冰	林亨泰	李魁賢	鄭烱明	合計
小城札記／鄭承偉	0	2	1	1	4
你和玫瑰／黃幸玲	1	2	0	0	3
柑與橘／黃純健	0	1	0	0	1
愛情／林祥文	0	1	0	0	1

小城札記

鄭承偉

這里不是戈壁
這里不是撒哈拉
然而黃塵滾滾
猶若昔往的戰場
集尼車一輛比一輛瘋狂

好鬪而且成癖
我們的祖先呀
也曾流過血
　流過汗
是的，這祇是主彬街
附近的一條巷道

垃圾的古典令人難以消受
街燈總是有點微微的淒凉

是的，這里祇不過是
中國人，浪漫的
一個不遠的他鄉

註：王彬街是馬尼拉的華人區，JEEPNEY是菲律賓特有的交通車。

※評語

詹　冰：只是「扎記」而巳，與「詩」還有一段距離。

林亨泰：由於他鄉是不遠的，那一輛比一輛瘋狂而黃塵滾滾的景象，才更令人傷心的啊！

李魁賢：詩中情節是兩極狀況的對比，即第一、二節的昂揚和第三、四節的沉鬱。但氣氛似乎烘托不够。例如第一節與第二節之間，三節和四節之間，跳躍得很勉强。

鄭烱明：第二節有點突兀，整首詩表現尙完整，如能再深入描寫更佳。

你和玫瑰

黃幸玲

當你覺得幸福滿溢時，
玫瑰爲你綻放。
淡黃色、
粉紅色、
和紅色、
清雅的芳香包圍著你。
請你，
請你輕柔地擁一束它，
在你懷裏。

※評語

詹　冰：詩味太平淡。

李魁賢：未能掌握焦點。例如第一、二句是純浪漫的設想，其實反而不能激動人心。

鄭烱明：屬於一種片段的偶感，層次太淺顯。

柑與橘

黃純健

右手伸成端正的四十五度
以食指及中指挾
一片柑
緩慢含入口中
汁液甜美而
乾瘠
似逐漸套入二十一的西裝褲
有稜有角

想起不久前

卻是另外伸手亂竄
以五指獵
一片橘
依稀在唾液內
仍存有當年的瓊漿
苦澀，但
豐富多汁

後來的總比前面的
好吃？
我懷疑
但右手仍不住地
再探一片柑入口
不知再四五片後
下一次
是什麼品種等待？

※評語

詹　冰：主題不明。
林亨泰：只憑一點點不同的手勢，就能品嚐出不同品種——柑與橘之間微妙的差異來。
李魁賢：表現意圖不明。
鄭烱明：詩的主題欠明確。

愛情

林祥文

愛情
是一付顏色極深的墨鏡
日日
我望著它
夜夜
我也依著它
自從有了它
世間都已更上
一層淡淡的外袍

※評語

詹　冰：讀後沒有什麼詩感。
李魁賢：這是一廂情願的寫法，到底作者感受的愛情，是什麼樣的具體形象，並沒有告訴我們。
鄭烱明：「極深的墨鏡」與「淡淡的外袍」比喻前後不協調。

歸鄉雜詠（二）

吳坤煌

苦苓樹籽眞正苦

好似衝向綠蔭處打下去的樣子，
被白頭翁啄了一口的苦苓樹籽，
一粒波達利地落下來了，
吵死人的饒舌傢伙，
南路烏秋把朱紅嘴尖交叉而擺動
再又一粒波達利地落下來了。
那一邊在啄食，
這邊也不認輸地啄食，
然而任何一邊也都是喧嚷而饒舌傢伙，
本來苦苓樹籽眞正苦，
尤其黃皮的下面，
就拿銳利的尖嘴也沒用的硬堅果子，
所以啄一下落下來，啄一下就都落下去了。

有長把柄的果子，
好似不成熟的鳥梨仔果，
然而又像藤花似的紫紅色，
我最欣賞那個清爽花香，
尚且苦苓樹籽結實衆多，
雖生命短少的花也在
白雲上斯文雅靜地盛開
但被啄一下而落，啄一下都落下來。
尤其苦苓樹籽好似熊膽樣眞正苦，
雖給一啄即落，啄一下都落下來，
但結種在椎木枝上的果實是無盡數
在我幼時心靈上，
苦苓樹是橫蓋著青年會大門及招牌
那個大幕影子，現在已是不結果的枯木，
到底怎麼回事呀！

如今也已給鋸掉而影子都沒了。
尚且玉山山下的旋風，
吹來而叫擺動的那個招牌，
到那裡去，那裡去了。

我在想也將它擲下去吧！
從枯木頂頭將苦苓樹枝，
叫它能够萌芽出來，
就拿苦苓樹籽來請客吧！
也給由油車走出來的工人們，
不然嗎！是的，是的，
那個苦汁嚥不下去的
幾何時那個白頭翁及烏秋啄下來
那個乾燥的地面，
統通給塡蓋滿地呀！
現在那苦苓樹會仰丈入道雲彩，
而向霞雲蒼天微笑著啊！

（一九三六、九、十作〜一九八三、四、二五譯中文）

思念秀鳳

將被陽光燒晒而淺黑的臉面，
從幽暗中凝視而看，
尚且我在心裡頭，
給焦燥心緒所浮囚著，
在微笑著的妳，
認爲這樣早就寢睡覺是稀罕，
在夜宵時就已揮揚而高興的臉面，
如是無比珍品而欣賞愛惜的
我！然而不是呀！
在此不幸的閨房中抱怨的我！
是寂寞的，寂寞的游泳手。

早先就已安祥地，
在遠處母親的，
那個胸脯裡給擁抱著的妳，
而妳所做的夢是什麼呀！
然而妳內心裡面尚且
連佛祖的情念，
也並無存在啊！
甜密的戰慄再再繼續，
而瞬息的緋色在恍惚
繼往而開來時
愚蠢如我的神經，
火花散開，同時啊！
越來越激烈地氣喘而迫切，
秀鳳喲！秀鳳，妳與我，
最後會陷入了月亮的失神了。
並非我聽到了祈禱的鐘聲，
陷溺這苦海不多時，
秀鳳唷！秀鳳，愛著妳的我，
是在情海中勇往切遊的泳水手。
雖紅色血潮帶著黑色，
但也不會流趨皮膚的下層，
號召羅馬帝國那寧羅的十字架啊！
雖對蘋果人人都不會厭惡，
但是我，只有現在的我，
越來越感神經焦慮不安，
並非背叛基督的猶大，
但我的呼吸裡面，

後悔的血潮越來越緊而波動起來了。
秀鳳喲！秀鳳喲！
然而我也會相信，
由兩人健壯的身體上，
所散發神秘香味，
如在黑暗中點燃的燈光
吸集四邊的黑暗
而會不時照明，
如是兩人的眼皮就被睡眠所吸收了。

腐蝕著新鮮青春的妳，
在此廿四番地方朽失生命的妳，
懦弱少女啊！
在街頭巷尾嘆息的孔雀呀！
陪伴著酒的亂舞，
一傾國而擲千萬金
被妳美麗而嬌態所迷惑的人們，
年輕而貌美的妳，也不過是一尊玩具
頭鬆的香，氣息的味，
秘散出來舒適的汗，
似在身邊開著一朵玫瑰花的幽香，
或是由秘密所在溢出來的靈液，
全部都應在機械之中，
給埋藏掉的器具吧了。
然而我全都很清楚，
如是像玩具而被玩弄的

秀鳳不時在哭泣著，
爲了母親，爲了小弟弟們
這些並非假裝的淚水啊！
秀鳳喲！秀鳳喲！
雖也被妳奇妙香味所迷醉，
但如是的我，不會成獸慾的奴隸呀！
雖也沈沒在桃色地獄，
瞬息享樂也會溶解下來，
但少女喲！孤愁的男子，
並不是聽不到嘆息的喘聲。

雖也寄心於路傍一支雜花，
而來也來到此境地，
又一夜假眠也無聊透頂，
青白吐氣，在在想念著秀鳳，
雖已沈沒到如此地步，
但尚且還未能爲黃金而沈沒下去的心，
能會給邪念吹掉的
馬達聲音啊！
誰陷害妳墜落到地獄去了乎？
妳並不恨在病床的母親吧！
秀鳳喲！可憐的少女啊！
逃越那個圍墻峰火，
是了，喘息而大嘆氣的我
必須牽著妳的手
進向人生的航路了。
（一九三六、九、五於臺中，日文原作，八三、五、二譯中文）

北原政吉作　陳千武譯

旅台詩輯

土結厝

用泥脚踐踏
用泥手捏斷或敲打
塑造喜歡的型態　凝固
加以天日晒乾浸透出長久忍苦的痕跡

要活下去　就要忍耐
暴風　也不表示憤怒的反抗
舔著汗和淚默默地站着
古老　還顯出健全的土結之貌

土結厝
雖沒有廳堂或起居間
但能防風防雨　用刺竹做圍牆　極爲安泰

大院子　兼晒穀場　旁邊有養魚池
鴨子和水牛　都和好地玩着

土結在這個島上產生
在風雨和人類激烈的生存競爭裏
成長　是樸實的勞働者
以双手擁抱着家人幸福的男子漢

旅行

說起海外旅行　我不跟他們
到歐洲或美國去

我的目的地是心愛的臺灣
和藹懷念的親善旅行

不是嚴肅的神秘探險
攜帶的錶和筆都是國產品
沒有別的行李　祇是在心中
帶着測量自己的測量器
都是在臺北唸書時　在附近的氣象局
或度量衡局學習的

住在一晚五百元臺幣以下的飯店
早餐吃粥和猪肉鬆
中餐選定巷子裏亭仔脚的攤子
晚餐喝一點紹興酒和燒鷄肉　不吃韮大蒜

乘坐便宜的公路車
計程車是趕時間時才利用
你陪我到我喜歡去的地方
因我吃不多　又偶而覺得很寂寞
你就心不安　但不必杞憂我

我以學過度量衡的經驗　自己量着吃
學過氣象測候的感覺　穿衣服
眞的　不必杞憂我

寧可把我心裏携帶的用具
尺、升、秤、分度器、磁鐵、晴雨寒暖計
都送給你　讓你可照顧自己
祝你健康　快樂而長壽

中興號

乘中興號駛向南方
散落在路邊的野薔薇　月桃　夾竹桃
還有紅紅的木槿花……
因疾駛的風壓而飛揚
飄飄亮着飛揚
飄到搖晃着黃花蕾的相思樹山裏去

蛇形的路　柏油和混凝土
基隆　臺北　桃園　中壢　新竹　竹南　苗栗
彎彎曲曲的長蛇
越過山野河溪、
臺中　彰化　員林　斗六　嘉義　臺南
遙遙　延續到高雄海濱
鐮刀形的頭一直到尾巴　幾百公里的大蛇
大蛇會化身成爲龍
成爲島的守護神

然而　爲甚麼在這麼大熱天
在太陽祝福之前　又煩惱又哭鬧
爲了獻祭大蛇　犧牲活人
粗忽了唯一重要的生命
路邊芒菓樹上　蟬在鳴叫着郊外的小曲
不要開玩笑　在人的世界怎能超速？
請不要讓墓碑花開在山岡上！

令人害怕的　超速時代——

乘中興號駛向南方
只有你知道　你遵守欲速即不達的道理
你看　今天也急速逃避過的雀鳥　野鼠　狗　猫　蜥蜴……
牽着孫子手的老太婆　也能通行的
安全駕駛　不按警笛　減低速度
蟬的鳴唱也能聽得到似地
把臉靠窗　癡想着……
乘中興號駛向南方　一直駛向南方

相思樹與美人蕉

像南方故鄉的天空那麼藍藍的花
像無邊自由的白雲那麼白白的花
像溫和熱情的人心那麼燒紅的花

摘來很多花的男孩
把花送給隣居的女孩
羞澀地接受了花的女孩

也把自己胸襟的小黃花贈送他

於是兩個人高興地微笑　和好而敬愛
家不富裕的兩個人
生活都不樂觀
但由於愛的鼓勵培養了美麗的花

有一天　天氣忽然變壞
下降了有如燙熱的雨　變成颱風
人人逃避　迷茫而哭泣
又憎又恨又憤怒

在此誕生　在此成長
該有耐心忍受下來
颱風過後　在山野
清朗的光　恢復照着

相思樹細瘦的手　搖着黃黃的小花
唱起新幸福的歌
美人蕉花說　能再化粧了
而高興地笑着

論陳明台的詩

李魁賢

陳明台（1948— ），生於豐原市。中國文化大學歷史系及歷史研究所畢業。一九七四年留學日本，畢業於東京教育大學的大學院東洋史學科，並修畢日本國立筑波大學的大學院博士課程。一九八二年返臺，現專心寫作。

陳明台的父親是元老級詩人陳千武（桓夫），所以他是現代詩人中極少數具有家學淵源的幸運者之一。一九六七年叁加笠詩社同仁，翌年與校友共同創辦中國文化大學校內華岡詩刊，一九六九年獲優秀詩人獎。現另為大地詩社，以及日本的「市原詩人」和「三絃草」雜誌的同仁。出版詩集『孤獨的位置』，其他譯著有『宋代的經濟生活』『鮎川信夫詩集』『日本抒情詩選』『荒地集團研究』，和藍波散文詩集『飾畫』等。作品選入『美麗島詩集』『當代中國新文學大系•詩集』『中國當代新詩大展』『現代詩三百首』，以及日文『華麗島詩集』『臺灣現代詩集』等。

陳明台在他的「詩觀」裡，這樣寫着：

> 世界上甚麼地方，不知道的使命在等待着。看不見的那個角落，張大了手的自覺在招喚着。不斷聆聽折射在寂寞底心靈上那優美的回聲，於是，我不休輟地唱着自我之歌。
>
> 不只要擁抱和接受一切，尤其要拒絕和拋棄一切，踽踽獨行的人，才理解寧靜的真諦。
>
> 要求真摯，要求親切，給出愛，給出關懷，給出感動，然後，給出詩。（註1）

在這三段的論式裡，分別透示了陳明台對詩的本體論、方法論、和表現論的吉光片羽。其中最引我興趣的是，有關本體論的一段話，充分表示出陳明台對詩中所表露「憧憬」與「鄉愁」的着目。「世界上什麼地方，不知道的使命在等待着」所表示的憧憬，和「看不見的那個角落，張大了手的自覺在招喚着」所暗喻的鄉愁，實是一體的兩面，不過，「憧憬」帶有主動性的所欲，而「鄉愁」偏向被動性的無所欲而已。但「憧憬」與「鄉愁」明顯地都是肇因於心靈的異化。

所謂「異化」（Entfremdung，alienation，外化，疏離），原指個體與群體產生脫節，即個人在所處社會中失去歸屬感，在空間上言，社會的龐大組織對敏銳的個人造成難以忍受的壓力，在時間上言，工業社會大量生產手段的日新月異貶抑個人存在的眞實價值。

社會的異化所造成的衝突，以及如何調適，本來就是詩人敏銳的觸鬚最易去探索的素材。如果是一位秉持現實主義的詩人，他的興趣會指涉異化所引起的種種現象，並以移情同感手段直接介入其中觸發的喜怒哀樂。但陳明台基本上，尤其是在旅日後的近期作品裡，顯示象徵主義的傾向，這應該與他曾在東京教育大學中國文學研究室，研究一九三○年代的中國象徵詩，以及耽讀法國詩人藍波，和日本荒地詩人，特別是鮎川信夫的作品，有相當大的關係。

以一位象徵詩人而言，陳明台不欲直接處理表面上的社會異化，毋寧說他更熱切地關注心靈的異化，這種異化的存在是相對於事物，以取代社會。因此，異化所產生的「鄉愁」，是對事物眞實性（authenticity）的憧憬。所以，象徵詩人往往會努力抵制現存的事物結構，超脫凡俗，他的藝術是要把習知的世界（Conventional world）轉型爲新的規約，這是理念的，想像的產物，本身是不眞實的，因爲事物的眞實性已經被異化而隱藏。（註2）

基於這樣典型化的考察後，對陳明台詩中無現實性、社會性的企圖，就不足爲怪了。然而，因爲傾向象徵主義的癖性，在現實立場上便顯得無力感，而會有與現實社會格格不入的現象，一種無根的異化感便會油然而生。

特別在『遙遠的鄉愁』詩集裡，陳明台發展出上述特徵的方向，成爲同在笠詩刊活動的同輩青年詩人中的異質而存在。陳明台把物象與現實做爲平行發展，而且把現實隱藏在象徵的幕後，不像鄭烱明把物象與現實重疊，也不像李敏勇、拾虹、陳鴻森、郭成義、曾貴海等把物象與現實做穿梭交錯。

陳明台在最近發表長文「根源的回歸與尋覓」（註3）裡，討論臺灣現代詩人的鄉愁，最能印證他在「遙遠的鄉愁」裡所欲展現的藝術思想。他在文前假託一位評論家說：「詩人總有兩個故鄉，一個是他所歸屬的，一個是他眞正生存的……」。「他所歸屬的」是外在世界的現實的故鄉，而「他眞正生存的」則是類似里爾克所憧憬的「內在世界」（Weltinnenraum）。由於「所歸屬」和「所生存」故鄉的分歧，而產生明顯的異化，形成對「所歸屬」故鄉的鄉愁，和對「所生存」故鄉的憧憬，這種双向的發展。

陳明台留日前後十年的離鄉背井，以及幻滅的婚姻，是强化他的以及詩中的鄉愁和憧憬的重要因素。憧憬正是他的詩觀中所要「擁抱和接受的一切」，而鄉愁是所要「拒絕和拋棄的一切」吧。這種双價性（Ambivalence）構成陳明台近期作品的架構。

骨（二）

白色的骨的碎片是看得見的東西
白色的溫煦的陽光是看得見的東西
骨的碎片的背後　幻影是看不見的東西

溫煦的陽光的背後　神是看不見的東西
祖母的笑容是看得見的東西
不
逝去的祖母的笑容是看不見的東西
故鄉的臉是看得見的東西
不
不管何時　遙遠而飄渺
故鄉的臉是看不見的東西

白色的骨的碎片是看得見的東西
骨的碎片的背後　幻影是看不見的東西
白色的溫煦的陽光是看得見的東西
溫煦的陽光的背後　神是看不見的東西

然而
成為神的祖母的笑容是清晰地看得見的東西
幻影一般的故鄉的臉是清晰地看得見的東西

這是陳明台所寫以「骨」爲題的四首聯作中之第二首。依照臺灣習俗，人死後要拾骨，即在埋葬後經過一段時間，肉身已化，要擇吉開墳，揀收遺骨，曬乾後，依照身體結構的骨骼順序，裝進高約二尺，直徑約一尺之陶器骨罎，稱金斗或金甕，再由堪輿家卜地，擇吉安葬。拾骨時，以全化者爲吉。未成年夭亡者，不拾骨，一般則以六年或九年，也有十二年才拾骨者。

陳明台的詩「骨」是從祖母去逝後拾骨的現實發想，而推衍到鄉愁與生的憧憬。事實上，人去逝後可以看做生命的異化。生命的眞實性，只有一些白骨的碎片，隱隱約約令人感受到。白骨和陽光，這是拾骨曝曬時唯二的母題（Motif）意象。然而這些物象的眞實性，在面對生命的實體時，已因異化而成爲不眞實。因此，陳明台要探求的是二度眞實，亦即事物的眞實性，不存在的生之憧憬。

白骨背後的「幻影」和陽光背後的「神」，既然都是看不見的東西，其存在與否是無從檢證的，因爲那是理念的產物。然而，我們知道，所謂白骨背後的幻影，實際上是代表整個完整骨骼加上肉身的生命，亦即生前殘存的影像。幻影本來是不存在的東西，但生命確確實實存在過，只因物化（異化），反而變成幻影。而生死之間，何者爲眞，何者爲虛，在此顯示了詭論的境遇(Paradoxical situation)。此幻影由生而死，成爲虛無飄渺的存在，陳明台很技巧地以並列發展的方式，使「幻影」產生「神」的暗示性，這裡明顯地發生了轉化（Transf Formation）的作用。

第三段進入一種純粹双價性的表現方式，相對於「逝去的祖母的笑容是看不見的東西」，則「祖母的笑容是看得見的東西」，乃暗示「生」的狀態，那麼從詩的發展中所企求「看得見」的欲求來看，這裡表現「生之憧憬」是明顯而强烈的。以生命的實體來說，生存的祖母爲眞，則逝去的祖母爲幻，但以存在的事實而言，逝去的祖母爲眞，生存的祖母爲幻，這種詭論境遇的應用更爲加强了。如果以生命的傳承來看，祖母可以做爲祖先的代表，顯示了歷史的鄉愁。

第四段是接續第三段縱座標的時間，改向橫座標的空間思考。二段的對稱性很是醒目，詭論境遇的處理也是亦步亦趨。從「遙遠而飄渺　故鄉的臉是看不見的東西」的對比，則單純謂「故鄉的臉是看得見的東西」，只有身在故鄉時才為眞，正如祖母生存時，「祖母的笑容是看得見的東西」一樣為眞。但陳明台寫此詩時，人在東京，因此，身在故鄉的假設前提不能成立，則「故鄉的臉是看得見的東西」為幻，正如前段「祖母的笑容是看得見的東西」為幻一樣。這些都是心靈的異化，而隱藏了事物的眞實性的例。對故鄉的想念，是道地的本土的鄉愁。

另外，「祖母的笑容是看得見的東西」和「故鄉的臉是看得見的東西」，都可以看成是感性的內在世界的凝視，而兩段都經過「不」的反省後，又落回知性的外在世界的投射，在在顯示內心的交戰，双價性的爭執。

第三段是重複第一、二段的意象，但把第一、二段重新排組，使邏輯性思考更加緊湊。若針對句尾的「看得見的東西」與「看不見的東西」的一正一反的推演，叄考意象的變化，可以列出簡單的變化式：

$$a\ a\ b\ b\ c\ d\ c\ d\ a\ b\ a\ b$$

其中，d幾乎就是負c，甚至如不考慮意象的變化，其正反的推演變成：

$$\begin{matrix} + & + & - & - & + & - & + & - & + & - & + & - \\ a & a & b & b & c & d & c & d & a & b & a & b \end{matrix}$$

但最後一段，在「然而」之後，由「正」「反」而「合」。原來的「神」和「幻影」是看不見的東西（b），「祖母的笑容」和「故鄉的臉」是既看得見（c）也看不見的東西（d），隨其內在或外在世界觀點而定。經過組合後，「成為神的祖母的笑容」和「幻影一般的故鄉的臉」，是 $\frac{cd}{b}$ 的形態，或是 $\frac{\pm}{-}$，負負為正，可以簡化為 $\frac{+}{+}$，因此，「合」的結果，不但是「看得見的東西」，而且是「清晰地看得見的東西」。

象徵主義當然並不必然主知到以符號化（Symbolize）來完成象徵的（Symbolic）意義，但强調物象以掩飾感情、事實等的手段，陳明台確實提供了非常典型的作品可供探索。

月

哀傷的月
睁大眼睛在注視
狭窄的血槽上依然滴着鮮血的劍
躺在乾硬的砂土上
陰森而寒冷　閃閃亮着青色的光的劍

哀傷的月
睁大眼睛在注視
瀕死的年輕的兵士
夢想遙遠的故鄉而瞌不上眼睛的兵士
靈魂附着遠遠的星星顯得淒艷的兵士

哀傷的月
睁大眼睛在注視
暗將下來的戰場
剛剛經歷過激烈的搏鬪
疲倦下來的戰場
舐食散亂的肢體到處徘徊着狗的戰場

哀傷的月
睁大眼睛在注視
唯一的生還者的巨大的旗幟
飄在風中茫然的打顫的旗幟

緊緊地握在死去的少年的手中的旗幟
而不知道從什麼地方
昇起來的含淚的母親的臉
仰起頭在注視
高高地掛在敗北的灰色的天空上
漸漸被朦朧的烟霧模糊了的
哀傷的月
深遠的夜　深得更黑了
沈浸在破滅的生的風景裡

陳明台這首詩寫戰爭的破壞性帶來生的幻滅感，全詩仍然應用了象徵的手法。戰爭是人類不能和諧而訴諸於武力的一種解決手段，在戰爭情況下，人遭遇到異化的最大挑戰，包括人對人、對自然、對霸道等等關係的緊張。

前四段以相同的模式處理了劍（武器）、兵士、戰場、旗幟的物象，都是圍繞着戰爭的主題。鏡頭的運用完全是「淡出」的技巧，先從劍的焦點，淡出而顯示持劍的兵士，然後是陣亡兵士倒臥的戰場，最後是直立戰場上臨風飄揚的旗幟，鏡頭逐漸淡出，而場景逐漸擴大。

除了以移情同感的方式，賦予「月」有「哀傷的」情緒，表示作者對所呈現物象的感情外，整個描述過程中，都只有赤裸的物象，把作者的感情掩飾得絲毫不露。就像「哀傷的月」一樣，一直睜大眼睛在注視，但沒有直接的批判，沒有內心的表露，完全是冷眼旁觀的姿態。

劍並不是現代的武器，暗示着過去的時代，而帶有歷史的哀愁。而「瀕死的年輕的兵士」，却想念着遙遠的故鄉而死不瞑目，可以說是集合了「鄉愁」和「生之憧憬」於同一事物的意象上。

在激戰後停歇下來的戰場上，出現了到處尋覓的狗，是一個很大的諷刺，尤其是在身受異化而與生告別的死寂狀態下，竟有狗對腐食大快朶頤，爲對惡德所造成慘狀的認同，這個動物的出現，形成特殊性的反面角色。

旗幟之成爲「唯一的生還者」，顯示所有兵士皆已陣亡，而在第四段中突出「兵士」爲「少年」的形象，少年夭亡於戰場，成爲受害異化的極致，但「死去的少年的手中」赫然緊緊地握着的是「唯一的生還者的巨大的旗幟」，成爲不願捨棄的「生之憧憬」的象徵，而且也是「飄在風中茫然的打顫的旗幟」，同時暗喻着對大地的鄉愁。

在此已可看出陳明台在語法上受到日語的極大影響，把呈現重點的受格擺在語尾，前面加上一連串修飾的補語，是明顯的特徵。而把不同思考線索引向同一物象，以對等結構加以並列，成爲陳明台在『遙遠的鄉愁』系列裡重複運用的語言模式。

最後二段，驀然把時空移向另一個座標。「含淚的母親」對比於「死去的少年」，很容易把思考的鎖鏈串聯起來，然後以同樣「哀傷的月」把意象緊密統一。前四段中以哀傷的月來注視人間，人間的殘殺景象歷歷入目，在第五段裡變成以人間母親的臉，抑頭注視哀傷的月，却是朦朧模糊的。模糊的月，一方面是被朦朧的烟霧所掩飾，另方面也是母親含淚的眼所反映的結果。但無論如何，在視覺所及的物象看來，此哀傷的月是幻，而戰爭的場景是眞，但以事物的存續性來看，正好相反，哀傷的月光是眞（可以繼續存在），而戰場變成幻，不久即會被改變成另一景象，狗的出現已經是一項徵兆。因此，對事物眞實性的探究上，仍然是双價性的發展。

母親仰視「哀傷的月」的無告，到了深夜，仍「沉浸在破滅的生的風景裡」，顯示了在生命割裂（死去的少年是母親生命的一部份）之後，一種生的極大哀愁，但仍試圖在憧憬（沉浸）中求取和諧的願望。

電車

自動門　總是沒有意義的
開啓又關閉　關閉又開啓
脚　總是沒有生氣的
踏出去　伸進來　伸進來　踏出去
長長的座椅上
沒有表情的一尊尊石像般的臉孔
排列成為沒有變化的一直線
有著靜默着看書的人
旁邊坐的是打盹的陌生人
有著茫然的把著吊環幌來幌去的人
旁邊站著的是找不到位置挺著大肚子的孕婦
隨著流逝的昏睡著的時間　人們時時移動身子
　人們時時相互凝視
必然　有著感到寂寞的時候
不知道為什麼悵然出神的時候
坐在這狹小的空間
眺望遙遠遙遠的　如同故鄉所有的
車窗外的灰色天空而忘懷一切的時候
一個人孤單地成為沒有國籍的流浪於異鄉的人的時候

陳明台這一首「電車」處理的是比較純粹的社會異化現象，個人在社會上的活動淪於機械式，失去人際和諧關懷，成爲落寞而呆滯的存在，人似乎已經失落了人本思想的尊貴感。

第一段開頭就顯示機械式的動作，門的自動啓閉，和人的呆板（沒有生氣）進出，都是單調地一再重複，而除了固定的功能外，不能顯示出特殊的意義。而且，人的進出是由自動控制的門在管制，更顯示機械主義的覇佔優勢，人已經淪於受機械約束的物體。

接着描述車上形形色色的乘客。整體上，每個人都沒有表情，像石像一樣。實際上，這是習慣上的表達方式，眞正的意義是，沒有變化的表情。因爲石像本身也是有表情的，有的和靄可親，有的嚴肅威武，有的純潔無瑕，有的冷漠肅穆，但因石像一旦雕塑後，表情定型，不再有所變化，謂之沒有表情，同時可以避免與下一句的「沒有變化」重疊使用。沒有表情變化的乘客，並排坐成沒有變化的一直線，其機械性愈形强化。本身「一直線」已是規矩才可以限定的結果，再加上「沒有變化」，則人的活動性已完全僵化。

到此，可以看出陳明台一連串使用了「沒有意義」「沒有生氣」「沒有表情」「沒有變化」的否定語，顯示了暮氣沉沉的一幅人間景象。

「靜默着看書的人」和「打盹的陌生人」，同樣是無視於眼前的現實，而獨自進入封閉的精神空間的人，同時，二者並坐，却各自追求化外之境，顯示缺乏和諧的立場。接着「把著吊環幌來幌去的人」，顯然是婦孺老幼之輩，和「挺著大肚子的孕婦」，同屬體力上的弱者，在電車裡最需要有座位求取安定的倚靠，可是無法獲得座位，只能茫然站着，而坐着看書的人和打盹的人却是一幅眼不見爲淨的冷漠態度。

「昏睡著的時間」表示沉悶的氣氛，在此氣氛下，「人們時時移動身子 人們時時相互凝視」，都是無自覺的動作，而且顯示不具意義性的反射動作。總之，整個電車的氣氛，就是社會的縮影，以偏概全地說，缺乏溫暖、關切、寒暄、瞭解，充滿了令個人孤立的異化境域，而反面暗示「生之憧憬」。

以上的外在描述，作者也是站在冷眼旁觀的地位，但這種外在景況引起他內心的感觸，一股悵然的寂寞立即湧上心頭，除了人與人間之缺乏共感外，以外國人的身份，更加上國與國間的一層距離，因此，故鄉的印象驀然疊出，而興起無限鄉愁。

其實，當作者感觸到「一個人孤單地成爲沒有國籍的流浪於異鄉的人的時候」，對執著於人在社會中應有彼此繫念的思想者而言，這個孤單的人顯然不只是作者個人而已，而是包括電車上的各種人物，或者更擴大地說，象徵着社會的衆生相，即使在本國的社會裡活動，也無異於沒有國籍的流浪異鄉客吧。

海（二）

船的兩側加速度地潑濺白沫
海面上海鷗飛落的姿影十分孤單
細雨如同淚珠一般模糊了眼前
漸漸遠去的陸地十分朦朧

在甲板上站着
耳邊響亮起不相識的小女的歌聲很是清脆
仰起頭　天空陰沉沉
突出的艙房裡
顯現的沒有表情的船長的臉色
緘默地環視
——好多隻眼睛不知在搜尋什麼
遙遠的地平線
不斷地飄送過來
厭厭的鄉愁
凝聚不散的
霧
在疾風吹拂的海上
鹼澀　廣漠　濕冷的
午後的海上
熱情地搖着胳臂
對着駛過來的寂寞的船隻

從上引「骨」「月」「電車」到這一首「海」，是由自然的死與陣亡的死亡素材，到人間的生，由都市到海上的空間，無論就生命的時間流程或空間向量，陳明台一直脫離不開鄉愁的結，儘管素材範圍廣濶，變化不已，但其象徵的焦點一直圍繞着事物異化的哀愁。

「海(二)」也是陳明台『遙遠的鄉愁』詩集裡三首以海爲主題的聯作中之第二首。船的活動場所是在海上，以活動機能來看，靠岸的船，必然對陸地有不適應的異化，因而，在船離開陸地遠揚時，正是採取「生之憧憬」的追求，但對於乘船的人而言，離開陸地才是異化的開始，在此又發生双價性的難局。當然，這是以沒有顯身的主角（我）內心感懷的主線來對比的，至於也許是為了出海遊覽的小女，或者以海為生活競場的船長而言，就這樣一次海上行動而言，其角色立場自與主角有異。

海鷗降落姿影的孤單，細雨如同淚珠，這些詩想的展開，當然都以主角的感情發展為線索，暗示了主角本身的狀況，「漸漸遠去的陸地十分朦朧」的肇因，一方面是船加速駛行所造成距離致視線不明，另方面是細雨模糊所致。而由「細雨如同淚珠」的暗示，也隱含着眼中飽滿淚水，也促成陸地的視域朦朧。

甲板上小女的歌聲，對主角的落寞是一項强烈對比。「小女」在詩義上本身暗喻着與自然調和或與生和諧的生命，以這樣生機的存在自不會有異化的情事，由此更襯托出主角與境遇的尷尬。果然，巨大無邊的覆罩（天空）陰沉沉，並不因小女歌聲的清脆而明朗起來。

從小女和諧的生，與主角唐突的異化兩極間，以海為家的船長，應屬中庸的角色，然而也許是工作的機械化吧，他竟也有一幅異化的沒有表情的臉色，和上述「電車」裡的乘客同一類型。他的環視搜尋也在追尋一項「生之憧憬」吧。「好多隻眼睛」一方面可以描述船長環視之快速，產生立體主義者畫面上好多隻眼睛的構成，另方面也表示船長動用了必要的人力。但「搜尋什麼」，或者說船長失落了什麼，詩中並沒有暗示或答案，但在象徵的意義上，已明確顯示船長失落了些什麼。因此，嚴格追究起來，主角不無以已推彼而把船長塑造為有同樣心情的形象吧。

從遙遠的地平線飄來鄉愁，暗示了主角的海上行動是歸鄉之旅，然而鄉愁竟與「凝聚不散的霧」混合，使得原先歸鄉隱含着消除異化的可能性，有如霧障，失去明晰性。

在疾風吹拂、鹼澀、廣漠、濕冷的海上，於消沉的心境中，對迎面駛來的船隻，熱情地揮手，是一項反射式的行為，何況是同樣寂寞的船隻。從原先海上的廣漠空無，到船隻的存有，應該也是「生之憧憬」的一次轉機，但預料得到，在兩船交會後駛離時，變成未完成的滙合，重歸失落。

那麼，在未回到家鄉之前，就先發生了一場蜻蜓點水式的接觸，豈不已表明了仍將與家鄉不易和諧的難局嗎？總之，陳明台一直在詩裡沒有現實主義的批判性出現，仍然堅持象徵主義的特性，以事物和行動象徵人生的離多聚少，以及與周遭難以和諧的異化，這應該是現代社會的苦悶的象徵吧。

天空和枯枝和女人的聲音

秋天曾經是晴朗的涼爽的天空
冬天曾經是美麗的裝飾的枯枝
女人的聲音曾經是溫暖的充滿的喜悅

像受傷的小鳥
女人從高高深遠的天空
墜落而下
像切斷的枯枝
女人在蕭蕭的風裡
搖幌殘軀

打從那個事件的黃昏

女人的聲音是狂人的咀咒
女人的聲音是鬼女的呼叫
秋天的暗鬱的天空是生的哀愁的象徵
冬天的乾癟的枯枝是死的僵凍的形狀

這一首以三個意象——天空、枯枝、女人的聲音——平行發展，經過交錯後，又回到平行分離狀態，但與原先的意象狀況成爲鏡像（Mirror image）的對稱關係，因此，中段的交錯組合，成爲一面鏡子，而前後的決然變化，乃有鏡花水月的幻化感。

而本詩中對同樣物象，前後發生双價性的歧義，是由「事件」轉型所引起，與前引諸詩在未有事件介入情況下，自然發生的双價性認知有所不同。因此，本詩由於事件介入而發生轉型，乃產生動盪感。

在事件發生之前，秋天的天空是晴朗而凉爽，即使蕭瑟的冬天裡，落盡了樹葉的枯枝，也是美麗而富有裝飾性的，充分反映了觀感者開朗、愉快、幸福的心境。當然，女人的聲音更是溫暖而飽滿喜悅。實際上，女人悅人的情意是一切的根本，是造成整個秋天和冬天明朗境遇的基礎。

因此，事件的變化必然發生在女人身上，才能促成演變的動力。而在事件中，陳明台巧妙地把原先獨立分離的三個物象組合交溶，女人成爲主導角色，天空變成場景，枯枝是女人從天空墜落下來的殘軀。

經過如此錯綜混合的過程後，重又回到分離獨立的三個物象，可是與事件前的狀況完全倒置了，原來是溫暖而充滿喜悅的「女人的聲音」，變成狂人的咀咒，鬼女的呼號，在如此倒逆轉型後，原是晴朗而凉爽的秋天的天空，成爲暗鬱的、生的哀愁的象徵，同時原是美麗而富裝飾性的冬天的枯枝，成爲乾癟的、死的僵硬的形狀。

陳明台一直採取象徵主義的手法，即使在一場悲慘的事件中，他也只選擇有限的物象，以前後鏡像般的對比，暗喩事物（感情）的波折變化。而這種「生的哀愁」正是對比於「生的憧憬」而顯現的。死的絕滅正是異化的極致。

所謂「遙遠的鄉愁」，必然揉和了對遠地的故鄉的愁思，和遠逝的生命的懷念，這樣浪漫的素材，在陳明台詩中具型後的面目，透過語言結構的配置（註4），產生了新穎的魅力，而詩中探索社會的異化，心靈的異化、事物的異化的着力，象徵了個體的挫敗、幻滅、與掙扎。而陳明台之慣於羅列物象的手段，是採取由意象本身說話的方式，另有一番強烈的說服力。

總之，陳明台在『遙遠的鄉愁』裡，已展現了迥異於『孤獨的位置』詩集裡的世界，無論就語言結構、表達方式、象徵技巧的運用，都創造出陳明台詩生命上的一個高峯。

一九八三年二月二十八日

附註：

1. 見『美麗島詩集』二二五頁，笠詩刊社，一九七九年六月。
2. 參見Herbert Lehnert 作 Alienation and Transformation: Rilke's Poem "Der Schwan" 一文，收入 Frank Baron 等人編輯 Rilke: The Alchemy of Alienation 一書，The Regents Press of Kansas, 1980。
3. 刊「笠」詩刊一一一至一一三期，一九八二年十月、十二月，和一九八三年二月。
4. 本文寫到結尾時，得讀古添洪作「論陳明台『遙遠的鄉愁』五輯——從對等原理及語意化原理論其語言及其語言所形成的詩質」一文的校對稿，該文對陳明台詩的語言結構有精闢的分析，該文刊「笠」詩刊一一三期，一九八三年二月。

座談會

現實論

出席：李敏勇／鄭烱明／拾虹／陳明台（記錄）

時間：一九八三年元月

李敏勇：今天難得有這麼一個機會，我們四個人共聚一堂，平時，我們雖然各分東西，對於臺灣當前現代詩發展的狀況，却都十分關心，也許我們各自持有不同的看法，可以借此機會，發表意見。

當前臺灣現代詩的狀況，除了活躍的「笠」、「創世紀」、「藍星」三個詩社—笠已出版一一六期，其他二者也斷斷續續在出刊，「現代詩」的復刊，後起詩社的如雨後春筍，可以見出各詩社不同的狀況，有的可以見出鮮明的集團的色彩，有的則僅又提供發表園地。首先，我們來討論一下對這些詩社的看法。烱明最近比較活躍，請您先發言吧！

鄭烱明：依我個人的了解和觀察，雖然代表各大詩社的刊物中，創世紀，藍星已成爲不定期刊物，笠仍然按時出刊，年輕詩人的詩刊也十分繽紛，詩壇還是顯示了蓬勃的景象。而從紀弦成立現代派以來，數十年來臺灣現代詩的發展，詩人的追求，還是脫不出李魁賢先生所提出的三大方向①純粹經驗論的藝術功用導向②現實經驗論的社會功用導向③現實經驗論的藝術功用導向。而當前現代詩的發展乃是配合了社會、政治、經濟的變化而發展，由此造成許多年輕詩人的作品致力於表達臺灣的現實。他們關懷現實，而努力追求「現實性」、這一大前提並沒有錯誤，只是，不宜止於追求表面的現實，只看見表象即急忙地表現，應該追求現實的內面，捉住背後隱藏的現實的精神。當前詩壇以現實爲主題來表現的作品，有很多只看題目即可以猜出其內容之十之八九，這種傾向絕對不是好的現象。

李敏勇：談到「現實」時，現實依時空會不斷地變化，我們當前的現實與光復前的現實已大大不同。但基本上、大家往往從社會、經濟、文化各層次來看現實，則現實經驗和現實精神不一定是一樣的，記錄現實的經驗，或個人現實經驗，並不等於現實精神。明台長期在日本住過、日本的現實當然與臺灣不同，以居留異國日本的經驗來看我們對現實的把握與追求，不知有什麼感想，如對表面現實的追求，是不是一種危機？在詩藝術的追求上是否是墮落的現象？請您表示意見。

陳明台：最近，又重新對這幾年來出版的詩刊，詩集、詩論集努力地加以閱讀，發現了兩個現象，其一，詩論或詩的分析的書的增加，剛剛大家在聊天時也提到詩的賞析的書銷路不錯，當然這算是好的現象，可以見出很多人努力，熱中地在寫評論，其二是新銳詩人，後起的詩人多如過江之鯽，似乎詩壇在迎接新的氣象。然而，仔細地觀察則可以發現，作詩的分析、欣賞、論評的人，對詩人位置的確立，努力不够。讀新銳詩人的作品則感到他們的詩寫得很容易。（包括在笠發表作品的後起詩人）寫詩評的人的硬蹦蹦的感覺，一本正經的論略，和寫詩的人的簡易的感覺，顯得非常不平衡。這是值得深思的問題。至於詩人對現實性的追求，能否寫出有深刻精神的現實，與詩壇的氣氛是有關係的。比如說，戰後日本現代詩，在第一階段是面對詩史的反省而出發，在廢墟中，在空白的狀態下踏出第一步，現在已有第四代的詩人出現，而新世代的詩人們已經喪失了他們前輩的歷史意識，他們的環境變化了，在高度經濟成長中的現實是要安逸、舒適、日常化的現實，照理說，他們的詩應該會呈示缺乏意味的日常的現實、無味的日常生活的事象才對，但是，他們却對日常具有挑戰性、努力想去超越，而所用的方式有兩種，一種是由追求語言而着手，一種是由追求鮮烈的思考而著手，藉此打破日常性。這種從自我小小的限度日常加以超越的企圖是含有一種自我解體的意味的。如烱明所說現實不只是表象，應該是現實這種題材，作爲表現的主題時，要多考慮方法論，意識論的問題，潛藏在現實的深層的自己的精神運作與現實意識，應該經過深入的分析，再能開始寫出深刻的東西，而達到把握現實精神，產生新鮮的詩的快感的效果。

李敏勇：說到現實的表現，臺灣目前很多只是表現了現實的表面的樣相，我常常在想爲什麼會有這樣的現象產生，第一當然是由於臺灣「無詩學」情況所造成的結果。第二對於現實性的追求還是最近才受到眞正的重視，雖然我們笠已堅持努力了很久，但整個詩壇對現實的注視不能不說是這幾年才有的現象。若從臺灣現代詩發展的歷史來考察，紀弦的現代派有其重要的意義，其後，參與的成員分散于藍星、創世紀、笠、而形成對現實的對應與認識的相異，尤其是現在，三大社的詩人或多或少都有走向現實性的追求。較之藍星與創世紀，笠現實主義色彩顯得更鮮烈。初期的藍星乃是以古典詩的素養、中國文字的風雅去捕捉詩，往往墮落到詠物，寫景詩的地步，後來，余光中在外國提出中國的問題的詩作中才可以見到現實性的追求。而創世紀與笠作比較，則創世紀後來對超現實主義的關心，捉到超「現實主義」的字眼而出發時，也有其角度在理解現實，笠則以客觀事物之觀察，比如新即物主義的方法來處理現實，其間也顯示了十分大的差異，特別是出身背景不同，使双方在捕捉現實時，必須以超現實的內心活動與物象觀察，捉住本質，寄託內在精神兩種截然有別的方式來達成目的。其實，還是必須等到我們笠這十幾年來發展的結果才能產生將現實性的追求當作比較嚴肅的問題看待，我們從開始就警戒於不墮落到表象的追求，各別的成員，由于本身的方法意識不同，當然也有失敗的例子，但我們整個的傾向應該是十分明確的。而詩壇當前的危機，是有許多詩人刻意去追求現實的表象，他們把日常性當作現實，把泛泛的個人的現實經驗，當作現實精神，假如有其深刻的層次、銳利的感覺，當然不錯，但却往往只墮落於日常。特別是現實產生問題性時，這種問題性仍然在我們的環境中存在—不像日本已趨于日常安逸之狀況，若表現現實則必然淪落于非詩的地步—，只要現實的問題意識仍然存在，現實性的深刻的層次的追求與捕捉仍然有其意義，這也是我們必須自覺的一點。拾虹寫過以「體驗」爲題的系列創作，當然各自均持有現實觀，也有意追求現實性，努力於現實性追求的方法，較諸別的詩人的追求的方式，您有什麼看法？您有什麼意見？

拾　虹：這幾年來，實在是想得多、寫得少，雖然寫得少，但是我的生活和我的現實環境，往往給我很多思考的題材。如在我管理下的許多工人，他們的生活比較近似于礦坑工人的生活，從看見他們的困苦的情況，發現他們的苦惱，而會產生關懷與同情的心情。詩的現實性的追求，也是可以由對於人，或現實的强烈的關懷的心情，而達成更深入的挖掘與捕捉，基本上，目前的詩如果照李魁賢先生的三種區分方向，還是會令人感到詩人的關懷與詩人的表現之間的差距，詩人的强烈的關懷，在表現時只呈示了現實表象不能不說是失敗。笠的詩人一直從精神面來追求，這種自覺是很重要的，詩人對方法論，工具論，態度諸方面的檢討是極重要的。當前許多詩人對於現實性的追求顯示了止於表象的缺失，是由於這種自覺與檢討的缺乏，還是由於對詩的本質的把握的能力的不足？值得我們反省。現代的詩令人共鳴感動的還是太少了。

李敏勇：所以，現實經驗的注重與把握是好的現象，問題是如何從追求與把握現實經驗的心情，思考方法的問題，思考捉住現實要害的方法。現實有其時空的變化，現象－政治、經濟、文化－的變化，以臺灣爲例，經濟的發展與變遷與政治、文化的變化必然互有關聯，現實的狀況也會因而發生變化。「現實」是廣泛的字眼，有大的局面，有各種階段，大局面中又有很多現實層面，這些都必須加以掌握。

拾　虹：現實是什麼樣的現實，這確是一個問題。若依您提出的文化、政治、經濟三個方向，則我們詩人都透過表現顯現他們的現實意識，桓夫有桓夫的，白萩有白萩的，問題是詩人必然是先要有對現實之關注，或正視現實的缺點，產生理想的追求，才去發掘問題，所以，詩人對現實層次的把握，可以見出詩人凝視現實的態度與能力。

陳明台：現實的觀察與關懷，不只是文學、詩的問題，但是就詩人而言，對現實性的追求，首先應該追問，作爲一個詩人他自己的現實意識立場如何？白萩在寫他的新美街與天空象徵時必有不同的現實意識。這一點，在笠詩人中，李魁賢相當有自覺，他往往有意識地去正視現實，追求詩的現實性。基于此，現實成爲題材，成爲精神底流（意識）是一個層次，而如何透過方法意識，或意識方法去表現現實，又是另一個層次，有人說作爲「武器」的語言乃是存在的場所，則對詩方法論的深入研究，正是要達成「表現意識與現實意識双重（性格的）效果」的根本。對語言的本質的認識，配合現實的認識也就是要脫離表象層次的思考，眞正把握深層現實精神的基本條件，詩人在這一認識上，必須有打破俗性與慣性的勇氣。

鄭烱明：臺灣現代詩壇有一陣子，流行過文字技巧的追求，詩人們都爭先恐後地想造成「文字驚訝」的効果，而忽視了詩本質的把握與追求。但到了七十年代後期，已大大地改變了，有許多詩人已不注重方法論、技巧，而專注於如何捉住現實的問題，而且往往爲了捉住現實，寫出比較造作的詩來，令人讀來雖然了解他的內涵，却無法看出他對其現實環境持有的特殊的看法、立場，如此，則對現實的追求仍然是不够。

拾　虹：以烱明的「放生」一首而言，放生成爲詩的主題時，必有其對象，透過現實這一對象的折射，把握住詩本質，而加入詩人深切的關懷，也就是追求人間性或共通的人性的心情，才達到令人感動的効果。所以詩人在表現現實時必須有深切的關懷現實的心情。一般失敗的作品，顯然在關懷的程度上，詩本質的把握上都不足，這也是目前「現實」詩的最大缺點。

李敏勇：所以，基本上注重現實經驗，不漠視現實是很好的趨向，較之以前非現實只追求詩味的現象已好多了，問題是怎樣去把握現實精神？認識現實？選擇表現的現實？還有個人的現實意識的强度如何？當然畫家的現實，商人的現實、詩人的現實，在概念上會有不同，既然是以詩人的立場，對詩的基本問題，比如說語言的思考就必須加以重視。臺灣詩壇往往對語言問題想得太簡單，現實好像是一張地圖的話，畫地圖的人一定要把重要的地點畫出來，而且即使不同的製圖方法，也會同樣地把重要的地點投影出來。同時，現地的變化與現實的變化，語言的意味，關聯都可能產生變化。不成功的作品，則好像失敗的地圖，須要的，重要的地點都沒有畫上去，只淪於枝節、表象而已。

陳明台：剛才提到現實與詩人關懷的問題，依我看來，對現實有所關注的詩人必然都有深刻的關懷的心情，所以，問題反而是他觀察的角度，也就是如何顯現他的角度、表現鮮烈、銳利、別人所未探觸的現實，而這必然須要好好地選擇，現在的詩，讓人感到現實太過簡易，當然不可能觸及現實深刻的精神。一眼就看出地圖的要所是須要「眼光」的。討論現實問題應該是十分嚴肅的，寫出來的現實如果是粗率安易的，則其間的差距值得反省，從這一差距加以檢討，必然涉及詩的意識論，方法論的檢討。

李敏勇：基於此，現實的探討，並不只是板起面孔，一本正經的樣式，如果現實是安和樂利的環境，則輕鬆的、文化的、教養式的東西也可能顯示出來現實。並不一定全是苦痛的。

拾　虹：在感動的層次而言，有感動的東西大抵是比較深刻的，深刻的東西往往不應說有缺陷，却令人感到缺陷者。

鄭烱明：如何介入現實？不只是眼見的現實，而須經過過濾作用，這也是一個問題，切入與選擇本是詩創作基本的問題，在此仍須加以强調。

李敏勇：還有，最宜注意的是要避免成爲新的流行，大家爭先恐後地追求現實，而把身旁瑣事都納入，寫出來，我們笠在重視、關心現實性的追求時，並不曾强調枝節泛泛的事物。再以地圖爲例，是重視整體，須能還原於現地，才有價值。能夠了解地圖是要記錄現地，同時無法把全部場所記入，而須準確地，適當地加以選擇記入，才能把握住現實的精神。

陳明台：還有，只把日常性當作現實性也是一個大問題，日常性當然可以顯示現實的一部份，但是不能超越日常性則必然無法把握現實性的深刻層次，這也須要重新加以檢討。

李敏勇：這些問題還是須回歸於詩的問題去考慮，以詩人的身份發言，以詩的課題來討論現實，這是一個前提不宜疏忽。

陳明台：確實是如此，剛才拾虹提及現實關懷的問題，以詩人的立場，作爲詩的課題時，必有不同的意味。因爲關懷的問題，即使，脫離詩的立場也可以探討，而詩人持有關懷本是天經地義之事，詩的方法論，本質論的考慮才是詩的最大的課題，那是不同於其他的立場，如政治的立場而顯示了詩的意味的最大根據。同時，有許多詩人，寫出現實性的作品，往往只是顯示一種姿態，顯示自己走在流行的先頭，具有演出性的意味，也必須加以澄清。像這樣的詩人，在日本也很多，但是在戰後從事詩史清理時，都已遭到清理，批判。這類分別眞僞也是十分重要的工作。

李敏勇：我常常想，不只是詩人，作人本來就應該持有對生存現實的關懷與愛，擺出姿勢，表演造作，實在十分不眞摯，在流行中反而令人會感到特立獨行的可貴，對於詩的現實性的追求，也應基于眞正的關心與誠摯的心情，這才是最重要的一點。

詩人的備忘錄(30)

錦連譯

自己着迷了自己，意識以被激起的狀態表出了語言。這裏使用了與散文的場合相同的海、石頭或樹木等語詞，並用了一些介詞，連詞或助詞。就外觀來說，詩的語言，很平凡而沒什麼出奇之處。但是，在詩的場合，甚至像海、石頭或樹木等這些指示性較強的語詞，也高度地擔負着意識的自發性表出——類似叫喊般的機能，並且連介詞、連詞、助詞等缺乏指示性的語詞，也得擔負起高度的指示任務，也就是說，詩的場合，交錯着這種矛盾。由於欲實現這種狀態的語言的努力，才產生了詩的比喻。詩的比喻是不容置疑的。比喻法對寫詩而言，實具有本質性的任務和意味的。因此我們必須嘗試離開修辭上的意義，去弄清詩的比喻之本質，進而接近詩本身的實在情況。

詩的比喻是要提昇詩價值的語言的一種「勁兒」，換一句話說，是要幫助意識之自我表出的一種什麼，或自我表出本身的原型。

對詩人來說，比喻（包括直喩和暗喩）並不是單純的文學形式。在某種意味上，它像是一副眼鏡。雖然不是他的精神和肉體，但却是它的精神，肉體所必需的，一缺少則看不見的東西。但是十九世紀以後，像直喩那樣的度數低的眼鏡，已經不容易看見這個世界了。就以但丁和波特萊爾來說，同樣是直喩的眼鏡，其度數也有相當的差異。但丁放心使用一種眼鏡。戴着跟波特萊爾一樣度數的十九世紀人，必定沒有比和但丁同樣眼鏡的中世紀人那麼多。何況二十世紀以後，詩人所用的是有極端亂視，或近乎殘廢的近視眼鏡等等，其種類無法計算。而超現實主義者，甚且連眼鏡都把它砸碎了。因此，優秀的詩人少，並不能歸因於眼鏡是容易了解的。

直喩必定存在着某種說明性（即散文性）。十七世紀以前的詩人，爲了要把敍事性的對象提昇爲詩，曾隨心所欲地使用了直喩法這一種有效的技術。但是隨着現代詩的演變，小說一侵入了詩的領域，詩再也無法確保必須使用直喩的敍事性的對象，而自然而然地開始排除直喩性的表現了。

從思考過程來說，直喩是，一個「比較」，因反省的結果被表現出來的，也因爲如此，才較具敍述性。而暗喩却是，另一個「比較」，從直觀性的結合直接產生的。因此，就語言表現來說是較具詩性的（在某種意義上，即是較具原始性的。）

這裏所說，有兩項事情。一項是，直喩係說明性的，散文性的，從思考過程來說，其「比較」是因反省的結果被表現出來的。然而，暗喩係其「比較」是從直觀性的結合被導出來的，是原始詩性的，另一項是，因敍事的對象受小說的滲透的結果，說明性，散文的直喩，在現代已經減少了。

許達然譯

奧登詩選(四)

悼葉慈

I

他消隱在冬季的死亡裏：
溪凍結了，機場幾乎荒棄，
雪毀容公共雕像
水銀柱沈落垂死的日子之嘴。
我們擁有的器具都同意
他死之日既寒冷又陰霾。

遠離他的病
狼奔跑在長綠的叢林，
農夫的河流沒被時髦的碼頭勾引；
哀悼的言語
使詩人并未死在詩裏。

但那是他最後的午後，
護士與謠言的午後；
他身軀各部反叛，
他心靈廣場空曠，
沈默侵入市郊，
他感覺的電流壞掉；他變成自己的崇拜者。

他如今分散在百城
全給了陌生的熱情，
在另一種木頭中找到他的快樂，
在奇怪的良知道德律裏被處罰。
死人的字

在活人的內臟被修改。

但在明天的重要與喧鬧中
掮客在證劵交易所地板上叫吼，
窮人有他們已習慣的苦難，
每人在其細胞中幾乎深信個己的自由，
幾千人將會想起這日
當想起有一日一個人做過稍不尋常事

我們擁有的器具都同意
他死之日既寒冷又陰霉。

II

你像我們一樣蠢：你的天才仍存：
富婆之區，身已衰瘻，
你自己，憤怒的愛爾蘭刺你入詩，
而今愛爾蘭有她的憤怒，天氣平靜，
因爲詩沒使事發生：詩仍存
在其谷，那裏掌管者
永不竄改，詩向南流，
從孤立的農場與忙碌的悲哀，
在我們信與死的野馴鎮，詩仍存，
一種發生，一個嘴巴。

III

大地，收容一個榮耀客人：
威廉・葉慈安息。
意讓愛爾蘭氣質仍存
却除去詩。

時間受不了
勇敢與清白者，
一星期漠視
一個美麗身軀，

崇拜語言，寬宥
它賴以生存的；
原諒懦怯與誇耀，
把詩的榮譽放在它們的脚。

以奇怪的藉口
時間原諒吉柏林和他的觀點②
原諒保羅・克羅德爾，③
原諒他寫好詩。

在黑暗的夢魘
所有歐洲的狗吠
而還存的國家等待

隱遁在恨裏。
智慧的羞恥
自每人的臉凝視，
很多憐憫
深鎖并冰凍在每個眼睛。

跟隨，詩人，跟隨
到夜的底面，
你不壓抑的聲音
仍說服我們歡忭。

一首詩的耕耘
造成咒咀之葡萄園。
極悲悽
唱人類的失敗。

在心靈的荒土
讓癒病的噴泉迸出，
在他時代的牢獄
敎自由人如何讚美。

一九三九年二月

譯者註：

①此詩收入全集時，第三段的第二、三與四節，被刪去。

②吉柏林(Rudyard Kipling, 1865–1936)，英作家，思想有帝國主義傾向。

③克羅德爾(Paul Claudel, 1863–1955)，法詩人，曾在中國當過領事。

一九三九年一月，七十四歲的葉慈死於巴黎。在三十年代葉慈很受「奧登的一代」所崇敬。葉慈雖認為奧登等幾個年輕人狂妄，在他編的「牛津近代英詩選」，都選進他們的詩。在奧登的一伙中，史班德認為葉慈是他們那時代最偉的英文詩人。馬克尼斯與奧登也都寫過有關葉慈的論文。他們甚模仿葉慈的詩。奧登的「一九三九年九月一日」就是模仿葉慈的「一九一六年復活節」。

奧登此詩冷靜，并未按英詩輓歌傳統，描寫大自然與親朋的哀傷，禮讚詩人的偉大。

赫塞詩選（四）

蕭翔文譯

夜晚

我吹熄了我大號蠟燭的火。
夜晚的黑暗從敞開的窗流進來
溫柔地抱著我，如今我
變成夜晚的密友，變成夜晚的同人。
我和夜晚，共傷相同的鄉愁。
我們產生充滿著預感的各種各樣的夢
彼此私語
非常古老的
在我們父親家時的種種事。

達觀

走過許多路　旅行過世界各地的人

不管最後的小徑的路標指向何處
已幾乎不掛在心上了

因他已知道 小徑等 都是相同的
這條小徑也和其他曾經走過的任何小徑一樣
絕對不會引導他到成就的世界

他知道 在狹窄的心胸裏的路標指示的
並不是向新的歡喜的路
而常是通往新的苦惱與嶮難的引道

投身在草中

投身在草中
傾聽 柔軟的葦草繁茂處
被風吹亂的喁喁私語 不久
葦草從我的眼睛，隱蔽了天空

已經絲毫也不覺苦惱
那時 已逼近
雖然今日還如此悲哀
但那時來臨的話，也就要結束了

那時來臨的話 我的熱血
就冷冰地 透明地 穿梭於葦草與苜蓿之間
現在 眼前劇烈的悲哀
也會平靜 冷卻 而結束

慰藉

我的憧憬紡出來的
夢 會變成一朵花吧
好不容易走到故鄉的小孩子
會在其芳香裏甜睡

我活過著實很多的歲月
已消失了 但卻不具有任何意義
那歲月的任何一段，也不是屬於現在的我
現在的我，也不能享受其中的任何一段。

時代的潮流
把許多姿態搬到我的地方
但我連一個都沒有挽留
不久一切對我來說都將變成乏味

那些姿態已經滑走了
但我的心情 深深地充滿著謎
遙遠地超越一切時間
如今也感覺到生的熱情

這種熱情 沒有意義也沒有目的
悉知近的 遠的一切

然而，却像遊戲時的小孩一般
能把一刹那化爲永遠

幸福

當你還到處追趕幸福的期間
你還沒有成熟到眞正能幸福的地步
即使你已抓到最喜愛時也是如此

當你反悔喪失的東西
戀戀地執著於目的 不知要沉著的期間
你還不知道 平安是什麼

當你斷落一切慾望
已不囚住目的和執著
不再種讚「幸福」這個題目時
那時，事件的變遷再也搆不著你的心
你的靈魂才得沉息。

散步

樹枝紅的松
銀色而苗條的白樺
沈默的山毛櫸

請講給我聽 你們是否也有煩惱？
在蜜蜂的嗡嗡聲裏
呼吸著的花們呀
你們的生命
是否也充滿著黑暗和不安？

山之夜

星星一大群
在青色的夜空裏發亮
不可思議地
把深沉在悲哀裏的靈魂
引到和平的國土

明亮的夜晚呀！我的心胸
更一層深深地呼吸你神聖而清純的波浪
然而我的心 無意識地被從深泉裏漾出來的
新的生命的歡喜 充滿著

在附近，遠的、近的地方
人們搬運著他們的重貨
星空平靜地解放了它
釋放憂慮，激情或爭執
使他們得到安息

嚴肅的安靜，聖潔的休憩
在人生的混亂中
往後　請您引導我的路吧
貫穿鬪爭或迷惑
請您　引導我到被救濟的兄弟們的地方呀。

雲

寂靜的船夫　雲滑到我的頭上
雲　用柔軟而極美的
色彩的面紗　奇妙地
搖幌我的心
從深藍的天空　漾出來的
美麗顏色的世界
以奇怪的魅力
再三俘虜我
從一切地上的東西解放的
輕盈　明朗　澄清的泡雲呀
你們是汚穢的地上
美麗的鄉愁之夢嗎

單獨

在地表上
有許多條路相通。
但　所有的路
目的地却祇有一個。
你能兩個人或三個人相伴
用馬、船、車旅行。
似最後的一步
非靠你一個人走不可。
因爲如此
知識能力中　最可貴的是
一切困難的事
都由自己單獨去做。

不眠

我睡不著　星光
靑靑地染成所有窗子　夜晚
可怕地窺探我的臉
而且監視著我、監視著我
時間無意義地溜過去
向那邊的國土　流過去
不久我就要登陸
連名也不知的那岸

明天　明天　我的心可要
蘇醒過來　忘我地
浸在歡喜與悲哀裏
直到深夜

到了明天　呀　我已不再活著
已到了靑色的對岸
睡眠　從遠處使出眼神
從那邊的國土

夜行途中

暴風雨　斜吹的雨
漆黑地擴展的原野
雲影沉重地
陪伴著我們

月明的夜晚
從忽然明亮起來的
雲帳的凹處
靜靜地窺伺　擁擠著的闇夜
從夜空的縫隙，潔淨而靑靑地
鮮明的星　正在打招呼
被月光照出來的雲端
像銀河一般閃耀著

靈魂呀　靈魂呀　留意吧
遠處的兄弟們　正在叫你
想從時間的黑暗裏
引導你到金色的階梯

靈魂呀　接受其印證吧
在遙遠的世界裏　沐浴吧！
神會把你黑暗的軌道
引導到光的那一方吧

亞洲旅行

1. 船艙之夜

海水撞擊牆壁
夜在小而圓的窗裏顯得蒼蒼
而夜把熱呼呼的沙漠的氣息吐在船艙裏
我醒了來，這已是第十次。
無言地橫臥在連呼吸也困難的灼熱裏
睡不著
機輪像瘋狂的心臟一般
熱烘烘地呻吟而繼續悸動
像老是被盲目的痛苦囚住一般
不斷地向新的遠方，做無意義的努力

哦！對心不像結晶一般明亮堅硬而快活的人
如此空間並非可愛的巢。
老跟隨著「人」，不離開的是憧憬和對故鄉的懷念。
不能滿足的「愛」之思念跟隨到任何地方
把這個「人」的我，化成可憐蟲
大家都激烈地憎恨地凝視這個「人」，因為
這個「人」的心胸裏已潛伏自己的敵人
怎麼樣也離不開。

2. 原始林的驟雨

夜晚的黑暗被閃電照出
痙攣於白光
在森林與大河以及我蒼白的臉上，
粗暴地動亂，晃眼地搖晃。
凭靠涼快的竹莖
我凝視
被雨敲打的發白的風景
萬籟俱寂的風景
從遙遠的少年的日子起
從雨雲的微暗裏
一個歡喜的叫喚，燦爛地到達我的地方
它叫喚，並不是一切都是空無
並不是一切都是陳腐而沒有出息
也有驟雨飛散的時候
也有不可思議的事或野生的奇蹟燃燒著通過
每天都有乏味的行列傍邊的時候
深深地吸息，我傾聽雷公的轟聲
感覺到沾濕我頭髮的風
好幾個瞬間，像野獸一般覺醒
心田歡喜而跳
那是從來沒有過的
連少年時代也沒有。

3. 送給中國的某歌姬

傍晚　我們坐船經過安靜的河
洋槐樹以晚霞的薔薇色燦爛地發亮
雲也輝煌地亮出薔薇色。然而我不眺望樹與雲
祇凝視插在妳頭髮上的李花
妳浮著微笑，坐在多裝飾的船首
那巧妙的手拿著琵琶
歌唱高貴的母國的歌時
青春就在妳的眼中燃燒
在無言裏，我倚靠桅桿佇立
懇求無止境地被囚住在那燃燒著的眼睛
希望無限地傾聽幸福中帶有悲哀的這隻歌
和像花一般纖弱的手彈出來的巧妙音曲。

4.和原始林離別

在海邊，我坐在自己的行李上
看下方汽船傍
印度人、中國人以及馬來人在叫喚
他們哄出大笑，賣金光閃爍的商品
在我的背後，有好幾個過白熱生活的晝夜。
流貫原始林的河，如今還沾濡我的鞋底
但我早已鄭重地
在最深的記憶裏，像寶貝一般，藏著那晝夜。
還有許多國家和都市，等著這個我，
然而森林之夜　富於野生的無精打彩的原始的庭院
的確再也不會以那豪華的風光
來誘惑我　震驚我吧，

行旅的沿途
—克奴魯普的回憶—

在洋溢著無限野生光輝的這個場所
我從來沒有這樣，從人們的俗也離開—
哦，我頭一次看到
自己本身靈魂的肖像
像這樣切身，不袖歪曲地存在。

不要悲傷吧　到了夜晚
我們將在寬濶的國土眺望
涼爽而藍色的月光
眼看那月光的微笑
我們將手拉手入睡。

不要悲傷吧　可以休憩的
我們的時間　已快要來臨
我們小小的墳墓
將在明亮的路邊
並建兩個吧！
於是雨下雪降
風不知將會吹幾次。

命運

我們在憤怒與無理解裏
像小孩子一般交往　離別
被束縛在愚蠢的羞恥中
相互地　彼此避開

如此　流過了好幾年
雖然抱著悔恨與期待
但　我們青春的庭院裏
已經沒有相通的路

孤獨

我喜歡傾聽雨或風的聲音
所以在溫暖的森林底黑暗裏彷徨
從流過天空的一切雲的移動
想知道其希望或目的

我的消遣是做一個旅人
透過這兒的異國民衆的窗眺望
悄悄地凝視異國人的生活或悲喜
而想把那些一起搬走

然而 到了夜晚 高處的星星
毫無留情地 俯視我的睡牀上時
因寒冷而顫抖地走到居住處
總是 吃驚地看見
我本身的心 已完全變成異國人。

花開著的樹枝

開著花的樹枝
在風裏不停地搖晃，
不停地這兒那兒搖晃的我的心，
搖晃於明亮的日子與黑暗的日子之間，
以及欲望與達觀之間
我的心像是小孩，

終而花朶被風吹散
樹枝祗留下果實。
心已自然地厭惡幼稚
已沉著下來的心坦白：
歡喜如今還不消失，
而那充滿著不安的「生之遊戲」也不是浪費呀。

丹麥現代詩選

（上）

莫　渝　譯

沙維格（Ole Sarvig，1921—　）

研究藝術史。1950—1953，藝術批評，1953—1954擔任電視顧問。到過法國、愛爾蘭、蘇格蘭等地旅行。1954—1962，定居於西班牙。1972年之後，為丹麥學院會員。著有藝術批評：「抽象藝術」（1944—1948）、「在二十世紀的半途中」（1950）、「現代主義解說」（1950）。詩集有：「綠色詩篇」（1943）、「我的房子」（1944）、「大量」（1945）、「傳說」（1946）、「人類」（1948），這些詩集配上一首結尾詩「吾愛」於1952年出版成一組詩。他亦譯過莎士比亞與其他作家作品，另外，尚有小說：「石中玫瑰」（1955）、「睡者」（1958）、「窗下的海」（1960）、「邊緣」（1963刻度盤）、「別忘記」（1972）。

稍晚的詩人鮑呂姆於1969年出版一冊「沙維格訪問錄」。

麥田裡的基督（Le Christ dans les blés）

今夜，我看到麥子
理想的麥子，
全人類家庭的麥子與麥穗
都在田裡。

我看到了，今晨約五點鐘，
基督降臨，
在孩子誕生，在發生火災的
失眠時刻。

如此美好。他們如此平靜地睡覺。
而基督漫步著，彷彿
穿過麥田的月亮。

（S.R.O.）

成　熟（Mürs）

棕色
種子的安靜保持在
蘋果的教堂裡。

霧中圍繞的萬物
都懸掛著綠而亮的
果實神殿。

我們走向整個它們
且敲敲門。

神父們都是棕色與安靜的。

（S.R.O.）

命運之歌 (Chant de destinée)

我由窗戶聽到
一支奇怪的歌
這樣的命運歌唱
霜冷街道上的
敵亂頭髮。

（S.R.O.）

黃色夜晚 (Jeune nuit)

月亮掛著且叮噹響著，宛如夜晚的電鈴
所有的人都聽到。
…………
但心靈在那邊田裏奔逐著
如同黃皮膚男孩般玩耍。

（S.R.O.）

尼爾松 (Morten Nielsen, 1922—1944)

研空比較文學。二次大戰中，德國佔領時期，參加抗暴而身亡。共抒情作品在戰爭期間，深深影響當時人。生前僅出版一冊詩集：「沒有武器的戰士」(1943)，以後陸續出版「遺著詩集」(1945)、「給一位朋友書簡集」(1962)、「尼爾松書簡集」(1966)。

今夜我看到…… (Voici gue je vois cette nuit…)

今夜我看到他伸出的手
正無聲息地分解
物質的精神。
一個刀傷，悄悄流出
數滴血
—你要深入，你要融化
在這大睡眠的平靜裡。
你沒有消失。無人呼喚。
靜靜休息—一聲嘆息—

而一切都結束，
這些因你發生，這些該發生的。
此時，黑暗中下著雪
而萬物在雪中平息。

—你發出一聲喃喃，痛苦的，激動的：
你常犯錯，
你給我太少。
聲音又發出，焦慮的：不完整的，孤單的，
如果你今夜離開
瞧，你的命運留給你。
你該長大，開花，繁殖：
死亡對你還是太微不足道的。

（F.M.）

柯尼松（Erik Knudsen, 1922—　）

小學教師的兒子，自己也是小學教師，以後成為人民大學教授，一位積極的教育家，對當前社會問題相當敏銳，筆戰文章與辯論影響了年輕一代，他也是左派新聞記者與批評家。著有劇本、雜文、廣播電視劇與詩。1965年後為丹麥學院會員。

著有詩集：「給一位陌生上帝」（1947）、「花與劍」（1949）、「人身牛頭怪物」（1955）、「感覺與寂靜」（1958）、「日記」（1963）等。

醫院裡的老人（Les vieillards les hôpitaux）

醫院裡的老人，頭髮完全白了，他們勉強用瘦腿站立；他們費勁地躺在床上，白天打盹，夜晚無法休息；該吃的時候，他們望著碟子好久好久，聞一聞，很困難地吞下，什麼也不想要，直到他們留下的棺材；他們打轉，站起來，試著改變方式，雙腿離開床榻，太重的頭部彎向胸脯；他們這樣停留一陣子；他們睡個覺，却猛然驚醒，咳得厲害；又躺在床上，蜷縮進鴨絨被下，呆視著，呆視著；他們嘀咕一個名字，隨後忘記，他們將死，但此事與他們無關。

（M.C.）

長大成人（Devenir adulte）

長大成人
是的

看到群星
不想要眞理。
感覺極度空虛
幾乎就要擺脫。

每日起床，知道他
與別人同樣是囚犯，
在我們住的地球這一區的奴隸。

（F.M.）

白宮
（A la Maison Blanche）

1.

總統與尼克森夫人
沒有跳舞
他們不再喝飲料
十一點一刻
最後訪客離開。

2.

總統夫婦計數著
至友之間
最有名的傳敎士
比利‧葛漢。

3.

總統挺喜歡
在家庭俱樂部中
輕鬆輕鬆。看看
電視（最好是美國
足球賽）或者
與巴特夫人
玩一場九柱戲
在他們的私人小路上。

4.

總統拿
一塊蛋糕給
長女翠西亞，
和么女朱麗亞
及其夫婿大衛
艾森豪微笑的
望著他。總統夫人
吃一口冰淇淋。
這時，總統起身
回到

他的戰爭。
（M.C.）

郭里東（Robert Cordon, 1924— ）

新聞學校畢業。畫家、雕塑家與新聞記者。實驗性的抒情作品常採用書法來表現。

著有詩集：「手」（1950）、「鳥的痕跡」（1952）、「海邊懸崖」（1955）、「幼蟲與蝴蝶」（1958）、「寄出的信」（1961）、「連續相撞」（1966）、「海上話語」（1968）、「自行車騎士」（1970）、「我幾乎不在此」（1972）小說「歇業時間」。

雕　刻（Le Ciseau）

在文字潮濕山區的岩洞內
留存我需要的石塊
用錘子與鑿子，我要雕琢
海灘，樹林，大海，潛逃者，
街道，午後，陰影，雨水，
陽光，樹木，窗牖，與潮濕的
大地，五彩繽紛的整個核心
就像我的簽名。
而每部分在形式在花崗岩內
各得其所，在心靈啞默的
打鐵舖內，用硬鑿子雕削而成。
這樣，石塊上，
完成的整個造型內會出現
香味，高度，寬度，深度與色彩，
在潮濕山區的小小岩洞內創造
其唯一低矮入口處，爆炸般的黃顏料
如同花崗岩暗處的獅子頭閃爍著。
（S.R.O.）

索　恩（Jørgen Sonne, 1925— ）

歷史與英語學士。長期旅行至歐亞兩洲；中學教員，博物館創辦人。譯過非洲詩選，伊麗莎白一世詩選，維邕、韓波、洛特阿孟等法國詩人作品。著有小說「藍色旅遊者」（1971），論文

「地平線」(1973)，詩集：「短詩」(1950)、「林中王子」(1951)、「當代」(1952)、「意大利繼承人」(1954)、「半路上」(1960)、「圓」(1963)、「年代詩選」(1950—1965)、「旅行音樂會」(1972)、「泰國筆記」(1974)。

群鳥之冠

(Des couronnes d'oiseaux)

秋天的翱翔承受電流空間。
連續爆炸萬次旋轉的高度張力下，
連同地球壁爐內部水汽爆炸—
因角頻率而發作一次天蝕：

天空所有軸線都在
它們的水平上倒塌、作響—
望著，星雲之輪超速運行
且遠遠地噴出黑色火星。

大地如同萬向接合的羅盤運轉著
在這股野風下搖晃。
玫瑰綴飾成鉅齒狀的花冠被風扯掉
輕觸，狂喜、床榻的響聲，
命運之輪於此發出響聲且得勝，
還有飛在秋天榆樹的椋鳥。

(C.G.B.和L.A.)

索宏松

(Lise Sørensen, 1926—　)

女詩人，兼寫論文。著有「女詩人」(1964，主題是婦女在藝術與現實扮演的角色)；短篇小說集：「日安•李斯貝」(1948)；詩集「離鄉背井的人」(1946)、「戶外的風」(1956)、「夏日山谷」(1962)、「詩簡」(1966)、「相信他的眼眸」(1973)。

屋頂平台

(Au Solarium)

在屋頂平台—這是丹麥的春天—
夫人決定再留片刻
說明事物的美妙觀念：
「你知道，該享受人生。」

翻轉椅子，改變方向，
以便絲毫不放掉第一道陽光，
她在低氣壓的遮棚擺好
其命運的手提輕便椅凳。

在這個赤裸世界裡，事件概念

是遊客的理想。
——應該在可以建立
新紀錄的地方，並參與。
此時，即使蘋果樹的細枝都是美的，
「你知道，一位藝術家。在中國墨汁。一道快迅線條。」
很快地，她以熟練的眼神從冒煙的杯後，
賞識古希臘衛城的光線。
在她失掉色彩與比例前
心靈該放棄所有珍貴的感覺。
她以審美觀與精細地
揉合世界奇蹟於生命冷盤上。
應該以種種試驗來贊美這些神經：
靠近主人的手邊，她能够一邊向
天使的合唱奉香，一邊靜靜地
在錄音帶錄下討厭的喧嘩。

（F. M.）

馬里諾夫斯基
（Ivan Malinovski, 1926— ）

研究斯拉夫文學與語言。旅行至歐洲、非洲、南美洲。譯過數人作品：聶會達、巴斯特納克、契可夫、布雷希特 (Brecht)，聶兹瓦 (Nezyal)，殷成史貝格 (Enzensberger)，索迭岡 (Sodergran) 等人。他最重要的抒情翻譯作品集錄成「遺忘之書」(1962)。有關社會主義的見解與批判，見諸於「空洞的基礎」(論文1963) 一書與短篇小說集「路」(1954)。身為詩人，他是國際主義者，受到斯坎底納的現代主義與遠東的精鍊形式的影響。

著有詩集：「符號」(1954)、「延期」(1958)、「羅馬水池」(1963)、「敞開的詩集」(1963)、「動態詩」(1965)、「有著未來與希望般的生存」(1968)、「寂靜的批評」(1974)。

動態詩
（片斷，Poétomatic）

宛如火中的細枝
紅紅的
還有一秒鐘看得見
這城市早已不存在
…………
開始
宛如閃電
一擊
處處可見到

（M. C.）

蚊子之歌
（Chant des moustigues）

六月的夜裡，這夢
屋宇被櫻桃樹的渣滓扛著
鳥兒咯咯拍叫聲正沈溺於
地峽彎鏡子更纖細的鐘聲下
穴居般眼睛的我的睡意：一堵
石灰牆與將毀的海市蜃樓
直立擺動於黑暗的是鐮刀的白色
無聲息的是看不見錘子的尖嘴
灑塩的薄麵包皮與風　鏡子
很快都毀了

（M.C.）

惹傑
（Frank Jæger,1926—　）

圖書館人員。譯過法國古典劇作家作品，寫過許多廣播劇。其抒情作品主題常表現外省地區，但後期的田園詩對死亡有尖銳感情，對所有事物的衰敗有強烈體認，他那牧神般的詩篇，因坦率的情欲，革新了丹麥傳統詩體。主要作品有：「德性詩集」（1948）、「晨號」（1949）、「五季」（1950）、「日常故事」（故事，1951）、「少年惹傑的煩惱」（虛構回憶錄，1953）、「公牛」（詩，1953）、「奧列昂女郎」（即聖女貞德，1955）、「海神之歌」（詩，1956），「代表」（短篇小說集，1957）、「希納」（詩，1959）、「幾個丹麥人」（短篇小說集，1966）、「依笛利亞」（詩，1967）、「森林內的死者」（短篇小說集，1970）、「外省」（1972）。

在花園
（Au jardin）

被花草糾纏的痛苦
手指般刺扎我。
我攜來一些新的小樹木
到你的祕密花園。
那裏面，在籬笆的約會地點，
我是夜晚早到的園丁。
捏壓我的脊梁
如同雨水在白色大葉片上
舞蹈。

（F.M.）

在森林邂逅 (Rencontre en forêt)

廣大森林，靜而空。
許多鴿子在深深處，
這些純眞鳥兒。

循著香味，狐狸
足跡穿過小徑。
和草茹的斑點。

遠處，有叫囂聲。
一聲槍響，又一聲。彷彿
十一月的空氣是槍炮
和太陽、子彈。

近處、最近處，也有叫囂。
我越過下擺的
綠色樹籬
踩到近乎死者的
樹葉地毯
—頭髮栗褐，臉色蒼白，
碧眼，
四肢完好—
那是一棵仙女木，
粗呢與一束草。

（F.M.）

睡眠者 (Le dormeur)

擺脫一切，
日常需要的糾纏，
孤寂的刁難。
以及
陽光與回憶，
幸福的倒影。
接骨木的香氣。
乾旱後的甘霖。
貓頭鷹的叫囂
風信雞的嘎嘎。
死者擺脫一切，
連同死亡的焦慮。

（F.M.）

波德凱 （Cecil Bødker, 1927— ）

金銀器商人（銀樓老闆）。1959年出版的詩集「安娜笛歐美」是享譽盛名的抒情作品。另著有：「蒲公英之花」（詩，1955），「迴轉馬」（詩，1956）「眼」（短篇小說，1961），「笑」（廣播喜劇，1964），「紙鳶」（小說，1967）、「西拉司和黑色母馬」（兒童小說，1967年獲丹麥學院獎）、「走向水那邊的女人」（廣播劇，1971）、「犯罪」（劇本，1972）。

讓他們靜靜休息
(Qu'ils reposent en paix)

安靜，
說輕些，
別吵醒睡覺的人。

白種人
深入
一堆絨毛內。

黑種人
裸身陪伴
不算棕褐色斑馬。

黃種人
在裡面
抽紡蠶絲。

而褐種人
像閃亮的四季豆
分散在酒椰上。

紅種人
像親愛的好好先生
在水皮牛的小獵角裡。

而寒帶藍種人
被遺棄在
極地的冰雪上。

安靜，
別嚷這麼大聲。
讓睡覺的人睡覺，
也許他們會夢見某些事。

（S.R.O.）

放鬆
(Détente)

仰面平躺伸長
聆聽，
深入草根
與地上蟲兒並感覺這群小流氓

爬到半臂。
還發現洞內窩藏一隻蟬腿
且在太陽輪的光線下
精細地把玩。

仰面平躺伸長
讓大地款待，
感覺出風鈴草
右骨骼間萌芽
還感覺出草的
開闔。
母牛有裂痕的蹄印
忘記那小山丘
就是我。

讓雨水憐惜
我的頭頂
且流進大進
和我的腦袋，
感覺出骨骼鬆散，
滑溜，
諦聽小山丘倒塌。
沒有誰想像到多麼沈重的勞累
在此覓得休息。

（S.R.O.）

歐依歐特（Per Høiholt, 1928— ）

出生於北海邊的Esbjerg。圖書館人員。定期住到挪威。文學批評家。

主要作品有：「馬與太陽」（詩，1949）、「寫給風與水」（詩，1956）、「詩人腦袋」（詩，1963）、「外省」（詩與照片，1964）、「我的手66」（詩，1966）、「展示」（詩，1966）「[illegible]螺」（詩1968）、「六五一二」（小詩，1969）、「觀點」（詩，1971）；文學論評有「塞尚方法論」（1567）、「鬼臉與虛幻」（1972）……。

詩情畫意
（詩的景緻，Parsage poétigue）

所有在此的偏差都變化於搖幌厲害的
怪床。還一個春天有多少不可能
要預告，而整個建築物已淹沒了。
鸛鳥將越過多麼寬的河床
且休息後迅快返回重新找到的巢窩。

（F.N.S.）

艾斯達格①的核桃
(La noix de l'Estague)

註①艾斯達格（Estaque），馬賽西北方的小丘陵。

II

這些林澤女神……

這棵樹在山坡。一棵松樹
主幹高大，枝椏短小。
許多這樣的畫筆
在艾斯達格塗抹四面八方的風。
當我面臨艱辛歲月
於此畫畫之際，
絲毫不少於這些
且充滿聲音。
這時，也有細語
當有人在巴黎畫抽象畫。

（F. N. S.）

勃蘭特
(Jørgen Gustava Brandt, 1929-)

自學成名。丹麥無線電臺戲劇與文學節目創辦人之一。一九六九年以後為丹麥學院會員。詩、小說、歌劇、論文等著作甚多。著有：「介紹」（戰後丹麥詩人四〇位短篇研究，1964—65）、「龍的形跡」（詩，1957）、「明日片斷」（詩，1960）、「企業」（詩，1965）、「我的鬍鬚中有蛋」（詩，1966）、「作坊」（詩，1967）、「材料」（短篇小說，1968）、「嚴肅的永恆中」（詩，1970）、「拐彎處」（詩，1971）、芬蘭水手」（短篇小說，1973）「斑克香檳」（小說，1973）、「石中之先」（敘述，1974）、「周圍」（詩，1974）……。翻譯米勒（Henry Miller）和狄蘭•湯姆斯作品。

肖像31
(Portrait 31)

湯匙讓今日的潮流消逝
咖啡內有馬錢子鹼
糕餅有點直接死亡的
樣子
沙發的彈簧是漸近的

且不充分具有
表情，每副餐具
含有塑膠麵包
電鈴早已孕育
可疑手法，而草蓆
跑出靜電，
厠所馬桶衝出鈍吻鱷
小酒杯與頭長肚大瓶
取代請柬
在有文化氣息的黃昏
用爆炸性鉛筆簽名
親熱地寄發出去

（F. N. S.）

註：①馬錢子礆（la Strychnine）藥名。
②鈍吻鱷（Un alligator）美洲產。

史笛涅斯
（Erik Stinus, 1934—　）

小學教師。多次旅行至歐洲、中東、伊朗、巴基斯坦、印度，曾停留於坦桑尼亞和印度。譯過並出版「當代印度詩選」。著有詩集：「邊境」(1958)、「卡波‧多蒙多梭」(1960)、「極地與沙漠之語」(1963)、「風光與地籍」(1965)、「內陸」(1967)；小說：「權貴之坎」(1969)以及教科書。

非洲景色
（Paysage africain）

雨來自青山
而消失於大河河口。
夜晚粗壯野獸離水爬行
推倒樹木和牠們的窩與低鳴。
清晨，你的茅屋四周印著
消失於搖擺而高的草間的腳跡，
土地被成群的螞蟻劃過，
路面像風暴後滿是窟窿。
一片鬆散黑影在西邊航行
曙光在其爪中的一隻鷹，停憩想構築的屍骨城堡。
洋槐樹撐住各自的天空。
仙人掌標示世界起風的角落，
那是重複的命令，一隻虔誠的手
如同褐色大河，在陽光下
碰到石頭、背部、河口形成圓形。
你出發，是漁天、是獵人、是農民
披著星夜，披著雨與熱

帶著魚、獸、一簍菜根
疼痛的肩膀，受傷的脚、歲月的孤寂
在鸛鳥的池沼，爬行動物的穴洞間，
沿著炙熱的道路，
沙粒跑進眼中，又擺脫掉
你來到柴油機，麵粉與汗水的都市氣味，
在人群間猶豫、流動、消失，變成一個聲音。
你的頭頂是巨浪：是翅膀，黑色閃光。
你本人在地面黑夜閃光，你，他，她，你們，
走在地球上的我們……

(S.R.O.)

伊福 (Bent Irve, 1934—)

研究繪畫，藝術批評家，著有「現代繪畫與雕刻分析」。著有詩集：「夜曲」(1960)、「近緣」(1963)、「持續的火花」(1965)「一生」(1967)。

橋下 (Sous le pont)

橋下，陽光西斜。
亡者在水裏悲嘆。

哀鬱的克利斯多夫
暗自聆聽。

某地，一隻錘子
敲下最後釘子。
某地，天空
掉下酣般淚水。

他的双肩
寬厚增加
因而贏得生命。

他的額前皺紋掠過水珠，
鬍子早已逐波而流。

(F.M.)

鮑呂姆 (Poul Borum, 1934—)

文學批評家，編譯一册「美國新詩選」(1969)；出版過好

幾冊現代丹麥詩選；雜誌編輯，電影劇本與歌劇劇本作者。出版「沙維格訪問錄」（1969）。著有詩集：「生命線」（1962）、「勇氣」（1965）、「日光」（1966）、「歌」（1962）、「事實」（1968）、「閃光之美」（1969）、「在這邊」（1970）、「此書是個夢」（1973）等。

一片枯葉 (Une feuille morte)

此刻
在我的手心看穿它
因爲那是所有的歲月
所有的人與其他東西
所有遺忘的土地。
此刻，透過我本人
由無意的撫摸
鑽入手指尖端。
此刻，藉著觸覺
把我連結上
所有的生與死。
此刻，歸屬我
如同一份合法遺產
一張灰如塵埃的細薄素描
此刻，
用我全身
觸及所有銷亡的其他東西。

（U.H.）

克利斯丹松 (Inger Christensen, 1935—)

女詩人克利斯丹松，受過完整教育。其作品同時具有感性與抽象。著有：「光明」（1962，詩）、「草」（1963，詩）、「永恆的機器」（1964，小說）、「鏡中虎」（1966，廣播遊戲、「這個」（1969，四），「陰謀家」（1972，劇本）。

和平 (Paix)

田野裡，鴿子們生長著
你，你將重回大地。

（S.R.O.）

我溫柔她朝向夜晚 (Je m'appuie tendrement sur la nuit)

背倚生銹欄杆
我溫柔地
朝向夜晚
我又看到肩膀與面頰
我又看到自己的溫柔
鐵抵著肌膚。
其餘是
靜靜飄動的
反問內部
空間的
襯衫
在夜晚與心靈
之外的是：死亡？
我的手放回
顫抖於夜晚的臉龐
在面頰上
沾了些鐵銹。

（S.R.O.）

侯斯特（Knud Holst, 1936— ）

研究語言學與翻譯工作，文學批評家，到過歐洲旅行。一九六〇年代出版一系列描寫外省地區的小說「日常」。另有三冊短篇小說集：「野獸」（1963）、「流行舞會」（1965）、「你們到過海灘嗎？」（1967）。詩集有：「拆穿謊言」（1962）、「轉變」（1964）、「共存」（1966），他亦寫電視劇。

好戰（Martialement）

這季節如此的好戰
人們到處碰到軍事行動
屋後是地方防衛軍
路上是北大西洋公約的
具體表現
新聞報導
只說演習
避免稱呼戰爭。
屋前
某人架好一門砲
一輛配備機關槍的吉普車
埋伏著等待公共汽車來到
從反射鏡瞧出
靠在前門一位怪模怪樣的人
那是喬裝的士兵。

他們等什麼？
我著手進行戰爭。

（M.C.）

布爾松（Peter Poulsen,1940— ）

研究現代詩，並將外國詩人作品譯成丹麥文，像賓恩（Gottfried Benn），涂剌科（Trakl），貝索亞（Pessoa葡萄牙大詩人，1888—1935），至歐洲與北非旅行，在巴西長期研究。作品有：「詩抄」（1966）、「研讀」（1968，詩）、「往往那是一種聲音」（1969，詩）「看不見雲的人」（1971，詩）「幻覺的城市」（1972，詩）、「巴西詩選」（1974）。

往往那是一種聲音（Ie est parfois un son）

往往那是一種聲音
我無法詮釋
有點像腦海中的尖銳吼叫
像來自遙遠裂縫的
一系列回音
也許象徵著（或預兆）
我不知確定的某事
因而有時我會打開幾扇窗戶
埋怨街道人士
但不會得到回應
有時我會打電話給一位熟人
他僅說「是的」或「喂」
有時我去找妻子
她對我說畫家就在廚房的洗碗槽下
有時我以腦袋撞牆
絲毫沒有感覺
往往那是一種聲音。

（F.M.）

諾邦德（Henrik Nordbrandt,1945— ）

諾邦德，在哥本哈根大學研究東方語言，特別是中文與土耳其文。到過歐洲、亞洲、非洲考察。著有「詩集」（1966）、「細密畫」（1967，抒情作品）、「送人的森林之歌」（1967，詩）、「七個框」（1969，詩）「周圍」（1972，詩），「啓程與抵達」（1974，詩）。

在土耳其咖啡店隔著希臘雨看中國
(La chine regardée a trauers la pluie grecgue dans un café turc)

毛毛雨
落在我的咖啡裡
直到咖啡冷却
且溢出杯外
直到溢出杯外
且冲淡了
以至看得見
杯底圖案。

那是一個人的圖案
蓄著大鬍子
在中國，站立雨下的
中國閣樓前，霜冷的
滂沱雨滴
成行地
讓風由上鞭笞正門
與此人面龐。

咖啡下，牛奶與糖
正分散著
磨損的釉下
昨光似乎黯淡
或內傾向
中國，磁杯裡
緩緩空去咖啡的杯子
添滿雨水
清澄的春雨。

毛毛雨飄向咖啡舘的屋簷
對街正門
似乎是一座
陳舊的巨大磁牆
回光照亮了葡萄園
葡萄園也一樣陳舊
如同杯子內部，那位中國人
隔著掉進杯裡的綠葉
看太陽露臉。

此刻，杯內
一片清澄。

（S.R.O.）

杜　亥
(Dan Turell, 1946—　)

杜亥，靠自修成名的。到過亞洲、非洲與歐洲旅行。他以兩種語言文學寫作：丹麥文與英文。翻譯過數人的作品：艾略特、金斯堡、布洛茲（William S. Burroushs）。他支持年輕一代的「地下文學」。他出版並廣為流傳其豐富著作。

各人有他自己的光……

（Chacun a ses lumieres à soi……）

各人有他自己的光他的神經檔案室
各人封藏許多意象
有一天，它們噴湧使瀝青跳出
它們掃走一堆紙張。拒絕訴訟案卷，拒絕禁止
它們控制國會。它們征服世界
　它們來了
　　它們來了：
勃列克和坡看見它們
　龐德和布洛茲稍後
　金斯堡與狄倫暴露它們
不容置疑的，加西亞是新的認同
一如約翰與洋子或約翰・卡茲
　這是無可避免的進步
且時時刻刻
　這股爆炸會出現
　　到處萌生的花朶，與
把被佔領的版圖

　解放成一股巨大變動的
感覺
　　（F. N. S.）

現代詩	臺北武昌街二段37號6樓•電話：3718149 一年四期200元•郵撥110795雕龍出版社
藍星	臺北泰順街8號4樓•電話：3911685 一年四期240元
創世紀	臺北寧波西街86號3樓•電話：3516011 一年四期250元•郵撥104254張德中帳戶
葡萄園	臺北縣板橋市金華街75巷6之2號•電話：9675911 一年四期160元•郵撥100833文曉村帳戶
笠	臺北錦州街175巷20號2樓•電話：5510083 一年六期300元•郵撥21976陳武雄帳戶
秋水	臺北郵政14—57信箱 一年四期150元•郵撥100466涂靜怡帳戶
大海洋	左營崇實新村121號 一年四期240元•黎明文化公司總經銷
陽光小集	臺北南京東路5段228巷10弄13號7樓•電話：7604349 一年四期320元•郵撥113489溫德生帳戶
風燈	雲林北港第54信箱 一年六期60元•郵撥39994楊顯榮帳戶
脚印	高雄前鎮區武德街17號 一年四期150元•郵撥45846謝碧修帳戶
掌握	嘉義大林鎮中山路237號 一年四期150元•郵撥315298許正宗帳戶
漢廣	臺北士林區中社路2段35巷3號3樓•電話：8412571 一年六期250元•郵撥552497洪國隆帳戶
詩人坊	臺北復興南路1段30巷2號 一年四期320元•郵撥108250李月容帳戶
詩友	北港鎮文仁路158巷18號•電話：(053) 835383 一年四期40元•郵撥225355楊顯榮帳戶
心臟	高雄苓雅區中正一路195巷7弄4號之1 一年四期200元•郵撥446612歐秋月帳戶
詩畫藝術家	臺北信義路4段179號5樓之1 一年四期180元•郵撥155798夏婉雲帳戶
臺灣詩季刊	臺北復興北路433號11樓•每册80元 一年四期250元•郵撥14980林白出版社
布穀鳥	臺北嘉興街151之5號4樓•電話：7055068 一年四期100元•郵撥5574林煥彰帳戶
詩人季刊	景美興隆路3段229巷6弄6號5樓 本年十月復刊•敬請注意

中華民國行政院局版台誌1267號
中華郵政台字2007號登記第一類新聞紙

笠 詩双月刊
LI POETRY MAGAZINE 117

中華民國53年6月15日創刊
中華民國72年10月15日出版

發行人：黃騰輝
社　長：陳秀喜

笠詩刊社
臺北市錦州街175巷20號2樓
編輯部：
臺北市北投區懷德街75巷4號3F
電　話：(02) 832—5238
經理部：
臺中市三民路三段307巷16號
電　話：(042) 217358
資料室：
【北部】臺北市浦城街24巷1號3F
【中部】彰化市延平里建寶莊51～12號
【南部】高雄縣鳳山市武慶二路70號

國內售價：每期60元
訂閱全年6期300元，半年3期150元
國外售價：每本定價（包括航空郵資）美金3.5元
歡迎利用郵政劃撥21976號陳武雄帳戶訂閱

承　印：華松印刷廠　中市TEL (042) 263799

詩双月刊

笠

LI POETRY MAGAZINE

1983年 12月號

118

第三屆笠詩獎

（一九八四年）

1. 詩創作獎： 頒予詩創作有獨特風格及傑出成就者。（須一九八二至三年有作品十首以上之詩集出版。）

2. 詩論評獎： 頒予詩論或批評有獨特見解及重要影響者。（須一九八二至三年有詩論或批評五篇以上發表或專書出版。）

3. 詩翻譯獎： 頒予譯介外國詩爲本國語文或譯介本國詩爲外國語文而有貢献者。（須一九八二至三年有專輯發表或專書出版。）

4. 新人獎： 頒予表現突出而有發展潛力的詩壇新人。（須一九八二至三年有作品十首以上發表或詩集出版。）

即日起至一九八四年二月底接受詩刊社或詩人二人之推薦。自行申請不受理。

- 被推薦詩人不限笠同仁，惟已在其他單位因相同作品而獲獎者，請勿再予推薦。
- 由桓夫、白萩擔任評審委員會共同召集人，組成評審委員會執行評審工作。並於一九八四年六月十五日出版之笠詩刊公佈獲獎人選。
- 頒獎典禮於一九八四年笠年會同時舉行。獲獎人由本社頒予象徵笠精神之獎牌獎座，另贈其他本國藝術家惠贈之藝術作品。
- 有關得獎資料本社編印專集，以資紀念並爲傳誦。
- 推薦人請塡寄左列表件，掛號於受理期間內，郵寄「臺中市三民路三段三〇七巷一六號—笠詩獎評審委員會。」

卷頭言

白蘭地和 grape Juice

陳千武

輕易地接受某一傾向的詩，做爲觸發自己的詩創作，是一般年輕詩人容易踏入的創作態度。因爲嵌上既有的模式寫詩，不但不很困難，也可以像工廠一樣多量生產詩。當然，求量不求質的詩，也因其符合某種既成的模式，容易被不眞正追求詩是甚麼的出版商和讀者接受，有人印行詩集，銷路也就相當不錯。

——老師，××的詩集銷路很好，她的詩，您認爲怎麼樣？

——妳喜歡喝白蘭地或喝 grape juice？

——我不要喝酒，要喝 grape juice。

——哦，××寫的東西，合妳的口味，那麼，應該說她的詩很好。

——老師，××寫詩又畫畫，您看他的詩怎麼樣？

——你喜歡喝白蘭地或喝 grape juice？

——有白蘭地，當然要喝，但喝不多。

——好酒，不一定要喝多。××寫的東西是 grape juice，不是酒，你不喜歡，對不對？白蘭地是上等的酒，是詩。同樣是葡萄爲原料，grape juice 却不是詩。

大家都說這是詩的國度，但詩在哪裏？神經質的人害怕患肝炎，不敢喝酒，只滿足於喝 grape juice，不懂酒的味道了。安逸地把 grape juice 當做詩來喝，不追求白蘭地的詩了。

第一一八期目錄

封面攝影「天空的一角」／李敏勇

浮生繪

桓夫

周密地檢驗過了
四肢、胴體、內臟都沒有故障
祇有心
不瞞你說
祇有心，開始腐蝕了

咦，怎麼啦？
這一丁點毛病
你就哭哭啼啼，幹嗎？
今天科學、醫藥、教育都那麼發達、進步
除了癌症
才認為難症不治之外
其他頑癬，譬如
搶劫銀行、飛車強盜
綁票姦殺等等，算不了甚麼嘛

投藥就是啦，青黴素、鏈黴素，甚至……
不然就開刀啊
如果，你認為開刀也醫不好

最後，還有判死刑的方法嚒

那些時常蟄居在久未蓋成的
混凝土裸體建築物
那些時常逃避在專供色情休憩的
安易旅館
雜居着尋歡的三女一男
或者五男二女
未成年的黃口孺子　以至

那些時常穿着畢挺西裝的
年老「染隋莽」
那些只能裝飾形式逢迎的
年輕「陰謀者」
個個都是一表人才，顯露着
健美的身軀
任你怎麼檢驗
四肢、胴體、內臟都沒有一點故障

沒有一點故障
你却看不見他們的心
看不見心
他們　既然沒有心
怎能說
心，開始腐蝕了？

一九八一年三月八日的事故

林宗源

果

「不准」
你也引咎辭職
他也假無意辭職
「不准」

停看聽

該死的司機老大
即搭物是穿梭賽車的競技場
不准自由心證
親象「量子物理學」一樣
再也「測不準」的自由心證
不准自由心證
即搭物是公平賽車的教練場
該死的司機流民

聽看停

「不准」
你也想笑自強電聯車的病症
他也想哭今日病院老大作風
「不准」

以價制量
啥人叫你騎鐵馬去臺北

事故

死亡三十隻
重輕傷一百四十三隻
死一隻四十四萬的省民
死一人八十五萬的臺北市民
頭前溪的血不如外雙溪的血「値錢」

碰，物是突發的意外
碰，車碎人無命
碰，行理亂飛
碰，血亂亂流
碰，呼天叫地的聲跋落頭前溪
碰，自強車無命
嘈，計程車黑白來
嘈，警車從來迌去

嘈，救護車青盲又更庫神
嘈，葬儀車賣二仟元一身的價錢
嘈，新竹↕臺北，嘈
嘈

死亡三十隻
重輕傷一百四十三隻
一隻四十五萬的價錢
已經是最高的行情

因

法院慺追究責任
兇手司機老大被殺
指向頭家的存款帳號

指示查究
查、查、你查、他查、查、查
查出見誚的十八世紀平交道
竟然活在廿世紀的時代
查出肉鷄式的教育
竟然生出物守法治、秩序的傳統
查出車禍補賞不合算的問題
竟然設計阮講慺保險又漲價
查出阿根廷大車禍死四十五人
咱兮鐵路局好親象還減死十五隻
了解、你了解、他了解、了解

下令了解

在科技搭上自强號的時
我擔心核子發電廠
我擔心毒氣毒殺天空
或時㤈知死一身值幾個錢
在科技搭上自强車的時
果也是因
因也是果
因果倒吊的時
正是處長㤈辭職的時
正是主席不准的時

「不准」
人才資料卡透支
「不准」

專家駛㤈到局長的位置
㤈是專家老人吃茶配新聞
養老又更分派系
養老又更㤈替換的鐵路局
獨覇的生理做㤈賺錢
也㤈甘放護民營
出代誌的時正是打太極拳的時

查、查、查、查東
推、推、推、推西

查出
司機老大伆是頭家無肉
頭家趕緊想辦法宣告破產
推護

判平交道死刑的法官
坐在法庭
嘴咬原子筆看天

撿屎與挑糞的日子

明哲

在離島的小漁村
我做過清潔工人
天天掃馬路水溝
撿拾猪屎狗屎
清洗厠所挑人糞
一擔又一擔

並非出於自願
只因冒犯了主人
而身不由己

那灰色的日子
雖已成爲過去
但時而仍會夢見
一個文弱書生
在路上撿拾著
猪屎和狗屎
蹣跚地挑著
兩桶滿滿的糞便

十二生肖

德有

鼠

飼你
專門偷咬
布袋
過街
人人喊打
應該

牛

犂土
駛田
拖車
却免不了
主人的吆喝

鞭打
說伊多神聖
鬼才相信

虎

任憑觀衆
喧吵沸騰
指來指去

吃人的伊
在籠子裡
低着頭，依然
無動於衷

兎

披一襲
雪白的
毛衣
在黑暗的洞窟
躲來躲去
閃東閃西
怕見老鷹
銳利的眼

龍

神龍
見首
不見尾
看，幾千年
還是
神秘兮兮的

蛇

無脚
也會
走路
無輪
百足的蜈蚣

馬

因爲善良
鼻子
才被牽
人
才敢

騎在上頭
耀武揚威

羊

牧羊的孩子
睡覺去了
咱就做伙
去找草吃
再不怕
狼來了

猴

猴齊天
七十二變
變來變去
同款，瞞不住
二郎神
第三粒
目睭

鷄

無翅膀的
人，拚命
想飛

上天
你有翼
却只裝著
好看

狗

忠實的
狗奴才
踢也好
打也好
趕出去
猶原尾仔搖搖
倒返來

猪

吃人不要吃的
睡人不要睡的
却也悠哉悠哉
憨憨仔大
憨憨仔肥
被人吃掉
猶原不知

牧陽子

番鴨

把阮神聖的母性閹掉
爲着要證實
伊們是智慧超群的人類
有選擇美食的權利

把阮美麗的網打破
爲着要給阮
四肢發育得更加健美
不當跌落情慾的深坑

爲啥咪　尋不到自己的血統
無法度傳宗接代
在無情無愛的世界
哪有輝煌的期待

等到主人把阮的脚手束縛起來
阮用給人割斷的肺管喊叫：
阿母啊！
您在叨位？

愛荷華詩抄

呂嘉行

嚴冬的第一竿

在這寒冷的冬天
遙望那零點下凝冰的湖邊
我在等待着春天
等待春天甩出第一竿
可是
人造的衛星傳回來一波波的訊息
冷鋒的源頭確是來自北極
另一股橫掃的暖流帶着水氣
於是烏雲籠罩着大地
一片片的雪花飄落復堆積
對於北國長大的孩子們
這已不是冬季的傳奇

人造的衛星再度傳回來一波波的訊息
這次的鋒頭逐漸偏西
烏雲漸漸散去
積雪不到一尺

光禿的樹幹和樹枝　肅穆挺立
驟然間三五隻鳥兒掠過天際
爲這空曠冰冷的大地帶來一點生機

這些一波波的訊息
經過專家們的分析
再加上預言家的妙算神機和
千百年流傳下來的農民曆
肯定這將是一個特別寒冷的冬季
空氣裡沒有清風
風刮如利刃
天上不見飄逸的雲
是一堆堆沈重的心情
即使是晴朗的夜晚
也不過是幾顆稀疏的星
遙遠的掛在清冷的天邊
當然
失去了一群南遷的候鳥和
那些冬眠已久的爬蟲走獸
冬天的北方是格外孤單的
就像是假期裡的大學城
失去了一群註冊的學生
而我
就在這個北方的大學城
等待着春天
等待春天甩出第一竿

一九八二年二月廿六日　於愛荷華城

春的隨想

這眞是一個奇異的春天
曾經遠去的風雪又再回來
忙壞了的星相家和術士們
一口咬定
九大行星的吸力作怪（註）
而對於那些從南方回來的知更鳥而言
飢餓使他們在雪地裡無助的徘徊
早知如此
該在中途多躭擱幾天

這眞是一個奇異的春天
還是第一次醒悟 我
居然是美籍華人第一代
得像嬰兒般的牙牙學語：
『這就是我的家』
雖然我的一些親朋
尤其是妻子
已有很深的成見

我也曾經去聽過兩個詩朗誦
那位美國詩人
生動的描述
一群墨西哥人的痛苦和悲哀
而那個波蘭人

那個流浪的波蘭人
用他的筆
用他的母語
寫下一滴滴的眼淚
而譯成英語的一行行詩
更是抹了鹽巴的傷口
正在腐爛

這眞是一個奇異的季節
農夫們已淡忘了
那些豐收的秋天和
欠收後漫長的冬季
忙碌着翻土和播種
又是新的一年
據說集體農場如常的懶散

遠去的風雪
奇異的春天
又能讓我們就在庭園裡
從侵晨到晚餐前
兒啊！
歲月的訊息是：
我的精力一天天消失
而你的筋骨正在發育
這便是春天

一九八二年四月十四日於愛荷華城

註：一九八二年三月前後九大行星排列在太陽的同一邊。

林梵

詩兩首

塩

陽光閃耀著
海水，閃耀著
一顆顆的汗珠
鹽田的風景
光影也恍惚了

轉動的風車
戽水導入了池中
熱氣幾番蒸騰
高達飽和點
結晶，苦澀的鹽

以化學藥品提淨
所有存留的雜質
再經粉碎及過篩

終於瑩潔純白
一如雪的肌膚

烹煮時只要些微
溶入了食物
平淡轉化甘美
也補充了，亙古
生命所需的要素

而鹽民爲了生活
任烈日暴晒
反芻人生的苦樂
隱密的淚水
一樣有鹽的鹹味

盆栽

即使只給我
一握的泥土
我的根
在有限的天地
盤紮，吸收養分
我的莖
奮力抬高、生長
我的葉
光合作用不懈

即使修剪我
我仍不服
在坎坷的命運中
爭取生存的條件
隨即拼命吐出

新的葉片
仍然有繁盛的姿容
氣象蓬勃
仍然像我山中的兄弟

即使扭曲我
我仍不死
在逆境中表現
旺盛的生命力
軀幹儘管矮小
粗糙的樹皮
仍然具有野性美
風格豪邁
仍然像我山中的兄弟

母語

莊金國

——獻給宗源仔

宗源仔，請你原諒
我使用的語言離咱母語
有一段相當的距離
即次我抱着考試的心情
接受你嚴格的審驗

請你聽我講幾句
阮大樹人的口音

宗源仔，請你諒解
我寫詩的筆調離咱母語

有一段相當的距離
即次我決心使用咱的話
表現出大家的心聲

請你聽我講幾句
阮大樹人的口音

宗源仔，請你免驚
無人肯定你堅持的母語
你免著急你免怨嘆
我發覺有人暗中跟隨你
漸漸認同你的堅持

請你聽我講幾句
半青半熟的母語

宗源仔，請你趕緊
走出一條母語的大通路
你的詩觀你的理想
以及你海濶天空大世界
總是你開拓最領先

七十二年十月十日寫於高雄

吳俊賢

森林詩抄

雜木

無顯赫家世 無名
獨自抗拒冷漠天色 冷清風雨
堅持一種立姿
隨便活著

質地不良
只能安插柴房
自焚而亡

靑春是一鍋被遺忘的開水
在寒冬中逐漸冷却

被壓木

沒有人會注意　林下
被剝奪陽光的一株
細弱小樹

沒有人會在意　伐除林下
發育不良的一株
蒼白小樹

沒有人會估算
不值錢的一株
等外材材積

沒有人能壓制一株
不低頭的向陽小樹

蚯蚓

林承謨

突然
在窗外的花盆
故鄉帶來那撮枯乾的泥土裡
發現一尾蚯蚓
它已經在此住滿兩年了

兩年了
竟然沒有餓死
難道是吃身邊那些
開不了花
種不了樹
沒有水份
沒有養料
的土塊麼？

哇，還排泄著一串串的糞土呢，
我從前是不相信蚯蚓祇吃泥土
我以爲它吃土壤裡的甚麼生物
我以爲它吃土壤裡的甚麼生物

你——們
生生不息的子民啊！

・吳明興・

散戲

看戲的人潮漸漸散了
演員們終於露出了眞面目
一番詼諧的笑談後
戲台便空蕩蕩的
陷入了深夜的冷風中
廣場中央
除却一隻被遺忘的梲子
便只有在風中浮動的落葉
如果還有一點什麼的話
那就是陪著我的身影
各自疑惑著先民的悲劇
以及僅爲看熱鬧而熱鬧的人潮

所造成的諷刺
而悲劇經常是輾轉起伏的
只是生死的轉折
未免太過突兀了
如當年驟起的風暴
輕易的席捲窮荒的移民船
所强制出來的災難
而災難在詼諧的笑談中
一如熱鬧後被遺忘的梲子
困惑著掙扎的落葉

一九八三／九／伊勢洞

生活方式

蔡銘

年少的夢
和不滿
都像酒杯底
純白的
冰塊
慢慢的
溶化
唐朝離我們
很遠，中國
也是
然每個早晨

我仍用一個
中國製造的
鬧鐘
讓我清醒
再去喝一杯
濃濃的
純黑的
咖啡
讓它流入
腹內
感染五臟

1983.11.7

等待

李敦

那晚　西風曳著冰冷的長裙
相送於小港太空基地
我扶妳登上翠綠的火箭
引火　待發

約好　如果一切順利
將在龍騰獅舞的佳日重逢
而今已是月圓的中秋
從內視鏡中掃描過
八個衛星　二四五個行星
都　尋不見妳的倩影

妳也是熠熠然的　一顆發光體
竟不能納入行星的軌道
豈止關心而已

當晨風捎來高樓的鐘聲
卻聽不見妳熟稔的語言
我又爲妳的歸來再度祈禱

啊啊！親愛的
即使被擱淺於銀河的沙洲
或已墜毀那深澗的海底叢林
我也要等到水落石出的

白波

時雨記

雨　整整的下了一上午
現在也仍霰霰濛濛的下著
…………

天氣是暖和了
　清晨仍有絲　冷
這大概也就是白居易所說的春寒吧

蜀帝啼血　子歸怒放　唉！
行不得也哥哥
　當杜鵑狂唱著不如歸去………
　　在這　動人的時節
　有著無數生意的故事發生
當櫻雪溶盡　蒲公英飛落出山岡

　黃透了的梅林
　　沁出陣陣時節的氣息
時節雨也就絲絲的下來了

時節雨絲絲的落　不停的落
　透濕了江南花村的烟帆
　　透濕了白帝南城的雨台
也沁入了眼廉　　又透出了心頭

於是我似乎聞到了一股
黃梅　特有的味道

一九八二梅雨季節　于東京

しらなみ

鄉愁

「你是那裡人」
「我是臺南人　不…我是高雄人
不不　我是臺南人　不……」
我的家在高雄　所以我是高雄人
但　我是在臺南八〇四總醫院出生的
三歲時擧家搬到了臺南
一住十二年　于是　我成了臺南人
我家又遷到了　臺北

「你是那裡人」
「我不是高雄人　因爲我會迷路
我不是臺南人　雖然我閉著眼也能從復
興路走到安平　可是那兒沒有我的家了
我不是臺北人　臺北的家我只去過一次
日本的家不是家　只是睡覺的地方」
鄉愁竟裝不滿酒瓶

一九八三、九、廿四

回看林亨泰

喬林

在「六十年代詩選」由編者執筆的林亨泰小評，其第一段是這樣寫的：

有人問大名鼎鼎的畢卡索說：「誰是新人？」畢卡索即回答道：「我就是。」這是詩人林亨泰在一個文藝集會上介紹自已時所說的幾句話。

話中重要的「新人」這一謂詞，從其語言的背景，實已透露出，說者、編者都有意双關。一是意味着，在中文詩壇上，林氏是一適才出現的新人；二則意味着，林氏在其詩論與作品上的扮相，是一種前導新銳的角色。如果我們熟悉在五、六十年代藝術領域裡，最具新生活力的詩壇與畫壇，那種棄傳統如敝履，以西方的藝術思潮爲心嚮仰止的北辰，亦脚狂熱隔岸求薪的情況，我們當可領會，這一「新人」在後一意味上的美譽，事實上已蓋過前一意味。

在原有的規範裡，中文詩與西洋詩在體質上，即有着極大的差異，它們各自沿着不同的語文與文化合鑄的軌道，依據着各自的生命需求、生活態度，以不同的速度穿越時空。這種情形在舊詩的五言七言藩籬未被拆除以前，更是嚴然分明。然而，時至五、六十年代的新詩人，似乎不約而同的在心裡湧現出一幅可怕景象——那就是看見了五言七言詩中的許多高貴與美麗，只不過是表面裝飾炫麗，其內裡却是粗陋與窄小的人類靈魂容器。此一面具的拆穿，其最深刻的意義，不僅是表現在理知的浮現與思攷的行動；同時也表現在對舊有詩的信仰上的喪失。事實已說明了這一事態，較之新詩運動以來，倡言力行的外貌改變，更形複雜與具體。

對於生活在中文裡的人來說，自古以來，詩與其說是一種文學的體系，毋寧說是一個堅固的心理母體，近乎宗教般的包容了整個生理生命，維繫着具超越實有境界的交通。失去了這一信仰，亦然失去了在心理上維持直接經驗於不墜的全套象徵、概念及儀式。遂使得新詩人的心靈流離失守，彷徨流徙。

另一方面我們又可以看到，新詩人帶着渴求的心緒，積極的希求重建新的詩的家園。於是，幾乎自認具有現代意識的詩人，無不自我要求的勤加脚程，競相自傳統的家裡出走，走得愈遠，便是愈爲「前衛」。而「前衛」在當時是統攝着「好的」「理想的」等美幻的色彩，强烈的意味着希望的實現。

居於當時的這種詩壇處境及心向，在日文文學圖書裡浸淫多時的林氏，挾其歐風西雨的詩論，併同不帶中文新詩當時習性的作品，乍然出現中文詩壇，在那時的迷亂視野裡，自是被視爲「前衛」的具體化身，以「新人」之美譽賦予便爲當然。而林氏，以其年青人的熱忱，也自負的擔當起前導的角色，熱心於站在詩刊的講臺上，滔滔不絕的爲當時的各色作品辯護，因此我們說，林氏在自我介紹時以「新人」自稱，語意着重後一意味，當是這種角色的自我肯定。而在作爲新詩現代化導師候選人的紀弦這邊，無疑的，是喜獲了一位强力的「助講」。

在這些往事裡，林氏給我們的價值印象，是教師的身份，多於創作者的身份。雖然他曾執意的開風氣之先，引進了一些圖象詩，但對現代詩的建樹而言，那只是一個失效的意見，創作方法上冒險犯難的精神提示，多於詩本身完美性的完成。就是另一些非圖象詩作，着意在方法上的企圖，也多於完成一首詩的企圖。理性的思孜計算，清楚嚴謹的幾何隱定結構，使得人性的角色從其作品中退隱消失，造成其作品的一項缺憾。這是約爲廿年後的今天，我們的評價，然而就當時而言，却是價值連城。不過，如此前後冷熱，並非嘲諷，也不是對以往的否定，而是一種史的意義的鋪陳。如果我們知道，無論自然或人，在生命中沒有任何一事是可以持續不變的，包括我手中所持的價值秤稱。如果我們返身走回過往的那段歷程，而且就站在那個時段，我們當可目睹：林氏在方法論上突創的示範，確眞發生了一些作用；在其熱切的會同出力吶喊擁護下的現代詩，確是歡暢的滾動了一段時程。

林氏已沉寂多時，雖然近一、二年來，他已復偶有詩論詩作，惟在感覺上已沒有從前的銳氣與神氣。這是否映示着一種知識環境的更替？詩壇上，詩作詩論的充實？總之，在我們印象中的林氏，仍願是保留在廿年前的林氏——一位沿習着日本論說體的緩慢口脗，超乎仔細的語調，善意的爲各種「可能」辯解呵護的現代詩教師。

溫厚的長者

吳晟

民國四十六、七年間，我到彰化八卦山上的一所中學就讀初中部，那年暑假，偶然看到大哥帶回家的一本文藝雜誌——「新生文藝」（本縣作家潘榮禮他們所創辦），竟深受吸引，靜坐一個下午仔細讀完，從此和文學結下不解因緣，多方設法搜求文學作品閱讀。隔了一年，大哥獲知我對文學發生興趣，尤其對新詩更爲著迷，交給我一本薄薄的詩集——「長的咽喉」，並說：作者林亨泰先生，是我三年初中的導師，對我的求學路程、思想人格影響很大。

那時我剛升上初中三年級，對這册詩集的作品，當然不可能有多少理解，却頗感興味，曾和二、三位愛好文學的同學一起反覆吟咏、硏討，甚而爭論，或許這就是詩的魅力吧？其意象之鮮活、想像之豐富，以及精鍊特殊的表現方法，留下至爲深刻的印象。

自此我每和大哥相處，常以林老師爲題，大哥常講述林老師誠懇的爲人、認眞的治學、淡泊的胸懷給我聽，並引用林老師講過的話開導我、啓發我，而我也陸續讀了更多林老師的理論和詩作，對林老師有更進一層的了解，更進一層的敬佩。

在我高中畢業那一年，大哥服完兵役，將赴美求學之前，再三吩咐我一定要去拜望林老師，向他請益，但因我的個性使然，一向怯於主動與人親近，以致一直拖延，就像對許多前輩作家，即使內心至爲仰慕，却不敢趨府拜望，也不敢去信打擾。

直到我大專二年級時，大哥又從美國寫信回來，叫我無論如何要找個時間去看林老師，而且，正如火如荼展開的「現代」詩風潮，我有許許多多困惑，苦思苦讀仍不得其解，心想林老師必能有以敎我，因此才冒然和林老師連絡，約定到他服務的學校會面。

見面後略做問候，林老師即帶我從學校步行回他家裏，由於林老師的親切接待，使我袪除了不少面對長者的怕生之感。路上，我就急切提出一個一個疑問請敎他，他則一個一個問題耐心的解說，雖然事隔多年，當時的景象，我仍記憶猶新，我們的整個談話內容，我也依稀記得，特別是——拒絕學習、便是拒絕成長這句話，我更常引爲惕勵自己不斷學習、警告自己不可輕易排斥他人的座右銘。

此後數年，我雖然未曾再去拜望他，但一想到他，便會在心中清晰地浮現出一位溫厚長者的形象——仁慈、懇切，那麼値得完全信賴。

這幾年來，因爲康原的好意，有時邀我和林老師去彰化參加文藝座談會，我又有多次機會親聆林老師的敎益，我若有不以爲然的看法，也會坦率表示，他從不以爲忤，始終以和緩的語調、認眞的態度，層層予以剖析。

林老師的詩作，因爲富有實驗精神，和較爲特異的表現手法，不免引起一些爭議，而他的詩學理論，就我所知，則無人不欽服，對整個詩界的影響，至爲深遠，我想，這不只是由於他的治學態度嚴謹勤勉、見解精闢而深入，更且是由於他謙冲爲懷、淡泊名利又不失執着於探求眞理的人格情操所致吧。

林老師的確不是呼風喚雨，不是喜歡製造新聞的人物，也從那些唯我獨尊，「我是大詩人」的姿態，數十年來，他只是默默守住他的寂寞、勤於思考，愼重地發而爲文爲詩。在紛紛擾擾、人人爭相「出頭」的詩學界，像林亨泰老師這樣勤於思索、甘於淡泊的溫厚長者，無疑是非常難得的典範。

國際頻道

「里爾克與奧地利」研討會

一九八三年九月二十二至二十五日，在奧地利的林茨（Linz）舉辦一場「里爾克與奧地利」研討會，由史托克博士（Dr. Joactim W. Storck）主催。林茨是里爾克年輕時唸大學的地方，於維也納郊外的一個小鎭，筆者一九八〇年曾經過該地。這場研討會是由奧地利文藝學會和瑞士的里爾克學會所合辦，後者同時在該地舉行第十三屆年會。

除演講會外，研討會分五個子題進行：

第一個主題：波希米亞

來自布拉格的霍夫曼博士（Dr. Alois Hofman）講「大城市非眞實：里爾克失落的故鄉」，來自阿德萊得的史鐵汾博士（Dr. Anthony Stetphens）講「早期的里爾克散文」，來自布拉格的羅基塔博士（Dr. Hugo Rokyta）講「里爾克年輕時與布拉格」，來自瑪巴哈的史托克博士講「里爾克、史悌夫特、和奧地利意識」等。

第二個子題：林茨

來自漢城的金炳渥博士（Dr. Byong-Ock Kim）講「童年與成熟之間：里爾克林茨時代的過渡時期」，來自林茨的施拉格博士（Dr. Liselotte Schlager）講「在林茨的青年里爾克」等。

第三個子題：奧地利（總論）

來自莎布留肯的馬克實博士（Dr. Rainer Marx）講「里爾克失落的奧地利故鄉」，來自莎布留肯的史塔爾博士（Dr. August Stahl）講「里爾克和維也納法典：被告論辯之緣起」，來自萊比錫的納列夫斯基博士（Dr. Horst Nalewski）講「里爾克做爲世紀轉接中奧地利期刊上的評論家」等。

第四個子題：奧地利當代文學

來自杜賓根的柏能坎博士（Dr. Klaus F. Bohnenkamp）講「卡斯納和里爾克的針鋒相對」，來自倫敦的傅洛溫教授（Prof. Irina Frowen）講「里爾克、露•安德里亞莎樂美、和佛洛依德」，來自日內瓦的普拉特（Donald Prater）講「里爾克與褚懷格」，來自倫敦的龔納（Rüdiger Görner）講「不息的永恆——論里爾克與霍夫曼史塔在歷史和文化上的關係」等。

第五個子題：影響

來自柏爾格雷特的克里弗卡比齊博士（Dr. Mirko Krivokapić）講「里爾克在南斯拉夫」，來自克拉根福的貝格教授（Prof Albert Berger）講「約瑟夫•溫赫伯斯與里爾克的交往」，來自曼海姆的史懷卡（Rudi Schweikert）講「在亞諾•施密特親奧地利作品中的里爾克映像」等。

內容豐富，可見一斑。按里爾克在一九一八年前是奧地利國籍，以後到死爲止，則改入捷克國籍。

（李魁賢）

東洋味？

李篤恭

最近朶思先生說：「『笠』的同仁大部份都精於日文，耳濡目染，大和民族溫柔的文學作品所煥發的精神內涵，便隱約出現了」云云。於是，在十二期「陽光小集」裡，吳聲良先生也說：「……笠型的詩翻成日文，絕對可以混在日本詩作中亂眞……」。又林文義先生也有一幅諷刺「笠」傾向東洋味的漫畫。

說「笠」有東洋味，是謬誤的。尤其請問這三位先生認識日本詩和其歷史和其民族習性嗎？如果要批評笠詩作是否有東洋味，應該由筆者來指出，因爲筆者頗精於日本文學。不知爲不知，是知也。子非魚，焉知魚之樂乎？一個人如果沒有略通於日本歷史，民族性和文學史，而偏要憑直覺或是偏見說：你們有東洋味云云，這在邏輯學上叫做「無知的謬誤」。如果有人問我：「印度文學」如何？我會說我不知道，因爲我僅僅讀過「泰戈爾」，而他不能代表印度文學的整體。我們可以以主觀或直覺理念去表示自己的喜惡感覺或者信念主張，但是如要做文學批評，就必須具備某程度的正確的知識，而以客觀的理則去推論。例如：

古池呀　青蛙跳入之　水聲，

日人認爲「一休」爲日本的李白而「芭蕉」爲杜甫。芭蕉的這首被認爲是日本詩最高的「俳句」之傑作。現在，姑且不談日本俳句文學之產生的歷史背景（這需要大篇長論），這首俳句乃是日本式虛無主義——小島國而無路可發展或者逃遁；有神格化了萬世一系的天皇制，和封建的武家政治（如今是大財閥），個人沒有人格尊嚴可言，而在那男尊女卑的社會風俗下，女人只有當家庭婢女——連「主婦」都不是！而男人不是當武士——地方貴族（藩）的家兵——就是當受人賤視的農人，工人或商人；而文人只有「畫山水」的希望，加上老子的逃隱思想（日人之認識老子，並不一定正確），再加上小乘佛教的出世厭世遁世的意識。不懂這些特性，就無法了解此俳句。它以象徵手法道出：這世界好比是一潭古老而汚穢的「古池」，而人生彷彿是一隻青蛙跳入水中所引起的那一剎那即逝的一絲水聲耳。沒能夠有如此的了解，這首日本文學的傑作便變成了極其無聊的玩意！又他的辭世之句是：

病倒在旅途上　我的夢仍奔馳於荒野中

生於達觀而臨死不欲歸也。碧果和商禽兩先生的一些作品的東洋味很重，但我們知道那是偶然的相似。

「笠詩刊」的原始創刊人的十中之八是受過日本教育的，而當然或多或少地受到了日本文學的影響。然而，由這些人士後來之走向現代文學看來，我們便可以了解他們受了影響的，並不是日本古典文學，而是新文學——受到西方思潮沖擊的「熱門文學」，因而是反傳統的又反東洋味的。況且，他們除了有反抗和忌避日本統治的意識之外，對古典或傳統文學又有革命意識。例如他們當然都會唱許多日本流行歌，可是他們理念意識使得他們厭惡低層次的東洋流行歌。這些人們喜愛鄉土民謠，曾開會討論過。今天，反而沒有受過任何日本教育的計程車司機很喜歡日本歌；把車內音響一開，十中之六七是東洋歌曲。民國五十年間，當時大量的日本電影上演的時候，我們是以批判的眼光去看；大衆卻看得如痴迷地；連余光中先生也勸人去看日本片。然而，我們受過日本教育的却不受惡性影響。君不見，有多少「國語歌曲」是東洋抄襲品，而且純粹的國語歌曲十中之六七有濃厚的東洋味。我們很喜歡那具有遠大思想的西方音樂，但厭惡那情緒兮兮的日本歌曲！

筆者不是「笠」的創辦人，爲公務理由也很少參加過他們的聚會。但在這三十年來的交情中，就我所知，寫過純日本式的六五六或七五七律詩、和歌、短歌、俳句的人們是黃靈芝先生、張彥勳先生和我自己，以及最近新加入的蕭金堆先生，而好像只有我寫過打油詩「川柳」。黃靈芝先生的俳句不亞於任何日本詩人的，而蕭金堆先生的短歌也極其高明。可是，一旦用國文寫詩，便全然沒有東洋味而皆是南瀛味的，不僅「不溫柔」，反而是極陽剛而悲劇性的！那種虛無性刹那主義的東洋味特强的人，就是林亨泰先生的詩作。然而，林先生似乎是受到龐圖（Ezra Pound）頗大的影響的；龐圖受了日本俳句很大的影響；艾略特（T・S・Eliot）也受過一些影響，其次就是張彥勳先生。至於陳千武（桓夫）、錦連、葉笛等先生就完全地沒有東洋味，一開始他們用日文寫的是自由體近代詩。

受「文學先進國」，尤其現代主義之影響，如果不像前一陣子的胡亂的模倣，是有益無害的。在文壇上，葉石濤、鍾肇政、黃靈芝、陳千武、錦連、陳秀喜等先生，是由於其性向天份爲文學的吧，他們的日文能力絲毫不遜於日本文學家。據說日語最好的人是猶太人，伊撒亞，扁大遜，好比世界英語文法的最高權威不是英國人，而是丹麥人的奥圖耶斯貝爾先（Otto Jespersen）。可是，這些本省籍作家或詩人們的作品，語調與措辭是有人有些東洋味，但其理念型態與中心思想不僅沒有東洋味，反而其潛在意識有排斥東洋味的現象。而且，事實上，如今純粹的東洋味在日本武士道小說（等於我國的武俠小說）裡才找得到；現在，許多日本文藝作品的理念意識是很西化。因此，笠型的詩翻譯成日文，甚至是用日文寫的，也不能混在日本詩作中亂眞。國度和生活背景和時代不同（她是開發國家），國家命運不同。只有以人類共同的情理寫的翻成哪一國語文都可以亂眞。

記住，日本文化乃是大和文化三成、漢文化四成包含（漢記佛敎）、西方文化三成的總和。再說，大和民族的「溫柔」云云更是笑話。日本人的陽剛與陰柔都强過我國人；稍微認識文化型態學，或是歷史哲學的人都知道：新興民族的「陰」與「陽」兩大互補相尅的理念取向特强，如「菊花與劍」。事關文學評論，吾人應愼重避免信口雌黃。從前，筆者在某大補習班應徵英文敎職時，班主任叫我唸一段英文。主任評曰：「你的英文發音日本味很重！」我騙他說我沒有受過日本敎育而不會日語。」他說：「不是，是帶有閩南腔！」我再騙他說：「我不會閩南語，我是客家人。」這位把S唸成 ice 的大主任說：「對！對！你的英文是客家調！」天曉得，客家語我只會講一句「我愛你」。

文藝批評，最要避免主觀、偏見、無知、自大的謬誤，更不應該以嬉笑怒罵來文人相輕。又常有一些人常說「笠」愛辯。難道要叫人家放手讓你誤會誣罵嗎？怕人家辯，你就不要評人！有謬誤就辯論到底；眞理是愈辯愈清的。只登評方的文章而拒刊辯方的駁文的刊物是最下流卑賤而抱有陰謀的。我不太了解那「鄉土文學論戰」的經緯，但拒絕登刊辯方文學的評方的劣行將永留在文學史上。

非馬詩的評價

陳千武

由於詩的風格別具一幟，被視爲現代詩壇的一個異數，近來受到各方重視，常提起討論評析，獲得好評的非馬的詩，究竟具備怎樣的詩素特徵？值得加以考求與觀察，茲列舉非馬的詩受過評釋的實情，可就各人的觀點瞭解其詩質評價的一斑吧。

自從民國五十六年二月笠詩刊第十七期，非馬發表「彌撒」「樹」「我焦急」「這黃昏」四首詩，我便成爲非馬詩的愛好者，一個忠實的讀者。迄至十六年後的今天，非馬已出版了二本詩集。

第一本詩集「在風城」，中英文對照，係於民國六十四年九月由笠詩刊社出版，收錄五十八首詩。第二本詩集「非馬詩選」於民國七十二年六月，由商務印書館別入人人文庫出版，收錄九十五首詩，其中二本詩集重刊的二十四首詩不算，共有一二九首，還有正俟出版的「白馬集」一本，分「鼠頭鳥尾」「日出月落」「勞動者的坐姿」「拾穗」等四輯，詩一二三首，前後合計二五二首，詩的產量年年激增，可算是一位多產的詩人。

茲就非馬已出版的二本詩集計一二九首詩來看，迄今被人提過評釋欣賞，列舉爲特別喜歡的詩共有三十五首，那是「黑夜裡的勾當」「醉漢」「反候鳥」「四季(2)」「芝加哥」「電視」「鳥籠」「路」「門」「四季(一)」「人與神」「卡特的眼」「喜怒哀樂的（樂）」「中秋夜之一」「魚與詩人」「裸奔」「構成」「風景」「這隻小鳥」「下雪的日子」「傘四首」「新與舊」「老婦」「幕啓」「圓桌武士」「通貨膨脹」「致索忍尼辛」「照相」「長城謠」「靜物(4)」「烱鹵」「從窗裡看雪」「今天上午畢卡索死了」「港」「籠鳥」等，可以說都是表現非馬特殊性格强烈的詩。當然除了這五十五首以外的九十首詩，也都具有非馬詩的特色與好的要詩素，只是沒有人特別提起評釋過而已。

民國六十四年十二月十五日出版的「笠詩刊」，舉辦過一次非馬詩的欣賞專輯，題爲「在風城的風聲」。計有桓夫寫「詩的焦點」，評釋「電視」一首詩奧妙的表現手法。李勇吉寫「短詩與短句」，評釋「新與舊」「門」「老婦」「幕啓」四首詩，說：非馬全身充滿了

『詩菌』，由於詩菌作怪，表現了他寫短詩的才華。趙廼定寫「『在風城』的感受」，把圓桌武士」「鳥籠」「通貨膨脹」等歸爲「思維的遊劇裡」的詩，把「裸奔」「致索忍尼辛」「構成」「老婦」等，歸爲「圖畫性」的詩。林煥彰即寫「非馬詩集讀後感」。林煥彰列擧「鳥籠」等十一首詩爲其特別喜愛的詩，並說：「比起洛夫的『魔歌』詩集來，不知要高出多少倍。」我不知道林煥彰拿洛夫的詩和非馬詩比較，有甚麼意圖，據於何種質素而「比較」？不過我瞭解他喜愛非馬詩比敬佩洛夫的詩高出多少倍的心情。李魁賢寫「風城巡孔」，以「電視」「致索忍尼辛」「籠鳥」「鳥籠」「裸奔」等詩，予以詳細的剖析。他認爲：一、非馬的詩風瀟灑，獨樹一幟，意象鮮明，乾淨俐落。他的招數是點到爲止，令人有撥雲見月，而猶抱琵琶半遮面的感覺，餘味無窮。二、非馬的詩的另一特點，爲反諷詩想的成功運用，他不計較反諷詩之奇詭，而求反諷境遇之圓熟。

趙廼定於民國六十六年六月十五日出版的笠詩刊79期，發表「析非馬『傘四首』」詩，以詩視同夫妻生活，由邂逅——相戀——以達消失，對固定模式的反抗，解釋得十分詳細。

民國六十七年八月非馬從美國返臺，莫渝訪問非馬談話。談話紀錄發表於六十八年二月十五日出版的笠八十九期。莫渝問：「你理想中的好詩的條件如何？」非馬說：「對人類有廣泛的同情心與愛心，是我理想中好詩的首要條件，同時，它不應該只是寫給一個人看的應酬詩，那種詩寫得再工整，在我看來也是一種遊戲與浪費。其次，要能化腐朽爲神奇，賦日常街頭的語言爲新的意義。還有一個要素，是在適當時候，給讀者以一種驚奇的衝擊。」非馬提出「電視」「鳥籠」「通貨膨脹」「裸奔」等爲例。證實他的理論與創作有密切關聯的效果。

林亨泰於六十九年四月十五日的笠九十六期，以「意象論批評集」論及「非馬的『風景』」，譽爲是聳立在美的空間中一座「視覺金字塔」。以虛構的運用，形成强烈批判的姿勢的作品。

民國六十九年一月廿七日在臺中，有省上、林亨泰、錦連、詹冰等十五位笠同人擧行作品合評「談非馬的詩」，提到「人與神」「反候鳥」「裸奔」「構成」「風景」「這隻小鳥」「電視」等詩有其詳細的剖析。

詹冰說：非馬的詩有高度的濃縮和長距離的飛躍。

岩上說：非馬的詩在體型上來說，屬於短章較多，很像意象派的表現手法，語言淸晰不加藻飾，意象明確而集中。事實上，非馬的詩在有意無意間有著相尅相生的技巧。

錦連說：非馬的詩與別人比較不同的是他用字清楚，難懂的句子很少。像我沒讀過多少國文的人，讀起來也不覺得吃力。詩的特點常有意想不到的突變或轉彎，突彎轉彎之後即出現的意象格外給人衝擊，讀了以後，心裡有很明顯的輪廓，題材不僅豐富，且都能入詩，在這麼多的題材中，最令我感動的是，他對於生存的周圍經常是睜開眼睛直視著，這一點，很多所謂的詩人都忘記或有意的忽略。

李默默說：身爲中華民國不產生俄羅斯主義，是傳統的皇帝子孫，尤其在非馬的「反候鳥」顯示，他所表現的意識和意象已知一目了然。「裸奔」一詩，反映近來時代的變態、不像洛夫的「裸奔」，未寫人生生死蔭陽在怪氣作品裡輪廻。非馬的「裸奔」，寫的很現實，很直接的指導我們，這一代的「裸奔」在表現什麼？

民國七十年八月十五日笠一○四期，發表中南部詩人集體合評非馬的「魚與詩人」「鳥籠」二首詩。參加者中部十一人、南部四人。

散文作家張典婉說：「非馬的詩現代感很濃厚，從內在精神層面到外放，探討其對人生的態度，乃至最後的妥協，很貼切地把握了生活的素材和語言。詩的節奏，一如電影剪接的明快，讀者順著作者筆下讀去，極易被同化，動力多於靜態的感受，很快達到作者寫詩的目標。」

白萩說：「非馬是一位非常注重語言的詩人，非馬的詩，常有反逆的思考，「魚與詩人」是位置的互換，「鳥籠」是反逆的說法，引人驚愕，因此產生力量。」

趙天儀說：「非馬的詩，語言的表現乾淨俐落而且有矛盾語法的意味。」

何豐山說：「非馬以躍動的意象來表露出內心的意識形態，表現得很成功，想像力豐富，十分耐讀而回味無窮。」

李敏勇說：「非馬詩的結構，安定完整，以最簡單的形態演出嚴肅的主題。」

楊傑美說：「非馬的詩中最重要是對於現實的深刻觀察，非馬的觀察，總是跳脫於事象外表的控制之外，而且指事物存在的核心。非馬在詩中所要表現的是「現實背後的非馬的真實」。這種立基於現實的土壤中，以詩性的想像力加以耕耘和灌溉，所收獲的詩，必然是具有如生命般動人的質素。爲了要直指事物眞實存在的核心，非馬發表了他個人的簡潔而近於抑制的風格。」

曾貴海說：「非馬是經過現代科技訓練的一個詩人，他往往將語言像機械零件般組合排別起來，而後使他變成一個有色彩、有空間形態的畫面，這畫面不是積木遊戲，卻能很尖銳地表現出現代人的一種感受和觀點，使一些平常看起來平淡無奇的人、事、物，有一個新鮮意念。」

陳坤崙說：「非馬善用對比、反諷和驚訝的手法。而他的詩很冷靜，他選擇的意象也很突出，且又不失去詩的完整性。」

鄭烱明說：「非馬的詩有幾個特點，一是語言十分簡練，其次意工象突出，另外一點是他的詩常給人一種新鮮感、諷刺或批評的味道。」莊金國說：「非馬寫詩表現手法非常冷靜，以知性的筆觸寫出有動感的美，語言中蘊藏深刻的意義，令人感到驚訝、震撼。」

民國七十年十二月十五日出版的笠詩刊一〇六期，郭成義寫「都是語言惹的禍」一篇，也談到非馬的「鳥籠」。他把非馬的詩和蕭蕭的作品比較，其形式無獨有偶的相同，可是，由詩中滲透出來的那種思考上的震撼，都富有極大的生命力，這絕非蕭蕭故佈文字疑陣的神覺法，是由於思考本身的精準，而使語言的斷連達到劍拔弩張的飛躍性，即在意義上也從迫了更具威力的反想方法，綿綿不絕地摻入我們的迴響。非馬的作品，大部分具有這份實力。

散文作家康原，於七十一年十二月十五日出版的笠詩刊一一二期，論「非馬的詩」，認爲非馬詩的字句已經臻於簡練，以最少的文字去呈現多重性的意義，以具備的事件去表現抽象的季節概念，緊緊地抓出事象的特色，非馬是一位善於描寫景物的能手，在平凡的景物中，表現深刻的哲理思想，眞可謂「文章本天成，妙手偶得之。」他舉出非馬的「路」「門」「夏」「鳥籠」「人與神」「醉漢」「卡特的眼」「樂」「中秋夜」等詩，與非馬的詩觀加以比較分析，結論肯定的說：「非馬是理論與實際相配合的詩人。」詩的結構精簡完美、用字平實、社會性強烈，意境思想深遠，詩的風格別具一格，是現代詩壇的一個異數。

在同一期笠詩刊上，桓夫也介紹非馬的「電視」和「鳥籠」二首詩，認定非馬詩的技巧與表現主題的語言的妙用，不無令人對語言再生的「存在」感到驚訝。

李魁賢於七十二年九月十日出版的「文訊」第三期，寫一篇長達一萬多字的「論非馬的詩」，詳述非馬的詩風格，並提到「黑夜裏的勾當」「醉漢」「反候鳥」，「四季」「芝加索」等詩加以分析之後，以肯定地說：「非馬的詩正如他所要求的，具有著社會性、新奇性、象徵性、精確性的特質，他的努力已經把自己塑造成爲相當典型的一位意象詩人。」

如上述詩人、散文家們，對非馬詩的評價非常高，假以各人所喜歡的情況爲分數來評價，即第一席爲「鳥籠」得九分，第二席「電視」五分，第三席「裸奔」四分，第四席「門」和「致索忍尼辛」各得三分，第五席「醉漢」得二分，其餘即「反候鳥」「人與神」「構成」「風景」「新與舊」「老婦」「通貨膨脹」等各得一分。不過這樣統計，是一種無定性的趣味性的統計，只能瞭解受人喜愛的詩傾向的一面而已。依我自己對詩喜愛的觀點來說，上述幾首詩我都會打同樣的分數，無法分高低，因爲非馬詩的風格，我與李魁賢同感，覺得他已經把自己塑造成典型的一位意象詩人。其詩均具相當高度的詩質，令人享受。

面對世界

谷川俊太郎詩論

陳千武譯

一個屍體，橫臥在天地之間，晒不變的太陽，在腐爛。對於他，詩曾經是什麼？這一疑問使我痛苦。他的眼睛，微微睜開着，但已經什麼也看不見。對於他。詩曾經是什麼？從他的鼻孔，有無數的白蛆爬出來。對於他，詩曾經是什麼？他的陽根無能地垂下，一點也沒力氣。對於他，詩曾經是什麼？

他默默，永久不回答，任何優美的輓歌，都聽不到。現在，對於他，詩已經不是什麼啦。於是，面對着他的我，也不是詩人。或許爲了他寫過千百首輓歌，我却因爲他而喪失了詩。我不是失去了一位讀者，是由於他，喪失了即有的詩。

趁他活着的時候，我該尋問他，對於你，詩是什麼？這一問是對於一個人的尋問，必與詩是什麼的疑問有所分別。我只是對於一個人尋問，對於你，詩是什麼？

一個少女活着，站在天地之間，晒不變的太陽。天天成長的一位少女，我問她，對於妳，詩是什麼？她那清爽的眼睛凝視我，微笑着回答說：我不懂那些。她的双臂被陽光晒黑了。她的乳房，在綿質罩衫下搖着。我問自己，對於她，詩是什麼？然而，她毫無猶豫地回答說：對於我，詩是什麼？我不懂，但是我很喜歡看詩，今天也想在樹蔭下看詩，帶來了一本詩集，你看，於是，她坐在大榆樹蔭下，毫不害羞地伸長脚腿，開始看詩集。這樣看詩很快樂啊。她說，看到特別喜歡的詩的時候，覺得時間停下來，世界充滿着我似的；好像在學校熱中於排球比賽那麼，還有跟着相愛的人一起散步夜晚的河岸那麼，以爲自己是完成了的整個，與世界結合在一起，一切都十分圓滿那樣。

對於她，詩是什麼？我知道她的回答，都是平凡的回答。對於她，詩是跟其他很多的場合一樣，是她的生活的一部份。

詩爲什麼存在？詩是爲了昨天坐在劇場的補助椅子上聽詩的一位靑年而存在。詩是爲了今天坐在客滿的電車裏看詩的禿頭的老人而存在。詩是爲了明天，躺在草原上朗誦詩句的一位束髮的少女而存在。讓他們時時刻刻活着，繼續活下去而存在。不要認爲詩是生活時間外的一種客觀性價值的東西，因爲人生是日常的，詩也是日常的。日常被使用而遺棄，詩才自然被完成。詩負有爲一個人的生而被使用被遺棄的榮譽。詩是爲了詩而感動的一個人才能完成。這就是詩本身的價值，此外沒甚麼。

詩人怎樣渡過一生？詩人不是爲了獲得一首傑出的詩而苦吟而渡過一生。詩人跟常人一樣，毫無特別地渡過人生；他要寫詩的時候，絕不是爲了要寫一首優異的詩那種抽象性的概念才寫詩。他只是爲生活，據於寫詩跟人家結合；可能的話，希望得到一天的生活費。

有一天早晨，我面對桌子寫下了幾行詩句在筆記簿上：

活
六月的百合花讓我活
死了的魚讓我活
淋漓的小狗和
那天的餘暉讓我活
活
難忘的記憶讓我活
死神讓我活
活
偶然回顧的一個臉讓我活

我希望這數行的詩句，同時在某個地方也讓一個人活下去。這是比較想寫好詩，或只是想寫詩的感情，更根源性的一種本能，也是我想過人生的少些慾望。

在窗外，麻雀啘囀着，孩子們玩着三輪車，主婦們一心地在洗衣服，天空多雲，電唱機廣播氣象說：傍晚有雷雨。世界和此間的人都在生活，我也因此而寫詩。有人操縱車床，有人耕田，有人洗衣，有人寫詩，如此大家互相活着，這就是人的生活。離開生活，詩就無任何抽象的價值和意義。我並不認爲詩和鍋釜一樣，但爲了要活下去而生活之外，人有其他怎樣生活的方式？詩人早已不是流浪者，也不是英雄，留給詩人做的是要讓人活，以及自己繼續活下來奇妙的使命。那與讓人人生活自己也要生活的一般普通的職業不同。在生與生活分離了的現在，詩人要把其中能分別認淸的任務賦與自己，才能反使人人結合起來也說不定。

凡是人平常都透過某種事象，繼續活着，詩人也不例外，他是想透過詩而繼續活下去，絕不是追求詩本身而活。我們不是爲了寫詩才活着，是爲了要活下去，或許因爲活着才要寫詩。他不依戀詩，但依戀着世界。我所謂能捕捉語言，不是因爲我追求語言，却是因爲我追求世界之故。爲什麼我要追求世界？因爲我還活着。

對於我，世界好像是女人，我愛跟世界睡覺。或許你認爲我說話是客觀性的；事實，世界這一句話，對於我是非常肉感性的語言。

八月的海濱，陽光灼熱，晒黑了少年們的大腿。遊玩的孩子們的喊聲，在海上飄揚的旗，我抓住瞬間的空隙，很快吻了女人，女人的嘴唇鹹而濕。女人生氣地說：「人家在看嘛……」，使我喝下一大口海水。此時我感覺到自己和世界因睡覺，如此世界完成，我的生也完成，但這只是一瞬間，女人向我微笑，問我：「愛我嗎？」這個時候我和世界之間，短短的高潮便會達成。

語言給與詩人怎樣的咀咒？語言只會常把詩人與世界的距離拉開。曾經馬拉美給一音樂家說過有名的一句話，由我聽起來只是哀傷的達觀。

我越想當詩人，世界會越與我離開。不過爲了要以人活下去，我必須成爲詩人，因此爲了要做人的責任，和要與世界共同生活的願望之間的抉擇，不斷地使我煩惱。然而，這種進退維谷並不限於詩人，現代這個社會生活與生之間的矛盾感，多多少少會使所有的人煩惱。每天做同樣無聊而非人性的工作，長廝一起的老夫妻每夜不長進的愛，那些大都不是生。我們爲了要活下去而生活，却正由於那樣惰性的生活，才逐漸喪失了生。那樣的生活不是眞正的生活，我看現代最大的問題，是在那樣的生活與生的不一致。

詩人在這個時候，能負起怎本的責任呢。詩人跟別人一樣，也因這種生與生活的不一致而煩惱。絕不允許當做局外者，我想做一個詩人最需要的，寧可積極地置身於這種進退維谷裏才行。

以詩人來說這種進退維谷，大約有兩個問題，其一是寫詩，生活經濟無法成立，其次就是前面說過的語言的問題。關於第一個問題我要責備詩人的怠惰。事實在一九五六年的日本沒有寫詩能生活的人，但這不能認爲使詩孤立的理由，我們應該努力讓詩能夠賣出去。因爲詩能賣，才使人人享受詩，同時我們也能成爲詩人的唯一途徑。我說享受，詩並不僅限於被讀，應向歌唱、刺激性的電影，脫衣舞的表現，都可以讓詩滑進去。我們並不把詩固執於十四行詩，散文詩或用鉛字印成同仁雜誌的理由。今天，每月寫一、二首二十行左右的作品的詩人，不管他寫成所謂社會性的詩，而被責備爲逃避社會，也無可辯駁。詩人要罵阿富小姐之前，爲什麼不寫一首新歌發表？對淺俗的黃金收聽時間，給與輕蔑的憂國性臺詞之前，爲什麼不嘗試寫一篇音樂歌劇？詩人的社會性並不僅追求戰爭責任而已。人們每天都在生活，詩人處於當中，並該據於實際的作品發現新的社會性才對。

詩人要積極爭取，不管有人嘲笑，也必須主張詩，才是詩人的人性責任。不要因爲社會忽視詩，就不敢講話而逃避起來，討論現代詩的貧困啦……等等，眞是小氣。我要大聲地說，若是現代詩貧困，詩人更貧困，不但在經濟，而精神也貧困。不考究賣詩，我要不厭煩地說，詩人的社會性是什麼？畢竟，不要一只把些空論開花就算了。

我不主張，詩人要婚媚民衆，却是相反。這個現代，非常需要詩人，我們永不能放棄做一個詩人的榮譽。也因此我要主張應該做一個詩人面對社會民衆。詩人必須供給民衆的是「感動」，那不一定需要深刻的思想，或明確的世界觀或敏銳的社會分析，那些反而會使詩人顯示不必要的驕傲，也因此，很多詩却喪失了詩的感動。詩人是據於感動產生詩，據於感動和民衆結合起來成爲詩人。

夜的巴黎

布烈貝爾 Jacques Preiert

三支火柴，擦點一支一支，在夜裏
最先一支是爲了看清妳底臉
第二支是爲了看妳眼睛
最后一支是爲了看妳的嘴唇
剩下來的黑暗是爲了回憶剛才的一切
爲了擁抱着妳

——若說這首詩是輕薄，那是不懂活的意義的人。

而布烈貝爾這種輕快的歌頌，使我回憶到詩人的另一種進退維谷。自從拿爾希斯窺視了那個水池以來，詩人與語言的不和，便不那麼稀罕。或古代的詩人們，都在無意識裏解決了那些、還有羅曼派的詩人們都過份熱情，而沒有感覺到那些，然而爲什麼我却沒有聽過詩人們討論這個問題。也許那是過於微妙的問題，恐怕討論不盡，或者我以外的詩人們，都有那種激烈的感動，容易解開那個語言的咀咒了哩。

對於我，語言是一種術，一種職業性的工具，因此常會與我的眞實生活抵觸。例如，我把（我愛妳）寫成詩，但這一語言與我眞正向女人說（我愛妳）的時候，顯然有其不同的韻味。如此語言常在我的裏面形成双層，一是詩的語言，一是實際生活的語言，而這雖是同樣的語言，但絕不會一致。要說明這種語言的双層性很困難，那樣顯明有異的語言，在我底裏面交成奇妙的錯綜使我煩惱。假如我僅依據一個感動向女人說（我愛妳），同時也寫成詩的話，我會感覺到其中一方是虛僞的，因爲眞正的語言應該只有一個。我是被那樣樸素的實感支撑着，把所有的詩施於演技而上進。但這一事實同時也會使我底生活的語言本身成爲演技的危險。譬如，我把海稱爲海，是以詩的語言稱爲海的呢，或以生活的語言稱爲海的呢，現在的我却分不清楚了。面對着海，邊呼吸潮香味邊說海的時候，我確實說出生活的語言。但除了這種實感，要我用語言，我寧可相信緘默的力量。而現在我所想的方法，是從詩完全追逐一切曖昧的私性，這樣詩會很明顯地接近戲劇或小說。詩成爲完全的虛構，感動已不直接與語言結合，那麼我底生活的語言，與我底詩的語言會完全分離。

前面舉例的布烈見爾的詩，我想似用這樣的方法寫成的。詩能如此從暫時的激情成幼稚的告白性辮解放出來的話，所謂寫詩的感動，便會顯示眞的力量。那是與容易變移的感情或不確實的理性有所不同。那是對世界的一種堅實的態度，可以說形成屬於生命力本身的東西

如此詩人會持有全新表現的世界，只要確保詩本身即可，他可以寫廣播連續劇的劇本，寫合唱用的歌詞，他可以擔任脫衣舞節目的主持人，擔任搶刼電影的監督、導演，還有，他能寫宇宙旅行的報導，爲新房子裝飾內部，而他毫不必成爲藝術愛好者。他讓詩滲透入各種地方，用詩貫穿民衆，而使民衆活起來過眞正的生活，自己也據於詩而活。

我的未來風景似乎過於樂觀，但我想這是詩人將來要活下去的唯一途徑。我也知道那些很樂意把錢包裏不多的錢掏出來，三個月印一次同仁雜誌的詩人，比我更樂觀。他們連責罵

咚咯節（日本民謠）的權利都沒有，應該寫出能代替「咚咯節」的歌詞，才可以說履行了其責任。目前他知道自己的歌未被民衆歡迎，也要寫出自己能够相信的好詩，而主張詩。稍爲說大一點，現在日本流行歌的好壞，所有的詩人也應該負責任。要以奇妙的「大衆」一句加以蔑視，並自誇自己趣味性的高尚之前，詩人必須以實際作品一步步深入民衆打開詩路。要說自我陶醉的話，主張私人告白的癖性之前，詩人也應該跟其他各種行業的人一樣，不要忘記讓人活起來的責任。

一個屍體，橫臥在天地之間，晒不變的太陽，逐漸腐爛的屍體，對於他，詩曾經是什麼？對於他，詩必須毫不後悔的東西才行。讓他感動，從虛偽的生活向眞正的生，鼓翼起來才行。能幫助你日日的生活，一刻短暫的時間也好，能讓他耐過這一長時間的人生才行。詩是要讓他跟世界共生才存在。而詩人必須在一個屍體之前能說：「我讓他活過，正像他讓我活過來一樣」這一句話才行。

世界是無邊際的，現在我們活看，今後也要活下去，這種無聊而單純的事實，覆蓋着一切，詩也因此有它的使命。詩不是我的。詩是世界的，民衆的詩人必須走向以寫詩與民衆結合，與世界結合的道路。有時我也認爲只有緘默才能跟世界結合，但詩人要把這一點做爲詩人感動的核心才行。詩人要謀求自己的生，與謀求民衆的生，並無任何差別。詩人要讓自己活，同時也要讓民衆活，讓民衆活同時也要讓自己活才行。詩人據於新的語言要解開自己的進退維谷的時候，同時也在改變民衆的生活。

科學者們把新的宇宙船（太空梭），向宇宙發射的時候，詩人也把新的語言向世界發射出去。在宇宙的沈默裏，那些是同樣的一種武器，是讓人繼續活下去的武器。

譯者話：

目前，在日本文化界最活躍、最紅、最具代表性的現代詩人之一谷川俊太郎，一九三一年生於東京，一九四九年開始詩作。著有詩集「二十億老年的孤獨」「六十二的十四行詩」「爲愛」「圖畫書」「給妳」「二十一」「谷川俊太郎詩集」「愛的詩集」等及其他。除了寫詩之外經常參與記錄電影的製作。

許達然

奧登詩選（五）

一、難民的憂鬱

說這城有千萬靈魂，
有些住大厦，有些住破屋
但我們無處可住，親愛的，我們無處可住。

曾經我們有一個國家還算公平，
看地圖你就找得到：
我們現在不能去那裏了，親愛的，我們現在不能去那裏了

村莊的敎堂院落長着紫松，
每逢春天就開花，
舊護照辦不到，親愛的，舊護照辦不到。

領事拍桌子說，

「要是你沒有護照你就正式死了」：
但我們還活着，親愛的，我們還活着。

去一個委員會，他們給我椅子；
客氣地要我明年再來：
但我們今天去那裏呢？親愛的，我們今天去那裏呢？

來到一個公共集會；演講者站起來說；
「要是我們讓他們停留，他們將偷走我們每天的麵包。」
他指的是你我，親愛的，他指的是你我。

我想我聽見雷轟響天空，
那是希特勒告訴歐洲：「他們須死。」
呃，我們在他的心裏，親愛的，我們在他的心裏。

我看見穿夾克的獅子狗，
看見門開貓進：
但他們並非德國猶太人，親愛的，他們並非德國猶太人。

我走到海港佇立碼頭，
看魚似乎自由游着：
只十英尺外，親愛的，只十英尺外，

徜徉叢林，我看見樹上的鳥，
無政客，牠們唱得自自在在：
牠們不是人類，親愛的，牠們不是人類。

夢見一棟一千層樓的建築，
一千個窗及一千個門：
無一個是我們的，親愛的，無一個是我們的。

站在雪落的大平原；
一萬士兵來回行軍：
正找你我，親愛的，正找你我。

一九三九年三月

二、無名市民

這大理石紀念碑由國家建立

他被統計局發現
是官方從未訴告過的人，
所有對他的行爲報告都同意
在老式字樣的近代意思裏他是聖人。

因爲他所做的都服務這大社區，
除了被戰爭打斷外他做到退休
他在工廠做事從未被解聘，
總使他的僱主軟糖汽車公司滿意。
但他並非沒加入工會，見解也不怪異，
因爲他的工會報告他繳會費，
（我們對他的工會報告也表示這記錄不錯）
而我們的社會心理學工人發現
他受同事歡迎也愛喝點酒。
報社相信他每天都買一份報紙
而且對廣告的反應都正常，
以他名字投保的證明都是全面保險，
他的健康卡記載他曾入院但痊癒離開。
出產者研究會及高品質生活會都宣稱，
他完全瞭解分期付款的優點
而有現代人所須的一切東西，
留聲機，收音機，車及冰箱。
我們的輿論研究眞滿意
他有適合年代的意見，
和平時，他爲和平；戰爭時，他去打仗。
他結婚並爲人口增加五個小孩，
那是優生學家認爲他那一代父母應有的正確數字，
我們的老師報告他從不干涉他們的教育，
他自由嗎他快樂嗎？這問題荒謬：
倘若有什麼不對勁，我們一定聽過。

一九三九年三月

奥登與好友Isherwood 在一九三九年一月二十六日重返抵紐約，開始他長期的美國生活。美國失去了一個愛略特而換來一個奥登。美國詩人Richard Eberhart 曾認爲奥登抵美國與愛略特去英國意義同樣重大。抵美後，奥登對政治漸漸失去興趣而無參與感。除寫作外他希望教書，卻只願在私立學校教書。一九三九年他除了在 Eberhart 執教的一個中學教了四個星期外大多時間是晃來晃去，曾晃到加州。在紐約他遇到一個比他年輕十四歲還在布魯克林學院念書的猶太後裔 Chester Kallman。Kallman把他尊敬爲「密爾頓以來最偉大的英國詩人」，使他對歌劇發生濃厚的興趣。他們成了好友也發展了同性戀關係。

奥登抵美不久聽到葉慈去世的消息後曾寫一首詩哀悼這位曾影響過他的詩人（譯詩見笠上期）。同年春天寫的詩中這裏選譯兩首。

赫塞詩選（五）

交響曲的音樂會

從碎散的暗鬱的海浪湧出來的
「生」的多樣多彩的這個響聲
超越它常有的
星宿的高大圓屋頂。

我一個的「生」已埋沒
我如今泛在天涯
醉在火風的甜美裏
深深地呼吸著。

從那裏好不容易脫出來
但生命的魔術的火焰
已又再帶來歡喜的波濤
把我們捲入於巨大的潮水裏。

蕭翔文譯

滑雪的休息

擺姿勢，將滑下陡峻的傾斜面前
我凭靠杖休息幾個瞬間。
然後遙望晃眼而廣濶的風光，
那是藍而白的光輝的世界。
上方，有無言地並立山峯
寂然地結凍的諸山豐采。
下方，有在光線裏能預感到的
穿谷繞谷的山徑。
變成孤獨與靜寂的俘虜
我呆然地暫時佇立著。
不久，我將面向山谷
不喘氣兒，一溜煙地滑下這個傾斜的山壁。

這個日子多麼地沉重

這個日子多麼地沉重！
怎麼樣的火也不覺得溫暖
如今日光也不向我微笑
一切事物都空虛，
一切事物都冷冰冰地沒有同情心
連親密地澄清的星也
無情地凝視我─
從我省悟戀慕心也「死」的那一天起。

藝術家

在激烈的熱情裡 我創造的作品
陳列在嘈雜的市場。
樂天的世人 不熟視陳列品走過去
而笑著稱讚，一切都很好。
啊！任何人都不知道
世上在笑聲裏戴在我頭上的
這種輕鬆的月桂冠
會奪取且消滅我生命的力量與光輝
會使我的犧牲變成徒勞。

蝴蝶

有了悲傷事的某一個時候
我在原野中彷徨，
那時看到一隻蝴蝶，
有白與紅的斑點的蝴蝶
被藍色的風吹送。
世界還像早晨一般清爽
覺得天空那樣地接近的

那小孩子的時代
蝴蝶呀，我看到妳
最後再一次擴散兩隻美麗的翅膀。

妳，多彩而柔軟的搖曳呀
我以爲來自樂園。
在妳神聖而深沉的光輝之前
我發現太疏遠的自己而羞愧
祇呆然地凝視著。

白與紅的那隻蝴蝶
經過原野上向遙遠的那邊被吹走了。
然而像著夢一般的我從那裏走開
但一個平靜的光輝像來自樂園一般
留在我心上。

旅行的藝術

沒有目的的彷徨是青春的快樂，
隨著年青，其樂趣也衰微了，
從此以後，我，自覺著目的與意志
就立即離開那個場所。

祇急著追求目的的眼睛
嚐不到旅行眞正的甘露之
在一切的中途等候著的
森林、河川以及所有的風景都不打開心讓你看。

一剎那一剎那間的純潔的光輝
出現於憧憬的星星前面也不變淡
以後我在旅行時必須記住這一點。

旅行的藝術，那是這樣的，加入諸世界的系列中
自己也在動，即使停留時也
在所嚮往的更遠方的途中。

給予我心的憂鬱

避開你，我往葡萄酒和朋友們那邊走。
因害怕你暗鬱的眼神，
被抱在戀愛的懷裏，聽見樂器的歌，
我，你不誠實的兒子　已忘記你。

但你却默默地隨著我來
好好地在我自暴自棄地喝的酒裏，
也在愛之夜的悶熱裏，
甚至也在我向你說的嘲罵裏。

我從旅行回來的現在
你使我疲勞的身體變得涼快，
讓這個頭放在你的膝蓋上。
原來我的一切飄泊都是直向你的旅行呢？

越阿爾卑斯的山頂

越過幾個山谷來了，
不知要到什麼地方。

向下俯瞰，眼界裏的遙遠處
看到義大利，年青時的憧憬之國。

然而又從北方　凝視我
我建立家往過的凉爽的國土。

如今還會心痛地回頭看
在南方的，年青時的花園。

搖動帽子打招呼，北方呀
旅行的休憩地的我家呀。

在心中湧出熱烈的感慨！
「呀！家鄉不是在那裏，也不是在這裏」。

龍胆的花

你醉在夏天的歡喜裡
在淨福的光中，幾乎不能呼吸似地」。
在妳的花杯，溜著天空的碧藍
風吹你的柔毛。
如這個風　能從這個心吹走
我全部的錯誤與痛苦
那時我才能眞正做你們的兄弟
能和你們一起過平靜的幾個日子吧。

這樣的話，像你那樣會在上帝的夢的花園裡，
變成藍色的夏天的夢走過去，在這個淨福裏
就有輕鬆的一個目標
變成沒有止境的我的彷徨的目的吧。

脈絡

遠古以前滅亡的諸民族的歌裏
有現在也時常以親密的音調響徹於我們的心的
因爲那樣我們就被吃驚，而一半以無限難過的心情
傾聽那個歌，疑爲故鄉是否在那裏。

那樣地我們本身的心臟的鼓動
又密接地聯結世界的心臟，
將我們的睡眠與覺醒
調和於日與星的運行，也是那個世界的心臟。

然而我們最粗暴的意欲的混濁潮水
我們最大膽的空想的火炎

都從那絕對不休息的本來的靈魂誕生出來的呀！

因爲如此我們手要拿著火炬去，
從太陽的神聖之火誕生而被養大的我們
永劫地向新的星星前進。

秋的日子

森林邊緣的樹梢燃燒著金色
我 祇有一個人 走路，
那時伴著溫柔的人
不知走了多少次的路。

因爲佳日連續的秋天
長久棲在心的
幸福感 悲傷
都溶化在遠方的薰香裏消失了。

燒草的煙 在原野搖曳
在附近遊玩的 鄉里的孩童們。
如今連我也得唱出來
合著孩童們歌唱的聲音。

戀愛之歌

我想變成花
妳悄悄地來
摘取我
握在妳手中
又也想變成紅色的葡萄酒
從妳的嘴甜蜜地流進去
完完全全地進入妳裏面
願給妳與我帶來健康。

一九一四年十月

和平

任何人都持有它。
沒有人鄭重它。
那甜美的泉水，使大家的心變得爽快。
哦，和平這個名稱 如今是多麼響亮呀！
遙遠地，躊躇地它在響，
這樣含有淚沉重地它在響，
沒有人知道它的名字，
任何人都充滿希望憧憬那一天。
不久將與高采烈地迎接，
和平的最初的晚上，
穩重的星呀！當妳終而
出現於最後的戰爭的砲烟之上時！

每當夜晚來臨，我的夢
仰望著您，
等不了而動轉身體的希望
預感著早已摘取金色的樹果。

從血與困苦中
您　在地上天國　爲了我們上升時
不久將與高采烈地迎接
更好的未明的曉紅啊！

宴會後

酒從食桌滴下來
所有的蠟燭都憂鬱地搖幌著
又變成孤單單的一個人
又結束了一個宴會

在平靜的房間裏
我悲傷地一個又一個地熄滅燈火
祇有庭園裏的風
不安地和暗鬱的樹木

呀！如果沒有這個安慰—閉著疲勞的眼睛—的話
然而，又想睜開的
不感覺到欲望的　這個安慰！

被排擠出去的人

亂飛的　雲
被暴風吹彎的　松
紅色的　晚霞
像沉重的夢一般
壓在山與樹林上的　神的手

沒有祝福的歲月
任何一條路上都有　暴風
在任何地方　都沒有故鄉
有的，祇有迷路與過失而已
沉重地壓在我心上的　神的手。

然而來自一切罪惡與
一切黑暗深淵裏的
惟一的熱望
想看終極的休憩
然而，不再回去
而能到達墓場的熱望。

夜晚的漂泊

草叢與牧場，原野與樹木
立在充滿著沈默裏

各個都把自己當做自己的
各個　沉沉地沈迷於自己的夢裏。

雲在漂流　像被徵爲
天的監視者一般的　明亮的星
山形成險峻的地層
重疊著　暗暗地　高高地　遠遠地

一切都停留下來，然而存續著
祇有我　抱著悲傷
遠離上帝的心
沒有目標地　流浪諸國。

丹麥現代詩選

（下）

莫　　渝　譯

傑爾斯岱 (Otto Gelsted, 1888—1968)

耶穌會的學生，很早就對古典研究有濃厚興趣，他是古希臘靈魂學的專家，其文學批評的著作，深受反玄學派邏輯的影響。他將亞里斯多芬、歐利比德、荷馬及許多古希臘詩人的作品，譯成丹麥文。另方面，在二十年代，他對當前時代的貢献也很多，例如，將佛洛依德的學說譯介給丹麥人。他的批評理性主義，揉合著大自然的詩情和同情。三十年代初期，他積極地從事政治活動，成為丹麥共產黨的活躍份子。在德國納粹佔領期間，他逃抵瑞典，翻譯「一千零一夜」。1961年，他成為丹麥學院院士，他同時也是一位藝術理論家。

主要詩集有：「永恆的事物」(1920)、「舞蹈的全能者」(1921)、「獨白」(1922)、「葛洛利安小姐」(1923)、「航向阿斯特利德」(1927)、「向光明」(1931)、「暴風雨之際」(1934)、「丹麥海濱」(1940)、「預兆」(1941)、「僑民詩集」(1945)、「浴缸之死」(1955)、「生命、日安」(1958)、「日子不曾如此晴朗過」(1959)、「陽光海岸」(1961)……等。

草坪上的罪犯 (Crime dams la prairie)

一隻呆蝴蝶在木頭上做夢，
前面，有隻蜻蜓——噴氣式戰鬪機
在打轉，牙床豎起，被牠迷住。
双翼都落到陰溝邊
如同金黃色絲大衣的兩袖；
但，另方面看，這獵物正好是精選的佳肴。

(M. C.)

柯利斯丹松 (Tom Kristensen, 1893—1974)

出生於倫敦，在哥本哈根長大。文學士，曾至印度和中國旅行考察。1926—27 年，擔任拉司繆松 (Knud Rasmussen) 北極探險隊秘書，其本人也為一位偉大的旅行家。1960年，被任命為丹麥學院院士。他是本世紀斯坎地納偉大文學批評家之一，在兩次世界大戰期間，把最重要的文學家譯介給丹麥，這些作者，包括：勞倫斯、海明威、龐德、艾略特、紀德、喬依斯、懷特（Richard Wright）、龐德、谷崎等人。在二十年代，他的純粹抒情文，揉合著哥本哈根日常生活與異國情調的想像。三十年代和四十年代，是他的古典主義時期，接近於基督教義。

主要作品有：①詩集「海盜夢」(1920)、「奇蹟」(1922)、「孔雀羽毛」(1922)、「古老歌曲」(1927)、「直到岸邊(1936)、「二十四小時詩集「(1940)、「最後的信號燈」(1954)。②小說：「生命的阿拉伯式花紋」(1921)、「踩躪」(1930)、「風中玫瑰」(1934)。③論文：「戰爭期間」(1946)……等。

我的煙斗（Ma pipe）

我是小小的詩人
半個思想家，半個丑角，
迷戀於神氣活現的披風，
和大帽子，大雪茄烟。

命運把我跟披風連成一塊，
雪茄烟也伴隨後；
至於激動的愛情
够我頭疼的。

我很喜歡在夜晚擺脫
足以揚起古老塵埃的故事
那些都是落在你的腦袋
讓你整日反覆思考不已的。

這時候，我點燃小煙斗；
一旦風大些時
我用掌心窩著呵護
火柴的微火。

看著它舔燒木塊，
發出一種微笑
虔誠地為我
在煙斗管子燃燒。
命運賜我這隻煙斗
和一大包煙草
來彌補
我欠缺的情感。

（J.P.T.）

拉固（Paul La Cour, 1902—1956）

祖先是十八世紀移民至丹麥的法國德國混血，他出生於丹麥的農業望族。幾乎整個本世紀二十年代，他都生活在法國。他研讀法國詩與繪畫，介紹並翻譯法國超現實主義作品給丹麥，這些作家，包括：戴斯諾、鄒失、卡繆、許拜維爾、羅卡、阿努伊、季侯杜、夏爾；並有多人的研究，如：塞尚、德拉瓜、高更、波特萊爾、艾呂亞等。

1948年出版的「日記斷片」是丹麥現代文學的重要回響，這部詩集，流露作者深受里爾克與多位法國詩人的影響。然而，儘管有著這股國際主義的氣息，他的詩篇依然銜接斯坎蒂納維亞的傳統與大自然的感性。

拉固主要作品有①詩集：「高處夏日」（1927）、「人類之屋」（1931）、「這是我們的生命」（1936）、「我要求一切」（1938）、「活水」（1946）、「樹皮與樹木之間」（1950）、「身後集」（1957）、「希臘詩集」（1958）；②小說：「柯拉梅出發了」（1935）；文集：「太陽的高度」（1959）。

現在我進入石塊內
(Maintenant j'entre dans la pierre)

現在我進入石塊內，
不久我就成爲「山」和「冷」。
若我無法打開我的深奧，
那時我將變成鎖。
一天，群山爆炸，
一日，衆鎖脫開。
石塊抬高夢幻之眼，
歌唱般奇怪地爆炸。
若我能穿越岩石，
在黑暗中忘記劇痛，
等候我石塊生命的終了，
那時，我的鎖脫開，
我將發現到赤裸的在草地上。
那時，我無以爲名。
那時，我的手將成爲翅膀，
我將是沈默之「語」，
翺翔之「靜」、「純眞」，
「無意識」之流，
那時，我生命之河就開始了。

(F.G.L.)

夏日獵角的柔音
(Le doux son du cor de l'été)

夏日獵角的柔音
很快消逝於樹林後面，
那兒，在我眼前豎立著
成熟的啞默平靜。
就這樣，耕耘我，耕耘我，引導我
穿過我最後的轉型期，
用你雨水般的冷手帶給我
最後一滴鎮定。
就這樣，攫住我的特點。它們消失了好久。
它們變成另一種。等候中，
無人能由背後感覺到。
請用冬日，陽光和雪片注滿我，
涼爽的山巓留我目睹：
我不再來。

(M.C.)

史夏德
(Jens August Schade, 1903—)

受過短期大學教育。1925年在雜誌發表第一首詩「貝殼之歌」以來，被認爲是抒情詩領域中，卓越的革新者。往後數十年間，其罕見的觀點與樸拙的態度，所塑成的「史夏德主義」，深深影響著詩壇。

主要的作品有：「生動的小提琴」（詩集，1920）、「丹麥溝渠」（歌詞，1928）、「心靈之書」（1930）、「大地的絕世愛情」（詩小說，1931）、「蚊叮斑點」、（喜劇，1931）、「大地之臉」（詩集，1932）、「世界史上的怪異一晚」（小說，1933）、「春夜」（劇本，1935）、「愛情與涼水」（詩集，1936）、「愛情交響曲」（詩集，1942）、「糟老太婆詩集」（1944）、「世間最大幸福」（詩集，1949）、「給一位輕浮女孩」（詩集，1949）、「地獄瓦解」（詩集，1953）、「史夏德的讚美歌」（詩集，1958）、「史夏德交響曲」（詩集，1963）、「一則外省愛情故事」（劇本，1969由法國國家廣播電臺播送）、「冥府」（詩集，1973）。

你的眼眸
（Tes yeux）

我喜歡默默的喜悅
那是在靜賞你的眼眸時，屬於我們的，
因爲傳說瘖瘂的軍號
會在沈默中突然發響——

這樣，你能想像出
年輕而迷人的才女
宛如源自格外遙遠的
收音機的聲波

以至，印度就像一塊粗麻布
或是一粒蘋果籽。

（F. M.）

我的歌
（Mon chant）

我的歌在煙囪內吹響著
處處是我的歌
它在夜間遊盪
它跟黑暗有關連

它在屋角呼叫
且會晤你，一如
你流浪心靈中
抹不去的印象

夜夜是一團雪
寒冷哭泣
寂靜燃燒

我的歌順著道路奔跑
電線桿曉得
它們揮霍掉情人的歌

氣氛屬於我
風暴中的夜晚
我們只是一體
我們的愛情偉大

我們的撫摸和
我們精緻的祭品是倍數的
風暴中的大海
是我熱血沸騰的回聲
我的妻子熱情
如同我的歌一樣的
獻身

（G. D.）

曼希 佩特松
(Gustaf Munch—Petersen, 1912—1938)

詩人與畫家。用三種語文寫作：丹麥文、瑞典和英語。其繪畫屬於超現實主義。1937年，志願投入西班牙內戰，反對佛朗哥軍隊。

他的詩篇，源自全盤觀點，在其短暫生涯期間，不被理解；五十年代，現代主義風起雲湧之際，他幾乎被遺忘了。

重要著作有：詩集：「裸男」（1932）、「最低的土地」（1933）、「朝耶路撒冷」（1934）、「十九首詩」（1937）；小說：「西蒙開始」（1933）。1959年「全集」出版。

別對我說話 (Ne me parlez pas)

安靜——
安靜——
別說話——！

十分謹慎地
我該走路，
如果我想找尋某件事
我只該走路
如果我要找尋某件事

我還沒找尋什麼——
我沒找尋
我的房子
我的愛情
我的土地——
它們都應該在
我尚未到的地方——
我已經走了相當久——
也許我還得
走相當久——
完全孤單，我該走路
帶著這麼非常的細心
走路
如果我想找尋某件事
但我當然該找
一個有價值的地方——
我該擁有某處的一個屋宇

我很清楚，我有
我的房子
和某處我的土地——
我的愛情不能老在等候——
我已經走了相當久——
別對我說話——
如果我還要走相當久
那也許太遲了——
安靜——安靜！——
我該
找尋我的家——

（S.R.O.）

拉司繆松
(Halfdan Rasmussen,1915—)

出生於哥本哈根，自學成功，有段時期在工廠當工人。著有詩集：「士兵或男人」(1941)、「繃緊的臉」(1943)、「佔據時期的詩篇」(1945)、「短促陰影」(1946)、「生命前的跪姿」(1948)、「瘋子」(1948)、「看見九月的人」(1949)、「黃昏大地」(1950)、「森林」(1954)、「沈默」(1962)……等。他也為孩童寫了不少書，都是用詩體的幽默方式寫成。

飢餓
(Faim)

海豹皮製成的小艇想到
一個醫院般的大海。
刀子渴盼
紅色。
在飢餓的
冷砲彈之下
任何翅膀
均張不開。
魚叉瞄準
我的
瘦女人
且瞧見
在她粗糙肌膚後面的
一頭海豹。

（S.R.O.）

波舟維格
(Thorkild Bjornvig,1918—)

先後在國外研究多年：1950年在巴黎，1951在柏林，1955在奧普沙拉（Uppsala，瑞典故都）大學，1963—1964在羅馬。1964年獲文學博士。

1946年撰寫的「里爾克和德國傳統」一書，得金牌獎。並譯有里爾克主要作品三卷（1949—1958），也翻譯了德國詩人賀德林作品（1970）。

1960年，為丹麥學院院士；1974年後，為此學院的秘書。

著有論集：「反覺虹燈之神的革命」（敲打一代的哀樂與文化，1970），「開始」（1960）、「存在的現實」（1973）。

詩集有：「鴿子後面的星星」（1947）、「阿涅爭」（埃及死神、豺首人身，1955）、「人與火」（1959）、「振盪」（1966）、「大鴉」（組詩，1968）。

水　滴

（Gouttes）

拋棄自己
燃燒周圍
調整距離
寒冷的斜坡
沒有什麼能觸摸的
除了無意義的
氣流
幸或不幸
接受，荒唐信號的
發射。
耳朵：岩洞
由於墜落
一顆水滴
有某些部份掉進屋內，
掉在庭院
進行當中夜晚
形容鐘乳石
石化管風琴的管子
瘖啞：沒有音響
瘖啞：也沒發現什麼
聲音鑽入
石塊，孕育石塊。

（F.M）

納　西

（Jørgen Nash，1920—　）

自學者，有段時期為工廠工人。1947年開始雕刻，1958年繪畫。1960年，在巴黎為國際境遇主義者中央委員會會員。Drakabygget雜誌的編輯。到過許多國家旅行並作藝術展覽。

文學作品有，詩集：「黎明」（1942）、「心靈的隧道」（1943）、「原子悲歌」（1946）、「生活」（1948）、「憤怒之歌」（1949）、「太陽」（1956）、「疊韻」（十四行詩集，1960）、「自然的微笑」（1965）……等。小說：「上絞架的傢伙」（1949）、「手槍」（1959）。文集「鹽、酒和橄欖」（1957）。

新生命的三和弦
(Le triple accord d'une nouvelle vie)

我
幸福線上的平衡者
我品嚐過
春桃的多汁
看過受精後喜悅的增大
看過它腫脹，看過它抖動
一週復一週。
我
一對情侶的另一件
我是
感性龍涎香之歌。

（J. K.）

譯後記

丹麥，位於北歐，面積四萬三千平方公里，人口五百萬，是個農業發達的國度。

歷史上，丹麥於十一世紀曾爲北歐大國，統轄瑞典、挪威、冰島等地。更早，國王坎紐特大帝於一〇一五年征服英格蘭。

文學上，是家喻戶曉童話王國，產生過國際性的童話大師安徒生（一八〇五——一八七五）。哲學上，齊克果（一八一三——一八五五）的地位，是存在主義的先驅。

現代文學史上，丹麥也先後有三位文學家，分別於一九一七、一九二八、一九四四年獲得最崇高的諾貝爾文學獎。

丹麥文學的產生不是孤立的，除了跟血緣、地緣關係密切的斯坎的納維亞各國，特別是瑞典、挪威親切之外，也受到歐洲文化背景的激盪。

十九世紀末期，產生於德國的象徵主義，造成文學界轟動，也波及丹麥詩壇。一八九〇年代，是丹麥文學史上的象徵主義時期。克羅松（Sophus Claussen, 1865—1931）是此派的重要掌旗人之一。他曾在巴黎居住多年，出入於馬拉梅（法國詩人）的文人圈，即「禮拜二聚會」。他沿習的是海涅（德國）和魏崙（法國）的詩風。其代表作是「原子的革命」，一首寫於第一次世界大戰之後的巨篇長詩，在這首詩內，他宣言「世界的所有原子要求自由」，表達出原子的力量融進人類手中。

克羅松是丹麥現代詩史上的首席祭酒。第二位人物是詹松（J. V. Jehsen, 1873—1950），他是一九四四年諾貝爾文學獎得主。他原先在哥本哈根研究醫學，並對達爾文理論和自然科學實證論相當深入探討。他對文學領域做多方面的嘗試，詩，只是其中一部份。他接受惠特曼（美國）和波特萊爾（法國）的傳統詩藝。其代表作是「在孟非司車站」，這首長詩是旅遊中記錄的心靈焦慮，同時，認為不安是靈魂在創造情況下激動的徵候。詹松代表二十世紀初憂鬱象徵主義的反動。

三十年代的重要詩人是早夭的曼希佩特松，他的詩具有普羅意識，與細膩的烏托邦思想。

四十年代的兩位重要詩人是拉固和波舟維格，前者由法國超現實主義的詩人群吸取養份，後者接近德國的里爾克，形成丹麥詩壇在一九四五年之後的現代主義新思潮。

大約一九六〇年左右，新生代產生了抒情主義的抬頭，以新的抗議反對物化的現實，提倡具體詩，使得詩壇更為生氣蓬勃。

以上簡述丹麥現代詩史，底下略談翻譯此輯的經過。

文學之旅，詩創作是我的正業，翻譯法國詩，該算副業，至於越俎代庖介紹其他國家詩人，則屬不知藏拙的獻醜了。

然而，翻看這些域外詩人的成果，我實在深受感動與喜愛，他們却是一點一滴的努力著用心過。

「詩選」編輯人，一向常受國內詩壇的苛責，幸好「譯詩選」的編譯，只是我個人的進修，耳朵較不易聽到誹語。但想到有些在別人國度內的首席詩人，竟未能加以介紹，對我而言，都是良心的譴責，只怪自己能力有限。因而，模仿虔誠信徒的禱告，我脫口而出的是：主啊！原諒我的獻醜；親愛的讀者，原諒我的自不量力。

簡介參考書籍：

書　名：丹麥現代詩選（(Arthologie de la poesie danoise Contemparoine)

編　者：勃蘭特……等三位。

出版社：巴黎・迦里曼書店。

出版年代：一九七五年。

內容簡介：全書係1920—1970間半世紀，丹麥四十六位詩人一九七首詩。詩前有十二頁序言。有十三位人士參與法文翻譯。每首譯詩後均附上譯者姓名的縮寫，其中數位列於底下：

F. N. S.→Francois-Noel Simoneau
F. M.→Francos Marchetti
J. K.→Jean Kress
J. P. T.→Jeanne Philoche Tybjerg
M. C.→Monique Christiansen
S. R. O.→Solange Rovsing Olsen
U. H.→Uffe Harder（也是編者之一）

一九八三年五月下旬閱過諾邦德那首「在土耳其咖啡店隔著希臘雨看中國」一詩，引發了對丹麥詩壇的親切，決定動筆試譯，從五月廿六日至六月十五日返國前，譯畢十九人三十首詩（即笠詩刊上期刊登的部份）。翻譯期間，也得知「翻譯」英文季刊（紐約出版）一九八二年秋季號第九卷，是丹麥文學專號，其中有丹麥詩人十三家作品的英譯，此項資料亦列於此，作為參考之用。返國後，再陸續介紹較早詩人八家十首，計廿七人四十首詩，合成「丹麥現代詩選」一輯，供讀者略微探窺丹麥詩壇的初貌。

莫渝　一九八三年十二月初誌於板橋

笠同仁

（國內）

巫永福　周伯陽　詹　冰　陳秀喜　陳千武　林亨泰　張彥勳
羅　浪　錦　連　李篤恭　林鐘隆　黃騰輝　林宗源　賴伯修
趙天儀　白　萩　李魁賢　黃荷生　林清泉　龔顯崇　德　有
趙廼定　梁景峯　李勇吉　蔡信德　曾清吉　曾貴海　黃樹根
吳順發　李敏勇　莊金國　陳明台　鄭炯明　楊傑美　郭成義
陳坤崙　謝碧修　許正宗　杜榮琛　黃以約　何豐山　蔡榮勇
黃恆秋　張子伯　利玉芳　陳鴻森　柯旗化
北影一

（海外）

（美國）杜芳格　許達然　杜國清　非　馬
（日本）井東襄　北原政吉　葉　笛　何瑞雄

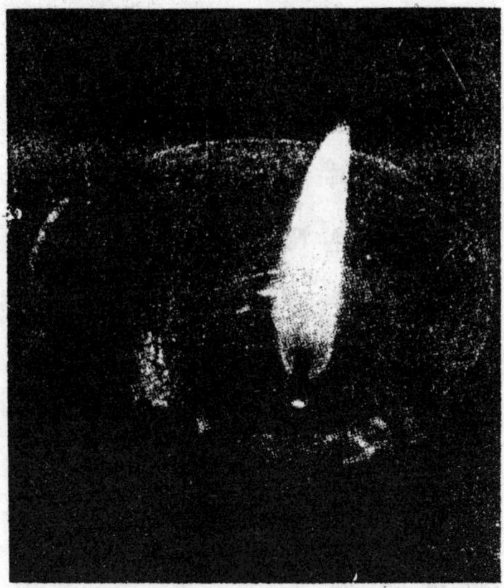

中華民國行政院局版台誌1267號
中華郵政台字2007號登記第一類新聞紙

笠 詩双月刊
LI POETRY MAGAZINE 118

中華民國53年6月15日創刊
中華民國72年12月15日出版

發行人：黃騰輝
社　長：陳秀喜

笠詩刊社
臺北市錦州街175巷20號2樓

編輯部：
臺北市北投區懷德街75巷4號3F
電　話：(02) 832—5238

經理部：
臺中市三民路三段307巷16號
電　話：(042) 217358

資料室：
【北部】臺北市浦城街24巷1號3F
【中部】彰化市延平里建寶莊51～12號
【南部】高雄縣鳳山市武慶二路70號

國內售價：每期60元
訂閱全年6期300元，半年3期150元
國外售價：每本定價（包括航空郵資）美金3.5元
歡迎利用郵政劃撥21976號陳武雄帳戶訂閱

承　印：華松印刷廠 中市TEL (042) 263799

詩双月刊

笠

LI POETRY MAGAZINE

1984年 2月號

119

卷頭言

詩・政治・Propaganda

陳千武

梅花　梅花
三民主義統一中國　中國
我愛您……

—你看，我寫這種詩，他們都說很感動，而且獲得國家文藝獎，有人譜曲，有人唱。你覺得怎麼樣？
—這是你創作的嗎？是甚麼詩？
—當然是我創作的，是詩啊。
—詩？…………

福爾摩沙啊
逆境、苦楚，迷失的一代一代
站起來呀！

—你看，我寫這種詩，他們都說很感動，而且獲得「跨國」文藝獎，有人譜曲，有人唱，你覺得怎麼樣？
—這是你創作的嗎？是甚麼詩？
—當然是我創作的，是政治詩啊。
—噢！我知道了，歌頌甚麼甚麼，就是政治詩，是不是？

大家都知道，詩單只是寫些現實的表象並不是詩。因此才寫那些即物性現實的極端，認爲才是詩。是不是？
這裏是詩的國度。然而，意象性語言的詩哪裏去了？以日常語言追求非日常性的意境的詩，哪裏去了？
這裏是詩的國度。詩人可以輕易地寫些反映現實的分行的文章，說是詩！是不是？
不是！詩不是那麼輕易、懶惰地所能寫出來的東西・詩不是Propagauda 的化身。

笠詩雙月刊 第二九期

目錄

比目魚

陳鴻森

由於不同的視界
和意識型態
比目魚終於宣告分裂
成爲左右各別的兩個個體
牠們各自拖着半邊的虛幻
踉蹌地
向着自己視界裡的海域
游去

左邊的鮃
永遠看不到
牠的右方還有海原的存在
右邊的鰈
也同樣的否定了
牠左方的現實

牠們互相指控着
對方的背反

三十多年來
一直共有着同一名字的
左鮃右鰈
由於異向的游程
牠們之間
終於形成了
一個寂寥的海峽

由於日日衝迎着
橫逆的潮
鮃的右眼因又逐漸右移
回到了牠身軀的右側
鰈的左眼亦逐漸地左移
而回到牠身軀的左側
如今，這已不再比目而行的鮃與鰈
除了牠們先後移動過的眼
略覺木然外
牠們的形態
則日益相——似

一九八三年十二月十六日

「爾雅・釋地」云：「東方有比目魚焉，不比不行」，惟比目魚之名，舊說不一。今按：比目魚屬硬骨魚類。動物學上，以兩眼均在左面者爲「鮃」（Poralichthys olivaceus），其兩眼均在右者爲「鰈」（Pleuronectes sp.）；「鮃」常以右面貼沙而臥，「鰈」則反之。其幼時，「鮃」、「鰈」之兩眼，本各分列於其體之兩面；及其漸長，「鮃」之兩眼乃並在左，「鰈」則均在右面。詩中末節所寫，自是戲筆云爾，今因贅書其後如此。

旱

許達然

乾乾曬得我們都火了，不甘餓，渴望着，雲還白白劈不開天，地還是癱瘓的掌心，交錯焦灼的紋溝，流着的還是我們的血，汗不能灌溉，秧已痿，害蟲還飛，蛙還跳不通，沙塵過後還睜大着眼，竭力抽，抽筋了還抽，抽到法——水去竟是法：防止地層陷落嚴禁鑿井抽水，但抽的繼續抽，枯的繼續枯，腐的繼續腐，朽的繼續朽，銹還不落，我們還硬要揍天，嘴還張得比傷口大，活該吞下自己的叫喊嗎？

吃白鷺鷥的人

曾貴海

自由自在地消遙了千百年
台灣的白鷺鷥
是唯一不怕人的野鳥

污染的田水
猛烈的農藥
滅絕不了牠們的族類
仍然繁衍出純色的雛鳥
仍然堅持
白色的獨立姿態
陪伴這兒的田野和人民

然而，不幸的日子來了
當人們吃光了花鹿和帝雉
吃膩了蛇鼠和野兔

每年都吃下一條高速公路的
人
竟開始吃起白鷺鷥

拔除雪白的羽毛
就毫不畏懼了
把這塊地面上最潔亮的色澤
抹滅掉吧
只因爲牠們也是經濟動物

不知逃離的白鷺鷥
仍悠哉悠哉地漫步田埂
跟在水牛後面
呆呆地看著農夫
牠萬萬想不到
夜晚捕捉牠們的，竟是
白天看起來良善溫馴的
人

註：一九八四年元月，報戴雲嘉地區有人
販賣白鷺鷥肉湯，每碗一百五十元。

難圓的夢

利玉芳

鹽水溪
這湛藍的小床
掛一盞小月
光影幌動著我的激情
我歡喜
床提供我們兩岸的愛
一塊共同作夢的地方

你却無趣於等待晚潮消逝
你的雙眸老是迴避那盞溫柔的小燈
迴避演出咱們那件愉快而眞實的夢
使我不敢也不能輕易叫喚你的小名

我們孤獨的小名
不是只有在這個寂靜而甜蜜的時刻

才深深被床記憶的嗎
無奈你粗黝的胳臂
習慣自我陶醉在你多毛的土地上
把自己捲臥在岸的那一邊

一樣的夜
一樣的藍
一樣的床
兩種睡姿
兩種夢

我只好把尷尬的赤裸
吻給需要我體溫的土地
在黎明之前
隨它如何去撫弄
我這患著憂愁的愛人

笨鳥快飛

黃樹根

笨鳥快飛
笨鳥快飛
兩面天空
飛過來
飛過去
把春天的訊息啣過來

笨鳥快飛
笨鳥快飛
兩面天空
飛過去
飛過來
把苦難的命運拋遠去

飛過來

這裏用黎民血汗凝鑄的
金黃冠冕頒授
並且加上自由的酬庸
母親啊　妻女的哭號都已在讚美聲裏淹沒

笨鳥快飛
笨鳥快飛
再偏斜些
再放低些
海峽狹狹
天空空空
自由自在
飛過來
飛過去
這場遊戲眞刺激
再笨也懂得
飛過來　飛過去

愛荷華詩抄

呂嘉珍

陶土的印象

這是多麼深刻的印象
那曾經是曾祖的曾祖鑑定過的
這湖邊的泥土
便是用來做那盛放飲料和食物的器皿
當我們還不及那狩獵的年齡
就在春雨後的早晨或黃昏
隨着我們的父兄和叔伯
走到這塊湖邊的泥土上
抓一把捏一下的
用手掌的熱

來演習這碗的第一課
且把那飛禽的足印留在碗沿
火燒後也不見裂痕的泥土上
却有這深刻的印象——一步步的足印飛上青天

一九八一年十二月十二日於愛荷華城

釣鱒

左首是一片淺灘
右首是淙淙流水
而那鱒
便捉對兒的
嬉游在一池清潭裡
忽上忽下
忽左忽右
我便輕手輕脚
下得斜坡
回首一指輕噓
小兒噤聲
且待老爸就這麼

輕鈎淡線的
釣它數尾彩虹鱒

一九八二年十二月六日於愛荷華城

記石上大師李白醉酒圖

唯側面的酒仙
唇邊猶沾滴酒
傳云千百年的故事
如今
捲袖、抛毫、開懷
重拾荒疏已久的指功
傳神

一九八三年四月五日於愛荷華城

醉

哥兒倆好啊！
八匹馬呀！
三桃源啊！
……
今兒個可眞醉了
撞到的牆比瞎子多
摔的跤比跛子多
老友記外加
花生米 豆腐乾
不罰不勸我便喝
關帝面
心窩熱
我比神仙樂

一九八三年四月八日於愛荷華城

你的玩具・我的玩具

竹劍
木刀
毽子…

是我的玩具
大富翁
機器人
電子遊戲⋯
是你的玩具

象棋
乒乓球
撲克牌⋯
是我們的遊戲
我們一起種菜和釣魚
還有一隻黑狗
是我們的忠實伴侶
我把幸福的童年交給你

一九八三年十月一日於愛荷華城

後記：爲大緯十三歲生日寫

優佳莉樹

巫永福

校庭並排的優佳莉樹意氣爽爽地高聳直立
樹稍尖尖猶不知人間的好呆優哉悠哉地
超越屋頂在半空中自由自在招風喚雲
並面對晚霞低吟其黃昏美麗的詩篇

有一天新校長看了　說是樹高防害教室光線
令將綺麗的優佳莉樹統統從半腰鋸斷
連樹枝也剪除肢解成赤裸裸的無頭樹
於是優佳莉樹忍氣吞聲再也無法唱歌了

懷着滿腹的悲哀醜粗難看的樹幹
却默默暗喜沒有波連根拔除而仍能生存
乃自肘如何按排在苦難當中浴光沐雨
而能自力更生萌發新芽把軀體粧飾適應

優佳莉樹雖受莫大的羞辱與打擊而氣憤
終於聰明地瞭解如何適應命運轉增力量
不久之後頻頻綻放幼芽而展枝佈滿嫩葉來
而將並排的樹幹連成一起化成美麗的綠墻

春節兩題

趙天儀

列車載著我奔向南方

列車載著我奔向南方
雨季的北方，寒流壓境
多陽光的南方，暖流過境
經過了北回歸線
我開始脫了一件外套

穿過了山線
那多山洞的苗栗山坡地
野花野草開滿了兩旁
台中的故鄉，彰化的芳鄰
建築物的景觀模糊了我兒時的記憶

在綠色的嘉南平原上
一望無垠的大地
田裏的稻穗已收穫
野地裏的甘蔗園遮住了遠方的地平線
也擋住了我望眼欲穿的視野

列車載著我奔向南方
十年前，我曾經是求職的失業者
在一次夜快車上
我無心窺探窗外兩邊的風景
半夜過了台南站，還忘了下車呢

而今，初春的南方正以溫暖的陽光
歡迎我的蒞臨
而今，硬朗的曠野正以復活的朝氣
歡迎我的到達
且讓我拭去僕僕的風塵
擁抱我日夜思念的南方

列車載著我奔回北方

列車載著我奔向北方
再見，春節的美濃
再見，熱情的高雄
再見，運河已被遮蓋了的府城
溫暖的南方，多麼令我懷想

在春節的莒光號上
回娘家的婦女擠過了身旁

哭泣的孩子已然昏昏睡去
歸鄉北還的陌生人
正要匆匆北上結束春節的假期

遠了，高雄半屏山的灰塵
遠了，美濃鍾理和紀念館的陽光
越過了北回歸線上
我由坐票變成自動站票
擠在眼神美麗的南方少女群中

李伯大夢的故事不遠
浦島太郎的童話也不稀罕
經過了台中的故鄉
我恍惚也回到了孩提的時光
歡樂春節的記憶一一湧現

列車載著我奔回北方
多山洞的苗栗山坡地綠野正濃
越過了竹南，車子彷彿全線加速
新竹、中壢、桃園，都被拋過去
我正帶著南方溫暖的脚步
穿過了寒流的邊境

活佛頌

明哲

你幾時找過誰
你給誰寫過什麼信
你在電話中談過什麼話
他們都一清二楚

他們有千里眼
他們有順風耳
他們無處不在
他們無所不知
他們神通廣大
他們是活佛

難怪有那麼多人
服服貼貼地順從他們
下跪膜拜他們
活佛的法力無邊
偉哉，活佛
阿彌陀佛，阿們

噩夢猶未過去

莊金國

一、

噩夢猶未過去
出來了謀生要緊
不平　擱在一邊
不幸　仍須等待
現今只關心景不景氣
至於靈魂清不清醒
請携帶隨身聽——
群哲的智慧
爲你指點迷津
看哪，遠遠有一盞灯
亮起了無邊寂靜

從這裡望過去
別問多少距離
時間是最好的證明。

二、

常常安慰自己
沒有脾氣的日子
總是一路順風
有風最好
無風也可以
看看風景
順便欣賞這邊
那邊爭先恐後的樣子
最精采的時候
雙方嚴陣以待
觀衆眼睜睜那麼一衝
哦，衝是衝過去了
只是在緊要關頭
被一陣風吹散……

三、

想想也眞是的
即連空氣汚染中
也不乏德意存在
君不見經濟起飛的旗
插滿了工廠的煙囪
穿梭不停的車子
縮短了時間與空間
一切爲方便爲迅速
塡飽慾望這嘴饞
沒有什麼不可能
當你拍拍舒服的肚皮
露出襯衫口袋的企鵝（註）
想想也眞是的
只要不再做噩夢！

註：企鵝牌襯衫是世界名牌。

四、

是誰說過

已經來的就不會消失
噩夢也會這樣嗎
在酣睡中搖醒你
穿過時間的長廊
來到一個
伸手不見五指的地方
豎耳傾聽心跳的聲音
突然一道強光閃亮
你反身欲逃
不忍再見
揉着惺忪的睡眼
滿臉迷惘的表情
有一天過一天——

五、

咬破手指寫成血書
是否能從死亡邊緣
挽回生命？
在摩西雕刻的律法中
星期天不休息
就表示不感恩

以色列唯一的神
都要活生生接受
石塊擊斃的命運
一直到現在
還有人相信
可以仿造摩西的石板
隨意劃掉別人的名字
哦上帝！

72年7月29日重寫於鳳山

吹風機

德亮

除了整髮
有時也用來創作
烘乾已完成的畫或者
有計劃地將水彩
在紙上吹繪出
我們想要的構圖

落淚的時候
也會想到吹風機
哭泣終止猶如畫作完成
哀傷繼續則仍須再構圖
在臉上我們始終重複著
烘乾或者吹繪的遊戲

除了整髮
有時也用來整理淚痕
我們每天使用着吹風機
竟也成爲創作的一部份

空檔

吳明興

清晨五點鐘，在我們建構的城，有無數的夢，正在最黑暗的心淵深處，秘密的進行著，有人低徊未竟的戀曲，有人往復未終的戰爭；

清晨五點鐘，所有的星星挾持月亮撤退，太陽則未出擊，這正是一個黑鬱鬱的空檔，在我們建構的城，隱約可見幢幢的樓影在頃斜著，彷彿暗中受創的灯塔，不被警覺的斜向生死一線的海平面；

清晨五點鐘，正是一個宜於做夢的空檔，一切的快樂與憂傷，都在最隱私的心淵絕處，秘密的蠢動著，在我們建構的城，在光明與黑暗未分的時刻，清晨五點鐘，正是狗與雞換班的空檔。

呼喚

楊傑美

一隻痲雀站在空蕩蕩的電線上
以激昂顫抖的高音
向他的伙伴們呼喚：
「飛到我新築的窩巢裡來吧
現在是屬於我們的季節。」

當春天飛臨世界，把枯葉上冬眠的
種子噴洒向驚醒的大地
在我體內也有一股暖流蠢蠢躍動
像胸懷博愛的太陽，渴望着
把熱血捐輸給每一個等待的生命

但其他的痲雀在天空裏盤旋翺翔
穿梭嬉戲，自由自在引頸高歌
沒有一隻聽見他的呼喚

所以我再度明白：
當春天從我們的世界又走了
我體內的熱流也將恢復悽冷
一如那夕陽枯萎
再度墜入黑暗孤獨的囚巢裏

双人床

林外

古老的中國
沒有單人床
不像西洋人
要那個才過來
而要天天好在一塊

天天好在一塊
並不是要天天來那一套
而要修鍊克制和忍耐

感覺的浮雕

白樵

吵架也不能分開
冷冰冰的時候
也必須在雙人床上
雙人被裏
互相溫暖

不像西洋人的兩個單人床
要再好在一起很難
而是
不趕快好
滋味難嚐

古老的中國夫婦
恩恩愛愛　白頭偕老
是因爲睡雙人床

木刻

我在一塊原始的粗布
仔細一刀一刀雕刻，想
灌注我全部生命的心血
獲得藝術不朽的靈魂

突然感覺命運也是另一種
雕刻家，用歲月無情的手
在我臉上一刀一刀劃下紋路
隱隱竟聽到深處呼痛求救的回聲

我摩沙掌紋里的木刻
凝望它猶未完成的雛型
彷彿是童年天眞的我
等待被雕刻成某種形像

不知我一刀一刀將它
塑造成我希望的模式形像
它是否也會呼痛求救
却也同樣地，沒有拒絕的權利

銅像

包圍在都市中心的焦點
人們每天用汽車廢氣以及
附近工業區的落塵向您致敬
讓您也感染一層層
現代衣明灰頭灰臉的生活氣息
不因時代變遷而落伍

而您只能凝望遠方
天空比上箇世紀灰暗一點
面對越來越短暫匆忙的白天
以及越來越狹窄模糊的視野
您緊閉的嘴唇，是否想張開
告訴人們未來的歷史和結論？

而大氣中寧靜的遠方
被往來的噪音不斷切割着
越來越破碎的語言，無法溝通
您和人們不同的人生觀
不過日落以前，如果您抬頭睜眼

還可看到水平線外，最後一道霞光

詩二首

思存

題影

倚亂了幾株淡紅的野莓
晨露才把妳的清新喚回
綠意之中流過來
濃鬱的細柳，玲瓏的烏玉
豐腴的雲

那是全無含意的神情
因此含意最深
且聽流蘇晶瑩瑩地輕垂
垂披新的季節

披成自在飛花的昨夜
是這般醉人的桑葚
鳩啊你不可久耽
只許汲飲一口淺淺的輕醇
以免自尋苦惱
飲來千山萬水的心情

豐年

秋收後，穀倉爆裂
歡騰中，煢獨無依
稻草人，迎風擺顫
猶側憐肩旁
伶仃的漂鳥
臉容浮現在
水面光潔，水草間
魚子三五逡巡
哀戚之顏遂裂
浮標驚悸幌動

黃昏時
有人躍樓尋覓
悲苦，而不幸
植根於四隣小院又
到處抽芽

列位，米價慘跌，請
努力添食餐飯，戲園是
優良歲月，迷幻於
舞場，勸令歡喜
停止一切休假

而谷雨紛飛，收釣絲
驀然回首，想
細水曾聚成洪濤
狂流終究東之
設若繼續灌注……

懷抱孤雛，稻草人
仰頭叩問，
答以魚籠的空虛

街景

李政乃

街道如江河
湧滿了行人和車輛
如龍的浪潮
來自綠灯的彼方

隆隆的聲浪
如龍吟虎嘯
拍擊著騎樓
屋簷　牆角

誘人的霓虹灯
最富有浪漫的情調
爭取鬥艷的
引來一波又一波的人潮

高架行人橋　低窪地下道
人潮浮升　沈落
在茫茫的人海中
有誰注意到求眞的我

今夜樓角　明月高掛
我凌越層層聲浪
滑過街角
消失在陋巷

母愛

周伯陽

雙手輕輕地推動搖籃
悅耳的催眠曲低唱着
爲小寶寶排除無限的寂寞
在夢幻裏爲安睡舖路

雖然這是聽慣了的曲調
但曲調裏蘊藏着無窮的愛

時光撫摩了可愛的小寶寶
茁壯明天的龍
培養明天的鳳

母親的心
是一顆寶貴的愛
偉大的母愛永恒在天上閃爍
驚濤駭浪都無法侵擾心園

與銀河的星光爲友
與海洋的珊瑚爲伴

防波堤

和權

——獻給母親

日夕對着
翻翻滾滾

不斷淹殺過來
冷酷冲擊的
浪濤
堅定地
守在那裏
什麼也不說
什麼也不說
忍受着
一己的孤獨
浪沫侵蝕的疼痛
抵禦
整個海的
洶湧

忍受復忍受
堤後
青青草地
漸漸長出
一列列椰樹
以及纍纍
甜蜜的
果實

一隻走入信封的螞蟻

蔡忠修

浪跡天涯的日子
總想寫封信
冷靜地剖解自己

理想和現實的距離
究竟多遠
一隻悄悄走入信封的螞蟻
在四處碰壁的空間
平淡無味的世界
尋找出口位置
已經習慣甜言蜜語的螞蟻
怎會相信
沒有什麼諾言的信件
竟發出幽幽的香氣

憤怒的螞蟻
舞著銳利的口器
將一張心靈白紙
咬出了血跡

太陽的話

九攘

好不容易到了我受歡迎的季節
你們却躲到遙遠的北半球
等我找到了你們
你們又說我太熱情
用樹蔭，房子，用盡一切辦法
來隔開我的擁抱

其他的生物也迎我，也躲我
但他們從不抱怨
只有你們人類我無法了解
雖然我們已相識幾萬年

我歡迎你們利用我
正如你們一再宣稱的
我是你們最大的能源
但我納悶你們爲何捨近而求遠

如果你們肯靜下來聽我一言
——這應該沒有什麼壞處
你們就會明白
你們已有的能，足夠用到永遠
那就是你們堅持不肯使用的
愛

詩三首

呂建春

春之鄉

立盡冬夜的雞
啼聲金晃晃的

亮遍了江南江北
在藍天與青草之間
是昂昂然的紅雞冠

蚯蚓在草根啜著露
露在草葉上綴著星
脚跟戀著黃土泥
白蝶戀著菜花香
竹籬外
綠澄澄的水塘
柳絲拂柔了風

潭

㈠

水鏡的影
青蛙躍入自己
圓漣的心—「通」
回聲

浮滿了蟬音

(二)

映照流雲，雲影在心中浮過
映照星空，星光在心中閃爍
映照月鏡，歲月在心中眠臥
硯照宇宙的我
深處有股源頭
汩汩流自地球的內心

寒流

西伯利亞的寒流
雪降的凍冰
壓斷樹木的枝幹
北中國的森林
發出骨折的哀鳴

接近

谷君

茫茫宇宙
何故星月同輝
荒郊漫野
為何小橋依流水
問天天不語
問地地寂寂

當日間的言語變成夜間的呼喚
當觀念的交換變成心靈的交會
當陌生轉為好奇
當好奇成為喜歡
你的目光開始追尋
你的脚步開始移近
你的心呢？

逡巡

何不漫漫獨行
眼前已是美好
為何要逾越

來景未卜
免不得心傷神碎
一如以往

也許他聽見你移近的脚步
也許他望見你追尋的目光
也許他正向你踽踽走來

不能回避
只有迎去

阿爸的一生親像一首詩

蕭雨

昨暝阮爲阿爸寫一首詩
講阮阿爸親像一間大厝
替阮避風擋雨
給阮永遠溫暖

透早，天還袂光
阮拿著阮的詩給阿爸看
東看西看，阿爸袂了解阮詩中的情意
只是點頭，面露笑容

倒轉去厝，阮想起日本時代
阿爸無錢讀册，聽無國語
阮拿起筆，爲阿爸
寫一首臺灣詩
講阮阿爸勞碌的一生
親像一首寫不完的詩

林宗源詩抄

林宗源

行在海墘仔

赤脚輕輕列踏 踏 踏
也不知踏在海灘的背部
或是踏在她處女的腹部
脚印眞快行在海墘仔

每一個脚跡有我每秒的生命
在回頭審視的瞬間
我看見海偖出純白的手拭著日子
每一次拭擦加添我驚惶的心跳

靜止的脚踏著流動的海沙
是拒絕人類踩破海灘的景觀
或是譏笑我不能印下永恆的脚跡
動作的脚印在流動的時間

赤脚重重列踏　踏　踏
也不知踏在時間的背部
或是踏在她處女的腹部
脚印慢慢行在海埮上

後面有死去的夢
前面還有活來的夢
而靜止的脚無夢
海以白泳拖著我愈陷愈深的生命

去菜市

有人隨隨便便去菜市
愛什麼買什麼
愛魚買魚
愛肉買肉
吃一日同款的一日
也無想懷與「我」煮無同款

有人想前想後去菜市
看什麼想什麼
看魚買肉
看肉買菜
吃一日同款的一日
也無想懷與「我」煮出原味

有人算來算去去菜市
算營養買生命
買魚買肉也買菜
吃一日同款的一日
也無想懷與「我」煮熟

同款的路行一生
同款的菜市去一生
同款的菜煮一生
吃一生同款的一日
隨隨便便列活
想前想後列活
算來算去列活
也無想憢與「我」煮成萬物

來飯店

來飯店你免麻煩
指指點點
山產海產
連鞭排在你的面前

今日中餐
明日日本料理
後日西餐
只要有鈔票包你滿意

聞愈多愈飄撇的人生

有時也會食仔厭善
想要食台南仔麫
而度小月的人總想大飯店

今日吃魚是魚
明日吃肉非肉
後日菜只是菜
只要吃出道理包你滿意

有人食飯店
有人食攤販
有人去菜市買菜
同款是我
同款是人
同款是物
吃一日攏同款的一日
活一生攏無同款的一生

詩之音

潘思音

雪花

紛紛飄落的白雪
似少女輕盈的舞步
悄悄地　緩緩地降下來
羞答答地落在手中
然後又無聲無息地溶化
似那一聲不響的貓兒
消失在黑夜裡
只留下一顆晶瑩的水珠
爲它這短促的生命而嘆息
卻不知它已證實了雪花的存在
因”飄落“的那一刻便是雪花生命中
最美麗的一刹那

記憶

記憶是老漁夫的漁網
漏掉了太多
網住的卻太少
又舊又破卻還是捕捉到了些
它雖不能完全擁有那
絢麗人生的一切
但已捉住了那一生中
最值得回憶的一刹那！

玉山的獨白

許正宗

據72年12月某日的新聞報導，
玉山到處是登山者拋棄的垃圾
，就像是一座垃圾山………

默默望那白雪落
靜靜聽那人潮聲
鋁鐵罐、利樂包
給我無限的凝想
寶特瓶、ＰＥ盒
賜我夢幻的遐思
紙屑、果皮
使我忘却了一切
輕輕偎著
永不腐蝕的世紀產品
是絢爛的彩飾
當雲海奔騰時給登山者
賞心悅目
登山的熱潮湧向山巔
我撤開白色的衣襟
將山林之間的垃圾
在營帳旁堆積
在睡袋側堆積
請夢中陶醉山林野趣的登山者
與垃圾同眠

今夜氣象報告
零下八度
創下今年最低溫
我在寒流中
輕輕掀開衣襟
擁住寒氣在懷裡
讓笑意隨雪花飄零

後記：二〇〇一年，據歷史記載，
　台灣有一座山，堆積著
　代表二十世紀的東西。
　它的名字叫玉山，也是
　東南亞第一高的垃圾山……

一個中國詩人看德國現代詩

●李魁賢●

——1983年11月23日在淡江大學德文系講

「一個中國詩人看德國現代詩」，這個題目出得很有詩意，原因倒不在於題目中有兩個「詩」字，因爲「詩」字本身和「美麗」與「哀愁」一樣，不一定有詩意。我們知道詩的特徵之一是，它的意象或所用語言，有繁複的多義性或歧義性。因此，我說題目的詩意是出在「看」字。

讓我們先來看看這個「看」字代表什麼樣的意義。第一種意義是用「眼睛」看，用「眼睛」看似乎是天經地義的事，其實不一定，我們試試用相聲的說法，比如甲說：「你會看德國詩嗎？」乙答：「會呀！」甲又說：「好，那麼這寫的是什麼東西呀？」乙答：「嗯，這寫的是德文嘛！」乙看到的是用德文寫的詩，而不涉及內容，這種「看」是「觀看」的意思，是用「眼睛」看的。第二種意義是用「心靈」看，假如有人問我：「你在看什麼書呀？」我答：「我在看德國詩」那麼這裡的「看」顯然是「讀」的意思，雖然涉及詩的內容，但只是在於欣賞的層次，是用「心靈」看的，可以隨興趣，求得心靈上的共鳴。第三種意義是用「腦筋」看，假如有人問我：「你看德國現代詩的主流，發展趨向，及其在世界詩壇上的地位如何？」這個問題我大概不會有令人滿意的答覆，因爲這裡的「看」顯然有「檢討」和「評價」的意思，這是要用「腦筋」看的，不是隨興之所至的讀詩分式所能交代的，他一定要在縱向上有系統地飽讀重要的德國詩，還要在橫向上博覽代表性的其他語文的作品，這是學者的工作。

我個人其實是一個「不務正業」的人，我在學校唸的正科是化學工程，服完預備軍官役後，雖然在國營事業做過七年多的化學工程師，但後來逐漸脫離正業，改爲從事專利代辦業務，替發明人申請專利，幫他們展售發明品，大後天又要帶團去比利時參加世界發明博覽會。目前的工作多少偏向法律方面，而業餘時間大部份放在文學，以這樣不務正業的人來看德國詩，當然也是不務正業的看法，也就是外行人的看法還請各位指教。好，現在閒話表過，言歸正傳。

我之接觸德國詩，是起於意外的機緣。我們小時候，碰到精緻的東西，都會戲稱這是「德國貨」，表示「讚」！個人因爲學工程，對德國在科技方面的進步和工程方面的求實精神，頗爲嚮往，也有幾份確實的體驗。舉例說，美國講求規格化，在工程設計上，往往分成等級，加以規格化，例如以產能分五〇噸、一〇〇噸、一五〇噸遇到顧客需要設計例如產能爲八〇噸的工廠時，就以一〇〇噸的藍圖建廠充數，但德國講求的是適用化，他們一定要按照八〇噸產能加上寬容百分比設計後來施工。看來似乎呆板些，但在科技上是符合精確的原則。

我在民國四十九年考進台肥南港六廠，當時是台灣最新的現代化工廠，人員素質都很高，因此流動性也很大，大多數工程師都做過一段時間就出國去了。在那種環境裡，個人也受到感染，但我看到大家往美國跑，並不很欣賞，雖然當時自己也申請到美國大學的入學證，但後來決心前往歐洲，於是開始學德文。由於工廠下班後，還到台北一家洋行兼職做銷售工程師，晚上再去補習德文，所以唸得很辛苦。

我是淡水人，祖先在清朝乾隆十六年（西元一七五一年）到台灣，我們李家祖厝就在貴校後面的水源地，但我的老家是在忠寮里。我在淡水初中三年級時，開始寫詩在當時的野風文藝雜誌發表。詩，有時很像鴉片，一染上就一輩子擺脫不掉。幸虧由於對詩的喜愛，在我讀書和工作階段，都給我精神上很大的安慰。由於喜愛詩，也零碎讀過一些德國詩的翻譯，於是學了幾年德文後，便興緻勃勃地想看看德國詩的原貌，就這樣種下了因。

大家都曉得在台灣很難買到德文書，在二十年前更不用說，那時有一家德文月刊社可以代購，書目有限，但還是幫了不少忙，後來德國文化中心有一段時間搬到信義路，圖書室寬大，圖書也幾乎是開架式，借書也方便，對我幫助更大。

我讀德國詩是從詩選入手，先做一次通盤性的瞭解，然後再選代表性的詩人。我比較著目的是前代三人和後代三人。所謂「前代三人」是歌德、賀德林、和海涅，「後代三人」是郭奧格、霍夫曼史達和里爾克。這幾位人物都是在德國詩史上產生過深遠影響的人物。

歌德（Johann Wolfgang von Goethe，1744-1832）不但是古典主義的泰斗。古典主義追求典雅、崇高和理性，而有壓抑個性的傾向。歌德透過狂飈運動的洗禮，毅然脫出保守的樊籠，致力於個性的發揮，而開啓浪漫主義的先河。然後他在社會思想和科學研究方面的貢獻，又啓迪了後來的現實主義，所以歌德眞正是承先啓後的偉大人物。

歌德有一首「普洛美修士」（Prometheus）很能表現他熱烈的感情，以及反抗權威的精神，最後一段竟然要取天帝宙士而代之，他寫著：

我在此坐著，塑造人
依據我的形象，
此種族，當能肖我
去受苦，去流淚，
去享樂，去歡愉，
而且漠視你
猶如我！

賀德林（Friedrich Hölderlin, 1770-1843），晚歌德一代，正好是浪漫主義興盛時期的人物，不過賀德林應該不算是典型的浪漫主義者，因爲他嚮往希臘的古典精神，他的詩追求完整，不過強烈的主觀帶著浪漫主義的風格，所以他應屬轉型期的大詩人。他有一首「梅茵河」（Der Mein）可以做爲他這種風格的代表，前二段如下：

對，我眞想看看洋溢生機的大地上
許多的國度，我的心常匆匆攀越山嶺，
而我的願望飄泊越過海洋，
來到連我所不認識的他人
也都交口讚美的光榮海岸；

但在遠方却無一人對我愛撫，
正是那衆神之子寤寐正酣
令人悲悼的希臘鄉土。

賀德林描寫的梅茵河不僅是現實的河流，顯然另外代表著文化的源流。

海涅（Heinrich Heine, 1797-1856），又晚賀德林一代，他已經從浪漫主義走入現實主義，海涅的詩簡潔有力，富有批判的時代精神。他因批評政治遭忌，而流亡法國，使他的詩中更充溢著懷鄉愛國的情操。政府會輪替，在歐洲，國家領域也常變更，只有鄉土是永久不移的。我想沒有人能夠把台灣這個島搬到別地方去吧？

海涅有一首短詩可以做爲代表，題目是「在異邦」（In der Fremde）：

我曾經有過美麗的祖國
故鄉的松樹
高聳天際，紫羅蘭溫柔頷首
那是一場夢幻。
以德國方式吻我，滿口德語
（令人難以想像
聲音多美妙）說：「我愛你！」
那是一場夢幻。

海涅這一首詩顯然寫於流亡時期，期待能夠回歸祖國的心情躍然紙上。他認爲德文的「我愛你」的聲音多美妙，除了表示愛心是人和平相處最愉快的表徵外，也顯示了對鄉土母語刻骨銘心的懷念。

德國詩的傳統幾乎就是建立在這樣熱愛鄉土，獨立自尊，語言精煉等各項特徵上。前述三人剛好是三代人物，那麼後三人却是在大約一世紀後的同代人物。

郭奧格（Stefan George, 1868-1933）是反自然主義的人物，他不願意人的存在受環境機械論所左右，要重振精神的主導力量，因此他要着重藝術的形式美，他的詩強調抒情性，帶有新浪漫主義的精神，他的詩幾乎都不用題目。

試以下面一首詩爲例：

曾經在黃昏時
同你欣賞景色的窗口
如今燦亮著奇異的光。

道路依然引自門口
你站著，四下不看一眼
就下山走向谷裡去。

在彎路上，月光再度
映照在你蒼白的臉上……
我要喚你，却已太遲。

黝暗、靜謐，凝固的空氣
沉降，淹沒了住宅。
你帶走了一切的歡悅。

帶有熱烈的感情，但表現得很冷靜，好像帶有沈澱後的透明，這是新浪漫主義與浪漫主義明顯的差異。

霍夫曼史達（Hugo Von Hofmansthal, 1879-1929），是一位才子，出名很早，在文學生涯上算是相當幸運的一位，而且他也擅長小說和戲劇，文學生命極爲強勁。雖然他才比里爾克大一歲，但在里爾克出道時，霍夫曼史達已是幾乎家喻戶曉的文學家了。

他的詩往往帶有敍事性，試舉兩段如下：

的確，當很多人必須捐軀於
沉重的船槳划駛的下方，
其他人則生活在舵輪之上，
認識鳥飛和星宿的領域。

很多人經常把沉重的肢體
置於迷惘之生命的根源
其他人則把座位有意
和女巫、女王排在一起，
他們坐在那裡，賓至如歸
舉手投足，姿勢輕盈優美。

里爾克（Rainer Maria Rilke, 1875-1926）也是由新浪漫主義出發的，後來經新即物主義的感染，又因關切人存在的永恒價值，而又被列入實存主義的系譜裡。

「豹」（Der Panther）是他有名的短詩之一：

他的目光惑於眼前來來往往的鐵欄
變得如此倦態，甚麼也看不見。
好像面前是一千根的鐵欄，
鐵欄背後的世界是空無一片。

他的濶步做出柔順的動作，
繞著再也不能小的圈子打轉，
有如圍著中心的力之舞蹈，
而一顆強力的意志昏迷地立在中央。
只有偶爾眼瞳的簾幕
無聲地開啓——那時一幅形象映入，
透過四肢緊張不動的筋肉——
在內心的深處寂滅。

我對里爾克詩的偏好，也是一種機緣。中國大陸以前，像馮至就對里爾克相當傾心，翻譯了一些作品，在台灣根據我的瞭解，從日據時代，就有很多知識份子，尤其是醫師，喜歡里爾克的詩，戰後像劉慶瑞教授也曾撰文評介過，但開始比較有規模介紹的是方思和葉泥。方思曾翻譯出過『時間之書』（Das Stunden Buch），實際上只譯十九首，其中第一首前幾行常被台灣的現代詩人引用，可見發生很多影響力：

怎樣時間俯身向我啊
將我觸及
以清澈的，金屬性的拍擊：

Da neigt sich die Stunde und rührt
mich an mit klarem, metallerem Schlag

這種內在與外在的交替性，時空的變換，以及無聲與有聲的幻化，使二十幾年前只能注視外在物象的詩人，突然驚醒，也開始探索深一層的內在的意義。

民國五十三年笠詩社成立，對我來說是一個契機，當時由於詩社同仁彼此約定，分配工作介紹外國詩，於是，我自告奮勇開始選譯『德國詩選』和『里爾克詩選』兩項工作，把它看做是一項家庭作業，做爲自己的一項訓練。我自己的經驗是，讀散文或小說還可以直接從外文去吸收意義和情節，但讀詩如不能把它轉化爲本國語文，則很難滲透內心。畢竟詩這種特徵的東西，與語文最爲息息相關，而本國的語文才能與我們血肉交融。詩要經過這一番交融，才能打進我們心嵌。因此，我也就趁此機會，在自己讀詩之餘，一點一滴譯成中文，陸續發表。

另外一項幸運的機會是，在民國五十六年時，我被台灣肥料公司派到瑞士工作，住了三個月，我大量購買了里爾克的書籍，使我有更多的資料可以進一步去瞭解，可是這樣一來，對我反而變成很大的負擔。

實在講，我是文學的門外漢，讀詩純憑興趣，看德國詩原先只是藉此訓練自己，但是一旦變成必須持續的工作後，確實變成了負擔。詩由於多義性，要轉變成另一種語文，實在很困難，幾乎是不可能的事。詩選還可應付，因爲碰到無法解決的問題時，可以放棄，另選一首。可是對於里爾克，既然連全集都買了，研究文獻也收集了，讀了一些，就不自量力，開始有全部譯出的野心，可是碰到困難怎麼辦呢？於是我只好進一步藉助英文和日文的翻譯本。因爲，翻譯免不了加進譯者的詮釋，所以我盡量多找幾種譯本做爲參照，就這樣花了好多年的工夫，才完成其中一部份，自己都覺得不滿意。

然而，由於有限的一點成績，讓我有機會參加設在瑞士的里爾克學會（Rilke-Gesell schaft）有很大的好處，使我瞭解世界各地對里爾克研究的現況和進展，也經常可以收到有關新書出版的消息，對充實資料極有幫助。

雖然表現主義興起於德國文壇，有其很大的特色，尤其像賓恩（Gottfried Benn, 1886-1956），涂刺科（George Trakl, 1887-1914），赫姆（George Heym, 1887-1912），布雷希特（Bertold Brecht, 1898-1956）等人的詩，因個人能力不足，淺嚐輒止，實在遺憾。

二次世界大戰對人類社會、文化的發展是一項很大的危機和挫折。爲了瞭解戰敗後的德國詩概觀，又花了一段時間去收集、整理資料，想看看德國詩人表現了什麼樣的立場和觀點，結果我選了七位詩人。

第一位是沙克絲（Nelly Sachs, 1891-1970）這位一九六六年的諾貝爾文學獎得主，是德國籍猶太人，逃避不了二次世界大戰中猶太人的共同命運，流亡瑞典。因此，死亡，破滅等意象成爲沙克絲女士詩的主調，像「啊，烟囱」（O die Schornsteine），詩的起頭…

啊，烟囱
在設計精巧之死亡的寓所上方，
當以色列的身體化入黑煙
清散於空氣中——
當掃囱夫承接一顆星
那表示將變成黑暗
或者曾是一道陽光？

「死亡的寓所」之設計精巧，顯示了被刻意擺佈的境遇，而「死亡的寓所」也暗喻宿命的歸宿。

第二位是艾赫（Günter Eich, 1907-），他的詩很多描寫從軍，尤其是被俘時的體驗。像「厠所」（Latrine）起頭寫的是：

在腐臭的濠溝上，
沾滿血與尿的紙頭
飛繞著金頭蒼蠅，
我齊膝跪坐。

眺望林木叢生的河岸，
花園，擱淺的小艇。
硬化的穢物打入
腐爛的泥濘。

如此令人厭惡的排洩物，竟然成爲詩的主題，是以往任何主義的詩人都無法想像的吧！

第三位是侯篤生（Hans Egon Holthusen, 1913-）研究里爾克獲得博士學位，曾在美國西北大學擔任德國文學講座教授。他由於受里爾克晚年的影響，傾向於存在主義的立場，「時間與死亡之八個變奏」（Acht Variation über Zeit und tod）的第七節：

如何忍受永恒無聲的擁擠。
我們如何按捺得住，在城市中，於匆忙的千萬人
群裡，
近下午四點半，晚報塞在大衣口袋裡，
我們面前是一家小商店，在我們頭暈麻痺中
有如一盞交通綠燈在霧中輻射光芒！
誰會衞護我們，於面臨通向致命境域的景象，瞬
時萬變：
用機關槍發動氣鑽和電報局的反叛，
手榴彈落進窗內，六點鐘後吃彈丸的人，
會被咒罵和被拖靠牆壁。

他探討人存在的困境，顯示戰亂中人的價值被殘暴的武力所貶抑，成爲無所適從的遊魂。

第四位是柯洛婁（Karl Krolow, 1915-），他是從抒情詩走入政治詩，但他善於運用超現實主義的技巧，在「大地」（Erde）一詩中寫著：

你慢慢衰老，當你設下之羅網的銅器
一直冷冷地枷在我們的項際，
當幽靈在砲火中陣亡，在濠溝內岸的光中，
或者安靜地殘存者：有如海藻的細胞，
一隻如夢似幻的鴿子，依然爲貝蒂麗絲所珍養，
嘴裡依然含著但丁給予的穀粒，且已經在木籠裡
　悲鳴，
直至指頭壓迫著脖子才停止了鳴聲。

陣亡，屠殺的意象像夢魘一樣充溢在詩裡行間。

第五位是謝朗（Paul Celan, 1920-1970），他有猶太血統，也經歷過逃亡和被關入集中營的悲慘命運。他的詩有後期象徵派的技巧，而接近超現實主義。他的「死亡賦格」（To-desfuge）是很精彩的作品：

清晨的黑牛奶我們夜晚喝你
我們中午喝你死亡是來自德國的大師喲
我們黃昏和早上喝你我們喝了又喝
死亡是來自德國大師哦他的眼睛蔚藍
他以鉛彈射擊你他射擊你很準

謝朗以特殊的語言結構，把習慣的知覺反應重整秩序，構成很強烈的壓迫感。

第六位是巴哈曼（Ingeborg Bachmann, 1926-），以女流身份，關切的也是戰爭的無盡期，她在「每天」（Alle Tage）中寫著：

戰爭不再宣告
却持續著。聞所未聞的事
已成了家常便飯。英雄
遠離在戰鬪之外。弱者
投入了烽火的地面。
每天的軍服是容忍，
預期著稀疏的星辰
輝煌地在心的領域上。

以女流的身份不寫閨秀風格的婉約詩篇，却灌注了強烈的批評性。英雄都遠離了戰鬪，只有弱者投入烽火，那麼對一般英雄與弱者認定的顛倒反置，豈不是應加以重新評價。

第七位是葛拉軾（Günten Grass, 1927-），他的詩富有怪誕性，對現實極盡諷刺之能事

，像「諾曼地」（Normandie）：

海濱的煤艙
擺脫不了混凝土
偶爾來了一位半死的將軍
撫摸著砲口。

或是住了一些觀光客
有騷擾的五分鐘——
風、沙、紙、與尿
時時在攻擊。

葛拉軾已有多次被提名競爭諾貝爾獎，市面上錄影帶「錫鼓」就是他的小說改編，以侏儒的遭遇看社會，政治的變遷，和這首詩一樣，企圖以不同的觀點來看事物的眞實。

最近，我又讀到一位畢涅克（Horst Bienek, 1930-）的詩，他曾經歷過德國戰敗的苦難，一九五一年又在東柏林被捕，送往蘇聯勞改，四年後才因特赦而重獲自由。他的詩大部份以牢獄生活爲素材，諸如機鎗的陰影，遠方槍聲的回聲，鐵絲網的密林，令人目眩的偵訊燈，北極暴風雪。像一首「被告」：

全部都被告
但他們只有一人
認罪
其他人都毀掉沉默之聲
他們保衞自己
但無關他們的城市
或群鳥悄悄飛行——
因怕刀使他們目盲

但只有一人是無辜：
就是認罪的那位

那麼究竟誰才是眞的有罪？世俗所見的罪名往往與眞實有距離，而詩人的視域是要洞燭眞實的內奧。

從以上拉雜所說，我們可以歸納幾點老生常談的結論。

第一、詩是文學的精華，所以用字遣詞，都非常講究，尤其音節、韻律，有時對詩的內容都有關聯性或暗示性。詩之所以成爲一種藝術，乃因往往從詩中可看出詩人的匠心獨運，而從詩裡更能體會語言的奧妙。要瞭解德國文學，當然德國詩是不能忽略的。

第二、詩往往最能表現一國文化的層次，人民精神的層面。從德國現代詩裡，我們看到戰爭苦難的夢魘一直揮之不去。戰後的詩不能擺脫戰爭、殘破、幻滅的意象，可見戰爭對人類生活影響之深遠。但詩本身不只是吶喊，而是透過語言藝術的表達，透過意象的塑造，來建立詩的世界。

第三、詩人的立場是以人爲本的，詩是以精神內含爲基本，所以詩應能代表多數的心聲，而不只是個人的喜怒哀樂。最近德國反核的綠色運動興起，像梁景峰教授最近翻譯在自立晚報發表的殷晨斯貝格（Hans Magnus Enzensberger）的詩，便是表現這樣的關注。連美國詩人也擧辦朗誦會在響應，像一九八二年五月二十六日有十三位美國詩人在紐約市的市政府集合擧行稱爲「詩人反對世紀末」的朗誦會，譴責核武競賽。在充分自由的社會裡，詩往往是時代的號角。

最後，表示我的一點願望。由於政治上的現實關係，多年來我國重美輕歐，連歐洲文學也受到忽視，一般人要直接去欣賞外國文學實在很困難，因此有待一些自告奮勇的人，來從事吃力不討好的工作。我在想如果德文系的同學，能夠每人翻譯一部德文書作爲畢業成績，那麼對德國文學的介紹，將發揮很大的貢獻。我這樣深深期待著。謝謝各位！

巨視文藝

——讀「黎巴嫩抗命歌」有感

李篤恭

世界文學恆常存在着一個盲點：文藝作者常常沒能夠抬高視線去眺望世界與歷史——至少也要能從另一相反的角度審視歷史。

打從文藝復興、啓蒙運動、宗敎改革、產業革命一連串的胎動之後，西方產生了一個鬼胎，叫做霸道意理。而經過了十六和十七世紀的成長茁壯，從十八世紀起，西方的強權（powers）瘋瘋狂狂又慘慘烈烈地進行了一連的膨脹主義（expansionism）、軍國主義（militarism）、重商主義（mercantilism）三位一體的帝國主義底侵略與殖民；這不僅使得他們相互間爲爭權奪利而引起了兇慘的爭鬥和流血，而且更是給非西方諸國各民族帶來了無窮的災禍和浩刼！這人類的自私與愚昧一直摧毀全球芸芸衆生的性靈與生命，甚而至於有毀壞世界的可能性！然而，歐美日的文學家却是一直缺乏了大乘的世界歷史觀；他們能夠感悟他們國人的苦難與迷失，却是沒能夠關心到受着他們以雄厚的資本和科技來支配、剝削、愚弄的國家人們的悲劇。

目前，世界上據說有四十幾個地方有戰火。請想想，那些交戰諸國是用着誰供售給他們的武器來一直在互相殘殺着呢？爲維持新帝國主義的勢力，他們在開發中國家之間揑造矛盾、佈設衝突、飼養獨裁野心集團，而使得他們打「代理戰爭」！然而，那些耶和華和上帝的文學作者竟然沒能向他們自己的統治者抗議而揭發其罪惡！是的，凡是握筆桿的人們，靈性崇高而智能超人，可是他們爲什麼沒能夠具有巨視底智慧，以透視人類愚昧底癥結？他們在潛在意識中爲何總是偏袒着自己人，而向眞理閉着眼睛呢？

在我們的詩壇上，林宗源先生是少有的具有世界性歷史的巨視眼光的詩人。姑且不談他以前的一些此類詩作，他以這首「黎巴嫩抗命歌」——登於本刊一一七期——向世界揭發中東戰亂的眞相！他能夠，在美國報紙偏袒以色列那一面倒的報導中，透視出那事件幕後眞正的起因。詩人對那些死亡販賣人（salesmen of death）和戰爭商販（war—mongers）發出最嚴厲的暴露和譴責和憤怒！

詩藝是包含一切的，從一粒沙直至宇宙。從自我私情到世界歷史，從微視細視到遠視巨視。如今，大家抬起了心眼，在審視在關心社會現實，但也要再抬高視線去掃瞄世界與歷史。

〔附註〕新約聖經，羅馬書第二節第二十四句：「爲了你們猶太人的緣故，上帝的名受到外邦人的侮辱」。

詩的欣賞

詹冰的「櫻花」

杜榮琛

櫻花　　詹冰

現在是笑的極點。
其證據是，
正在滴下美麗的淚珠……。

在現代詩當中，描寫植物題材的作品很多，但是，像這樣精簡而動人的詩作，並不可多得；雖然，「櫻花」這首詩，僅僅只有三行，但它想像的空間，卻何等的遼濶而深遠呀！

此詩透過修辭技巧中的轉化，將櫻花比擬成一個人（沒有特定的性別）；詩一開始用「笑的極點」，來象徵盛開的櫻花，其顏容所呈現的淒美。因爲，櫻花是落葉喬木，春天的季節裡，會開出淡紅色的花朵，每朵花有五瓣，很多花會簇生在一塊兒，開起來非常艷麗；可是，盛開正意味著凋謝的開始，此處雖沒有直言「夕陽無限好」，卻影射出「只是近黃昏」的隱傷。何況，所謂「極點」，骨子裡就有「必返」的潛在可能；而「笑」豈不是也有「哭」的相對存在？

第二行是橋引第一行的通道，用「證據」來表明「笑的極點」原因何在？這是必要的手段，否則，如何使整首詩圓滿？使讀者心靈共鳴？

最後一句詩，是把意境帶到「高潮」而突然終結的靈魂所在。「滴下」是落花動態的比喻，「美麗的淚珠」則是花瓣紛紛的形容；而整首詩收尾的標點符號「……」，是櫻花墜落持續的緜延，也是讓讀者自行咀嚼，冥思的「空間」。更有意思的是，花瓣是紅色的，能教人產生「血淚」的聯想；這一層意象，是不容忽略的美感。

「櫻花」這樣短短的一首詩，它所呈現的淒美意境，是教人激賞的；尤其是透過人生的境界，所帶給讀者的領悟，是極富有哲理的。

詩的欣賞

鄭烱明的「一個男人的觀察」

陳千武

●混聲合唱●

一個男人的觀察

認識她
已經有一段時間了
開始瞭解她
才是最近的事
她習慣把愛
解釋成難懂的字眼、奢侈品
不希望大家分享
她喜歡誇耀她輝煌的家世
善於製造淆亂視聽的假相
蒙蔽她的追隨者
她說話的神情永遠充滿著自信
不管四周環境多麼惡劣
別人同不同意她的見解
她總時刻不忘強調她的地位的正統性
她走起路來的姿態
使你不相信她是一個未婚的媽媽
她有許多不成文的禁忌
若是誰觸犯了
必定逃不掉她的懲罰
她生氣的時候
儼然是暴君一個
我曾要求結束我們之間的曖昧

她卻一口拒絕
還憤憤地說：
「誰都不能把我這個象徵摧毀！」
她有野心
但經不起批評
終日沉浸在
一廂情願的幻想之中
忘記了現實的殘酷
而把所有人生的挫折歸咎對方
我不忍心傷害她
也想不出使她清醒的辦法
雖然她一度是我瘋狂地愛過的女人

這首詩收錄於一九八一年三月出版的鄭炯明詩集「蕃薯之歌」，是以「混聲合唱」爲副題，與「一個女人的告白」相互對比的詩。這二首詩，我較喜歡「一個男人的觀察」；觀察的事態以及所暗示的意義性十分明顯，給讀者有想像力的飛躍感到快樂。

這一首詩於一九八一年出版的「亞洲現代詩集」，翻譯爲日文及韓文介紹時，獲得日、韓詩人相當的好評，認爲這首詩的意義性「眞讚」，確實有其「讚」的技巧表現。

詩的語言用於冷靜的口語，把一個男人對一個女人觀察的內容，敍述得極爲詳盡。

從「認識她」到經過了一段時間之後，才開始「瞭解她」，是現實的情況，不論任何人單要認識比較容易，但眞正要「瞭解她」，確實不那麼簡單。這裡作者所稱的她，顯然不只指一個女人的「她」而已，我們可以聯想「她」是在社會上接融的對方、個人或團體，甚至可以聯想「她」是一個社團或城市或國家的主宰者。那麼這一首詩的意義性就擴大而重疊起來了。

「她習慣把愛，解釋成難懂的字眼、「奢侈品」，這個「愛」，也不是單指男女的愛，依照上述的意義性就可以聯想，是主宰者或統治者對一般民衆的愛了，却不是一般民衆能夠享受的「愛」，那是一種特權的愛，必須經過她認爲需要才賜予的片面的愛，因此她「不喜歡大家分享」，只一味的獨佔它。

從「她喜歡誇耀她輝煌的家世」，到「她總時刻不忘強調她的地位的正統性」，這七行所表現的「她」的背景與性格，就知道「她」確實不是一個單純的女人，一個男人所觀察的「她輝煌的家世」，不論是怎麼樣輝煌，總值得她誇耀，而使她「善於整造淆亂視聽的假相一蒙蔽她的追隨者」，是一種統治者的姿勢。雖然觀察的男人沒有指出「她」是共產主義或帝國主義的統治者，但令人感覺到「她」是一位相當專制的女人，或許是一個帝王國家的公主，「她說話的神情」才那麼「永遠充滿著自信」，她才不管環境的惡劣與別人的見解，能夠頑固的強調「地位的正統性」，表現她爭權的態度，這是很有趣的觀察，觀察得相當透徹。

像她這麼有地位的女人，又「使你不相信她是一個未婚的媽媽」，更令人感覺到有趣的是，「她」任性做出不規矩的羞恥行爲、却擅自制定「許多不成文的禁忌」懲罰別人。「生氣的時候，儼然是暴君一個」「觀察的男人」終於說出「暴君」一句顯然與前述令人聯想主宰者或統治者的意象完全符合。一個女人對待男人有如一個專制主宰者對待其部屬或人民那麼恣情，這種照應的比喻和意象的重疊表現技巧甚高，作者思考詩的手法，眞是奧妙，令人叫絕。

「我曾經要求結束我們之間的曖昧關係」，是怎麼樣的「曖昧關係」？這不能僅指「愛情」的曖昧關係，亦示唆了主宰者與其屬下，統治者與被統治者之間的曖昧關係。對於一個暴君的苛政，暴虐煩瑣，多麼使民衆難以忍受，像一個男人，碰到一個暴君似的潑婦，多麼痛苦。但她不諒解對方的痛苦，仍然充滿著自信，不讓任何人摧毀她的象徵。

「她有野心，但經不起批評」，這世間有野心而經不起批評的人太多了，不只是「她」而已。像每次地方自治選擧一到，看到那些政治野心的候選人就知道，他們「終日沈浸在／一廂情願的幻想之中／忘記了現實的殘酷」而一旦選擧失敗了，就「把所有人生的挫折歸咎對方」。雖說「人生的挫折」，但在這首詩裡很容易給人聯想到一個團體或一個地方或一個國家的命運的挫折，主宰者大都不反省自己的挫折而歸咎對方，甚至這種誤謬的想法，毫無清醒的機會。

最後三行，「我不忍心傷害了她」的我，是曾經一度瘋狂的愛過「她」的男人，也可以說曾經一度瘋狂地愛過一個團體或一個地方或一個國家的男人，眞「也想不出來使她清醒的辦法」，當然啦，她是那麼充滿自信，強調自己地位的正統性，才毫無醒悟之意，使觀察她的男人「只是傷心」而措手無策。

笠同仁近況與感想

●鄭烱明

紀念「文學界」發行兩週年，於二月五日上午十時，在美濃鎮「鍾理和紀念館」，擧辦文學界作、讀者新春聯誼會。有文人郭水潭、林芳年、葉石濤、鍾鐵民、許振江、吳錦發，畫家莊世和、李登華等及醫界人士計七十餘人參加，對「文學界」將來努力之方向，提出研議以期改進，會中十分和靄，極具盛況。

是日下午在同地點，由桓夫主持召開笠南部同仁會。計有許達然、趙天儀、鄭烱明、龔顯榮、曾貴海、利玉芳、莊全國、蔡信德、陳坤崙、德有、黃樹根、陳明台、林宗源、柯旗化等參加。討論並決議①加強笠南部編輯與聯繫，②加強同仁創作提高詩質，發揮良心與好心之作品在笠刊登。③多發佈詩活動消息。④多擧辦先輩作家作品之研究與評論後輩詩人之作品以確定其地位。⑤笠南部編輯會推荐林宗源爲召集人，莊金國爲連絡人等多項。在討論中同仁一致認爲台灣文人的努力，首先應着重提高純粹文藝的素質水準，及創作的淨化，才能對台灣環境有正確的認識，產生愛與信心，而擴及一般生活、社會、文化各個層面的發展。

●李魁賢

一、七十二年十一月廿六日帶團赴比利時參加布魯塞爾世界發明博覽會，並接受布魯塞爾市特別區行政長官頒贈金質獎章。順途於會前經過哥本哈根、漢堡、阿姆斯特丹、私科、波昂，會後再經盧森堡、巴黎、倫敦、曼谷、香港等地觀光遊覽。

二、近來，詩對社會現實切入的程度，愈形銳利，顯示詩人有了普遍的覺醒，而更可喜的是，詩人對本土性的立場有了更爲明確的堅持，一些空泛的，不着邊際的吶喊已很少再出現。而詩人與詩批判的觸鬚，廣及社會、文化、政治、經濟的各個範疇，甚至從島上現象遠伸至世界風雲事件，充分顯示詩人立定本土，放眼世界的胸懷，對一般習以爲是，或是輿論所刻意宣染的假象，詩人能破除迷障，揭示獨自判斷的觀點，表露事物眞實的本質，尤足珍貴。

●莊金國

一、去年農曆七月八日清晨，吾女宜眞在妻的劇烈陣痛中出世，使我深切體會「心肝寶貝」的滋味。這種血親的感受，就像完成一首十足個人風格的詩，絕不沾染別人的影子，雖然自私，却是昂揚自主的。

二、最近參加陽光小集舉辦的政治詩座談會，我曾提及我們的詩壇，已演變成對立而阻塞了發展的瓶頸，如果不努力尋求突破，將使一般讀者無從分辨，眞正的好詩，到底生做啥款？

所謂對立，我指的是意識型態方面，由於分岐的理論未稍緩和，連帶影響詩的價值判斷。我們可從前衞，爾雅這兩家出版社推出的前年度詩選，明顯看出雙方評選詩的立場；一方執着某種意識，一方則追求詩的藝術趣味。

而在詩的方法論上，也各以爲是：

其一、爲講求詩的新鮮感，挾洋自重，排斥我們傳統的風味。

其二、同樣是模仿日本、歐美的手法，却有喜新厭舊的趣向。

在這種情況下，難怪會激出一股提倡母語的反動的詩潮了。

有心的讀者不難發現，我們的詩壇，有人洋味十足，不是偏東（洋）頗西（洋），就是偏西頗東；有人虛有「土」表，點綴幾個本土俚俗字眼，便標榜是我們的鄉土詩，實在說，要想拜讀幾篇能夠眞確反應此時此地的心聲，而且無論在內容、型式上看了令人順眼，聽了令人順耳，咀嚼下去回味無窮，引發心底共鳴的好詩，談何容易啊！

●德有

最近，生活比較忙碌；除了輪值上下班外，還得下稻田上菜園。腦子，因此得到不少休息的機會，却也無法用心思考一些問題，於是詩作斷了。當然，詩作沒有了，書，却不能不看；有時，在孩子晚睡以後，有時，在工場吵雜的壓縮房裡。

人類眞是奇怪；爲什麼一定要在失去某種東西以後，才來發覺它的可貴？譬如時間，譬如……。

●明哲

文學作品，包括詩在內，常會反映作者所處的時代環境，同時也由其作品可看出作者的思想與所站的立場。

作者到底是站在民主與人道主義立場，寫出被壓迫的沉默多數之心聲，還是昧著良心，爲顯赫的權貴寫阿諛逢迎的頌詞？他是否對同胞們的疾苦視若無睹，自私懦怯地逃避現實，沉醉於迷幻世界？這些也就成爲值得重視的問題了。

由於受現實環境的種種限制與影響，我們往往患有思想貧乏症，也可能懷有一些錯覺而不自知。眞正的作家和詩人，應該吸收多方面的知識，培養能洞察眞僞的銳利眼光，保持疾惡如仇的正義感和對被壓迫的弱者之悲憫與愛心。

近來在國內某些詩刊上，看到一些嬉笑慢罵的輕浮評論，難免有些感慨。我們都生於斯，長於斯，不分男女老少，都一樣熱愛台灣，都在爲追求眞理，爭取民主自由，造福桑梓而努力，理應友好合作，彼此之間有什麼好爭的？只有那些享受特權、不講道理、欺負百姓的無賴，才是大家應該批評的對象。

我們有共同的立場與理想，每個人都要時時不忘理智的檢討，避免感情用事，放寬胸襟，拋棄文人相輕的傳統惡習，消除宗派意識，大家携手爲保持和諧的台灣詩壇而努力才是。

●郭成義

一、目前我的工作較忙，每月固定要負責兩本定期雜誌的編輯出版，以及公司人事管理與經營，加上「詩人坊」又分了我一部份的心力與時間，以致不能集中精神給「笠」好好寫些東西，實在很慚愧。笠是應該再加油的！

二、目前詩壇透著些怪異的氣氛，有一大群人在裡邊忙碌著，但似乎都不與詩本質的追求有關係，熱情雖有，純情不足，大部份都在搞活動，分團體，談意識，雖然是快活盡興已極，骨子裡却未必是幸。冷靜說來，這個階段與五、六十年代相比，進步實在有限，頂多是口語化了、明朗化了、或本土意識抬頭了，但對本質論的追究，看得出大部份的人都缺乏誠意和信心。我突然發覺近期的物象詩減少了很多，是不是大家都已懶得或無法去思考和計算了，現在倒是出現了一些說理和教化性的作品，這種詩少了無妨，多了却不好，如果不節制，又會造成一次流行，因爲這種詩好寫。寫詩容易，詩人就會呈現精神懶散，導致詩的退化和作品的濫觴，這不能不擔憂。

●巫永福

老人歌

每早起來做運動　老伴相隨滿春風
練拳體操無休日　氣色紅潤慶安康
心安理得深呼吸　無煩無惱無憂翁
凡事看開事事足　自由自在樂無窮

讀書研寫自逍遙　起居祥和神爽了
有時訪友四方談　親近促膝多歡笑
與時唱歌大家樂　心情愉快腳手搖
多少年華堪回憶　如今老來可養嬌

多做好事心安善　做來喜極福滿天
天空地濶多盡碎　處事順利人稱賢
風騷餘事達觀後　花開雖過七十年
白髮童顏人叫讚　幸福來自身勇健

●曾貴海

最近兩年，詩利和詩作者愈來愈多，使我有兩點感想。第一是大部份的詩作者只以寫詩作爲唯一的文學活動，很少寫小說、散文、隨筆或評論，這樣子是不是將使作者的視野及未來性受到侷限？第二是詩壇的蓬勃的現象，除了好的一面外，是不是也意味著有些人認爲詩是比較簡單且易上「榜」的文學形式？而忽略了更努力去充實自己。

這兩年內，在詩的風格上，有百花齊放的現象，而我個人覺得只要是甚於人性的，誠摯的作品都是正確的方向。明朗寫實也好，精緻雋永也好，都應互相批評、激勵和扶持。兩類作品的共同目的應是反映這個時代的現實情境和精神面貌，以提升這個時代的文化素質。

第三類感想是我們急需建立一個制度和環境使更多的專業作家存在，畢竟業餘作者對文學的奉獻，常心餘而力拙。

最後一點感想是許多可敬的優秀的詩壇前輩停筆不寫了，爲什麼？希望有人去關懷瞭解他們的心境和心聲，而使晚輩們能得到教誨。因爲在潺潺不斷的文化水流裏，那是多麼可惜的事啊。

●張彥勳

我開始寫詩於民國卅一年，屈指一算已有四十年之譜，如今却成爲詩壇的逃兵。新詩，對我而言不是最適當的表達工具；既此何必勉強而爲呢，除非不得已。

倒是這兩年來寫了幾篇自己較滿意的小說。將一種意念，使其在腹中慢慢滋長成爲一個故事，然後抽絲般地緩緩拉長寫成一篇小說，眞是件苦事；不過，生爲一個文學工作者，這是十分不得已的事也。

●黃樹根

最近一些朋友見面時，總笑著說；「你近來很衝！」，不知道是如何橫衝直撞的，事實上，只是在詩的世界裏，反映對這塊土地的關注罷了。也許該重新思索未來的方向，因此在這歲暮之際，讓自己也在冷冽的北風吹拂下，冷靜些，一面整理個人第二本詩集—「讓愛統治這塊土地」，一面做再「衝」出的準備。

「冬天到了，春天還會遠嗎？」這是我在冬眠裏的期許，也是對現實環境較達觀的期許。

●林宗源

一、最近與金連兄去高雄，偶然地參加陽光小集政治詩座談會，我又違背了只聽不說的原則，該打的黃樹根。詩作方面，關於選舉的詩一、二拾首，有一天早上，剛寫完以鹹酸甜為題材的詩八首，接到天儀的信，為了回信就給他吃掉靈感，使我不能一口氣完成鹹酸甜的世界，寫完信，接下去竟然寫出兩首情詩，其他的詩多首，最近還接到一封國際桂冠詩人協會的信。

二、近來詩壇有人提倡政治詩、小說詩等，這些問題在我創作的歷程，曾經嚴肅地想到，人是聚居的動物，當然不能避免社會的法則，不過做為一個詩人，應該以超然的立場，反觀人類，面對自然，審視、沉思而建築自己理想的世界。因此在博大精深的世界，我想不必強調狹義的政治。我也想過寫小說詩，題目是「鄭子寮的農夫」，約卅年遲遲不敢下筆的原因，我認為除了要有充分的時間與寫作環境，還必須具備爐火純青的功力，胸有山川似的才氣，心有大海似的情感，這些條件，缺少任何一項，寫不出好的小說詩，因此，只有從較長的詩試寫，就好像是短篇或中篇一類的小說吧！

●趙迺定

一、仍幹中央銀行工作，仍幹副主任職。

二、幾年來發表的詩日少，反而小說、散文見報（晨鐘、時報、台灣、中華、大華、自立以及春秋）日多；或許這是對詩的無力感有所厭倦，希望經一段時日的思考之後，能再推出詩品。

三、去（七十二）年小說「變」曾得商工日報卅周年慶所辦嘉南地區文學獎甄選小說佳作。

四、對笠一一七期和權所發表「衣架」、「剪刀」及「尺」三詩，曾為文評析，在73.1.15.商工日報春秋小集發表。

五、幾年來對作品迅速見報已無衝動感，雖手邊留存詩、小說及散文稿不少，也不急於見報了。或許哪天發表慾又高漲時，把作品再加斟酌定稿後，我仍會再次投入文學大洪流中。

非馬譯詩選萃

非馬譯

良知

(俄)文諾科羅夫
YEVGENY VINOKURUV

要是同意把黑說成白，
一個人也許能換取心靈的平靜。
但那時候他該麼辦，
當他的良知
猛地揭下它的頭巾？
他該怎麼辦當羞恥挨近
告訴他爲何來臨？
出其不意，到頭來，它可能發生—
像天使的喇叭—

人類的羞恥，
那羞恥！
偉大的神，
殘酷，古老，
身懷尖刀在林間穿梭
像一個瘋狂的復仇女神，
尋找它恐懼，戰慄的獵物。
而雖然歲月飛逝，它仍緊追不捨，
在他最不提防的時候捉住了他：
在戰火裡，
在床上同他的女人，
或在宴會裡舉杯的當兒。
我不知道有更大的神奇！
卽使現在它仍是個不可解的謎。
我不知道我們的良知來自何處，

也不清楚它的發源地。
勒它的脖子，它照活不誤；
它不斷補償世上所有的慘事。
一個人不該只對靈魂的卑下感到驚異，
而該讚賞它不可量測的高度。

鳥

鳥唱歌時說些什麼？有意義嗎？
黑夜充滿了聲音，膨脹，混攪，擴散。
它們是否對燦爛星星的頌歌？
或對無邊宇宙的禮讚？

或者它們根本不是歌，
　　　而是，比方說，
談論許多事物，以不同的語言。
如：清晨來了。今天的露水很重。
或：看這裡，你們這些鳥，
　　　我找到了一些蟲…

一支槳躺在…

(俄)歐佐洛夫 Lez Ozerov

一支槳躺在沙灘上；
它訴說的廣袤與動盪
多過那把它帶來且拋上陸地的
整個龐大燦亮的海洋。

好少啊

(蘇格蘭)科呂作 Joe Corrie

好少啊那些手上不長繭，
　嘴巴說得漂亮的人，
他們將幫助我們，我的勞動朋友，
　並且為我們伸張正義。

他們同我們走了一段路，
　却心虛起來
當我們碰到有人頭戴棘冠，
　背負十字架。

無名者

(克羅埃西亞)卡司特蘭
Jure Kaštelan

如果一隻馬
從山上跑回來
上氣不接下氣，
給牠水喝，母親，調整牠的韁轡，
爲一個新的騎者。

如果淚水模糊了妳的眼，
傷痕佈滿了
妳的臉，
別尋找，母親，我的墳墓…
一個自由了的國家
是妳栩栩的兒子
如生的形象。

我也歌頌美國

(美)休茲
LANGSTON Hughes

我也歌頌美國。

我是個黑弟兄。
他們送我去厨房吃飯
當客人來到，
我只笑笑，
吃得好，
長得壯。

明天，
我將坐在餐桌上吃
當客人來到。
沒有人敢
對我說，
「去厨房吃，」
那時候。

況且，
他們將看到我長得多美
而感到羞慚。

我也歌頌美國。

雜種：

（美）休茲 Langston Hughes

我的老爹是個白人
我的老媽黑。
如果我曾咒過我的白老爹
我現在把它收回。

如果我曾咀咒過我的黑老媽
希望她下地獄，
我後悔我惡毒的願望
現在我祝她有個好結局。

我的老爹死在一棟巍峨的大廈內
我媽死在一間小屋裡。
我長得不白又不黑，
不知將死於何地？

年輕詩人

（智利）巴羅 Nicanor Parra

寫你想寫的
用你喜歡的任何形式
太多的血已在橋下流過
我們不能再繼續相信
天下只有一條正路。

詩的國度裡沒有禁地。

只除了，當然：
你必須在空白稿紙上求進步。

兇煞的面具

（德）布烈克特 Bertolt Brecht

我牆上掛了一個日本彫刻，
一個兇煞的面具，鑲金的。
我憐憫地注視它
額上暴脹的青筋，說明
當惡人有多費勁。

空投玩具

（奧地利）佛萊德
Erich Fried

空投
玩具
不是炸彈
在這兒童的歡節

這，
市場研究者說，
無疑地將
使人產生好感

它已
大大
使整個世界
產生好感。

如果飛機
在兩個禮拜前
投下玩具
而祇在現在投下炸彈

我的兩個孩子
感謝你們的仁慈
將有些東西可玩
在這兩個禮拜當中

（註）越南兒童節這一天美國飛機空投玩具在一些兩個禮拜前才受它們炸彈洗禮的村落上。

法國兒童詩選

莫渝 譯

愛與友情

(1)無題

（9歲）

我愛她，
她愛我，
我們相愛。
我還記得
有一天
我們
坐在
松針堆上。
一切靜悄悄地，
我把她的頭
靠在我的心。
我們一齊
休息……

(2)夜晚的溫柔

傑霍姆（9歲）

暮靄時分，
夜晚散發一千零一支
小曲子的芳香。
蟋蟀拉響牠的小提琴。
流浪的月亮

越過沈睡的中天。
夜晚溫柔似一個覗匆。
我挨靠著你
聆聽生命流逝。

(3)只為你

史岱封(10歲)

你該在春天要求恩寵
因為你自以為完了。
聽，樹枝上的鳥兒，
牠為你唱歌，
只為你一人。
牠對你說別打鬥，
而要唱歌，跳舞，
不要死亡。
牠帶來你忘不了的
交響曲。
但是，你却鞭打了牠。
牠是你的奴隸……
現在，
他只為你唱歌。

(4)友情

冉・綠克(12歲)

我們跑著，唱著，舞著，
在友情之火的周圍。
不論你們是黃種人，黑種人或白種人，
伸出你們的手，形成
可以繞遍世界的土風舞圓圈。
冒險的出發
到魯賓遜島，
或是某個虛構的國度。
女孩和男孩，手拉著手一齊走，
內心唱著歌。
但別扯斷友情之繩。
別弄熄
和平的火焰。

⑸月光下

宙葉（13歲）

在魔術般的
滿月光下
我扔掉妳的紙條
以便聆聽
狼嗥。
我看到妳穿上
那件藍色大袍衣。
妳鬈曲的
秀髮
在風中飄揚。

妳掀開
帽子
臉蛋浮現出來。

那麼純潔，
姣好，
如同曙光……
表明了
信心。
我懂得妳在等待我。

⑹街頭賣藝者

宙葉（13歲半）

你遊蕩，如同街頭賣藝者
從千萬道星光中走過去
用溫柔似
陌生母親的雙手
輕巧地撫摸
臉面。

你從藍色沙灘走過
那兒飛起
千萬隻白鴿。

你看過巨樹
伸展著生之葉

一片接一片
你也坐過花朵的死亡。

你走過去，無視於
千萬道眼神呼喚你的愛情。

你不滿足於他們所想要的
欲望
多年來，多年來，多少被遺忘的
世紀
打從你在渴盼
愛情和友情花朵前走過時。

你繼續趕你的路。
你聽不到孩童的尖叫聲
他們乞求一位像夢境中的
溫柔而嫻靜的母親。

正當你繼續趕你的路
很遠時，
有個人尋找愛情和友情。

更遠處，有一位躲在暮靄中的小孩
聆聽著說故事的人吟唱
慢慢消失於人類地球上
愛情和友情的
奇怪故事。

人物篇

(1)娃娃

安妮（9歲半）

一天，有位少婦
夢想有個娃娃。

她想：「我喜歡
有個小女孩
頭髮金黃得似盛夏的月亮。」

突然，

她聽到一響鈴噹聲。
她低下頭，
看到一隻漂亮的白山羊
由花朵和鈴鐺妝扮
拉著一輛小二輪車，
車子同樣掛滿鈴鐺。

裏面躺著一位漂亮的小女孩，
頭髮金黃得似盛夏的月亮，
長長的髮辮
纏繞住白色二輪車周圍。

於是，每晚，
牧羊人都聽到
這位少婦所唱的
月亮的小歌曲
來催眠她的小女孩
金黃頭髮似盛夏的月亮。

(2)流浪漢

柔葉爾(10歲，女孩)

他從一個地方到另個地方
　想要畫畫……
他在腦海裏
　找到
　一件絕妙的東西。
為了保留，
　他畫了下來。
他取出木板
　釘上布塊
　開始畫畫。
眾人對他說：
「相當好……
　我們買了……」
這樣
　畢卡索
　誕生了。

(3)無業遊民

傑霍姆(11歲半)

我的腦袋裏，浮現這麼一個人，
他在塞納河畔推著小推車，

寬袖長外套的褶襉中
隱藏往事的祕密，
手上拿著燒酒瓶。

令人操心的頭部
顯露先知般的鬍子。
他朝鳥群掄揮拳頭，
彷彿要控訴
他所有的絕望。

然而，他表情快樂，
開懷地唱著歌
想忘記人們
和他的龐大孤寂。

(4)給一位詩人

柔葉爾（11歲，女孩）

你，在泡沫上寫作，
你，相信生命，
爲我寫一首詩
在佈滿神祕的
白紙上。
爲我寫一首詩
迴盪於我的腦海，
從我的口中道出
如同美人魚的聲音
唱給大海和
　波浪聽。

(5)逃兵

奧利維葉（12歲）

他把雙臂舉向太陽，
擺脫折磨他的
煩惱，
他自由了！
不再殺人的自由了！
他開小差
且逃向
另個國度。
他自由了。

唱歌，跳舞。
為了保護她的愛情
她走在街上，
她遊行！
為了他，
她做出任何事情來……

⑹女囚犯

奧利維葉（12歲）

她面孔醜陋，
身體畸形。
女囚犯由於腼腆
就一味反抗，反抗，
因為她害怕挫敗，
懷疑別人。

有人對她說話
（不論提到什麼人或事）
她就臉紅，
不安
而且顫抖。

但是當她絕望於
大幸福的出現時，
她的腼腆消失。
她愛過一個男人
為了他，她在人群前

赫塞詩選（六）

蕭翔文譯

連雨的日子

多躊躇的日光　移向何處也
會碰到灰色的墻壁，
於是所謂「太陽」祇變成了空話，
許多樹裸露著佇立，濡沾，
女人們完完整整地包裹在外套裡
雨無邊際地不停止吵嚷。

昔日這個我還在少年時代
天空經常都是藍色的，放晴的。
並且每朶雲都鑲著金色邊緣。
自從我上了年紀以來
天空的光輝消失了。
雨的吵嚷，永不停止嗎？世界也改變了。

每天晚上

你每天晚上，該反省自己活著的那一天，而加以仔細檢討。
那一天是否合乎上帝的意思，
是否在行爲與誠實裏悅樂地活著了呢。
或是在不安與後悔裏是否過了意氣消沈的日子。
每天晚上，必定稱讚你所愛的人們的名字，
該向自己懺悔憎惡與不正。
在內心羞愧一切的罪惡
不要把罪惡的一片翳影帶進你的睡床。

把一切掛慮從心靈裏拭淨，
讓那些掛慮在遠方天眞地睡眠好。
如此的話，你就可以在清靜的心中
安心地沈迷在最眷戀的回憶裏，如母親的事或幼
年時代的回憶。
如此的話，你會變得純粹而被解放
能大口大嘴地喝涼爽的睡眠的泉水。
在那睡眠的泉水裏，金黃色的夢安慰似地打暗號
，然而，你明天早晨携帶清爽的官能
像勇士一般，像勝利者一般，能開時新的日子。

幼年的日子

你是我遙遠的山澗
魔術的歡喜的山澗，然而如今是被埋沒的山澗，
偶爾遇到苦難與悲哀的時候，
你從那影子的國土向我打暗號
然而睜開童話似的眼睛。
因此，我遇瞬之間，變得熱中
彷彿完全回到你的身邊
哦！昏暗的門呀，
哦！黑暗的死的時間呀，
到我的地方來吧
我要忍耐著它，蘇生過來
爲了從這個生活的空虛
再一次回到夢的故鄉。

靈感

是夜晚。黑暗暗地。用疲倦的手支撐前額，
從白晝高嗓門兒的行爲
向無限的夜晚裏
讓這個前額休息。
多麼安靜呀！沒有任何聲音的這個擴散！
在路上病葉響著幾乎聽不見的嘈雜聲，
天雲黑色的旅行
月亮和星星，今夜的不同伴。
徐緩地從這個胸部脫落的苦棘。不知何時
靈魂脫落了白晝被包裹的一切東西。
能安慰靈魂的親愛的東西
從夢的不可思議的故鄉出現
不分彼此地接近過來，俯身在靈魂上面。

哦，要痊癒靈魂的呀，歡喜地迎接吧。
你，充滿著預感的呀！你的歌的節奏
屢次從這個心胸趕走夢魔，
美麗之歌的　深夢之泉呀。
再一次讓我聽到你的聲音呀，
讓我聽到銀色光輝的絲的嘈雜聲呀！
爲了忘我地傾聽。

躺在草中

果眞　這是一切嗎　花妖嬌的奇術
輕快的夏天草原的　色彩的閃耀
淡藍色的天空畫出來的弧形　蜜蜂的響聲
咳，果眞這是神呻吟的夢一切嗎
是求救濟的無意識的力量的叫喚嗎
壯麗而悠然地歇息在藍天裏的
遠山的稜線
眞的　祇是　一片的發作而已嗎
祇是伸懶腰打哈欠的自然的　粗暴的緊張而已嗎
祇是爲了悲哀，祇是爲了苦惱的　沒有絲毫意思
的摸索而已嗎。
祇是絕對沒有休憩的，絕對沒有歡喜的動作而已
嗎
呀　不是那樣的　人世的苦惱的
冰冷的夢呀，從我的身邊離開呀
在晚霞裏的蟆子的舞蹈
鳥的叫聲
舒適地冷却我前額的
一陣微風　會代替你
太古以來的人類的悲哀呀，從我的地方離開吧

一切都苦惱
一切都悲哀與陰影也好—
但祇有這個甜美的夏天的時間，不可那樣
祇有紅苜蓿的香味，不可那樣
又　祇有在我靈魂裏的
深沉而平靜的快感，不可那樣。

薄暮的白薔薇

你悲傷地把已枯萎的臉
倚在叢生的葉子。
你微微地投射幽界的光
把蒼白的夢漂浮在四周。

然而快消逝的最後的微弱光輝
還能在整個這個晚上
像歌一般親切地
把你那令人懷念的芳香漂浮在室內。

你小小的靈魂畏怯怯地
將要和「無名者」合體
又你的靈魂微笑著
倚在我的胸部噓氣。我姊妹的白薔薇呀。

給我的弟弟

如今我們又看到故鄉。
我們嬉笑地行走家裏的每一個房間
長久地佇立在舊庭院，
淘氣的少年，我們，昔日在此地遊玩過。
在那外面的世界我們得手的
任何華麗的東西
我們也已不覺得高興，也不中意——
當我們聽到故鄉的鐘響鳴時。
靜靜地走過舊識的好幾條路
我們潛過年幼時的綠色的國土，
於是年幼的日子在我們的心
像美麗的一篇傳說一般，大大地，稀奇地，甦醒
過來。
呀！以後等候著我們的任何東西也
不會擁有
往昔少年的我們在庭院抓過蝴蝶的
那個時候的每天
更多的清淨的光輝吧。

在埃及雕刻的收藏裏

你們以寶石製成的眼睛
安靜地　永刼地
眺望我們後世的同胞
你們微微地發亮的滑溜的表情
彷彿未曾體驗過戀愛以及欲望。
以王者似的　像星座的同族一般的威風

你們　玄妙之族
曾經縫走圓柱之間。
如今你們　前額的周圍
還漂浮著諸神遙遠的香味一般有什麼神聖的東西
膝蓋周圍有威嚴。
你們的美悠然地呼吸著
永遠性是你們的故鄉呀。

然而，比你們年青好多的兄弟—我們
失去神彷徨迷失而活著。
我們顫抖的靈魂　貪婪地
向情念的一切泉水
燃燒著的一切憧憬敞開。
我們的目標是死
我們的信仰是無常迅速。
我們所作的哀訴的形象
連短時的破壞力也不能抵抗。
但又我們也在心中
烙印和你們靈魂的親和性的暗中記號。
因爲如此　我們也得了向諸神的預感，
太古的無言之諸像呀，站在你們面前的話，
會感覺到毫無恐懼的愛心　因爲
對於任何存在者　我們都不覺得厭惡，連死也是。
悲哀，死亡
都不會使我們的心吃驚，
那是因爲我們知道能更一層地「愛」的緣故！
我們的心　和鳥同心，
和海，和森林也都是同心，並且我們把奴隸或悲
慘者
叫做同胞
對於獸或石頭也起愛的名字稱呼，
所以我們無常迅速的存在的
各式各樣的形象也
變成堅硬的石像不讓我們永存
但我們產生的各式各樣的形象
微笑著消失
然而在轉瞬之間的日光裏
刹那間　向新的歡喜　新的苦惱
急躁地而無窮地甦醒。

好時間

二

荷蘭草莓在庭園光輝地成熟
那芳香甜蜜地飽滿著。

此時，我會有非等媽媽回來不可的心情，
走過綠色的庭院
總覺得亡母不久會回來似地。
像再返回少年的日子一般。
少年時代空想過的一切事情，
以後我却因荒廢、錯過、挫折
而迷失了。
然而在這個庭院的平靜裏
就在我的前方，還有豐饒的世界。
那一切都是贈給我的
任何東西都是屬於我的。
我發呆地佇立著
一脚也不敢動。
爲了這個好的芳香和好的時間
免得一起發散而消失。

哪一個也相同的事

青春時代　我全部
無爲地玩過
事後　陰鬱地
始終留下煩惱與悲哀。
如今　歡喜與悲哀
像兄弟同樣　溶化在一起
歡喜時，悲傷時
二個東西糾纏在一起。

不關神要在煉獄似叫喚裏教導我
或在太陽光耀著的天空引導我
如果我　感覺到神的手的話。
哪一個　對我來說都是相同的事。

春月

叢林之陰的風　鳥的囀聲
在晴朗的極高的藍天流動著的
平靜而高雅的一朶雲……
我夢見金髮的女郎
夢見我的青春時代
藍天　高高地　廣濶地
是我憧憬的搖籃
在這裏。我心平氣和地

聖潔地和暖地
一面低聲哼唱 一面躺臥著
像被母親胳膊抱著的
幼兒一般

現代詩	臺北武昌街二段37號6樓•電話：3718149	一年四期200元•郵撥110795雕龍出版社
藍星	臺北泰順街8號4樓•電話：3911685	一年四期240元
創世紀	臺北寧波西街86號3樓•電話：3516011	一年四期250元•郵撥104254張德中帳戶
葡萄園	臺北縣板橋市金華街75巷6之2號。電話：9675911	一年四期160元•郵撥100833文曉村帳戶
笠	臺北錦洲街175巷20號2樓•電話5510083	一年六期300元•郵撥21976陳武雄帳戶
秋水	臺北郵政14—57信箱	一年四期150•郵撥100466涂靜怡帳戶
大海洋	左營崇實新村121號	一年四期240元•黎明文化公司總經銷
陽光小集	臺北南京東路5段228巷10弄13號7樓•電話：7604349	一年四期320•郵撥113489溫德生帳戶
風燈	雲林北港第54信箱	一年六期60元•郵撥39994楊顯榮帳戶
脚印	高雄前鎮區武德街17號	一年四期150元•郵撥45846謝碧修帳戶
掌握	嘉義大林鎮中山路237號	一年四期150元•郵撥315298許正宗帳戶
漢廣	臺北士林區中社路2段35巷3號3樓•電話：8412571	一年六期250•郵撥552497洪國隆帳戶
詩人坊	臺北復興南路1段30巷2號	一年四期320元•郵撥108250李月容帳戶
詩友	北港鎮文仁路158巷18號•電話：(053) 835383	一年四期40元•郵撥225355楊顯榮帳戶
心臟	高雄苓雅區中正一路195巷7弄4號之1	一年四期200元•郵撥446612歐秋月帳戶
詩畫藝術家	臺北信義路4段179號5樓之1	一年四期180元•郵撥155798夏婉雲帳戶
臺灣詩季刊	臺北復興北路433號11樓•每冊80元	一年四期250元•郵撥14980林白出版社
布穀鳥	臺北嘉興街151之5號4樓•電話：7055068	一年四期100元•郵撥5574林煥彰帳戶
詩人季刊	美興隆路3段229巷6弄6號5樓	本年十月復刊•敬請注意

戰後日本現代詩的展開

—「歷程」的詩與詩人

陳明台譯

個性的演出

創刊於昭和十年五月，擁有將近五十年歷史的「歷程」詩刊，在日本現代詩史上是一份貴重而特異的存在。雖然從戰前是以斷斷續續地狀況持續到戰後，但是，自開始成為昭和十年代詩壇的主流，到戰後，陸續加入新的同仁、它已經具有可以稱為「堂而皇之」的系譜，確實是一本令人感到驚訝的長命詩誌。

「歷程」並沒有在漫長的歷史發展中，形成文學運動。只是集結了非常有個性的詩人，各自以獨特的思考拓展各自的詩領域，而使全體呈示了不確定的氣氛。遠地武輝在「日本現代詩史」中曾指出：「……可以說是無政府主義，虛無主義，達達主義、人生派、浪漫派、古典主義各式各樣的詩人雜居而形成的『集合場』……」，伊藤信吉在「逆流中之歌」也提及：「具有非學院派、非甜美的、非翻譯的」現實性格，可以說「歷程」詩誌的演出乃是詩人的個性的演出。

「歷程」在創刊時，擁有同人只九人，（高橋新吉、草野心平、中原中也、宮沢賢治、岡崎清一郎、土方定一、尾形龜之助、菱山修三、逸見猶吉。）而在戰後，則陸續加入新世代的詩人，膨脹到擁有超過八十名以上同人的詩刊，當然它的活動是多采多姿的。

而戰後的歷程，最大的貢獻是培養了許多重要傑出的詩人，特別是他們顯示的詩風的多樣性值得注目，也就是個性的演出較戰前有過之而無不及，從「歷程詩集」第三集一九六五—詩與詩論（昭和四十年版）參加的詩人及他們的作品就可以證實這一點。而山本太郎、石垣りん、宗左近、那珂太郎、會田綱雄等人可以說是戰後「歷程」具有代表性而個性洋溢的詩人。

會田綱雄

大正三年生於東京，日本大學社會學部畢業，曾從軍赴中國，戰後加入「歷程」同仁，詩集有「鹹湖」、「遺言」等。

鴨

「千萬不要生做鴨」
那時　鴨這麼說了嗎？
不
那是
拔了翅膀
燒了毛
烤著肉而吃得遍地狼籍
舐舐嘴唇
我們從夕暮煙霧籠罩的沼澤邊
正要撤離的時刻

「骨頭還可以
啃啃呢」

我們回顧
看見了鴨的笑和閃閃發亮的龍骨

傳說

從湖裡
蟹一爬上來
我們就用繩子綁成串

翻越山嶺
站在市場舖滿碎石子的道路上
有人喜歡吃蟹子呢

被繩子串著
向著天空搔抓　生著毛的十支脚的
蟹會變成錢
而我們會買到一大把的米和鹽
翻越山嶺
回來湖邊

這兒
草也枯萎
風也冷冽
我們的小屋灯不亮

在黑闇中
反覆地　再三地
我們把父母親的追憶
傳達給孩子
我們的父親　母親
也像我們一樣地
抓了這湖裡的蟹

翻過那山嶺
帶回來一大把米和鹽
為我們煮了熱熱的粥

我們　不久也會像
我們的　父親　母親一樣地
把瘦削小小的身軀
輕輕地　輕輕地
丟棄沉落到湖裡吧
而我們的軀殼
蟹會毫不留情地吃光吧
好像吃光　昔日的我們父母親的
軀殼一般

那是我們的心願

孩子們一睡著
我們就從小屋脫出
在湖上泛著舟
湖上微微地亮著光
我們一邊顫抖著
一邊　溫柔地
　　　痛苦地

相互愛憐著

鹹湖

活著的事
讓我不停地吐著毒
一邊　沈落
不管願不願意地
被我殺戮的
大量的生物的殘骸
現在
一邊　我也像神一般
寬恕著自己
不久
從那暗鬱的天空深處
向著我下降的雪
會在我閉上眼睛時
將我的屍骸
僅僅以屍骸的重量
靜靜地
沉落下去吧

雪

「托爾斯泰
就是在這長椅子上死去的喲」
從這麼說著的站長那兒
分到了滿滿的伏加酒
而後　就只是在雪中跋涉而已
說再見
是向著　紅紅地燃燒的石炭

「想見見面」
發信人不明

語言

只有我們擁有
確切地可以溝通的語言
或者可以說暗號
譬如說吧
鬼的音階

安莉的阿爾卑斯
狐精的金幣
但是也有
連同志也不明示的
秘密的語言
只限於我們的暗號
譬如說吧
十四的實存
枝梢的枝梢
革命的鉋子

春菊

從盛在盤子上
春菊的葉子裡
抓起紅銹的一支釣針的是
天使
但是
一瞬間，當天使把指尖的力量凝聚
釣針就像骨灰一般　崩落
天使紅起　生著金色的毛
柔軟的臉說
「是今天早上吧
在非洲海岸
看到跳躍的美麗的魚」

谷川雁

大正十二年生於熊本縣，東京大學社會學科畢業，戰後曾任西日本新聞記者，在「九州詩人」、「母音」發表作品。詩集有「大地的商人」、「天山」。評論集有「原點存在著」等。

革命

我們的革命在七月呢　還是十二月呢
綻開鈴蘭花的道路　靜靜地禿著
毗連持續的住家上方
青澄的天空正如恐怖的眼
白日的星窺視的土壁中
爲了讓鹹菜的香氣觸及
肌膚顏色的風吹拂戀人的

膝蓋
只要鐘聲一響　我們就走下去吧
革命究竟是什麼呢　有著瑕疵的絕佳的黃昏
飛入他們耳朵的小小的金龜子
睡眠著早起　勞動者的骨骸的那一端
些許　如同冰蜜一般出現的夕暮的
驟雨
踢散仙人掌的鉢　白眼鳥的籠子
天空如此地在燃燒……
而我們却依然　用死神雪白的唾液
將悲傷的方言　寫在每一個門
殘留下來的傢伙是
好運的傢伙

本鄉(註)

浮世的幾丁目幾番地
隨著風　跳蚤也在唱些什麼歌
可憐的本鄉古老屋頂下
口袋裡響著　坐電車找剩的零錢
啊　燃燒脚底的夜晚
閃耀年青睫毛的是
乞丐學生的　如麵包屑般的思想呢
還是老鼠的眼淚呢
昨天也思考過
讓十八歲的夢　睡眠的
灯盞的火盤子一般
頭蓋骨成爲微塵的日子的夕暮
如此　人生的第一幕宣告終結
而剩下來的　就只是翻破人生指引書的事了
被讚美爲秀才已經十年
故鄉的爐灶　今天也在烤著沙丁魚嗎

譯注：本鄉是地名，在東京都內，東京大學即座落在此。

別上東京去

從故鄉惡靈們的齒縫

我找到了水仙色的泥濘的都市
用波浪般溫柔奇異的發音
販売馬車　販売杉木　革命眞是可怕

哭腫了臉　伐木的少女
向著岩石的鋼琴
昇起　新國度的歌
跌倒的爬起來的鐵道的盡頭
在比星星還要靜謐的割草場
追逐虛無的烏鴉

早晨是容易破碎的玻璃
所以　別上東京去
創造故鄉吧

在讓我們的屁股發冷的
發了霉的客廳
招來船員　農夫　工人　和炭坑夫
數不完的恥辱　一個眼神
那才是被羊齒植物遮蓋的這個世間的首府

奔馳而去的馬蹄的內側

山本太郎

大正十四年生於東京，東京大學德文系畢業，曾與那珂太郎創刊「零度」，戰後加入「歷程」。詩集有「步行者之祈禱歌」、「孤獨者之愛歌」、「霸王紀」、「死法」。另有評論多種。

散步之歌

懸掛在左手和右手的
孩子們
抬起頭喊著
「父親」
我也抬起頭來
想喊叫誰的名字
而誰都不在
我的天空完全地空蕩著
儘是化成鳥的雲在飛著

這不是很好的事嗎

在空蕩蕩的天空
你們的母親
像一根蠟燭般地
在燃燒
燃燒著　顫抖著　而等待著我
不久　你們也會持有
空蕩蕩的天空吧
那時　一個一個地
站起確切穩固的脚跟而前行
去搜索你們的火焰　那時
就不能再如此地懸掛著了
再一次抬起頭來看看
父親的臉已經不見了
千萬別弄錯了
搖搖幌幌地蕩著的是
消失而去的雲

燈塔

燈塔像似詩人
只注視驚險的東西
風中的暴風雨
航海中的飄流

詩人似燈塔
只有煩惱的人
瞭解他的孤立

而那光芒
總是在遠方被刼奪
所以　他們的內部
比什麼暗鬱都濃郁

廣場

我不信任戲劇性的東西
　警戒演出感情的謊言

從前　站在中心的　常是發號施令的
知道被組織了的群衆膚淺的興奮
現在　我對「中心」
却難以信服

喜歡圍起圓俥是人的習性

而我並不嗤笑它
事實上 你也是我也是飢渴於「中心」
而來到這激烈地乾枯的廣場
然而 眼球裡映現的景色不是
假藉了「圍坐」扮演的
愚蠢的戲劇而已嗎

把中心包圍起來
一律地 向著圓的中心 閉起口來
看見了語言
就把你的詢問 放置在語言的正面
你詢問我來回答 我詢問你來回答
欠缺中心才會形成
「圍坐」的自動定律
建立起廣場來
在廣場 會產生無數問答的小小漩渦
戀和安心散著步
疲勞會像繩索一般切斷
然而 不要讓中傷 愚痴 和政略 棲息著
你要從命令與服從 集團的陶醉中蘇醒
殺死
異口異聲的 「廣場」蓬勃氣息的
東西 並不限於外部

我並不以為
在從「圍坐」中站起來的你
向著星座底下離去的時候
就是在背後竊竊私語的時候
我們知道的只是
憤怒的重心在加深的事而已

化石魚之歌(註)

在三億年的暗闇中
——那東西活着
垂直地閉上眼瞼
就有僅僅燃燒我意志的夜晚
因睡眠而偷偷地自由了的夜晚
靈魂 像一尾白魚一般 開始閃著光
到了夜晚 我的頭就靜靜地浮上
以大約四十海里的速度 飛在虛空
鐵青地

緘口不語
冷喲　冷喲　冷喲
死去的孩子們黑色影子通過湖上
手按著胸膛　輕鬆地濶步而去的月光背後
啊　爲了誰而祈禱
所有的悲哀成爲人的形象
甚至在睡眠中都被侵犯了

左眼微微地張開
化石魚就游出
化石的魚
不會遺忘吧
說是孤獨不如說是堅強的你的意志

地上　爬著沒有頭的　我的軀體
像狗一般在等著太陽
麥田裡　用低低的姿勢前進
目不轉睛地　狙擊著明日
然而　這眼瞼垂直的一張開
意外地呈現明朗的臉
地球的　拂曉　未來　就會來到

註解：有感於海中發現三億年前化石魚而作

高野喜久雄

昭和二年生於佐渡。戰後開始創作，「荒地」同人，詩集有「陀螺」、「存在」、「成爲黑暗的黑暗」等。

在海邊

孩子們如酢漿草一般地跳躍
潛入海底
孩子們　抓住人們
叫著　星星　星星　而撲向天空

「然而　孩子們
不久也會步上我走過的路吧」
有一天的黃昏
看著波面　突然地胸口會疼痛吧
只是　不知道理由地
感到寂寞

而茫茫然地向著海面游去的我
睜開了眼的時候
母親瘋狂地抱緊了我
那時的海只是平凡的海
那時的波面只是平凡的波面

經過了二十年
「莫非活著的事
就是被刧奪的事嗎」
被刧奪 又被刧奪
畢竟只留下語言的現在
我的詢問 正是向著語言的詢問
必然敗北的詢問
然而 終究就還是如此地命令了
「只以語言 忍耐著語言
直到理解相逢眞正意味的時刻」
佇足的現在 海邊的梨樹上 綻開著梨花
棗樹上綻開著棗花
然而「那波面仍然……」
說不出口的我
現在 在我的前方有的是
跟那時候的海不同的海
跟那時候波面不同的波面……
然而 還是
不能不稱爲「海」的
不能不稱爲「波面」的
什麼東西嗎
還是
到最後爲止
准許被呼喚的
什麼東西嗎

陀螺

不管如何地慈愛
不管如何地孤獨
總是無法讓你始終站立
你站立的時候
就是你空虛
廻繞著你周圍的時候
但是
你空虛 你廻繞著周圍
不管引起何種暈眩

怎麼能追越你的生（vie）呢
而且
因爲如此
卽使現在
有誰能忍耐那
過剩過度的無聊呢

遠遠的天空

在遠遠的天空
鳶
緩緩地描劃圓圈

如此
應和著它
在我的心裡
也緩緩地描繪了不知何物的
圓圈

噴水

大約天空不是天空吧
大地也已經不是大地了
當然人也是……
你如此喃喃著
確是如此也說不定
但是　那麼那是什麼呢
攀登的高度　墜落的高度
旣使知道，還是往上噴
往上噴出的
噴水的水

風箏

不管我如何地思慕天空
那只是空虛的事　假如沒有了
在地上連結我的線
以及　吹蕩的風
這兩件東西

絲線喲　風喲
喔　跟你們牽繫
緊緊地聯結的方法

終究只是
凝視而已嗎

在這
我仍然沒有喪失我的天性
而
慘澹的你們不在的
時候

懸崖

初次擁抱你的時候
沒有思考過擁抱的意味
再度擁抱你的時候
已經是　懸崖了
已經是　我擁抱著懸崖了
爲什麼呢
不只是你
所有擁抱的東西
從第二次開始　都成了懸崖

我是

我是　飛舞散落的枯葉
又是　吹散枯葉的風
我是　小石子
又是　抱著小石子的巢裡的鳥
我是　折斷在雪中的枝梢
又是　堆積在枝梢上的雪
我是　川流
又是　上岸的泳者
我是　燒著的火箸
又是　拾著火箸的手指
我是　無底的吊桶
又是　用吊桶汲水的男人

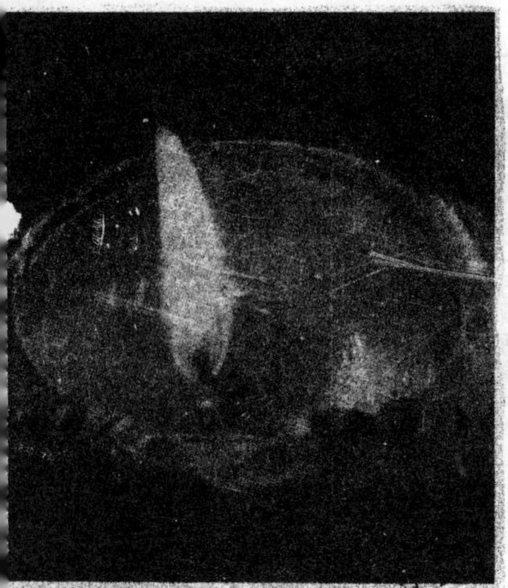

中華民國行政院局版台誌1267號
中華郵政台字2007號登記第一類新聞紙

笠 詩双月刊 LI POETRY MAGAZINE 119

中華民國53年6月15日創刊
中華民國73年2月15日出版

發行人：黃騰輝
社　長：陳秀喜
笠詩刊社
台北市忠孝東路三段217巷4弄12號
電　話：(02) 711-5429
編輯部：
台北市浦城街24巷1號3F
電　話：(02) 3214700
經理部：
台中市三民路三段307巷16號
電　話：(042) 217358
資料室：
【北部】淡水鎮油車口121之1號5樓
【中部】彰化市延平里建寶莊51～12號
【南部】高雄縣鳳山市武慶二路70號

國內售價：每期80元
訂閱全年6期400元，半年3期200元
國外售價：每本定價(包括航空郵資)美金4元
歡迎利用郵政劃撥21976號陳武雄帳戶訂閱

承　印：光致彩藝印刷有限公司　TEL:(04)2319817

詩双月刊

笠

LI POETRY MAGAZINE

1984年 4月號 120

●創刊20週年紀念專刊●

請提供作品
請廣爲推介

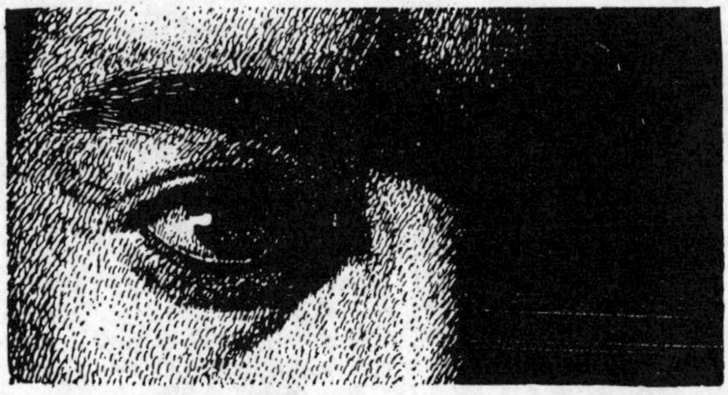

詩文學的再推進

笠是我們活生生的情感歷史的脈博，我們心靈跳動的音響；笠是活生生的在我們土地綻放的花朵，我們心靈具象的姿影。

■創刊於民國53年 6 月15日，每逢双月十五日出版。二十年持續不輟。爲本土詩文學提供最完整的見證。

■網羅本國最重要的詩人群，是當代最璀燦的詩舞台，爲本土詩文學提供最根源的形象。

■對海外各國詩人與詩的介紹旣廣且深，是透視世界詩壇的最亮麗之窗，爲本土詩文學提供最建設性的滋養。

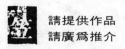

卷頭言

不寫詩可能會好一點

陳千武

不要寫詩，寫詩實在很痛苦。不寫詩，可能會比現在好一點。在生活上、經濟上、或在人群關係上，必定不至於這麼落魄。

不論寫詩的動機多麼高雅純潔，你寫實用的詩，却無法實用。在這麼美麗而且生產富饒的亞熱帶島國，有人愛吃香蕉吃蕃薯，却沒有人愛看詩。詩表現美的感動，比起香蕉蕃薯就感動不了人，這就是我們的悲哀。

明明知道寫詩沒有用，你還要拚命地寫。沒人可憐你，你也不可憐自己。才那麼意氣昂揚地喊中國、喊鄉土、喊第三世界。何必這樣自卑？

我說我們的詩是第一世界的鄉土詩。你怎能說：騙人。

究竟，為誰而寫詩？豐饒的作品，必會從我們富裕的內在世界裡發想飛躍。而內在有優美、正確的意識，並不依靠某某「口號」來固定其位置。反而，我們追求詩的美，美的感動大都隱藏在「現實」的深處，等着詩人來挖掘。

我們要為自己的內在而寫詩，不一定要為誰來寫。不然，不寫詩，可能會好一點。

目錄

笠詩雙月刊第120期

詩與現實

中部座談會記錄

時間：73年3月4日上午十時
地點：台中市文英館
出席：白萩、林亨泰、廖莫白、林華洲、吳麗櫻、錦連、岩上、陳明台、桓夫、何淑鈞、何麗玲

桓夫：「笠詩刊」決定下期以「詩與現實」爲主題，來做一個專輯。由於最近文壇，關於本土的文學，鄉土文學、或者是第三世界、或是提出政治詩、政治小說。這些有關以現實做爲題材來討論的問題很多。那麼今天我們就站在「笠」過去一直都以現實來從事創作的立場，來檢討在這現實當中，我們要以何種態度、立場、來創作、來提昇我們詩的意識。今天，各位能在百忙當中，來參加這個會，請各位也能多發表高見。「笠詩刊」從開始，就是以日常性的語言，來表現非日常性的意識。日常性就是現實。現實是從我們自己個人的生活開始，然後是家庭、社會、國家。每一個人工作的情況，與之這

5

個社會的各種活動都是現實，這種面對現實，在現實當中，我們應該怎樣來創作我們的詩或小說，是應該有要有一種做一個詩人或者是文人的正確意識。面對現實應有何種態度，何種立場，才能夠寫好東西?所以今天，我們才以「現實與詩」這個主題來討論，這是很有意義的。開始我請白萩先作開場白。

白萩：關於「詩與現實」這個問題，自從我們「笠」詩社成立以來，便開始在關心。過去我們雖沒有明顯地主張，可是隱隱約約的就在作品的實踐上，從事這方面的工作。經過了二十年，從「現實」的基本觀念演變到什麼第三世界、鄉土、政治詩或者所謂本土之類的這些論調，好像已是變成了另外一種潮流，形成另外的新見解。我在基本上檢討了這些說法，認爲不管第三世界的主張，本土性或者政治詩、政治小說等等，實在仍脫離不了我們「笠」詩社當時所提出來的「現實主義」的基盤，都是屬於在基盤上個別的片面發展而已。

關於現實主義，我記得好幾年前，曾跟趙天儀、李魁賢，特地和陳映眞先生四個人見面談過了一次。因爲當時陳先生領導之下，有一個「大中國意識」的小集團主張，在文藝圈裏面流傳。並且認爲鄉土文學論戰開始之後，台灣才有所謂鄉土文學的這種說法，我頗不以爲然。當時，我就面對陳映眞先生直講過：「你錯了，事實上鄉土文學基礎的現實主義，早在民國53年，我們在「笠」詩社剛成立之時，就已經很明顯地表達出來我們是在走現實主義路線。所以眞正鄉土文學是從「笠」開始。「笠」第一期是由林亨泰先生主編的，第一篇社論就是「收拾破爛攤子」這個題目。並且提出「人生的批判」即可得到明證。這是與「創世紀」的純藝術全然不同的分水嶺式的看法。這一點在「時點」上，應該有一個秩序先後分明的辨別才對，這是白紙黑字的記錄。當時陳映眞先生聽了覺得很驚異。我說：「這是歷史，並不是說今天因你參加鄉土文學論戰，鄉土文學就是從你們才開始。」我跟他是第一次見面。大家經過二十年長時間的互相傾慕，可是眞正面對交談，却只有那一次。

我們走現實主義這條路一直下來，二十年後的今天，演變成這麼繁雜的局面，這到底跟我們當初的想法有何不同?以及在鄉土文學論戰的那段時間，「笠」詩社爲什麼不介入論戰?對於這個問題，一些本省籍的小說家，曾有責難之詞，就是說：「「笠」對於自身的、本土的、鄉土的東西沒有關心」。事實上，我們在開年會時，也曾有過檢討性的交談，我們認爲：當時所謂鄉土文學論戰，事實上，只是一種爭題材的不同而已，他們的討論點停頓在那個階段。而我們「笠」詩社的現實主義，並不是題材的問題，而是一種文學態度的問題，所以我們認爲，尚不到一談的時候。況且，我們「笠」詩社，在鄉土文學論戰之前，事實上在作品中已經實踐了十年之後，這個問題才浮現出來。因此「笠」不介入這個表象問題的爭論，我想這就是「笠」詩社的內部立場。由於關注現實，今天所引發出來這些種種問題，我想今天應該先把它呈現出來才對。這是我的想法。

林亨泰：剛才白萩說的，我想再做一個補充。因爲我們看歷史，回顧詩的歷史，必需再儘量的往前推，不只看到現代派運動。這還不夠，再需要更往前看，看現代派運動時的那個文壇情形，當時就是戰鬪文藝。我記得創世紀創刋的時候，他們是以民族詩型爲主論的，現代派就是針對這點而引發的。現在我爲了明瞭起見，採用二分法來討論。文學本來就是很複雜，爲明瞭方便起見，才這樣分。詩也好、文學也好，大概有二個問題，就是「寫甚麼」與「怎麼寫」的問題。當時戰鬪文藝是「寫甚麼」，強調應該寫甚麼這一點。「現代派運動」就覺得只寫甚麼不夠。應該關心到「怎麼寫」的問題。當時的贊同者很多，他們現今都成爲名詩人或名評論家。「創世紀」起初並沒參與，但自第十一期改版以後，他們變得更爲積極，甚至還要比現代派更爲現代派了。余光中從此以後也有很大的改變。本來只是現代派詩社的「現代派運動」，現在，已經變成了整個詩壇所支持的「現代派運動」。這證明現代派運動走對了方向，但由於過份追求「怎麼寫」，詩風又趨於另一種極端。「笠詩刋」則針對這種過份發展提出了修正，又重新提出「寫甚麼」——亦即「時代性」「社會性」等現實問題來。如此早在鄉土論戰前十年，笠已播下了種子；然而這種子的芽不一定發在「笠詩刋」上，或許會發在「龍族」上或發在「詩脈」上，但「笠詩刋」仍然並沒有忽略「怎麼寫」的問題。最近，「本土化」與「第三世界」的討論，他們似乎只在「寫甚麼」的問題上兜圈子，但「怎麼寫」也非常重要。「寫甚麼」與「怎麼寫」是文學重要的法寶，不可缺一。

桓夫：我同感林亨泰的說法。創作除了追求題材之外，還要表現其主題的技巧，兩相配合，文學作品才能寫得好。假如單有題材、沒有作者的意識與技巧表現，等於就是沒有主題、沒有追求的目標、缺乏文學的藝術性。

白萩：對於詩歷史的回顧，由於我也是長期的參與其中，我想就我個人所了解的卅年來的變化，從另一個角度來做補充。自從中央政府遷台後，當時出現了所謂戰鬥文藝，在我看來：戰鬥文藝是四十年代國防文學的延續，差異的只是立場的不同而已。那時的文學作品類似喊口號，我姑稱爲口號文學，一般說來，顯得很空洞。是領導方向與現實脫節的一種文字表現。因爲自光復之後，本省正遭受戰爭破壞，經濟崩潰，以及接收時期轉接點的不安，青黃不接的那種苦悶的大環境裡，經濟上、商業上、生活上，都是處於痛苦失望的狀態；而另一方面由大陸來台的作家，却是背井離鄉，有着流浪、虛幻焦急的心情，却寫那些非常表面化的作品，完全跟現實脫離了關係，所以我認爲那一段時期，是空洞的文學時間。

當時本省文學家，是重新處於學習語言的階段，就我來講，我那時候，也正是開始學習中文語言時期，整個詩壇也正是在學習階段。不管是「藍星」也好，「現代派」也好，大家都在學習語言，學習創作方法。是台灣詩壇的第二個階段，通過言語及方法的學習，技巧也就比較提升了。

由於那時候正處於較爲專制的統制時期，詩的表現就變爲一種寓意的方式。大家不敢直接寫，所以透過意象的依託而間接的傳達，是屬於逃避文學時期，即使面對現實，只敢利用轉化的技巧，隱隱約約的把文學態度、文學立場、反抗及批評加進去而已。另一面，則是極端的現代派。它假借外國的嬉皮、存在主義等外國經驗，來套入我們中國的現實的，這也算是一種轉化。我們卅年來詩壇的前半段，是採取這種形態。當時的詩雖然有方法論的追求，可是它表現出來的題材、主題以及立場，由於和作品沒有融和在一起的關係，所以呈現了晦澀。因爲不敢表達就覺得跟現實沒有什麼關係，有隔離及沉悶現象，而背後的隱義却是對現實的不滿，可以說當時的現代派，以及創世紀後來蓬勃發展的那段時間，所呈現出來的詩作品，就是這麼樣的一個面貌。

再下來，詩壇開始有了轉向。自從「笠」詩社出現之後，大家慢慢的從西方回歸到東方。這是回歸時期。回歸分兩個方向，一個方向是回歸到東方古典的領域來；就是以余光中、洛夫爲主的大陸來台的詩人。他不肯落根在台灣這個現實的土地上，而回歸到東方的古典裏。所以那個時候，有「詩宗社」的成立，也有「蓮的聯想」那種東方式的古典作品。另一個方向是省籍詩人，回到本土的現實裡。這點，也是我們「笠」詩社的路向。

到底我們「笠」的性格怎樣？現在有些人在講，鄉土文學很粗淺，「笠」提倡鄉土文學，播下了這個種子，演變到目前這個局面；好像全是「笠」的罪過。這一點，我覺得他們對「笠」完全不瞭解。「笠」的性質，其基本性格何在？事實上我們創刊的開始，就一直堅持「寫什麼」？「怎麼寫」？這兩個問題，同時也在推行。我記得林亨泰先生在主編「笠」的時候，他曾提出了「詩與眞摯性」的看法。當然過去的前哲也有類似的說法：我記歌德曾經討論到「詩與眞實」這個題目，羅丹也討論過「藝術與眞實」。正如我們今天談「詩與現實」這類似的題目。林亨泰先生當時提出了「眞摯性」，是一種面對社會、面對所生存的現實的詩處理態度。在我接編之後，我也繼續強調眞摯性，譬如說：「在眞、善、美，三者之間，以眞爲首要。不眞之美，是虛美；不眞之善是僞善」的說法。我想「笠」在前幾年中，是奠定了這個基礎，才能過渡到現實主義上來。

那麼「笠」的現實主義到底跟鄉土文學不同點何在？我覺得也有表明的必要，基本上「現實主義」是指文學的態度而言，做爲寫什麼這個問題的提綱，「笠」也同時包含了關心怎麼寫的問題，就是「笠」的現代化性格。關於現代化，過去人們都有一點忽略，好像超現實主義是現代派的終點站，其實「笠」繼續介紹了新卽物主義，這種方法論與詩作是比超現實主義更進一步的方法上的追求。這一點，我們本身沒談，而外界也都不瞭解。所以我們「笠」事實上包含了現代化精神，以及現實主義這兩重性格，這是我們應該表白給外界知道的特質。

就鄉土文學論戰之後的文學界的來考察。所謂鄉土文學，大致是屬於鄉土題材紀錄的文學，鄉土題材當然是我們的現實之一，所以也只能視爲從現實主義分出去的支流；我們從龍族的成立可瞭解，因爲龍族的成員中，有一部份是從「笠」詩社中的下一代所分出去，和他人組合出來的，他們的成員，包含省籍及外省籍，因此弄出了比本土更大的大中國主義。與「笠」詩社相較，龍族有的只是在於題材範圍之不同而已，另外像吳晟及廖莫白先生的所謂鄉土文學，也只是偏重於鄉村題材方面的表達。鄉土文學論戰主要戰場，是在中國時報上，因爲時報副刊是高信疆先生所主編的，他是龍族的一員，其關懷鄉土性格，導致做爲論戰場所的開闢，他並且繼續舉辦了敍事詩獎；提倡報導文學，我們就可以看出；所謂鄉土文學，大部份是限定在題材選擇的層面。

總觀過去的鄉土文學作品，都是限制在一般鄉村、民俗、風土、風俗等等表現的範圍內，讓人家看起來，是屬於表象的異國情調的追求，以外國人的眼光來閱讀，這是台灣的異國情調。正如我們看泰國風俗一樣的是不同的異國情調。因此所謂鄉土文學給我的印象是：題材是我們所熟悉的，很親切，可是沒有深刻的主題，讓人覺得很皮象，不能得到感動，這是我對於目前整個鄉土文學的第一點批評；第二點是沒有技巧的低俗文學和詩，有的只是一大堆的素材而已；第三點他們的批判只是所手淫式的快意而已。沒有進入到思考層的深度，總之目前的鄉土文學，已經走到需要轉變的轉捩點，需要再考慮到怎麼寫的問題。

對於所謂「鄉土」，過去我也曾經深深的分析過，認爲鄉土的含義，可以分爲三方面來講，第一：卽「空間的鄉土」，空間的鄉土事實上就是我們現在所居住的空間。以台灣來講，我們包含有都市、鄉村、漁村、鑛村等等。今天我住在台中市，我做爲一個生意人，我所表現的事實上也就是我所生存於這塊鄉土的一部份，鄉土並不是只有鄉村才叫鄉土。這個空間範圍的認定，應該弄清楚。第二點：雖然都是在台灣這塊土地上所發生的，可是三百年前的台灣題材，和我們現在所生存中的也應有所分別，能表現現在生存環境裡的現象才叫鄉土，表現舊過去的鄉土題材則失去了「現實」的意義。第三點：「精神上的鄉土」，這是看不到的，一種血緣性的民族性的東西，也含有鄉土的存在。我認爲鄉土的含義，應該包含這麼廣的面才對，只要你表現了這些方面的東西，就可以視爲鄉土的文學。

「笠」對於鄉土的主張，不只是一種題材的記錄，而是作爲文學態度、技巧方法論總結合的追求。這是我身爲「笠」的一份子，參與「笠」二十年的發展，一個總括性的想法。

廖莫白：在座諸位都是詩壇前輩，也許我提的看法比較不成熟一點，大家可以很不客氣的指教。現在在文壇上，流行的一種說話，是南派跟北派，也有提出主張本土文學跟第三世界文學。從表面看，這兩種主張之間，可以發現一種共通性，他們的理想，我想是一樣的，透過的報導，我們可以知道，大部份比較有眼光的人，却不主張在表面化的字眼上去爭論。像這一次海外回來的陳女士，就有這種主張，其實第三世界文學跟本土化文學，我個人也有一點看法。剛才白萩先生所講的，主張本土文學沒有錯，那問題就是說，你主張本土文學的時候，你並不是只有在本土上，描寫一些像白萩先生所講的異國風味的。比如說台灣詩或讓小說人物用台語來講話、罵罵三字經，在人物上出現阿火阿土。等外國人來看這個時代文學的時候，是不是看起來非常異鄉風味？在文學本身的深度上，根本就付諸闕如的。主張本土文學，也不可以造成一種分離意識，我常寫台灣的風物，一看表現中國這個字眼的東西，就覺得它是身外之物，其實我認爲，文學跟政治劃分，人會走入一種非常狹窄的，而且會傷害到跟他同一主張的這個人。像第三世界這個文學主張，我們也有誤解，據我粗淺閱讀所知，陳映眞先生他所主張的第三世界文學，並不是說一定要去認同第三世界。我們可以用比較遠大的眼光去學習，甚至去觀摩。我想用這個字眼來可能比較對的，並不是認同他。像去年得到諾貝爾獎的文學家，南美小說家馬非茲，他描寫小說的技巧我覺得很好，但並不是認同它，因爲他們當地的這種國情，可能跟我們有一段距離，所以我覺得主張本土性的文學也好，第三世界也好，都要回到這個眞正的中心主題來。你要認爲今天我們所要表現的是什麼？今天我們所面臨到的問題是什麼？我並不否認說，我們看到的問題裏面，只是問題表面化的一種描述而已。當然，我們要使這個文學更好，還有很多技巧，這些我們都不排斥的，並不是一種對立、第三世界、鄉土文學基本上是一樣的。

其次，關於政治詩、政治小說的看法，我是這樣的。如果把文學歸類爲這是寫實主義、浪漫派，甚至加上政治詩、政治小說，都是一個比較牽強的說法。我個人認爲，人生活，是跟這個社會習習相關，但是如果把政治詩，看作一種政治世界的描寫，或者政治小說，看作一種政治世界的描寫，就比較清楚了，並不是所有的詩，反應現實都是政治詩，我想這一點我們都有一點誤解，也並不是說所有反應現實這個小說，都是政治小說，那麼剛才白萩先生所講的鄉土文學，我想在鄉土文學這段期間，我個人也是一種思考的轉變時期，我們了解鄉土文學有他的歷史背景的，從民國60年，我們國家的處境，可以說在外交上節節退敗，在政治、經濟，都產生變化，一種反叛過去那種現實的心理，都在鄉土文學上浮現出來，那麼我想鄉土文學是有一種背景的。至於說鄉土文學從「笠」開始這看法，我覺得稍微有一種出入，「笠」詩刊的創社是在民國53年，在53年之前，在日據時候，像桓夫先生、錦連先生、林亨泰先生都是日據時代，跨越語言的一代，在日據時代，我們已經有詩了。像我們最近看的賴和先生的作品，以及陳千武先生跟羊子喬先生編的四本日據時代新詩選集，我們早有詩的出現，而從題材、表現的方法看，都是非常鄉土的，像賴和先生所寫的應該稱爲政治詩，像楊振華先生很多作品，像「人力車夫」這種詩，應該可以說確確實實的鄉土文學。當然，「笠」詩社延續了這個精神，我們是不能否定了，我想講的就是說，表現題材是很重要的。對於過去一種文學的反省，題材的重新找尋，重新的發現，是很重要的。當然，以年輕一輩的詩人來講，以我個人來講，我並不滿足於現在的追尋，那麼你找到這個題材以後，在用什麼樣的方法，使這個題材表現的更好，會使人感動，我想這也不是我們要去排除努力的。

桓夫：光復後，依據大陸來台的詩人作家們說：「台灣沒有文學」，台灣文學是他們從大陸帶來播種才開始有。這種說法是因爲他們不知道、也不想去瞭解日據時代台灣鄉土文學的情況。現在大家都知道日據時期的文學情況，不會再有那種說法。不過，白萩剛才說過「笠」詩刋的詩人們執於現實鄉土的表現，是光復以後最初提倡的，笠詩刋可以說是接辦日據時代台人作家們的現實本土文學加以新的表現。廖莫白說題材的重要性，當然是對啦，有題材也要有主題，題材和主題應該分清楚，用怎麼樣的題材，寫出怎麼樣的主題，才能成爲文學作品給人家感動。題材是「寫甚麼」，主題是「怎麼寫」。沒有主題的作品就缺乏精神內容的感動。

白萩：題材和主題的不同應該分清楚，這一點在日本老早已是一般常識。一般的畫家、音樂家、文學家。他們觀念中都分得很清楚，在我們台灣好像一塌糊塗。不懂什麼叫素材、什麼叫題材、什麼叫主題，沒分別混在一起，我們是在講素材，他們却認爲素材就包含了主題，不是。素材等於一大堆散亂還沒有養出來的菜料，你要把它經過修剪清洗，加點腦筋，炒養出來成爲一道菜，端上桌面來後才叫做主題。

林亨泰：題材加上表現方法加上思想性才算完整、主題應是整篇讀完以後之思想性、要看文字運用的技巧、形象的經營等，方法論上的問題、題材只是最基本的東西。作家應該要想到怎麼寫的問題，所謂專家就是要有解答爲什麼這樣的能力。詩人和小說家就是這方面的專業人員！對怎麼寫這個問題不能忽略，不但不能忽略，是更重要的一點。

白萩：聽了林先生和廖莫白講到現實主義這個問題，我又有話說。我覺得賴和等台灣文學前輩，戰前那段的寫實主義，雖然都算是一種現實主義，但他們跟我們「笠」詩刊所走的現實主義絕對不一樣，我們可以應證大陸文學作品。大陸是長久在封閉狀態下，難道他們就沒有現實嗎？就他們作品所表現的題材和方法論，可感覺到是很落伍的現實和文學技巧。所以他們最近才開始歐化、西化，他們是也是跟著台灣走過的路程在走，當然經過歐化、西化技巧上的追求之後，再回歸於現實的凝視上，就絕對不同於他們過去的那種現實；這一點是我要強調的。「笠」是包含了現代精神在內的現實主義的文學集團，而不是只是一種鄉土現實而已。

岩上：我只針對「詩與現實」提出看法。這在個人的觀點很重要。要說李昂在聯合報上發表的『殺夫』很現實主義性質，我却認爲有點離現實，寧可說中國時報的『少年阿辛』更較現實，因我本身在國中教書，從學生的反應瞭解這一點。

現實應指目前存在的爲現實，存在那裏？立足點不同現實感覺不同，有人把理想的感覺視爲現實有人把現在存在的問題當做現實，有人說現實是客觀的、非現實則爲主觀的，事實上詩無論如何都是現實的東西，除非我離開現實來寫，才是非現實的，有人認爲李白的詩不切合現實，實際上李白卽因不滿現實才寫詩的，所以他的詩也應是現實的，我認爲詩若離開了現實卽無意義，文學是離不開現實的，詩經國風都是很現實的。所謂政治詩、社會寫實詩等，那只是一種歸類，可以不去論評的，有人認爲我的詩超現實，那是我的寫作技巧，其實還是很現實的。

林亨泰：我所說的是寫實、方法的問題，那其中包含虛構化，文學並不是一種流水帳，我所要強調的是不能忽略「怎麼寫」的問題，這是現今文壇所缺少的。

吳麗櫻：今天的話題給我開濶的感覺，一個文藝工作者應有寬濶的心情，我不贊同把鄉土和現實生活隔離，甚至把現實生活圈得很窄。鄉土應是生活圈中所能感受到、看得到和需要關心到的東西，也是做爲一個文藝作家所要關心的。爲要表現突出的作品去適合潮流，那是無意義的。要在目前的生活圈中所能關心到、體會到、能夠替別人說的都是很好的題材，再就是要注意主題的表現，至於其他的理論就不是我所關心的。

錦連：所謂政治詩、鄉土文學和第三世界文學，我感覺都已走火入魔，大家一窩蜂寫，沒有內容、沒有文學的處理，只是寫個故事，寫個題材，那種貧乏的東西怎能留下後代？文學最忌流行。現實生活面是廣濶的，人的喜怒哀樂都和生活有關。剛才大家講的都很對，要寫甚麼，怎麼寫最重要。

廖莫白：事實上現實這東西，就是文學工作者很好的土壤，你要怎樣完美的把它表現出來？譬如南美作家烏非茲，使用很多技巧，不只是寫實主義，也用幻想，用奇奇怪怪的情節來安排，歸入藝術派。很多煩複的技巧運用，使小說顯得接近更多的人，在文學創作歷程上，更提高寫作藝術的效果。我想這都是比和寫什麼、怎麼寫沒有違背。

林華洲：就我所知第三世界文學和本土文學應不是題材上的問題，只是層次上的差別，它只是要加深對題材表現上思想性的深度，如光是題材的表現，那作者只是極少數幾位。就我所知，他們只是要從廣大的經濟秩序中找到自己的身份和地位，如台灣在美日強大的經濟制度下處於何種歸位。

如以「香桔士」爲題，以本土論者來寫，可寫成台灣橘子被進口橘子打倒而破產，更深一層可從國防問題上看，這才是第三世界論者所要求對藝術思想層面的深刻化。文學可分爲三個層次，第一個人化，第二地方化，第三國際化。個人可從自己的思想層次上去表現題材，可寫成論文也可寫成詩。寫詩則應符合藝術上所表現的規則，假使再深刻的思想，沒有詩味則是失敗的。我個人認爲以思想層次上的表現是一回事，藝術上的表現又是一回事。說第三世界、本土論是要求思想深刻，但是思想深刻有時對藝術並沒什麼幫助。背袱太多，有太多的束縛就無法完美的表達，能有藝術上的完美又有思想上的深刻，這是最好的。不要勉強去要求。我要很輕鬆自在地，在藝術表現上照顧的很圓滿。以我個人的看法，在第三世界論跟本土論之間，就存在一個誤會，它不是說要瞭解第三世界或寫第三世界或認同第三世界。在台灣，有資格成爲所謂第三世界論者的，是像寫非洲寫拉丁美洲故事的三毛等人，但是他們都是在論戰之外的人，所以我們所爭論的，是根本不存在的問題。

白萩：我們本來談的是「詩與現實」，我想「詩」這個問題可以略而不談，現在就專對「現實」這個體認來談。我想大前提是每一個人都有其「現實」。對於現實我覺得要討論的有兩點，第一就是「現實範圍的認定」：比如說以我個人的現實來講，自己是個人，再來是家庭，其次是親朋、社團、社會，再來是國家、國際、以及整個宇宙，都是我的現實。在範圍裏邊發生了一個事件，多多少少會影響到我，影響個人最快的當然是家庭因素。宇宙間忽然有彗星飛過去，對我們現實生活的影響，是很緩慢輕微的。而國家政策的影響，對於個人的影響當然就比較接近。個人的現實範圍事實上是很廣，我們反應的層次也各有不同，「現實」是很廣、很雜。其次的問題就是：「處理現實」的問題，這方面我曾反省過，因爲文學界曾經向我要一篇社論，我沒時間寫，可是我却把問題深思過。對於「現實」處理方式，我想最簡單的是記錄報導的層次，今天鄉土文學所以讓我不滿意，大致是因爲停頓在這個層次上的關係，更深一層的處理，就是能夠挖掘出問題點，把它提示出來，就是所謂「暴露文學」。那麼問題發現了，做爲一個詩人或作家，對於這個缺陷的現實，懷抱著什麼樣的態度呢？有些人反抗、有些人批評。這是比較高一層次的態度，不只是暴露問題而已。現在我們的詩或小說，最高成就是停頓在反抗或批評的階段。缺陷的現實，你反抗、反抗後又怎樣？你有什麼解決辦法？應該要更深一層的去思考問題的解決。我想寫的題目是：「在現實主義基礎上的理想主義」。我認爲我們應該把處理現實的層次再往上提高才對。當然這也是做爲一個詩人，做爲一個作家，同時也應有其做爲一個政治家的那種廣大胸懷的道德責任感。對於所謂第三世界，我實在搞不清它確實的定義，到底它算哪一個世家？既不屬於民主世界，也不屬於共產世界的中間地帶是個什麼樣的世界？我搞不清楚。我想民主可以解決世界的現實，共產也可以解決世界的現實，各有其理論、各有其解決的辦法。在世界的舞台上，第三世界是屬於弱小的世界，科技、文明生活水準均較落後的國家，我們要向他們學習什麼？所以我對第三世界的定義與追求搞不清楚，剛好聽到你們講的是在指目前台灣的處境和出路，我等待着，所謂第三世界改革現實的理論，我想他們能夠提出更好的理論及方法，他們才能站得住脚。

廖莫白：那種文學表現的三個層次問題，我想還沒有達到第三的階段。我看的偉大的詩人，比如說杜甫、李白或者比較晚近的作家，國際上有地位的拿過獎的作家，他們的文學作品也沒有提出說要怎麼解決。但是在作品所表現的問題，給我們看過以後內心有所反省，有所感受或感動，這就是文學的條件，就是一個好作品。

白萩：解決的辦法是有的，比如說過去我們有「烏托邦主義」、「理想主義」這些文學理想的主張，像剛才岩上講的「西遊記」，這是作者寓意的世界，雖是一種虛構的文學世界，却也是作家面對現實反抗之後，所寄託的一個理想的世界，目前我們還沒有達到這個境界。我想文學應該可以這樣，這是我個人的看法。

桓夫：單單把現實提出來，並不是現實主義的手法，現實主義應該是一個人跟社會一體，明瞭人性或者歷史性與之連結起來，是一種更現實性的東西，或者是實在性的東西，把他表現出來，能夠給一般讀者得到一種啓示才對，現實主義的表現應該要達到這種程度。應該怎樣把它變成一種現實性，或說實在性，這才是重要的。

廖莫白：如果照陳先生這樣講的話，我並不否認。但是剛才也許是我聽錯，白萩先生剛才所講的，給我的印象就是說在這篇文章、這篇小說、或者這篇詩裏面，內心解決的方法，比如說一、二、三怎樣？那並不是很精彩……。

白萩：不是，不是，那是政治論文。我想說的是第三世界的明確定義，還有它理論基礎在哪裏？當然這個會牽涉到政治處理問題。事實上政治就是處理整個國家現實的方法。過去那麼多政治制度，像無政府主義，就認爲爲什麼要有政府？大家能自由生活就可以啊！但事實上無政府主義是沒辦法使國家生存下來。還有烏托邦主義等等，我想只要你關心世界政治制度的變遷，就瞭解過去有很多的方式，可是目前這個世界劃分成民主跟共產極權兩個集團。中間不加盟的國家等於第三世界。在我的了解是這樣，這是一種國際現實。至於文學處理方式，事實上還是依附在這些模式之下，今天我們是生存在民主制度之下的現實裡，你的不滿點在哪裏？解決不滿點的方法又在哪裏？這雖然可說是脫離了文學的範圍，屬於一種政治研究，却也是大文學應有的文學觀，及面對現實應有的素養。我們做爲一個文學創作者，假若眞的要去擔當整個國家責任的話，我會覺得我們好苦。不過每個人對現實的處理均有其個人的想法，想法對不對是另一個問題，至少個人解決的想法是有的。有些政治家，他敏感的話，往往能從文學作品中得到靈感，去構想出他解決國家現實的處理方式。

桓夫：我們要追求的是什怎？就是說我寫了一首詩，或者寫了一則文章，把一篇文章跟一首詩，給讀者看了以後，他們會引起什麼反應或感受，這個是很重要的問題，如果你給一般讀者看了以後，噉！就是這樣子，沒什麼感動，也沒什麼啓示，也沒有認爲這個世界應該怎麼樣才好，沒有這種感受的話，作品就表現不夠。

林華洲：主席講的話，我覺得很有道理，文學最主要就是要讓人的生活可以更好，讓人生可以更美滿，所以假使在這樣一個定義來看的話，剛才關於白萩先生所提的，就是說到底要怎樣，比如說：他剛剛所舉的例子，也許有些人只寫個人的詩，比如說：他寫他很好的生活，寫他上山去賞櫻花等等。但是在櫻花旁邊假使他看到整顆壘壘沒有採收的橘子樹的時候，他已經可以寫一首詩，比如說爲什麼會這樣子，然後一步一步的追溯上去，噢！因爲這個收了不夠工錢，爲什麼會不夠工錢？因爲有進口的水果，尤其是進口的果汁，所以就把他們全部打垮了。爲什麼要進口這些東西？在政策上，爲什麼要有這樣的決定，一步一步追溯上去的時候，他寫出這樣一首詩，能引起讀者的反省，這讀者當然包括種橘子的人、吃橘子的人、一般不相干的人，甚至決策的人，那這樣子能有助於把這個現象扭轉過來，能夠更好的照顧自己本土的這些農民，我想這是作一個詩人有時候他的功用可能就在這裏。

廖莫白：我想關於所謂處理的問題，就是說在藝術上的處理，而不是對於這個問題，要怎樣去把它解決，我想應該不是這樣，作爲一個詩人，他就是說我怎麼處理？應該是說我怎樣以最符合這詩的表現原則，這樣藝術手法來處理。

白萩：我講的不是文字技巧上的處理，而是面對現實的理處態度。譬如說：碰到打架這個事件，有的人會下去排解，有的人會掉頭就走，而不同的態度必定會影響到寫作者的立場。一個國家的決策者，面對問題有其處理方式，而我作爲小市民，面對同樣的問題，也有個人解決方式的想法。

林華洲：我想這種問題，牽涉到文學家的功能，跟身份的問題，因爲基本上，文學它所能伴演的，比如說我們拿政治來講，他大概就是伴演一個對於現實反對派角色，伴演一個現實民意代表那種角色，他能夠說，你這個做的不好，那個做的不好，那到底要怎麼做才好呢？比如說你是執政的人，你要做出來給我看，你不好了，我再繼續批評，這是對於現實只能夠這樣子，那每一個時代的人，他們對於他們當時的那種問題，他只能夠就是提出對於他們當代的問題一種責難之辭，甚至你會覺得是一種刁難，讓那時代那些有權的人，能夠做的更好，我想應該就是這樣子的，那至於說文學家怎樣去處理現實上的這些施政的問題，我想這個有時候，這是有一點……。

白萩：沒有，我不是講你所講的那種方式的講法，當然不是。而是說做為一個文學家，面對現實碰到任何現象均有其個人處理方式的「想法」。

林華洲：這是比較偏向於文學上提出這個問題，這有兩方面，一方面是在形式上，一方面是在藝術上，它遵守藝術一定的規則。另一個就是在思想上，你能夠提出問題很好。我想這個已經就善盡做一個文學家的責任。至於說怎樣去……。

白萩：不！問題是剛才我講的是「現實處理」的「方式」，你把它忠實的記錄下來，也是提示一個問題、暴露問題。

林華洲：但暴露也有各種暴露方法。

白萩：暴露也有作者的立足點及角度的不同、作者的人生立場及生存態度的問題，從裏邊我們可以明確的看出來，然後還有方法上的不同、精神關懷層次的不同，所以作家的好壞，就是在這裏邊來決定的。

桓夫：今天就討論到這裏。謝謝各位。謝謝!!

詩與現實——課題與實踐

北部座談會記錄

出　席：趙天儀／李魁賢／李敏勇／陳明台／郭成義／吳俊賢（記錄）

時　間：一九八四年三月三日

李敏勇：這個座談會的題目是「詩與現實」，這是我們預定笠詩刊120期的評論專題，分別於台北、台中、高雄三個地方討論。今天的討論分成四個重點。第一、詩與現實的理論背景（它究竟是什麼）；第二、詩與現實的課題基礎（爲什麼要重視它）；第三、台灣現代詩與現實的關連性（實踐情形）；第四、展望（做爲一種藝術，現實的認識、了解、立場及理想態度、未來方向）。爲什麼要談到「詩與現實」這個問題，首先就理論背景而言，可能我們的詩壇一談到此問題，會有一種誤解，即此包含詩的問題及現實的問題。詩是一種藝術，現實是一種經驗，若單就藝術而言，只能討論到詩的問題，但若只就現實經驗而言，却無法處理詩的問題。如何把詩的問題及現實的問題，做一個確實的了解，請在座各位，先就詩與現實的理論背景，交換一些意見。我相信在比較輕鬆、順利、富裕的社會背景裏，現實的問題較不明顯。但有的時代，並不輕鬆、順利、富裕現實問題則較明顯。我們應就何種角度來探討、認識此問題？日本戰前、戰後也有很多這種詩與現實的問題。

趙天儀：將詩看成一種藝術，可分成模仿說與表現說。柏拉圖談到藝術時，較偏重模仿說。模仿（imitation）在古希臘開始以後，不斷地演變。柏拉圖首先把模仿（模擬）當做一種理念（idea）世界，是一種模仿的模仿，即模仿理念世界。因此，模仿現實的事物，此事物即模仿理念的世界。所以對詩人或畫家而言，是模仿的模仿，不是眞正模仿理念，他認爲有些詩人只是模仿現象界的事物。到了亞里斯多德則不認爲如此。柏拉圖把現實世界當做現象界，理想世界當做理念界；到亞里斯多德時則認爲形質同源，他要打破柏拉圖的現象世界與理念世界的對立。他認爲是模仿典型性、普遍性、即現實普遍性的事物。在柏拉圖看來，美是在絕對的理念世界裏；而亞里斯多德則面對現實的世界，他有一句名言：「詩是比歷史更哲學的」。歷史是個別事件，詩是可能事件，因此模仿說由模仿理念世界進入模仿普遍性的階段。但是模仿後來變成古典主義的模仿，即模仿古典作品。idealism 在哲學上屬形上學的唯心論，就知識論而言是觀念論。唯心論是相對於唯物論而言，觀念論是相對於實在論而言，所以西方講實在論是 realism，講觀念論是 idealism。不過 idealism 除了形上學和知識論以外，在人生態度、人生理想上，idealism 就是理想主義。所以 idealism 的歷史淵源至少有這三個。realism 在哲學上叫做實在論，在文學上叫做寫實主義。現實主義則更進一層。藝術不只是對自然或現實的拷貝（copy）。縱使是寫實主義的作家，他也不只是像照相機一樣地去把現實拍攝下來。surrealism 也不是翻譯做超寫實主義，而是超現實主義。詩與現實的關聯在那裏？我相信任何人寫詩，都有其生活經驗或現實體驗，做爲他的背景。縱使再唯美的作家或是模仿古典作品的詩人，他們也會自認爲是體驗最深刻的，也不會自己否定沒有現實基礎。但是我們讀此類作品則覺得其與現實脫節。所以現實這個用語在我們實際的文學運作上，是如何呢？我覺得模仿說是比較側重於對現實問題的關懷，反之，表現說則偏重於對內在世界。現實是偏重於外在世界的凝想或觀照，表現說則是如何從內在世界投射到外在世界的歷程。所以也有人認爲整個西方文學史，是模仿說和表現說的互相交替。在文學史上，小說比較容易看得出來的是有寫實主義與自然主義的途徑。可是在詩的領域，可能象徵主義和超現實主義比較接近表現說的立場。談到現實，比較容易引起誤解的是，帶有政治性意味的 idea 可能會參雜進來。現實主義在文學史上也有這種問題需要檢討。依我看，每位詩人多少都有依據其現實體驗或現實經驗。但是有現實經驗不一定就能反應現實。換句話說，現實的題材未必就是詩的或藝術的。轉化成爲藝術的題材才是詩。詩本身是表現的。如何將詩的表現和現實的體驗結合，就成爲我們今天重要的課題。

李敏勇：剛才對詩與現實的理論已做了一番說明。現實是否能以另一角度來看，即日常生活的角度，現在的時間、空間是這裏？詩的發生，因爲語言的問題，其功能有一部分會指謂到現實，但也可以不指謂到現實，即跑到抽象的思維或純粹的思考。有一種是故意的，自認爲詩與現實沒有關係，是主觀的，是表現的。另有一種是逃避的，認爲在現實裏沒有詩。

趙天儀：不過關於你現在所談的，也許用語意學的術語來陳述，也許更容易引導。我只是補充你的話。日常語言如果是個對象語言的話，例如講蕃茄用口語說蕃茄，那麼蕃茄就是指對象的對象語言。如果我們說蕃茄這句語詞是中文，這時相對於對象語言而言，它是後設語言。一般而言，詩人或作家應該對對象採取發言，但是我們往往在第一個層次的發言後，還覺得不夠，於是便不再針對對象，而對討論的語言再行討論。文學作品寫出來是對象語言，討論此作品便成了後設語言了。所以文學批評、文法都是後設語言。所以語言有許多層次，我們若討論文法或文學批評，批評的批評，就是後設的後設語言。所以語意學的層次，就是要讓我們了解，有些語言是面對對象而談的，有些語言則已提高層次，不是對對象而談的。但是我覺得詩有一個最大的危機，就是詩人一旦不面對對象的時候，也就是不面對現實的社會的時候，雖然也可以寫詩，但是這種詩往往是扭曲了的，或美其名爲內心世界，事實上跟現實是越來越脫節。例如，哲學的語言也是如此，往往哲學家的興趣不是具體的對象，而是在語言的玄想上。寫詩，也有這種問題存在。在哲學上我有這種經驗，明白、說語很清楚的哲學作品，常被評爲沒有深度；而那些語言晦澀、需費很大勁去K的作品，却被評爲有深度。詩的表現，也有點類似這種情形。如果一首大家都看得懂的詩，可能被評爲沒有深度，反之，大家都看不懂的詩，可能被認爲很有深度。所以詩和現實接觸時，這個語言到底是在那個層次上？詩人是用那個層次的語言發言？我覺得樂府或民間歌謠，是比較具有對象直接的層次。有的文人却往往不去看對象，現在的詩人有的亦如此，最明顯的是，典故用一大堆的詩人，他思考的對象，不是具體的現實世界，他是用他的知識、他的典故、及其所要表現的技巧，來表明詩就是要像這樣。這種人往往先假設有一些好的詩或古典作品，做爲其模擬或模仿的對象。因此，對這些層次，我們應做好分界。我們若要談詩與現實，詩人應該要面對具體的對象和現實世界，重新做此思考。

李敏勇：詩與現實的問題，是否卽爲詩性現實的問題。用詩的角度來看現實，對現實的關心或對現實的認識，用詩來表現的詩性現實的問題。

李魁賢：就藝術而言，詩與現實不一定要有關連。可能有關連，可能沒有關連。realism 有人翻成寫實，有人翻成現實。寫實似乎較偏向態度問題，卽是什麼、寫什麼，有時較接近自然主義。現實較偏向素材問題。對詩本身而言，詩要表達的事物當然是經驗的事物，這種經驗是一種意涵的經驗（Significant experience），不一定是生活上的經驗。但是我們現在強調要以生活經驗做基礎的原因，我認爲是在過去發展的過程中，太過於偏重個人的玄想。本身實際的經驗基礎到底在那裏？有了問題，才會提出這個現實問題。詩人本身的創作態度如果具有眞摯性，那麼所謂意涵的經驗應該與生活的經驗有相當的重疊性。現實也不一定是眞實，太過於強調生活的經驗，有時也不一定能表現現實的事物。所謂現實，可以說是社會上存在的事物。我最近看美國Poetry Easo詩刊，對詩與現實有相當的主張。有一期做Arts and gun（藝術和槍）專輯。其中有人主張現實（reality）就是政治（politics）。就理論背景而言，人不能脫離政治而活動，現實既然是表達社會存在的事實的事物，存在的事實都含有政治因素。所謂政治，不是狹義的政治活動，凡是群體一起在社會上的一切活動，都是政治。因此，依此看來，現實也離不開政治的範圍。現實本身就已經是模稜兩可了，再加上政治，就更加模稜了。詩與現實，我們可以這樣來澄清：現實是一種素材的事物，但是詩所追求的，是要在素材中，經過一種心象、意象轉化以後，才會產生藝術性的詩。所以說，詩不是現實的直接事物，現實的直接事物，寫出來不一定就是很好的詩。這基本上要有所辨別。詩的心象轉化中，現實事物已經不是社會現實事物了。詩性現實，就是將現實的事物轉變成詩，成爲新的結合。

李敏勇：詩不一定存在於現實，非現實性的詩，也有可能是好詩。我們對現實，不是當做一種素材主義，或把握描寫外在的事物，就完成詩性現實的使命。會提到此問題，是因爲詩的發展，有一部分用非現實的事物來寫，但對現實的事物也寫，同樣重視。有的對現實的事物處理得很好，却被評爲不是詩。其實現實或非現實的詩都可以。若詩和現實發生關連時，也是要經過藝術的處理才行。廣義的政治，在現實裏含有重要成分。從現實角度的現實性而言，有一種是社會性的現實，另一種是非社會性的現實。例如在我們這時代的愛情，現實的愛情事物，或許沒有強烈的政治、社會性成分，但這也是一種現實，也可以以詩來處理。社會性的現實，除了政治以外，尚有經濟、文化等。我們無法忽視外在的環境，怎樣在外在環境的各種條件，詩人透過詩這種手段，來反應及表達自己的意見，此即詩性現實的問題。至於寫實和現實的區別，大家的看法可能都不一樣，大家對術語的認識可能都不同。就我而言，寫實是一種方法上的方法論的，而現實是一種素材，現實主義的現實則又不一樣了。現實感可能較近此方向。不一定用寫實的方法就可達到現實表現的目的。

陳明台：就嚴密的意義而言，我個人以為，詩與現實，只有一種條件可成立，即詩人與環境本身，即環境、時間、空間、經驗。詩與現實產生交叉的點，只有當詩人與其環境有一種凝視的態度時，嚴格意味的現實才會產生。但是，現實可以成為體材，在現實的態度上也能成立。其次，所謂詩性現實，在日語常說現實性或現實精神，所以可說是詩的現實性或詩的現實精神。一般而言，論及現實性或現實精神時，已觸及詩的問題。例如在日本的現代詩發展，大正十三年及昭和三年前後，現實主義和超現實主義進入日本，他們將其做為一種前衛的精神來實驗。但是在當時，普羅的詩也存在。這二條路以後也繼續存在、發展。列島雜誌也提出，以前普羅詩是一種政治詩、或現實詩，完全不能稱為是美學的或藝術的、或是詩的東西。從超現實主義去研究，用超現實主義的方法，此方法要跟現實的體材或現實的精神配合，才會產生新的現實的詩。普羅的詩在戰後繼續發展，戰後批判普羅的詩，也是用這種角度。談到詩與現實，就涉及詩的態度及方法論兩個問題。我們講現實與非現實時，現實裏包含詩的現實性、社會性、政治性等，詩的方法似乎應一併考慮。

李敏勇：普羅或超現實主義觸及的現實目的、手段却全然不同。普羅詩人可能把藝術當做手段，政治意圖可能大於藝術意圖。超現實主義詩人將現實當做一種極端現實的角度去看時，是以藝術看現實，其企圖是一種藝術性的企圖。談到詩性現實、詩的藝術性、詩的社會性，基本上認為其為一種藝術，是藝術就得在方法論上講究到某種程度，此為很大的差異。詩是藝術，現實是外在的生活，我們無法避免及漠視。雖然詩有別的路線，但是若走這條路線，便有其必然的條件與限制。今天我們為什麼要談這問題？我們對此問題的誤解是否已很嚴重。談到詩與現實，有二種人，一為完全忽視、漠視；一為逃避或無知。另爲誤解，誤以爲把現實的素材搬出來，就達到詩的現實性。

陳明台：談到台灣的現實詩，我常在想，同樣的體材若換了我，則要怎麼去寫。這種思考，應該每個詩人都有。因爲現實的體材或現實的關心，對詩人而言，應該是很正常的態度。至於逃避到非現實或根本就否定現實的態度，我本身是無法認同的。但是這種態度的存在，我們以另一個角度來討論，當然可以。現實要怎麼寫？同樣素材要如何寫？這是方法論。台灣現實詩的最大問題，在於台灣現實詩不能說是有現實精神的現實詩，而是意識詩。大部分沒有抓住現實內面的精神，或是體材安配時，沒有思考到較精密的部分，沒有精密處理的方向，往往只是把意識陳列出來。我最近翻譯一些農民詩，例如有一個警察抓小偷的事件，在一個公園裏有一個扒手，當和人擦身而過時，假裝把花插在自己女兒頭上，使人分散注意力，而動手扒別人錢包，但正巧被旁邊的刑警看到，用手銬將其銬住，寫從女扒手被銬住抓走後，大家都走光了，在公園迴轉木上只剩一朵花，一個小女孩站在旁邊，女扒手也不知被抓到那裏去了。事件的描寫也是很表面，但我總覺得其似乎在寫什麼東西。事件的描寫要有一種感動性、戲劇性、記錄性。記錄性是有感動的記錄，且現實性很強烈。這類的日本詩很多，很強烈，讀了很舒服。爲什麼我們寫不出來這種詩，我想可能不是寫不出來，而是把泛泛意識擺在太前面，太不思考意識的處理方式。

趙天儀：語言的表現工具有個人的和群體的。過去被認爲比較有藝術性的詩，都是較個人的、且偏重於內在世界的表現。但現在台灣的現實詩的產生，爲了要寫現實性的體材，則認爲要以較群體性的、下層社會用的語言、或以歌謠體來寫。這種語言，我們爲什麼不會感動？是因爲其雖然表面上在模仿現實，但實際上並非已精練地把群衆性的語言錘鍊到詩的表達境界，在這中間，開始發生詩與個人感動、體驗和其要處理的事件相脫節的現象。單看起來在意識上是群體性的問題，所以要寫成詩，但是並未將其個人的人生理想與其所持的態度相配合。

陳明台：所以體驗跟環境的對照，沒有將自己移入，也沒有跳出，只是說應該是如此而已，這完全只是一種意識。

趙天儀：在方法論上很大的問題是，從語言表面上看起來都是現實的意識和素材，可是却沒有將其化成自己的生命而表現出來。

李敏勇：這是詩與現實的認識問題。詩人可能誤解，以爲寫一些素材，但在現實感動方面却無濟於事。

趙天儀：在詩的表現上，有一種是詩的歌德派，歌功頌德的精神。另一種是帶有抗議精神。政治詩在歌功頌德方面，一看便知，是往抵抗力最小的途徑。這類的政治詩我們往往不會感動。就社會性的素材而言，有些人歌功頌德是轉移到不同的層次，但本質上還是一個歌頌體，例如歌頌農人、歌頌工人，也缺乏對現實的抵抗或抗議精神。雖然是寫實的體材，但可能是另外一種歌德派。因此，我以爲在凝視現實性的素材時，詩人應該保持一種抗議精神，對於不合理的、對於黑暗的、對於現實的某一個層次，他有抵抗的精神。我們現在所看到的政治性的詩或社會性的詩，往往是喪失了抵抗精神的東西。這一點很有意思。

陳明台：其實我們可以不限制在抗議這句話。在方法上，看別人的作品會有感動，那是因爲站的角度、看的角度、對現實精神的態度及了解，普遍成功的作品都有幾個特徵：第一是個人和環境的視角，站得很清礎，不論是個人的投入或記錄性的描寫；第二是把現實和理想的追求，考慮在詩裏。例如外國農民運動失敗後，但其尙對農業共同體嚮往，用一首「空想的遊擊隊」來寫農民運動，這條路雖然早已失敗，但其依然要找這條路，還是自己拿著一支槍去奮鬥，當最後走到村落終點時，他才發現他手上的不是槍，而是一支三尺的棍子。方法上，我很欣賞這種角度的發想。

趙天儀：台灣的現代詩，大概是未達到這種境界。我們以紀弦爲例，紀弦早期詩集，寫時代的叫做政治抒情詩，後來乾脆稱爲戰歌。由這代表性的例子來看，其對現實性、政治性的了解與檢討，事實上是很狹窄的。

李魁賢：顯然這是對現實的誤解。有一種跑到非現實裏，造成一種精神上的墮落。有一種走到寫實裏，造成一種語言上的墮落。基本上要寫好一首詩，重要的是語言的適用及思考，但是因爲每個人對語言的了解及把握不一樣，必然其採用的語言面貌因此也不一樣。到底那一種語言最好，每個人都有不同見解。現實的事物，其是否能表達到讓我們感動，變成詩的東西，主要是心象轉化，現實是否經過自己本身的深慮思考容納後，變成自己的東西，而表達出來。寫詩，不一定是自己本身的經驗，別人的生活經驗我們也一樣可以處理變成詩。問題是別人的生活經驗，我們是否能投入其生活本體裏，了解以後，才轉化成自己的東西，而表達出來，我覺得這是最重要的。往往我們現在所看到的，太過於強烈於偏向表達政治意念的事物，其問題卽在此。例如剛才所提的歌頌問題，歌頌當然也是詩的一種體材與方式。歌頌一般都較直接，因為既然是歌頌，則直接沒有關係，不但沒有關係且會爽。但是反抗若太直接，則令人不爽。所以反抗的詩反而經過轉化的處理；所謂轉化，指現實的事物連接象徵的事物，其中間的連接性是最重要的。連接性的好壞則影響詩的好壞。詩本身是創作性的，若不經過創作，看到什麼現實，就寫什麼，則只不過是單純的描寫。好像是新聞報導。詩若不經過轉化，只是事實的描寫，當然不會成為好詩。

陳明台：一般的反抗、歌頌的作品，很容易就讓人看出來他是在反抗或歌頌。我看外國的作品，有時候，看起來似乎沒有反抗精神，只是描寫一件事物，但實際上是有反抗的感覺。所以投入的眞實性很重要。昭和初期談到詩與現實時，也談到詩與眞實的問題。

趙天儀：我看報紙報導，有一個人養了一隻鸚鵡，却丟掉了，小偸拿去賣給別人，這隻鸚鵡被賣去以後都不說話，經過一段時日，某一天鸚鵡的主人到了這個買主的家，鸚鵡見到主人後，才開始又說話。主人才發現這隻鸚鵡是他的。通常都是我們教一句，鸚鵡才說一句，這個層次，是散文化的層次。但是一隻鸚鵡學人說話，突然被人偸去賣掉後，却不再說話，直到忽然見到主人後，才又開始說話；這種轉折、戲劇性的產展，是比較詩的。依此想法，我覺得台灣現代詩，早期寫戰鬥詩，現在寫政治詩、社會詩、新聞詩，名稱雖不一，但在處理的方法上，似乎都沒有進步。整個表現上，把不同的意識形態拿掉後，我們看不出在詩的藝術上、詩的語言上、詩的表現上，後來者跟前者有什麼截然不同的新的開拓。

陳明台：我在日本東大硏究室時，讀台灣的一些現代詩、政治詩，有些三十年代已寫過的詩詞，却有人照樣繼續寫。且其內容並沒有增加，精神也沒增加，說得好聽些，是很原始、樸素的民族精神，但是那個時代的那種鄉土感覺，那種語言表現，現在怎樣可能繼續不變。這是台灣現代詩基本上應檢討的重點。

李敏勇：談到現實，以眞實的語言來看，比較客觀。眞實的面目、眞實的事物。眞實的批判，如果態度表現不出，則主觀上認為應該如何如何，如果不以特殊的藝術來約制時，則方法論上其不需追求什麼變化，以其自己較能了解的方式、語言來表達，認爲較能達到其目的。所以三十年代、四十年代，不是藝術上的目的時，其方法論上，可能會退縮，退到大家都通俗的操作方法。藝術上，若較前衞，在當代要表現自己的意見時，往往無法得到共鳴。

陳明台：有位詩人曾說過，只有向自己最深內面的意識擴大，才可能把現實擴大。因此，現實體驗的擴大，就嚴格意味而言，只有從詩人本身體驗、經驗的擴大。三十年代的現實詩若和現在的現實詩有雷同的話，若是沒有進步的話，這可能就是詩人本身的體驗、投入沒有擴大。

李敏勇：詩若以宣傳這個角度，不論是宣傳或批判，都不是藝術的目的。宣傳是要讓人了解，批判也是想得到特定或不特定的群體溝通，使人了解我在說什麼。

李魁賢：詩本身就是宣傳，你要把內在傳達給別人，就是宣傳，就是說服。批判要讓詩裏物象本身來表達，而不是讓詩人本身來表達。往往我們看一首詩，就知道詩人在說什麼，因爲詩人直接表達，其批判性直接出現。批判應該隱藏在物象裏面。

郭成義：目前有些台灣現代詩人對物象的選擇及考慮逐漸忽略，也是一種墮落。

李魁賢：因爲太急於把他要批評的東西講出來，沒有去找到適當的物象去替他說話。太直接表達。

趙天儀：這有一個關鍵，即剛才都承認詩或一切藝術都是宣傳的。

李敏勇：這有一點程度上的差異。語言本來是一種符號，縱使不宣傳，但也是個意思。意思則目的性較強。詩當然希望溝通，但不一定能溝通，如前衞的作品。宣傳的目的却是講出來就希望能溝通。

陳明台：有人曾說過：宣傳不是詩，但是詩却一定可以宣傳。

趙天儀：所有的詩都有宣傳的功能，但不是所有的宣傳都是詩。

李魁賢：傅敏是說，否定以宣傳爲目的，但宣傳是一種手段。

李敏勇：如果很前衞，他要忍受那種難懂，他並不刻意去求宣傳的效果。

郭成義：那是手段比一般人好。

李魁賢：比一般好很難講。

趙天儀：口號式的宣傳，就是貼在牆壁，看了就忘記了。

李敏勇：在廣告上，宣傳是至高無上的。因此有人說，詩人來寫廣告最好了。把宣傳擴大到極端，希望別人一讀到，就能抓住我要表達的。但詩並非如此，或許短時間裏，了解的對象限制在相當的程度，是無可避免的現象。

郭成義：剛才所講的是物象的處理問題。有的是物象的重複，或根本沒有經過物象處理。

陳明台：有的只有意識，根本沒有物象。

李敏勇：詩本來就是藝術。要歌頌要批判，新聞要比詩來得更有效。這方面詩的效率最低。

李魁賢：詩是間接的，要宣傳、批判都是間接的。

李敏勇：就批判或歌頌而言，批判就是寫得較差，我們也較有感受，較不會否定。因爲事物都沒有絕對眞，批判都有其理由，有的雖然較差，但大致說來沒問題，只是從藝術的角度來看，是較差的。但是歌頌則一定有問題，對絕對的眞善美是可以歌頌，如歌頌自然多美，有可能。但對制度方面，就不太可能了，因此無絕對性的。對批判，我們較能同情，因其態度方向是對的。但反之則感肉麻，因爲是不可能的。

李魁賢：你說的不錯，因爲現實本身有缺陷，要歌頌，我們找不到眞正值得歌頌的現實。

陳明台：歌頌的精神和抗議的精神不一樣。抗議的精神也許在時間上有限制，如美軍管理日本時。鄭烱明的詩也有這種感覺，有時候把時間因素抽掉，則可能看不懂。

李敏勇：但是有些還是看得懂。

陳明台：要有共通性、普遍性。

李敏勇：台灣現代詩對現實存在一些誤解或不正當的排斥，我們是否來談些案例，以社團或個人，較明顯的案例。例如創世紀以前有段時間也是走現實的路線，其角度是否抓住什麼或失去什麼？例如藍星的某些極端發展例子則爲非現實。

郭成義：有人是做現實的聯想，有人却做現實的幻想。

陳明台：若嚴格限於詩人對現實的凝視角度來看，藍星的詩非現實。其爲古典的通性，不算現實。

李敏勇：詩人的現實座標可用下列概要圖示如下：

	現實	非現實
社會性	政治 經濟 文化 其他	純粹經驗 形而上 其他
非社會性	愛情 其他	田園風味 古典 異國情調 未來幻想 其他

詩有現實性及非現實性的詩，詩人也許並非以全部作品，只是以部分作品爲現實性的詩。現實性的詩又可分爲有社會性的詩及無社會性的詩。現實中的現實，有走政治、經濟、文化路線；非現實有走愛情路線。非現實部分，今天不是我們要討論的，有純粹的詩，或走田園主義、古典等消極性逃避；也有走形而上的路線。笠同仁大部分走現實的路線。政治詩如林宗源；桓夫的「媽祖」是文化和政治的結合。桓夫的「剖伊詩稿」從愛情跳到性。就客觀上而言，國家的動亂安定，會影響詩的現實或非現實的路線。其重要性的排列等次都不會一樣。有純粹的逃避、也有空間的逃避，如異國情調。

趙天儀：台灣的現代詩人，就嚴格的意義上而言，缺乏西方的形而上的訓練。

李魁賢：傅敏的這種表達，不論其準確性如何，至少是可以濾清某些看法的一種手段。詩與現實的問題，詩處理的好、或詩的空間有多少，以四個象限而言，能不能從一個象限跳到另一個象限，這樣詩的空間才能擴大。有的詩表面上寫愛情，實際上是對政治、經濟批判，甚至寫田園也可能跑到對政治、經濟的批判。就此看來，不只是詩與現實的問題，尚有象限間的跳躍。詩若能在不同的象限間兼顧到，詩的空間就可擴大。

李敏勇：基本上，要完成詩的藝術性之後，才有資格進入這裏的分類。

陳明台：你的說法是，這四個部分都可以成爲詩。在此前題下才可討論。

李敏勇：主觀上並沒有好壞的差別。當某一個時代需要某一種詩時，其重要性才會顯現出來。

陳明台：創世紀或藍星，看笠詩刋作品，一定是依此想法。你們的範圍就是這個範圍，就固定認爲你們就是用這個體材。不管他們是故意或不是故意，他們有這個藉口。其實我們的觀念裏還是有跳躍、遊離的心情。我們只是現在是這樣做，但還有跳躍、遊離的追求。他們故意要抹煞笠，就可以用這個角度。

李魁賢：說抹煞也可以，但若要說得不客氣些，他們並不了解這一點。

陳明台：這個也有可能。

李敏勇：社會性很強的詩人有誰？社會卽外在環境。

李魁賢：一般的小說，要詮釋其理想、看法，都是以故事來說。詩是以意象來說；例如愛情的內容，我也曾嘗試以一種角度，從這邊來寫那邊的事物。詩有時候在批判性上，火藥味很強，却不一定會達成很好的批判。若以另外一個角度，如以愛情來寫出批評現實的事物，可能會兼顧到許多。從內心去寫外表。批判的事物要隱藏其中，而不是拿到桌上來批評。

李敏勇：愛是一種經驗。不論社會政治、經濟、文化、小說或文學用愛的故事來處理是最好不過了。因爲都與愛有關連。

郭成義：這種體材用多了，就沒意思。

李敏勇：每個愛情小說都有愛的故事，這是處理、轉化的問題，因爲並非爲描寫愛而描寫愛。這種愛的處理很多種，愛也並不一定是男女之間的愛。

郭成義：如果其轉折、處理都一樣，看起來都一樣，則這種詩就失去魅力。愛就失去了趣味。

李魁賢：工具有時候應該要有變化，工具用久了，有時候多少難免會有墮落。此時應跳出來寫別的事物，而後再跳回去。每個人都應該突破自己。

李敏勇：每個人愛的經驗都不一樣。

郭成義：有的人體驗比較多，對題材的運用持有較好的方法；例如以表面「性愛」的描寫，實際表現分離的痛苦，其趣味自然就顯現出來。

李敏勇：就現實性而言，台灣比較明顯的個人案例有誰？桓夫的社會性很強，如「媽祖」是政治、文化；如林宗源的父親意象也是。

陳明台：天儀則較生活式的。

李魁賢：天儀有一部分是從田園跳過來。

李敏勇：從社會性的角度來看，政治的例子是人與人之間的關係、權利與義務的關係，經濟的例子是生產與分配的關係、生活、所得、收穫等關係，文化的例子是鄉村破壞、宗教信仰消失、人的疏離等關係

李魁賢：我所說的田園，是注重天儀所採用的意象，其意象風景佔大部分。並非其素材問題而是意象。

李敏勇：我是指現實的意象，而非現實的素材。

趙天儀：洛夫最近的作品走古典的路線。這可能是洛夫的苦悶，有許多問題無法以現實來處理。

李敏勇：可能是曝光的問題。即首先要經過藝術性的考驗；這在方法論上是很大的考驗。第二，你要發言，一定要有意見，在態度上要表明；這也是考驗。活生生的東西處理不好，敗筆就出現。方法差勁我們就可看出。

趙天儀：在「大安溪畔」，我是寫軍中的生活。你那個圖表是中立性的？並沒下價值判斷？用此來濾清不同取向的位置。這個圖表可稱為「現代詩的座標」。

李敏勇：現代詩現實性的座標。

李魁賢：對於現實，我們應有新的表現。我們每個人對現實的體驗及了解都有某些限制。有的表達若固定，跑不出新的東西，這給我們一個反省，以後我們看現實的事物，增加廣角的視點，除了我們本身的生活外，應多對一些我們生活不到的，但可能體驗得到的事物，予以注目。這對於我們對現實的了解，及以後用物象表現的手段，多少都有幫助。每個人的生活都有限制，這種限制若不突破，則其所採取的詩的表達方式、對問題的認識，則無法更進一步產生新的東西。如果我們肯定現實是詩的素材及表達上很重要的事，則我們便應加強對我們本身能經驗的生活以外的事物的了解。

趙天儀：問題又回到一個詩人對藝術所採取的理想及如何去處理詩的人生態度。對社會的認識，每個人不一樣。有的人雖然沒有很多的社會性生活體驗，但也是有辦法寫出有社會性的東西；有的人雖然很有社會性的經驗，但其表現上可能與自己的烏托邦世界結合。所以每個詩人所採取的處理態度不一樣，其表現也不一樣。我們不能要求詩人一定要站在那個位置，但是每個詩人都各有其座標，各有其認識。詩壇上若只有一個模式，評論家若要求詩人都要這樣，則是很不公平的。我們可以處理非現實的事物，也可以處理現實的事物。問題是在於是否有表現出藝術性？對現實問題的關心，可能是我們今天的生活環境，詩人有必要對凝視現實這點上，有更準確的了解。這並不是說過去的詩人沒有凝視過現實。如果過去的詩人曾凝視過現實，却扭曲了現實，我們應予以批評。回歸現實，可以提昇理想。有很多現代詩很不落實，讀了以後，我們不知這個詩人是活在那個世界。這方面若要有變化，詩人有必要對自己的學識及現代社會做更深的研究及認識。就我而言，我雖然住台北，有時候覺得對台北很陌生。我並不很了解這個大都市。因爲我們並非每日都在一種巨視的眼光來看這個都市。我只是在幾條街走來走去，如羅斯福路、舟山路。如果說這樣就要了解台北，實在是很大的問題。爲什麼有的詩我讀了無感動、或是看不出什麼，但有的評論家却說得像煞有介事似的。我們的評論家是否應拿出學術良心，來面對所要處理的詩的問題。若如此，我們的詩的發展可能較健康些。

陳明台：詩與現實的聯結，重點在於現實精神的把握及現實性的追求。這是詩人視角的問題。其次是態度、眞摯性的問題。

郭成義：對物象的運用，現在的詩人顯得比較脆弱、或可說是墮落。很多詩人雖走現實的路線，但其作品却在說理，欠缺深入的思考，詩的趣味便消失了，這點問題值得探討。

陳明台：方法上的追求應該是最基本的。

趙天儀：方法的處理，可使其變成詩的或非詩的。

李魁賢：不必走政治，現在的政治詩有的是被誤用，政治本身是現實的，問題是如何選用物象來替我們說話。

陳明台：變成詩的或變成政治的，這要區分。

李敏勇：現在談到的，有的變成狹義的統治政治方面。其實人的關係、公司的勞資關係，這些都算是政治。或是父子、家庭都有關。

吳俊賢：我覺得詩是不能和現實脫節的，就像一棵樹種在泥土上一樣。詩好比一株樹，現實就像泥土，這一棵樹若離開泥土，就會枯萎。同樣地，詩若離開現實，詩的價值也會遜色很多，這是我個人的了解

李敏勇：我來做個結論，我並不是說有現實性的詩就是獨一無二、至高無上的。我們可以分析現代詩人的位置在那裏，但並不能要求詩人應該要在那個位置。其次，詩要與現實有關連，基本上要把握詩是一種藝術，不能把現實當做護身符，以爲有現實的詩就是好詩。詩要接受方法論的考驗，內容上有精神論的考驗。而且涉及態度、立場的問題。我們談詩與現實，並不是只要走現實主義，理想主義的追求在精神論上可能更重要。其他若有補充的書面意見，歡迎大家提專論報告。

「詩與現實」筆談

我所喜歡的詩

葉石濤

我從小就喜歡讀現代詩；特別是一系列法國詩。對於英美系統或舊俄詩却興趣缺缺，只勉強讀過非讀不可的經典之作，其餘只好割愛了。法國詩人的作品倒讀得不少。但引起我莫大興趣的是魏爾崙及波特萊爾等較耽美的、頹廢色彩濃厚的抒情詩。可見，我對詩的欣賞能力不高，很少在詩裏面找尋社會性意義或哲理性。這可能是我少年時代沈迷於浪漫主義作品的結果，這也許是青年人的通病吧？

光復後，逐漸對人生和社會較有深刻的透視和體驗，青春時代所讀的抒情詩已不再引起我的興趣來；我以爲詩應該反映現實社會和眞實人生，而不應一味地談情感生活及歌唱大自然的生命現象。當然我所指的詩，應該積極地反應現實，那現實並不只是外界的現實，而更包括了內心世界的現實——亦即是心象風景。我以爲一首好詩不但能訴之於「智」（brain），更能打動「情」，這樣才能帶來更完整的美感。

可惜，由於我欣賞的能力低劣的關係吧！好像三十多年來並沒有碰到過打從心裏頭會戰慄的好詩。有些詩具有強烈的抗議性和社會性，可是表現的方式却缺少能搖撼心靈的感動力量。有些詩富有音樂的韻律和溫柔的夢想，可是缺乏某種眞實的人生觀和社會性。而一首好詩必須思想性、藝術性和社會性美妙地結合在一起，才算是好詩。

「笠」這一本詩刊已伴我度過十多年的生活，可以說已變成我內心生活的一部分。「笠」的詩人和詩作都變成我的好朋友，變成我血肉的一部分；但我還是覺得使我覺得滿足的好詩很少出現。

也許我對詩的期待太沒有道理，也許我年紀愈大愈來愈頑固的關係吧；不過，我還是希望「笠」所刊出的詩和詩人都能更上一層樓，創造視界更廣闊，紮根於本土靈魂的好詩。

詩與現實

李旺台

我贊成將政治社會的現實事物入詩，甚至還可以將詩的觸鬚延伸到科技、醫藥、經濟等範疇內。但是，有一個前題，它必須是一首詩。

對於現實事物，最普通最便捷的處理形式是報導或記錄。報導或記錄也是散文的一種，它給讀者一個眞象，一個過程，僅能滿足人類知的欲望。

其次也可以用小說或戲劇，將事實加上想像之後，使之戲劇化，再從戲劇化的過程中，予讀者以娛情、聯想、欣賞、共鳴，從而產生啓廸教誨的作用（如果有必要的話）。

如果以詩來處理現實事物，可能會較困難，因爲「知」不是詩的首要任務，詩應該提供給讀者一種感覺，一片感情、或一種領悟。因此當必須以現實事物入詩時，詩人應該像一個超能的縫紉手，將現實事物的心臟跟自己的心臟，再跟讀者的心臟，縫出一條線來。換句話說，詩人必須一下子進入現實事務的核心或一件事實、一個道理、一個通則的深處，然後再透過詩，讓讀者也一下子進入。這是一種方式，好像吃蟹一樣，一下子就挑出蟹黃，那個最好吃，最富營養、最精華的部份。

另一種方式是講究現實事物的週邊多多，而不必事事深入，讓讀者透過你的詩，只跟一件有特殊意義的現實事物會比立即脫褲子做愛，更有味道耳鬢廝摩。

在技巧方面，避免用太直接的語言去表達，是處理現實詩材時，特別難的地方。換句話說，詩質不可忽略，一些明喻暗喻，一些賦、比、興的技巧要特別講究。講到這裡，一個概念十分重要：詩的本身即爲目的，而不一定是對一項現實事務的感悟的表達工具，因此，有時候會在完成一首詩時，超越了或超脫了原先觸引你寫那首詩的現實事物，將是一件可喜的事。譬如你因一場重大社會災變事件而興起詩念，有時到了詩完成時，詩中已無災變本身，而僅存一絲餘緒或一份感悟，這個結果，十分可能，如果你視詩的完成爲目的而不把寫詩視爲手段的話。

詩與現實

龔顯榮

在詩與現實的大題目中，本人僅就如何提昇寫實詩的境界，略談一二：

所謂詩本以言志，一個人內心的語言經由整理提煉後以最精華的表達方式形諸文字，讓讀者能夠產生「心心相印」的功能，其詩作始能達到文學藝術的效果。設若僅就平素一些衝動的感觸，未經琢磨，即急就章塗鴨一番而公諸於世，則未免太一廂情願的表現自己而流爲被人詬病的口實。

縱眼時下甚多人以爲自己才華四溢，寫詩如同母鷄下蛋，大量生產。未曾以豐富的生活體驗，充實的知識領域，正確的哲理依據去分析現實中有關人性的諸般問題，就信手拈來，寫了就發表；對自己、對文學藝術、對現實社會所能夠產生的影響，必將微乎其微。這種作品，有與無、寫與不寫對詩壇的香火延續可謂無關緊要。

因此，談提昇寫實詩的境界首要者，即是詩人本身生活性的提昇，甚至氣質與人性的提昇。詩人本身如何透過現實生活的觀察力去處理自己發現的題材，從而去訴說我們所期待的合理化的社會秩序。所以我們所希望出現的寫實詩或所謂現實主義的詩作，不是一些憤世嫉俗的文字堆砌，而是一些充滿愛心、充滿感情，可以撫慰現實生活中受苦受難者的聲音。

講求載道的藝術

莊金國

詩是先有內容，再賦予適當型式表現而成的。

就寫實詩來說，內容卽取材於現實，透過藝術的表達方式，才能構成一首詩。而寫實若只描述其「實」，尙成不了詩，因現實本身僅是一堆材料，未經藝術的處理，型式的規範，則無以呈現詩的完整風貌。

台灣的現代詩，寫實的風氣已有愈來愈盛之勢，但是否引起讀者普遍的響應，很值得懷疑。當然，其中不乏政治性的敏感因素所侷限；不過，就詩論詩，多數作品粗製濫造，詩意薄弱，詩味散淡應是主因。

就以傾向描寫政治層面的詩爲例，據個人了解，一般讀這類詩的人，似乎只求一時爽快，不管詩的好壞。他們從詩中雖能獲得作、讀者之間的意識共鳴，但也止於意識罷了。令人遺憾的，是寫這類詩者，如聽到指責「粗糙」之聲，不僅不檢討改進，反而批評人家不知反映現實的可貴。我不否認，在這種不能暢所欲言的環境中，一個詩人有道德勇氣寫出反映現實的作品的可貴精神，然而詩歸詩，讀者不能因爲你的勇敢表現，就降低或不必計較詩本身的缺點。

這種寫實詩之所以大多會失敗，我想，是下列幾點所造成的：

一、爲了強調意識，忽略或未顧及詩質的追求。

二、詩想醞釀未成熟，卽草率成篇，急於推出。

三、認爲這種詩，不必講求構成一首詩的諸般要素。

四、撿便宜的想法。也就是想讓讀者看得懂，而且一淸二楚，都以現成的語句，簡便的型式表達旨意，不求創新。

五、基本上否定現實與藝術的結合。

六、詩在其心目中的價值，社會功用大於藝術功用。

坦白說，一個寫詩者，無論觸犯上述那一點，都無法寫好一首詩。此無他，詩之所以領銜其他文學作品，主要是，詩表現出來的東西，必須予人以「菁華」美感，即使是描寫醜陋的，氣憤的人、事、物，予人讀後印象也是醜陋的，氣憤的恰到好處。

總言之，一首寫實詩，不論作者想載什麼道，都要講求載道的藝術，這樣才有說服力，才會達到功德圓滿的成果。

詩，就是生命的覺醒

耿白

在當前的環境裏，倘若還要爭論所謂詩應否反映現實的問題，就未免太無聊了，這種好事者統統應該上吊。

詩，本來就是和生活結合在一起的。所以，絕對是人間性的，是最反映現實的。這一點，最早遠的詩經已顯露無遺。

從現實取材入詩，只是詩人寫詩應盡的本份之一。至於寫得好壞，那就全憑詩人對文字、思想的駕馭能力而定。不過，一首詩不管是如何的暢曉明白，如何的切合實際，如果缺少了詩質，則無異是註定非失敗不可的。

玆舉一首個人喜愛的寫實詩，為我的上述見解作一例證。這首詩就是鄭烱明的「蕃薯」（參見鄭烱明詩集「蕃薯之歌 P.71）詩人以擬人化的筆觸，從敘述蕃薯的命運多蹇開始，相當寫實的鋪陳出蕃薯被人從溫暖的土裏連根挖起，然後給拿去烤、油炸或曬蕃薯簽，不僅最營養的部份被吃掉了，即連貧血的葉子也倒給豬吃，直到有一天從苦難中覺醒，於是不再沉默，終於站出來說話了，且看：

我要說
對著廣濶的田野大聲說
請不要那樣對待我啊
我是無辜的
我沒有罪！

這首詩的啓示，就是可貴在充分地表達了一份對生命的覺醒，並肯定了生命的價值，說它是一首感人的寫實詩，諒不爲過吧。

關於馬諾赫的不寫和桓夫的寫詩有什麼用

利玉芳

「不寫」（Do not writing）是馬諾赫（Manohar）的作品，我在110期的笠詩刋裏讀到李魁賢先生翻譯的印度現代詩選，讀到這首「不寫」之後，卽引發我對印度詩作更濃的興趣，我想尋找一個答案，爲什麼詩人要傷心到不寫詩的地步？是因爲詩人暴露且攻擊了社會的醜惡、不公和粗鄙之後，使得社會排斥了他們？或是因爲社會不接納他們想重整的心願，詩人才會落敗到如此頹喪的嗎？爲什麼對人民的脈博有這樣敏銳感覺的詩人，而還讓悲觀來掩蓋了他創作的筆桿呢？

當然，我壓根兒也不會去相信馬諾赫因爲這篇「不寫」而棄筆；亦如我不肯相信桓夫先生因爲這篇「寫詩有什麼用」（登於台灣詩季刋第三號）之後，就眞不再寫詩一樣。那是很情緒化的、很感到詩人自己被孤立而寫的兩首詩。

試看馬諾赫的不寫：「我不知道要寫什麼／我能寫，這些人變成人行道上的地毯／在寒冷中哆嗦／我能寫，這些墓地就是村外的同一墓地／如今已移到鎭中心／使我的迷惑倍增／不，我的筆沒有能力去寫這些事／我不知道要寫什麼」。

試看桓夫又怎麼寫：「寫詩有什麼用／只有傻傻的憨子愛寫詩／寫什麼戰鬪詩政治詩／歌頌花朵多麼美麗喊祖國台灣／喊萬歲…褪了顏色的詩篇／黏在古屋的牆壁上動也不動／不現代的現代詩改變不了人生／改變不了社會風氣／解救不了民族氣質／推動不了國運／詩瞑目著／不暢流，寫詩有什麼用。」

我特意把這兩首不同國度的詩展現的原因，是除了以鑑賞的心情來看詩之外，還感慨詩人擔負起對現實社會責任的勇氣却不受廣泛重視的哀傷。愁詩人無用。

然而印度的詩人早已從情歌和賣弄風騷的主題中覺醒過來了，他們的詩以強調自由和淪爲奴隸的主題爲職幟。我們台灣的詩人不也有自己的民族情感嗎？我們的詩人永遠也知道應該追求什麼！如果現實社會已臻於完善、達到無憂的安和樂利的環境，詩人何苦要自我陷入苦痛之中？那麼，這就是說，詩人必然和生活有了心中的糾葛和對決吧？所以才會用他的筆引起若干嘲弄的詩思！

寫吧！我可欽佩的詩人們！八〇年代的台灣詩文學，應該毫不猶疑的擺脫自慚形穢的心理，以尊嚴磊落的創作態度加入台灣文化運動中，使詩的旋律堅實的領導著台灣人民的心靈。

握住現實的美

棕色果

生活授予文學藝術工作者創作的激素和動力，詩人也以詩作品來回饋反哺現實社會，站立在這片土地上，感知國際現勢和世界潮流，關愛斯土斯民的現實社會，是身爲詩人的一員，不容稍怠的職責。人自脫母胎，生命就營生於社會群體，詩的生命，須從現實生活中凝鍊提昇，詩作品的展現，能撼人心弦，如電擊膚。

目前，報刊雜誌採用寫實詩，是一般共同的趨向，透過詩人敏銳的洞察力，以生花妙筆藝術處理過程，審視現實社會的各個層面，反映呈現問題，使社會大衆讀者，感覺詩作品與自己有切身親近的關係，從而欣賞、接納，並起共鳴，自五、四以後，三十年來的新詩歷程，並非枉費。

五千年的中國文化，詩文學傳承了詩經的溫柔敦厚樸實質美，讀詩人趙天儀的作品，強烈地感受到，詩人同樣地傳承了中國詩文學樸實質美的詩風，這一類詩，只要識字的人，就可讀懂；並且，能自詩中品味出人生的酸甜苦澀，多樸實，多貼切！生命溶入詩裡頭，詩裡頭再湧現生命，現實和詩，不能割捨。隨手拈來笠117期趙天儀作品「愛國獎券」．

沒有想到這也是一種行業
讓媽媽老來沒有失業
照顧著一個小小的店面
也照顧著一家大小的生活

在拓寬的馬路上
偶爾停下來的計程車
偶爾靠在路邊的摩托車
都是來買獎券者的交通工具

祝君中獎的字樣
是獎券的包裝紙袋
鴻圖大展的錦旗
是中了大獎者的銘謝中獎

從早忙到晚的媽媽
忙得沒有清閒的時間
一邊忙著這個孩子那個孫女
一邊又照顧著這小小的店面

起頭第一段寫「沒有想到這也是一種行業／讓媽媽老來沒有失業」以料想不到很意外的口語吸引住讀者，也慶幸年紀大的老媽媽不致於失業；換句話說，卽年老的媽媽仍要拖磨老命「照顧著一個小小的店面／也照顧著一家大小的生活」。

第二段「在拓寬的馬路上／偶爾停下來的計程車／偶爾靠在路邊的摩托車／都是來買獎券者的交通工具」寫車水馬龍，絡繹於途，買獎券的民衆很多，既愛國又發財。

第三段「祝君中獎的字樣／是獎券的包裝紙袋／鴻圖大展的錦旗／是中了大獎者的銘謝中獎」賣者預期祝福買者中獎，中大獎的人，銘謝店東生意鼎盛。

第四段「從早忙到晚的媽媽／忙得沒有清閒的時間／一邊忙著這個孩子那個孫女／一邊又照顧著這小小的店面」獎券雖多銷但薄利，年老的媽媽，家境未見改善，生活依然困苦，從早忙到晚，也不得清閒。

綜觀這首詩，描寫一位市井賣獎券的老婦，過著艱苦的生活。本地愛國獎券發行量相當廣大，獎券所賺得的淨利，取之於民，用之於民，相信，社會貧富懸殊差距，必能縮短。

詩與現實

李昌憲

詩人，要生活在現實社會中寫詩，而不是在樓台上靠印象寫詩，才能深刻才能感人。

鄉土文學論戰以後，詩反映現實的趨向愈明顯，經過（部份勇於生活的，與人們一起生活在現實社會中的）詩人這些年來的努力創作，詩風漸變，反映現實的詩已普遍生根，漸成風格，漸為讀詩看詩的人所接受。不再同往日那種自負深高不落蹊經的寫詩態度，讓人們一聽到看到新詩就猛搖頭避開遠遠的，彷彿詩人是不同的族類，文字的魔術詩，在寂寞得沒有掌聲的漫長歲月，詩人與詩人相互瞎捧鼓掌以求安慰。如今，許多詩的創作者已經走出往昔巨大的幻影，眞實地生活，眞實地寫詩；讓生活中更深層的感動，透過語言文字再轉化融入詩中。愈來愈多有良知的詩人，走出虛幻的樓台，肯定站著的土地，要讓作品植根於這個時代，反映社會的現實，把生活的實感表現於詩中，已然成為趨勢。

目前取材於現實的詩，有的流於敍述性，有的流於過度口語化，有的成為口號八股，均未能把深刻的感動寫出，而喪失了寫實詩應有的衝擊力。我絕不反對寫實詩的敍述性，如果能夠掌握情節的發展，讓詩有小說的架構，能夠把自己對事物的觀察與思考相互呼應，讓理想與現實得到平衡，讓人讀了看了詩之後，也能感受到時代變遷中，人所努力生活的背後，有更寬濶的理想與希望。這樣的詩不致偏重現實而流於敍述性、過度口語化，也不因過於理想而近於口號八股。

因此，要以現實題材入詩，詩人必需勇於深入生活，勇於去體驗其感受，才能提升寫實詩的水準，才能去開發寫實詩的風格上有更新的突破，也才會產生代表這一時代的詩，成為歷史中代表這一時代的作品。

寫實詩的再出發

廖莫白

台灣的新詩直到一九七二年，除了少數詩人寫的少數篇章之外，大多數詩人的作品可說與生活的現實世界完全脫節。比起小說，詩簡直躲入自囿的象牙塔，在波特萊爾、里爾克、阿保里奈爾……半生不熟的圈圈打轉，絲毫不理會周遭的現實世界；這種駝鳥式的自欺行徑，造就出一九五〇至一九七〇年代不少自以爲是的詩人。詩刋、詩選集及個人詩集不斷出現，讀者却愈來愈抗拒新詩，他們寧可唸唸古典詩詞，却不敢領教新詩這莫名其妙的玩意。這期間誤引許多青年，讓他們走失在頹廢的迷陣裏，以爲新詩就是這樣，以爲新詩眞如他們所言：「…自波特萊爾以降…」更有許多輕率的論者，寫起詩論，動輒說台灣的新詩是紀弦帶過來的火種，殊不知早紀弦來台的廿五年前，在台灣就出現第一篇題爲「讚美蕃王」的新詩。這類輕率的詩評家，後來有的成爲導讀師，對於寫實詩作，往往顯出過度敏感、進而排斥的態度。甚至對於關傑明、唐文標、陳映眞等關心台灣詩發展的人，表現出不屑的神情，說什麼「：他們（指新詩創作者）不是小說創作者，當然不必聽信小說評論者的指導。…」其實任何一個時代的文學發展，主要決定於當時經濟、政治、與社會等客觀條件。基於這個認識，我們尋找四〇年代之後的台灣新詩，企圖尋找詩句中的時代影像，却只有少數作品能滿足我們的這個要求。

這不正常的現象延續到新詩論戰以後，才略爲好轉。這時出現了許多記載現實生活的新詩，有事件的記載、有生活的描繪。這類詩作許多人將它稱之爲「寫實詩」「社會詩」「政治詩」甚或「抗議詩」不管名稱的不同，它確是現實生活中的聲音與影像，藉著它，一如同時代的小說一樣，我們也讀到了社會的脈動。然而，過激的評論又來了，比如「吶喊」、「白開水」、「藝術性不高」、「別有居心」、「粗糙」等尖酸的詞語相繼出現。這加諸於用功的詩作者，雖有些過甚其辭，但勿寧可視爲一種愛之深、責之切的聲音與期許，就以目前笠詩刋部份同仁，以及吳晟、蔣勳、林華洲、施善繼、詹澈、楊渡…爲例，那一個已自足於目前的創作？倒是，一方面我們又眼見這些批評者，却又提起筆來讚揚一些極端晦澀、逃避、頹廢的詩作，這就眞令人疑惑、不解了。

不管怎樣，對于別人的批評，我們應靜下來仔細思考，但肯定地不應再回到痲木、荒謬與病態的老路上去，而是在目前已經走的路上，再做修正、充實、再作出發。簡略地說：我們主張「藝術」是有效傳達「情」與「思」的工具，我想這與笠詩刋提倡的「現實主義的藝術導向」並無差別。因爲有了這樣的認識，詩人們不要再拘限於小小的詩壇圈子，應廣泛地涉獵更多知識，更認眞而競業地生活。因爲生活是所有藝術工作者最豐厚的土壤，唯有在不逃避的生活中，我們找到了現實的題材。接下來，我們才來面對如何使這些題材表現爲詩的問題，那就是詩的「要件」的思考：結構、節奏、音韻…等問題的努力。

我想大家都同意：藝術是時代的產品，它一面記載時代的脈動，一方面也肩負著引領時代的任務。當我們的詩歌漸次淪爲有閒階級的享樂品，當它成爲貴游的產物。它已流行曲樂無異。對於這墮落的時代，沒法阻止，更加推波助瀾。我們一定要堅持反對它。這是我們堅定地走這條路的最基本的解釋。這時代的文學家要有個理想，那便是期待一個更良善社會的出現。一時之間，不免把「詩能引領人們」作爲過於崇高的目標。面對這處處充滿虛僞、過度物化的世界。詩，讓讀者拋棄許久了，我們那能再以「詩是相當貴游……」的論調，不理會社會上教育程度已提昇到足夠閱讀文學作品的大衆嗎？靜下心來寫首好詩吧！不要再以要弄技巧、故作幽默，或以拐彎抹角，打擊別人爲樂事了。在中國優美的韻文傳統中，我們偏離得太久了，這條路子難道還不夠你追趕？這個腹地難道還不値得你去開發？

詩與現實

冷蛩

詩是一種驚奇，一種對於人生世相的美醜和善惡，所發出的讚美或嘆息，把一切事態都看得一目瞭然，視爲無足驚奇的人，很難有詩意或是見到詩意。

同樣的道理，一首詩寫得讓人讀了一目瞭然，無足驚奇，就失去了詩意，也談不上是詩了。現代的寫實詩，有太多是那種看了題目便知內容的詩，毫無引人反覆吟詠的特色，這是很大的缺點。即使是寫實，詩之所以爲詩，仍然有其必然的本質，那就是一個「精」字，若說日常粗淺蕪亂的情思都可以入詩，那便大謬了，說那是「寫實」，則更是欺人之說。

反應現實的詩，一定要避免敍事性嗎？這點値得商榷。杜甫的寫實詩，自古以來即爲我國詩壇的一絕，他的「石壕吏」就是敍事的，但讀起來哀惋悲愴，並無損其爲好詩。因此，反應現實是一回事，用何種體裁去寫詩是另一回事，端看表現得好或不好罷了。

台灣詩壇上，許多無謂的爭執都起於迷信詩只有一個典型，而且往往就是那自己性之所近的那個典型。事實上，詩那裡有一定的典型呢？不能夠反應現實的詩就不好嗎？若如此，中國文學史上的詩人便很少了。

值得注意的是，任何詩，抒情的或寫實的、古典的或現代的，都脫離不了知性和感性，並非只有在處理現實題材時，才會遇到如何中和知性和感性的問題。詩人如果很輕率的把目睹某一現狀的內心感受表達出來，他的詩便註定了是失敗的，因爲在詩的國度裏是不容許「輕率」的。

詩與現實瑣談

黃樹根

●福爾摩莎的招喚

「若你心內有台灣」，宋澤萊是近年來把「福爾摩莎」喊叫得漫天震響，對我們生存的這塊卑屈的海島付出一份最直接也最深入的關切之情，令人不由得隨著他的歌頌，再一次抬起頭看一看這一塊美麗之島是否仍然美麗，還是傷痕累累？

宋澤萊以寫小說的手撈過界，在詩壇上却盤佔了令人側目的領域，也奪得台灣本土最具代表性的吳濁流文學新詩正獎，這份榮譽不說是實至名歸，以他對台灣的強烈而近乎狂熱目盲的投注，應有實質的意義，以整本詩集對自己踐踏的土地做這番頌歌，身爲這土地上的一微弱份子，是十分感懷的，甚至任何一草一木都應同聲喝采，隨他「走福爾摩莎的地脈」裏。

雖然在詩語言上尙有值得推敲之處，但在嚴肅而強大的現實意義衝擊下，表面的語言技巧已屬末流，宋澤萊這本「福爾摩莎頌歌」，值得生活在這塊土地上的人民，以面對聖經的心情去頌讀它，然後你會知道，如何去愛，去關懷，去體認「我的靈魂穿行於它的上空／哦，島弧，東方的島弧／它的存在／是地球激動的一部份。」（詩集的尾聲）。

●劉克襄的「政治犯」

在台灣詩季刊第三號裏，我翻讀到這首詩時，心中浮起的是一陣猶不能釋懷的傷痛與怖懼之感。因此就情感上的因素，我忍不住一讀再讀，能寫出這樣意識型態的作品，作者的心裏頭並不是只停留在賞鳥的賞心悅目（劉克襄，這個我尚未謀面的年輕人，他的賞鳥名氣比寫詩響亮得多），詩人銳利的眼神已深入這塊生存空間的現實隙縫裏去了。

他把自己化身爲尚在囚舍裏的政治犯，緬懷一九七九年又一次震撼台灣的事件，清晰的語言把政治犯內心深沉的境況傳達出來，已不需要任何多餘的言詮了，詩的結尾表現出一種啼笑皆非的無奈感「黎明了嗎？不／是警備來開門／我必須去操場讀訓／不像一九七九年，面對廣大的人群／現在，我只能如同國民黨／面對北風，大海／唸給麻木的自己聽／不知第多少次的……萬歲」。

詩人！喊一聲「福爾摩莎萬歲」吧！

●再見！「創世紀」

接到張默寄來的創世紀六十三期，粗略展讀，心中洶湧著一股虛無，茫然的感覺，對這份執著了近卅年（雖然是斷斷續續的推出）的詩刊，心中應有一份感佩之情的，尤其是我自己，在私己的情感上，更有一份割捨不掉的懷念，十多年前剛接觸詩壇，在軍中服役時，就是捧讀創世紀血統的「七十年代詩選（後來被評爲最失敗的一部詩選）」在撲朔迷離的語言裏，迷迷糊糊跌進那超現實語言的迷宮裏，搖旗吶喊了好一陣子，洛夫、瘂弦、管管、張默、商禽…都成了神祇般的偶像，事實上，從這些前輩的作品裏，我是飢不擇食的吸收了詩語言表面的技巧養分，創世紀的確豐盈了我的詩生命，這是我無法忘情的。

但在這個持續卅年的詩刊上，在作品的表現方面，我是十分失望的，它的風格仍然執著在語言表面技巧的穿鑽，少有能在內涵上，觸及生活現實面，仍然是不食人間煙火的超現實，照說以創世紀老一輩的成員像前面提起的洛夫等，都有歷經一般顛沛流離的逃亡歲月，生活上的體驗是十分深刻而豐富的，在此時的敏感現實狀況下，應有深切的迴響，吐露內心強烈企求的所謂「嘔心瀝血」的作品來才是，但，我不禁要說，我的期待是落空了，是詩人們已在風花雪月裏痲木了心智，還是有意無意間不敢面對現實，甚且逃避現實呢？以洛夫等的語言技巧要寫出根植於這一世代的動人詩篇，應是輕而易擧的，但他們在等待什麼？等待永不出現的果陀嗎？

碧果的「一九八四・絕非偶然」裏跟十多年前引人詬病的「一肢肉雲　於是　展現／於是乃　旋」依然是異曲同工，令人沮喪，「所以／我寧願是／空崖上的／一株／什麼的／模樣。／一九八四・絕非／偶然。」這也是一九八四的震撼嗎？心事無講啥人知，痛痛快快把內心話用清晰明暢的語言表達出來吧！不要再躲躲藏藏，刻意玩文字遊戲了！

倒是新秀陳斐雯的表現令人激賞，那種清新、抒情的風貌，放在創世紀裏猶如一泓令人爽目的亮麗溪流，編者爲何又吝於幾句貼心的誇讚呢？一直在自我迷戀製作艷詞迷惑少女少男的席慕容，面對語言清晰，情感眞摯深人的陳斐雯，或多或少會心虛臉紅吧！

期望這位詩壇新秀不要迷惑在創世紀的蛇與蘋果神話裏，以免在語言假象裏兜圈子，浪費亮麗的青春，多打開幾個窗口讓自己呼吸新鮮的空氣！用自己最原始最純淨的愛，擁抱自己生存的現實環境吧！

詩與現實

涂秀田

詩是反映現實生活和表現現實生活的最精美的語言和工具。

詩能夠以一言而表達現實生活的百態，而使百態更爲生動。

詩可以擊扣現實生活的心臟。

詩可以提昇現實生活的境界，使其更純化、更美化、更有韻味、更富旋律、更爲活潑。

假如現實生活，像一座巨大的山，詩能夠表現出這座山的巍峨崇高的精神；也可以表現這座山如時間的永恆性。詩又可以表現鳥語花香的優美的閒情逸緻；而不是用詩去細數這座山有幾個石頭和幾棵樹

詩要表現的現實社會，並不是細數提高了國民所得多少，而是表現這個國民所得提昇後的內在歡悅和外在多彩的形象，並表現國民所得增加的奮鬥過程中，喝過多少苦汁的感受，以及喝到豐盛成果的甜水的愉悅感覺。

雖然，袁枚曾說：「無題之詩，天籟也；有題之詩，人籟也。天籟易工，人籟難工。三百篇古詩十九首皆無題之作，後人取其詩中首面之一二字爲題，遂獨絕千古。漢魏以下，有題方有詩，性情漸漓。至唐人有五言八韻之試帖，限以格律，而性情愈遠；且有『賦得』等名。以詩爲詩，猶之以水洗水，更無意味；從此，詩之道每況愈下矣。余幼有句云：『花如有子非眞色，詩到無題是化工。』略見大意」

但是，忙碌的廿世紀的現代人，是很少有時間和心情去聽天籟之聲的。幾乎人人都在煩雜的人籟中討生活。

現實詩，就是有題詩。不食人間烟火的詩人，已經很少存在；因此，現代詩人寫起詩來，碰的是人籟，詠的是人籟，當然，一個現代詩人要表現現代生活的精神和現象時，就不得不寫現實詩了。

在科技發達的現代，再去做天籟的夢和天籟的詩，就等於只到廟裡去當和尚修身，而不在正常的社會生活裡修身一樣，那就會成爲現代生活的逃兵了。

詩與現實

林仙龍

現實，乃對理想而言，即強調現有所存在者；一個詩人，就自己的處境，參酌絕對多數人的利益，以忠實而負責的態度，操持血淋淋、赤裸裸的表現手法，探討社會現況，國家政策、制度，及立國精神，並給予嚴正的認知與批判。就文學的使命與功能而言，它不僅是原始面貌的展現，同時，也賦予共同

事物及現象新的生命，新的意義，並給予時弊痛下針砭；此種經營的苦心與創作態度，應是值得推許的現實具有殘酷的特點，它的呈現是直接的，稍一處理不當，卽易於走火入魔，我們固無意怯於現實而趨避走遠，刻意給予美化，安慰自己，更不能以懷恨的心理病態的眼光，妄作臆斷作惡意的醜化，唯有以坦蕩蕩的態度，面對它，注視它。我以理想作爲現實的對稱，亦卽在肯定理想的必要性與創造性，實際上，現實常侷限於某一時間，某一階段，某一現象，常會因時因地因人因事而變遷，理想則含有美好的期望與美好的境界；因此，在本質上，理想與現實絕不是對立的，它乃是基於事實，通過實踐的一種圓融功夫。

進一步而言，理想涵蘊著社會價值的取向，由於個人對理想的界定不一，認定標準也不一致，因此，對現實的適應性與反應，往往充滿著個別的、自私的、片面的、局部的、盲目的、狹隘的想法與觀念，在社會整體運作中，確有欠公允。因此，我反對偏狹的地方意識，反對一廂情願的穿鑿附會，更不能苟同狂妄的態度，藉以嘲弄眞象，曲解事實。一個詩人果能掙脫現實的牢籠，走出自己封閉的心靈，他的作品才是高超的，也是卓越的。

詩人最大的不幸是，安於現狀，不能突破自己，同樣的，詩人最大的悲哀是，不認識自己不瞭解自己；亦卽好高騖遠，在盲目追求中，迷失自己。一個有潛力，有作爲的詩人，焉能不深思澈悟!?詩人偏執於現實，取材現實，我的想法有下列幾點：

一、對所處的境遇必持謙冲的態度，悲天憫人的襟懷，通過自覺自律自反自省的功夫，以千古共通的詩心，自然而不扭曲的表達最眞摯的情操。

二、擴大視界，把握事實，不要因偶發的現象，作惡意的渲染，任何成見任何偏見，無法探討交互影響五光十色的社會景觀，亦無法探討多元性的人際關係，與多樣性的社會意願。

三、詩的敍述性，有其技巧可取之處，亦有其討好一面；取材現實，爲了容納更多的繁複意象，也爲了力求更多意見更多主張的具體表達，以敍述性的手法，固有其處理的方便，但過份偏執敍述性，而流於平鋪直敍流於浮濫，極易流於一種積非成是的新八股，破壞詩質詩貌，顯非正途。

四、我們不能否認詩是心靈的紀錄活動。從醞釀至完成，一首寫實的詩，必擁有較高的紀錄性；詩人使用紀錄手法，却有異於文書紀錄，它是抽樣的，在異中求同，它具有研析剖視的特質，因此，寫作的動機，寫作的角度，常決定一首詩的成敗。詩人當以認眞縝密的態度，以忠實誠懇的信念從事，切忌是偶發的、即興的、一種守株待兔的發現方式，一個草率的印象，一個主觀的判定，即使擁有再高的表現技巧，終究無法成就一首眞正的完美的好詩。

五、積極追求詩的內涵；所謂「講求沒有技巧的技巧，追求沒有內涵的內涵」，以貧乏的內容，蕪亂的思想，試圖獲取積極肯定的成就，猶如緣木求魚。詩人基於良心，執持「眞善美」的追求，必需從虛僞迷離中猛省，從盲目的作態中超脫，提昇自己，淨化自己，謹守詩的本質把握，在風格中不斷創新。一首自己無法信賴的詩作品，不要冀圖有人會接受它；一個虛僞的詩人，只有背離讀者，背離社會，背離時代愈遠。

詩與現實

明哲

人是無法和社會脫離關係的，詩也一樣無法和社會脫離關係。與現實社會脫節的詩，只是作者自己的玩物，難以引起社會大衆的共鳴。我們寫詩，應該不僅是爲了自唱自賞或僅以供少數詩友欣賞爲目的

詩沒有絕對的形式。凡是能引起社會大衆共鳴的，就是好詩。善用比喩是好詩的基本要素，我們當然不能忽略它。可是詩既然是要給大衆欣賞的，如果寫得過於虛渺難以理解，就會像曾經盛行一時的迷幻詩那樣，爲社會大衆（包括大多數知識份子在內）所否定，而被視爲無聊的胡言亂語。

我們看過許多第三世界的反體制詩人和受歧視的黑人詩人所寫的詩，大都平易感人，很能引起我們的共鳴。不過我們也不要寫得過於外鑠，不留餘味。至於要如何寫得恰到好處而又能得到最大的效果，這就要看各人的處理技巧了。

有良心且又富於正義感的作家詩人，會永遠站在被壓迫的民衆這邊，爲受歧視的沉默的多數吶喊控

訴。有許多事情實在令人心痛，我們的詩也就難免含有悲憤和憂國意識。我們不敢奢望人上人將會欣賞眞正反映現實社會和被壓迫者心聲的作品。但我們由衷地希望人上人有時也能好好檢討一下，爲什麼有那麼多優秀人才，一定要離鄉背井，設法移民去美國？願我們的詩能有助於促進民主化，減輕社會大衆的精神痛苦。

文學是展現，不是告示

鄭仁

鄉土文學的出現，代表著「爲人生而藝術」的文藝工作者對五、六十年代逃離現實的詩風的抗議。然而「矯枉過正」的結果，却把好不容易才「大病初癒」的詩壇，又向著另一種病態的極端推下去。這個極端簡單說來，就是「詩語言的過於粗糙，詩形象的過於貧乏，以及詩內容的過於教條八股。」

我贊成爲人生而創作詩，然而堅決反對詩論爲某一種主義或政治派系的役用工具。沒有思想和世界觀做爲靈魂的詩只是玩弄文字的遊戲，其文字駕馭的能力再怎麼高明，也不過像個沒有內在，沒有靈魂的美女。然而文學是一種展現（Showing），而非告示（Telling）。時下某些詩人懷著嫉世憤俗的激情，粗糙地寫著一篇又一篇的抗議詩，其詩的結構鬆散，詩的語言只是一些纍贅的、吶喊的口號。我耽心這會把現代詩導向另一個不健康的路。

內容重於形式，然而光有內容而漠視形式的講究，也不是詩作的正確道路。如果要把你的抗議或意識思想講得那麼白，何不乾脆去寫政論文章或參加政治運動去搖旗吶喊？現在有某些自己也不見得很懂詩的詩評家，天天鼓勵著年輕的詩人寫這種告示的詩，我衷心希望他們不要這樣對待純潔的詩壇後進，不要再利用年輕人的激情來達到他們傳佈政治主張的目的了！否則現代詩只有走向死亡。

如何在「反映現實」和「詩質的培養」之間取得調和也許是現代詩的工作者目前最主要的課題之一吧！我衷心希望年輕的現代詩工作者多走入現實民間，用心去觀察、體會民衆的生活和感受，不要閉門造車，老宣洩一些連自己讀起來都臉紅的詩句，同時讓自己在生活的歷鍊中成長，等到你濃烈的情感冷却凝聚後，用一番心思經營一下詩句和結構吧，不妨從眞摯的抒情詩寫起，不要一天到晚纏著滿腦子敎條不放，那於詩的創作是沒有前途可望的。當然，如果你寫詩的目的只是爲了出名，而後要搞名利、政治……那就另當別論了。

詩與現實

簡簡

我想詩的現實感，不在於用詩來表達現實題材，而在於用詩來表露現代人共有的實感，尤其是那些深刻、持久的想望和焦慮。嚴格說，一個現代詩人要成功的將詩和現實結合，並發揮相當的說服力，並不是一件容易的事。

這幾年來現代詩的創作趨向，明顯的走向寫實，我想這是現代詩人正視現實的結果。不過，今日創作寫實詩的熱潮中，却也有下列的遺憾：一、作者編者趕時髦的現象。二、以爲題材寫實的詩就是寫實詩。三、普遍的諷刺、批判的風氣。四、意識型態偏於固定取向。總之，就是流於「刻意創作」。

另有兩個問題，我更爲重視，一個關係寫實詩的內容，一個關係寫實詩的形式。

其一，現代詩人本身現實感的問題。

今日社會結構複雜，形形色色的人擧目皆是，現代人的生活、思想、慾望、焦慮……等存在著分歧性，因此現代人共有的實感極其紛亂，一個現代詩人如何掌握現代人共有的實感，實爲當務之急，此即爲現代詩人本身現實感的問題。我想，一個現代詩人要創作寫實詩，不去體會、觀察、思考現實是不行的，不然，跟關在象牙塔中寫幻想式情詩便無兩樣。

其二，現代詩人運用現代語的問題。

從五四以來，白話運用於詩歌才六十幾年，實在不算長，因此，我們可以說現在仍是運用白話的「

起步期」，何況電腦、科技、電視、大衆傳播等創出的新詞彙（專有的、硬性的），其對現代語言已造成鉅大的影響，那麼，現代詩人對現代語言的興趣和責任感又多少呢？提倡通俗化、明朗化、白開水化，是現代詩人對現代語言能做的唯一好法子嗎？

顯然的，現代詩人更應該要有勇氣肩負現代語言的包袱，發現及創造現代語言本身的有機結構（也就是說現代語言的特性及表現技巧），像唐代詩人一般，讓現代語言完全的進入現代詩，表現現代詩，完成現代詩，充分代表現代。更何況寫實詩和現代語言有著更爲密切的關係。

詩與現實

德有

時代一直在演變，演變的結果使我們與現實社會，有了更加密切的關係。一個文學創作者，只要良心未泯，有自覺性，必然能對現實社會付出關懷。由於關懷的深切，致使文學創作者走入民間，走進群衆，無形中乃形成文學反應現實的普遍趨勢。詩是文學的一環，當然免不了受這種趨勢的影響，而跟著走。

這是一個不可否認的事實，當然不必再多言。問題是；當詩人的創作題材，一窩蜂於反應現實的當中，是否就意謂著我們走上了坦途？且能由此而創造出好的作品？事實不盡然。詩是感情的產物，我們關心社會現實，沒錯，我們取材社會現實也沒錯。但關心與取材於社會現實，並非一定就可創作出好的作品；那些雖取材現實，却流於敍事性的詩以及只會喊喊口號却沒有親切感情的口號詩，就是讓人詬病的詩，其原因除了沒有眞實的情感外，就是沒有透過想像力的組織與創造，致使無法造就藝術的眞品。做爲一個詩人，對這個問題，實在值得深思深思！

一個詩人寫詩，一個小說家寫小說，無非是在表達他內心的所思所想，其最終目的，當然是希望有掌聲，有讀者。那麼，以社會、現實意識較強烈的詩來說，是不是因此就可以引起不同意識者的共鳴呢？撇開詩的好壞不講，若僅以內容中的意識來論，意識強烈的詩，想引起不同意識者的共鳴，那是不大可能的；所謂共鳴，必須有一擊一合，才能產生。人是有選擇能力的（嬰兒應該除外）尤其有關意識的東西，似乎誰都固執得很；除非對立者遭受了很大的激盪而有了自覺，否則，實在很難透過詩，來改變一個人根深蒂固的意識觀念。因此，僅以社會、現實意識較強烈的詩，想引起不同意識者的共鳴，似乎不大可能，畢竟，這不是單方面的事，也不是強迫所能爲。

有一點我必須重新說明：社會、現實意識較強烈的詩，並非就是好的詩，但透過豐富的情感，想像力的組織與創造，我們或許能看見詩經、唐詩、宋詞以來，那些留傳下來同樣讓人回味無窮的詩作。這是做爲一個詩人，應該努力以赴的。

詩論與現實

朱學恕

詩人和宗教家們一樣，常有一種偉大的犧牲精神，去美化人類的靈性生活，也有一種浩瀚的純情思想，去全力發掘眞實的自我境界。

因此，詩人們在從事「心靈淨化的過程中」，或是「利用自己的多情來作爲文化力量的通道，以發揮其作用時」，常把詩人「內化」人格的力量，來感化「外化」社會的不協調，面對現實，思以個體生命的愛心來促進民族生命整體的覺醒，並不斷地作明智的提昇與飛躍。在每一分鐘的成長中，詩人們在「內化」純情的世界裡，不斷地超越（灑脫）、美化（眞愛），和發揮著無限創造的潛力。

詩人也和藝術家哲學家們一樣，常有一種「我見青山眞美麗，料青山見我亦如斯」的澄寧境界，也有一種「用我的咖啡匙度量我的人生」的自我境界。

因此，詩人惠特曼說：「我悠閒，邀來自己的靈魂。」詩人們的心界，常較他人更澹泊、坦率、熱誠、樸實，而有深度；面對現實，心胸遼濶，眼界豁達，對眞理的執着，對邪惡的厭惡，對虛華的蔑視，對自然美的追求，對民生苦樂的體驗，尤其對人生的不平，充滿了偉大而驚人的同情心，時時流動在詩與豪情中，充沛宇宙。

準斯之故，詩與詩人應該被視爲是一個「有活力、有功能、有整體生命的有機體。」他的手心是向上奉獻的，而不是向下索取的，他的目標是服務人羣的，而不是爭名奪利的，他的功能是明明德安定社會的主導力量，而不是用以做富貴的階石的。

因此，麥克阿瑟元帥不令在戰場上最危急的時候，每一個作戰士兵的背包裡，必須帶一本詩集，以便空下來閱讀，以提振士氣。

現代的社會，有五大特性：「變遷、現實、功利、忙碌、專業化。」因此，引起了人際關係的五大危機：富而無教、重知輕德、近利遠義、緊張對立、犯罪日增。

經濟環境的變遷，與人口快速增長，使我們從傳統農業社會，迅速進入現代工業社會，我們缺少了現代社會個人與陌生大衆之間的倫理規範（也就是第六倫的關係，未能建立），同時，我們也缺少了現代人「內化」的力量，能夠自動控制個人的行爲。

由於工業社會的重視經濟價值與爭取現實利益，因此個人但求自保，對社會漠不關心，缺乏參予熱忱，甚至以暴易暴，或從中取利，導致道德水準降低；由於人口快速的成長，生活緊張，遷徙頻繁，競爭熱烈，法紀廢弛，導致大衆間存有壓力感與疏離感，也更造成了人們的是非混淆，投機取巧，違規犯法，好高騖遠，不勞而獲的心理。

在社會上，有兩種現象在證明着上述的後果，第一、犯罪的數目在逐漸增加，犯罪的型態在不斷變化，犯罪的手段，日益複雜、殘酷與現代化；第二、目前社會上，人際關係經常處於一種尖銳的緊張與對立狀態，無論從個人與個人之間，或是個人與團體之間，抑或團體與團體之間，一旦發生了見解上或利害上的爭執，不論事情的大小，所常見的反應，幾乎都是立即的、感性的、以及衝動的。個人和團體似乎都以最銳利的眼光，眈視着四周可能對他產生的攻擊與侵擾，而以最敏感的心態來護衞着本身的利益，一受刺激便完全訴諸直覺的本能，祗求情緒的發洩，而不求問題合理的解決。中國人所講求的「謙和包容」「深思熟慮」「孝恕之道」，在現階段的社會中，已經很少見到。

因此，以詩人們「內化」人格的影響力，通過詩教「禮樂」的敦化教誨作用，形成社會「外化」如詩經國風的規範，才能發揮三民主義王道的功能。這種功能，由兩個途徑可以達到：第一是提倡詩教，以誘導感化作用，不強迫地令其學習，無意識地令其接受，化暴戾爲吉祥，使緊張機械爲閒情娛悅，創造心中美的靈河和見解；第二是重視詩人，以漢代氣節之風薰陶，無意中的模傚，教育上的示範，鼓勵大家做一個平凡的人，能夠在平凡中顯出眞正不平凡的心和純誠的感情來。

一個國家的文化，應該是整體的長遠的進步所構成，我們目前社會短期的經濟進步與道德落後的現象，最後必須經濟進步時帶動社會道德的進步，否則，就因社會道德的落後而阻礙經濟的進步；我們是一個安和樂利的三民主義社會，爲了協調經濟進步的社會，調整人際關係，用詩人與詩的王道精神，來建設整個國家現代化的第六倫關係，應不失爲是一項明智之舉。

關於「政治小說」及「本土論」與「第三世界」

李喬

小說就是小說，在小說之上加上某種限制性是無意義，甚至有害的。說無意義，是因爲政治是衆人之事，而小說不能脫離大衆生活，自然要觸及政治；說有害，是怕有人誤以爲它是內幕小說，醜化政治面，或煽動性小說。另一方面，「政治詩」「政治小說」實際上，自古有之，中外不缺，尤其在中國，以政治掛帥的文化體質下，人民以文學的形式，表達政治見解，抒發政治理想，甚或控訴政治迫害，都是正常的。然則此時此地特別以政治標榜小說，可能有兩層意義：㈠近年小說創作成績並不理想，許多作者在題材上，有茫然無措之感；提出一刺激性名目，是爲了鼓勵創作。㈡我們正在民主政治的關鍵性時刻上，是民衆最需要以積極態度關心，或參與政治的時候，所以特別提出「政治小說」來。至於這一干俗之舉，對於創作界功過利弊如何？其評斷則要落實在創作實績上：是否催生了幾篇藝術性極高的「政治小說」？

㈠我是主張「文學本土化」的。但我認爲「本土化」包容了「第三世界」；後者是前者的一部份。

㈡「本土化」如果忽略第三世界之特性，自設局限，其腹也小；第三世界論者如不落實於本土，必然趨向綱領領導，陷文學於僵滯，離開人民性而死亡。

㈢所謂「第三世界」並非單一的，各有其特異處境，故其奮鬥目標亦不同；我國目今處在「現代化」與「民主化」的決定時刻，所努力者，自有其獨特內涵，口口聲聲向「第三世界學習」是奇異不可解的說法……難道我們要放棄既有現代化基礎？而我們的「民主」，已然「頗有可觀」……。

看亞洲現代詩集〈第一集〉

安宅 夏夫作
陳千武譯

陳 千 武譯

我內心的亞洲是甚麼。在太平洋戰爭的時候，我是小學生，只相信着覆蓋亞洲的日本軍威力，山下將軍佔領新加坡，便和敵方將軍會師的場面，由宮本三郎繪畫刋在「少年俱樂部」雜誌上，戰時的少年們都以興奮的心情閱讀着。然而敗戰之後，誰都不敢再談亞洲的問題。時局的大轉變令人感到恐怖。戰後快四十年了，亞洲許多獨立國家，都與日本有友好的交流。如今出差到那些國家去組織合作公司的日本商社也相當多，有頻繁的商業經濟交流。然而後起的國家依靠生產價位低的產品，在世界市場中逐漸成為日本的強大對手。我不是商業經濟專家，但也可以看得出來這些。

那麼民間的文化交流究竟如何呢？這點實在寡聞，知道得不多。亞洲和非洲作家會議是輪流在各國召開的，前年是輪到日本召開。對這種文學和藝術的國際會議，日本政府給與多少援助？這又是寡聞，沒人知道。據以推測，這種國際性文化會議，除了政府主辦以外，並無特別出版刋物，大都沒有公家的支援。當然也由於主辦者本身，不願意因受援助而有附帶條件的干涉所使然。

却說，這裏有一本「亞洲現代詩集」第二集。是在台灣印刷，用航空寄來日本的B４判二四〇頁的大詩集，比前年在日本印行的第一集更精彩。收有印度、孟加拉、香港、印度尼西亞、巴基斯坦、菲律賓、韓國、台灣、日本等一〇九人的作品。第一集詩人的作品是以日中韓三國語言刋出，已經令人感到是空前絕後的詩選集而讓人注目，我的記憶還新。現在第二集的作品却除了以自國語言之外，更包括英語在內譯成了三國語言，眞是精巧又壯觀，比前集更精彩，令人讚嘆。

出版費用一定不少，是參加者共同負擔的吧？如果由一〇九人分擔，各人出資雖不很多，但也非零用錢程度可以解決的吧。無論如何，這種純粹由民間主辦的汎亞洲現代詩選集，能繼續出版二集，必定是參與者個人對詩的熱情十分旺盛才能完成。

自己國內的詩選集，已有不少各種編選集出版。然而我想，出版這本「亞洲現代詩集」的底流、似乎由戰後出版的「抵抗詩集」而來的。雖然我手裡目前沒有那本詩集，記得那是野間宏、中野重治等爲核心所出版的。

現在有了「亞洲現代詩集」，發起的是日本的「地球社」，這可不是遊玩的事，正如其題名所標示，是全亞洲性的嚐試，具體化的成果。聽說下一集由韓國負責出版，計劃完全上了軌道。然而未經法定組織的「地球社」是民間團體的詩誌，沒聽過日本政府的援助。或許向文化廳申請會得到補助，但他們不要求，却能如此出版汎亞洲的詩選集，眞是令人感到痛快。

裝在壺中的水
被熊熊的烈火羨着
滾過來滾過去
想逃跑
四面是堅硬的鐵牆
在壺中羨着的水
耐不住煎熬

一個一個化作青煙
飛上藍天
留在壺中的水
接受火燙身的痛苦
發出一陣又一陣的哀號
而等待喝茶解渴的
是誰啊

這是中華民國卽台灣的作品，主題鮮明，「在壺中／發出一陣又一陣的哀號」是民衆。第三連末尾「等待喝茶解渴的／是誰啊」是收奪的人。這種構造日本也一樣，中華民國以及這本詩集作者的每個國家都是一樣。

然而在社會主義國家是怎麼樣？據我推測，社會主義國家，有統治者與民衆的存在，富的分配，無法每戶都平均。聽說勞動與不勞動者之間，馬克斯有「不勞動的人不能吃」的說法，我不知道馬克斯的眞意，可是不理想的平等也會使人變壞，這就是馬克斯陷入窮境的原因吧。

像引用的「壺中水」情況，如不想辦法解救，便會成爲永恒的停滯。台灣，卽中華民國的詩人所寫的生活苦爲題材的作品，令人注目。下一首李昌憲的「臨時工」也一樣：

公司接不到訂單
最先被解僱
走出廠房

我們這些臨時工
臉，掉在路上
被生活踢來踢去

微顫顫地重拾
剩下的自尊，準備隨時拍賣
人口爆炸的加工區
偏逢經濟不景氣
找遍大大小小的公司
再也不能成爲依靠

我們嗷嗷待哺
找工作以安定生活
任無情的一紙契約
隨時僱用，也隨時
被解僱

這首詩具備先前所說過的生產低價位產品的實態。像戰前日本的綿織綻破格的廉價，被歐美國家認爲不當，而連結到太平洋戰爭的事實。戰前的日本，有很多鄉村出身的女性紡織工員，以低工資從事襯衫和其他衣服的縫製，拼命地輸出。結果勞動者們損壞健康，肥了資本家們。歐美方面斥責爲擾亂市場。譬如，我今天到衣料販賣店去買襯衫，很便宜地可以買到台灣或韓國的製品，而日本製品貴得買不起。幸好，能夠買到便宜的東西回家，而覺得高興。可是有這上述的實態存在。像戰前的日本，在歐美市場，能低價買進衣類，使歐美方面不得不臨時採取了防止日貨的措施。

社會的實態，根據統計或報導或其他各類資訊而被認識，被分析，被判斷。然後該怎麼樣？藝術作品能表現這些。一首詩比一百個煽動標語，更能打動人心，或一曲音樂會變革了社會。像希貝留斯的「芬蘭廸亞」，畢卡索的「凱爾尼卡」，像法國革命時候被唱的「拉．馬爾雪斯」，像石川啄木的哀憐的短歌，爲甚麼都會長久地留在我們的心裡而不消失呢？

中華民國的都市勞動者似乎和日本一樣，由鄉村出身的比較多。在這本詩集就能看到寫故鄉或母親爲題的許多作品。例如楊傑美的「故鄉」，林野的「青草茶」，許正宗的「媽媽喜歡說童年」「飯包」等，還有在台灣，由中國本土移居過來的人也相當多。不再回去的故鄉，只能留在心象裡的故鄉，是被撕開的國家的悲劇。實在不必贅言，像如此沈靜的幾句詩語，就能把國境、人種、語言以及超越時代的種種牢記在心裡。

故鄉是一幅被遺忘了的風景，無聲地安息着，在
母親隨身從故鄉帶出來的相簿裏發霉、枯黃。

自從那年多天被一場暴風雪席捲到臺灣，母親就
再也不曾向人提起：「故鄉啊，你是我永遠再也
無法看見的一塊土地嗎？」只是每天對着西方無
語的雲天，喃喃這句無人聽見的語言。

日月波連潮水不停地滾起，看不見的歷史的灰塵
漫天飛落，像那年多天飛舞的雪花，終於淹埋了
母親唯一的記憶，唯一溫暖的夢。

靜靜地長眠於母親新築的墓裏，故鄉，是一幅永遠被人遺忘了的風景。

雖不能說是異鄉之地，但被切斷了故鄉的根，那種生的終了，必定是很不好受。以日本來說，曾經一次渡海到過大陸，因慘遭敗戰的混亂而傷心。之後，由電視看到中國本土回歸的戰爭孤兒，我就想到在南京出生的內人，或能滲雜在尋找親人而回國的人群中回來也說不定，一想到就令人非常難過。

雖說是「抵抗詩集」，却是懷有溫和心情的詩人作品覆蓋着全亞洲，詩的素材和詩風都富於變化。巴基斯坦詩人T．亞里的「危機」是尼采的「紮拉特斯達拉」式的異色作品。香港詩人王潤生的「甜酒苦杯」是有韻律的情歌調，且具箴言的辣味。印度詩人D．H．卡巴第的「紙糊的詩人」具挖苦的諷刺。韓國詩人金璟麟的「太陽從正面照射過來的漢城」，有「輾軋過我哀憐的影子／疾馳而去的軍用卡車」一節，令人窺視到當地緊迫的狀況。

這麼龐大的一本詩集，要迅速把作品分類評釋，實在不簡單。不過，不管怎麼樣低估，總是會聽到時代的胎動。現代是沉靜的時代，不是疾風怒濤的時代。看看正處在相對的安定期中的延長線上的日本詩人作品就會知道。比較中華民國以及其他國家的詩人的詩，日本詩人的作品可以說是屬於美的詩，非實用的詩。可是實用與美，在詩質上並無矛盾。這一究極，我想時間一經過會走進同一的目標。也爲了這一點，日本的詩人確實有必要和其他國家的詩人接觸。如有機會接觸，就要有詩選集的結實，不然就成爲空談，留下一片空虛而已。因此爲了把自己的作品，成爲放在客觀裡觀察的好材料，「亞洲現代詩集」第二集便予誕生了，發揮詩的機能。

日本以外的國家詩人的詩風都很純樸，若以美的詩來說，有點不夠味。因此需要閱讀日本詩人的作品，產生辯證詩性高次元的優異的社會詩，這樣才有所期待。當然換過立場，日本詩人的詩，也應有同感的期望。

詩史上的藝術派別

陳千武整理

學園派
神祕主義
耽美主義
厭世主義
樂天主義
愛洛主義
人道主義
自我陶醉主義
心理主義
形式主義

藝術至上主義
高踏派
古典主義
自然主義
客觀主義
立體派
印象主義
浪漫主義
象徵主義
達達主義

超現實主義
主知主義
表現主義
新即物主義
近代主義
寫象主義
新批評派
寫實主義
現實主義
實存主義

學園派 (Academism)

語源上係由布拉東（Platon）在雅典（Athenai）近郊Academy學辦的學園名稱而來，原爲布拉東派哲學的稱呼，後含有官派學術的意義；對保守、傳統的學藝而謂之。

從一六世紀到一八世紀之間，雖在歐洲各國設立以學藝振興爲目的的 Academy ，但均重視權威，遵守形式和法則，固執官學的傳統，而阻礙了學藝的進步與獨創。於是，一般諷刺僅具形式而內容空虛的作品爲 Academism 的藝術。

神秘主義 (Mystycism)

喜愛神祕、不可思議的傾向。不論基督徒與否，由於耽溺冥想而相信與神和絕對者成爲一體，則有理性不能瞭解的、或不可說明的精神上靈性存在的文學上傾向，超越日常生活的約束或常識，而感受非現實的直感的方法。

耽美主義 (Aestheticism)

又稱唯美主義，認爲美是人生唯一最高的目的，意圖以絕對、純粹的形式捕捉美的藝術性思想。享樂主義亦此一主義的一部份。一九世紀末，對資本的功利主義反動而產生，嫌棄所有道德的基準，意圖生活於超俗的人工的美。懷爾特、波特萊爾等爲代表性的耽美主義者。

厭世主義 (Pessimism)

悲觀的論調，視人生充滿著不幸與苦惱，而不能得到幸福的觀念。這一主義的代表性哲學者爲叔本華、霍爾特曼。現代詩人受到這種思考的影響不少。法國的波特萊爾、日本的萩原朔太郎等爲其代表性詩人。

樂天主義 (Optimism)

厭世主義的對立語，雖對這個世界、人生，認有各種矛盾或惡德的存在，但僅注視光明的一方面，而肯定一切的思想。樂天主義在官能方面成爲享樂主義，在努力方面成爲英雄主義，而在文藝方面會帶來幽默。

眞的樂天主義不絕望現實的黑暗面，却以實踐活動否定黑暗，持有相信著可能造成更好的社會和人性的強靱精神。不過，通俗的樂天主義，則指毫無批判地肯定現狀的精神，這是與詩精神不相符合的精神。

愛洛主義 (*Eroticism*)

語源出自希臘神話的愛神「愛洛斯」。指在男女間發散的性感覺上的慾望。

在人生活上，平常隱有自然的含笑以及湧起愛情和興奮的健康的精神，便是Eroticism。然而，暴露並強調「性」的作品，則非Eroticism。雨果的戀愛詩是有名的Eroticism的詩。

人道主義 (*Humanism*)

又稱人文主義或人性主義，係文藝復興Renaissance的中心思想。反對中世的封建主義或教會的神學思想的束縛，順應現世的、人性的古代文化精神，意圖人性的再發現與解放的思潮。但丁、勃卡皎、達爾文等爲先驅者。現在一般卽視爲超越歷史性，對人性的自覺，從所有束縛解放人性的善意，或以人類的共存共榮爲理想的主義。

自我陶醉主義 (*Narcissism*)

希臘神話裡的美青年納希索斯，受山精艾哥的戀慕，却無情地遺棄了其愛，因而觸怒阿普洛廸得，遂被罰迷戀自己映在泉水裡的美麗影子，由於永不能達成的愛，終於溺死而變成水仙花。Narcissism一語是據於這一故事而來的，專指只顧自己的容貌或能力，而陶醉著的心理傾向。

（詩例）

納希斯斷章　　梵樂希

可是我，被愛的納希斯
只迷戀自己一個人的本質
對於我，別的一切都不在
哦哦，我無上的財寶，可愛的肉體喲，只有
　你而已
在人群裡最美麗的人，只愛自己一個……
溫柔的、閃耀金色的這高雅的身姿……
有比這更神聖的嗎
被沒入昏暗的森林包圍著
映照無數鳥姿而喘息，有比在這藍青裡憩息
　的映像？
比那更神聖的，水的恩寵的贈賜嗎？

心理主義 *(Psychlogism)*

玄義的心理學成爲一切精神科學的基礎，不承認價值、論理、規範等本身存立的哲學立場。文學上於小說分析描寫作品裡人物的心裡經過，比事件或行動較注重人心理的表現。這一派的作家有史丹達爾、杜斯妥也夫斯基、布爾斯特、喬伊斯、毛力約等。在詩方面，亦有以心理的要素支撐詩的主題，增加其內容重要的任務。

形式主義 *(Formalism)*

形式是對內容而稱的一定型態、方法的意義。

在文學上的形式主義爲①有意識固執於一定的形式或型態而努力；②在作品本身沒有內容僅架造形式的兩種。

詩例：

神姿與禱告　D・湯瑪斯

在隔壁
的房子誕生
的你是誰？在我
的房子也聽得到聲音
那是　子宮的牆壁啓開了
生爲精靈的那個嬰兒　向嬰兒
襲來的黑暗的　聲音響　像巧婦鳥
的纖骨一般　在淡薄的牆壁那邊　時間
的燃燒　以及在其回歸　而且跟人底心靈的
足跡　毫無任何關聯的　這個誕生的血

祇是　在這個染滿了　血的　房間
沒有一個人　能爲他　洗禮的
處於這種荒涼的　情況下
僅有這一黑暗才能爲
這個勇猛的兒子
贈與無限的
祝　福

藝術至上主義 *(Ideal Art)*

主張藝術本身有其目的和價值，不受道德或政治的束縛，完全以獨立的立場執行創作和批評，則從藝術排除道德上、社會上效用的意思，與爲人生而藝術的立場予以對立的方法。因而這一主義的作品不重視內容或題材，較重視文體的美與形式。以唯美的藝術本身爲目的，把爲了人生而創造的藝術置於人的效用範圍外，這是此一主義矛盾的地方。一般指耽美派、惡魔派作家的作品屬於這一主義，目前凡對沒有思想性、社會性的作品都批評爲藝術至上主義的作品。

高踏派 *(Parnassians)*

巴爾那斯 Parnass 係獻給與阿波洛和詩神繆斯的希臘的山，巴爾那象 Parnassians 是住在該山上的人的稱謂。一般把詩或詩文學也稱爲巴爾那斯。高踏派係一八六〇年到六五年之間詩人集團的流派，於一八六六年出版「巴爾那斯・康丹波瀾」詩文集，之後便稱爲巴爾那象（譯爲高踏派）。忌諱浪漫主義的傷感性，而重視想像力豐富的高雅發想。在當時，屬於較新穎的這一派的傾向，因過份流於形式美，致使馬拉美、波特萊爾、魏爾倫等都脫離了，另行組織「象徵派」。

古典主義 *(Classicism)*

指十七、八世紀在歐洲興盛的文藝思潮，也稱擬古主義。崇拜希臘、羅馬的古典藝術所表現的明確、堅實、統一、均整、理性、法則、節度、典雅等特性，做爲藝術上的規範。與注重自我的絕對自由，尊重感情與幻想，無限性和混沌的強調等爲特性的浪漫主義對立。

自然主義 *(Naturalism)*

一九世紀末發生的文藝思潮。由於自然科學的成果，文學也受到影響，而產生了以自然科學看人生活的思潮傾向，是在文學上近代Realism（現實主義）的一分派，開始於左拉的實驗小說，主張生理學或生物學構成人的條件，儘可能正確地使人的狀況再現。雖由於分析、解剖迫入眞實，但要把原有的現實照射出來，事實却無法捕捉展開在眼前的可能性、想像性、未來性那些擴大的界限，遂不得不對人生、實社會持著一種斷念的想法。這一主義的發祥地是以左拉爲中心的法國。

客觀主義 *(Objectivism)*

主觀主義的對立語。認爲所有物象（實在、價值、眞理、理法等）均不依靠主觀的認識，或人的實踐也有其「獨立的存在」和「現出」的立場。

在藝術上，脫離了藝術家的主體性認識或實踐，而意圖描繪現實的客觀性眞實的態度；站在尊重事物的客觀性立場才有其意義。可是一般通俗的客觀主義，則僅具有傍觀者的眼光而已。

立體派 *(Cubisme)*

從各方面的角度追求對象，欲以立體表現的藝術上立場，主要是美術的傾向。而詩即有阿波里奈爾、約克符、路佩兒忒、仙特拉爾斯、佛爾克、沙魯門等六人最爲代表性的人物。

對一個事物同時給幾個相貌，無秩序的或有時是搞歪的，造成像影片式的效果。比意義較重音響或用暗示連繫語言，叫人得到休克的詩，就是這一派的特徵。

詩例：

一九一四年　　約克符

那個突出的腹部嵌有離隔束身具。那個附上羽毛的帽子很平滑，那個臉是死者的恐怖的頭，又是灰色而很獰猛，因而令人感到像看見犀角或恐怖的顎骨上顎牙那樣的東西，哦哦餓死了的德國人那不吉的幻影啊。

印象主義 (*Impressionisme*)

先由一九世紀後半法國畫家馬尼（Manet）開始，經過莫尼（Monet）和魯諾亞（Renocr）等提倡而發展起來的美術上理論。

不把外界看得見的整個對象忠實地描畫，而據於瞬間的印象，卽時時刻刻變化的印象，使用採色分解或點描等特殊技巧繪畫的方法。在文學上，是表現感覺性顯明的現象，或強調部份特別詳細的描寫方法。如D・李迦遜、J・喬伊斯、V・吳爾夫、S・安達遜等英美作家，或李利安克朗、杜洛斯德等德國詩人的作品，均具有這種傾向。

印象主義與客觀的寫實主義對立，可以說是把主觀的印象，用感覺大胆描寫的一種表現的革命。

浪漫主義 (*Romanticism*)

十八世紀末到十九世紀初，風靡於歐洲的藝術上態度。那是超自然性的，中世紀的，喜歡異國趣味，注重感情與幻想，驅使大胆的想像力，開大了文學的視野，冀求熱情的解放和自我的自由，又有革命精神的表現。在英國出現了華茲華斯、拜倫、濟慈等詩人，法國有繆賽、維尼等的活躍，德國卽出現了諾伐里斯。雖充滿追求自由的精神，但另一方面也有過份流於情緒的缺點，因此一九世紀的法國象徵派，則針對這一主義予以反動而產生。英國二十世紀的詩人們，卽很嚴肅地批判這一主義和其殘映，建立了近代主義的風格。

詩例：

彩虹之歌　　華茲華斯

看天空的彩虹
我底心就跳動
跟我底生涯開始時一樣
成人了的今天也是一樣
年老了也會一樣吧
不然那麼死去多好

象徵主義 (*Symbolism*)

指使用象徵以暗示表現感情和思想的態度或傾向。十九世紀後半的法國詩人們發起的象徵主義運動最精彩，因此說象徵主義則指法國象徵主義的詩活動。這一文學運動是對浪漫主義、自然主義和高踏派予以反動而產生的；把事實、感情、思想不以現實性寫成，而以象徵或以音樂性語言的音響等技巧寫詩的嘗試，留有很多作品影響後來的純粹詩運動及超現實主義。梵樂希說：「所謂象徵主義可極爲簡單地被要約在從音樂奪還其財富的意圖裡」。象徵主義詩人的作品像水晶的結晶那麼不把事物寫得很清楚。印象、直感、感覺都很重要，詩人所示的 image 是詩人內部心靈的象徵，而不以明晰的類似型顯示，隱藏著類似點而表現。這就是象徵派詩人們所用的方法。

法國象徵派詩人的影響普及至現在。但直接給與影響和刺激的是寫偵探短篇小說的美國詩人阿蘭・波及寫樂劇的德國革命性作曲家華格那。主要詩人有寫「惡之華」詩集及「散文詩」「人工樂園」的波特萊爾、「牧神之午後」的馬拉美、「叡智」「無語言戀歌」的魏爾倫、「地獄的一季節」「着色板畫」的藍波，還有羅佛魯格、柯比艾爾等。集在馬拉美家的畫家杜卡、彫刻家羅丹等參加的詩人們會晤的「火曜會」是有名的。說「思想和感情都充滿在腦裡，却寫不出詩」的杜卡，馬拉美告訴他說：「詩是用語言寫成的」，這一有名的會話很切實地象徵著象徵派的特徵。

達達主義 (*Dadaisme*)

第一次世界大戰後，從否定一切出發，促進反逆近代文明的運動。一九一六年在瑞士蘇黎世，德國人美術家翰斯・亞爾布和羅馬尼亞詩人杜利斯丹・芝阿拉在辭典裡，偶然發現的「達達」字句，指小孩的馬，對這種語言的無意義性感到興趣，便定名爲達達主義。

非力普・斯波如次寫着

知性是有未來的
但達達毫無未來
知性是一種熱狂

但達達就是達達

芝阿拉說：「達達是我們的強度，達達是沒有室內拖鞋，沒有對照的生命，那是反對統一贊成統一，徹底反對未來的，……無規律、無倫理而嚴肅的必然性，我們唾棄人類吧！」

達達起初是立體派的延續，但後來却像反對地上的一切一樣也反對立體派。佩爾那・懷說：「達達不但僅否定事物的價值與存在，更否定了所有的東西，卽社會、公衆、語言、知性，尤其否定了文學的價值與存在。」

如此達達是意圖解決從當時的狀況不得不感受的不安，意圖破壞嫌惡的既成文明，否定一切的藝術運動。他們的反抗精神和破壞精神以及其表現上的實驗，給與藝術上很大的影響。然而這一運動，雖然超越人種和國籍很熱烈地展開，但其革命精神却受自己的破壞性要素打垮，而很短命地終結，隨着從其解體裡超現實主義才誕生。主要詩人有芝阿拉、布爾東、斯波、亞爾布、廸尤祥、畢卡比亞等。

詩例：

拿鎗的書　　芝阿拉

……前略
達達跟數字性結合出發，圓筒
睫毛，造成口髭型的陋屋
達達是漿糊、郵票花紋、小石、剃刀片
不安，以葱頭養身
聰明的收音機體上持有毛髮之舌
代替多產的性交，持撒水器的怪物，看着
那些走過的人們和原野
詩是針對放著籠子裡的雨發出的疑問而答覆
的，素描是針對犯罪發生的疑問
神經從爪跳出留着痕跡的時候，眼睛融及計
數台疑問地看了
反哲學者啊啊先生持有高級裝的工作室而說
馬達走過把它帶入雲中了
吃肉性的植物游泳着撫摸達達的背脊
達達是有殼的幸福
而我們達達主義者是從那個蛋搖幌着過來的

超現實主義 *(Surrealisme)*

第一次世界大戰在法國由詩人、畫家發起的前衞性極端的藝術運動。由於達達主義的挫折，屬此派的安特烈・布爾東於一九二四年發表「Surrealisme 宣言」，說：「必須給與人有想像的自由」，而提倡了「自動記述法」的詩創作方法論。參加這一運動的詩人有布爾東、斯保、阿拉貢、艾呂雅，美術家有達利、米洛、齊利哥、埃倫斯特、曼厲等。

穿過「瑪特洛爾歌」怪異詩的羅特黎阿門的「像在解剖台上縫衣機和雨傘的邂逅那麼美麗」，和「詩不是由一個人寫成的，是由萬人寫成的」，這些語言常被超現實主義者們引用。他們一見很怪異的行動，在初期頗受人輕蔑、討厭。但後來，他們的方法却被很多詩人、畫家、攝影家們採用，又經過商業美術及其他進入實際社會。他們以尼爾發、阿波里奈爾、波特萊爾、藍波、羅特黎阿門、佛洛伊特、馬克斯、烈寧等爲師。象徵派詩人的工作以及佛特伊特的無意識，完全新的心理上見解，成爲現實主義的思想和表現基礎。

他們意圖表現達到人的無意識、潛在意識、夢的狀態。在無意識的游泳池蠕動的、混沌的、瘋狂的 image、未被命令的、傳說的語言，則捕捉未被賦有意義以倫理性認識的，原心象性的語言，不受美的判斷或直接性的看法，不加取捨選擇而以原形的狀態表現；這是援用佛洛伊特的方法，但同時也是東洋的神祕主義的死與生，現實與想像，傳達與非傳達的想法。

具有虛無的、反抗的、破壞的想法，另一方面不得不意識現實社會的狀況，因有革命性的性格和國際性的性格，致使部份的詩人走向 Communism 如阿拉貢即是，但布爾東說：「封閉內部的方法，不管那是馬克斯主義也要拒絕」，並說：「與一切資產主義性的妥協均不存在」，而對立與人民戰線運動。於是阿拉貢和由尼的政治派以及布爾東和貝烈的藝術派互相對立，艾呂雅却不遺棄超現實主義的方法，而繼續寫社會意識的詩。

在我國也有一部份詩人採用了超現實主義的手法努力寫詩，但却終始於形式的模倣而未成功。

詩例：

自由的結合　　布爾東

我妻持有林中的火之髮
持有灼熱的閃電的心思
持有砂漏的軀幹

吾妻持有虎牙之間的水獺的軀幹
吾妻持有結花的嘴唇 最大的星之花束的嘴
唇
吾妻持有白土上的白蝙蝠一樣的牙齒
吾妻持有瑪瑙和磨亮了的玻璃的舌頭
持有難予相信的石的舌頭
吾妻持有小孩學習寫字的眸子
吾妻持有燕子之窩巢的綠色的眸子
持有溫室的屋頂的石綿板的太陽穴
持有玻璃板的蒸氣的太陽穴
吾妻持有香檳酒的肩膀
吾妻持有冰下的海豚的頭底噴水的肩膀
吾妻持有火柴的手腕子
吾妻持有偶然和heart的ace手指
吾妻持有被剪斷了的乾草的手指
……以下略

主知主義 (*Intellectualism*)

對立於感情性的主情主義，注重知性的方法。在英國廿世紀初，艾略特、龐德、李德等詩人，因嫌厭了機警的浪漫派維克多利朝文學，才想出無拘束的意識性的詩的方法。現代性的傾向就是主知主義，以知性融入感情或感性，保持其知情平衡的modernism的態度。但主知主義不是僅努力避免墮於傷感性，而必須像艾略特或龐德等，持有歷史性的感覺。他們的知性支撐着詩的發想，能將遙遠的過去和現在，同時在詩裡表現。這是令人值得注意的。

表現主義 (*Expressionismus*)

第一次世界大戰前後在德國發生的藝術運動，以佛雪爾的現象學，佛洛伊特的精神分析學，柏格森的生的哲學爲思想的根據。由於積極表現自我內部的生的感情，意圖克服近代物質文明所帶來的危機感爲目標。歷史上，對已經喪失現實與關係動底能力的新浪漫主義的頹廢，或自然主義的末梢描寫法，尤其陷入被動的、閉鎖的、審美性形式的印象主義等予以反動，早於十九世紀末則已出現。戰爭帶來的荒廢宣告了市民安定期的終焉。由於德國思想家、歷史家許本克拉的名著「西洋的沒落」所提示的幻想，刺激了德國表現派，造成他們走向大同思想的原動力。在文學上賀爾曼・帕爾、艾特須米得等爲理論上的指導者，也受到史特倫佩利、維得金特、哈因理非・曼的影響。詩人有杜拉克魯、哈伊姆、佩路非爾、賓、布黎特等屬於這一派。尤其賓、布黎特的評價很高。進入二十年代時，則又對表現主義的純主觀性、現實否定的傾向等加以反動，把戰爭的體驗以客觀性，即物性予以考察，出現了新即物主義。

新即物主義 *(New Sachlichkeit)*

原來係美術用語，用於機能性、合目性樣式美爲目標的建築。在文學上排除人的歷史性、社會性及缺乏洞察的表現主義的觀念和純主觀的傾向；而以卽物性、客觀性極冷靜地描寫事物的本質，產生報導性要素頗強的作品。思想上立於海德格或霍爾特曼的新存在論同一基盤上，佔於一九二五年到一九三三年納粹政權爲止的德國文壇爲主流。此一派的作家多係由表現主義轉變的，如「西部戰線無戰事」的雷馬克和凱斯特那、赫爾曼、開史典，劇作家的布烈伊特、齊克邁雅、波爾夫等，都是此一主義的代表作家。詩人有林克那慈「機上的追憶」和前述凱斯特那「腰上的心臟」等，這一派詩人們都抱持着懷疑和譏誚性，排除一切幻影而寫「實用詩」。社會上的報導能列入文學作品，便是這一派的功績。但這一主義的色彩，終因納粹主義的出現而被壓住了。在日本卽有村野四郎於昭和初期，創辦「新卽物性文學」，並寫過「體操詩集」的實驗性作品。

詩例：

即物性的故事詩　　凱斯特那

互相認識後的第八年
（可說已非常瞭解）
但他們的愛　忽然消逝了
好像從別人身上紛失了手杖或帽子那樣

他們感到悲哀　互爲快活地欺騙
似若無其事地　接接吻
而又互相看了一眼　毫無辦法
終于她開始哭泣了　而他
只是站在旁邊

從窗口　能向汽船送了信號

他說再一刻不就四時了嗎
該找個時間喝咖啡的時間了
不知誰在隣居彈鋼琴

他們到此地的小咖啡店去
去攪拌他們的咖啡杯
只是他倆坐着 一句話都不講
而且 完全不知道是 爲甚麼

近代主義 (*Modernism*)

二十世紀初，爲了反抗既成的文學而產生的新近代性文學運動。在英國由T・E・休謨、龐德、艾略特等以反抗浪漫派或維多利亞期文學的態度，攝取世紀末文學和法國象徵派文學以及古典文學的方法，建立新文學的實驗性風格寫詩。「現代是談情說愛與看讀斯比諾札的行爲能連結在一起的時代，詩人必須把那些吟詠爲詩。」很有名的這一語言，十分顯示了主知性的近代主義特徵。在小說方面則有傑姆斯・喬易斯、巴吉尼亞・吳爾夫、D・H・勞倫斯等，站在精神分析的思考，表現主義的方法等立場，把人的內在、心理的奧妙，與以往的心理小說不同的方法，描寫得非常顯明。

法國的達達、超現實主義、德國的表現主義或未來派運動等，均屬於近代主義。可以說近代主義是包括二十世紀初期反抗性的、實驗性的、意識性的世界文學運動。

寫象主義 (*Imagism*)

指在詩裡表現鮮明、明確心象爲目的的英美詩人們的文學態度，或文學運動。依據T・E・休謨的詩論，以及E・龐德的提倡，活動於一九〇九年到一九一七年之間，理論上反對使用特種的詩語與機智的浪漫主義的方法。倣效希臘羅馬時代古典詩裡警句式的諷刺詩，或日本的俳句，或法國象徵派的音樂性詩型等而寫的詩。其規則是：

①使用日常用語；
②創造新的韻律；
③詩的題材不限；
④提倡明確的心象（image）；
⑤寫鮮明而堅固的詩；

⑥注重集中。

這一派的主要詩人爲休謨、龐德、D・H・勞倫斯等；但要考察這一運動，必需與艾略特的詩，和法國的立體派、超現實主義等同時考慮其關連。

詩例：

四　月　　龐德

精靈們被撕開的四肢

三個精靈來到我這裡
撕開了我
那兒有橄欖的樹枝
被剝了皮滾落在地上
朗爽的靄霧裡的蒼白的虐殺

新批評派 *(New Criticism)*

指今世紀在美國開始的批評方法及其一派。首先對詩使用這種批評的方法；以作品本身的客觀性分析爲目標，嚴密調查韻律、心象、隱喩、象徵等，列擧幾項要素加以說明。不管作品的時代背景如何，僅探求作品本身的美，因此亦稱爲唯美批評。英國詩人評論家嚴布遜說：「未被說明的美，使我焦慮」。由於艾略特、龐德、嚴布遜等的思考得到暗示，藍遜、勃魯克馬、亞連、泰特等推進了這一方法。

寫實主義 *(Verism)*

客觀地觀察對象，依據實在描繪事物的藝術上立場。對立於浪漫主義的主觀性、感情性，而以客觀的實證性表現的方法。從史丹達爾、巴爾札克等開始，至佛洛貝爾才完成的技巧，所有的文學均含有這一主義的要素。

現實主義 *(Realism)*

所有的意識，是對外界客觀性存在之現實的反映。而現實却顯示着現象上的要素和本質上的要素，互相交雜或予對立，並逐漸發展的一種法則。作家是瞭解貫穿這種現實整體的辯證法——

本質與現象、普通與個別、一般與特殊的相互關係、交互作用，而從多樣性的現實裡，找出本質或本質向現象的轉化，在其運動發展的過程描寫現實。

「以我的看法，Realism是Detail（細節）的眞實之外，於典型的情勢之下，意味着典型的性格忠實的再現」（給瑪卡烈特．哈克尼斯的信）德國社會主義學者F．恩克魯斯說過這一句話是有名的。那是表示個別和社會一般的，以及不變的人性和歷史性被規定的那些，連結在一起，組成那個時代最重要的社會性精神上的矛盾，意圖表現活現的而統一的藝術上思考的方法。在這個場合，不論那是幻想或虛構，祇要是據於現實的反映則無不可。如此以客觀的態度表現現實的追求，作者應該對客觀性事物的法則，有主動性的不可缺的態度。而若要時常據於主體性努力，追求客觀性法則的正常反映，則必需具有正確的世界觀和階級上的立場。

不過，像現代這樣複雜的狀況，要符合公式化了的理念，却容易流於觀念性，而會忽略了現實多樣性的結果；可以說，現代詩人都站在各人自由創作的立場，追求着現實的過程呢。

實存主義 *(Exstentialisme)*

實存是人本身關心於自己的存在，以自己獨特的方法決定其存在的意義。這種實存，不以對象性而以想主體性把握人間的方法，就是實存哲學。

從齊克果開始，由第一次大戰後的海德格，雅斯培等促進擴大，於第二次大戰後J．P．沙特使其發展成一種文學運動。依據沙特的意見，人雖是被投擲在虛無裡的「物」，但跳出自己，由於選擇和決斷，可投擲企劃自己的自覺性存在，賦有其可能性存在的人的自由與責任。在今日，人的存在既受政治性、社會性的規約；便需與那些抑壓人性奪取自由的一切戰鬪。沙特本身由於這種主張，而參加了抵抗，如戰後的和平擁護運動、殖民地問題等，社會性、政治性的運動；以主體性把握人間的實存主義的追求，終於活生生地挖出了人的內部。

領空

白萩

讀韓航客機在蘇聯領空被擊碎
與
蘇聯轟炸機飛過台灣上空

雷達上
突然閃出　不明意圖的點
在生存權的界域內
（一隻雄海象　從雌堆中
昂身迎向
別隻雄性的介入）

大家
在自由的面積上　劃界
在共有的世界中　分割
生存實力

在看不見界線的天空
這樣地宣言着
（一隻鴿子的飛行
一隻鷹鷲的飛行
各有其道）

這些
濃縮在雷達上
成爲經緯 國家體面
成爲監視 生存依據
（啊啊 鄰居的啦叭花
公然爬過籬巴來）

雷達上
都這樣地閃出了
不明意圖的點
問題是
（一隻鴿子的飛行
在鷹的領空被攻擊了
一隻鷹的飛行
在鴿子的領空被護送了）

半夜三更

阿火發火地回家
向老妻誇耀
花了整整一天的生活時間
五塊錢的代價
打下百萬隻的小蜜蜂
在電動玩具的
領空下

夢

桓夫

化粧得艷美的主婦們
最喜歡擁進百貨公司
買個很大的夢回家
以爲自己是孵夢造產的能手

十年二十年三十年……
記者們不厭其煩地亮起鎂光
報導主婦們腹案的美夢
擧辦巡迴展
說夢隨時都有孵化的可能性

只是說有孵化的可能性
等於也證明永久沒有實現的可能
誰都知道
夢最容易變形、膨脹或縮小

堅決地說夢必須孵化
然而，雛成鷄，被殺
像好吃的美夢盛排在桌子上
之後，馬上剩下骨頭——
都是爲了要活下去
就不得不唸經，說：「夢必須孵化！」

詩兩首

陳鴻森

郢有天下

我們以著
故國的地名
爲這個城市的街道
重新命名——

總算，還能勉強顯露些
天下的格局
與況味

然後，各自在
家居的牆壁上
盡量張掛著
大幅的
中國地圖
讓我們暫時忘却
土地的窄迫

這是我們的名實論
以及用以抵抗
鄉愁的
最後的戰場

一九八四、二、五

郢，楚都也。「郢有天下」原係莊子「天下篇」所記戰國名家辯說之一。辯者論題凡二十有一事。惟諸載籍今僅存其論題。其說則不可得而聞矣。故後儒之詮解。自來異說紛紜。迄無定論。余喜其詭奇。爰取其題臆為之說云。

諾亞的方舟

我們在地圖上
將那被統戰了的
舊日盟邦
一個個的
用藍墨水將它塗去
頓時整個世界
已泰半沉沒在
洶湧的波濤裡
依稀聽到一些乎救聲
在我們心底
幽微地迴響着
但旋卽被那繼起的
狂濤所覆沒
他們昔日所自詡的
自由民主人權
甚至物質文明
都已成爲無用的
漂流物
國際姑息主義
此刻則成爲

一個個　悔恨的
渦動
越是強權的國家
沉得越深
一切不久都將死滅吧
整個世界
已然成爲
虛幻的夜
只剩下我們的方舟
漫漫地航行着
我們艱苦地抛擲着釣鈎
想把那些沉國釣起
然而，它們
已迅速地被溶解了
我們所釣起的
只剩下一個個
溶餘的
細碎的島
不知何時
我們也已困倦的睡了過去
當我們在熹光中醒來
那是一處
在地圖之外的荒灘

我們看到零落橫陳在
岬角處的
自己的屍體
我們看到
一些細微的嫩芽
自我們那失血的手脚爪端
抽生

一九八四、三、二

近作兩首

非馬

台上台下

勾着忠臣孝子的臉
你在台上
唱做俱佳
在衆目睽睽之下
滿嘴的仁義道德
（以爲天降細雨

却原來是你的唾沫飛濺）
連一舉手一投足
都絲絲切合節拍身份

但在後台
我却看到你
懶散地斜倚着
一邊抽烟一邊瞇着眼
偸偸捏了
身傍的女戲子一把

等你卸下戲裝
洗掉臉上的粉墨
走上通後台的暗巷
我想像得到
你手舞足蹈
偸鷄摸狗的猥瑣模樣

一九八三年九月廿四日

狗運

多少年
明交暗交純交

但多半是雜交
　生下來的
　幾十萬狗類
在狗口專家的一聲令下
紛紛跳入
　熱汽蒸騰的香鍋

筷子交錯下
牠們狗運亨通
終于都成了
人類最忠實的朋友

一九八三年十二月一日

附記：報載北京近日大肆捕殺狗類，使我想起多年前撲滅麻雀的企圖，以及因之帶來的破壞自然生態平衡的後果。

〈人間公害〉

噪音

李敏勇

他們來自四面八方
他們佔領大街
他們盤據小巷

他們衝破寧靜的防線
他們毀壞平安的護網
他們的凶器在陽光中閃爍
他們的殺機在月光下潛伏
他們明目張膽追趕人們
他們偷偷摸摸淩遲人們
他們否定音樂的法則
他們取消任何形式的歌唱
他們罪證十足不留下憑據
他們惡名昭彰不留下把柄
他們無所不在

詩隨筆

許達然

急

再偉大都要撒尿
怕：怎樣忍都受不了。

乞

破爛守着街，向天
空的帽子
收容很多夕暉，
光無錢。

有趣

昨夜趕排的版
黎明狗弄翻後
還向爬不起來的字吼。

一九八四，安全的結局

吳明興

一九八四鐵軌依然在我的頭腦裡攀爬
載運著爆炸物的車廂
依然輾過我的每一條思考神經

但有誰相信呢
這個世界照樣是安全的
這個世界老人依然孤獨的死去
男人女人依然合作生產
小孩依然學習暴力的成長
而我依然笑臉迎人
迎向所有不知死活的人

一九八四鐵輪依然抓住鐵軌不放
一個山洞過了又一個山洞
一個絕嶺過了又一個絕嶺
一個斷崖過了又一個斷崖
啊！這危險的地球

載運著爆炸物的車廂
一陣劇烈的幌動便訇的一聲脫軌而出
整個世界隨即跟著跨了
但有誰死了才抱怨的呢
這是絕對安全的結局

一九八四／一
台北／松之居

搖控飛機

利玉芳

那不斷超越在廣場四周
在羣衆頭頂的
模型飛機　要弄糾纏和翻滚的演技
羣衆的頸子抬起酸痛的天空
叫讚

它　狂愛這樣熱烈的擁護和呼叫
彷彿聽著處女在初夜的嘶喊

魯莽而失去了方向
模型飛機猛然栽在蔓草叢中
殘骸喘著煙息
聽見羣衆微弱的呻吟

羣衆　你們失事了嗎
快快逃離那假象的現場
爲你們的意識活過來
回歸到緊貼著你們的廣場四周着陸
在廣場的某一個角落

有你們要認知的眞相
從開始到結束
那個遙控著你們情緒
忽高忽低的人

王彬街速寫之1

蔡銘

〈馬糞〉

依舊有馬車
慢慢行過
依舊有馬糞
留着

留在街道中
或多或少
已不關馬的事
更不關清道夫的事

究竟這只是小小的

沒人會注意到的
汚點

但時間久了
經太陽烤過
這些變了色的
馬的遺物
再經風
吹起
漫延了整條街

在行人憤怒的眼裏
我們才會發現
這不膚黃也不膚棕的
髒

所以啊
鋼骨水泥
雖鋪平了這街道
却鋪不平街道上
每位唐人臉上的
皺紋

眼鏡

曾貴海

習慣地拿下眼鏡
才就寢
夢中的世界
一幕幕閃現的情節
看得那麼清楚
往往因爲眞實得太美好，或
太可怕
而悵然清醒

二十歲以後
一直是近視患者的我
以爲鏡後的世界
就是眞實的世界
每天忙著擦拭
那兩片玻璃水晶球
期待顯現美麗的新希望
而且，每過幾年
現實的折射改變了眼球的曲度

造成焦距的誤差
就換一副新的
儘管我這麼努力
仍然達不到
世俗社會的標準視力

陀螺

德有

當你被丟棄在地上
有話想說却不能說
當你被關住在抽屜
有氣要吐却不能吐
當你有話不想說有氣不想吐
別人却抓你綑你抽你又逼你
嗡嗡地叫
團團地轉

詩三首

劉克襄

狗尾草

二月多殘，冷雨仍未過
那夜，沒有人敢出門
還是村里的阿土伯他們去廣場
噙著淚水，抬你們離開
那麼多人，也不知道是不是你們
他們藉星光偷偷探路
默默回到芒草與卵石的烏溪
在那裏挖好十幾個坑
在遠方野狗的嗥聲中
希望你們安心睡去

狗尾草年年自你們的墳上長高
我又帶鐮刀與孩子來，他已讀小學
假如你們健在，孩子也該這麼大
他總是問我爲什麼每年來

眞擔心，孩子長大後會明白
我繼續在你們面前放一束白菊花
每回都不知要說什麼話
往昔總是縈繞在我腦海
那一天，你們說我是讀書人不要去
你們去了都沒有回來

二月多殘，野地朔風大
孩子吵著要回家
我要帶他們離開了
狗尾草在背後刷刷響
阿雄君，阿信兄啊
每次我都想回頭看看
是不是你們回來

84・3・6定稿

我是湖南人

——致L

你們叫老芋仔的那個人是我父親
他在巷口擺過卅年牛肉麵攤
如今繼續擺

我們現在也有一個家
雖然不大
你們或許不知道
聽說我們在家鄉時是地主
你們，小時候跟我打架的台灣囝仔
我們也一起讀完大學畢業
當你們回到南部找工作
我想，那裏大概沒人要我
所以又單獨到台北來
沒有一個良好的家世
我也不願進公家機構
只能幻想離開這裏
在地球上流浪到某一天
就像我父親仍然在巷口
他知道，我也知道
隨國民黨渡海時
他隨身掛著的家傳項鍊
如今懸垂在我胸口
所以我是湖南長沙人
卅幾年了，我仍堅信
那個沒有見過面的地方是我家鄉
總有一天，我會踏回去

84·2·29

漂泊

今晚，有人旅行到島嶼的南方小鎮
在歷史的情結中懷疑中國
今晚，有人經過異域的邊界酒店
在莫名的鄉愁中痛苦酗酒

ＹＨ，我從沒有去過遠方
去過遠方的你却不能還鄉
我正設法籌錢離開
你已準備以後自己的骨灰要運回來
ＹＨ，我們生活在一個錯誤的時空裏
我們還沒有眞正的自己的國家？

84．3．7

民藝系列：

車輪

渡也

被許多牛馬拖過
在大地的背上滾動
載著農人的笑聲

農人的淚水
載著人類的朝陽
也載著人類的落日

從恒春到諸羅
從笨港到萬華
從清朝跋涉到民國
在白天夜晚
在風中雨中
像農夫的命運一樣
不停地滾動
滾動
就是它的生命
它的一切

如今在客廳成爲裝飾
雖然靜止
我聽到它喘氣的聲音
心跳加速的聲音
我看到它仍然繼續向前
滾動時間的車輪
向不知是晴天還是陰天的明天
邁進

五十自述

趙天儀

時光是水滴，一滴一滴地流逝
閃爍的日子，充滿了喧嘩與叫囂
暗淡的歲月，瀰漫著冷清的空氣
十年又在腳步的音響中沙沙地過去

昨日的陷阱固然可惡
今日的笑臉更須警惕
一場暴風雨，刼後餘生
值得珍惜的是奮發的意志

讓那需要淘汰的渣滓
無情地拋棄吧
讓那需要彌補的破網
仔細地縫合吧

生命是一場無法預測的戰鬥
倒下去，再站起來
任何的襲擊

只要有堅強的鬥志與能耐
就可繼續前進

時光是水滴，一點一點地敲響
過去的日子，是永不回頭的單行道
未來的歲月，且讓我緊緊地掌握
就像創造者那樣
把歷盡滄桑的歲月雕塑

忠與奸

李篤恭

在家母棄世一週年的忌日
欣聞她的老師兼同志「和仔仙」
賴和烈士終獲平反的消息

歌仔戲
是疾苦的民衆對邪惡的
報復那幼稚而天眞的催眠曲
忠臣好人被陷害而吃苦良久
奸臣小人佔便宜而跋扈一時

但終究善必克惡又正必勝邪
善者終獲平反而罪者被斬首

哭調仔

被那巨大的太陽旗遮住了陽光
性命苟活得細小又瘡瘡白白地
「烏雲」掩蓋了這美麗的鄉土
「四脚仔」和「三脚仔」啃食了
「蕃薯仔」漫長漫長的半個世紀
鮮血淚水拌生命成了慟哭交響詩

玫瑰

然而在那悲劇的大風暴中
却恒常有一撮撮「壓不扁的玫瑰」
怒放着紅白藍和黃色的小花
而在那綠葉下不斷地搖揮着
自尊抗議底滿身銳利的小劍

蝙蝠

禽類打了勝仗便自命為飛鳥
獸類佔了優勢就自稱為走獸
恒在出賣靈魂來踐踏玫瑰花
而換得來豐盛的臭汚餿水

陽光
那苦冷的「寒夜」摧殘了天地
然而夜晚過後太陽還是會昇起
那溫熱的光明扶育着生命復甦
玫瑰於今大大地茁壯怒放着
壓不扁的玫瑰將以日月共存

作者按：『壓不扁的玫瑰』即是楊逵老先生作品；『寒夜』爲李喬兄作品；『烏雲』爲本人作品，皆爲抵抗統治，維護人權的作品。『四脚仔』爲過去的日本統治者；『三脚仔』爲其走狗的御用紳士；『蕃薯仔』爲台灣同胞。

古吹

許其正

古吹吹響成
一條細長的絲線
一端由一根尖細的針拖拉着
飄飛穿引
在空際

在各處
終於刺進我的心靈深處
像一支箭

這條細長的絲線
果然有多長？關連到
明？宋？唐？漢？三代？
還是那年那月那裏？

絲線上穿繞着
一串串無形的明珠
嘹亮而晶瑩
那是婚爽喜慶的一個個場景……

假象

黃樹根

高速公路上
高速前進的
目光
遠遠觸及
令人悚然的

交通指揮
遠遠伸來
一雙
警示的手掌
駕駛盤不覺顫慄起來
方向險些偏斜
慢慢逼近
快速奔向權威的
指引

當指引的神明
進入清晰的
眸光時
那裏挺立的
竟然只是一具
高速公路上
永遠張著嚴肅面容的
標誌警察而已

喔 虛驚一場

公車上的手

李敦

我坐著看風景
什麼時候妳貼身而立
不擠嘛 妳也清醒
何以有暖暖的
柔荑 暗渡我
睡在把手的手

手妳去罷
不是牽手 不能牽手

抽回手 妳回眸淺笑
兩枚熱情的火箭
射自妳幽怨的窗口
我矜持的心房
乃為之碎裂

於是——
左手發燙

右手發寒　該不是
感染了什麼流行的
怪病　我想

螃蟹蘭

邱振瑞

這層樓只住我和性情保守的
螃蟹蘭
除了每天早晨點頭問好
天色一暗便各自扭緊棉被
想念對方
而一再暗示
去夏未成完的事
她總是退潮般地令我著急
直到我必須痛苦的回家
相親
她才生氣地橫出
巨螯
大膽箝制我
的去路

—七十三年三月九日・台北・

老蜘蛛

明哲

老蜘蛛是一流的織工
日夜紡織精巧的羅網
藏身暗處，窺伺四方
蝴蝶蜻蜓大小昆蟲
一旦落網插翅難飛

老蜘蛛是一流的殺手
見食餌落網掙扎
飛也似地撲向牠
猛咬一口注入毒液
轉眼間置之於死地

老蜘蛛是黑寡婦
無論高山或平地
無孔不入，無處不在
日夜不停地
紡織羅網捕食昆蟲

阮親愛的農民喲！

牧陽子

立春的時節，走到庄外的田園
站在遠遠望過去，田園開出美麗的花蕊
啥咪時陣開始，這個庄頭轉作種花
把這個樸實的庄頭，妝扮得那麼水

成群結隊的蜜蜂甲蝴蝶
自遠處的樹林，聞香而來
來慶祝春天的花展，也帶來
迎春的舞曲，預祝農民的豐收

阮帶着歡喜的心情，跑過去
跑落去百花正當開的田園
親像蜜蜂甲蝴蝶，飛啊！
飛在春天的天頂，但是

那不是農民栽種的花啊！
是田園的野草，滿滿是的雜草
開出滿滿是的野花啊！

亂亂開在祖先開墾的田園

阮庄里的每一個農民
面色青，目眶紅
親像一蕊花那樣水
靜靜種在田中央，無講半句話

有時陣，伊揮動雙手
趕走採花的蜜蜂甲蝴蝶
親像趕走心肝底的無奈
期待春風啊！帶來奇蹟

除了三頓甲生活費
還有租金甲地契稅
不是阮懶惰不願做
是收成不夠本啊！要如何？

阮親愛的農民喲！為啥咪？
不講話，又為啥咪？目眶紅紅？
站在茫霧中，等待奇蹟
放捨祖先留給咱的土地

84・2・10 鹿谷

霧

林外

霧起時
妳是月光下的維納斯
我是斯巴達的王子
恣情於中國的滿漢全席
醉臥於所羅門王的席夢斯

霧散時
我孤獨地
在火傘下
後顧無盡的足跡
前瞻無垠的沙磧

霧散時
我孤獨地
在深林中
面對張牙舞爪的猛獅
心臟忘了跳動的規律
全身不規則的寒慄

在無力自救的陷阱中
唯有虔誠祈求霧
再度擁我沒入

73.1.6 於維泰廠長室

晨光

畢加

這清早
是一幅尚未修剪毛邊的黑緞子
是誰
潑了它一角牛奶
蔓延
成
雪

給我一冥的愛

林宗源

孤單的月撫著孤單的心
冷冷的月光吻我望春的夢
夢內有妳的愛
心內有我孤單的影

月吐著文火的光
光舞著一絲絲仔的激情
點燒我半生冷冷的心
給我一冥的愛　女人

我已經不能忍受多天的寒冷
在戰亂無日頭的暗時仔
我用孤單的心反抗無月的天
過著茫茫了了的歲月
也只向妳祈求一冥的愛

女人　給我一冥的愛
讓我的勇氣撕破黑暗

女人 我只求一冥的激情
讓我的詩網著咱的天

詩兩首

莊金國

中間人

落選了嗎!?
咀咒的人開始
收拾道具準備回家了
疼惜的人耳邊迴響著
沙啞的聲音
不偏不倚的吶喊
於是咀咒的繼續咀咒
　疼惜的更加疼惜
唯一變化的是
脚踏中間地帶
提昇了自己
遠離了群衆

神意

尼姑與和尚
神父與修女
在你眼中端的是
禁慾主義者
伊仍藉着某種德行
塗滿了五顏六色
掩飾張牙舞爪的慾望
然後放出神的訊息
讓那些亟需保佑表
唯恐隱瞞了什麼似地
獻出所有
無憂無愁

另一種蜘蛛

胡品清

我
另一種蜘蛛
無需結網

不必編八陣圖
只攫住
來自你的
任何靈糧
然後
化成文
化成詩
化成音符
另一種網
網住空間和時光

三月十五日改寫

龍痕之旅

——初遊橫貫公路有感
獻給開路的榮魂與榮民

朱廣邦

誰把書報上的
峨嵋崑崙和黃山
撕下，張貼在
車窗上？

捍衛過黃帝的族譜後
槍桿已在昨日空了膛
更得忍受滿山十億戮痛
拓出一深
龍的傷痕
想起尚未橫貫峽水至賀蘭

長城已苦候三十餘載
黃河未曾爽約
猶年年氾造秧的夭折
想起疆外黃沙

那一季
燕子不復歸
龍的鄉恨會從九曲洞化開
千山萬岳江河水
將不再是茅台杯中
爸爸的眼神

話別長春祠吧
榮魂，請
歸

72.9.9.

給詩

雨弦

之一

如果鳥族屬於天空
如果花木屬於泥土
如果魚類屬於海洋
我　就屬於你

如果天空沒有雲彩
如果陸地沒有微風
如果海洋沒有綠水
如果　我沒有你
生命就如同死亡

之二

爲你，我要蓋一棟摩天大樓
爲你，我要造一道七彩的虹
爲你，我要做一桌滿漢全席
爲你，我要買一件貂皮大衣
而你，你這不識趣的傢伙
竟然一一回絕，還說
你所要的
祇是一間向陽的小屋
一條月光的巷子
一道梅花的便餐
一襲白雲的衣裳

綠卡

翁戎

一流的過客
一張臉譜荒蕪
難以辨識
是黃是白

一根麥管
不論走到那裡
始終插在台灣的土地上
不怕任何污染

一流的靈魂
擁抱小台北

推窗

陳強華

樹葉在紗窗外紛紛凋落
我推窗探看，靠農牧場那邊的金瓜藤
正在快速延伸
於是我聽到松子的墜落
那觸地的刹那和種籽發芽的時間
一樣急促
在遠遠的地方
河水因爲一場驟雨漲潮
在蘆葦叢後面
我能夠聽見泥鰍在沼澤裏翻滾
聽見蛙鳴報知天涼
接著有更多的聲鳴在交響
在遠遠的地方

風在黑色玻璃窗外呼號
在寧靜的記憶天地裏驚醒過來
我推窗探看
翻倒了僅有的盆栽仙人掌
此刻我必須按鈕坐電梯
才能走至像海一般洶湧的街心
找尋翻落的盆栽植物

稿於一九八二・九月十六日台北

古井

鄭明助

一口口傳開
說生命是自我的需求
於是
他們挖出
土色的杯

爲了後代
這杯盛入永不乾涸的水
如今在這清澈的透視裡
却無法描繪出
艱辛的背影
憑吊那逐漸加濃的斑顏
嚇然
青苔認眞地寫著
令人感懷的歲月

然而；
我深切的盼望
竟是些未曾離去的鄉音

小溪

蔡娟娟

那天黃昏
我妄學蜻蜓
赤踝而輕薄的
走過　妳夢般
的肌膚
不料
在日落之後
妳竟成孤獨的遊魂
茫然地
投向未知的歸宿

但……
瀟灑的水柳呀
誰來解說：
　於迷失的姿色後
　仍有
　一番追遙存在
月光嗎？
還是流星。

思想的彩筆

呂淑瑋

獨自佇足仰望夜空，
我以思想的彩筆替夜空畫上五線譜，
瞬間，
那星兒成了閃爍的音符，
這晚彈的是寧靜月光曲……
翌早，
晨曦的手翻開另一篇樂幅，
今日奏的是黎明進行曲……
巧來一陣雨，
雨過天青，
天空那角卻添座繽紛的虹字。

雙重標準的權威

翁戎

螞蟻無知
咬我一口
我原諒了它
蚊子無知
咬我一口
我也原諒了它

有人無知
罵我一下
我絕不寬容
我一定不放他甘休
問題是他不該這樣無知

教育家的夢

蔡雲

羨慕都市的豪華
羨慕都市的熱鬧
羨慕都市的大厦

爲了驅除貧窮
爲了想擁有現代文明
爲了住得高點兒
從北斗來到台中
携帶妻和女兒的影子
携帶了大旅行袋
想裝滿希望，回家

然而，黃昏醉了
我卻嘔吐了
「教育家的夢」

街

劉秋媛

灰暗的天空擁有了夜晚，靜的流轉，讓你冥思—黑的美。
來往的行人擁有了馬路，動的沈悶，讓你懷想—彩色的眞。
我佇立，綠紅燈下，看遠走的路消失，茫茫的叭叭聲。

升降機等待著過客，暫時吐納世俗，卻又回歸俗也。

奔波的歌舞女郎，汗漬衣衫，暴露出背及腿，暴露出心靈拍賣夏季，三百元一套…卡緊…。沒有眼淚的夏天。

把眼神掛在行人的身上沈思，慢慢的吟一首流行，忙碌的馬路。

繼續壓著馬路，繼續搜集表情，我忙著記錄。
夜晚仍就擁有我們，失去的，只是時間，還有心情。
我佇立，在黑的尖端，微明的東方。

杜國清的「蜘蛛」

李魁賢

蜘蛛是屬於節肢動物中的蜘蛛綱，在動物分類上與昆虫綱不相屬，嚴格講起來，蜘蛛不屬於昆虫，但一般人仍以昆虫看待。實際上，昆虫一般分成三部份，卽頭部、中部（亦稱胸部）、和後部（亦稱腹部），頭部有口器、和一對觸角；胸部有三對足。但蜘蛛沒有觸角，只有頭腹兩部（胸部和頭部併在一起），都有四對脚，前面一對有觸角作用，而且眼睛是單眼，與昆虫的複眼也不相同。

根據化石考證，蜘蛛在四億年前的奧陶紀就出現了。現生種分蠍目、壁蝨目、眞蜘蛛目等十一目，通常所說蜘蛛是指眞蜘蛛目動物。蜘蛛頭部背面有六至八個單眼，這是光線明暗的感覺器官，沒有視覺功能。一般人說到蜘蛛，就會聯想到結網，其實二萬種的眞蜘蛛目有半數不結網，通常只在地上爬行。不結網的蜘蛛也有絲，因爲蜘蛛絲具有捕虫、信號、住居、藏身、及藏卵囊等各種用途。

造網性的蜘蛛，從腹部末端吐絲結成圓網，然後踞守網中央，等後獵物觸網；但蜘蛛結網不限圓網，也有皿網、棚網、天幕網、不規則網等，根據實驗，蜘蛛若投服不同痲醉劑，會結出各種不同的網形。蜘蛛利用腿拉網，從網絲的張力卽可判斷獵物觸網所在，於是跑過去加以纏繞或注入毒液，使獵物痲醉。

雄蜘蛛求偶時，要作出許多複雜的滑稽動作，使雌蜘蛛可以辨認，不致被誤爲獵物。可是美洲的黑寡婦毒蜘蛛是不講情份的，牠在交尾後一定要把雄蜘蛛吃掉。

撑着一瓣蔷薇花　等待着的　蜘蛛
穿着緇黑袈裟　盤坐着的　蜘蛛
寂寥的背影　蜷伏着的　蜘蛛

以生癩且僵化的肢脚　覇守着
一座方形黴霉的口腹擺出
旁若無人的態勢自囚在陰
暗的小天地咀嚼垣下
衆多蚊子的屍體戴黑眼鏡
以自我爲中心的獨裁者啊
以沾血且痺麻的肢脚　覇守着

蜘蛛　蜷伏着的　僞裝的德性
蜘蛛　等待着的　織善誘的謊言
蜘蛛　盤坐着的　默想虛僞的價値

這是杜國淸的詩，民國五十三年左右的作品，收入民國五十四年十月出版的杜國淸詩集『島與湖』和民國六十七年十二月出版的詩選集『望月』。杜國淸是台中豐原人，民國三十年出生，台灣大學外文系畢業。日本關西學院大學日本文學碩士，美國史丹福大學中國文學博士，現執敎於美國加州聖塔芭芭拉校園東方語文學系。出版有詩集『蛙鳴集』『島與湖』『雪崩』『望月』『心雲集』，譯有『艾略特文學評論集』『詩的效用與批評的效用』、西協順三郎『詩學』、波特萊爾『惡之華』、米洛舒『詩選』、劉若愚『中國詩學』『中國文學理論』等。

杜國清這一首『蜘蛛』在形式上也企求發揮視覺效果。詩行的排列，有如蜘蛛張開肢脚，也有如撑張的蜘蛛網。總之，這種視覺印象是附麗於詩的意義而存在，本身不可能代替詩的意義。

詩中描述的蜘蛛，顯然是結網性蜘蛛，若以詩行排列看做蜘蛛網的造型，則此蜘蛛網也顯然不是圓網，而是一種幾近棚網或變形網。第一段以三種形象來描述蜘蛛的特性，以等待、盤坐、蜷伏的姿勢分述其不同的狀態。然而，嚴格講起來，這三種姿勢有相當的共同性，因此，也許只能表示不同的形容，不過與第三段却有明顯的連結性可供探索。

第一段的三個意象分屬不同的想像，『撑着一瓣薔薇花』純然是詩人的思惟加以客觀投影的心象，與蜘蛛的外形或形象並無關聯性，蜘蛛即不可能眞的撑着一瓣薔薇花，也不可能蜘蛛本身的薔薇花瓣的形似，而且薔薇花縱然有多種可能的顏色，但以紅色爲典型，而除了罕見的水蜘蛛等之外，紅色與蜘蛛的顏色是不統一的，因此，這個意象完全是暗喩的作用。薔薇花有鮮美、善良、愛心、純潔等隱含的意義，這些特性正好與蜘蛛具有醜陋、惡毒、兇殘、邪惡的屬性相反，足見蜘蛛『撑着一瓣薔薇花』等待是一種假象，參照第三段中等待着的蜘蛛『織善誘的謊言』即知，原來薔薇花是做爲誘惑的手段。如此前後參照便可明瞭詩人暗喩的指向及其批判的着落何在了。

其次，『穿着緇黑袈裟』盤坐的蜘蛛，自是另一種形象。袈裟是梵語，指僧衣。緇，黑色也，僧人所着黑衣，又稱緇服，故僧，亦稱緇流，因此『緇黑』不僅指黑色而已，還加強扣緊僧人的意象。而僧人的一般特性，如出世的思想和修持、四大皆空、清心寡慾等德行，又與蜘蛛的橫征暴歛、嗜殺獵物、貪求無厭等惡質相左；因此，儘管其『盤坐』也有參禪的形似，但其『默想虛僞的價值』（第二段），突出了其虛假的手段。這第二個意象的黑色，與蜘蛛的外貌具備了關聯性，因此屬於明喩，而有關僧人及其品行的聯想，則又屬於暗喩，所以是明喩與暗喩兼備。

另外一個形象是『寂寥的背影』蜷伏着的蜘蛛，完全是弱者的姿態，不但孤獨（寂寥）、羞怯（顯示背影），而且畏縮（蜷伏）。這個意象，詩人採取明指，而不用比喻。但這種退縮的低姿勢，顯然又與蜘蛛積極進取的攻擊性不合，因此參照第三段，顯示其蜷伏是一種『僞裝的德性』。詩人由三個不同思考方向的意象，歸趨於塑造蜘蛛爲虛僞的存在。

前、後兩段分別以意象語言和批判語言指明蜘蛛存在的形象，採取較爲遠距離的全景透視，而中間段則把鏡頭移近，作細部的觀察，刻繪蜘蛛的嘴臉。

『霸守』在此是一關鍵字眼，在第一和最後行穩住陣脚，暗示蜘蛛君臨其網內世界的霸業，然而前者是『以生癩且僵化的肢脚』，後者則『以沾血痺麻的肢脚』，由於蜘蛛有八肢脚的關係吧，特別突出其地位，並前後呼應暗喻其汚穢、血腥、與受到天譴（僵化、麻痺）的下場。

『方城』在此是比喻蜘蛛網，並與詩行排列的近似方形暗合。『觸霉的口腹』應指其口腹之含有毒液，莫能抵禦，不幸遭受者必然倒霉。由於蜘蛛有此毒武器在身，有持無恐，才有旁若無人的神氣。可是這種不可一世的氣慨，往往成爲獨大的結局，以威懾人，非以德服人，變成『自囚在陰暗的小天地』的後果，雖然還能肆意啃食其手下敗將的蚊子。『戴黑眼鏡』形容蜘蛛確很酷似，且進一步暗喻出神秘的氣氛，一種暴君的形象便躍然紙上。而蜘蛛之習慣上雄踞網中心，使『自我爲中心』一方面狀其外在實情，另方面又牽連到獨裁者的形象。

詩人不但寫出了蜘蛛的眞實，還把蜘蛛與獨裁者的特殊性作了一番緊密的統合，因此，蜘蛛不只是蜘蛛而已，獨裁者也不只是獨裁者而已，從抽象的存在賦予了具體的形象化處理，完成了物象的關聯。

一九八三年十月三十一日

解剖刀與詩

讀曾貴海詩集「鯨魚的祭典」

黃樹根

在現實的世界裡，因著理想與現實的交織，胸前必須時時掛著聽筒，双手也時時握著解剖刀的醫生，卻也勇猛的想把自己分割給詩境的冥想國度。曾貴海如何調配自己的思維呢？彷彿面對蒼白的病患，生死之際，他如何調好一帖特效藥？生命的思索該是他詩中面臨的重大課題吧！

「做爲一個醫生，經常會面對生老病死的現象，我常在受到這些現象衝擊過後的平靜時刻裡，想到這個世界上其他人爲性的死亡，人類幾千年來的生活經驗，並沒有學得更多和平共處的智慧，戰爭的陰影仍籠罩著世人。不論是局部性的戰爭或是全面性的戰爭，傳統性的戰爭或核子戰，這個地球以及受難的人類心靈，恐怕再也承受不了這類暴力的摧殘，因此我的幾首詩也觸及了這個問題」。在他自己詩集的後記裏，曾貴海從自己的生活水面出發，把思維伸向正面臨核戰的危機世界，造成的動盪不安，在他瘦弱的双肩上似乎也有想爲這個危難的時代扛負起一份不可避開的重擔。但手不能挑，只有在手術刀下解除病患的肉體卑微痛楚，而後在他的詩句裡去表達對現實殘破的關懷之情：

剛被診斷出來
依約到達的那個肺癌病人

山東籍的教師
高瘦的身子不　表情的臉
倦態加上病容
黑板上寫了三十多年的白粉筆字
暗示他
家在那裏
太太怎麼沒來
朋友呢
他只是沈默的搖搖頭
漸漸地搖垂了頭
突然，一顆淚水嗤的滴在
台灣的地圖上
蔓延——（某病人）

這首詩是十分寫實的，也是曾貴海從現實經驗而紮入現實狀況的挖掘，從平淡起筆，輕描交代過這個山東籍肺癌病患，然後如手握解剖刀，以他敏銳的觸覺逐漸深入血肌裏，詩人的悲憫情懷也隨著詩句而表露出來，這個離鄉背井的教師，他的家呢？患上絕症的他，誰在關懷他？朋友？妻？妻沒來，這個「沒來」已深深震撼了讀者的心，細心些的話，曾貴海已在輕淡中表現出一份深沈的象徵意味，這個病患的妻子根本不在台灣版圖上，而是因時代的悲劇而被強強割離開。末尾三行才完全強有力的把作者的意念凸現出來，令人不覺一記衝擊迎面而來，為何病人的淚只能滴在台灣地圖上蔓延？大陸版圖呢？他的老家山東呢？如何割掉這份異鄉之情，患了絕症的肉體，如何再歸去？這是時代造成的悲劇，這一代的中國人流落到這海上孤島是無奈的歷史悲痛，（誰又甘願半生流落他鄉？誰不想葉落歸根？而誰來帶領這群離鄉的孽子回鄉去？）「不如歸去！布穀！」斷人肝腸的聲音聽不得的，曾貴海這首詩的背後隱藏著這時代的變亂，也是千千萬萬大陸來台同胞內心的悲痛濃縮，這該是一種鄉愁的抒洩吧！

而在「劇終」一詩中，詩人他對此刻正如火如荼在強權野心勃勃的做爲發言強有力的核子武器，對人類和平的威脅，及壓迫感，表露了他深刻的嘲諷和警示「趣味競賽的壓軸戲／請來了地球上最老的人／裁判／兩組年輕力壯的小伙子／比賽搬運核子炸彈／觀衆的吼聲激起滿場飛揚的旌旗／勢均力敵的双方／因無法分出勝負而僵持下去／觀衆們繼續嘶喊噓嗥／裸程狂舞／而那老人冷冷地在計算時間／突然，不小心滑落一顆／霎時煙屑毒覃狂飇爆響／又使地球平靜了下來／觀衆們到那裏去了」

是呀！觀衆們到那裏去了，人類面臨的是毀滅性的時刻，端看人類把智慧如何運用，或只是變成愚蠢的狂妄，無止盡的做武器競賽，野心的政客們把無辜的百姓做爲他們裸程狂舞賭注的籌碼，誰能有力的制止這悲劇的連續上演？詩人的深思，是不是該被世人注目的嚴肅課題？

前面曾提過，做爲一個有理想抱負的醫生和認眞的想成爲詩人的曾貴海，在這生命的双軌道上奔馳是否能並行不悖？血淋淋的手術刀下，和一份溫柔的詩心會造成矛盾心境的衝突嗎？抑可以提昇而結合成一體呢？嚴格審視起來。曾貴海在詩的國度裡，並不是很勤快的耕耘者，寫了十多年才有這本薄薄的一本詩集，才搜集了30多首詩作。以量而言是十分微不足道的，這當然與他曾中斷了近十年之久有莫大的關係，雖然他終於再度提起筆來，但也或多或少顯示了想做爲一個詩人與現實鑽研間不可避免的衝突吧！所幸筆雖停，曾貴海並沒有讓他的思索也跟著止步下來，要不然我們是無法從他早期一些輕柔的純愛的追求，譬如在詩的纖維裏的「春」（誰不想枕在情人的腿上／看季節的白衣女結伴走過／……昆蟲們憐惜地吸吮花上的閃光／少女的肢體嘀咕著成熟的暗語……誰不想枕在情人的胸膛／聽藍色的海洋溢滿的聲浪／懵懵然睡在時間的搖籃上／」及「戀的班車」中「是的，我們或許能夠再見／在這充滿陌生人的霧海裡／但我倆的一切將如定時的班機／在那段時間後必然的飛去／那麼，林哪！我們各走各的吧」那般浪漫又纏綿的愛的傳達，這也是曾貴海少年維特式的情愛滋味吧！誰能在年輕時分讓羅曼蒂克篇章裡留下空白？而跨越這段過去式的躑躅。由於不停的思考，在沒有詩作的日子裡，他壯美了自己，而有更敏銳的探索。這並不是說曾貴海早期的作品都是弱不禁風的，他對現實的關注已在「茶花女」一系列詩作裡隱隱約約呈現了出來，存在他心中的高貴悲憫心胸已不是浪漫少年虛幻的狹愛關念了。

而值得一提的是在「草」一詩中已成熟的表現出對大地的關懷之情，「如此這般的長著／不因開不出花就會感到羞恥的長著／微不足道的活著／這樣那樣的活著／永遠不想抬高的頭／是為了好避風雨／然而隨時會踐踏而來的／人牛禽獸的腳／也只能使我們微微的彎身而已／如果偶而因難忍的痛楚／使我們在幽暗的夜裡環臂對泣／陽光來時我們的眼淚就會乾去／我們不慣於妝扮／只想把地面默默的覆蓋／輕輕的覆蓋／覆蓋，但不是為了人類／而是為了大地／為了我們也必須活下去」，這首詩應是曾貴海早期重要而堅實的作品，無論架構、語言、內涵都十分完美，而詩中傳達出來的告示，在此刻讀來仍然是十分貼切而溫漫的。卑微的草不也象徵著卑微的被壓迫的一族，承擔著無止盡的痛楚，永不得翻身，永遠抬高不起頭來？只為了卑微的活下去，委實可悲的宿命，也藉著這株小草透露出一口無奈的悶氣，現實意義是十分濃郁的，這是他早期我最喜愛的一首詩。

而被作者拿來做詩集書名的「鯨魚的祭典」，是曾貴海視界拉得較遠，也就是他對現實世界關注拓展較為寬袤的作品，我認為在這首詩裡，作者不但表露了他內在悲憫情懷，而且是有很大企圖的投射。在作者的心靈裡，除了人的課題之外，對於同樣生活在這地球上的其他動植物都應付出一份相當程度的關懷，終究這座世界並非人類的專屬，我們只是自詡為較高等些而能左右這世界，但人性殘暴的另一面往往在有意無意間成為這地球上其他生物種類的劊子手，以致於引起一些較具良知的人們，紛紛組成了所謂「野生動物保護協會」的團體，也算是人類良知的覺醒吧！那麼像類似一大群鯨魚集體岸上自殺的悲劇，我們是否也考慮到是因人類自私行逕在海岸上濫捕而引起鯨魚族類以自殺做為一種無言的抗議？或只是曾貴海詩中所說的「追隨某種不為人知的訊息」而已？當我們在電視上看到鯨魚們「像著名的祭典儀式／在時間的輪帶上重複上演／當某首歌完全佔據了心靈／就大聲梵唱走前去／不管那裡是山是海是火／或是血」的悲壯舉動時，除了怵目驚心外，做為同樣生活在地球上的人類，是不是只是一則鬧劇的再上演而已？曾貴海在這首詩裏我一直認為他有著更深一層的企圖，而非只是文字表面淺淺的有感就能盡意的。因此，我感覺這首詩從文字上細讀起來，作者並未完美而成功的表現出他內心所欲達到的境地，殊為可惜。不過也許是我個人的目光遲頓，領悟不進去，而信口開河，就要請作者海涵了。

讀曾貴海的詩，我察覺他的某些詩都是以平淡的直接描述著筆，然後慢慢漸進而深入事物的裏肌去，他的詩少有「金言佳句」，是整體而不容分割的。譬如前面討論過的「某病人」，若非讀到結尾「突然／一顆淚水嗤的滴在／台灣的地圖上／蔓延」的高潮，把全詩的意念強烈的凸現出來，否則光讀前半段，是十分鬆弛而枯燥的。像集中另一首「捕鼠籠」也是以同樣的手法表現出來的「清晨，擺在屋後的捕鼠籠／圍聚了一些鄰居／興奮的臉上滲透出神秘的喜悅／注視著籠內竄動發抖的小鼠／如何被切斷生息」都只是稀鬆平常的描述而已……直到「一些不相關的罪行／常被嫁禍於無從辯解的族類／是那隻看不見的手在點燃仇視的野光／毀掉心中那些窄小的捕鼠籠／放走牠吧／任何藉口都不能判處牠唯一的死刑」的意念從緩緩的潛藏裡探出頭來，詩的內涵才堅實而有力的顯現。作者的弦外之音就在「常被嫁禍於無從辯解的族類／是那（應該讀ㄋㄚˇ）隻看不見的手在點燃仇恨的野火」兩句刺進現實環境裡，令人深思。「看不見的手」是很可怕的，縱然是小鼠也不甘心淪為無從辯解的族類，再卑怯的人種也不能長久委曲啊！這是一首「利劍劍」深富抗議精神的作品，應可喚醒某些昏聵吧？

記得文學前輩陳冠學先生在一次聚會時，曾給我一句印象極為深刻的警示語「面對現實的衝突感，是創作的原動力」（大意如此），世上不可能有完美的人性，也不可能有完美的現實世界，一個有良知的創作者，他的目光應凝注於這塊土地的關愛上，向不滿投射他的光熱，向不平敲擊他的利刃，向迎面而來的衝突發出凜烈的正義之聲，期望這個生存環境更趨完美，這塊土地黎民擁有更多的尊嚴與溫愛，作為一個詩人，作家在心靈裡都該有這崇高的涵蓋，才能拉廣自己創作的領域，而祈求更寬濶的播撒。在這前提下，我要把自己的筆端指向曾貴海的「老農」及「健忘症患者」二首詩上。這兩首詩無論在語言形式或內涵上都應是詩集的壓軸之作。對現實衝突發出強烈的批判，冷冽而深入；試讀老農，「有隻喜鵲，停在憩息的牛背上／對日落時仍未歸去的老農／焦急啾叫／這麼晚了，別再傻了／土地一直在誘騙你／老農不理會牠／繼續低頭插播秧苗／天色逐漸黑透／喜鵲悄悄地飛走／田地仍然展露泥香味的肉體／誘惑往下挖掘的鋤頭／歸途，仰望夜空的星星／幾十年了，其實是自己矇騙自己」在以農立國的老中國裡，幾千年來，農民流下多少血汗來灌溉土地，養活土地上的衆生，但是他們的辛苦得到多少回報？自古至今，老是翻不過身來的淒楚，農民熱愛的土地，竟然一直在誘騙他，這隻「喜鵲」的「喜」字是頗富反諷意味的。幾千年來扛負的悲苦，只能默默承受著自己，也在欺騙自己的事實。雖然曾貴海已為都市的醫師，但他仍舊來自潦倒愁苦的農村，相信這首「老農」是他對農民飽受壓榨得不到回饋，而發自內心的不平之鳴，關愛情懷深藏在詩句的背後，有心的讀者當能心領神會，盡在不言中了。再看「健忘症患者」表現出來的，和「老農」卻各異其趣；「老農」是俯瞰大地，「健」詩是抬頭看到這令人悚然的天色；「深夜寂靜的廣場／不知何時又豎起了一座銅像／讓早起的子民們默認已成的事實／血腥被風吹淡之後／獨對高樓的孤燈／展讀歷史／才悚然一驚／通過危機重重的時光甬道／綿延而來的子代／又站出了一些昂揚的強者／一些健忘症患者／總有那種持搶的人／放飛白色的鴿子／迷惑衆人仰望的天空／然後偷偷的舉槍／瞄準捕鴿網內的目標／把牠射殺」，這首詩完全是作者對現實一些無可奈何現象的嘲弄，雖然在詩後加上「一九八二年夏天，以色列摧毀貝魯特市，總理比金曾獲諾貝爾和平獎）等備註，但我以為這不過是作者放出的煙幕彈而已，把這首詩移到我們眼前來，我們這個到處塑造銅像的國度，作者的鋒口不是十分明顯嗎？必須有那麼多讓我們去崇拜的偶像嗎？脖子都仰酸了呢？眞怕「不知何時又豎起一座銅像」，也必須無可奈何的承受，沒有抗斥的餘地，那種強迫推銷式的惡覇作風，徒增一份醜陋、厭惡而已。能如何打腫臉，就自充起胖子呢？而結尾更把此時此刻一些故設圈套，引君入甕的障眼法，表露無遺，那麼，難道我們都只是默默的一群「健忘病患者」？

「鯨魚的祭典」只收了30多首作品，對於一個寫了十多年的詩作者而言，曾貴海似乎是慵懶了些，也許他的事業是專注在他的手術刀上，一位頗富盛名的胸腔科權威，能有多少心力分攤給詩的追求？詩與手術刀之間如何得到協調？在這篇探討他詩作的拙文裡，我偏重曾貴海對現實環境的關注，那強烈的社會性正是他內在世界所欲擁抱的！作品的多寡，我們無法苛責，終究，寫詩並非賺錢，寫得多不見得高人一等，君不見武林高手偶能露一招，就是「洒洒叫」的驚動萬教嗎！

序黃樹根詩集「讓愛統治這塊土地」

葉石濤

大約是三年前吧！當「文學界」醞釀要出刊的時候，我才認識了黃樹根；其實這一種說法也不完全對，因爲在這以前我也斷斷續續的讀過他的早期的短篇小說，相當多的詩篇以及一些散文。我也知道他已經在文學的創作路上蹣跚地走過十多年的歲月，備嘗辛酸，是台灣很有成就的中堅詩人之一。所以「笠」詩刊頒給他一個「新人獎」之類的榮譽時，他本人覺得有些莫名其妙。聽到這消息的我，固然一邊替他覺得高興，一面難免也染上了他一份尷尬的感覺。當然「笠」詩刊同仁的一番誠意無可懷疑，而黃樹根的率直的反映也非常可愛，他就是這樣的一個人，想說什麼就說什麼，從不隱瞞他內心裏的感受。這種個性使我想起他可以稱之爲「激情的詩人」無愧；詩本來是激情的產物，但是像黃樹根一樣，他的詩和個性靈犀一點通的情形，可能不太多。

這樣一說，似乎我很透徹地瞭解他的靈魂嗎？也不盡然。一個人心靈深處所發生的葛藤，相拮据，風暴以至於悲劇都是不容易瞭解的。我們身邊常發生，看起來生活美滿、幸福的人，照樣吃了晚餐，同家人做親密的聊天，而後「從容就義」，自殺身亡的事情。他受了什麼重大的壓力不得不走上這條路？在他的靈魂深處有什麼痛苦和創傷存在以至於使得他痛不欲生？這都是使人百思不得其解的。各種領域的文學的存在，有效於提供一把鑰匙，以便解開這個謎題；當然，靈魂的語言——詩，由於它具有直接訴之於心靈深處的震撼力，同音樂一樣，最容易打動我們的心弦。

當黃樹根把他將要付梓的詩集「讓愛統治這塊土地」的稿件交到我手上的時候，我覺得有一點兒「

不懷好意」的快樂。我決心透過這一本詩集徹底的瞭解他的心靈結構，特別是他的「激情」從那兒來的謎題。

當我慢慢地讀到輯4「新望春風」中的「阿母，您慢慢仔行」這一首詩篇時，我的所有批判意識刹那間化爲烏有，陷進「連舒伯特也有無言以對」的那時刻裏去了。這是一闋輓歌，是一首千古絕唱，失去母親的人永遠不滅的哀悼的結晶。歌唱母親的詩最容易令人感動，這也沒有什麼奇怪，普天之下任何一個人都有母親，母親象徵了溫暖和愛，失去了溫暖和愛，這個人生還值得活下去嗎？

但是黃樹根的這一闋輓歌是跟世界上任何一個地方的哀悼母親的詩篇很不同。當然喪母的哀痛是紮根於人性的，這在黃樹根這一首千古絕唱「阿母，您慢慢仔行」也沒有什麼不同。

我以爲黃樹根的這一首詩所以令我覺得特別感動，是由於這是描寫「台灣人的母親」的形象最鮮明的一篇。他的母親是千千萬萬台灣人的母親中的一位，同其餘台灣許多母親一樣，她活過日據時代殖民地台灣的艱辛歲月，在窮苦的生活環境中撫育了七個子女。黃樹根紮根於台灣本土的歷史，生活的現實，用靈魂戰慄般的節奏，巧妙地驅使台灣話文，成功地塑造了台灣這一塊美麗大地上奉獻最多，傾盡溫暖和愛而後離去的千千萬萬母親眞摯的形象。詩人感覺到他的靈魂的一部分跟他的母親一起消失的愴痛以及少許懺悔之情，這都是眞實而率直的。在這一首詩裏黃樹根充分發揮了他「激情」的萬鼎之力。

事實上，這一闋輓歌的風格也代表了這本詩集中的其餘詩篇；只是這是首輓歌較注重抒情的內心張力，又使用一些生活的語言—台灣話去表現，所以較純眞，較少反映台灣現代社會的複雜權力機構和人性的相剋。儘管如此，這首輓歌的兩個基調，却是這一本詩集裏脈脈流貫的。其一是從台灣苦難的三百多年歷史背景去捕捉台灣人生存的現實環境，歌唱台灣人喜怒哀樂，離合悲歡的遭遇；其二是從具體的生活現實及事物去表現台灣人被損害、被欺凌的感覺。當然這都是他的「激情」的源泉；而當他的激情平息而風平浪靜的一刻，他的詩就帶有較哲理性的冷靜外貌；但是這樣冷靜的詩並不多，通常他的詩都是充滿了傷痕，凝結爲抗議，憤怒的控訴。從一件小小的器物，譬如「窗」「茶杯」「皮鞋」或「筆」，「垃圾桶」他憬然看見這些小器物裏隱藏的廣大世界，他輕而易舉地找到痛苦的來源。有時候，從「孩子割草」的小小插曲，他看到這塊土地的未來遠景，把整個台灣被踐踏的歷史溶入畫面和風景裏去，使人驀然覺醒。

黃樹根作爲詩人的資質裏似乎還包括着許多複雜、多元性的因素。他的敏銳和他的粗豪，他的奔放和他的犀利，他的親近性和疏外性，他的溫柔和陽剛，似乎都在每一篇詩裏共存而不悖。

讀他的詩集帶給我許多樂趣，同時也有一絲抹不去的不安。這樣一個卓拔的詩人，吐盡了心血，孜孜不倦地歌唱了幾乎二十年的時光，除去他得到內心的滿足和快樂以外，他似乎未嘗獲得任何外界的鼓勵和讚美；這也正是今日所有台灣的詩人和作家的共同命運。然而我們仍沒有絕望，我們要歌唱到底這塊土地和人民的故事，直到瞑目；這難道不就是我們所以生存的緣由嗎？

詩人本色

——序黃樹根詩集「讓愛統治這塊土地」

莊金國

據說沾染了一點文藝氣息的莘莘學子，大多喜歡「我達達的馬蹄是美麗的錯誤／我不是歸人，是個過客……」這兩句詩，我不知他們玩味其中詩意時，是否聯想到，這對於在此間生活了數十年，仍抱持「過客」心態的人，也許會引起共鳴，但對落實並認同這塊土地的人們看來，則是十分可笑，了無意義的。奇怪的是，年輕的一代，竟錯愛類似的詩，難怪眞正反映現實的作品不受重視，流露軟緜緜調子的詩集反而風行。這種現象，豈只令人擲筆三嘆而已。

好在，有些詩人並不爲掌聲的多寡，影響其寫作態度；同樣的，詩人智慧的結晶，必然經得起時間與空間的考驗，不少被埋沒的好詩，近幾年來紛紛重現，獲得讀者的肯定。例如日據時代台灣詩人的作品，以及像陳千武、陳金連等人，從日據寫到現在，不僅「寶刀未老」而且愈磨愈利，光可鑑人，使後輩有典範可循，逐漸發揚光大，滙集成一股潮流。這股聲勢，要到一九七九年多天，詩人們方自一場噩夢中驚醒，突破詩想的瓶頸，於是一個個像接力賽似的奔跑起來。

在高雄，陳坤崙首先推出「人間火宅」，繼而鄭烱明唱起了「蕃薯之歌」，曾貴海接上「鯨魚的祭典」，如今，黃樹根又響應以「讓愛統治這塊土地」；這幾本詩集的連續問世，刷新了讀者的眼界，他們所建立的詩風，都是爽朗實在，親切感人，意義深遠的。

黃樹根——這個十足鄉土味的名字，早年一向以筆名「林南」發表東西，直到準備出版第一本詩集「黑夜來前」才領悟本名比筆名更切合自己的文學生命。

說起他的轉變，也不過三年的時間。三年前，他還徘徊在詩與現實的邊緣，爲此常被友人拿作話題；在那段爭論不休的日子裡，我很同情黃樹根的處境，卽使在大家討論其詩作時，亦曾極力爲他辯護過。因爲我相信，他不是不關心現實，而是當時猶未看清某些事情的眞相，最好不要過於勉強他，只有等他自然而然覺悟了，自會改弦易轍，走上詩的陽光大道。

果不出我所料，當他親眼看見一連串歷史性的悲劇之後，就毅然拋棄了殘餘的雜思幻想，開始邁出鏗鏘有力的步伐，擁抱起火燙的現實前進了。三年來，黃樹根所表現的衝勁，確實令人刮目相看，無可置疑的，我們也因而增加了一支強打的好手，敏銳的詩筆。

這本詩集，我深信是黃樹根一生中極其重要的著作。他那句句發人深省的語氣，不由你不去追問：我們立身所在，何以變成這樣不切實際？我們的命運，何以輕易操縱在別人手裡，渾然不覺？基此，詩人不能不提出相當的控訴與譴責，也唯有像他那樣的勇於認錯，才能證明一個詩人的心靈，縱使會被假象矇蔽一時，但當看清煙幕所籠罩的眞相，則不許自己睜着眼睛說瞎話。試擧「獵」之第三節——

脚步踏痛了土地溫柔的心
血又灑了一回
歷史的傷痛
不愉快的事件

為何一直重複上演
像電視裡無聊的
連續劇一般
惡性欺矇總是沉默的觀衆
雪亮的眼球
却因此混濁了

值得注意的，是詩人並不以「獵人頭者人恆獵之」的報復手段，來解決這個飽經患難的時代底恩恩怨怨，而代之以寬容以諒解，企求彌補上一代造成「兩岸」隔絕的裂隙——

天地啊　把裂隙縫補起來
別害怕擁抱
同胞仇視的眼神
都該回轉古昔的溫柔
長久無奈的對峙
只是一場玩笑性質的戲謔罷了
（引自「讓天地和平相處」）

「望鄉」一詩更拉近了彼此間的距離：

希望故鄉就
停留在我的脚底下
泥土的溫馨

撫吻我流浪蒼白的倦容
苦難的時刻已被
一陣春風翻掀過去
千帆送我回家來
但願惡夢不再騷擾餘生的清靜
不再流淚望鄉土
幾把辛酸也都
溶入故鄉塵埃的覆蓋裡（下略）

然而這些願望，在還沒有實現以前，不免流於一廂情願，詩人不可能儘有理想而不顧現實，所以在「讓愛統治這塊土地」詩中，率直的指出在這塊土地上享有特權的那些「幸福的人們」過客了這麼久，却一直無意落地生根，怎麼不令人起反感呢？

必須接受多少苦悶的聲音
才能換取自由自在的歌唱
那些幸福的人們還在自言自語些什麼
……………………
他已忘了他是誰
忘了踩在那一塊土地上
忘了他的根忘了他的娘

即使在這種情況下，詩人嘴裡雖咀咒着「別渴望凶年施捨來雨露」但心底仍期望春天的來臨，讓愛來溶解所有的不平與不幸——
如果有那麼一把爐火燃着
請緊緊圍繞 依偎 擁抱
不要經忽地遠離摒棄
火焰裡孕育着
春天的繁華簇簇
等我們穿上這一襲春衫
祈求幸福
祈禱愛來統領我們卑怯的心靈
　愛惜這一片傷痕累累的土地

此詩是黃樹根告別台灣六十年代「純詩」的轉捩點，他一改過去的印象觀點，全心全意投入人間烟火，無所隱諱的表現社會衆生相，其成就可媲美蔣勳的「母親」；蔣詩旨在描述苦難大陸，黃詩著力於台灣之無奈；兩詩併讀，無異一頁現代中國滄桑史。

像這類勇於反映現實，批判現實的寫實詩，早就該出現了，但至今仍有不少前行代詩人，不敢或不願寫出他們刻骨銘心的感受，甚至故意予以漠視，豈不羞愧乎！老實說，在眞摯創作的新生代詩人面前，他們再也沒什麼值得驕傲的了，試看過去他們互相津津樂道的所謂「名詩」大多已露出襲人的馬脚，醜態百出。當他們口出狂言，指年輕一輩在三十年內無以超越渠等成就時，便是自覺心虛，怕被揭出自己的詩底內涵患了性無能。誠如早年他們互相攻訐的「靈魂的蒼白症」、「靈魂的富貴病」這兩種毛病，現在仍到處可見。

有鑑於此，台灣的青年詩人，所背負的歷史任務更形重大，因為除了少數幾位有心的前輩詩人，目前還認眞在耕耘，值得我們敬重，學其寶貴經驗外，我們尚須儘力彌補因政治因素所造成的文化斷層，進而踏實六十年代以來時興的虛浮詩風。因此，在好友黃樹根出版第二本詩集之後，我希望他在詩的追求上，要隨時留意修修邊幅，消除不必要的雜覓，更企盼他更上層樓，提昇詩境，臻達表現的準確與完整；這也是古今詩人不斷奮鬥的目標。

周伯陽

不幸於民國七十三年三月廿六日因病逝世，謹表深深的哀悼。

百年樹人

當我光著火，
想要惡罵兒童時，
兒童在我的跟前抖，
而淌下眼淚。

到底我是要把他大罵一頓，
怎麼沒有努力用功呢？
或者要反罵自己，
是否教學能力較差？

我知百年樹人底任重，
更知春風化雨的道遠，
以愛栽培今日幼苗，
—造就未來的棟樑。

詩歷：
新竹市人，一九一七年生，省立新竹師範專科學校畢業。笠詩社同仁，新詩學會會員，國小校長。詩集計有「周伯陽詩集」乙冊（早期作品），未刊詩集「綠洲的金月」（日文）乙冊。

詩觀：
人人說意大利的威尼斯會喚起詩的興奮，而美國的紐約却是散文的感受。城市人的詩，時常在田園裏，而鄉下人所想的詩，却是時常在城市裏面。神話有詩的感受，以科學所能證實的是散文的。古時候的人，看見月亮，就想像嫦娥美人所居住的天界的理想國，但是今天太空人證實月球是無人的世界。詩是主觀的態度所認識的宇宙一切的存在。主觀的是詩，客觀的不是詩。

編后記

●二十年就這樣地匆匆而不覺的過去了。一二〇期的笠詩刋，也就是笠詩社二十年最具體而完整的記錄。笠二十年來，從不曾脫過一期，締造了我國詩史上的記錄。這充分代表了笠同仁的精神及性格，它是踏實的；一步一步老老實實地在走它應走的路，它是堅忍的；為了現代詩，一期一期的在跋涉而不悔改停頓。當然，在這漫長的旅途中，也有不足外人道的苦楚，但在同仁的互相扶持，接棒中，都能完成了出版任務。

我們不知道還可以走多遠？但為了本土文學的命脈；為了中國人的堅忍，我們相信將有更多的文學青年，懷抱着與我們相同的情操，繼續加入同仁，來接受棒子往前奔跑。我們希望這項努力，也能夠在世界文學刋物史中，顯現出我們的堅忍和踏實！

●二十年前，由笠詩刋開始倡導的「現實精神」，所伸引出來的「鄉土文學」、「本土文學」、「第三世界」、「政治詩」等等詩創作和觀念，無疑的演變成相當混亂並且產生了負面影響的時候，針對這些現象，本期特別計劃了「詩與現實」這個專輯，深入地探討這些問題的核心，以便理清思路，做為大家繼續發展的參攷方向。同時刋出日本詩人安宅夏夫「看亞洲現代詩集第二集」的評論文章，和由陳千武所整理出來的：「詩史上的30個派別」簡介，構成了總計達七十八頁的專輯，透過這個專輯，我們希望大家能審思出我們新的道路。

●本期的詩創作也甚具份量，其中隱約地可以感受到詩人正在轉變的契機。尤其沉默已久的白萩，再提出了「領空」一詩，以新的角度和方法來探觸最尖銳的國家現實，我們相信這是他個人有意識的新實驗。

●由於本期的專輯，佔掉一半以上的篇幅，因此英瑛姿翻譯的「西班牙詩抄」；蕭翔文翻譯的「赫塞時選」；「阿米巴詩社詩展」，以及為數不少的詩作和譯稿，只得移到一二一期再行刋登，特此預告，並向各位供稿者抱歉！

政院局版台誌1267號
字2007號登記第一類新聞紙

詩双月刊
LI POETRY MAGAZINE 120

年6月15日創刊
73年4月15日出版

黃騰輝
陳秀喜

東路三段217巷4弄12號
(02) 711-5429

街24巷1號3F
(02) 3214700

台中市三民路三段307巷16號
：(042) 217358
至：
】淡水鎮油車口121之1號5樓
部】彰化市延平里建寶莊51~12號
】高雄縣鳳山市武慶二路70號

：每期80元
訂閱全年6期400元，半年3期200元
價：每本定價（包括航空郵資）美金4元
用郵政劃撥21976 武 帳戶訂閱

致彩藝印刷有限公司 TEL:(04)2319817